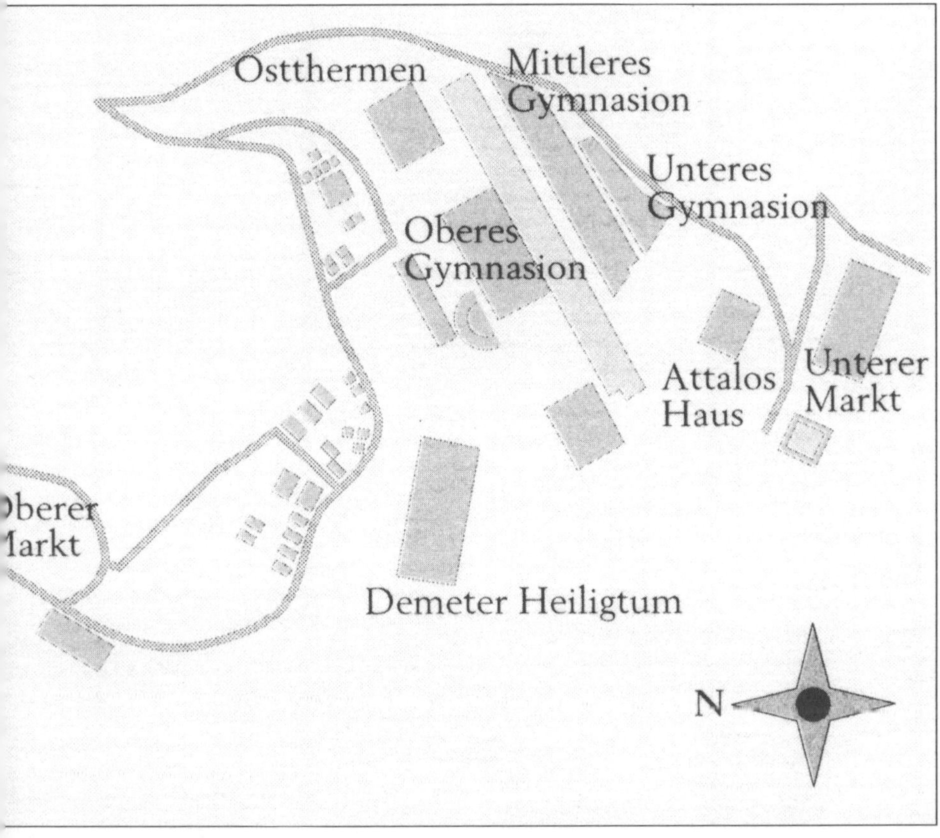

Ostthermen
Mittleres
Gymnasion
Unteres
Gymnasion
Oberes
Gymnasion
Attalos
Haus
Unterer
Markt
Demeter Heiligtum
N

WISSE, DASS DU STERBLICH BIST

MALACHY HYDE

WISSE, DASS DU STERBLICH BIST

ROMAN

EICHBORN.

1 2 3 4 06 05 04

Umschlaggestaltung: Christina Hucke
Layout: Susanne Reeh
Gesamtherstellung: Fuldaer Verlagsagentur, Fulda
ISBN 3-8218-0940-X

Verlagsverzeichnis schickt gern:
Eichborn Verlag, Kaiserstraße 66, 60329 Frankfurt
www.eichborn.de

DRAMATIS PERSONAE

Marcus Antonius	römischer Politiker und Oberbefehlshaber, Herrscher über den Osten des Römischen Reichs, Triumvir (zweites Triumvirat: Antonius, Octavianus, Lepidus)
Quintus Dellius	Feldherr und Geschichtsschreiber des Marcus Antonius
Silvanus Rhodius	römischer Ermittler
Lucida	Ehegattin des Silvanus Rhodius
Nasutus Larix Ibericus	beider Sklaven
Laelia	Freundin des Silvanus
Monoculos	ihr Sklave
Offilia	Laelias Schwester, Ehegattin des Rubingetorix
Rubingetorix	gallischer Flötenspieler, Offilias Ehegatte
Quintus Bibulus	Laelias und Offilias Vater
Illicia	Freundin Laelias, Geliebte des Antonius
Flusia	nubische Sklavin Illicias

Tollimos	ehemaliger Priester des Apollon, Illicias Vater
Thorax	ehemaliger Gladiator, Sklave des Bibulus und Tollimos
Leander	Prytane – Stadtoberhaupt von Pergamon
Imbrassos	oberster Sicherheitsbeamter von Pergamon
Proka	seine Gattin
Nessos	beider Sohn, Arzt im Asklepieion
Lachne	beider Tochter
Marsias	Sekretär des Silvanus
Kallistos	pergamenischer Sicherheitsbeamter, Mitarbeiter des Silvanus
Baton	städtischer Sklave, Silvanus zur Hilfe zugeteilt
Diodoros Pasparos	pergamenischer Aristokrat, Sohn des hoch geachteten *Diodoros Pasparos* (d.Ä.)
Sextus Privernus	römischer Aristokrat
Demetrios	Töpfermeister
Bichairos	einer seiner Arbeiter
Camilla	eine Sklavin, Opfer
Enomicus	Besitzer der Camilla
Gaius Passienus	Vater eines der Todesopfer

Sextus Albinius Fuscus	Vater eines anderen Todesopfers
Pheromon	ein Viehzüchter
Isomachos	Oberbibliothekar
Demosthenos	ein Barbier
Senophrata	eine Wahrsagerin
Afranius	Kommandant einer Kohorte
Sozomenos	Oberster der Ärzte und Priester im Asklepieion
Velusia	Bekannte Laelias und Illicias im Flüchtlingslager

Erwähnte historische Persönlichkeiten

Munatius Plancus	römischer Politiker, Prokonsul (Statthalter) der Provinz Asia
Octavian	römischer Politiker, Oberbefehlshaber im Westen des Römischen Reiches, Mitglied des zweiten Triumvirats, der spätere Augustus
Fulvia	dritte Ehefrau des Marcus Antonius
Lucius Antonius	Bruder des Antonius, gerade Konsul in Rom (39 v. Chr.)
Kleopatra	Königin von Ägypten, Geliebte des C. J. Caesar, dann des Antonius
Diodoros Pasparos (der Ältere)	pergamenischer Aristokrat, der viel für Pergamon bei den Römern erreichte, z.B. Abgabenfreiheit

Servilius Isauricus	Statthalter der Provinz Asia vor Munatius Plancus
Quintus Labienus	römischer Überläufer zu den Parthern, maßgeblich am Einfall dieser in römisches Gebiet beteiligt
Pakoros	Sohn des parthischen Königs Orodes, potenzieller Thronfolger
Gajus Julius Caesar	Mitglied des ersten Triumvirats (Caesar, Pompejus, Crassus), römischer Feldherr, Politiker und Diktator, ermordet vor unserer Zeit
Brutus und Cassius	Mörder Caesars, besiegt in der Schlacht bei Philippi
Catullus	römischer Dichter
Hirtius	Konsul Roms im Jahre 43 v. Chr.
Pansa	Konsul Roms im Jahre 43. v. Chr.

Die *kursiv* gedruckten Persönlichkeiten sind historisch belegt.

Sie hatte geglaubt, ein neues Leben sei nah,
hatte seinen Worten gelauscht, gebannt, glücklich.
Jetzt starrte sie auf seinen nackten Körper,
auf das Messer in seiner Hand.
Sie wollte schreien, doch er kam ihr zuvor,
knebelte sie, drängte sich an sie.
Kalt strich das Messer über ihre Schenkel.

KAPITEL I

Immer aufdringlicher drang das Geräusch an seine Ohren. »Es ist nicht zu ertragen.« Silvanus musterte den bronzenen Delphin, aus dessen Maul nur spärliche Tropfen drangen.

Er war allein im Baderaum, die übrigen Patienten des Asklepieions unterzogen sich anderen Therapien, körperlicher und geistiger Art, die dieses Heiligtum des Gottes der Heilkunst noch zu bieten hatte.

Mit halb geschlossenen Augen wartete Silvanus auf den nächsten Tropfen, der langsam an der Maulspitze des Delphins anschwoll, sich dehnte wie zäher Honig, fiel, auf dem Wasser auftraf und mit seinem Hall den Raum erfüllte.

Vielleicht sollte er einfach das Becken vor der Zeit verlassen, doch nein, immerhin war die Behandlung seiner Rückenbeschwerden ein Grund gewesen, warum er nach Pergamon gekommen war. Zudem hatte Marcus Antonius ihn beauftragt, die Steuerpächter in ihre Schranken zu weisen, eine unerfreuliche Angelegenheit, die er jedoch innerhalb kürzester Zeit mit Umsicht bewältigt hatte. Gleichwohl schadete es nicht, die Steuereintreiber weiterhin im Auge zu behalten, so konnte er das Angenehme mit dem Dienstlichen verbinden und noch in Pergamon verweilen. Ohnehin war seine Rückkehr nach Ephesos nicht nötig gewesen, bis jetzt.

»Ephesos.« Wehmut und Sorge erfassten ihn, während er dem Echo der Tropfen lauschte. Gerade zweieinhalb Monate war er aus Ephesos fort, und plötzlich sah alles anders aus. Eigentlich hätte er sofort aufbrechen müssen, als die ersten Nachrichten eintrafen. Schreckensnachrichten. Zunächst hatte er sie nicht glauben wollen. Die Parther, die Erzfeinde Roms, auf römischem Boden. Wie man hörte, standen ihre Truppen bereits südlich von Ephesos. Voller Panik flohen die Menschen in den Norden, auch nach Pergamon.

Silvanus straffte seinen Rücken und wippte im Wasser auf und nieder, wie sein Arzt es ihm aufgetragen hatte. Die Parther drohten Ephesos zu belagern, und was machte der Statthalter? Floh Hals über Kopf nach Rhodos. Nun, was sollte man von Munatius Plancus auch anderes erwarten. Silvanus war es immer rätselhaft geblieben, was Marcus Antonius dazu bewogen hatte, Plancus wieder als Statthalter hier in der Provinz Asia einzusetzen, obwohl der im letzten Jahr nicht eben zufrieden stellend gearbeitet hatte. Warum hatte Antonius diesen Mann zurückbeordert? Wie dem auch sei, er musste wissen, was er tat, schließlich war er der wichtigste Mann Roms und das nicht ohne Grund.

Silvanus drehte sich um, stellte seine Zehen auf den schmalen Vorsprung im Beckenrand und drückte seine Fersen nach unten. Wieder drängte sich das stetige Tropfen in seine Gedanken, er musste dem endlich ein Ende bereiten. Ein Handtuch – kurz blickte er sich um, griff nach einem, das vor ihm bereitlag, und setzte sich hastig in Bewegung. Vor seinem stattlichen Bauch bildete sich eine kleine Bugwelle, und die dunklen Haare, mit denen sein Körper reichlich bedeckt war, wogten sacht. Stirnrunzelnd sah er an sich herab, bisher waren alle seine Versuche abzunehmen, gescheitert. Doch die Leibesübungen, die ihm die Ärzte aufgetragen hatten, regten seinen Appetit zusätzlich an, so dass die verordnete Diät bei weitem nicht ausreichte, seinen Hunger zu stillen. Bei allen Göttern, wären die zahlreichen Garküchen nicht, die sich auf Patienten wie ihn eingestellt hatten und vor den Toren des Heiligtums ihre Delikatessen feilboten, er wäre schier verhungert.

Bei dem lästigen Wasserspeier angekommen, lauschte er noch einmal, nichts war zu hören, niemand kam. Er stopfte dem bronzenen Delphin das Handtuch in das weit offen stehende Maul und schwamm eilig davon. Kaum hatte er seinen Platz wieder eingenommen, als einer der Bader die Halle betrat, in der Hand eine Schriftrolle.

»Silvanus Rhodius, Herr, ein städtischer Bote hat soeben diese Nachricht für dich abgegeben. Es sei äußerst wichtig, du sollst sie sofort lesen.«

Silvanus trocknete seine Hände an dem Handtuch, das der Bedienstete ihm reichte, und nahm die Rolle entgegen. Das Siegel gehörte dem obersten Beamten der Stadt, Leander. Was mochte der von ihm wollen, offiziell war er nur noch aus gesundheitlichen – also privaten – Gründen hier in Pergamon. Er entrollte das Schriftstück und begann zu lesen. Das war ja allerhand! Man befahl ihn quasi in das Ratsgebäude, das hiesige Prytaneion. Sicher, Leander hatte dies in wohlgesetzte Worte gekleidet, dennoch, der Tenor war eindeutig. Er solle sich sofort auf den Weg machen, seine Anwesenheit sei dringend erforderlich. Vielleicht ging es um die Parther, um die politische Situation, da war es selbstverständlich, dass man ihn als römischen Amtsträger um Rat und Hilfe bat. Schließlich hatte er bei den Steuerpächtern bewiesen, dass er sich durchzusetzen verstand. Vielleicht aber ging es um die Flüchtlinge, die jetzt aus den bedrohten Gebieten herbeiströmten, damit waren diese Griechen wahrscheinlich überfordert. Verweichlicht wie sie waren, gingen sie lieber zum Barbier, um sich anschließend auf Trinkgelagen herumzutreiben oder wohlriechend die Bordelle aufzusuchen. Zugegeben, dieser Leander hatte einen ganz anständigen Eindruck gemacht, wenn er ihm begegnet war, auch hatte er bisher eigentlich nur Gutes über ihn gehört. Tatsächlich schien er einer der wenigen Einheimischen zu sein, die ihre Arbeit ernst nahmen.

Es konnte nicht schaden, sich ein Bild von der Sache zu machen. »Bring mir Lendenschurz, Tunika und Toga«, trug er dem Bader auf, während er aus dem Becken stieg. Schnell kleidete er sich an und machte sich auf den langen Weg zur Stadt, den Berg hinauf.

Im Prytaneion wurde er bereits von Leander erwartet. Der Grieche, schlank von Wuchs und jeder Zoll ein Aristokrat, war ein Mann in den besten Jahren – durchaus gut aussehend, wie Silvanus schon bei vorherigen Treffen mit einem gewissen Neid festgestellt hatte.

»Verehrter Freund, setz dich doch«, begrüßte Leander ihn und wies auf die Kline, die der seinen gegenüber stand. »Möchtest du Wein? Ach entschuldige, ich vergaß, dass du ja zur Kur hier weilst. Sicherlich ist Wein in diesem Falle für dich nicht angebracht. Vielleicht Wasser oder einen Becher Milch?«

Silvanus winkte ab. »Ein wenig Wein wird mir nicht schaden. Wohl dosiert sei er dem Heilungsprozess durchaus förderlich, sagen die Ärzte.«

Leander nickte, schickte einen Sklaven, Wein und ein paar Häppchen zu holen, dann kam er auf sein Anliegen zu sprechen. »Du wunderst dich sicher, warum ich dich herbitten ließ. Gerade erreichte uns eine Eilbotschaft von Marcus Antonius mit Befehlen zur Bewältigung der Lage. Kurz gesagt: Dich bestimmte er zum Flüchtlingsbeauftragten, betraut mit sämtlicher Verfügungsgewalt und Verantwortung für die Organisation des Lagers. Wir freuen uns, in dieser Sache mit dir zusammenzuarbeiten, haben wir dich doch als umsichtigen und kompetenten Mann kennen gelernt. Wir werden deine Hilfe zu schätzen wissen. Doch sieh selbst.« Er reichte ihm zwei Schriftrollen, eine adressiert an Silvanus persönlich, die andere an den Magistrat von Pergamon.

Silvanus' Herz sank, die Zeit der Muße schien vorbei. Nun, das war vorhersehbar gewesen, und letztendlich erschien die Aufgabe des Flüchtlingsbeauftragten attraktiver als eine Tätigkeit in Ephesos, das unmittelbar bedroht war.

Zögernd entrollte er die erste Botschaft. Freundlich, aber bestimmt, teilte Antonius ihm mit, was er von ihm erwartete: vor allem die Ruhe unter den Flüchtlingen zu gewährleisten, aber auch die Loyalität der Pergamener sicherzustellen, die unter dem Ansturm der Schutzsuchenden zu leiden hatten. Unter keinen Umständen dürfe die Romtreue Pergamons in Gefahr geraten. Er vertraue ganz auf ihn.

Der Brief an die Pergamener war anderen Inhalts. Neben der Mitteilung über Silvanus' neues Amt versicherte Antonius, dass die parthische Invasion nicht lange andauern würde, die römischen Legionen bald wieder Herr der Lage wären, er selbst in Kürze käme, um den Pergamenern für ihre Mühe und Unterstützung zu danken. Antonius erinnerte an die von ihm gewährten Erleichterungen für Stadt und Bürger, an die althergebrachten guten Beziehungen zwischen Pergamon und Rom, an das besondere Verhältnis der beiden Städte, nicht zuletzt wegen der Tatsache, dass der letzte pergamenische König Rom testamentarisch zu seinem Erben bestimmt hatte. Rom trug somit die Verantwortung für die Provinz und würde sie auch wahrnehmen.

Bei allen Göttern. Silvanus reichte Leander die Schriftrolle zurück. Wenn Antonius es für nötig hielt, die Pergamener an ihre Loyalität zu erinnern, war die Lage ernster als befürchtet. Er griff nach seinem Weinbecher, trank einen Schluck und versuchte, seine Bestürzung zu verbergen. »Gut. Ich werde mir zunächst einen Überblick über die Zustände im Lager verschaffen und dann die weiteren Schritte mit euch beraten.«

Auch Leander trank und lehnte sich auf seiner Kline zurück. Etwas beschäftigte ihn, Silvanus merkte es deutlich. »Was ist, Leander? Bist du mit Antonius' Entscheidung nicht einverstanden?«

»Oh nein, ganz im Gegenteil, wie ich schon sagte. Doch da ist noch etwas anderes, Silvanus, das ich dir mitteilen wollte. Wir haben eine Tote gefunden, eine junge Frau. Nun ist ein Todesfall an und für sich nichts Ungewöhnliches – in einer großen Stadt wie Pergamon passiert so etwas häufiger. Zumal die Stadt zurzeit mit Flüchtlingen hoffnungslos überfüllt ist, kommt es zwangsläufig zu Übergriffen, die schon mal jemanden das Leben kosten. Dieser konkrete Fall jedoch ist bei der jetzigen Lage von besonderer Brisanz. Nach allem, was wir bis jetzt feststellen konnten, ist die Frau ermordet worden, mit Messerstichen böse zugerichtet. Ein Arbeiter fand die unbekleidete Leiche in der Nähe des Töpferviertels.« Leander erhob sich und schritt bedächtig im Zimmer auf und ab. »Um es kurz zu machen, Silvanus, wir möchten, dass du dich dieses Falles annimmst. Zum einen, weil du, wie ich hörte, in diesen Dingen große Erfahrung hast. Zum anderen vermuten wir, es handelt sich um eine der Flüchtlinge, da uns keine Frau als vermisst gemeldet ist, deren Beschreibung auf die Tote zutrifft. Zum dritten sind unsere Männer im Moment mehr als ausgelastet, denn neben der normalen Arbeit und der zusätzlichen Belastung durch die hier Schutzsuchenden verschwinden seit längerer Zeit auch noch Schafe und vereinzelt Ziegen auf mysteriöse Weise, um einige Tage später – die toten Körper entsetzlich verstümmelt – auf den Weiden gefunden zu werden.« Besorgt fuhr er sich durch das dunkle, schon etwas grau melierte Haar. »Immer häufiger schreiten Viehzüchter über meine Schwelle und beklagen sich bei mir und Imbrassos, dem die Wahrung der inneren Sicherheit obliegt. Diese Angelegenheit, mag sie dir auch banal erscheinen, ist für uns von großer Wichtigkeit und muss so schnell wie möglich aufgeklärt werden. Schließlich sind wir auf die Tiere angewiesen.«

Silvanus hob eine Augenbraue. Er wusste wohl, dass Pergamon die Produktionsstätte des nach dieser Stadt benannten Pergamentes war, hergestellt aus Schaf- oder Ziegenhäuten, doch gab es auch andere wichtige Exportgüter: Metalle, Töpferwaren, Stoffe. Der Prytane übertrieb.

»Zurück zu dem toten Mädchen«, fuhr Leander fort. »Ihre Leiche sei in einem furchtbaren Zustand, hieß es, aber du wirst dir sicher selbst einen Eindruck verschaffen wollen. Zwei unserer Männer bewachen sie, und natürlich haben wir veranlasst, dass du alles unverändert vorfinden wirst.«

Silvanus runzelte die Stirn. Auch das noch. Natürlich, es stimmte, in Rom hatte er sich ein Zubrot als Ermittler in Mordfällen verdient, Erfahrung besaß er genug auf diesem Gebiet. Doch der Umgang mit Toten, mit deren trauernden Angehörigen hatte ihn zunehmend belastet. Zuletzt hatte sein Magen rebelliert, wenn er die Leichen untersuchen musste, ein deutliches Zeichen, mit derartiger Tätigkeit aufzuhören. Auch deswegen war er in diese Provinz gekommen. Wie lange war es her? Ungefähr ein Jahr, und doch lagen seitdem die Toten geradezu auf seinem Weg. Schon drei, nein, eigentlich vier Morde hatte er hier aufklären müssen. Nun gut, dem ersten, damals in Didyma, hatte er die Stelle an der Seite des Statthalters in Ephesos zu verdanken, ein zunächst attraktiver Posten, der jedoch hauptsächlich aus Unmengen an Schriftverkehr bestand und ihm zudem einen weiteren Mordfall beschert hatte.

Silvanus straffte seinen Rücken, bemerkte den noch immer vorhandenen leichten Schmerz. Er neigte dazu, Leanders Anliegen abzulehnen, schließlich hatte ihm der letzte Fall diese Rückenbeschwerden eingebracht. Sollten sich doch die pergamenischen Beamten darum kümmern, sollten die sich doch zusammenschlagen lassen. Er war noch nicht vollständig gesundet, musste zudem das schwere Amt des Flüchtlingsbeauftragten wahrnehmen. Nein, dieses Verbrechen sollten sie ruhig selbst aufklären. Wenn die Tote nun aber Römerin war, eine der Flüchtlinge? Durfte er da die Arbeit den örtlichen Magistraten überlassen? Nachdenklich schüttelte er den Kopf.

Leander wertete es als Ablehnung. »Denk an die politische Lage«, mahnte er, »Unruhe unter den Flüchtlingen und natürlich auch unter der einheimischen Bevölkerung müssen wir um jeden Preis vermeiden. Ein ungeklärter Mordfall ist da nicht förderlich.«

»Gut«, antwortete Silvanus knapp, Antonius' Anweisung vor Augen. Doch er fühlte bereits, wie sich bei dem Gedanken an die Leiche sein Magen verkrampfte. Er räusperte sich. »Ich werde mich um den Todesfall kümmern.« Jedenfalls bis geklärt war, ob es sich bei der Toten um eine Römerin oder eine Einheimische handelte, ergänzte er in Gedanken. Stammte sie aus Pergamon, dann würde er den Fall an Leander zurückgeben, Arbeitsbelastung hin oder her. Wenn es aber eine Römerin war, hatte er ohnehin keine Wahl.

»Ich freue mich, dass wir einer Meinung sind, Silvanus«. Leander ließ sich wieder auf seiner Kline nieder.

Silvanus dagegen ärgerte sich. Er ärgerte sich über diesen überheblichen Griechen, der so selbstzufrieden dalag, froh, die Verantwortung für zwei schwierige Aufgaben abgeben zu können. Allein, er hatte zugestimmt. »Ich brauche Männer.«

»Du wirst Männer bekommen. Ach, und Silvanus, wir werden dir ein adäquates Haus besorgen, jetzt, da du länger bleiben wirst.« Leander glättete eine Falte in seinem tadellos sitzenden Chiton.

»Danke«, murmelte Silvanus, »wo, sagtest du, wurde die Leiche gefunden?«

»In der Nähe des Töpferviertels. Sie lag bei einer der Tongruben, dort wollte ein Töpfergehilfe Material für seine Werkstatt holen. Frage bei dem Meister Demetrios nach seinem Arbeiter Bichairos, der wird dir die Stelle zeigen. Wir haben dich bereits angekündigt – natürlich unter dem Vorbehalt, dass du den Fall annimmst. Doch wir waren uns einig: Du bist uns an Erfahrung und damit an Kompetenz weitaus überlegen, der Fall ist in deinen Händen am besten aufgehoben.«

Silvanus presste die Lippen aufeinander. Eine der Eigenschaften der Griechen, die er am meisten verabscheute, war ihr Hang zu Schmeichelei und Übertreibung. So wusste er nicht einzuordnen, ob sein aufkommendes Unwohlsein von Leanders Worten oder der bevorstehenden Leichenschau herrührte – doch eines wusste er, er benötigte frische Luft.

Er verabschiedete sich. Als er auf den Gang hinaustrat, schritt dort ein hochgewachsener, kräftiger Mann erregt auf und ab, offenbar wartete er darauf, bei Leander vorgelassen zu werden. Neugierig musterte er Silvanus, der erstaunt bemerkte, dass dieser Mann fast ebenso groß war wie er selbst, eine Seltenheit hier in Kleinasien – und auch in Rom. Ein eigentümlicher, strenger Geruch ging von ihm aus. Naserümpfend mutmaßte Silvanus, dass es sich um einen der Viehzüchter handelte, deren verlorene Schafe natürlich wichtiger waren als eine tote Frau – manchmal hatten diese Provinzialen eine seltsame Einstellung. Mit einem abschätzigen Blick eilte er an dem Mann vorbei ins Freie.

Es war noch früh, doch der Tag schon gänzlich verdorben. Silvanus würdigte die prächtigen Auslagen der Geschäfte keines Blickes, als er die breite gepflasterte Straße hinunterging, vorbei an ein paar Jungen, die im Schatten der Mauern mit Knöchelchen spielten. Das tat der

Nachwuchs der Heilungssuchenden am Asklepieion auch immer, wenn Mutter oder Vater bei den Therapien weilten.
Silvanus seufzte leise, er müsste eine Nachricht in das Asklepieion schicken, wo man ihn zu einer Massage erwartete – welch große Linderung sie brachte, wie wohl sie immer tat. Auch Lucida, seiner Frau, die vor wenigen Tagen aus Ephesos zu ihm gestoßen war, würde er ein paar Zeilen zukommen lassen müssen, sicherlich wäre er den ganzen Tag beschäftigt. Bei einem Händler erstand er zwei Wachstäfelchen, auf die er hastig seine Mitteilungen kritzelte, rief einen der spielenden Jungen herbei und bat ihn, die Botschaften zu überbringen. Zuerst die für das Asklepieion, die sei die wichtigere, schärfte er dem Jungen ein. Der nickte beflissen, strahlte auf die Münze, die Silvanus ihm in die Hand drückte, und rannte davon.

Silvanus kannte das Töpferviertel, gerade vorgestern hatte er dort für seine Frau eine Opferschale erstanden – schön und dennoch preisgünstig. Lucida war begeistert gewesen und hatte seinen guten Geschmack gelobt, durchaus kein häufiges Vorkommnis. Er dachte an die freundliche Verkäuferin, die ihn so fachkundig beraten hatte. Mit ihren dunklen Locken hatte sie ihn sofort an Laelia erinnert, Laelia, bis vor wenigen Monaten seine Geliebte, bevor sie ihn kurz vor seiner Abreise aus Ephesos verlassen hatte. Wie mochte es ihr wohl gehen? Sie fehlte ihm, auch wenn er es sich selten eingestand. Ob sie wohl auch geflohen war? Vielleicht war sie ja hier, in Pergamon, zusammen mit den vielen anderen Flüchtlingen.

Tief in Gedanken erreichte er das Viertel, in dem sich die Töpfereien angesiedelt hatten. Der Verkehr wurde dichter – das Gewerbe florierte, Tonwaren aus Pergamon waren von bester Qualität und überall begehrt. Silvanus hielt Ausschau nach der hübschen Verkäuferin, doch sie war nirgends zu sehen, nur ein Mann kam ihm entgegen. Er schob einen mit Geschirr beladenen Wagen vor sich her, offenbar war er auf dem Weg zum Markt. Auf die Frage nach dem Töpfermeister Demetrios wies der Arbeiter auf eine der größeren Werkstätten hinter einer riesigen Platane, und seinem Fingerzeig folgend, schritt Silvanus auf die Gebäude zu, vorbei an großen Gestellen, auf denen Krüge, Vasen, Geschirr in den verschiedensten Formen und Größen zum Trocknen aufgestellt waren.

In der Werkstatt herrschte hektische Betriebsamkeit. Gehilfen eilten hierhin und dorthin, brachten den Ton in großen Bottichen oder schoben Wagen mit ungebrannten Schalen zu den riesigen Öfen nach draußen.

Silvanus griff einen der Arbeiter an den Arm. »Wo finde ich Demetrios?«

»Dort.« Der Mann zeigte auf einen schweißüberströmten, untersetzten Alten vor ihm, der die Feuerung eines der Brennöfen überwachte und lauthals lamentierte: »Noch mehr Holz, du Dummkopf. Siehst du nicht, dass die Glut noch längst nicht ausreicht? Bei Hermes, alles wird verderben. Ich werde dir den Verlust vom Lohn abziehen, du drittes Ei eines Ziegenbocks. Beim Hades, aus dem du nie wieder herauskommen sollst, wo hast du nur die Feuerung eines Brennofens gelernt?«

»Bei Stachos, Meister.« Der Beschimpfte duckte sich unter den Worten seines Herrn.

»Bei Stachos! Na, dann wundert es mich nicht, man braucht sich ja nur dessen Waren anzusehen. – Was willst du hier, Fremder, steh nicht im Weg herum, du wirst mir noch das Geschirr zerschlagen. Verschwinde!«, fuhr er Silvanus an, der hinzugetreten war. Dann jedoch registrierte er die Toga – ein Römer, ein potenzieller Kunde. Sofort verengte ein breites Lächeln seine Augen zu schmalen Schlitzen, den Kopf geneigt, entschuldigte er sich. »Die Arbeiter wollen gemaßregelt sein, sonst behält meine Ware nicht die bekannte erstklassige Qualität. Bei mir findest du die besten Produkte Pergamons, ja, der ganzen Welt, und günstig, äußerst günstig. Möchtest du etwas sehen? Folge mir, dort drüben ist der Verkaufsraum.« Einladend wies er auf die offen stehende Tür. »Es war klug von dir, hierher zu kommen, auf dem Markt muss ich mehr verlangen, du weißt schon, die Kosten für die Sklaven, die Wagen, den Stand. Oder möchtest du gar eine größere Lieferung für Rom in Auftrag geben? In dem Fall würde ich dir natürlich einen besonderen Preis anbieten.« In Demetrios' kleinen Augen blitzte die Hoffnung auf ein gutes Geschäft.

Silvanus musste ihn enttäuschen. »Nein, ich will nichts kaufen. Ich bin Silvanus Rhodius und in amtlichem Auftrag hier. Ich suche Bichairos, einen deiner Arbeiter.«

Zwischen Demetrios' Augenbrauen bildete sich eine tiefe Falte. »Ah, du kommst wegen der Toten, nicht wahr? Sauerei, das mit dem

Mädchen. Ja, Bichairos, der faule Hund, hat sie gefunden, hat sich davongeschlichen von seiner Arbeit an der Tongrube. Ich hoffe, du verbreitest es nicht in der ganzen Stadt, dass man sie bei einer meiner Gruben fand, das ist nicht förderlich für das Geschäft. Dort drüben ist Bichairos.« Mit ausgestrecktem Finger wies er auf die Gestelle mit den Tonwaren. »Der dort, der die Ware einräumt. Und wenn du vielleicht hinterher doch noch einen Blick auf meine wunderbaren Gefäße werfen möchtest ...«

»Ich werde es mir überlegen. Zunächst soll mir Bichairos die Fundstelle zeigen.«

Erneut funkelten Demetrios' Augen verärgert, Silvanus jedoch ließ ihn stehen und ging zu dem Arbeiter hinüber, froh, dem unangenehmen Alten und der Hitze des Ofens entkommen zu sein. »Du bist Bichairos?«

Der Angesprochene wischte die tonbeschmierten Hände an seiner Schürze ab. »Ja. Kommst du wegen der toten Frau?«

Silvanus nickte. »Ich möchte, dass du mich zu der Stelle führst, wo du sie gefunden hast.«

»Natürlich, aber ...« Bichairos warf einen vielsagenden Blick auf Demetrios, der nun auf einen der Töpfer einredete. »Es wäre gut, wenn du dem Meister Bescheid sagst«, bat er den Römer, »er ist etwas aufbrausend.«

»Er weiß Bescheid«, beruhigte Silvanus den Mann, der einen unentschlossenen Blick zu seinem Vorgesetzten warf. Erst auf ein unwirsches Nicken des Demetrios hin setzte er sich in Bewegung, führte Silvanus an zwei kleineren Werkstätten vorbei und schlug dann einen von duftenden Sträuchern gesäumten Pfad ein. Allmählich wurde der Baumbestand dichter, verdrängte schließlich die Sträucher ganz. So führte der Weg sie durch einen lichten Buchenwald, vor ihnen zwischen den Bäumen schimmerte ein kleiner See. »Wie hast du sie vorgefunden?«, fragte Silvanus, während sie einige Pfützen umrundeten, in der letzten Nacht hatte es heftig geregnet. »Bitte beschreibe es mir genau, es ist wichtig. Hast du etwas verändert?«

Bichairos beantwortete seine Fragen bereitwillig. Sie habe auf dem Rücken gelegen, nackt, mit klaffenden Wunden. Nein, verändert habe er nichts, er habe sie nicht angerührt, zu abstoßend war der Anblick, er sei sofort zurückgelaufen und habe dem Meister Bescheid gegeben. Er bückte sich unter einem überhängenden Ast hindurch. »Dort ist die Tongrube, zu der ich ursprünglich wollte.« Er wies auf eine Mulde am Ufer des Sees, in der Männer mit Hacken am Werke waren.

»Da hast du sie gefunden?«

»Nein, nein.« Der Arbeiter deutete vom Pfad weg, in den Wald hinein. »Wir müssen noch ein Stück weiter. Als ich nämlich herkam, spürte ich ein dringendes Bedürfnis und suchte mir ein stilles Plätzchen.« Er grinste breit. »Bei manchen Geschäften ist man gern unbeobachtet, du verstehst schon …«

Silvanus nickte. Ein merkwürdiger Mensch, dieser Töpfergehilfe, nicht ein bisschen Betroffenheit zeigte er ob seines grausigen Fundes, gerade so, als entdeckte er jeden Tag beim Pinkeln, oder was sonst er hier in den Büschen getrieben hatte, eine Leiche. Kopfschüttelnd und mit geraffter Toga folgte er Bichairos durch das Unterholz, und nach kurzem Marsch traten sie auf eine Lichtung. Hier und da blühten schon die ersten Frühlingsblumen, bunte Farbtupfer im grünen Gras. Auf der anderen Seite der Lichtung graste ein vor einen Karren gespannter Esel, nicht weit entfernt saßen zwei Männer unter der ausladenden Krone eines Baumes. Neben ihnen lag etwas am Boden. Da war sie. Silvanus rieb seine feuchten Hände unauffällig über die Hüften. Wenigstens war die Leiche notdürftig mit einem grauen Mantel bedeckt.

Sofort als sie die Nahenden erblickten, sprang einer der Männer auf und kam ihnen entgegen. »Du bist sicher der römische Ermittler«, richtete er das Wort an Silvanus. »Man hat uns dein Kommen angekündigt. Imbrassos, unser Dienstherr, wies uns an, alles so zu lassen, wie wir es vorfanden. Die Tote liegt gleich dort.« Er nickte in Richtung seines Begleiters, der neugierig zu ihnen herübersah.

Silvanus dankte ihm knapp, verdrängte seinen Ärger darüber, dass anscheinend alle davon ausgegangen waren, ihm diese unangenehme Aufgabe ohne Probleme aufbürden zu können – es war ihnen ja auch gelungen – und befahl Bichairos und den beiden Männern, in einigem Abstand von der Leiche zu warten. Dann war es so weit. Er spürte den sauren Geschmack im Mund, den er so gut kannte. Es kostete ihn Mühe, die Kontrolle zu behalten, doch er riss sich zusammen und ging zu der Toten. Aus der Nähe sah er, dass unter dem Mantel, der sie bedeckte, braune Locken hervorlugten – diese Farbe, er kannte sie nur zu gut. Einen schrecklichen Moment lang glaubte er, dass es Laelia war, die dort lag, seine Laelia, seine Geliebte. Er atmete tief durch, schloss die Augen, während er den Mantel wegzog. Als er sie wieder öffnete, fühlte er unermessliche Erleichterung. Sie war es nicht.

Obwohl die Leiche keinen schönen Anblick bot, bereits von Tieren angefressen, der Körper leicht aufgedunsen, war doch zu erahnen, dass es sich um eine zu Lebzeiten sehr hübsche junge Frau gehandelt haben musste. Silvanus spürte wieder die Übelkeit, als er die zahlreichen klaffenden Stichwunden erblickte, im Unterleib, in der Herzgegend, gut erkennbar, denn der Regen hatte den unbekleideten Körper reingewaschen. Wo war ihre Kleidung? Nicht einmal Schuhe trug sie an den Füßen. Er beschloss, die genaue Untersuchung der Leiche auf einen späteren Zeitpunkt zu verschieben und sich lieber den Fundort anzusehen, vielleicht fand er noch etwas, Teile der Kleidungsstücke zum Beispiel. Es sei denn, der Täter hatte sie mitgenommen. Oder dieser Töpfereiarbeiter?

Silvanus schritt um die Tote herum, erfasste jedes Detail. War sie an dieser Stelle ermordet worden? Er würde es nicht mehr feststellen können, das schlechte Wetter der letzten Tage hatte alle Anhaltspunkte vernichtet. Er zog seine Kreise weiter, in der Hoffnung auf einen Hinweis – die Tatwaffe, ein verlorenes Besitzstück –, doch er fand nichts. Auch die Kleidung der Toten blieb verschwunden.

Endlich hatte er alles getan, was zu tun war, es blieb nur noch die gründliche Untersuchung der Leiche. Dazu jedoch fühlte er sich nicht in der Lage, nicht jetzt. »Wohin werdet ihr sie bringen?«, erkundigte er sich bei den Männern, die auf seine Anweisung hin den Körper auf den Karren hievten.

»In das Totenhaus nahe dem Asklepieion, Herr«, stieß einer der Männer mühsam hervor. »Bah, wie die schon stinkt.« Angewidert warf er den Mantel über die Leiche, während der andere den Esel am Zügel fasste. Mit einem kurzen Abschiedsgruß machten sie sich auf den Weg.

Silvanus wandte sich noch einmal Bichairos zu, musterte ihn streng und fragte, ob er die Frau schon einmal gesehen habe, ob er regelmäßig hierher komme, um sein, nun, Geschäft zu erledigen, ob ihm etwas anderes aufgefallen sei, Fremde in dieser Gegend zum Beispiel. Habe sich einer der Arbeiter seltsam verhalten?

Nein, lautete jedes Mal die Antwort, schon seit Wochen sei er nicht mehr hier gewesen, kenne das Mädchen nicht, habe nichts gehört oder bemerkt, auch die anderen hätten nichts erwähnt. – Ob er jetzt gehen könne, er bekäme sonst Schwierigkeiten. Bichairos trat von einem Fuß auf den anderen.

Silvanus entließ ihn. Noch eine ganze Weile starrte er auf die Stelle, an der die Frau gelegen hatte. Wer war sie? Wie lange war sie schon tot? Sobald er näheres über ihre Person wusste, war er der Aufklärung des Mordes ein gutes Stück näher. Denn meistens, so seine Erfahrung, stammten die Täter aus dem näheren Umfeld der Opfer, ein eifersüchtiger Ehemann, Geliebter oder ein Familienangehöriger. Er würde Erkundigungen in der Stadt und im Flüchtlingslager einziehen müssen, auch über diesen Bichairos sollte er Nachforschungen anstellen, der Mann machte einen seltsamen Eindruck. Und dann würde er sich die Leiche noch einmal ansehen. Er musste es tun, es ließ sich nicht umgehen.

Etwas am Boden zog seine Aufmerksamkeit auf sich. Die Grashalme waren dort, wo man den Körper der Toten aufgehoben hatte, niedergedrückt. Doch nicht nur das, ihre Farbe unterschied sich deutlich vom übrigen Gras. Er erinnerte sich, dass man hieraus gewisse Schlüsse ziehen konnte, zum Beispiel, wie lange die Leiche dort schon gelegen hatte. Er schätzte, mehrere Tage, wenn nicht gar ein bis zwei Wochen, doch nicht länger.

Langsam machte er sich auf den Rückweg. Es gab viel für ihn zu tun. Am besten wäre es, sich sofort unter den Töpfern umzuhören, vielleicht hatte ja doch jemand etwas gesehen oder bemerkt. Und sollte dieser Bichairos tatsächlich etwas mit der Sache zu tun haben, hätte er den Fall wunderbar schnell geklärt und könnte einen raschen Erfolg vorweisen. Andererseits aber erforderte es die politische Lage, sich eilends über das Flüchtlingslager, seine neuen Befugnisse und Aufgaben zu informieren, mit den bisher Verantwortlichen zu sprechen, die bis dato die Verpflegung und Unterbringung organisiert, die Schar der Amtssklaven und Arbeiter eingeteilt und beaufsichtigt hatten. Dies hatte Vorrang, entschied er, den Töpfern würde er sich später widmen.

Das Flüchtlingslager war gut organisiert, das musste Laelia zugeben, als sie sich vor der Lebensmittelausgabe in die lange Schlange der Wartenden einreihte. Jeder hier erhielt so viel, wie er zum Überleben benötigte, hatte man ihr gestern mitgeteilt, als sie und ihre Freundin Illicia mit ihren Familien ankamen, todmüde von der langen Reise. Geht nach Pergamon und wartet den Ausgang des Krieges ab, hatte es in den bedrohten Gebieten geheißen, dort seid ihr sicher, so weit werden die Parther nie vorrücken. Es wird nicht lange dauern, bis Rom die Barbaren zurückgeschlagen hat.
Besonders die römischen Bürger, arm wie reich, waren diesem Aufruf gefolgt. Und noch immer kamen viele, voller Angst, von den Feinden erschlagen zu werden – oder von dem Teil der einheimischen Bevölkerung, der in der parthischen Invasion eine Chance sah, die römische Herrschaft endlich abzuschütteln. Laelia schnürte es bei dem Gedanken die Kehle zusammen. Jeder wusste von den Gräueltaten, die der pontische König Mithridates vor achtzig Jahren in dieser Provinz verübt hatte, von den Zehntausenden toter römischer Bürger, erschlagen auf offener Straße, erschlagen auch von den Einheimischen. Und jetzt die Parther …
Die Menschen in der Schlange rückten auf, schon konnte Laelia hören, wie eine Frau mit dem zuteilenden Pergamener stritt. Sie sei schwanger und brauche mehr, fuhr sie ihn an.

Der Mann blieb ruhig. »Dein Name ist Sexta Talusa, sagtest du? Du stehst hier auf meiner Liste zusammen mit sechs anderen Personen deiner Familie. Das sind sieben Rationen pro Tag. Es gibt keine Ausnahme. Nimm dein Essen und geh!« Demonstrativ hakte er alle sieben Namen auf seiner Pergamentrolle ab.

Talusa lamentierte weiter. Hinter ihr begannen die Leute zu schimpfen, auch Laelia verdrehte die Augen. Sie hatte Hunger, und sie wusste, dass die Kinder ihrer Schwester das halbe Lager zusammenschrien, käme sie nicht bald zurück. »Welch eine selbstsüchtige Person«, sagte sie leise zu Monoculos, der neben ihr stand. Ihr fast blinder Sklave nickte nur, er hatte den Kopf erhoben, nahm die Gerüche und Geräusche des Lagers in sich auf.

Talusa war endlich mit ihren Vorräten abgezogen und der Nächste an der Reihe. Der jedoch stand nicht auf der Liste, so schickte der Pergamener ihn zu einem anderen Teil des Lagers. Laelia sah dem gebeugten Alten nach. Alle hatte sich eben an die Regeln zu halten, und die waren eindeutig. Ein jeder Ankömmling musste sich bei der Zentralverwaltung melden, dort trug man ihn in ein Verzeichnis ein, wies ihm ein Zelt zu, erklärte, an welcher Stelle er seine Lebensmittel bekam, wo der nächste Brunnen mit frischem Wasser, wo die Latrine war und so weiter. Je fünfzig Zelte bildeten eine organisatorische Einheit. Laelia hatte es sich schlimmer vorgestellt, und für ein paar Wochen würden sie es hier schon aushalten, bis sie wieder zurück nach Ephesos konnten. Lange würde dieser Krieg bestimmt nicht dauern. Kehrte erst Antonius aus Alexandria zurück und stellte sich an die Spitze seiner Truppen, hätten die Parther keine Chance mehr. Jeden Tag musste er eintreffen …

Der Mann vor ihr war an den Zuteilungstisch getreten. Laelia hörte, wie er leise verhandelte, dann dem Schreiber etwas in die Hand drückte und mit einem prallgefüllten Lebensmittelsack abzog. Missbilligend zog Laelia die Augenbrauen in die Höhe, als sie nun selbst an den Tresen trat, Monoculos hinter sich.

»Name«, fragte der Pergamener, ohne aufzusehen.

»Laelia Bibula aus Didyma.«

»Welches Zelt?«

»Nummer fünfundvierzig.«

»Hier steht, du bist aus Ephesos gekommen, warum sagst du Didyma?« Jetzt blickte der Mann auf, nicht unfreundlich.

Laelia strich sich eine dunkelbraune Locke aus dem Gesicht. »Meine Freundin Illicia und ich sind in Didyma geboren. Wir wohnten in Ephesos, bevor wir flüchteten, zusammen mit unseren Familien, die auch auf deiner Liste stehen müssten.«

»Ah ja«, sagte der Mann gedehnt, während er sie begehrlich musterte. »Willst du nur deine Ration?«

»Nein«, Laelia senkte den Blick. »Ich möchte die Lebensmittel für alle, also meinen Vater Bibulus, meine Schwester Offilia, ihren Mann Rubingetorix und ihre fünf Kinder sowie für meinen Sklaven Monoculos hier, dann noch für Illicia, ihren Vater Tollimos und ihre Sklavin Flusia.«

Der Pergamener hakte die Namen ab und gab seinem Sklaven das Zeichen, die Waren herauszugeben. Laelia ließ er dabei nicht aus den Augen. »Hast du keinen Mann? Oder ist er bei den Legionen? Wie dem auch sei, solltest du einmal Hilfe benötigen, sprich mich ruhig an. Mein

Name ist Kleantes. Der Nächste!« Vielsagend blinzelte er ihr zu, während Laelia einen Blick in den Sack warf. Die Frau hinter ihr drängte sich schon an den Tresen.

Doch Laelia wich nicht von der Stelle. »Einen Moment noch, Kleantes. Das ist viel zu wenig, immerhin sind wir dreizehn Personen, du hast dich bestimmt geirrt.«

»Ich irre mich nie.« Unwirsch tippte Kleantes auf seine Liste. »Hier steht, die Kinder sind noch klein. Ihr habt bekommen, was euch zusteht.« Mit gedämpfter Stimme fügte er hinzu: »Wenn du mehr willst, nun ja, du wirst schon eine Möglichkeit finden ...« Ein letztes kurzes Blinzeln, dann wandte er sich an die wartende Frau. »Name?«

Laelia ging, gefolgt von Monoculos, der den Sack geschultert hatte. Nun, die Organisation mochte gut sein in diesem Lager, doch der Willkür der Verantwortlichen war man gleichwohl ausgeliefert. Wahrlich, wenn es so weiter ging, stand ihnen eine schwere Zeit bevor.

Sie hatten sich vor ihrem Zelt um das Feuer gedrängt. Die Sonne begann zu sinken, die Kühle des Abends drang in die Glieder, trotz der Mäntel und Decken. Illicia und ihre Sklavin Flusia mischten Mehl mit Wasser, würzten den Brei sparsam mit dem kostbaren Salz und legten die Fladen auf das Geflecht über dem Feuer. Kaum hatte Laelia sie umgedreht, rissen die Kinder schon die Brote, nur halb gebacken, von der Feuerstelle. Keiner maßregelte sie, alle waren zu erschöpft, zu niedergeschlagen, froh, dass das immerwährende Geschrei der Kleinen wenigstens für einen Moment verstummte. Das bedeutete nicht, dass Ruhe um sie herrschte. Zelt stand hier neben Zelt, Feuer brannte neben Feuer, Menschen stritten, Kinder weinten, herumstreunende Hunde bellten. Und noch immer drängten die Flüchtlinge über die Ebene heran, mit Wagen und Karren, hoch mit ihren Habseligkeiten beladen. Das Lager wuchs unaufhörlich.

»Werden sie so viele Menschen überhaupt versorgen können?« Illicia hob den Sack mit dem kümmerlichen Rest Mehl, der von der Zuteilung übrig geblieben war. »Die Rationen hier reichen nicht zum Leben und nicht zum Sterben, wie soll das alles nur weitergehen?«

Ihr Vater Tollimos reichte seine wenigen Oliven an die Kinder weiter. »Esst nur, ihr seid jung, ihr braucht Kraft. Wir Alten sind mit wenig zufrieden. Nicht wahr, Bibulus?«

Laelias Vater nickte und schenkte seinem Freund einen Becher Wein ein. »Ja, du hast Recht, Tollimos, und solange wir hiervon genug haben, geht die Welt nicht unter.«

In der Tat, Wein hatten sie reichlich, denn Bibulus hatte beim Aufbruch die gesamten Vorräte seiner Taverne in Didyma auf den Wagen geladen. Auch Rubingetorix, seinem Schwiegersohn, gab er einen Becher, der ihn dankbar annahm und einige unverständliche Worte murmelte. Noch immer beherrschte der Gallier weder die lateinische noch die griechische Sprache vollständig, obwohl er schon seit Jahren mit Laelias Schwester Offilia verheiratet war.

Offilia, das jüngste ihrer Kinder auf dem Schoß, nahm ihrem Mann den Becher aus der Hand und tat einen tiefen Zug, bevor sie ihn zurückgab. »Ich glaube, Laelia, man hat dich bei der Ausgabe betrogen, wenn ich die Rationen betrachte. Das bisschen Mehl, Käse, Oliven. Morgen gehe ich, mal sehen, ob ich mehr ausrichten kann.«

»Ja, tu das.« Laelia stocherte mit einem Zweig im Feuer. Vielleicht hatte ihre Schwester wirklich mehr Erfolg, wenn sie ihren Charme spielen ließ. Zu wünschen wäre es, denn Laelia hatte wohl bemerkt, dass auch ihr Vater, ohnehin nicht der Kräftigste, seine kärgliche Ration heimlich den Enkelkindern zugesteckt hatte. Morgen würde sie mit Illicia auf den Markt gehen, nahm sie sich vor, denn insgeheim teilte sie die Befürchtung ihrer Freundin, die vielen Menschen würden nicht lange versorgt werden können. Illicia und sie hatten einige Ersparnisse, eine Zuwendung von Marcus Antonius, dem sie einmal eine Gefälligkeit erweisen konnten. Eine Gefälligkeit, die zu einer tiefen Freundschaft – und mehr – zwischen Illicia und dem Feldherrn geführt hatte. Und zwischen ihr, Laelia, und Antonius' Gefolgsmann Silvanus Rhodius. Laelia seufzte innerlich. Obwohl ihre Beziehung mit Silvanus nun schon seit mehreren Monaten zu Ende war, sehnte sie sich manchmal doch noch nach ihm. Jetzt, zum Beispiel. Sie schob die Gedanken von sich. Morgen würde sie Illicia vorschlagen, in die Stadt zu gehen, um Lebensmittel zu kaufen. Laelia schaute den Burgberg hinauf, suchte die Gebäude, die ihnen ein freundlicher Nachbar gezeigt hatte. In der untergehenden Sonne strahlte der blendend weiße Marmor des weithin sichtbaren Theaters, dessen steile Sitzreihen sich in eine Bergmulde schmiegten, links neben der Bühne erhob sich der anmutige Tempel des Dionysos. Ein wenig höher zur Rechten lag der Athenatempel, in dessen Umfriedung sich die berühmte Bibliothek befinden sollte, und gleich daneben der viel gerühmte Zeusaltar, über dem eine kleine Rauchwolke aufstieg.

Ja, morgen wollte sie mit Illicia in die Stadt gehen, auch um auf andere Gedanken zu kommen.

Monoculos kam von der Latrine zurück, langsam und vorsichtig setzte er einen Fuß vor den anderen. Erleichtert ließ er sich am Feuer nieder und rieb die Hände über den wärmenden Flammen. »Wir sollten vorsichtig sein«, mahnte er mit leiser Stimme. »Eben hörte ich, man hätte eine Tote gefunden, eine junge Frau, drüben in dem kleinen Wäldchen bei den Tongruben. Wohl eine von den Flüchtlingen, übel zugerichtet. Man munkelt, sie sei ermordet worden oder auch wilden Tieren zum Opfer gefallen. Hütet euch also davor, zu weit vom Lager wegzugehen, es soll Wölfe hier geben, Bären und Berglöwen. Besonders den Kindern solltest du das einschärfen, Herrin Offilia.« Seine Hände über dem Feuer zitterten leicht.

»Oh, ihr Götter, was soll nur aus uns werden!« Offilia zog die Kleinen schützend an sich. »Bedroht von Mördern, wilden Tieren, dem Hungertod und dann noch diese parthischen Barbaren auf den Fersen. Wo bleibt denn dein göttlicher Antonius, Illicia, der uns alle retten kann, wo bleibt er? Oh, Apollon, steh uns bei!«

Illicia erhob sich wortlos und ging in das Zelt. Laelia warf ihrer Schwester einen vorwurfsvollen Blick zu, schob mit einem Stock zwei Steine aus dem Feuer, wickelte sie in eine Decke und folgte ihrer Freundin. Bei all dem Kummer in dieser trostlosen Situation sollte sie wenigstens nicht frieren.

KAPITEL II

Am frühen Morgen erschien ein Sklave bei Silvanus mit der Botschaft, man habe für ihn und seine Gattin ein Haus gefunden, nahe der unteren Agora, einem der beiden Marktplätze der Stadt. Leander hatte Wort gehalten. Lucida machte sich sofort mit ihrem Haussklaven Nasutus auf den Weg, das neue Heim in Augenschein zu nehmen. Offensichtlich hielt es ihrer strengen Inspektion stand, denn bald schickte sie den Befehl, ihre Habseligkeiten hinüberzuschaffen. Viel war es nicht, das meiste war in Ephesos geblieben, hatten sie doch nicht mit einem längeren Aufenthalt gerechnet.

Unlustig überwachte Silvanus die Sklaven beim Packen. Obwohl ihr neues Domizil in einer guten Wohnlage Pergamons lag, mit Blick über die gesamte Ebene, hätte er doch die gemütliche Herberge nahe dem Asklepieion vorgezogen, in der er sich eingemietet hatte, um sich ganz seiner Kur zu widmen. Doch seit Lucida mit den Sklaven zu ihm gestoßen war, war es ohnehin aus mit Ruhe und Gemütlichkeit, und sein Amt als Flüchtlingsbeauftragter erforderte eine repräsentative Unterkunft. Der Umzug ließ sich nicht vermeiden. Lieber jedoch hätte Silvanus in der Nähe des Regierungsviertels gewohnt, ganz oben auf dem Berg, wenn es denn schon sein musste, aber man konnte natürlich keinen der dort ansässigen Bewohner auf die Straße setzen. Sein neues Haus dagegen war vor kurzem frei geworden, so hatte Leanders Sklave berichtet. Bestimmt war es laut an der unteren Agora, und auch die Nachbarschaft der reichen Geschäftsleute und Händler behagte Silvanus nicht. Eingebildet waren die und verschlagen.

Nachdenklich sah er den Sklaven mit den zwei Eseln hinterher, die sich mit dem Gepäck auf den weiten Weg in die Stadt machten – das Asklepieion lag eine gute Meile vor den Toren Pergamons. Er verabschiedete sich wehmütig von seiner Wirtin, einer gutmütigen älteren Dame, die ihn mit Tränen in den Augen auf beide Wangen küsste – nun, er hatte sie auch gut bezahlt – beteuerte, ab und zu auf einen Becher Wein hereinzuschauen und folgte der schon in der Ferne verschwindenden kleinen Karawane mit seinen Habseligkeiten. Er würde seine Therapie auf jeden Fall fortsetzen, tröstete er sich, mindestens jeden zweiten Tag. Wollte er sein Rückenleiden nicht wieder aufleben lassen, brauchte er das bei so einer anstrengenden Aufgabe unbedingt. Die Bäder, die Schlafkuren, die Trancezustände, in die ihn die Ärzte versetzt hatten, diese Fürsorge, die er in den letzten Monaten tagtäglich erfahren hatte, all das mochte er nicht mehr missen.

Vor einem der zahlreichen Geschäfte, die die Heilige Straße säumten, blieb er stehen und betrachtete die Auslage: Nasen, Ohren,

Hände, Füße – Opfergaben für das Asklepieion. Für jedes erkrankte Körperteil gab es das passende künstliche Gegenstück. Doch auch kleine Statuen des Asklepius, kostbaren Weihrauch und fein verzierte Opfermesser konnte der Käufer erwerben und dem Gotte weihen, sei es als Dank nach erfolgter Heilung, sei es als Bitte, die Gesundung zu beschleunigen – die Priester nahmen alles dankbar entgegen. Eine kleine Skulptur zog seinen Blick auf sich, eine Schlafende mit langen, braun bemalten Locken. Die Leiche der jungen Frau kam ihm in den Sinn. Er musste sie noch untersuchen, das war unumgänglich, und sie befand sich hier in der Nähe, im Totenhaus des Asklepieions. Er sollte es jetzt hinter sich bringen, Lucida und das neue Haus konnten warten.

Kurz vor dem Tor zum Asklepieion fand er das Gebäude, in das die Toten gebracht wurden – Verstorbene innerhalb des Heiligtums waren undenkbar, der Tod hatte dort keinen Platz. Ein seltsamer Geruch schlug ihm entgegen, als er die Tür öffnete – sein Klopfen war ungehört verhallt – eine Mischung aus Weihrauch, Kräutern und Verwesung, die ihm auf den Magen schlug. Er schluckte. Noch während er sich in dem säulenumstandenen Innenhof umblickte und sich fragte, hinter welcher der vielen Türen die Tote wohl auf ihn wartete, näherten sich Schritte. »Ave Silvanus, was führt dich hierher?« Ein schlanker, gut aussehender Mann mit vollem, dunkelblonden Haar und regelmäßigen Gesichtszügen trat aus dem Raum zu seiner Rechten.

»Ave Nessos, welch eine Überraschung, dich hier anzutreffen!« Silvanus kannte ihn gut, er war einer der Ärzte, die ihn im Asklepieion behandelt hatten. Dass Nessos sich auch mit der Forschung an Toten befasste, war Silvanus neu, er hatte ihn als Experten der konservativen Therapie – Diäten, Bäder, Trancen – kennen gelernt und die Sitzungen bei ihm sehr genossen. Wie er gehört hatte, entstammte der Arzt einer alteingesessenen pergamenischen Familie, sein Vater Imbrassos war der oberste Sicherheitsbeamte der Stadt.

Nessos blickte ihn mit wachen tiefblauen Augen an. »Nun Silvanus, man lernt nie aus, und unser Heiligtum bietet beste Möglichkeiten, meine Kenntnisse zu vertiefen. Du weißt, die führenden Kapazitäten aller Fachrichtungen praktizieren hier. Ich hoffe, bald ebenfalls dazuzuzählen und einer der besten Ärzte am Ort zu sein. Doch hast du mir noch nicht gesagt, was du hier suchst. Ist es reine Neugierde? Soll ich dich herumführen?«

»Nein, nein, vielen Dank, lieber Freund«, Silvanus hob abwehrend die Hände, »ich bin nicht freiwillig hier. Man hat mich beauftragt, den Tod der jungen Frau zu untersuchen, die gestern gefunden wurde. Man hat sie hierher gebracht, weißt du etwas darüber?«

»Ja natürlich. Ich habe sie mir gemeinsam mit Sozomenos, dem Obersten unserer Ärzte, angesehen. Er hat das Sezieren in Ägypten gelernt und ist auf diesem Gebiet ein Experte, der seinesgleichen sucht. – Sie bietet keinen schönen Anblick.« Betroffen rieb sich Nessos die Nase. »Schade um die junge Frau. Ich bringe dich zu ihr, sie liegt nebenan.«

Silvanus zögerte. »Äh, Nessos, vielleicht kannst du mir vorab schon einige Informationen geben. Und – hättest du einen Becher Wein für mich?«

»Selbstverständlich. Nimm Platz, ich werde welchen holen lassen.«

Während Nessos nach einem Sklaven suchte, setzte sich Silvanus im Innenhof auf eine Bank und wischte sich die Stirn. Er fühlte sich schlecht, schon jetzt. Sein Magen hob sich. Wie sollte das erst werden, wenn er die Leiche ansehen musste? Ob er Nessos nach einem Mittel gegen Übelkeit fragen sollte? Konnte er sich diese Blöße geben?

Doch er wurde der Entscheidung enthoben. Nessos war zurückgekommen, hatte sich neben ihn gesetzt und ihm besorgt eine Hand auf den Arm gelegt. »Du bist blass, Silvanus, es ist der Magen, nicht wahr? Ich habe befohlen, spezielle Kräuter in den Wein zu mischen, das wird dir gut tun.«

Ein junger Sklave brachte den Wein. Dankbar nahm Silvanus den Becher entgegen und trank einen tiefen Schluck. Doch, er konnte dem Arzt vertrauen, das fühlte er. »Danke, Nessos. Es sind die Leichen, weißt du, allein der Gedanke, eine ansehen zu müssen, lässt mir den Magen steigen.« Wieder trocknete er sich den kalten Schweiß von der Stirn. Nein, er würde sich die Tote nicht ansehen, es reichte, wenn Nessos ihm die wesentlichen Fakten mitteilte. Der war Arzt, hatte offensichtlich Erfahrung in diesen Dingen und das Mädchen schon untersucht. Warum also sollte er sich das antun? Ihm war elend. »Berichte mir von euren Ergebnissen«, brachte er hervor. Erneut nahm er einen tiefen Schluck von dem Wein. Langsam fühlte er sich besser, die Kräuter begannen zu wirken.

Nessos betrachtete ihn prüfend, nickte dann. »Gut. Ich helfe Sozomenos schon seit einigen Jahren bei den Leichenöffnungen. Dieses Mal hat er mir die Untersuchung der Toten überlassen und war sehr zufrieden.« Ein stolzes Lächeln überflog sein Gesicht. »Sozomenos ist jetzt über siebzig, seine Augen sind nicht mehr die besten, und auch das Herz macht ihm zu schaffen. Ich fürchte fast, er wird nicht mehr lange unter uns weilen, obwohl wir uns alle die größte Mühe geben, seinen Zustand zu bessern. Aber du weißt ja, Heilkundige sind immer die schwierigsten Patienten.« Nessos hatte den richtigen Ton getroffen, Silvanus atmete wieder freier.

Der Arzt fuhr fort: »Wollen wir hoffen, dass dieser geniale Mann uns noch lange erhalten bleibt. Übrigens hat er mich auch gelehrt, was im Falle eines unnatürlichen Todes wichtig und zu beachten ist. So kann ich dir einiges über das Opfer sagen, obwohl der Körper schon Zeichen fortgeschrittener Verwesung aufweist. Sie hatte sieben Einstiche im Unterleib, ein weiterer Stich traf das Herz und führte zum Tode. Ich gehe davon aus, dass man der Frau die Verletzungen im Unterleib nach ihrem Tod zufügte, denn ich fand keinerlei Hautabschürfungen oder Blutergüsse, die auf eine Fesselung hindeuten, oder sonstige Hinweise darauf, dass sie sich zur Wehr setzte. Auch nichts unter den Fingernägeln, ebenso keine anderen Verletzungen, Schlagwunden oder Ähnliches.«

»Kannst du mir sagen, wann sie gestorben ist?«

»Schwer zu sagen.« Nessos überlegte einen Moment. »Ich schätze, vor mindestens zwei Wochen. Das feuchte, kühle Wetter hat natürlich den Fortgang der Verwesung verlangsamt. Aber für diesen Zeitraum spricht auch das Entwicklungsstadium der Maden, die ich fand. Sie sind noch recht klein, kaum auszumachen. Nun, es gibt noch nicht viele Fliegen, und die Witterung ließ sie langsam wachsen.«

Maden – bei deren Erwähnung stieg Silvanus ein saurer Geschmack in die Kehle, er bekämpfte ihn mit einem Schluck Wein. Dennoch, die sachkundigen und präzisen Ausführungen des Arztes beeindruckten ihn; erleichtert stellte er fest, dass der Mann, nahezu im gleichen Alter wie er selbst, umfassende Kenntnisse besaß. Von der leidigen Last der Leichenschau befreit, erwachte in ihm der Ermittler. Diesen Teil der Arbeit mochte er, Schlüsse ziehen, einzelne Mosaiksteinchen zu einem Gesamtbild des Verbrechens zusammenfügen, den Täter einkreisen –

wenn es denn genug Anhaltspunkte gab. »Fandest du Hinweise, dass sie vergewaltigt wurde?«

»Schwer zu beurteilen.« Nessos scheuchte eine frühe Fliege von seinem weißen Chiton, bevor er weitersprach. »Der Genitalbereich wies keine sichtbaren Verletzungen auf, das ist das Einzige, was ich sagen kann.«

»Und das Tatwerkzeug?«

»Ein scharfer, spitzer Gegenstand, ein großes Messer wahrscheinlich, aber auch ein Schwert oder eine Lanze wäre denkbar. Nicht leicht zu sagen, Silvanus, wäre die Leiche frischer gewesen, hätte ich es eher eingrenzen können. Die Wunden verändern sich mit der Zeit, in kalter Witterung ziehen sie sich zusammen, infolge einsetzender Fäulnis weiten sie sich wieder. Doch so viel ist sicher, es war keine kleine Waffe, denn die Stiche gehen tief, und sie hatte eine gerade, nicht gezahnte Klinge.«

Silvanus nickte. Ein Messer oder ein Schwert, darauf hatte er auch geschlossen, als er die Verletzungen der Toten sah. Und dass sie mindestens zwei Wochen gelegen hatte, wie Nessos sagte, deckte sich mit seinen Beobachtungen des Untergrundes, wenn er auch vom Zustand des Leichnams her die Zeit nicht ganz so lange angesetzt hätte. Dem kalten Frühjahr war es zu verdanken, dass der Arzt überhaupt einige Angaben machen konnte, wenn sie auch mit Vorsicht zu betrachten waren, wie Silvanus wusste. Doch immerhin gab es Anhaltspunkte. »Die fehlenden Fesselungs- und Abwehrspuren deuten darauf hin, dass sie ihren Mörder gekannt hat«, sinnierte er. »Erwartete sie ein Kind, hast du das untersucht, Nessos? Vielleicht wollte sich jemand einer unangenehmen Verpflichtung entledigen.«

»Natürlich habe ich das untersucht, nein, sie war nicht schwanger.«

»Hm, sieht dennoch nach einer Beziehungstat aus, wie die meisten Morde. Wenn wir wissen, wer sie ist, dürfte es nicht schwierig sein, den Täter zu fassen.« Silvanus erhob sich. »Du hast mir sehr geholfen, Nessos. Darf ich dich noch bitten, mich sofort zu verständigen, sollte sich bei euch jemand melden, der sie kennt?«

»Auf jeden Fall. Ich werde mein Bestes tun, dir zur Seite zu stehen, Silvanus. Ein solch blühendes Leben auszulöschen ist eine unaussprechliche Untat. Doch noch etwas anderes: Ich hörte, du bist mit der Organisation des Flüchtlingslagers beauftragt. Warst du schon dort?«

Silvanus zog die Augenbrauen in die Höhe. So schnell hatte sich die Neuigkeit verbreitet? »Nein, ich war noch nicht dort, bekam ich doch erst gestern den Auftrag und musste mich in die Unterlagen einlesen, mit den bisher Verantwortlichen sprechen. Ich wollte nachher dorthin, um mir einen Überblick zu verschaffen. Warum fragst du?«

»Ich mache mir Sorgen. Noch scheinen die Verhältnisse recht gut geordnet, aber erfahrungsgemäß wird es nicht mehr lange dauern, bis sich Krankheiten ausbreiten. Meist wird ja erst gehandelt, wenn es bereits zu spät ist, deswegen hätte ich gern von dir die Erlaubnis, im Lager nach dem Rechten zu sehen. Ich möchte den Leuten erklären, worauf sie achten müssen, welche Kräuter sie sammeln können, um sich vor Krankheiten zu schützen, und diejenigen, die schon erkrankt sind, sofort behandeln. Wenn wirklich eine Seuche ausbräche, könnten alle Ärzte von Pergamon zusammen ihr keinen Einhalt gebieten, unsere Medikamente würden nicht reichen, auch die Einwohner der Stadt wären gefährdet. Habe ich deine Unterstützung?«

Beeindruckt von der Umsicht und Sorge des Arztes reichte Silvanus ihm die Hand. Tatsächlich hatte er sich über solche Gefahren noch keinerlei Gedanken gemacht. »Natürlich. Ich bin dir sehr zu Dank verpflichtet, Nessos.«

»Gut, dann werde ich am Nachmittag meinen ersten Besuch im Lager machen.« Nessos begleitete ihn hinaus. »Und vergiss über all der Arbeit nicht, dass du noch nicht vollständig genesen bist. Wirst du morgen den Termin bei mir einhalten können?«

»Nichts wird mich von der Therapie und ihrer wohltuenden Entspannung fern halten können.«

Erleichtert schritt Silvanus die Heilige Straße entlang. Den Göttern sei Dank für diesen Arzt, der ihm die leidige Leichenuntersuchung erspart hatte und sich nun auch noch um die Gesundheit der Flüchtlinge kümmern wollte, ein Punkt, der ihm, Silvanus, sicher positiv angerechnet würde.

An der Brücke über den Selinos hielt er inne. Die reißenden Fluten des Flusses umspülten bereits die Sträucher und Bäume am Ufer. Es hatte viel geregnet in den letzen Wochen, ob wohl mit Überschwemmungen gerechnet werden musste? Das wäre eine potenzielle Gefahr für das Flüchtlingslager, das ein gutes Stück westwärts den Fluss hinunter lag. Nicht auszudenken, was passierte, sollte der Selinos dort wirklich über seine Ufer treten. Doch die einheimischen Beamten hatten sicherlich nicht ohne Bedacht diesen Platz ausgewählt. Sie kannten das Wetter im Frühjahr, sie kannten den Fluss. Hoffentlich. Silvanus zog seinen Mantel enger um sich und setzte seinen Weg fort. Bald passierte er das Tor in der Stadtmauer, dann ragten die zweigeschossigen Hallen der unteren Agora vor ihm auf. Zur Linken lag sein neues Heim. Sollte er wirklich jetzt dorthin gehen, wo Lucida ihre Habseligkeiten einräumen ließ, die Sklaven geschäftig hin und her eilten und er gewiss mit diversen Aufgaben betraut werden würde? Er könnte natürlich seinen Rücken vorschieben, der ja noch immer nicht so belastbar war wie einst. Lucida würde dann wahrscheinlich seinen stattlichen Bauch mit skeptischen Blicken mustern und spitz bemerken, dass sein Rücken nie heilen würde, wenn er immer solch immenses Gewicht mit sich herumschleppte. Wann hatte ihm seine Frau eigentlich das letzte Mal etwas Nettes gesagt?

Nein, er würde sein neues Domizil jetzt noch nicht aufsuchen. Es gab Wichtigeres zu tun, er war Flüchtlingsbeauftragter und musste einen Mord aufklären. Die Töpfer zu befragen hatte jetzt Vorrang.

Viel erfuhr er nicht. Keiner von Demetrios' Arbeitern hatte in dem entsprechenden Zeitraum etwas Außergewöhnliches bemerkt, niemand kannte ein Mädchen, auf das die Beschreibung passte, keiner hatte sie je hier gesehen. Auch in den anderen Werkstätten erfuhr er nichts Neues. Man habe Besseres zu tun, als auf Passanten zu achten, so wurde er belehrt, man müsse arbeiten, seinen Lebensunterhalt verdienen. Die hübsche Verkäuferin von neulich war auch heute nicht da, stellte Silvanus enttäuscht fest, als er die Verkaufsstätte betrat. Ein junger Mann, der statt ihrer aus einem der hinteren Räume trat, klärte ihn auf, dass sie auch nicht wiederkäme, der Meister habe sie entlassen, als sie seine Zudringlichkeiten abwehrte. Könne er helfen? Silvanus bejahte und befragte ihn nach etwaigen Beobachtungen. Nein, er habe nichts bemerkt, was mit dem Mord in Zusammenhang stehen könne, antwortete der junge Mann bereitwillig, die Verkäufer hätten die Aufgabe, die Tonwaren zu bemalen, wenn keine Kunden zu bedienen seien, man säße nicht den ganzen Tag im Laden, wie oben in der Stadt. Ob er Bichairos kenne? Natürlich kenne er den, jeder kenne ihn, ein rechter Tunichtgut sei der, seine Frau habe es nicht leicht mit ihm. Er lachte.

»Wenn die Götter je einen Schürzenjäger geschaffen haben, dann den. Doch er hat seinen Preis bezahlt, erst seit drei Tagen kann er wieder arbeiten. Es heißt, er hat sich etwas bei den Prostituierten geholt.« Der Jüngling plauderte weiter, genoss offensichtlich die Aufmerksamkeit, die ihm von einem römischen Magistraten zuteil wurde. Ob er auch Demetrios kenne, fragte Silvanus. Allerdings, der sei ein schwieriger Mann, stelle aber die besten Tonwaren Pergamons her, das müsse man ihm lassen. Oh nein, verheiratet sei der nicht, er liebe Knaben, mache daraus keinen Hehl. Was man hier im Töpferviertel über den Mord denke? Die Sache sei doch klar, einer der Kerle aus dem Flüchtlingslager sei es gewesen, wer sonst. »Das Mädchen stammt bestimmt auch von dort, da solltest du einmal nachforschen. Wer wie die auf Kosten anderer lebt, schreckt auch vor Verbrechen nicht zurück, das weiß doch jeder.«

Silvanus verbiss sich eine Erwiderung, dankte dem Jüngling und machte sich auf den Weg zurück. Sollten die Angaben des jungen Verkäufers stimmen, dann war seine Hoffnung, mit Bichairos den Mörder bereits zu kennen, dahin. Nun, es wäre auch zu schön gewesen, um wahr zu sein, bereits nach einem Tag den Täter zu finden. Und Demetrios? Dass der Knaben liebte, schloss ihn zwar als Täter nicht vollständig aus, machte ihn aber doch erst einmal weniger verdächtig. Wahrscheinlich war der Mörder gar nicht im Töpferviertel zu suchen, überlegte Silvanus, während er einen besorgten Blick auf die dunklen Wolken warf. Sollte seine These stimmen, dass Mörder und Opfer sich gekannt hatten, dann wüsste hier bestimmt jemand davon. In diesem Viertel kannte jeder jeden, nichts blieb den anderen verborgen.

Silvanus wanderte am Berg entlang, bis er wieder auf die Hauptstraße traf, ganz in der Nähe der unteren Agora. Vor ihm an der Spitzkehre der Straße stand eine Sitzbank einladend im Sonnenlicht, das zwischen den Wolken hervorgebrochen war, und sogleich erschien das ganze Stadtbild viel freundlicher. Er setzte sich, genoss die Wärme und ließ die Atmosphäre der Hauptstraße auf sich wirken. Es wimmelte von Menschen, von Sklaven und Packtieren, die erstandene Waren zu den Häusern schleppten. In der städtischen Bank, gleich hinter ihm, hörte er Kunden schimpfen, wenn Geldwechsler sie schröpften. Aus der Garküche gegenüber wehte ein verführerischer Duft von frisch gebratenem Fleisch zu ihm herüber.

Es war kurz nach Mittag und Zeit für einen Imbiss, außerdem hatte er Durst nach dem langen Spazierweg. Von einer der Statuen, die seinen Verweilplatz umstanden, halb verdeckt, bemerkte er einen kleinen Jungen. »He du«, Silvanus winkte ihn zu sich heran, »willst du dir ein As verdienen?«

Der Kleine nickte eifrig.

»Dann lauf und hole mir ein Stück Fleisch mit Brot und einen Becher Wein!« Er drückte dem Jungen das Geld in die Hand und wartete, bis der das Gewünschte brachte. Zufrieden kauend lehnte er sich auf seiner Bank zurück, nippte an dem Wein und beobachtete das bunte Treiben.

Zunächst erschien alles wie sonst. Die Menschen schwatzten über alltägliche Dinge, während sie an Silvanus vorbei schlenderten. Dann jedoch bemerkte er, dass einige Pergamener scheele Blicke auf offensichtlich Fremde in der Stadt warfen, Menschen, die des Weges unkundig suchend umherblickten.

»Sie werden uns noch die Haare vom Kopfe fressen«, hörte er es raunen, und: »Mord und Totschlag haben bei uns Einzug gehalten, hast du von dem Mädchen gehört?«

Zwei gut gekleidete Männer schritten vorbei, Silvanus vernahm das Wort »Parther«, doch keinerlei Angst, nicht einmal Besorgnis klang in den Stimmen mit. Nun, dachte Silvanus, es gab auch wenig Grund zur Sorge, galt doch Pergamon als uneinnehmbar auf seinem Berg, von einer starken Mauer umgeben, von zwei Flüssen umschlossen. Noch nie in ihrer Geschichte hatte ein Feind es geschafft, die Stadt zu erobern, es war auch nicht häufig versucht worden, eben wegen ihrer besonderen Lage. Würden die Parther es versuchen? Für das Volk von Pergamon schien dies keine Frage, sie fühlten sich sicher.

Ganz anders einige Flüchtlinge, zumeist Römer. Mit sorgenvollen Mienen sprachen sie von nichts anderem als dem Parthereinfall: »... haben die römische Bevölkerung massakriert«, schnappte Silvanus auf, »Frauen vergewaltigt und verschleppt, sogar die Kinder geschändet.« – »Wann nur können wir zurück?« und »Warum sieht Rom tatenlos zu? Wo bleibt Antonius mit den Legionen?«

Zwei junge Frauen standen am nahen Brunnen, um ihren Durst zu stillen. »Im Lager sind wir vollkommen schutzlos«, klagte die eine, und die andere erwiderte: »Ja, wenn sie uns nicht in die Stadt lassen, sind wir verloren, sollten die Parther bis hierher kommen. Und wenn nicht, werden wir auch ermordet wie dieses arme Mädchen, das sie gestern fanden.«

»Wir sind hier nicht gern gesehen, ich sage dir, bald werden sie uns vertreiben!«

Die andere nickte, und beide machten sich auf den Weg zurück, gefolgt von ihren Sklaven mit den Einkäufen.

Silvanus wurde erneut bewusst, welch immens schwierige Aufgabe er zu bewältigen hatte. Nicht nur die Ruhe unter den Flüchtlingen musste gewahrt werden, auch die einheimische Bevölkerung hieß es, zufrieden zu stellen. Wären erst die Ausgaben für die Flüchtlinge größer als die Einnahmen durch sie, die ihr letztes Geld auf den Märkten und in den Geschäften ausgaben, drohte auch in der Stadt Empörung. Wie sollte er dem begegnen? Er trank den letzten Schluck Wein, blickte versonnen auf eine der Statuen, die hier die Straße säumten. Schräg gegenüber stand Eumenes II. auf seinem Sockel, König und Wohltäter der Stadt. Eumenes schien geradezu herausfordernd zu ihm herüberzuschauen, als wolle er sagen: ›Na, wie willst du das schaffen, Römer?‹ Wütend warf Silvanus den tönernen Becher zu Boden. Er würde es ihm zeigen.

Es hatte geregnet in der Nacht. All die warmen Felle, Decken und Mäntel hatten nicht die schleichende Kälte abhalten können, die unbarmherzig vom harten Boden her bis unter die Haut kroch und den Körper zittern ließ. Die heißen Steine zum Wärmen der Füße waren schnell abgekühlt, und Laelia hatte vor Kälte kaum ein Auge zugetan, wach gehalten zudem von den hustenden Kindern und dem Schnarchen ihres Vaters und Rubingetorix'. Beide hatten dem Wein so stark zugesprochen, dass sie gegen die Unbill des Wetters gefeit schienen. Seufzend setzte Laelia sich auf, reckte ihren durchgefrorenen Körper und rieb sich die kalten Hände. Todmüde fühlte sie sich, doch an Schlaf war nicht mehr zu denken, es fehlte die Wärme eines gemütlichen Bettes.

Den anderen schien es besser zu gehen. Offilia lag noch in tiefstem Schlummer inmitten ihrer Kinder, die sich eng an sie gekuschelt hatten. Rubingetorix hatte sich etwas abseits in seine Decke gerollt, und auch

Bibulus, auf dem Rücken liegend, stieß noch immer mit offenem Mund die Luft geräuschvoll von sich. Tollimos allerdings und die beiden Sklaven fehlten unter den Ruhenden. Laelia musste doch tiefer geschlafen haben als gedacht, sie hatte sie nicht aufstehen hören.

Auch Illicia, die neben ihr lag, war wach und sah sie mit übernächtigten Augen an, die Lippen blau vor Kälte. »Wir sollten, wenn wir nachher in die Stadt gehen, vielleicht ein Kohlenbecken kaufen«, flüsterte sie, »sonst holen wir uns noch alle den Tod, vor allem die Kinder. Hast du den Kleinen husten gehört heute Nacht? Es klang nicht gut.«

Laelia nickte. Natürlich hatte sie ihn gehört. Hin und her gerissen zwischen Sorge für das leidende Kind und Ärger wegen der ununterbrochenen Geräusche hatte auch sie überlegt, was man tun könnte. Zumindest Kräuter gegen Husten wollte sie heute auf dem Markt besorgen.

Mit steifen Gliedern trat sie vor das Zelt. Es regnete nicht mehr, doch überall standen Pfützen, der Boden war aufgeweicht, der Weg ein einziger Schlammpfad. Der Himmel zeigte sich noch verhangen, doch in der Ferne schienen die Wolken aufzureißen, Apollon sei Dank.

Das Lager erwachte. Menschen traten ins Freie, blinzelten in das Licht, schlangen ihre Mäntel enger um sich, eilten in Richtung Latrinen. Vereinzelt kräuselten sich bereits Rauchwolken von den Feuerstellen gen Himmel, der Wind wehte den Geruch von frischem Brot durch die Zeltgassen.

Monoculos und Flusia knieten vor den durchnässten Resten ihrer Feuerstelle und bemühten sich verzweifelt, Funken in aufgeschichteten Reisig zu schlagen. Allein, es wollte nicht gelingen, der Boden war zu feucht. Die ebenholzschwarze Flusia blickte auf, als sie Laelia gewahrte, und wisperte verzweifelt: »Es geht nicht, Herrin, es will nicht brennen, und mir ist so kalt. Wir haben gestern vergessen, die Glut mit ins Zelt zu nehmen.«

Laelia legte der Nubierin ihren wollenen Umhang um die schmächtigen Schultern. »Es wird schon werden, Flusia, die Sonne kommt bald durch, inzwischen werde ich einen der Nachbarn bitten, uns etwas Glut zu überlassen. Dies soll uns eine Lehre sein, besser auf unser Feuer aufzupassen. Du, Monoculos, wirst künftig diese Aufgabe übernehmen.«

Monoculos hatte das unnütze Funkenschlagen aufgegeben. »Ja Herrin. Warte, ich hole dir etwas zum Überziehen und eine Schale für die Glut.« Er verschwand im Zelt und kam mit einem dicken Mantel zurück. Dankbar hüllte sich Laelia in den von Feuchtigkeit schweren Stoff, doch viel Wärme spendete er nicht. Dann nahm sie die bronzene Schale und schritt auf eine der Rauchsäulen zu.

Eine freundliche Dame gab ihr ein glühendes Holzscheit, damit konnten die Sklaven endlich ein klägliches Feuer entfachen. Flusia bereitete Weizenbrei für das Frühstück, es wurde höchste Zeit, denn die Kinder waren aufgewacht und begannen lauthals zu weinen. Illicia, inzwischen ebenfalls aus dem Zelt gekommen, verdrehte die Augen: »Wir sollten sehen, dass wir uns so schnell wie möglich auf den Weg machen, Laelia, ich kann das nicht aushalten. Ich verzichte auf das Frühstück. Was ist mit dir?«

Illicias Frage war überflüssig, beide kannten sich von Kindesbeinen an und verstanden sich nahezu ohne Worte. So erhob sich Laelia vom Feuer, und auch Monoculos stand widerwillig auf, das blinde Auge demonstrativ auf den Topf mit dem duftenden Weizenbrei gerichtet.

»Du brauchst uns nicht zu begleiten, Monoculos«, beruhigte ihn Laelia, »wir werden mehr auf dich aufpassen müssen, als du uns beschützen kannst. Bleib ruhig hier.«

»Kommt nicht in Frage!« Tollimos kam von einem der großen Wasserbottiche zurück, die zum Waschen dienten, ein Handtuch über dem Arm, und warf einen begehrlichen Blick auf Flusias Hinterteil. »Ihr geht nicht ohne Begleitung in eine fremde Stadt, vor allem nicht, wenn hier gerade ein Verbrechen geschehen ist. Der Junge begleitet euch!« Er hockte sich vor das Feuer und rieb seine Hände.

»Schon recht, Vater.« Illicia vergewisserte sich, dass ihr Geldsäckchen fest am Gürtel ihres Chitons saß. »Sollen wir dir etwas mitbringen?«

»Was haltet ihr von einem Opfer an Apollon, Kinder, damit wir seinen Beistand erflehen können in diesen Zeiten der Not? Ich dachte an ein kleines Lamm oder Ähnliches.«

Laelia und Illicia warfen sich einen Blick zu. Sie hätten es sich denken können, schließlich war Tollimos einst Priester im Apollontempel zu Didyma gewesen, in dessen Schatten sie aufgewachsen waren. Zudem hieße ein Lamm auch Fleisch für die Familie.

»Wir werden sehen, was wir finden, Tollimos.«

Am Stadttor hielt sie niemand auf, die Wachen musterten sie zwar, ließen sie aber ungehindert passieren. Mittlerweile hatten einzelne Sonnenstrahlen endlich die Wolkendecke durchbrochen, auch war ihnen von dem Fußmarsch wärmer geworden, die Welt sah nicht mehr ganz so trübe aus.

»Die Stadt ist wirklich imposant«, sagte Illicia. »Es ist noch früh, bevor wir unsere Einkäufe erledigen, könnten wir uns ein wenig umschauen.«

Laelia war es recht. So kletterten sie die Stufen einer steilen Gasse empor und wandelten dann auf den gepflasterten Steinen einer breiten Straße. Bald zogen sie fröstelnd ihre Mäntel enger um sich, wenn der Wind schneidend um die Ecken pfiff, bald öffneten sie sie weit, wenn die Sonne die Wolkendecke durchbrach. In einem schön angelegten Park setzten sie sich nieder, um ein wenig auszuruhen. Überall blühten kleine rote, weiße und gelbe Blumen, Boten des Frühlings nach dem langen Winter.

»Was hältst du von einem Besuch des Athenaheiligtums und der Bibliothek«, schlug Laelia nach einer Weile vor, »stell dir vor, die bedeutendste der Welt, seit die von Alexandria abbrannte.«

»Wenn sie uns hineinlassen«, dämpfte Illicia ihren Enthusiasmus. »So wie wir heute aussehen …« Sie wies an sich hinab. In der Tat, die Schuhe waren schmutzbeschmiert, der dunkle wollene Umhang zwar praktisch, aber nicht gerade zum Besuch eines Heiligtums geeignet, ebenso wenig der einfache braune Chiton, den sie darunter trug.

»Du hast Recht.« Laelia betrachtete ihre eigenen schmutzigen Schuhe und Beine. »Also nicht heute. Wir sollten auch langsam an die Einkäufe denken, es ist bald Mittag, und ehrlich gesagt bekomme ich Hunger.«

So schritten sie hinunter zur Hauptstraße und folgten dem allgemeinen Strom der Menschen, wohl wissend, dieser würde sie zur Agora, dem örtlichen Marktplatz führen.

Wie überall auf den Märkten drängten sich auch hier die Menschen vor den Geschäften im Erdgeschoss der Säulenhallen, betrachteten die Auslagen auf der Suche nach einem besonderen Angebot. Auf dem Innenhof drängte sich Stand neben Stand zwischen Statuen und Denkmälern – Stiftungen pergamenischer Würdenträger, Zeugen des einstigen Reichtums der Stadt – selbst im hintersten Winkel des großen Platzes priesen Händler lautstark ihre Waren an. Man hörte Feilschen, Schimpfen und Lachen, das Schreien von Kindern und Jammern von Kunden, die sich übervorteilt fühlten. Doch trotz all der Lebendigkeit, trotz der bunten Standbilder wirkte die Szenerie düster, seltsam altertümlich. Von Ephesos waren sie hellen, in der Sonne leuchtenden Marmor und schlanke Säulen gewohnt. Hier waren Pflaster und Gebäude aus grauem Stein, die Säulen gedrungen. Dennoch, diese Schlichtheit in Form und Farbe passte zu der Stadt auf dem Berg, wo jeder Zoll bebaubaren Bodens dem Gelände durch Terrassen abgerungen werden musste.

Ein plätschernder Brunnen zu ihrer Linken heiterte die Atmosphäre etwas auf. Hier konnten die Menschen im heißen Sommer ihren Durst löschen, die Händler Wasser für die zum Verkauf stehenden Tiere holen. Schweine, Schafe, Ziegen, Esel und allerlei Geflügel trugen lautstark zur Geräuschkulisse des Marktes bei. Hauptsächlich jedoch wurden Lebensmittel oder Gewürze feilgeboten, auch Töpferwaren, Kleidung und Stoffe sah man.

Illicia hatte in dem Gedränge einen Laden mit Backwaren entdeckt, auf den sie sofort zuhielt. »Wartet dort auf mich«, wies sie Laelia und Monoculos an und deutete auf eine freie Bank zwischen zwei Statuen, »ich bringe euch etwas mit.« Kurze Zeit später kehrte sie zurück, reich beladen mit süßen Brötchen, Sesambrot und Honigkuchen. »Ein römischer Bäcker«, stellte sie fest und biss genüsslich in einen Kuchen. »Wenn die Römer etwas verstehen außer Krieg zu führen, dann, Süßwaren herzustellen.«

»Nun, Römer haben auch andere Fähigkeiten, mit Krieg allein beherrscht man nicht die halbe Welt.« Als Tochter eines Römers und einer Einheimischen fühlte Laelia sich eher als Römerin, Illicia dagegen war durch und durch Kleinasiatin – die römische Großmutter zitierte sie nur bei Bedarf.

»Die halbe Welt ...« Illicia rieb sich versonnen das Kinn. »Wenn nicht bald etwas passiert, geht ein gut Teil davon verloren. Syrien haben die Parther schon, Pakoros, mit dem du vor noch gar nicht langer Zeit so nett geflirtet hast, kämpft dort, und Labienus, dieser Verräter, hat die Provinz Asia schon halb eingenommen. Ich verstehe nicht, weshalb Antonius nicht längst etwas unternommen hat, er wusste doch, dass sie einen Einfall planten. Hat er das vor blinder Liebe für Kleopatra vergessen?«

»Vielleicht haben die Parther ihm falsche Meldungen über ihre Pläne zukommen lassen, seine Spione bestochen«, gab Laelia zu bedenken. »Reich und hintertrieben genug sind sie ja. Doch um auf Pakoros zurückzukommen, der war ein durchaus angenehmer Gesellschafter, und ich darf dich daran erinnern, dass du diesem parthischen Wagenlenker, Mazdates, auch nicht gerade abgeneigt warst. Der wird sich im Moment wahrscheinlich ebenfalls damit befassen, römisches Gebiet einzunehmen.« Ganz bewusst versuchte Laelia, das Gespräch auf die Parther zu bringen, auf ihre gemeinsamen Erlebnisse im vergangenen Jahr in Ephesos, um von Marcus Antonius abzulenken. Sie wusste genau, dass Antonius' Aufenthalt in Ägypten, bei Kleopatra, ein herber Schlag für Illicia gewesen war. Diese kannte – und liebte – den Imperator bereits seit einiger Zeit, und wenn auch Antonius ihr nie etwas versprochen hatte, so verband doch beide eine innige Zuneigung. Kein Wunder, dachte Laelia, dieser Mann hatte eine ungewöhnliche Ausstrahlung, sah glänzend aus, bestach durch natürlichen Charme, der vergessen ließ, dass er der mächtigste Mann des Römischen Reiches war. Zudem ein begnadeter Feldherr und Politiker, gerade deshalb sah es Antonius ganz und gar nicht ähnlich, einer Situation wie dieser tatenlos zuzusehen.

»Ach, Mazdates, lass den aus dem Spiel, die Männer sind doch alle gleich. Antonius genauso ...«, empörte sich Illicia. »Wenn die Gerüchte stimmen, ist in Italien auch einiges los, du weißt doch, Fulvia, seine Frau, soll sich gegen Octavian gewendet haben, wahrscheinlich zu Recht. Und was macht Antonius? Bettet sein Haupt vermutlich an Kleopatras duftenden Busen.«

Laelia legte ihr die Hand auf den Arm. »Wahrscheinlich hat er erst vor kurzem von all dem erfahren. Du weißt doch auch, wie schwierig es im Winter ist, Botschaften zu senden. Die Schiffe fahren nicht, die Gebirge sind unpassierbar. Sei nicht ungerecht. Bestimmt ist er inzwischen auf dem Weg. Und dass er Kleopatras Hilfe gegen die Parther braucht, ist dir doch auch klar, schließlich wollte er ja in Alexandria seinen Feldzug gegen sie vorbereiten. Nun sind sie ihm zuvorgekommen, aber er wird sie schon vertreiben. Ich glaube nicht, dass es noch lange dauern wird.«

»Dein Wort in Apollons Ohr«, brummte Illicia, »aber du hast ja Recht, ich bin nur eifersüchtig. Eigentlich glaube ich auch, dass er die

Situation bald bereinigen wird.« Nachdenklich betrachtete sie das Treiben auf dem Markt. »Sag mal, Laelia«, hob sie dann zögernd an, »hast du schon daran gedacht, dass Silvanus noch in Pergamon sein könnte? Antonius schickte ihn doch hierher, um die Steuerpächter zu überprüfen.«

Laelia nickte. »Natürlich habe ich schon daran gedacht. Ich weiß nicht, ob ich mich über diese Vorstellung freuen oder mich davor fürchten soll. Schließlich war unsere Trennung alles andere als angenehm, ich bezweifele, dass Silvanus jemals den Grund dafür verstanden hat.«

»Vielleicht hast du ihm aber auch wenig Möglichkeit gegeben. Bedenke doch, die große Verantwortung, die auf ihm lastete, dieser Mordfall. Hast du da nicht ein bisschen viel von ihm verlangt?«

Laelia hob unmutig eine Augenbraue. »Nimmst du ihn jetzt auch noch in Schutz? Du hast doch das ganze Drama miterlebt. Was war denn mit Lucida, hatte er für die nicht auch Zeit? Hast du die vielen Versprechungen vergessen, er würde sie verlassen? Und was macht er dann? Bringt sie mit zu Antonius' Gastmahl, sitzt uns gegenüber, so dass ich die beiden Turteltauben den ganzen Abend betrachten muss. Ich bitte dich. Ich hatte durchaus Verständnis für seine viele Arbeit, für seine Situation, lange genug, wo aber war sein Verständnis für mich, für meine Gefühle?«

»Oh ja, ich weiß, ich weiß.« Illicia lächelte entschuldigend. »Dennoch, ich bin mir sicher, er liebt dich, und du liebst ihn auch.«

»Damals vielleicht, aber jetzt ...« Sie wechselte das Thema. »Ich weiß nicht, ob es klug wäre, wirklich ein Lamm zu kaufen. Der Geruch des gebratenen Fleisches würde sich über das ganze Lager verbreiten. Das führt nur zu Neid.«

Illicia nickte nachdenklich. »Ja, das ist wahr. Ich habe bei niemanden frisches Fleisch über dem Feuer gesehen oder gerochen, und es sind nicht alle so arm, wie sie tun. Einige kennt man ja. Was sollen wir dann mitbringen, Süßwaren? Das würde sie zwar erfreuen, aber nahrhaft ist es nicht. Und gerade die Kinder würden es den anderen wegessen, sogar die Portion für Apollon.«

»Vielleicht sollten wir in einer Garküche fertig gebratenes Fleisch kaufen«, mischte sich Monoculos ein, die Nase erhoben. »Dort drüben müsste eine sein.« Er zeigte nach rechts, und in der Tat drehte dort ein Mann ein Lamm über dem Feuer.

»Gute Idee«, stimmte Illicia zu, »wir werden es zwar kalt essen müssen, aber es ist besser als immer nur Brot und Käse. Lasst uns gehen.«

Sie erwarben eine gute Portion Fleisch, schlenderten noch eine Weile an den Geschäften vorbei, sahen sich die eleganten Töpferwaren an, für die Pergamon berühmt war, kauften Kräuter gegen den Husten, ein kleines Kohlenbecken gegen die Kälte und schließlich noch ein wenig Weihrauch als Opfer für Apollon.

Durch das Tor zur Hauptstraße verließen sie die Agora, schlängelten sich durch die vielen Menschen und mussten immer wieder schwer beladenen Eselskarren und hoch bepackten Tieren ausweichen.

»Bei Jupiter, hier ist es ja noch voller als in Ephesos«, stellte Laelia gerade fest, als Illicia, von einem bärtigen Mann angerempelt, strauchelte. Fast wäre sie gestürzt, hätte sie nicht ein anderer, der hinter ihnen ging, hilfsbereit um die Hüfte gefasst und aufgefangen.

»Oh, danke«, murmelte sie erschrocken und schenkte ihm ein unsicheres Lächeln, das ein von braunen Zahnstümpfen gezierter Mund freundlich erwiderte.

»Gern geschehen«, zischte es zwischen den Lücken hervor, dann wollte der Mann davoneilen, doch Monoculos hielt ihn an seinem schwarzen Umhang fest. »Gib die Geldbörse wieder her, du Verbrecher!«, brüllte der blinde Sklave.

Blitzschnell befreite sich der Mann aus seinem Umhang und verschwand im Gedränge.

»Haltet ihn fest!«, rief Monoculos, doch keiner der Umstehenden, die sich inzwischen um die kleine Gruppe versammelt hatten, machte Anstalten, hinter dem Dieb herzulaufen.

»Der ist längst weg«, sagte einer trocken. »Das passiert eben, in letzter Zeit noch häufiger als früher. Warum habt ihr nicht besser aufgepasst?«

»Mein Geld.« Immer wieder tastete Illicia nach ihrem Geldbeutel, sie wollte einfach nicht glauben, dass er verschwunden war. »Bei Apollon, was soll jetzt aus uns werden?«

Laelia legte ihr tröstend einen Arm um die Schulter. »Wir haben ja noch welches«, flüsterte sie, »wir werden nicht verhungern. Komm, lass uns gehen.«

Nach einer Weile hatte Illicia sich wieder gefasst. »Ich habe überhaupt nichts bemerkt. Woher wusstest du, dass er meinen Beutel genommen hat, Monoculos?«

»Ich hörte das leise Klirren der Münzen, Herrin. Es tut mir so Leid, dass ich den Mann nicht habe festhalten können. Ach, wenn ich sehen könnte ... Bestimmt haben sie uns auf dem Markt beobachtet und sind uns gefolgt. Meint ihr nicht, wir sollten den Diebstahl melden?« Der junge Germane drückte den Sack mit den Einkäufen fest an sich.

»Du hast die Leute doch gehört, man muss eben aufpassen.« Laelia bemerkte selbst die Bitterkeit in ihrer Stimme. »Die örtlichen Behörden werden sich um derartige Kleinigkeiten nicht scheren, besonders wenn es um Flüchtlinge geht. In Ephesos ist es doch nicht anders, wenn man den Dieb nicht selbst vor das Gericht zerrt, interessiert die Sache keinen Menschen. Selbst den Tod dieses armen Mädchens scheinen sie nicht ernst zu nehmen, ich habe noch nicht gehört, dass sie etwas unternommen haben. – Oder willst du den Diebstahl anzeigen, Illicia?«

Die schüttelte den Kopf. »Nein, ich glaube auch, dass es zwecklos ist. Lasst uns nach Hause gehen, ich habe genug für heute.«

Entschlossen erhob sich Silvanus von der Bank an der Spitzkehre der Hauptstraße. Er würde jetzt das Flüchtlingslager aufsuchen, als Beauftragter musste er sich ein Bild von der Lage machen. Egal, ob die tote Frau aus dem Lager stammte oder nicht, er musste sich dort sehen lassen, den Menschen das Gefühl geben, dass man sich um sie kümmerte, dass Rom sich kümmerte und ihre Sorgen und Ängste ernst nahm. So bahnte er sich einen Weg durch das Gedränge der Hauptstraße, bog dann nach rechts ab, um das dem Lager am nächsten liegende Stadttor zu erreichen, schritt an abweisenden Hausmauern entlang, bis ihn der Duft frisch gebackener Fleischpasteten vor einem Laden innehalten ließ. Der kleine Imbiss vorhin hatte seinen Appetit eher angeregt als seinen Hunger gestillt. Nur kurz ließ ihn der Gedanke an die verordnete Diät zögern, dann wählte er drei der goldbraunen Teigtaschen aus. Kauend durchquerte er das Stadttor und spazierte die Straße entlang. Als er den letzten Bissen in den Mund schob, hatte er den Selinos erreicht, an dessen Ufer die Zelte für die Flüchtlinge aufgeschlagen waren. Hier, wo der Fluss in einem weiten Bogen das hügelige Gelände umfloss, bot sich der Vorteil einer problemlosen Wasserversorgung. Den Nachteil des Standortes erkannte Silvanus sofort, als er auf die Zelte zuschritt. Wie befürchtet, begann der Fluss über die Ufer zu treten, drohte das nahe Lager zu überfluten. Überdies waren durch den starken Regen der letzten Tage die Wege aufgeweicht und von großen Wasserlachen übersät, daran würden auch die wärmenden Frühlingssonnenstrahlen vorerst nichts ändern. Vorsichtig schritt Silvanus durch den Matsch, doch bald waren seine Schuhe schwer vom Schlamm, Beine und Mantel mit Morast bespritzt. Würde das schlechte Wetter weiter anhalten, musste er Befehl geben, die Zelte hier abbrechen und weiter oben wieder aufbauen zu lassen. Das würde keinem gefallen, weder den Flüchtlingen noch den hier arbeitenden Pergamenern. Besserte es sich, wonach es momentan aussah, trockneten zwar die Pfade, aber dann würden Schwärme von Mücken den Flüchtlingen das Leben schwer machen. Besorgt fuhr er sich durch die kurzen schütteren Haare. Jupiter sei gedankt, dass Nessos so bereitwillig angeboten hatte, sich um die medizinische Versorgung zu kümmern, es würde bestimmt nicht mehr lange dauern, bis erste Krankheiten die Lagerbewohner heimsuchten. Wenigstens darum brauchte er sich nicht mehr zu kümmern.

Vor den Zelten drängten sich die Menschen an qualmenden Feuerstellen zusammen – obwohl die Sonne schien, war es doch frisch, ein kalter Wind strich von Norden her ungehindert über die Ebene. Silvanus fröstelte trotz seines warmen Wollmantels. Sein Blick fiel auf die etwas abseits gelegenen, in regelmäßigen Abständen errichteten Latrinen, das also war der Grund für den strengen Geruch, der an seine Nase drang. Die ersten zarten Sonnenstrahlen des Frühlings reichten bereits aus, die Luft mit Gestank zu erfüllen, der sich mit dem Rauch der Lagerfeuer mischte und sich schwer auf die Brust legte. Wie sollten die armen Menschen das auf Dauer aushalten?

Dennoch entging seinem prüfenden Blick nicht, dass die Pergamener in der Kürze der Zeit die Krisensituation vorbildlich gemeistert hatten: Zelt reihte sich an Zelt, in unüberschaubaren Reihen erstreckten sie sich bis weit in die Ebene hinein. Hier und da waren Stände aufgebaut, an denen die Flüchtlinge in langen Schlangen anstanden, um sich Nahrungsmittel, Brennmaterial oder Decken abzuholen. Lautes Geschrei drang von einem herüber.

»Du Betrüger!«, erregte sich ein älterer Mann, vorwurfsvoll einen

Korb hochhaltend. »Dies bisschen Kohle soll uns warmhalten? Sollen wir erfrieren? Vom Kochen ganz zu schweigen, damit bekommen wir nicht einmal das Wasser heiß. Was machst du mit dem, was du uns vorenthältst, verkaufst du es unter der Hand an Reiche?« Mit geballten Fäusten blickte der Mann auf den Beamten nieder, der ungerührt hinter seinem Tisch saß und etwas auf eine Wachstafel kritzelte.

Silvanus ging zu ihnen hinüber. »Gibt es Beschwerden?«

Der Beamte hob endlich den Kopf und warf missmutig seinen Griffel auf den Tisch. »Was mischst du dich ein? Stell dich gefälligst hinten an. Bist du überhaupt schon angemeldet?« Den Alten fuhr er an: »Bei Hermes, seid froh, dass ihr überhaupt etwas bekommt, so ganz umsonst. Wir haben euch nicht eingeladen, ungefragt fallt ihr wie eine Heuschreckenplage hier ein, fresst alles leer, verbraucht unsere Vorräte. Suche dir Arbeit, dann kannst du dir Kohle kaufen, aber man kennt euch ja. Wozu arbeiten, wenn man alles geschenkt haben kann? Und sei gewarnt, wenn du beim Holzsammeln erwischt wirst, weißt du, was dir blüht. Ihr würdet unsere ganzen Wälder abholzen, wenn man euch ließe. Zieh ab, Schmarotzer, mach Platz für den Nächsten! – Und du auch, Dicker, was stehst du hier noch rum?«

Silvanus presste die Lippen aufeinander, atmete tief durch, um nicht die Beherrschung zu verlieren, und beugte sich zu dem Beamten nieder. »Du weißt offenbar nicht, wen du vor dir hast. Ich bin Silvanus Rhodius, Flüchtlingsbeauftragter und damit dein Vorgesetzter.« Befriedigt sah er ihn erbleichen und wandte sich dann an den alten Mann. »Was gibt es nun?«

Sofort ergoss sich dessen Klage über ihn, die Rationen seien viel zu knapp bemessen, alle fänden das, nur traue sich niemand, etwas zu sagen. Man sei ja schon froh, ein Zelt über dem Kopf zu haben, aber man brauche doch ein Feuer, die Hände zu wärmen, vom Essen ganz zu schweigen. Man sei ja schließlich nicht freiwillig hier. Haus und Hof habe man Hals über Kopf verlassen müssen, alles zurückgelassen. Die wenigen, die etwas Geld mitgebracht hätten, könnten sich ja in der Stadt zusätzlich mit dem Notwendigsten versorgen. »Aber Leute wie wir, die gerade nur das Leben retten konnten, was sollen wir tun? Wir sind auf die Versorgung angewiesen!« Mit ausgestrecktem Zeigefinger deutete er auf den Pergamener: »Der da betrügt uns! Sieh hier.« Er hielt Silvanus seinen Korb hin, damit der einen Blick hineinwerfe. »Schau, das bisschen Kohle, das reicht höchstens für ein paar Stunden. Zu essen geben sie uns auch nicht genug, eine Hand voll Gerste, Ziegenkäse und ein paar Oliven, und das für sechs Personen. Davon kann man doch nicht leben.«

Zustimmendes Gemurmel ertönte aus der wartenden Schlange. Der Mann schien Recht zu haben, Silvanus erinnerte sich der festgelegten Pro-Kopf-Zuteilung, von der ihm gestern die Verantwortlichen berichtet hatten. Doch musste er die Argumente des griechischen Beamten hören, bevor er sich endgültig eine Meinung bildete, jedoch nicht hier, vor allen Leuten. So befahl er ihn für den morgigen Tag in aller Frühe in das Prytaneion. Dem alten Mann nickte er aufmunternd zu, bevor er seinen Inspektionsgang wieder aufnahm. »Ich werde mich darum kümmern. Wenn es hier tatsächlich nicht mit rechten Dingen zugeht, wird sich das ab jetzt ändern. Darauf gebe ich dir mein Wort.«

Das war wieder einmal typisch, ging es Silvanus durch den Kopf, während er an den Zeltreihen entlangschritt. Gut, oberflächlich betrachtet machte das Lager einen ordentlichen Eindruck, das hatte er den Griechen gar nicht zugetraut, aber sah man genauer hin, so traf man auch hier den betrügerischen Geist dieses Volkes. Immer waren sie darauf bedacht, ihren eigenen Vorteil zu sichern, selbst wenn es auf Kosten der vom Schicksal Gebeutelten ging. Doch nicht mit ihm. Befriedigt, wenigstens hier schnell Abhilfe schaffen zu können, ging er langsam weiter, aufmerksam nach rechts und links lauschend. Seine Befürchtung, dass es durch den Todesfall zu Unruhe im Lager gekommen war, schien sich nicht zu bewahrheiten, vorerst ging es bei den Gesprächsfetzen, die er aufschnappte, um die alltäglichen Nöte des Lagerlebens. Er war erleichtert. Dennoch, so schnell wie möglich sollte er eine Versammlung der Flüchtlinge einberufen, um sie über den Mord und seine vermutlichen Hintergründe zu informieren, um sie aufzufordern, eventuelle Beobachtungen mitzuteilen und Zeugenaussagen zu machen – aber auch, um ihnen das Gefühl zu geben, es werde alles Nötige für ihre Sicherheit getan. Bei der Gelegenheit könnte er zudem ihre Beschwerden entgegennehmen. Ja, eine offizielle Versammlung würde dem Ganzen amtliches Gewicht verleihen und den Leuten das Gefühl vermitteln, in ihrer schweren Lage ernst genommen zu werden.

Im Vorbeigehen sah er, wie eine Frau sich mühte, den kärglichen

Brotteig zu Fladen zu ziehen und diese vor den gierigen Händen ihrer drei Kinder zu retten.

Wie seltsam manchmal das Leben spielte. Heute erfreut man sich noch bester Laune, einer warmen Wohnung, guten Essens und lieber Freunde, morgen kann schon alles ganz anders aussehen. Vertrieben von zu Hause, die Freunde verloren, vielleicht sogar die Angehörigen; Haus oder gar Heimatstadt in Schutt und Asche gelegt von den Feinden. Wahrlich, carpe diem, nutze den Tag, so hieß es doch. Nach diesem Motto wollte er fortan leben. Wer wusste schon, was ihm widerfahren würde.

Er ließ seinen Blick in die Ferne schweifen, erahnte zwischen hohen Zypressen zu seiner Rechten das Heiligtum des Asklepius mit seinen heilenden Bädern und entspannenden Übungen. Ach, wie schön wäre es, sich jetzt den Händen eines kundigen Masseurs zu überlassen. Zur Linken lag der Burgberg von Pergamon, wo seine Frau im neuen Haus auf ihn wartete, damit er ihr beim Einrichten helfe. Sie würde noch länger warten müssen, entschied er nach kurzer Überlegung, ein Besuch im Asklepieion indes kam ebenfalls nicht in Frage, er hatte keine Muße zur Entspannung, auch wenn sich durch den Fußmarsch in der feuchten Luft sein Rücken mit einem schmerzhaften Ziehen bemerkbar machte. Es half nichts, ihm stand der Aufstieg zum Prytaneion bevor, wo weitere Arbeit seiner harrte. Er wollte die Verträge mit den Lieferanten für die Lagerversorgung durchsehen, prüfen, wo man Einsparungen vornehmen konnte. Bei dem ersten Blick in die Akten gestern waren ihm einige der Preise recht hoch erschienen. Und vielleicht hatte sich inzwischen jemand gemeldet, der die Tote kannte, dann würde er weitere Befragungen durchführen, Schritte einleiten müssen. Wahrscheinlich alles auf einmal. Konnten diese Griechen ihre Morde nicht selbst untersuchen? Carpe diem, schob es sich in seine Gedanken, hatte er sein neues Motto so schnell vergessen? All das konnte bis morgen warten, er würde jetzt in das Asklepieion gehen, die Gesundheit ging vor. Er machte Halt, kehrte um, wollte den Weg zum Heilzentrum einschlagen, als zarte Töne einer Flöte an sein Ohr drangen, eine getragene, fremdartige Melodie. Sofort stieg eine Erinnerung in ihm auf, an wohlige Wärme, den Duft guten Essens und Weines in einer Taverne. Einer ganz bestimmten Taverne in Didyma, wo er die schönste Zeit seines Lebens verbracht hatte. Damals hatte er Laelia kennen gelernt. Ihre anmutige Gestalt, ihre grünen Augen, die langen Locken, ihr Lächeln traten ihm vor Augen. Er hatte dieser Frau viel zu verdanken – sie ihm allerdings auch, und wie schmählich hatte sie ihn verlassen.

Die Flötenklänge wurden lauter, klarer. Konnte es wirklich der Gallier aus Didyma sein, der damals mit seiner Musik die Gäste verzaubert hatte? Suchend ließ Silvanus seine Blicke die Zeltreihe entlangschweifen, aus deren Richtung die Klänge herüberwehten, in der Hoffnung, den rothaarigen, stämmigen Flötenspieler zu entdecken.

An einem der Lagerfeuer, zwischen einer Schar von Kindern – auch diese schienen ihm vertraut – schimmerte ein roter Schopf. Atemlos vor Aufregung, eilte Silvanus auf sie zu. Tatsächlich, es war Rubingetorix, er hatte es ja geahnt, niemand sonst war in der Lage, einem kleinen Blasinstrument ähnlich betörende Klänge zu entlocken. Der Gallier hockte auf dem Boden, wiegte sich mit geschlossenen Augen im Rhythmus der Melodie, umringt von seinen Kindern. Der Kleinste, immer wieder von heftigem Husten geplagt, schmiegte sich an ihn.

»Salve Rubi«, sprach Silvanus ihn leise an, mit klopfendem Herzen.

Ohne sein Spiel zu unterbrechen, öffnete Rubingetorix die Augen. Es dauerte nur eine Sekunde, dann leuchtete Erkennen aus seinem Gesicht. Er legte die Flöte beiseite, bettete den Kleinen behutsam auf eine Decke und sprang mit einer für seine Körperfülle überraschenden Behändigkeit auf. Sichtlich gerührt drückte er Silvanus an seine Brust. »Was Freude groß!« Dann schob er ihn auf Armeslänge von sich, um festzustellen: »Du suchen Laelia, nicht wahr?«

Silvanus zuckte zusammen, als er den Namen hörte. War sie tatsächlich in diesem Lager, eine der Flüchtlinge? »Ist sie hier?«, sprach er aus, was er kaum zu denken gewagt hatte.

Doch Rubi schüttelte den Kopf. »Nix hier, Laelia.«

War bei Rubis ersten Worten zarte Hoffnung aufgekeimt, so spürte Silvanus jetzt tiefe Enttäuschung. War sie also doch in Ephesos geblieben. Dieser Dickkopf. Das sah ihr ähnlich. Hatte sie im letzten Jahr nicht sogar mit diesem parthischen Prinzen Pakoros angebandelt, als dieser Verhandlungen mit Marcus Antonius führte? Wartete sie auf ihn oder auf seinen Verwandten, Mithriventes, der gleichermaßen ein Auge auf sie geworfen hatte, damit einer von ihnen sie mit sich nähme in sein Reich, von dessen Kultur sie ihm immer so vorgeschwärmt hatte? Kaum konnte Silvanus Rubingetorix, der weiter auf ihn einredete, folgen. Doch dann wurde er hellhörig. Was hatte der Gallier da gesagt?

»Hoffentlich Laelia bringen Essen mit. Nix genug hier.« Verzweifelt rollte der Flötenspieler mit den Augen.

»Also ist sie doch hier?«

»Nix hier«, wiederholte Rubi und wies auf den Berg, an dessen Abhang sich die Häuser drängten. »Dort sein. In Stadt. Kaufen Essen.«

Plötzlich fühlte sich Silvanus schwach, fast zitterten seine Knie. Sein Herz raste, er wusste nicht, ob vor Freude, vor Aufregung oder vor Angst, Laelia wiederzusehen. Aber er wollte sie wiedersehen, auch auf die Gefahr hin, kalt abgewiesen zu werden. »Ich komme morgen wieder!«, rief er dem Gallier zu, bevor er ging, er musste jetzt mit seinen Gedanken allein sein.

Als sie sich dem Lager näherten, war der Kummer über den Diebstahl ihrer Börse dem Ärger über sich selbst gewichen. »Wie konnte ich nur so unvorsichtig sein, in einer Stadt wie Pergamon?«, fragte sich Illicia kopfschüttelnd.

»Was hättest du tun können?«, entgegnete Laelia. »Es war ein gemeiner Trick. Genauso gut hätte es im Lager passieren können, auch hier gibt es jede Menge Gesindel. Ich möchte nicht wissen, wer alles die Gelegenheit ergriffen hat, sich unter die Flüchtlinge zu mischen, um ihnen noch die letzten Habseligkeiten abzunehmen.«

»Du hast wohl Recht. Jetzt ist es sowieso zwecklos, darüber nachzudenken, was man hätte machen können. Es ist zu spät, das Geld ist weg. In Zukunft werden wir vorsichtiger sein.« Seufzend stieg Illicia über eine der Zeltschnüre, die immer wieder den Weg versperrten, und rief über die Schulter Monoculos eine Warnung zu, damit er nicht stolperte.

Laelia nickte einer älteren, üppigen Frau zu, Velusia, die sie bei ihrer Ankunft im Lager kennen gelernt hatten. Eine liebenswürdige Dame; sie war ihnen bei der langwierigen Prozedur der Anmeldung und Einweisung in das Lagerleben behilflich gewesen und bildete unter den Flüchtlingen, mit denen sie bis jetzt Kontakt gehabt hatten, eine erfreuliche Ausnahme. Mit ihr konnte man über Literatur, sogar Politik diskutieren, während die anderen lediglich über die unerträglichen Verhältnisse jammerten und ihre größte Sorge den geringen Rationen galt. Vielleicht sollten sie später bei ihr vorbeischauen, es wäre eine nette Abwechslung.

Sie gingen weiter auf ihr Zelt zu, als eine kunstvolle Melodie, mal lauter, mal leise getragen, über die Planen hinwegschwebte. »Oh, Rubi hat wieder zu seiner Flöte gegriffen.« Illicia blieb stehen, den Kopf geneigt.

Auch Laelia lauschte. »Alles, was recht ist, Flötespielen kann der Gallier. Hoffentlich beschweren sich nicht wieder die Nachbarn, diese Ignoranten aus Aphrodisias.«

Die Musik brach unvermittelt ab, unterbrochen von dem keuchenden Husten eines Kindes. Laelia wechselte einen Blick mit ihrer Freundin, eilte ihr voran auf das Feuer zu, wo Rubi seinen Jüngsten in den Armen wiegte. Das Kind schien sich die Seele aus dem Leib zu husten, bekam kaum Luft, sein Gesicht war bläulich angelaufen.

»Bei Apollon, das hört sich nicht gut an.« Laelia strich dem Kleinen über den Kopf. »Rubi, wo ist Offilia, wo sind die anderen?«

Der Gallier zuckte mit den Schultern. »Essen holen? Ich nicht wissen. Weg. Oh, armes Kind, armes Kind.« Er küsste die Wangen seines Sprösslings, der zwischen den Hustenanfällen gequält nach Luft schnappte.

»Wir müssen ihm sofort die Kräuter zubereiten.« Eilig holte Illicia einen Topf mit Wasser aus dem Zelt und stellte ihn über das Feuer. »Den Göttern sei Dank, dass es noch brennt.«

Laelia rieb ein paar der getrockneten Blätter zwischen den Fingern. »Hoffentlich hilft das überhaupt, vielleicht sollten wir mit dem Kind doch besser zu einem Arzt gehen?«

Illicia zuckte mit den Achseln. »Ich weiß nicht, wegen eines Hustens? Wahrscheinlich würde er uns auch nur ein paar Kräuter geben. Lass es uns erst einmal mit dem Trank versuchen.«

Schweigend warteten sie, lauschten den Hustenanfällen des wimmernden und zitternden Jungen – unendlich lange schien es Laelia zu dauern, bis das Wasser endlich kochte. Sie goss es über die Blätter, blies hinein, damit es abkühlte und hielt dann dem Jungen den Becher an den Mund. Der mochte den Trank nicht, schüttelte verbissen den Kopf, kniff die Lippen fest zusammen. Laelia fühlte Verzweiflung in sich aufsteigen. Illicia nahm das Kind auf den Schoß, hielt es fest in den Armen, während Laelia den Becher an seine Lippen führte. Unter viel gutem Zureden trank er ein paar Schlucke, doch sobald er von einem Hustenkrampf geschüttelt wurde, spuckte er das meiste des Gebräus wieder aus. Illicia wischte ihm mit einem Zipfel ihres Mantels über die Lippen, Rubi strich ihm beruhigend über den Kopf, und Laelia versuchte es weiter, bis der Becher endlich leer war. Sie atmete auf. »In einer Stunde geben wir ihm noch einmal davon.« Dann schob sie zwei Ziegel in die Flammen und setzte sich zu Illicia und Rubingetorix. »Ich glaube, er hat Schüttelfrost, wir müssen ihn warmhalten, sonst besteht keine Hoffnung auf Besserung. Wir werden ihn gleich mit den heißen Steinen in eine Decke wickeln.« Sie legte ihre Hand auf die Stirn des Jungen und lauschte auf seinen rasselnden Atem. »Mir scheint, die Kräuter lindern den Husten, aber dennoch, er zittert am ganzen Körper.«

Leise beratschlagten sie, was man noch für ihn tun könnte, als Velusia zu ihnen trat. »Einen schlimmen Husten hat der Kleine. Man hört ihn ja bis zu uns. Habt ihr schon etwas dagegen unternommen?«

Laelia nickte und berichtete von dem Kräutertrank.

»Ich hörte, ein Arzt sei im Lager, der sich um die Gesundheit der Leute kümmert. Vielleicht kann er sich den Kleinen einmal ansehen«, schlug Velusia vor. »Im Moment soll er den Zustand der Latrinen inspizieren. Wenn ihr wollt, gehe ich ihn suchen.«

Mit einem Blick auf den Jungen, dessen Gesundheitszustand in der Tat Besorgnis erregend war, nahm Laelia Velusias Angebot dankend an.

Es dauerte eine Weile, eine Ewigkeit, schien es Laelia, bis sie zurückkam. »Ihr habt Glück, ich fand den Arzt. Als ich ihm den Husten des Kindes schilderte, versprach er sogleich, herzukommen und den Jungen zu untersuchen. Ich habe ihm den Weg erklärt, er wird in Kürze hier sein.« Sie beugte sich über den keuchenden Jungen, der mit geschlossenen Augen in Rubis Armen ruhte, und streichelte ihm über die Stirn. »Wo ist eigentlich seine Mutter?«

Laelia hob die Schultern. »Vermutlich holt sie unsere tägliche Ration ab. Aber ich frage mich, wo unsere Väter sind und Flusia.« Sie schaute die Gasse hinunter und bemerkte einen mittelgroßen, dunkelblonden Mann, der sich ihnen näherte.

»Salvete! Ich bin Nessos, Arzt im hiesigen Asklepieion. Ihr habt nach mir geschickt? Aber ich sehe schon, da ist ja der Patient.« Er stellte einen prall gefüllten Lederbeutel ab und hockte sich neben Rubi auf den Boden. »Na, dann sehen wir mal, was dem Jungen fehlt.« Behutsam untersuchte der Arzt das Kind, das mit bangen Augen seine Bewegungen verfolgte. Nachdem er den Patienten abgetastet und sein Ohr auf die schmächtige Brust gelegt hatte, richtete er sich auf, und seine strahlendblauen Augen musterten erst Laelia, dann Illicia. »Wie lange hat er diesen Husten?«

Laelia überlegte kurz. »Seit einigen Tagen. Letzte Nacht hustete er allerdings mehr als zuvor, seitdem geht es ihm immer schlechter. Wir haben ihm einen Kräutersud zubereitet, es ist jedoch schwierig, ihn zum Trinken zu bewegen.«

»Wer von euch ist seine Mutter?« Ernst schaute Nessos von einer zur anderen.

»Er ist der Sohn meiner Schwester, aber sie ist nicht hier, sie holt wohl unsere Lebensmittel ab.«

»Unmöglich können wir warten, bis sie zurück ist. Das Kind ist schwer krank, wir dürfen keine Zeit verlieren, es muss sofort aus dieser Kälte und Nässe heraus. Bringt den Jungen ins Asklepieion, dort wird sich einer meiner Kollegen um ihn kümmern. Ich fürchte allerdings, es gibt nicht viel Hoffnung, die Krankheit ist bereits weit fortgeschritten. Dennoch, ein warmes, trockenes Bett und heilende Kräuter können manchmal wahre Wunder bewirken.« Mit einem Blick auf Rubingetorix, der sich bei seinen Worten mit Tränen in den Augen über seinen Sohn gebeugt hatte, fragte er: »Ist das der Vater?«

Laelia nickte.

»Gut, er soll sofort mit dem Jungen in das Heiligtum aufbrechen. Und sagt seiner Mutter, auch sie soll dorthin kommen.« Seine Augen ruhten auf Laelia. »Wie ist dein Name?«

Laelia errötete. In der ganzen Aufregung, der Angst um das Kind, hatte sie die einfachsten Regeln der Höflichkeit vergessen und sich nicht einmal vorgestellt. Oder lag es daran, dass dieser Mann großen Eindruck auf sie machte? Wie sorgfältig und behutsam er den Jungen untersucht hatte. Wie ruhig und besonnen er versuchte, das Leben des Kindes zu retten. Mit entschuldigendem Lächeln holte sie das Versäumnis nach.

»Ich werde alles Nötige veranlassen. Meint ihr, der Mann findet den Weg?« Skeptisch betrachtete Nessos Rubingetorix, der verzweifelt an der Seite seines Sohnes verharrte.

»Wir werden dafür sorgen«, versprach Laelia.

Die Dunkelheit war hereingebrochen, als Silvanus bei seinem neuen Heim ankam. Kein Lärm drang mehr von der unteren Agora herüber, es war Speisezeit, nur aus den angrenzenden Häusern hörte man gedämpftes Lachen und Stimmengewirr.

Entspannt von Schlammbad und Massage, doch noch immer benommen von der Neuigkeit, dass Laelia hier war, hier in Pergamon, betrat er das mit Fackeln hell erleuchtete Haus. Nasutus, sein Türsklave, empfing ihn strahlend: »Da bist du ja, Herr, die Herrin Lucida erwartet dich sehnsüchtig.«

Silvanus nickte nur. Ohne Eile folgte er dem Sklaven in das Peristyl, den großen, säulenumstandenen Innenhof. Brennende Kerzen auf großen Kandelabern sorgten für anheimelnde Beleuchtung. Ein schönes Haus, Leanders Sklave hatte nicht zu viel versprochen, als er das Angebot überbrachte. Der ursprüngliche Eigentümer sei kurz zuvor ohne Erben verstorben, hatte er erzählt, daher sei der Besitz an die Stadt gefallen.

Neugierig sah er in den Raum zu seiner Linken, der sich direkt zum Innenhof hin öffnete, zwischen zwei schlanken Säulen konnte er den herrlichen Mosaikfußboden und prachtvolle Wandmalereien erahnen.

Durch eine Tür zu seiner Rechten trat nun Lucida heraus. »Wie schön, dass du da bist, mein lieber Silvanus, Larix bereitet schon unser Mahl. Ach, ist das Haus nicht wunderbar? So komfortabel. Zwei Speisezimmer, eins für den Sommer und eins für den Winter, das hatten wir in Ephesos nicht!« Einnehmend hakte sie sich bei ihm unter und zog ihn durch die Tür in das Wintertriklinium.

Silvanus war verwirrt. Solch einen Empfang hatte er nicht erwartet, keine Vorwürfe, keine bösen Blicke, sondern eine liebevolle Frau, die sich zärtlich an ihn schmiegte. Noch dazu ungewohnt herausgeputzt, der hagere Körper von einem üppig gefältelten Gewand umschmeichelt, die dünnen blonden Haare ordentlich frisiert, und die sonst so kalten blassen Augen leuchteten freudig erregt. »Sieh nur, wundervoll, nicht wahr?«

Gehorsam sah sich Silvanus um. An den Wänden erkannte er Malereien, exotische Tiere aus dem fernen Afrika in blühenden Landschaften. Seine Füße schritten über farbenprächtige Mosaike, Vögel, die an Wasserschalen nippten, Körbe, üppig mit Obst und Gemüse gefüllt, alles äußerst naturgetreu mit winzigen Steinen nachgebildet. In der Mitte des Raumes versprachen Speisesofas mit einladenden Kissen und Decken äußerste Bequemlichkeit. Vor einer Büste des Marcus Antonius verbreitete ein Becken mit glühenden Kohlen angenehme Wärme. In der Tat, Silvanus war von seinem neuen Heim sehr angetan. Dennoch konnte er sich nicht recht daran freuen. Immer wieder trat ihm das Flüchtlingslager vor Augen, Menschen, die sich frierend um kärgliche Feuer drängten, die in feuchten Zelten schliefen, und mitten unter ihnen Laelia ...

Ein schmerzhafter Stoß in die Seite erinnerte ihn daran, wo er war: in seinem Triklinium, bei seiner Gemahlin. »Nun sag doch etwas«, schrillte Lucidas Stimme in sein Ohr.

»Hm, hübsch, sehr hübsch.«

»Nicht wahr? Komm, ich zeige dir noch die anderen Räume.« Lucida zog ihn mit sich, über den Hof in das anliegende Sommertriklinium. Dieses war ähnlich gestaltet, womöglich sogar noch geschmackvoller ausgestattet. Er musste sich alles ansehen, auch die Arbeits- und Wirtschaftsräume an der Längsseite des Peristyls, und die Küche, wo Larix, ihre Haussklavin, zusammen mit dem Jungen Ibericus letzte Hand an das abendliche Mahl legte. Köstliche Gerüche ließen Silvanus trotz seiner schlechten Stimmung das Wasser im Munde zusammenlaufen. »Zur Feier des Tages hat die Herrin Lucida ein Festessen angeordnet«, unterrichtete ihn Larix, während sie Tauben mit gerösteten Pinienkernen füllte. »Soll Ibericus schon die Vorspeisen auftragen?«

»Nein, warte noch zehn Minuten.« Lucida wandte sich ab und geleitete Silvanus die hölzerne Treppe hinauf in das Obergeschoss. Hier lagen die Schlafräume, in denen vorsorglich schon Kohlen in den Becken glommen. »Dieser städtische Magistrat, Leander, war hier und erkundigte sich, ob alles zu unserer Zufriedenheit ist. Ein sehr netter Mann, dieser Grieche. Seine Sklaven hatten alles schon so gut wie fertig, als ich kam. Sieh mal, diese feinen Decken, auch die haben sie mitgebracht.« Mit weichen Bewegungen ließ sie sich auf das Bett gleiten, zog Silvanus neben sich, streichelte sanft seinen Rücken.

»Ach Lucida, lass sein, ich hatte einen schweren Tag, ich bin müde.« Den Kopf in die Hände gestützt saß er auf dem Bettrand, Laelias Bild vor Augen.

»Aber Silvanus, sonst beschwerst du dich, ich zeigte nicht genug Interesse für dich. Komm schon.«

Was nur war in seine Frau gefahren? So hatte er sie lange nicht erlebt, meistens wies sie ihn ab, weil sie gerade eines ihrer vielen Rituale zelebrierte, oder gab vor, an Kopfschmerzen oder ihrer monatlichen Blutung zu leiden, wie noch gestern. Und wenn sie sich ihm einmal hingab, hatte er das Gefühl, es sei ihr eine lästige Pflicht, so reglos lag sie unter ihm. Wie anders war Laelia gewesen ... Der Gedanke an sie erregte ihn, doch auch Lucidas Finger, die unter seine Tunika geglitten waren, trugen das ihre dazu bei. Er drehte sich um und gewahrte, dass sie ihr Gewand gelöst hatte. Ihr nackter Körper ließ ihn kalt, allein ihre Berührungen hatten seine Erregung gesteigert. Derweil begann sie, ihm die Tunika über den Kopf zu ziehen.

»Wir wollen einen neuen Anfang machen, Silvanus, du und ich«, raunte sie in sein Ohr. »Hier in Pergamon, in diesem Haus, jetzt. Ich habe nachgedacht, schon als ich noch in Ephesos war, wir haben uns allzu oft gestritten, das soll anders werden. Ich werde mich bemühen, deine Eigenwilligkeiten zu übersehen, wenn du gelobst, sie einzuschränken.«

Welche Eigenwilligkeiten meinte sie? Im Gegensatz zu ihr hatte er sich seit ihrer Hochzeit vor nunmehr elf Jahren eigentlich nicht geändert, fand er, war aber nicht in der Stimmung für Diskussionen. »Ja, du hast Recht, Liebling«, murmelte er, während er in sie eindrang, die Augen schloss und Laelia unter sich liegen sah. Er kam schnell, die Folge allzu langer Abstinenz. ›Ich muss noch Nasutus schicken, um die Stadtoberen für morgen zu einer Sitzung einzuladen‹, ging es ihm durch den Kopf, während er von seiner Frau herunterrollte und ihre Wange küsste. Erschöpft lag er auf dem Rücken, genoss die Entspannung.

»Na bitte, das war doch eine gelungene Wiedervereinigung!« Lucidas Stimme riss ihn aus dem Halbschlaf. »Aber davon ganz abgesehen,

Silvanus, du musst unbedingt abnehmen. Sieh dir mal deinen Bauch an, mir ist fast so, als hättest du noch zugenommen, und das trotz deiner Kur. Gleich morgen werde ich Larix anweisen, nicht mehr so gehaltvolle Speisen zuzubereiten. Doch heute wollen wir unseren Neuanfang gebührend feiern. Das Mahl müsste fertig sein, lass uns nach unten gehen.« Sie sprang aus dem Bett, nicht ohne ihm vorher mit spitzem Ellenbogen einen auffordernden Stoß in die Seite gegeben zu haben.

Er rappelte sich auf. War das der Neuanfang, von dem sie gesprochen hatte? Begann er mit Kritik an seiner Figur? War dies das Leben, das er weiterhin führen wollte, abhängig von den Launen seiner Frau? Nein, beschloss er, es musste anders werden, doch wie, darüber wollte er später nachdenken, nach dem Essen. Denn er hatte inzwischen, er musste es zugeben, Hunger.

KAPITEL III

Das Lager an seiner Seite war verwaist, das Laken kühl. Lucida, die sich gestern Abend zu ihm gelegt hatte – keine Selbstverständlichkeit – musste schon vor geraumer Zeit aufgestanden sein, wahrscheinlich widmete sie sich wieder irgendeinem Ritual oder tyrannisierte die Sklaven, er kannte das gut. Wohlig seufzend rollte sich Silvanus auf die andere Seite, zog die Decke enger um sich und schloss noch einmal die Augen. Doch ungefragt schob sich das Flüchtlingslager in seine Gedanken, die Kälte, die Nässe, die qualmenden Feuer – und unter den Flüchtlingen Laelia. Silvanus setzte sich auf, sein warmes Bett war ihm verleidet. Laelia dort in dem Lager zu wissen bereitete ihm fast körperliche Qual, sie musste da heraus, in ein anständiges Quartier. Dafür würde er sorgen, er würde ihr – nein, nicht ihr allein, natürlich auch Illicia und allen ihren Angehörigen – eine ordentliche Unterkunft verschaffen. Das würde zwar nicht einfach werden, denn alle verfügbaren Räume waren belegt, von Flüchtlingen, von Heilungssuchenden, doch es würde ihm gelingen, es musste gelingen. Wozu hatte er beste Beziehungen zu den höchsten Kreisen der Stadt, ach was, des ganzen römischen Imperiums? So schnell wie möglich wollte er die Sache in Angriff nehmen.

Was hatte er heute zu tun? Mit dem Mordfall kam er vorerst nicht weiter, denn auch gestern hatte sich niemand gemeldet, der das Mädchen vermisste oder kannte, er wusste nicht, wer sie war, woher sie stammte, er wusste gar nichts über sie. Also konnte das zurückstehen. Auch hatte er ja für heute Morgen das Treffen mit den Stadtoberen angesetzt, und anschließend blieb reichlich Zeit, den Termin bei Nessos im Asklepeion wahrzunehmen, noch eine Massage vielleicht, ein paar Übungen im Wasser, ein entspannendes Bad. Dabei kamen ihm immer die besten Ideen, dann konnte er auch entscheiden, wen er wegen eines Quartiers für Laelia ansprechen sollte, ganz informell natürlich.

Ob Laelia sich darüber freuen würde? Welch eine Frage! Natürlich würde sie sich freuen, er jedoch würde jeden Dank großmütig von sich weisen, eine Selbstverständlichkeit sei es für ihn, seien sie doch gute Freunde. Waren sie das? Den leisen Zweifel schob er von sich und schwang sich voller Vorfreude von seiner Kline.

Auf sein Rufen kam sein Haussklave Nasutus, um ihm seine beste Tunika zu bringen. Lucida, ganz die treusorgende Ehefrau, leistete ihm beim Frühstück Gesellschaft, gab ihm Ratschläge, wie er bei der Besprechung die griechischen Magistraten behandeln sollte. Silvanus hörte nicht zu, er hing eigenen Gedanken nach.

» ... Und zeige diesen Griechen, dass wir Römer die Herren im Lande sind, erhöhe zur Not die Steuern oder schaffe neue.« Mit einer Handbewegung bedeutete Lucida ihrer Sklavin, Wasser nachzuschenken. »Ich denke, in Leander hast du einen willigen Mitarbeiter, wie ich gestern schon sagte, zeigte er sich mir gegenüber sehr aufmerksam. Ein nobler Mann.«

Silvanus horchte auf. »Er hat dich sehr beeindruckt, wie mir scheint.« Bildete er es sich ein, oder errötete Lucida?

»Aber nein, mein Silvanus, er machte nur einen aufrichtigen Eindruck.«

Das traf auf Lucida anscheinend nicht zu. Hatte dieser arrogante Pergamener seiner Frau den Kopf verdreht? Seit sie ihn gesehen hatte, schwärmte sie in den höchsten Tönen von ihm. Das wurde ja immer schöner. Erst wurde er aus seiner wohlverdienten Kur gerissen, um den Pergamenern als Flüchtlingsbeauftragter die Arbeit abzunehmen, sollte dazu noch einen alltäglichen Todesfall aufklären, etwas, das die örtlichen Behörden leicht selbst erledigen könnten, und dann machte sich der Kerl auch noch an seine Gattin heran. Silvanus presste die Lippen aufeinander und erhob sich von seiner Kline. »Ich werde jetzt gehen. Ich habe viel zu tun, also erwarte mich nicht zu früh zurück. Salve.«

»Schon so zeitig? Du hast die Versammlung doch erst in einer Stunde angesetzt. Nun, wie du willst. Dass du erst spät zurück sein wirst, trifft sich gut, ich wollte heute Abend zu der Versammlung im Demeterheiligtum, du weißt schon, wo nur Frauen zugelassen sind. Vielleicht werde ich dem Kult beitreten.«

Unwillig zog Silvanus die Augenbrauen zusammen, sagte aber nichts. Dass Lucida sich für jeden Kult interessierte, war nichts Neues, doch die vorgeschriebenen Riten und Zeiten der Enthaltsamkeit schwächten sie – und ärgerten ihn. Jetzt allerdings verschafften sie ihm die Möglichkeit, sich um Laelia zu kümmern. So ließ er sich von Nasutus beim Anlegen der Toga helfen, warf einen letzten Blick auf seine Gattin, die blass und beinahe durchscheinend auf ihrer Kline lag, das hagere Gesicht auf die Hand gestützt, und verließ das Haus.

Der Morgen war frisch, wenn auch trocken, nur wenige Menschen bevölkerten zu dieser Stunde die Straßen. Silvanus zögerte, sollte er zu Fuß den anstrengenden Aufstieg den Berg hinauf unternehmen? Nein, egal, was die Ärzte ihm geraten hatten, das erschien ihm übertrieben. So lenkte er seine Schritte die Straße hinab zum Eumenischen Tor, wo man Sänften und Esel mieten konnte. Er würde eine Sänfte zum Prytaneion nehmen, seiner Stellung angemessen, auf einem Esel wirkte er vielleicht doch etwas lächerlich bei seiner Größe und Körperfülle. Am Tor allerdings herrschte noch Stille, die Wachen sahen ihn fragend an, die Ställe waren verschlossen und keine Sänftenträger in Sicht. Fluchend machte Silvanus kehrt. Faules Pack, na gut, dann eben zu Fuß, durch die kleinen steilen Gassen, über Treppen, so eng, dass kaum zwei Menschen aneinander vorbeipassten. So würde er halt verschwitzt, mit staubigen Schuhen und schmutziger Toga im Versammlungshaus eintreffen, sollten sie doch lachen über ihn, er würde es ihnen schon zeigen.

Allmählich erwachte die Stadt. Auf der Höhe eines großen Wohnhauses kamen ihm Sklaven entgegen, die ihn ehrerbietig grüßten und sich respektvoll an die Mauer drückten, um ihn passieren zu lassen. Dieses großzügig angelegte Haus gehörte Imbrassos, dem Vater seines Arztes Nessos, einem reichen und mächtigen Magistraten der Stadt. Getroffen hatte er ihn des Öfteren, einen recht kompetenten Eindruck hatte der Mann gemacht, doch in sein Haus hatte er Silvanus noch nie eingeladen.

Er setzte seinen Weg fort, keuchend quälte er sich die Gasse hinauf, vorbei am unteren und mittleren Gymnasium und passierte den Tempel des Asklepius am oberen Gymnasium, ohne die marmornen Säulen zu würdigen, die in Pergamon so selten waren. Endlich lag das Prytaneion vor ihm, links daneben das Demeterheiligtum, wo Lucida sich heute Abend schon wieder neuen Riten hingeben würde. Noch einmal verschnaufte er kurz und klopfte sich den Staub von der Kleidung, dann betrat er das Versammlungshaus der Stadtoberen.

Der Amtssklave Marsias kam ihm entgegen, Silvanus hatte ihn am Tag seiner Bestallung zum Flüchtlingsbeauftragten kennen gelernt. »Ave Silvanus Rhodius. Die Herren sind noch nicht eingetroffen. Kann ich etwas tun, um dir die Wartezeit zu verkürzen?«

In der Tat, das konnte er. »Bring mir eine Karaffe Wasser in mein Zimmer, sind die Unterlagen noch dort? Ich brauche vor allem die Verträge mit den Lieferanten, suche sie heraus. Außerdem erwarte ich einen der Brennstoffzuteiler aus dem Lager, schicke ihn sofort zu mir; sollten wir gerade tagen, muss er warten. Oder war er schon hier?«

Eingeschüchtert durch den energischen Ton schüttelte der Sklave den Kopf.

»Was ist mit der Toten, hat sich endlich jemand gemeldet?«

Auch diese Frage beantwortete Marsias mit einem Kopfschütteln.

Es wäre ja auch zu schön gewesen. Gemeinsam mit Marsias ging er in sein Arbeitszimmer im ersten Stockwerk, der Sklave suchte ihm die gewünschten Unterlagen zusammen und legte ihm Schreibtafeln und Pergament zurecht. Dann entfernte er sich eilends, um das gewünschte Wasser zu holen.

Silvanus hatte weder erwartet, Neuigkeiten über die tote Frau zu erfahren, noch den Brennstoffzuteiler zu dieser Stunde hier zu sehen oder einen dieser verschlafenen kleinasiatischen Magistraten. Es war ihm ganz recht, ließ es ihm doch die Muße, sich die Unterlagen noch einmal anzusehen, er hasste es, unvorbereitet in eine Sitzung zu gehen. Durstig vom anstrengenden Fußmarsch trank er einen Becher Wasser in einem Zuge leer und vertiefte sich in die Schriftrollen. Sie waren ordentlich geführt, das hatte er schon beim ersten Durchsehen festgestellt. Tag für Tag war die aktuelle Anzahl der Flüchtlinge verzeichnet, die Mengen an ausgegebenen Lebensmitteln, die für den Dienst im Lager eingeteilten Beamten. Akkurate Listen der Kosten, aufgeschlüsselt nach Art der Güter, Lebensmittel, Brennstoffe, Zelte, Latrinen, Löhne, neben dem zur Verfügung stehenden Geld, der Großteil davon aus römischer Hand, der pergamenische Anteil verschwindend gering. Doch würden die veranschlagten Mittel nicht mehr lange ausreichen, die Ausgaben stiegen und stiegen. Silvanus würde einen Weg finden müssen, die Finanzierung sicherzustellen. Vor drei Tagen hatte man die Rationen für die Flüchtlinge gekürzt, denn die Zahl der Neuankömmlinge wuchs beständig, es hatte den Anschein, als strömte ganz Kleinasien nach Pergamon. Das konnte nicht so weitergehen, irgendwann mussten die Aufnahme begrenzt, die Flüchtlinge an andere Orte geschickt werden. Nur wann, und wohin? Nach Smyrna vielleicht, das nicht bedroht war, sich aber bis jetzt standhaft geweigert hatte, Lager einzurichten? Auf die Inseln? Rhodos vielleicht? Dorthin hatte sich Munatius Plancus geflüchtet, der amtierende Statthalter der Provinz Asia, gerade zurück aus Italien, wo er, so hörte man, vor Perusia sehr zögerlich gehandelt hatte, dort, wo Antonius' Gattin Fulvia zusammen mit seinem Bruder Lucius einen schweren Konflikt mit Octavius austrugen. Oder ausgetragen hatten, denn konnte man den Gerüchten glauben, war Perusia gefallen, viele Menschen von Octavius hingerichtet worden, Fulvia nach Athen geflohen. Genaueres war wegen des schlechten Wetters nicht zu erfahren, offizielle Meldungen fehlten noch. Doch was man wusste, war, dass Plancus nicht bis zum Ende in Perusia geblieben, sondern hierher zurückgekehrt war, um sich mit seinen Legionen den Parthern entgegenzustellen. Allerdings nicht sehr erfolgreich. Was fand Antonius nur an diesem Mann, diesem Versager, der jetzt tatenlos auf Rhodos saß? Silvanus schüttelte den Kopf und wandte sich wieder seinen Kalkulationen zu. Vordringlich galt es, das Finanzproblem zu lösen. Sollte man den Tribut erhöhen, die Steuern? Oder einen Kredit aufnehmen? Über dieser Frage brütend wurde Silvanus von Marsias gestört. »Verzeih Herr, aber Xenon, der Brennstoffzuteiler, ist eingetroffen, soll ich ihn vorlassen?«

»Ja, schick ihn herein.« Kurz sah Silvanus von seinen Unterlagen auf, vertiefte sich dann wieder in die Zahlen. Erst als der Grieche schon geraume Zeit vor ihm gestanden hatte, widmete sich Silvanus dem Mann. »Nun, Xenon, was hast du mir zu sagen?«

Seine Taktik ging auf, der Brennstoffzuteiler wagte kaum, den Mund zu öffnen. »Äh, Herr, ich, äh, ich habe mich nur an die Vorschriften gehalten. Wir hatten Anweisungen, die Rationen zu kürzen, das wollen die Flüchtlinge natürlich nicht glauben.« Nervös knetete er seine Hände.

Silvanus tippte vielsagend auf die vor ihm liegenden Papiere, sah ihn ernst an, schwieg. Der Mann trat von einem Bein auf das andere, kratzte seinen spitzen dunklen Bart und begann erneut. »Auf gar keinen Fall habe ich zu wenig ausgegeben oder in die eigene Tasche gewirtschaftet, wenn du das denkst.«

Silvanus schwieg noch immer, sein Blick wurde finster.

»Die Flüchtlinge beschweren sich ständig; sie wollen mehr, als ihnen zusteht. Dabei gibt es auch bei uns in der Stadt arme Menschen, die nicht genug Geld für Lebensmittel und Kohle haben.«

Silvanus hob die Augenbrauen.

»Äh, meine Mutter zum Beispiel. Wenn ich ein wenig Kohle nahm, dann nur, weil sie krank ist.«

»Aha!«, donnerte Silvanus, gerade als Marsias erneut die Tür öffnete und ankündigte, die Herren Magistrate seien jetzt vollzählig versammelt. Das war Silvanus nur recht, sollten sie hören, wie er durchgriff. »Du bist entlassen, Xenon! Auf der Stelle. Wir werden dich anklagen wegen Veruntreuung staatlicher Güter. Nun geh.«

Mit hängendem Kopf verließ der Pergamener den Raum, Silvanus jedoch fühlte sich besser. Er hatte ein Exempel statuiert, zu betrügen würde keiner so leicht mehr wagen. Xenon würde wahrscheinlich schnellstens die Stadt verlassen, um der Strafe zu entgehen, so hoffte Silvanus jedenfalls, denn an einem Prozess war ihm nicht gelegen, die einheimische Bevölkerung würde dadurch nur noch mehr gegen die Flüchtlinge eingenommen. Besser, der Mann verschwand.

Er erhob sich, gab Marsias ein Zeichen, ihm voran die Unterlagen in den Versammlungssaal zu tragen, folgte dem Sklaven die Treppe hinunter, durch den Säulengang des Peristyls und betrat den großen, stuckverzierten Raum. Fünf Männer erwarteten ihn dort, dabei hatte er nur drei geladen, nämlich Leander, als Prytane und damit Stadtoberhaupt, Imbrassos, zuständig für die innere Sicherheit, sowie Belon als Verwalter der Finanzen, ein gutmütig wirkender älterer Mann, dick und fast kahl.

Die beiden anderen waren ihm zwar bekannt, doch nicht unbedingt willkommen. Diodoros Pasparos saß da, ein etwa siebzigjähriger Greis, eine der einflussreichsten Persönlichkeiten Pergamons. Sein Vater gleichen Namens hatte einst maßgeblich zum Aufbau der Stadt beigetragen, wofür die Bürgerschaft ihn mit einer Kultstätte ehrte. Der Sohn hatte den Namen, das unermessliche Vermögen und das Ansehen des Vaters geerbt, aber auch die Erwartungen des Stadtrates. Erwartungen, die er nicht in Gänze erfüllen konnte. Es fehlte ihm an Charisma, an Diplomatie, an Einfühlungsvermögen. Auch er war Prytane gewesen, hatte sich als Stadtoberhaupt jedoch vorwiegend mit finanziellen Zuwendungen und Stiftungen für die Stadt hervorgetan. Das Volk verehrte ihn dafür, im Rat allerdings hatte er nicht nur Freunde. Ein unangenehmer Zeitgenosse, fand Silvanus. Der Alte war gefürchtet für seine spitze Zunge und unnachgiebige Haltung.

Der andere, Sextus Privernus, ein Römer mit kantigem Gesicht und gekraustem Haar, vertrat die Belange der römischen Bürgerschaft im Rat von Pergamon und war berüchtigt für seinen ausschweifenden Lebensstil. Grimmig blickte er Silvanus entgegen.

Der wollte gerade mit der offiziellen Begrüßung beginnen, als Diodoros Pasparos gebieterisch die Hand emporstreckte. Der Alte war rüstig, mit einem würdigen weißen Haarkranz um sein Haupt, der füllige Leib in dem weißen Chiton kein bisschen gebeugt. »Verzeih Silvanus Rhodius, wenn ich vor dir das Wort ergreife«, seine Stimme tönte voll und kräftig, »das Alter und die Erfahrung geben mir, so denke ich, das Recht dazu. Etwas muss gesagt werden, bevor diese Versammlung ihre Arbeit aufnimmt, etwas, das die Stadt betrifft, deren Interessen ich vertrete. Leander trug, wie du weißt, vor dir die Verantwortung für die Flüchtlingsproblematik, und er hat sie in vorbildlicher Weise erfüllt. Wir wissen nicht, warum Marcus Antonius uns diese Aufgabe abnahm und dir übertrug, doch wir befürchten, das sage ich dir gleich, dass damit wieder die Zeiten der Ausbeutung durch die Römer hereinbrechen, jene Zeiten, die uns nicht einmal genug Geld ließen, unsere Gebäude instand zu halten, und in denen die Stadt verfiel.« Diodoros schüttelte warnend den Zeigefinger. »Das, Silvanus Rhodius, werden wir nicht zulassen. – Selbstverständlich werden wir die Römer in ihren Bemühungen um die Flüchtlinge nach Kräften unterstützen, doch unser Volk darf darunter nicht leiden. So viel vorweg.« Beifall heischend sah Pasparos sich um, bevor er sich auf seinen Sitz sinken ließ. Die anderen nickten, zustimmendes Gemurmel wurde laut. Alle Blicke richteten sich nun auf Silvanus.

Seine Gedanken rasten. Solch ablehnende Haltung hatte er nicht erwartet, Leander schien eher erleichtert gewesen zu sein, ihm diese Aufgabe abtreten zu können, war er doch als Prytane ausreichend beschäftigt. Kurz schaute Silvanus zu ihm hinüber, der vollkommen entspannt auf seinem Platz saß, einen leicht amüsierten Ausdruck in den wachen grauen Augen. Silvanus erhob sich, er musste etwas erwidern, das Richtige. Er straffte die Schultern, vertraute auf seine imposante Körpergröße und die würdevolle Toga, ließ seinen Blick bewusst abschätzend über die Gesichter der Versammelten wandern und hob an: »Verehrte Kollegen. Zwar kann ich eure Befürchtungen verstehen, doch habe ich mir den Beginn unserer Zusammenarbeit in dieser Sache anders vorgestellt. Ehrlich gesagt, das mangelnde Vertrauen in meine Person kränkt mich sehr. Habe ich nicht die Steuerpächter zu euren Gunsten in ihre Schranken gewiesen, wie auch dir, Diodoros Pasparos, bekannt sein müsste?« Scharf blickte Silvanus auf den alten Mann, der seinen Blick unbeeindruckt erwiderte. »Auch strebte ich keineswegs nach der Aufgabe des Flüchtlingsbeauftragten, ich weilte zur Kur hier, dem Befehl des Antonius aber werde ich mich genauso wenig widersetzen wie ihr. Ich werde also die Flüchtlingsfrage in seinem Sinne angehen, und ihr kennt seinen Sinn! Er schätzt Griechen und Kleinasiaten und wird keine Ungerechtigkeiten zulassen, weder euch noch den Flüchtlingen gegenüber.« Er hatte den richtigen Ton getroffen, er sah es an ihren Gesichtern. Nur Pasparos – und zu seiner Überraschung auch der Römer Privernus – schienen nicht überzeugt. Der blickte geradezu feindselig, als er jetzt aufsprang. »Heuchler!«, rief er aus. »Du hast einen Boten zu Antonius entsandt, damit der dir diese Aufgabe überträgt, es weiß doch jeder, dass er dich protegiert. Nur durch ihn bist du so weit gekommen, wie sonst hättest du im letzten Jahr den Posten in

Ephesos erlangt, an der Seite des Statthalters? Du, vorher nie politisch in Erscheinung getreten, ein unbedeutender Angehöriger der Equites, bist in Rom lediglich einer der Tresviri Capitales gewesen. Nicht einmal in den Legionen hast du gedient! Das Einzige, womit du dich je hervorgetan hast, war, ein paar Verbrechen aufzuklären. Welch schöne Empfehlung für die Politik. Du siehst, wir wissen alles über dich, Silvanus Rhodius, und ich kann nur mit dem Maler Apelles sagen: ›Schuster, bleib bei deinen Leisten.‹ Hast du den Mörder des Mädchens schon gefunden? Wie ich hörte, suchst du intensiv in den Wannen des Asklepieions nach ihm!« Triumphierend um sich blickend ließ er sich wieder nieder.

Beifälliges Gelächter wurde laut. Silvanus schwitzte, kleine Perlen sammelten sich auf seiner Stirn und rannen langsam die Schläfen hinab. Bei Jupiter, was hatte Privernus gegen ihn, er kannte ihn doch kaum. War es Neid? Oder hatte er etwa mit den Steuereintreibern gemeinsame Sache gemacht? Dann hätte Silvanus ihm ein gutes Geschäft verdorben, das erschien plausibel. Vielleicht aber unterstützte er Octavius, versuchte Antonius zu schaden, indem er dessen Politik sabotierte. Wie dem auch sei, leider hatte Privernus nur allzu Recht, Silvanus konnte wirklich nur wenig politische Erfahrung vorweisen, war eher zufällig an die Position in Ephesos gekommen, weil er dem Imperator damals in Didyma einen Dienst erweisen konnte. Laelias wegen hatte er Antonius dann gebeten, ihm einen Posten in Ephesos zu geben. Und sie … ?

Jetzt war wirklich nicht der richtige Zeitpunkt, über Laelia zu lamentieren, die Männer warteten auf seine Antwort. Er hatte sich in Position gestellt, einzelne Falten seiner Toga bewusst langsam in Form gebracht, sich geräuspert, während ihm all diese Überlegungen durch den Kopf gingen. Obwohl ihm noch immer die Schweißperlen die Schläfen hinabrannen, fröstelte er, die Wärme der Kohlenbecken hatten sich noch nicht gegen die Kälte im Raum durchsetzen können. Die Kälte, die schlechte Witterung … Eine Idee keimte in ihm auf. »Magistraten von Pergamon!« Bewusst schloss er Privernus bei der Anrede aus. »Ihr wisst selbst, der Winter war ungewöhnlich kalt, das Frühjahr ist es noch immer. Boten sind bis vor kurzem nicht durchgekommen, Nachrichten aus Rom haben uns lange nicht erreicht. Die Gebirge sind noch immer unpassierbar, die Schifffahrt wurde erst jüngst wieder aufgenommen. Wie sollte da in so kurzer Zeit ein Abgesandter von mir zu Antonius nach Alexandria gelangen und dann wieder zurück mit der Antwort? Aber vielleicht schafft Privernus es, nun, da das Wetter besser wird.« Erst jetzt blickte er den Römer an. »Privernus, möchtest du Antonius nicht entgegenreisen und ihn fragen?«

Privernus, den Kopf feuerrot, sprang auf und wollte etwas erwidern, doch Leander mischte sich ein. »Meine Herren, wir sind hier nicht im Senat von Rom! Genug der persönlichen Streiterei. Wichtige Dinge wollen geregelt sein, lasst uns zu der Frage der Flüchtlinge übergehen. Du, Pasparos, hast gesagt, was dich bewegt, ich danke dir und bin sicher, Silvanus wird deine Worte beherzigen. Privernus, dir danke ich für dein Erscheinen und das Angebot, in diesem Gremium mitzuarbeiten, doch ich denke, deine Hilfe wird nicht benötigt.«

Diodoros Pasparos verabschiedete sich steif, den Schein der Höflichkeit wahrend. Privernus dagegen konnte seine Wut nicht verhehlen und stob mit wehender Toga hinaus.

Leander sah dem erzürnten Römer hinterher. »Da wirst du noch Ärger bekommen, befürchte ich. – Eines aber interessiert auch mich, Silvanus: Was hast du bisher über den Mord herausgefunden? Immerhin kann die Sache zu Unruhe unter den Flüchtlingen führen, und hier in der Stadt werden schon Stimmen laut, die die Fremden des Mordes an einem unserer Mädchen verdächtigen.«

Nicht nur Leander schien die Frage zu interessieren, auch Imbrassos und Belon blickten ihn erwartungsvoll an. So berichtete Silvanus kurz von Nessos' Obduktionsergebnissen, von seinen Nachforschungen im Töpferviertel und von seiner Überzeugung, dass es sich bei dem Mord um eine Beziehungstat handele. »Und da sich noch immer niemand gemeldet hat, der das Mädchen kennt, vermute ich, dass sie tatsächlich aus dem Flüchtlingslager stammt. In diese Richtung werde ich zunächst ermitteln. Morgen will ich ohnehin zu den versammelten Flüchtlingen sprechen, auch um sie bezüglich des Mordes zu beruhigen, vor allem aber hoffe ich auf weitere Hinweise.«

»Gute Idee«, mischte sich Imbrassos ein. »In diesem Zusammenhang solltest du sie überzeugen, dass wir natürlich alles tun, was in unseren Kräften steht, um die Menschen zu schützen. Allerdings betone bitte auch, dass wir keinerlei Übertretungen unserer Gesetze dulden werden. Diodoros Pasparos hat nicht ganz Unrecht mit seinen

Befürchtungen. Das Volk von Pergamon wird unruhig, die Zahl der Straftaten ist immens angestiegen, zum größten Teil Diebstähle, und das nicht nur in der Stadt und auf den Märkten, sondern auch auf den umliegenden Gehöften. Dort verschwindet Korn aus den Speichern, Viehzüchter melden den Verlust von Tieren, und natürlich gibt man den Flüchtlingen die Schuld.« Ernst sah Imbrassos ihn an.

Silvanus bemerkte, dass der Mann die gleichen strahlendblauen Augen besaß wie sein Sohn Nessos. »Wir werden die Rationen erhöhen«, antwortete er und hielt Imbrassos' Blick stand, »die Menschen haben Hunger. Zudem haben eure Leute anscheinend nicht immer die vorgeschriebenen Mengen verteilt, sondern sie so knapp bemessen, dass Diebstähle vorhersehbar waren.«

Imbrassos setzte zu einer Entgegnung an, doch Belon, der Herr der Finanzen, räusperte sich. »Verzeih, Silvanus, doch wie willst du das bezahlen? Täglich kommen mehr Menschen. Wir müssen den Zustrom stoppen, noch mehr Flüchtlinge können wir nicht aufnehmen. Ganz abgesehen von den sozialen Problemen wird das Geld nicht reichen.«

»Steuererhöhungen?«, schlug Silvanus vor.

Alle drei Pergamener schüttelten gleichzeitig den Kopf. »Auf gar keinen Fall, das würde nicht nur den Zorn gegen die Flüchtlinge schüren, sondern auch gegen die römische Herrschaft.« Leander griff nach einem Becher Wein. »Das nötige Geld muss jetzt aus römischer Quelle kommen, wenn wir überhaupt eine Chance haben wollen, den Frieden zu sichern.«

»Und die Bevölkerung muss das Gefühl haben, für die derzeitigen Einschränkungen hinterher reichlich entlohnt zu werden«, forderte Imbrassos.

»Wir sollten wohlhabenden Flüchtlingen die Rationen nicht umsonst geben«, bemerkte Belon.

»Du musst handeln«, fasste Leander zusammen.

Silvanus strich nervös über sein Kinn. Nun verstand er, warum Leander fast erfreut gewesen war, diese undankbare Aufgabe abzutreten. Allen Parteien gerecht zu werden war einfach unmöglich. Er hätte dieses Amt ablehnen, sich Antonius' Befehl widersetzen, weiterhin seinen Rücken pflegen sollen – schon spürte er wieder ein Ziehen –, um dann mit Lucida nach Rom zurückzukehren und dort in Ruhe und Frieden zu leben. Doch nein, das war nicht das Dasein, das er sich wünschte. Selbst wäre es kein Befehl gewesen, er hätte das Amt nicht abgelehnt. Er würde die Situation meistern, bestimmt besser als mancher andere. »Wo stehen die Parther jetzt?«, lenkte er ab, er musste Zeit gewinnen.

»Sie belagern Aphrodisias, die Stadt ist eine der wenigen, die Widerstand leistet. Mit Ephesos verhandelt Labienus derzeit wegen einer Übergabe.« Leanders Gesicht verriet in keiner Weise seine Gefühle. »Auch bei uns werden sicher in Kürze die Unterhändler eintreffen. Ihr Römer solltet schnell handeln, sonst fällt bald die ganze Provinz den Parthern in die Hände.«

Silvanus verstand die Andeutung; käme sie nicht aus Leanders Munde, wäre es fast eine Drohung gewesen. Ihm glaubte Silvanus durchaus, dass er die römische Herrschaft der parthischen vorzog, doch wie standen Menschen wie Diodoros Pasparos dazu? Was geschähe, wenn der Verräter Labienus, dieser römische Überläufer, Pasparos unter der Hand gute Konditionen für die Übergabe der Stadt anbot? Pasparos war viel zu eitel, viel zu habgierig, um so etwas nicht zumindest in Erwägung zu ziehen. Silvanus hatte Gerüchte gehört, der Alte versuche immer wieder, die Geschicke der Stadt gegen den Willen des Rates zu beeinflussen. So munkelte man auch, er wiegele das Volk gegen Beschlüsse auf, die ihm nicht gefielen, oder nutze sein schier unermessliches Vermögen dafür, Unterstützer für seine Ideen zu gewinnen. Ja, der Mann war gefährlich, gefährlicher als Silvanus gedacht hatte, besonders in dieser politisch hochbrisanten Situation. Und die pergamenischen Herren, denen er hier gegenüberstand, hatten – leider – Recht mit ihren Bemerkungen.

»Lasst uns den Göttern ein Opfer bringen, damit sie uns bei der Entscheidung unterstützen«, schlug er vor und schickte einen Sklaven, Wein und Weihrauch zu holen. Einen solchen Vorschlag hatten die drei Pergamener von ihm nicht erwartet, er sah es ihnen an. Doch bereitwillig erhoben sie sich und traten mit ihm zu der Kultnische in der Rückwand des Raumes. Neben der Statue des großen Königs Attalos II. stand dort ein marmornes Bildnis der Athena, der Göttin der Weisheit, mit höchst ausdrucksvollen Augen. Niemand Besseren konnte man in dieser schwierigen Situation um Hilfe bitten. Silvanus hob die Opferschale, goss den Wein in die dafür vorgesehene Rinne, murmelte seine Bitte an Athena und fügte noch eine an Jupiter hinzu. Leander,

Imbrassos und Belon taten es ihm nach, richteten ihr Gebet indes nur an die kluge Göttin mit den leuchtenden Augen. Dann entzündete Silvanus den Weihrauch auf einem Dreifuß vor der Statue, kerzengerade stieg der Rauch in die Höhe – ein gutes Omen. Einen Moment verharrten sie noch, bevor sie sich wieder an ihre Plätze begaben. »Was gedenkst du nun zu tun, Silvanus?«, fragte Imbrassos. »Du hast lange genug überlegt, wie sehen deine Vorschläge aus?«

Silvanus nahm einen tiefen Schluck Wein, bevor er antwortete: »Ja, ich bin zu einem Entschluss gekommen. Eure Argumente leuchten ein, doch kann ich ihnen nicht in allen Punkten folgen. Neuankommende Flüchtlinge abzuweisen wäre unmenschlich, noch haben wir Kapazitäten, also nehmen wir sie auf. Gleichwohl sollten wir Boten in die betroffenen Regionen schicken und verlauten lassen, dass unsere Lager voll sind. Ab sofort sind andere Orte in der Pflicht, jedoch habe ich nicht die Kompetenz, den Städten zu befehlen, Unterkünfte bereitzustellen; wie ihr wisst, obliegt das Marcus Antonius oder seinem Statthalter Munatius Plancus. Zu beiden werde ich Eilboten senden und die Brisanz der Lage schildern. Antonius werde ich zudem um die Bereitstellung von zusätzlichen Geldern bitten und ihn darüber informieren, dass ich von den Tributzahlungen an Rom so viel hier zurückhalten werde, wie wir brauchen, sein Einverständnis vorausgesetzt. Die Stadtkasse wird also nicht übermäßig belastet werden. Die Vermögensverhältnisse der Flüchtlinge zu ermitteln, um nur den Bedürftigen kostenlose Hilfe zukommen zu lassen, halte ich für unmöglich. Wie sollten wir das bewerkstelligen? Sie fragen? Niemand würde die Wahrheit sagen. Außerdem hat Pergamon durch die Flüchtlinge auch Vorteile: Die Händler, von denen wir die Versorgungsgüter beziehen, verdienen mehr als je zuvor in ihrem Leben. Gerade durch die Wohlhabenderen steigt der Absatz der heimischen Waren. Und nicht zuletzt wird sich Antonius der Stadt für ihre Hilfeleistungen erkenntlich zeigen. Dies alles muss man der Bevölkerung vor Augen führen. Zudem solltet ihr sie daran erinnern, dass durchaus nicht nur Römer geflohen sind, auch viele Einheimische befinden sich unter den Flüchtlingen. Was die Ruhe im Lager betrifft, so sagte ich bereits, dass ich morgen eine Versammlung abhalten werde – ich schicke gleich einen Sklaven, der es verkünden wird –, um dort Unruhen vorzubeugen. So müssten wir, zumindest bis weitere Befehle von Antonius eintreffen, die Lage im Griff behalten können.« Er atmete tief durch. Was würden die Männer von diesen Vorschlägen halten? Und – genauso wichtig – was würde Antonius davon halten?

Belon strahlte über das ganze runde Gesicht. »Vortrefflich, Silvanus. Solange die Stadtkasse nicht übermäßig belastet wird, wird es keine Aufstände geben, ganz im Gegenteil, die Leute werden mehr Einnahmen haben und wir mehr Steuern. Ganz ausgezeichnet, dein Plan.« Er hüstelte, denn schwere Weihrauchschwaden erfüllten den Raum.

Imbrassos allerdings hielt sich bedeckt. »Es wird schwierig werden, dem Volk begreiflich zu machen, dass wir niemanden abweisen. Ich wäre für einen sofortigen Aufnahmestopp. Schon jetzt sind es viel zu viele, die hier Zuflucht suchen, sie bieten Anlass genug zu ständigem Unmut. Wir müssen ein Zeichen setzen, dass uns die einheimische Bevölkerung wichtig ist. Bei allem Mitleid für die Flüchtlinge, die wir gut versorgen wollen, wir können nicht ganz Kleinasien bei uns aufnehmen. Wie lange wird es dauern, bis die hohen Herren über deine Vorschläge entschieden haben, Silvanus? Hast du uns nicht soeben eindrucksvoll auf die langen Wege aufmerksam gemacht? Das Volk noch länger ruhig zu halten, scheint mir fast unmöglich, insbesondere wenn ein Agitator wie Pasparos, dessen Familie wir zugegebenermaßen viel zu verdanken haben, gegen die Politik der Römer und damit auch gegen unsere intrigiert. Und ich weiß nicht, ob du den Flüchtlingen mit deinem Vorhaben einen Gefallen tust, weder denen, die schon hier sind, noch jenen, die kommen werden, denn alle werden unter der Feindseligkeit des Volkes zu leiden haben.«

Silvanus hörte den Ausführungen des Pergameners nur mit einem Ohr zu. Er versuchte zu erspüren, wie er diesen Mann einordnen sollte. Arbeitete er für oder gegen ihn, stand er auf seiner oder auf Diodoros Pasparos' Seite? Als Ermittler war es ihm fast immer gelungen, das Wesen der Menschen zu ergründen, er hatte sich auf sein Gefühl und seine Erfahrung verlassen können, hatte gewusst, ob jemand die Wahrheit sagte oder log. Doch in der Politik schien alles anders.

Imbrassos sprach, den hageren Körper vorgebeugt und das Kinn auf die Hand gestützt. Über der geraden Nase erschien eine senkrechte Falte, und die blauen Augen blickten ernst. Ablehnung ihm gegenüber konnte Silvanus nicht entdecken, es lag keine Feindseligkeit in Imbrassos' Blick, in seiner Körperhaltung. Und was er sagte, ließ sich nicht von der Hand weisen, wenn sein Vorschlag auch indiskutabel war.

Römischen Bürgern das Obdach zu verweigern, sie gar wegzuschicken, nicht einmal wissend wohin, das war undenkbar, Antonius würde ihm die Freundschaft kündigen, das Amt entziehen oder ihn gar in die Verbannung schicken. Doch er wollte nicht sofort Stellung dazu beziehen, erst sollte Leander seine Ansicht darlegen. »Was ist deine Meinung als Prytane, als Oberster der Stadt?«

Der schwieg einen Augenblick. »Ich meine«, begann er nachdenklich, und Silvanus konnte erahnen, wie die Gedanken hinter seiner hohen Stirn Gestalt annahmen, »ich meine, wir sollten deinem Vorschlag folgen. Auf Unruhen müssen wir gefasst sein und uns darauf vorbereiten – das ist deine Aufgabe, Imbrassos. Doch wir sollten unser Vorhaben publik machen. Ich werde für morgen eine Volksversammlung am großen Zeusaltar einberufen, die Herolde werden sich sofort nach dieser Sitzung auf den Weg machen und den Termin verkünden. Des Weiteren sollen Stadtbedienstete durch die Tavernen ziehen und verbreiten, dass der Flüchtlingsstrom bald abnehmen und Pergamon für seine Mühen reich belohnt werden wird – sie werden diese Aufgabe lieben, können sie dabei doch auf Kosten der Stadt trinken. Auch diejenigen, die auf Märkten und Plätzen alltäglich das Neueste aus der Welt zu berichten haben, werde ich einkaufen lassen, unsere Beschlüsse wohlmeinend zu verbreiten; das müsste genügen. Wir können nur hoffen, dass die Anweisungen des Antonius schnell eintreffen, und wir die Situation so lange unter Kontrolle behalten.«

»Gut.« Silvanus atmete auf, Leander hatte ihm die Entscheidung abgenommen. Der Grieche war ein kluger Kopf, er hatte es ja gewusst. Da auch Imbrassos nun keine Einwände mehr wagte und Belon zustimmend nickte, erklärte Silvanus die Sitzung für geschlossen und beauftragte den Sklaven Marsias, einen Mann zur Ankündigung der morgigen Flüchtlingsversammlung loszuschicken. Eigentlich müsste er umgehend die Briefe an Marcus Antonius und Munatius Plancus verfassen, immerhin hatte er eigenmächtig über römische Gelder verfügt und Beschlüsse gefasst, die ihm von Amts wegen nicht zustanden. Das konnte das Ende seiner Karriere bedeuten. Doch sein Rücken schmerzte, die Sitzung hatte ihn mehr angestrengt als gedacht. So beschloss er, die Übungen im Asklepieion nicht aufzuschieben, die Briefe konnte er am Abend zu Hause schreiben. Wichtiger und im Interesse aller war, dass er auf seine Gesundheit achtete.

Am Eingang des Heiligtums warf Silvanus seinen fälligen Obolus für die Behandlung in den dafür aufgestellten Kasten und schlenderte unter den Säulenhallen entlang zu den Baderäumen. Dort kam ihm Nessos entgegen. »Salve Silvanus! Schön, dass du die Zeit findest, herzukommen. Ich hoffe doch, du willst deiner Genesung frönen, oder trieb dich die Pflicht zu uns? Wenn du das tote Mädchen doch noch untersuchen willst, so muss ich dich enttäuschen, sie wurde inzwischen verbrannt.«

Silvanus zog erstaunt die Augenbrauen in die Höhe. Verbrannt, ohne seine Anweisung? Nun ja, er hätte sich die Leiche ohnehin nicht mehr angesehen, und sollten sich noch Angehörige melden, musste man das arme Ding eben so gut es ging beschreiben. Durch solche Marginalien wollte er sich die Vorfreude auf seine Anwendungen nicht trüben lassen. »Nein, diesmal komme ich rein privat. Ich versprach ja, meine Therapie nicht zu vernachlässigen, und schon gar nicht werde ich einen Termin bei dir versäumen.«

Nessos blickte ihn entschuldigend an. »Gerade wollte ich dich fragen, ob es dir recht ist, wenn einer meiner Kollegen dich heute behandelt, ich würde gerne noch einmal im Flüchtlingslager vorbeischauen. Bis jetzt gibt es keine größeren Probleme, doch leiden viele unter dem feuchten Klima. Es macht dir doch nichts aus, oder?«

»Oh, natürlich nicht.« Zwar fand er es bedauerlich, doch war es durchaus lobenswert, dass Nessos seine Aufgabe so ernst nahm. »Ich danke dir für deinen Einsatz, Nessos. Sicher wird dein Kollege dich würdig vertreten. Vielleicht hat ja auch noch einer eurer phänomenalen Masseure Zeit für mich.«

Nessos lächelte. »Mein Kollege erwartet dich bereits. Und für einen guten Masseur werde ich sorgen. Vale, Silvanus.«

»Vale Nessos.« Gerade wollte Silvanus sich abwenden, als ihm etwas einfiel. Als Arzt und als Sohn des Imbrassos verfügte Nessos über viele Beziehungen, wäre das nicht eine Möglichkeit, eine passende Unterkunft für Laelia zu finden? »Einen Moment noch, lieber Freund, es gibt da etwas, das ich mit dir erörtern möchte. Nein, eigentlich bedarf ich eher deines Rates und deiner Hilfe.«

»Wenn ich dir in irgendeiner Weise nützlich sein kann, so werde ich es mit Freude tun. Setzen wir uns da drüben auf die Bank.«

Gern folgte Silvanus seinem Vorschlag. Dennoch wusste er nicht recht, wo er beginnen sollte. »Nun«, hob er zögernd an, »es geht um Folgendes: Auch ich war gestern im Lager. Dabei erfuhr ich, dass eine, äh, gute Freundin mit ihren Angehörigen unter den Flüchtlingen ist. Du warst dort, du hast gesehen, wie schrecklich die Zustände sind. Sie können unmöglich dort bleiben.«

Nessos blickte skeptisch. »Du suchst eine Unterkunft für sie? Das wird schwierig.«

»Ja, ich weiß. Darum wende ich mich ja an dich. Ich hatte gehofft, du könntest …«

»Ich weiß wirklich nicht …« Nessos wiegte das Haupt.

»Du kommst doch aus Pergamon, hast sicherlich gute Kontakte. Kennst du nicht jemanden, an den ich mich wenden kann? Du musst wissen, es sind nicht irgendwelche Leute, Laelia – so heißt die Dame – und ihre Familie sind angesehene Bürger. Illicia, ihre Freundin, ist sogar sehr gut mit Marcus Antonius bekannt.«

»Nun, das klingt ja recht eindrucksvoll«, erwiderte Nessos, »aber können sie bei diesem Fürsprecher nicht selbst für sich sorgen?«

Silvanus schüttelte den Kopf. »Du kennst sie nicht. Nie würden sie sich auf den Triumvirn berufen. Außerdem, hm, ist es mir wichtig, dass ich es bin, der ihnen hilft, denn, nun ja, Laelia bedeutet mir sehr viel. Ich habe sie vor einigen Monaten unter unglücklichen Umständen in Ephesos zurücklassen müssen. Um ehrlich zu sein, sie hat mich verlassen. Und um die ganze Wahrheit zu sagen, ich möchte sie damit aussöhnen.« Es war heraus, und es war ihm peinlich. Er spürte, wie das Blut in seinen Kopf schoss.

Nachdenklich massierte Nessos seinen Nasenrücken. »Das Mädchen scheint dir ja wirklich am Herzen zu liegen. Wie, sagtest du, heißt sie, Laelia? Nun, ich werde sehen, was ich für dich tun kann. Vielleicht findet sich eine Möglichkeit, lass mich überlegen … Die Einzigen, die mir auf der Stelle einfallen, sind meine Eltern. Ohnehin wollte ich sie heute besuchen, da werde ich fragen, ob sie Platz haben. Wie viele Personen müssen denn untergebracht werden?«

Voller Sorge überlegte Silvanus, dass es bestimmt nicht leicht werden würde, waren es doch ziemlich viele. Und ausgerechnet Imbrassos, ob der ihm helfen würde? »Da sind zunächst einmal Laelia und Illicia, dann ihre Väter, das macht vier. Hinzu kommen Laelias Schwester Offilia und ihr Mann, sechs, und natürlich ihre Kinder, vier oder fünf, soweit ich weiß. Und die beiden Sklaven. Insgesamt also etwa zwölf oder dreizehn Personen.«

»Dreizehn Personen«, murmelte Nessos, »das ist eine stattliche Zahl.«

Silvanus vergegenwärtigte sich erst jetzt, was er da verlangte. Dreizehn Personen unterzubringen, wem konnte man das zumuten? Nessos und seiner Familie sicherlich nicht, warum sollte der Arzt das auch tun, sie kannten sich ja kaum. Vielleicht sollte er sich an Leander wenden, der hatte schließlich auch ihm ein Haus besorgt. Dies schien Silvanus eine gute Idee, warum hatte er nicht früher daran gedacht? Seine Schultern strafften sich in der Zuversicht, doch noch eine Lösung für sein Problem zu finden. »Nein, ich sehe, es ist unmöglich. Ich danke dir, dass du mir einen guten Teil deiner kostbaren Zeit geopfert hast. Es war unbesonnen von mir, zu verlangen, dass deine Familie so viele Leute bei sich aufnimmt, ich hatte das nicht bedacht.«

Nessos, der bei Silvanus‘ Worten zu Boden geblickt hatte, schüttelte jetzt mit verhaltenem Lächeln den Kopf. »Mach dir darüber keine Gedanken, Silvanus, ich werde mit meinen Eltern sprechen und bin zuversichtlich, dass sie deine Freunde aufnehmen werden. Ihr Haus ist groß genug. Sobald ich Näheres weiß, werde ich dich benachrichtigen. Natürlich werden sie ihre zukünftigen Gäste zunächst kennen lernen wollen, bevor sie eine Entscheidung treffen. Ich werde sie dann gern begleiten.«

Silvanus konnte seine Freude nicht verbergen. »Ich kann dir gar nicht genug danken! Und selbst sollten sich deine Eltern nicht dazu entschließen, so würde ich das gut verstehen, ich weiß deine Mühe so oder so zu schätzen.«

»Wir werden sehen, Silvanus. Jetzt bitte ich dich, mich zu entschuldigen, der Weg zum Lager ist weit, und ich möchte das Tageslicht ausnutzen.« Höflich neigte Nessos seinen Kopf und eilte davon.

Auch Silvanus erhob sich, um sich endlich seiner Therapie zu widmen. Gerade wollte er die Tür zum Auskleideraum öffnen, da eilte eine mollige Frau an ihm vorbei. Er erkannte sie sofort, es war Offilia, Laelias Schwester. Was machte sie hier? »Ave Offilia«, rief er der Entschwindenden nach.

Diese drehte sich gehetzt um. »Silvanus! Du hier? Das ist ja eine Überraschung!« Sie trat auf ihn zu, ihre Miene eine Mischung aus Freude und Sorge. »Du musst entschuldigen, ich würde mich wirklich gern mit dir unterhalten, aber ich bin in Eile. Mein Jüngster ist sehr krank, ich bin auf dem Weg zu ihm. Aber wenn du später Zeit hast, können wir gern einen Becher Wein zusammen trinken. Ich habe schon lange nichts mehr von dir gehört, Laelia hat dich seit Monaten nicht mehr erwähnt.« Ihre Mundwinkel deuteten ein Lächeln an. »Bist du jetzt nach Pergamon versetzt? Aber das kannst du mir ja alles in Ruhe erzählen. Würde es dir heute Nachmittag passen?« Schon im Gehen rief sie ihm zu: »Also dann treffen wir uns am Eumenischen Tor, um die achte Stunde.«

Da hatte er also jetzt eine Verabredung, und ausgerechnet mit Laelias Schwester. Diese hätte bestimmt nichts Eiligeres zu tun, als ihr sofort davon zu erzählen. Damit sah er eine Versöhnung erst einmal in weite Ferne entschwinden. Offilia traf ihre Verabredungen nicht ohne Hintergedanken und nicht nur für ein freundliches Gespräch, das wusste er, und das wusste auch Laelia. Nein, er würde nicht hingehen, er würde einen seiner Sklaven schicken, ihn zu entschuldigen. Seufzend trat er über die Schwelle des Bades und winkte einen der Bediensteten herbei, damit er ihm beim Auskleiden helfe.

KAPITEL IV

Er hatte eine unruhige Nacht verbracht. Immer wieder war er die Ereignisse der letzten Tage durchgegangen, sein Vorgehen, seine Entscheidungen – schlaflos hatte er sich im Bett hin und her gewälzt. Lucida war zu seiner Erleichterung in dieser Nacht in ihrem eigenen Gemach geblieben; sie wollte noch vor Sonnenaufgang mit Nasutus irgendeine Zeremonie besuchen, hatte sie als Entschuldigung angeführt.

So herrschte angenehme Stille im Haus, und Silvanus biss gedankenversunken in ein Stück Brot, während Ibericus, sein kleiner Sklave, ihm die Toga anlegte. Oft hatte der Junge diese Aufgabe noch nicht gemeistert – sie fiel in Nasutus' Zuständigkeit – und grübelnd hielt er die lange Stoffbahn vor der Brust, um sich dann, in nervenaufreibender Langsamkeit, an die Arbeit zu machen. »Bei allen Göttern, Ibericus, beeile dich«, brummte Silvanus und breitete seine Arme aus, damit der Junge den Stoff leichter unter der Achsel hindurchführen konnte. Doch den verunsicherte die Ermahnung derart, dass ihm der Stoff aus den Händen glitt und zu Boden fiel. Also noch einmal von vorn. Silvanus verdrehte die Augen, sagte aber nichts.

Er hatte es eilig, denn bevor er zu den Flüchtlingen sprach – die Versammlung war für den heutigen Morgen angesetzt –, wollte er noch zu Laelia. Gestern Abend war ein Bote von Nessos erschienen und hatte ihm mitgeteilt, dass sowohl die Eltern des Arztes als auch seine Schwester es als eine Ehre betrachteten, Laelia und Illicia samt Familien aufzunehmen – vorbehaltlich gegenseitiger Sympathie. Zum näheren Kennenlernen sollte ein Gastmahl am heutigen Abend dienen, zu dem Imbrassos auch ihn geladen hatte. Silvanus war äußerst zufrieden gewesen, eine bessere Unterkunft als das Haus des höchsten Sicherheitsbeamten Pergamons hätte er wohl kaum finden können. Er hatte sich Laelias glückliches, erleichtertes, vor Dankbarkeit strahlendes Gesicht vorgestellt, wenn sie diese Nachricht hörte, wenn sie ihn wiedersah. Doch würde sie wirklich strahlen? Gestern Abend war er sich dessen nicht mehr so sicher gewesen und hatte mit einigen Bechern Wein versucht, den Zweifel zu vertreiben.

Auch der Flüchtlingsversammlung sah er nicht ohne Sorge entgegen. Sicher, gestern schien es im Lager ruhig gewesen zu sein, der Mord an der jungen Frau hatte die Menschen anscheinend nicht so beunruhigt wie befürchtet. Doch würde er durch seine geplanten Fragen und Ausführungen den Menschen vielleicht erst die Gefahr bewusst machen? Würde er schlafende Hunde wecken? Bis spät in die Nacht hatte er darüber nachgedacht, was er sagen sollte, mit welchen Einwänden er rechnen konnte, und war zunehmend ruheloser geworden.

Endlich saß die Toga zufrieden stellend. Eilig verließ er das Haus, schritt die Straße entlang, atmete tief die frische Morgenluft ein und sprach sich selbst Mut zu, gewiss würde alles nach Wunsch verlaufen.

Als er aber zwischen den ersten Zelten des Lagers hindurchging, über die gespannten Schnüre hinwegstieg und den Pfützen auswich, dann den Platz im Zentrum des Lagers überquerte, wo Arbeiter gerade das Podium zusammenzimmerten, auf welchem er nachher stehen und zu den Leuten sprechen würde, begann sein Magen erneut nervös zu kribbeln. Er versuchte, es zu ignorieren, schritt weiter, musterte suchend die Nummerierung auf den Zelten. Laelias Wohnstatt trug die Nummer XLV, vorsichtshalber hatte er dies im Verzeichnis der Flüchtlinge nachgesehen, in der Meldestelle am Eingang zum Lager. Vorbildlich war dort neben jedem Namen die Zelteinheit eingetragen. Eine notwendige Maßnahme, denn die grauen Zelte glichen sich alle, eine Gasse sah aus wie die andere, und er wäre nicht imstande gewesen, ohne diese Hilfe Laelias Unterkunft wiederzufinden.

Es konnte nicht mehr weit sein. Angestrengt hielt er Ausschau nach einem bekannten Gesicht, vielleicht Rubi, dessen rote Haare nicht zu übersehen waren. Offilia fiel ihm dabei ein. Wie sie wohl auf seine gestrige Absage reagiert hatte? Nun, er würde es ja sehen, falls sie überhaupt im Lager war, vermutlich kümmerte sie sich um ihr krankes Kind im Asklepieion.

Vor einer der tristen Zeltwände blieb er stehen, der Stoff, dunkel vor Nässe, hing schwer über den Stangen, die Tontafel mit der Nummer XLV schaukelte im Wind. Laelias Zelt schien verlassen, kein Mensch saß davor, keine bekannte Stimme war zu hören, nur einige um ihre Feuerstellen hockende Nachbarn starrten ihn neugierig an. Silvanus beschlich ein ungutes Gefühl, wo waren sie alle? Abgereist, zurück nach Ephesos? Das konnte er sich nicht vorstellen. Hatten sie sich selbst um eine Unterkunft in Pergamon bemüht, oder war ihm gar jemand zuvorgekommen? Nicht auszudenken. »Ist niemand da?«, rief er leise.

Plötzlich wurde die Zeltbahn zurückgeschlagen und eine vermummte Gestalt trat heraus – nicht Laelia, wie er gehofft hatte, sondern Illicia, ihre mitunter recht spitzzüngige Freundin. »Du Silvanus? Welch glücklichem Umstand verdanken wir die Ehre deines Besuches?« Kühl musterte sie ihn.

Silvanus gab sich unbefangen, erkundigte sich nach ihrem Befinden und erklärte: »Vielleicht wisst ihr, dass ich zum Flüchtlingsbeauftragten ernannt wurde. Als ich gestern zur Inspektion im Lager war, traf ich Rubi, er hat es doch sicher erzählt. Von ihm hörte ich, dass auch ihr hier seid, und dachte, es würde euch freuen, schaute ich einmal vorbei.«

»So«, stellte Illicia fest. »Ich denke, du hast eine ganz bestimmte Person im Auge, bei der du vorbeischauen willst. Warte einen Moment.« Damit verschwand sie im Zelt.

Silvanus wartete, trat von einem Fuß auf den anderen, versuchte vergeblich, die Worte zu verstehen, die gedämpft durch die Zeltwand drangen. Je länger er dort stand, umso klarer wurde ihm, dass Laelia sich nicht freute, ihn zu sehen, sonst wäre sie schon längst herausgeeilt. Sein Herz sank, angespannt lauschte er. Es schien ihm, als redete eine Person auf eine andere ein, von der außer wenigen Lauten nichts zu hören war. Dann herrschte gänzlich Stille. Das Schweigen dehnte sich endlos, bis die Zeltplane sich bewegte und jemand heraustrat. War es Laelia? Oder kam Illicia, ihm zu sagen, Laelia wolle ihn nicht sehen? Er schluckte. Nähertretend erkannte er unter der dunklen Kapuze des Wollmantels die vertrauten Züge. Er machte einen Schritt auf sie zu. »Laelia!« Seine Stimme zitterte vor Aufregung und Freude.

Sie rührte sich nicht.

»Laelia«, versuchte er es noch einmal, förmlicher, »ich freue mich sehr, dich zu sehen.«

Schweigen antwortete ihm. Nicht einmal ihr Gesicht konnte er richtig erkennen unter dieser Kapuze.

Trotz ihres abweisenden Verhaltens zog es ihn näher zu ihr. »Ich freue mich wirklich. – Und du?«

Laelia hob die Hand und ließ sie langsam wieder sinken. Die Bild gewordene Gleichgültigkeit.

Silvanus fühlte sich wie vor den Kopf geschlagen. Womit hatte er so ein Verhalten verdient? Warum hatte er sich überhaupt bemüht, ihr Los zu verbessern, ihr Schicksal zu mildern? Nun denn, er konnte sie nicht zwingen. Enttäuscht wollte er fortgehen, aber etwas hielt ihn fest, hinderte ihn, sich von ihr abzuwenden. Und so blickte er sie einfach an, bis seine Ausdauer ihm Erfolg einzutragen schien, denn jetzt schlug sie die Kapuze zurück.

»Bei Jupiter, wie blass du bist. Und dünn«, entfuhr es ihm.

Laelia schüttelte nur den Kopf. »Oh Silvanus, du bist noch genauso einfühlsam, wie ich dich in Erinnerung habe.« Und schon drehte sie sich um und wollte ihn stehen lassen.

Silvanus erwischte sie gerade noch am Arm. »Verzeih mir. Ich weiß, ich bin ein Trottel. Ich habe mich so darauf gefreut, dich wiederzusehen. Du hast mir gefehlt.« Er sah den Zweifel in ihren Augen und beeilte sich, ihn zu zerstreuen. »Doch, du hast mir gefehlt, sehr sogar. Ich habe oft an dich gedacht. Immer habe ich gewusst, dass wir uns wiedersehen würden, dass es so werden könnte wie früher.« Er verlieh seinen Augen schwärmerischen Glanz, er lächelte sein gewinnendstes Lächeln, und Laelias Widerstand schien zu schwinden, ihre Miene wurde weicher, fast lächelte sie. Nur für einen Moment, dann sah sie ihn erneut kalt an, ohne ein Wort.

Er wünschte, sie würde schimpfen, ihn anschreien, ihm Vorwürfe machen. Auf jeden Fall sollte sie aufhören zu schweigen, das konnte er nicht ertragen. Sie musste mit ihm reden. »Was soll ich tun, damit du mir verzeihst, damit du mir glaubst?«

»Silvanus«, presste sie zwischen schmalen Lippen hervor. »Wie stellst du dir das vor? Hast du vergessen, was in Ephesos passiert ist? Damals hast du dich doch auch nicht für meine Gefühle interessiert, warum sind sie dir plötzlich so wichtig? Ist deine Frau abgereist? Suchst du jemanden, der dir an ihrer statt das Bett wärmt? Soll ich mich geehrt fühlen, dass du da an mich denkst? Bei Apollon, Silvanus, was bist du nur für ein Mensch!«

Betroffen schwieg er. Das dachte sie von ihm? So schätzte sie ihn ein? Doch er musste antworten, sonst war alles verloren. »Lucida ist nicht abgereist.« Kaum hatte er den Satz ausgesprochen, reute es ihn.

»Und trotzdem fühlt der Herr sich einsam? So einsam, dass er nichts unversucht lässt und die erste beste Gelegenheit nutzt, sich meiner Schwester an den Hals zu werfen. Oder hast du das nur getan, um mich wiederzusehen?«

Da hatte sich ja Offilia eine schöne Geschichte ausgedacht. »Aber Laelia, so war das nicht. Nicht ich habe mich mit Offilia verabredet, sie machte diesen Vorschlag. Außerdem habe ich das Treffen abgesagt.«

Leiser Zweifel schien in Laelias Augen auf, das war seine Chance. »Laelia, glaube mir, ich habe nichts von Offilia gewollt und will auch künftig nichts von ihr. Es war reiner Zufall, dass wir uns im Asklepeion trafen. Sie schlug vor, einen Becher Wein zusammen zu trinken, und bevor ich auch nur ein Wort erwidern konnte, war sie wieder verschwunden. Es tut mir Leid, vielleicht hätte ich anders reagieren sollen, aber ich war in dem Moment einfach zu überrascht, sie dort zu sehen. Was ist eigentlich mit dem Kind? Sie sagte, das Kleinste sei schwer krank.«

Seine Taktik des Themenwechsels zeitigte Erfolg. »Es geht ihm schlecht«, antwortete Laelia. »Ein Arzt des Asklepieions ist sehr um ihn bemüht, doch es sieht nicht gut aus.«

Trotz der schlechten Nachricht atmete Silvanus auf, endlich sprach sie normal mit ihm. Jetzt konnte er es wagen, sein Anliegen vorzubringen. »Laelia, ihr könnt unmöglich hier bleiben, sonst werdet ihr noch alle krank. Ich habe mich nach einem Quartier für euch umgehört. Es war nicht einfach, wie du dir denken kannst, ganz Pergamon ist voller Flüchtlinge, aber es ist mir gelungen, bei einer sehr angesehenen Familie Räumlichkeiten für euch zu finden. Vorausgesetzt, ihr seid einverstanden.«

»Du hast was?« Laelia zog die Augenbrauen zusammen. »Du hast uns eine Unterkunft gesucht, uns allen? Ohne mit uns zu sprechen? Silvanus, was soll diese Eigenmächtigkeit? Du hättest uns wenigstens vorher fragen können. Es kommt nicht in Frage, wir bleiben hier. Warum sollen wir es besser haben als all die anderen? Nur weil ich in der Vergangenheit den Fehler machte, das Lager mit dir zu teilen? Oh nein.«

Das war zu viel, das hatte er nicht verdient. Silvanus holte schon Luft für eine Entgegnung, da trat Illicia aus dem Zelt, offensichtlich hatte sie die Unterhaltung mitgehört.

»Laelia«, sagte sie, »meine Liebe, ich verstehe dich durchaus. Ich kenne deine Beweggründe gut, aber du darfst in diesem Fall nicht nur an dich denken. Wir haben fünf kleine Kinder bei uns, eines ist schon dem Tode näher als dem Leben, und wenn wir hier bleiben, ist es nur eine Frage der Zeit, bis auch die anderen erkranken, da hat Silvanus Recht. Unsere Väter sind nicht mehr die Jüngsten, Kälte und Feuchtigkeit schwächen ihre Glieder. An sie alle solltest du denken, um uns beide mache ich mir genauso wenig Sorgen wie du. Wenn du also Silvanus' Angebot ablehnen willst, gut. Ich werde selbstverständlich mit dir im Lager bleiben. Aber es wäre eine große Beruhigung, wenigstens die Kinder an einem gesünderen Ort zu wissen.«

Nachdenklich hatte Laelia zugehört und musste schließlich ihrer Freundin Recht geben. »Gut«, sagte sie zu Silvanus. »Wir nehmen dein Angebot an. Aber nur wegen der Kinder.«

Er verneigte sich knapp, auch um seine Befriedigung zu verbergen. »Es ist mir eine Freude, euch helfen zu können. So schlage ich vor, ich begleite euch heute Abend zu Imbrassos, eurem Gastgeber. Sein Sohn Nessos ist Arzt im Asklepieion. Für Offilia, Rubi und die Kinder ist auch gesorgt, sie können bei der Tochter der Familie untergebracht werden, die ganz in der Nähe wohnt. Nessos, der sich übrigens um die medizinische Versorgung des Lagers kümmert, wird uns hier treffen, um uns zu seinen Eltern zu bringen. Vielleicht kennt ihr ihn sogar.« Er sah, wie die Mädchen einen kurzen Blick wechselten, kannten sie den Mann tatsächlich? Auch schien Laelia jetzt gar nicht mehr so abgeneigt, sein Angebot anzunehmen, doch ehe er nachfragen konnte, schallte eine durchdringende Stimme durch die Zeltgassen und forderte die Flüchtlinge auf, sich zum Platz in der Mitte des Lagers zu begeben, die Versammlung werde in Kürze beginnen.

Laelia wandte sich zum Gehen. »Salve Silvanus, wir sehen uns dann heute Abend, du hörst ja, man zitiert uns zu der Versammlung. Ich bin gespannt, was du uns zu sagen hast, Herr Flüchtlingsbeauftragter, ich merke ja, du nimmst dein Amt sehr ernst.«

Er atmete tief aus. Zwar hatte sie nicht ganz so reagiert wie erhofft, dennoch war er guten Mutes. Jetzt jedoch musste er sich auf die nächste Aufgabe konzentrieren, die Versammlung, eine weitere Gelegenheit, bei Laelia Eindruck zu machen.

Sie suchten sich einen Platz ganz in der Nähe des Podiums. »Wir hätten den anderen Bescheid sagen sollen«, stellte Laelia mit einem Blick auf die vielköpfige Familie neben ihnen fest.

Illicia zuckte die Schultern. »Wie denn, Offilia und Rubi sind im Asklepieion, und weißt du, wo Tollimos mit Bibulus und den Kindern hingegangen ist? Sie werden die Ausrufer genauso gehört haben wie wir.« Sie zog ihre Kapuze über den Kopf, ein kalter Wind war aufgekommen. »Wo bleibt Silvanus nur?«

Laelia ließ ihre Augen über die Menge schweifen. »Silvanus. Kaum ist er in der Nähe, schon mischt er sich wieder in meine Angelegenheiten.«

»Was ist los mit dir, du bist doch sonst nicht so nachtragend. Silvanus meint es gut, auf diese Art will er dir zeigen, dass es ihm Leid tut. Gib ihm eine Chance, ich weiß genau, wie gern du ihn hast, auch wenn du nicht darüber sprichst, gerade weil du nicht darüber sprichst. Quäl dich doch nicht selbst damit.«

Laelia schüttelte heftig den Kopf. »Ich gebe ja zu, in gewisser Weise hast du Recht. Doch ich zweifle erheblich, dass sich etwas ändern würde, kämen wir wieder zusammen. Nein, Illicia, so einfach kann er es sich nicht machen. Aber genug jetzt, ich glaube, die Versammlung beginnt.« Sie mochte nicht weiter über ihn reden, noch nicht, das Treffen hatte sie zu sehr aufgewühlt. Natürlich hatte sie Silvanus nicht vergessen. Seit sie in Ephesos auseinander gegangen waren, war kein Tag vergangen, an dem sie nicht an ihn gedacht hatte. Oft traten ihr die schönen Stunden vor Augen, in solchen Momenten vermisste sie ihn schmerzlich und war gern bereit, ihm zu verzeihen. Doch wenn die Sehnsucht zu qualvoll wurde, brauchte sie sich nur seine Selbstsucht, seine Verständnislosigkeit, sein mangelndes Einfühlungsvermögen ins Gedächtnis zu rufen und wusste, ihre Entscheidung war richtig gewesen. Und jetzt war er wieder da …

Es war unruhig geworden in der Menge, aller Augen richteten sich auf die gegenüberliegenden Seite des Platzes, wo sich Silvanus einen Weg durch die Menschenmasse bahnte, das Podium erklomm und mit wohlgesetzten Worten seine Rede begann.

Kaum war er über die Begrüßung hinausgekommen, als schon die ersten Zwischenrufe ertönten.

»Ihr lasst uns hier verhungern!«, rief ein Mann, der direkt vor dem Podium stand.

»Nicht nur das«, kreischte eine alte Frau, »sie bringen uns nach und nach alle um!«

Silvanus hob beschwichtigend die Arme. Warum waren sie plötzlich so aufgebracht? Gestern war davon noch nichts zu spüren gewesen. Er beeilte sich zu versichern, dass er auf beides zu sprechen kommen werde, wenn sie ihm nur einen Moment zuhörten. Die Rufe verstummten nicht völlig, doch immerhin war es ihm möglich, fortzufahren. So erklärte er, wie künftig die Versorgung geregelt würde, damit jeder bekäme, was er zum Leben bräuchte. Dann kam er auf die Tote zu sprechen. »Bis jetzt hat sich noch niemand gemeldet, der sie vermisst. Wir wissen nicht einmal, ob es sich um jemanden hier aus dem Lager handelt.« Er beschrieb ihnen die Frau, sagte ihnen, wo man sie gefunden hatte. »Kennt sie jemand?« Fragend blickte er in die Runde, doch so weit er sehen konnte, schüttelten alle die Köpfe, murmelten ratlos vor sich hin, bis sich ein Mann durch die Menschen nach vorn drängte. »Ich denke, es könnte Camilla sein, unsere Sklavin. Seit gut zwei Wochen ist sie verschwunden, wir dachten, sie hätte sich in dem ganzen Durcheinander auf und davon gemacht.«

Silvanus sah auf den ältlichen Mann hinab, durch dessen dünnes Haar die Kopfhaut glänzte. »Habt ihr nicht daran gedacht, dass es sich bei der Toten um eure Sklavin handeln könnte? Hast du ihr Verschwinden nicht gemeldet, damit sie gesucht wird?«

»Was denkst du denn? Zu Hause, in Priene, ja, da hätte man sich um unsere Angelegenheit gebührend gekümmert. Aber hier? Wen interessiert es, dass wir eine Sklavin verloren haben. Ja, in der Tat, ich habe es gemeldet, doch viel Hoffnung machte man mir nicht. Die Herren hätten Wichtigeres zu tun, als sich um entlaufene Sklavenmädchen zu kümmern, hieß es, doch immerhin schrieben sie es auf. Und als wir von der Toten hörten, dachten wir, wenn es unsere Camilla wäre, hätte man uns benachrichtigt.«

Silvanus nickte. So also arbeiteten diese Griechen, die Anzeige war anscheinend verschlampt worden, er würde ein ernstes Wort mit dem Zuständigen reden müssen. Immerhin würde es seine Arbeit deutlich erleichtern, wäre die Tote eine Sklavin. Vielleicht hatte der Besitzer das Mädchen sogar selbst umgebracht, das wäre nicht einmal Mord, er konnte mit seinem Eigentum nach Gutdünken verfahren. Ansonsten müsste der Täter – so man ihn denn fand – einen angemessenen Schadensersatz zahlen, und die Sache wäre aus der Welt. War es das, worauf dieser Mann hier vor ihm spekulierte? Wie auch immer, Silvanus bestellte ihn in das Prytaneion, um die Personenbeschreibung aufzunehmen und ihn eingehend zu befragen.

Er richtete sich auf, um seine Rede fortzusetzen, als das Gemurmel in der Menge erneut anschwoll, die Augen sich von ihm ab und einem Mann zuwandten, einem von Imbrassos' Sicherheitskräften, der schnellen Schrittes nahte. Silvanus ahnte Schlimmes, und diese Ahnung schien das Volk zu seinen Füßen zu teilen. Alle starrten zu ihm hinauf, das Geraune verstummte, unheimliche Stille legte sich über die Versammlung, während der Mann zu ihm hinaufstieg und die Nachricht in sein Ohr flüsterte.

Plötzlich kam Bewegung in die Menschen. »Noch ein Mord!«, schrie ein Mann unmittelbar vor dem Podest, der einige Worte aufgeschnappt hatte. Ein anderer fiel ein: »Da seht ihr es, was habe ich gesagt? Der Reihe nach werden wir hingemetzelt, die Pergamener werden uns alle töten! Und wer unternimmt etwas dagegen? Ich werde es euch sagen: Niemand. Wer interessiert sich denn schon für uns?«

Silvanus schwieg einen Augenblick, erkannte, dass er schnellstens reagieren musste, und riss seine Arme in weiter Geste empor. »Ruhe!«, ließ er seine Stimme über die Köpfe der Versammelten donnern. »Schweigt und hört mir zu!«

Langsam ebbte das Geschrei zu einem leisen, nicht weniger beängstigenden Geraune ab. Silvanus fuhr fort: »In der Tat scheint erneut ein Verbrechen geschehen zu sein. Jedoch besteht kein Grund, sich zu erregen, schließlich ist so etwas in einer großen Stadt wie Pergamon an der Tagesordnung. Es ist noch nicht einmal geklärt, um wen es sich handelt, geschweige denn, ob das Opfer aus euren Reihen stammt. Also beruhigt euch. Ich persönlich werde mich des Falles annehmen. Ferner werde ich alles Menschenmögliche tun, um eure Sicherheit zu gewährleisten, darauf gebe ich euch mein Wort.«

»Pah, dein Wort, wen interessiert das schon. Dir ist doch auch egal, was mit uns passiert!« Der Mann, der diese Worte rief, schüttelte wütend seine Faust in Silvanus' Richtung, und das drohende Gemurmel wurde lauter, hier und da erhoben sich weitere Fäuste.

Silvanus straffte die Schultern. Mit ausgestrecktem Arm zeigte er auf den Mann. »Glaubst du etwa, ich, Landsmann der meisten von euch, Vertreter Roms, das seine Provinzen und Bevölkerung schützt, werde tatenlos zusehen, sollte euch Unrecht geschehen?« Er ließ seinen Arm langsam sinken und blickte nun erhobenen Hauptes über die Menge. »Habe ich nicht schon eure Rationen erhöht, euch medizinische Versorgung verschafft? Außerdem, welch andere Chance habt ihr, als mir zu vertrauen? Was wollt ihr tun? Euch zusammenrotten und gemeinsam gegen die Pergamener vorgehen? Ihr werdet einsehen, wie sinnlos das wäre. Sie sind euch zahlenmäßig weit überlegen, und ihr verstoßt damit gegen das Gesetz. Nicht einmal ich, der – und ich wiederhole es noch einmal – auf eurer Seite steht und für eure Interessen kämpft, würde das dulden. Also, ich bitte euch, bewahrt Ruhe. Und um noch etwas bitte ich euch, besonders die Frauen und Kinder: Solange nichts Näheres über die Todesfälle bekannt ist, entfernt euch des Nachts nicht aus dem Lager, falls es aber doch sein muss, dann keinesfalls allein. Seid aufmerksam, und wenn euch etwas Ungewöhnliches auffällt, so teilt es mir unverzüglich mit.«

Die Fäuste waren gesunken, die Rufe verstummt, doch er sah es den Menschen an, so recht glaubten sie ihm nicht. Immerhin, den drohenden Aufstand hatte er vorerst abwenden können, das war das Wichtigste.

KAPITEL V

Zwei Tote, so hatte der Bote berichtet, ein Pärchen, nackt noch dazu. Gefunden in einer Talsenke am Ufer eines kleinen Bachs, ein lauschiges Plätzchen, gar nicht weit vom Flüchtlingslager entfernt. Silvanus seufzte schwer, als er den matschigen Pfad zu der beschriebenen Stelle entlangschritt. Blieb ihm denn gar nichts erspart? Die Schwierigkeiten mit den Flüchtlingen, den Pergamenern, mit Laelia und nicht zuletzt mit den Parthern, die quasi vor den Toren standen. Und jetzt gleich zwei Tote auf einmal, ein nacktes Pärchen. Und er musste sich des Falles annehmen, es blieb ihm gar nichts anderes übrig, nachdem die Neuigkeit bei der Versammlung bekannt geworden war. Ach, kaum ließ der Druck des ersten Mordes ein wenig nach, da er den Namen des Opfers zu kennen meinte, behelligte man ihn mit dem nächsten an zwei jungen Menschen.

Schweren Schrittes erklomm er die vor ihm liegende Anhöhe, dahinter sollte die Fundstelle liegen. Oben wischte er sich den Schweiß von der Stirn und hielt kurz inne, von hier aus konnte er das kleine Tal gut überblicken: Ein idyllischer Bach plätscherte fröhlich zwischen Weiden und vereinzelten Platanen; durchaus ein malerischer Ort, lägen dort nicht zwei leblose Körper, deren weiße Haut sich in scharfem Kontrast vom grünen Gras abhob. Zahllose Menschen umringten die Toten, Flüchtlinge und Pergamener, vereint in schauderndem Grausen.

Zwei Magistratssklaven, offensichtlich geschickt, die Leichen zu bewachen, waren mit der Situation überfordert und wurden der Lage nicht mehr Herr. Zu viele Schaulustige drängten sich bis an den Fuß der Anhöhe oder versuchten, vom gegenüberliegenden Hang aus einen Blick auf die Leichen zu erhaschen.

Eine Szene wie im Theater, nur dass die Opfer echt waren, und in der Tat wirkte dieser Ort wie eine natürliche Kulisse, auch die Akustik stimmte, denn aufgeregtes Raunen und Murmeln klang zu Silvanus herauf.

Immer mehr Volk strömte den Bachlauf entlang, von Pergamon oder dem Lager her. Bei Jupiter, so ging das nicht, er musste diese Schaulustigen loswerden, wollte er seine Arbeit ordentlich verrichten. Fluchend und mit wehender Toga stieg er die Böschung hinunter, bahnte sich einen Weg durch die Menschen zu den Toten hin, schob einige besonders Neugierige beiseite. Er nickte den Aufsehern zu, zurückzutreten, und nahm deren Platz ein, ohne jedoch einen genaueren Blick auf die Leichen zu werfen. »Hat einer von euch sie angerührt, etwas verändert, etwas gefunden?«, rief er in die Runde.

»Nein, nein!«, schallte es einmütig von allen Seiten.

»Dann geht nach Hause, sofort!«, brüllte Silvanus den Leuten zu, laut hallte seine Stimme in der natürlichen Arena. »Ich bin Silvanus Rhodius, ich vertrete hier die römische Autorität.«

Respektvoll blickte man ihn an, doch zogen sich die Menschen nur ein paar Schritte zurück, die Hänge hinauf.

»Habt ihr nicht gehört, ihr sollt gehen! Ihr stört die Ermittlungen, vernichtet die Spuren!«

Derselbe Effekt: Schweigend wich man ein wenig nach hinten, doch keiner entfernte sich. »Wir wollen sehen, was du tust, Römer!«, rief schließlich jemand, und zustimmendes »Ja, genau«, tönte von überall.

Silvanus drehte sich um seine Achse, fasste die Menge scharf ins Auge. »Ihr werdet früh genug erfahren, was ich herausgefunden habe. Und wenn ihr nicht sofort meinen Befehl befolgt, werde ich die Rationen der Flüchtlinge wieder kürzen und jedem Einheimischen eine Zusatzsteuer abverlangen, die ihn an den Rand des Ruins treibt!«

Endlich kam Bewegung in das Publikum. Murrend machten die Ersten kehrt, schimpfend folgten andere. Silvanus wies die Magistratssklaven an, die Wege zu sperren und dafür zu sorgen, dass niemand mehr in die Nähe der Opfer kam. Dann endlich war der Ort verlassen, nur noch das Gurgeln des Baches zu hören.

Erst jetzt warf er einen scheuen Blick auf die Leichen des Mannes und der Frau. Sie lagen nackt nebeneinander, die Hände zum jeweils anderen hingestreckt, sich zugewandt, als gelte selbst im Tode der letzte Blick dem geliebten Gegenüber. Denn dass es sich um ein Liebespaar handelte, daran hegte er wenig Zweifel. Doch hatte ihr Stelldichein ein schreckliches Ende genommen, die Gesichter schienen schmerzverzerrt, die Augen angstvoll aufgerissen. Und wenn Silvanus auch wusste, dass dies nicht dem letzten Eindruck vor dem Tode, sondern der einsetzenden Leichenstarre zuzuschreiben war, so schauderte ihn angesichts des Schicksals dieser beiden jungen Menschen, die ihrer Liebe frönen wollten und in einem solchen Moment ihr Leben lassen mussten. Wenn es denn so gewesen war, noch konnte er es nicht wissen.

Er schluckte, bekämpfte die aufsteigende Übelkeit und zwang sich, genauer hinzuschauen. Zwei Fliegen summten über den Körpern, ließen sich darauf nieder. Alles war voller Blut, Hals und Brust, Bauch und Beine der beiden damit bespritzt, Untergrund und Boden davon bedeckt. Sie schienen also hier getötet worden zu sein, denn dass sie sich selbst oder gegenseitig das Leben genommen hatten, wie er bei seinem Eintreffen noch gehofft hatte, konnte er nun ausschließen – am Hals klafften tiefe Wunden, man hatte ihnen die Kehlen durchgeschnitten.

Abrupt drehte sich Silvanus um und stürzte zum Bach, die Übelkeit übermannte ihn. Dann, als er sich den Mund mit frischem Wasser spülte, vernahm er leises höhnisches Gelächter. Nicht alle waren gegangen, dort auf dem Hügel hinter den Büschen hielten sie sich versteckt, er hätte es sich denken können. Wutentbrannt stürmte er den Hügel empor, sah aber nur noch einige Jünglinge davonlaufen. Er schimpfte hinter ihnen her, drohte mit der Faust und setzte sich dann, noch immer fluchend, auf halber Höhe in das Gras, um sich den Schauplatz noch einmal – ohne störende Menschenmenge – von oben anzusehen. Ein perfekter Ort für eine Liebesnacht, ein perfekter Ort für einen Mord. Fast sah er die Liebenden vor sich, wie sie sich im Mondschein trafen, sich auf der Lichtung am flüsternden Bach niederließen, beschattet von den Weiden, und wie hinter den Büschen der Mörder lauerte. Hatte er ihnen beim Liebesspiel zugeschaut, bevor er zuschlug? War er, noch während sie sich aneinander erfreuten, von hinten an sie herangeschlichen, hatte ihre Versunkenheit genutzt, um ihnen die Kehlen durchzuschneiden? Waren sie darum nackt? Aber es war noch kalt in den Nächten, bei aller Liebesglut konnte Silvanus sich nicht vorstellen, dass sie sich selbst entkleidet hatten.

Vielleicht hatte der Mörder seine Opfer gekannt, sie unter einem Vorwand hierher gelockt, ihnen ein Geschäft vorgeschlagen und sie dann beraubt. Diente diese intime Inszenierung nur der Ablenkung? Hatte der Mörder die Opfer darum ihrer Kleidung entledigt? Und wo war die überhaupt? Er würde das Gelände absuchen müssen, auch nach weiteren Blutspuren, vielleicht waren doch nicht beide an derselben Stelle getötet worden, das erschien ihm sogar wahrscheinlicher. Sein Blick fiel auf das zertrampelte Gras in der Senke. Ob er noch Spuren finden konnte? Nun, er musste es zumindest versuchen, auch die Toten galt es, noch genauer anzusehen, wenngleich es große Überwindung kostete. Tief holte er Luft, wischte sich den kalten Schweiß von der Stirn, doch anstatt sich zu erheben und an die Arbeit zu machen, ließ er noch einmal seinen Blick schweifen. Das war doch nicht zu fassen, eine Gruppe von Menschen kam den Weg von Pergamon herauf, schon wieder Schaulustige! Doch nein, einer der Männer war weiß gewandet, die anderen rot, Offizielle aus Pergamon, endlich, es wurde auch Zeit. Schließlich hatten sie den Boten zu ihm in das Lager geschickt, da hätten sie sich wahrlich früher auf den Weg machen können. Typisch! Bei Jupiter, hoffentlich stammten die Opfer aus der Stadt, dann könnte er den Fall an die örtlichen Behörden übergeben und sich der Flüchtlingsfrage widmen, damit hatte er wahrlich genug zu tun.

Er spürte, wie die Feuchtigkeit des Grases seine Toga durchdrang, viel zu lange hatte er schon hier gesessen. Um die Leichenuntersuchung kam er nicht herum, für den Fall, dass sie doch aus dem Lager stammten oder er den einheimischen Ermittlern hilfreich zur Seite stehen musste. Schließlich waren zwei junge Menschen in der Blüte ihrer Jahre brutal getötet worden, und wenn er es auch nicht annahm, so konnte er doch nicht ausschließen, dass der Fall des ermordeten Sklavenmädchens Camilla mit diesem hier zusammenhing. Immerhin waren alle drei Opfer unbekleidet gewesen.

Noch einmal wischte er sich über die Stirn, trocknete seine Hände an der nun ohnehin befleckten Toga und machte sich daran, die lästige Pflicht der Untersuchung zu erledigen, bevor die Pergamener hier eintrafen. Noch einmal könnte er solch höhnisches Gelächter nicht verkraften. Und wenn er auch vorhatte, den Ärzten des Asklepieions wieder die genauere Untersuchung zu überlassen, so musste er zumindest feststellen, wie weit die Leichenstarre fortgeschritten war, um den ungefähren Zeitpunkt des Todes zu bestimmen.

Schwer schluckend beugte er sich über die beiden Toten, drehte erst den Mann, dann die Frau auf den Rücken. Die Leichenstarre war bei beiden voll ausgeprägt, also war der Tod wohl in der Nacht eingetreten, um Mitternacht herum, rechnete er nach. Er bemerkte Leichenflecken; auf den Druck seines Daumens verwandelte sich die Farbe der Haut in die charakteristische Blässe, das bestätigte seine Vermutung über den Todeszeitpunkt. Die klaffenden Wunden an den Kehlen schienen sauber und tief zu sein, ausgeführt mit einem scharfen Messer, soweit die große Menge getrockneten Blutes eine Beurteilung zuließ. Schnell ließ Silvanus den Blick über die Körper gleiten, weitere äußere Verletzungen sah er nicht. Und jetzt erst bemerkte er, dass sein leerer Magen ihm keine Schwierigkeiten bereitete, ja, dass sein professionelles Interesse geweckt war, also konnte er die Untersuchung auch beenden, wenn er schon dabei war. Das tote Mädchen erregte tiefes Mitleid in ihm, als er jetzt den starren Körper auf den Bauch drehte, ihr langes dunkelbraunes Haar, das bei der Bewegung zu beiden Seiten auf ihre Schultern fiel, rührte ihn seltsam an. Doch ihre Rückseite wie auch die ihres Gefährten war unversehrt. Schnell warf Silvanus noch einen Blick auf Arme und Beine der beiden Toten – keine Fesselungsmale, keine Abwehrspuren an den Händen und Unterarmen. Sie mussten vollkommen überrascht worden sein.

Silvanus richtete sich auf, er hatte genug gesehen. Während er die wenigen Schritte zum Bach hinunterging – er verspürte das unbezwingbare Bedürfnis, sich die Hände zu waschen und einen Schluck Wasser zu trinken –, sah er, dass die Männer inzwischen herangekommen waren, ihnen voran Imbrassos im langen, leuchtend weißen Chiton, hinter ihm sechs seiner Sicherheitskräfte in ihren roten, gerade über die Knie reichenden Gewändern. Zwei von ihnen trugen Stangen, in deren Mitte grober Leinenstoff gespannt war, die Tragen für die Toten.

»Salve Silvanus.« Imbrassos sah sich um. »Schöne Schweinerei ist das. So etwas in der jetzigen Situation kann fatale Folgen haben, ist dir das klar?«

Silvanus setzte zu einer passenden Antwort an, der Mann tat ja gerade so, als sei er ein absoluter Anfänger. Doch Imbrassos schritt schon zu den Toten und betrachtete sie eingehend, die Lippen zu einem schmalen Strich zusammengepresst. »Ich habe sie noch nie gesehen. Wahrscheinlich Flüchtlinge. Was denkst du, Silvanus, besteht ein Zusammenhang zum ersten Mord?«

»Ich weiß es noch nicht.« Silvanus bezwang seinen Zorn und informierte ihn in aller Kürze über das Ergebnis der Untersuchung und seine ersten Schlussfolgerungen. »Ich wäre dir sehr verbunden, wenn deine Männer das Gelände absuchten, vor allem nach Blutspuren und den Kleidungsstücken der Opfer, dazu bin ich noch nicht gekommen. Sie sind doch dafür qualifiziert, oder?« Dieser kleinen Spitze konnte er sich nicht enthalten.

»Das sind sie.« Einen Moment sah Imbrassos ihn an, dann gab er den Männern ein Zeichen. Die sprachen sich kurz ab, bevor sie sich zerstreuten.

Ja, sie waren erfahren, stellte Silvanus fest, vorsichtig, systematisch und akribisch suchten sie das Gelände ab.

»Bei all diesen Morden und der sich verschärfenden Situation im Lager kann ich verstehen, dass du eine Privatunterkunft für deine … Bekannten suchst«, fuhr Imbrassos fort. Seine Mundwinkel zuckten leicht. »Du weißt, wir helfen euch Römern, wo wir können. Besonders da eine der jungen Frauen eine, äh, besondere Beziehung zu Marcus Antonius haben soll, wie ich hörte. Die Mädchen werden sich heute Abend bei uns vorstellen, so machte ich es mit meinem Sohn aus. Ich gehe davon aus, dass du sie begleitest, du bist natürlich eingeladen, auch Leander habe ich dazugebeten.«

Silvanus konnte nicht verhindern, dass ihm die Röte in das Gesicht stieg. »Ich danke dir für deine Hilfsbereitschaft, ich komme gern«, sagte er mit verlegenem Lächeln, und, um dem peinlichen Thema zu entgehen: »Wer hat die Toten gefunden?«

»Ein Viehzüchter, der hier am Bach auf Taubenjagd war. Er ist recht mitgenommen von dem Ereignis, wir gaben ihm einige Becher Wein und schickten ihn nach Hause. Sein Hof liegt ein gutes Stück von hier entfernt, den Bach hinauf und dann quer durch die Felder, nicht zu verfehlen, wenn du mit ihm sprechen willst. Doch was weitaus wichtiger ist, wir müssen überlegen, welche Nachrichten wir verbreiten. Das

Volk in Pergamon ist über diese neuen Morde sehr aufgebracht, denn dass das Pärchen getötet wurde, daran zweifelt niemand. Keiner denkt an Selbstmord oder einen Unfall, was ja immerhin anfänglich nicht auszuschließen gewesen wäre. Allein das zeigt, wie die Stimmung ist. Und im Flüchtlingslager wird es nicht anders sein. Ich vermute, du warst gerade dort, als dich die Botschaft erreichte, wie war die Atmosphäre?«

Silvanus schilderte den Verlauf der Versammlung, froh, nicht weiter über seine Verbindung zu Laelia befragt zu werden, berichtete von der vermissten Sklavin Camilla und erkundigte sich im Gegenzug, wie Leanders Rede vom pergamenischen Volk aufgenommen worden war.

Nun, es sei wie erwartet gewesen, erläuterte Imbrassos, die Pergamener hätten sich sehr erregt über die vielen Flüchtlinge und über die Aussicht, dass der Zustrom nur langsam abebben würde. Einzig die Zusage einer großzügigen Belohnung für die Stadt hätte die Volksseele ein wenig beruhigt. Zum Glück hätte Leander seine Rede bereits beendet und das Volk sich zerstreut gehabt, als die Schreckensnachricht des neuen Verbrechens die Stadt erreichte. Sonst hätte er, Imbrassos, trotz seiner Männer, die er in hinreichender Zahl postiert hatte, nicht für Ruhe und Ordnung garantieren können. »Doch wir müssen ihnen etwas bieten, Silvanus, etwas, das sie beruhigt, das ihnen zeigt, wie sehr die Römer ihren guten Willen schätzen und anerkennen, und das so schnell wie möglich.« Kalt sah Imbrassos ihm in die Augen. »Ich schlage vor, du erteilst sofort einen Auftrag für eine Statue, ein Relief für den Zeusaltar oder etwas Ähnliches. Dann …«

»Herr, hier ist Blut, viel Blut!« Einer von Imbrassos' Männern winkte aufgeregt von einem Busch herüber, nicht weit von ihnen, ein wenig höher gelegen. Silvanus raffte seine Toga und eilte durch das hohe Gras zu ihm hin. Tatsächlich, hinter dem Gebüsch, auf altem Laub und frischen Blumen war es deutlich zu erkennen – Blut. Auch auf den jungen Blättern des Busches zeigten sich die gleichen rötlich braunen Flecken. Ringsum war der Boden aufgewühlt, ganz sicher war zumindest eines der Opfer hier getötet worden. »Hast du noch etwas anderes gefunden?«, wandte sich Silvanus an den Mann. Der schüttelte den Kopf.

Imbrassos, der langsam gefolgt war, blickte versonnen auf die Stelle hinunter. »Such weiter!«, wies er den Mann an, bevor er sich Silvanus zuwandte : »Könnte es sein, dass hier ein Tier ein anderes gerissen hat? Oder dass das Blut älter ist?«

Silvanus schüttelte den Kopf. »Das wäre schon ein seltsamer Zufall, zudem müssten wir Reste eines Kadavers finden. Und älter als einen Tag sind die Spuren nicht, gestern hat es noch geregnet, damit wäre alles verschwunden.« Er ließ seine Augen über den Boden wandern. »Wenn man genau hinschaut, kann man noch eine Schleifspur erkennen, siehst du?« Langsam schritt er auf die Leichen zu. »Hier ist auch Blut und hier! Nein, es ist ganz eindeutig, zumindest ein Opfer ist hinter dem Gebüsch getötet worden. Ich vermute, der Mörder wartete hinter dem Busch. Vielleicht gelang es ihm – durch ein Geräusch zum Beispiel –, die Aufmerksamkeit des Jünglings zu erregen, der ging nachsehen; das war sein Todesurteil. Der Täter muss schnell gehandelt haben, sonst wäre das Mädchen geflohen. Entweder sie war starr vor Angst oder wollte ihrem Liebsten zu Hilfe eilen.«

»Ein Spanner, der Angst hatte, weil er erkannt worden war«, murmelte Imbrassos.

»Ich bevorzuge eher die Möglichkeit, dass er den beiden gefolgt ist, um ihnen etwas anzutun.« Silvanus konnte den Blick nicht von dem Gebüsch abwenden. »Vor allem, weil er die Leichen auf eine solch auffällige Art drapierte. Aber ausschließen dürfen wir natürlich auch nicht die Möglichkeit, dass es sich um einen Raubmord handelt, doch warum dann die Tat hinter dem Gebüsch? Um einen nach dem anderen umzubringen?« Er schüttelte den Kopf. »Nein, wenn ich es recht bedenke, spricht zu viel dagegen. Er hätte sie ja zwingen können, sich gegenseitig zu fesseln oder Ähnliches.«

»Denkst du, es besteht ein Zusammenhang mit dem Mord an der jungen Frau, dieser Sklavin Camilla, von der du erzähltest?« Imbrassos rieb mit der Hand über sein glatt rasiertes Kinn.

»Nein, das glaube ich nicht. Wahrscheinlich ist auch in dem Fall der Täter im näheren Umkreis zu suchen, vielleicht war es gar der Besitzer selbst.«

»Ziemlich viele Beziehungstaten in kurzer Zeit, findest du nicht?«

»Nun, zwei. Und wenn man bedenkt, dass die Menschen, Pergamener wie Flüchtlinge, sich in einer ungewöhnlich belastenden Situation befinden, dann kann so etwas schon vorkommen. Die meisten Tötungen sind Beziehungstaten.«

Imbrassos' Stimme wurde zu Eis. »Ach, was du nicht sagst. Aber sei's drum, wie es aussieht, sind es deine Fälle, und du bist der erfahrene römische Ermittler.« Abrupt wandte er sich um. »Männer, seid ihr fertig?«

Sofort antwortete einer: »Ja, Herr. Wir haben nichts weiter gefunden.«

»Gut, dann bringt die Leichen ins Totenhaus, ohne weitere Verzögerung. Verstanden?«

»Ja, Herr.«

Imbrassos, schon im Gehen, wandte sich noch einmal um. »Und dich, Silvanus, sehe ich heute Abend. Natürlich ist auch deine Gattin herzlich willkommen, ich würde sie gern kennen lernen.«

»Gewiss Imbrassos, es wird uns eine Ehre sein.« Silvanus schluckte. Hatte Lucida nicht gesagt, sie ginge heute zu einem der nächtlichen Frauentreffen im Demeterheiligtum, man habe sie gestern dazu eingeladen? Hoffentlich irrte er sich nicht. Laelia würde nie wieder ein Wort mit ihm sprechen, käme er mit seiner Frau zu Imbrassos. Und überhaupt, dieser Mann. So gern er Nessos, den Sohn, mochte, so unsympathisch war ihm der Vater. Wie er eben die Leichen angesehen hatte, und dann ihn, fast mit einer gewissen Befriedigung, so als sei es gewiss, dass er an ihnen scheiterte, dass seine Flüchtlingspolitik insgesamt scheiterte. Ob es eine gute Idee gewesen war, Laelia und Illicia bei Imbrassos unterzubringen? Aber besser als das Lager war es auf jeden Fall, und vor allem weniger gefährlich. Vielleicht hatte Imbrassos ja doch Recht, und die Fälle hingen zusammen, vielleicht sogar brachte jemand aus purer Lust am Töten Menschen um. So wenig er daran glaubte, glauben wollte, ausschließen durfte er die Möglichkeit nicht, und in diesem Fall gab es für die Mädchen keinen sichereren Ort als das Haus des höchsten Sicherheitsbeamten von Pergamon.

Er warf einen letzten Blick auf den Fundort, dann machte er sich auf den Rückweg, versuchte die Gedanken in seinem Kopf zu ordnen. Wer waren die beiden Toten? Was sollte, was musste er als Nächstes unternehmen? Und wie sollte er mit Imbrassos' Anregung umgehen, unverzüglich seine versprochene Stiftung an die Stadt zu veranlassen? Konnte er das überhaupt, ohne die Zustimmung des Antonius, der alles Geld für seine Legionen benötigte, für den Kampf gegen die Parther? Gewiss, er selbst hatte den pergamenischen Magistraten diesen Vorschlag unterbreitet, ihnen geraten, es dem Volk bekannt zu geben, dabei jedoch nicht an so etwas Kostspieliges wie die Reliefs des großen Zeusaltars gedacht. Er wischte sich mit dem Handrücken die Stirn, während er schweren Schrittes die steilen Gassen hinaufstieg. Indes, erforderte nicht die öffentliche Sicherheit und Ordnung eine solche Gratifikation für Pergamon? Wäre es nicht eine Investition wert, die Pergamener auf römischer Seite zu halten? Das war eines der vorrangigen Ziele, so hatte Antonius selbst in seinem Schreiben betont.

Am Eingang des Prytaneions angekommen, fasste er den Entschluss, der Stadt auch ohne Anweisung des Imperators eine – wenn auch kleine – Aufmerksamkeit zukommen zu lassen, welche, wollte er mit Leander besprechen, den er hier anzutreffen hoffte. Doch der war nicht da, dafür gingen zwei römische Herren im Empfangsraum erregt auf und ab. Als sie seiner ansichtig wurden, eilten sie auf ihn zu. »Silvanus Rhodius?« Der vierschrötige Mann, der ihn ansprach, hatte tiefe Ringe unter den Augen. »Ich hörte, du bearbeitest die Todesfälle. Mein Name ist Sextus Albinius Fuscus, dies ist Gaius Passienus, wir sind Kaufleute aus Ephesos und befinden uns derzeit mit unseren Familien im Flüchtlingslager. Das heißt, nicht mehr mit allen Familienmitgliedern, denn …« Er brach ab, der Mann neben ihm ließ den Kopf sinken.

Silvanus ahnte, was sie hierher geführt hatte. Er hielt die Tür seines Arbeitszimmers auf, bat sie hinein, wies den Sklaven Marsias an, starken Wein zu bringen, und forderte sie auf, zu berichten. Seine Vermutung erwies sich als richtig.

»Meine Tochter und Sextus' Sohn«, begann Passienus stockend, »sind verschwunden, seit gestern. Sie wollten heiraten. Wir befürchten …« Ein Schluchzen entrang sich seiner Kehle. Fuscus sprang ein. »Du hast die Toten doch gesehen, Silvanus, gib uns eine Beschreibung.«

Wahrscheinlich traf ihre Befürchtung zu. Silvanus schloss kurz die Augen, wappnete sich und beschrieb ihnen den Jüngling und das Mädchen. Dann schenkte er den Männern Wein nach, die bei seinen Worten immer mehr in sich zusammengesunken waren. »Das sind sie, ganz gewiss.« Passienus rannen Tränen über das Gesicht.

Silvanus stärkte sich mit einem tiefen Schluck, die Befragung der Angehörigen in ihrer Trauer hatte er immer am meisten gehasst – neben der Leichenuntersuchung. Und wie wenig Trost konnte er ihnen spenden, nur versprechen, sein Bestes zu geben, um den Täter zu finden und seiner gerechten Strafe zuzuführen. »Sie sind im hiesigen Totenhaus.

Ich möchte euch bitten, mit mir dort hinzugehen, um zu sehen, ob es sich wirklich um eure Kinder handelt.«

Passienus und Fuscus nickten, tranken ihren Wein aus und legten sich die Mäntel um die Schultern. »Ja sicher, auch wir brauchen letzte Gewissheit. Lass uns gehen.« Fuscus schien der gefasstere der beiden.

So ging Silvanus mit den Männern den Burgberg wieder hinab, schweigend erreichten sie die heilige Straße, durchquerten das Portal des Totenhauses. Auch Silvanus hatte kein Wort verloren, was könnte er schon sagen? Ihnen die zur Lösung des Falles dringend nötigen Fragen zu stellen, dafür war es noch zu früh. Erst mussten sie die Toten identifizieren.

In einem Vorraum bat er die beiden, zu warten. Allein trat er in den ihm wohl bekannten Innenhof. »Salve«, rief er in die herrschende Stille. »Ist hier jemand?«

Tatsächlich kam nach kurzer Zeit Nessos – wie er gehofft hatte – aus einem der angrenzenden Räume, gehüllt in einen alten, mit Blut befleckten Chiton, die Arme hinter dem Rücken verschränkt. Ein kurzes Lächeln hellte sein ernstes Gesicht auf, als er ihn erkannte. »Salve Silvanus, du bist es. Ich untersuche gerade die beiden letzten Opfer, man hat mir jetzt diese unerquickliche Aufgabe voll und ganz übertragen. Schreckliche Sache, so jung noch die beiden, welch eine Verschwendung an Leben. Du kommst wegen der Untersuchungsergebnisse?«

Silvanus schüttelte den Kopf. »Nun, eigentlich nicht, doch wenn du schon Ergebnisse hast, teile sie mir später mit. Ich kam, weil mich zwei Männer aufsuchten, wahrscheinlich die Väter der Toten, römische Kaufleute aus dem Flüchtlingslager, sie warten draußen. Ich wäre dir dankbar, wenn du sie zu den Leichen führen könntest. Aber bitte, zeige ihnen nur die Gesichter.« Er wich einen Schritt zurück, als der Arzt in einer Geste der Zustimmung seine Hände ausbreitete, auch diese über und über blutverschmiert. »Und könntest du dich vorher waschen und umkleiden?«

In Nessos' blauen Augen flackerte Unmut auf. »Natürlich. Ich pflege in diesem Aufzug keine Familienangehörigen zu empfangen. Vergiss nicht, ich bin Arzt. Normalerweise lasse ich mich auch ungern mitten in meiner Arbeit stören, du hättest einen Sklaven schicken sollen, euch anzumelden.« Als er Silvanus' zusammengepresste Lippen wahrnahm, fügte er freundlicher hinzu. »Schon gut. Wartet hier einen Moment, bis ich euch hole.«

Silvanus ärgerte sich, über sich selbst wie über die Zurechtweisung des Arztes. Nicht ohne Grund hatte er schließlich seine Bitte ausgesprochen, in Rom hatte er es mehr als einmal erlebt, dass Nessos' Berufskollegen kein solches Feingefühl an den Tag legten. Hysterisch schluchzende, zusammenbrechende Menschen hatte er dann beruhigen und nach Hause geleiten müssen. Doch gerade bei Nessos hätte er wissen können, dass seine Befürchtungen unangebracht waren. Und der Arzt hatte Recht, in der Tat hätte er einen Sklaven schicken sollen, um sich anzukündigen.

Es half nichts, sich zu ärgern, er durfte die beiden Männer in ihrem Gram, zu dem dieser Ort mit seinem Geruch nach Weihrauch und Tod bestimmt ein Übriges beitrug, nicht zu lange warten lassen. So holte er sie in den Innenhof. Kreidebleich nahm Passienus auf einer Bank Platz, knetete seine Hände, während er auf die zahlreichen vom Hof abgehenden Türen starrte. Fuscus schritt mit gesenktem Kopf auf und ab. Als Nessos endlich zurückkam – in einem strahlend weißen Chiton – und sie hereinbat, folgte Silvanus in einigem Abstand. Ein schmuckloser, aber sauberer Raum, der Boden mit Sand bestreut, beherbergte die Toten, ordentlich bis zum Kinn mit weißen Tüchern bedeckt lagen sie auf zwei nebeneinanderstehenden Tischen. Ein Blick genügte den Männern: Passienus schlug wortlos die Hände vor das Gesicht, Fuscus drehte sich zu Silvanus um und nickte, er schien ihm um Jahre gealtert. Mitfühlend legte Silvanus ihm die Hand auf die Schulter, Nessos geleitete den schluchzenden Passienus hinaus.

»Ich werde alles tun, um dieses Verbrechen aufzuklären«, versprach Silvanus den Vätern, »aber ich benötige dazu eure Hilfe. Morgen werde ich euch im Lager besuchen, um einige Fragen zu stellen.«

Die Männer nickten, beiden liefen jetzt Tränen über die Wangen, der Worte unfähig wandten sie sich ab und gingen schweren Schrittes davon.

Nessos, sichtlich bewegt, strich sich die dichten Haare aus der Stirn. »Ja, die Trauer der Angehörigen ist der härteste Teil, in deinem wie in meinem Beruf, nicht wahr? Komm, lass uns einen Becher Wein trinken, ich glaube, wir können ihn beide gebrauchen. Wenn du möchtest, teile ich dir dabei die Ergebnisse meiner Untersuchung mit, ich war fast fertig, das Zunähen können die Sklaven besorgen. Nicht, dass es viel zu erzählen gibt, aber … Gehen wir in mein Arbeitszimmer im Asklepeion.«

Gern ließ sich Silvanus aus dem Totenhaus hinaus geleiten, froh, der kalten, tristen Atmosphäre und dem Geruch der Obduktionsstätte entkommen zu können.

Sie grüßten den Pförtner am Eingang des nahe gelegenen Heiligtums, eilten unter den Säulengängen des Hofes hindurch und betraten einen Raum in der Nähe der Badeanlagen. Nessos' lichtdurchflutetes Arbeitszimmer wirkte schlicht, doch freundlich und einladend, mit leuchtend rot und gelb bemalten Wänden, die das einfallende Licht angenehm milderten. Zwischen stilisierten Halbsäulen bargen Nischen zahllose Schriftrollen, eine Herme des Asklepius wachte in einer Ecke.

Kaum hatten sie Platz genommen, eilte ein Sklave herbei, ein Tablett mit Wein und zwei Bechern in den Händen. Nessos nahm die Karaffe und schenkte ein. »Danke, Hermanios, du kannst gehen. – Lass uns zur Sache kommen, Silvanus. Ich fand nichts, das auf eine andere Todesursache schließen ließe als das Durchtrennen der Halsschlagader. Keine anderen Wunden, Verletzungen und auch keinerlei Abwehr-, Kampf- oder Fesselungsspuren an den Körpern. Ich dachte, vielleicht hätte man ihnen ein Schlafmittel oder Gift gegeben, einen Schlag auf den Kopf, ehe man ihnen die Kehlen durchschnitt, aber es gibt nichts. Welche Brutalität!« Kopfschüttelnd drehte er seinen Weinbecher in den Händen.

Silvanus nahm einen tiefen Schluck. »Können sie anders betäubt worden sein, betrunken gemacht vielleicht?«

»Nein, auch das habe ich geprüft. Sie haben normal gegessen und getrunken, ich fand in den Mägen keine Mengen an Wein, die ihre Reaktionen hätten maßgeblich beeinträchtigen können.« Nessos hob seinen Becher und lächelte leicht. »Ungefähr so viel, wie man jetzt bei uns finden würde.«

Vor Silvanus' Augen trat das Bild der hübschen jungen Frau mit den langen braunen Haaren, die er vor wenigen Stunden erst neben ihrem toten Geliebten gefunden hatte. Doch noch ein weiteres drängte sich ihm auf, das der Sklavin Camilla, einer Frau, die dem neuen Opfer recht ähnlich gesehen hatte, soweit man das beurteilen konnte. »Meinst du, Nessos, diese Morde hängen mit dem ersten zusammen?«

Der Arzt nahm sich viel Zeit, bevor er antwortete: »Könnte schon sein. In beiden Fällen stammten die Wunden von einer großen, sehr scharfen Stichwaffe. Denkst du, es war derselbe Täter?«

»Ich weiß es nicht, ich stehe ja noch am Anfang der Ermittlungen, erst muss ich die Angehörigen, Freunde, das Umfeld befragen beziehungsweise die Besitzer der Sklavin.« Kurz klärte er Nessos darüber auf, was er heute Morgen über die Identität der ersten Toten erfahren hatte. »Für wahrscheinlich aber halte ich es nicht, dass die Fälle in Zusammenhang stehen, und sollte ich keine Beziehung der Opfer beziehungsweise ihrer Familien untereinander finden, gemeinsame Bekannte oder auch Feinde, denke ich, dass eher Motive wie Eifersucht, Streit oder Ähnliches eine Rolle spielten, meistens ist es so. – Doch jetzt muss ich mich verabschieden, Nessos, ich möchte mich noch ein wenig frisch machen für das Gastmahl nachher bei deinem Vater. Ich kann dir gar nicht sagen, wie dankbar ich dir bin, dass du dich dafür eingesetzt hast, Laelia und Illicia bei deinen Eltern unterzubringen, nach dieser Tat wäre ich erst recht um ihre Sicherheit besorgt, dort in dem Lager.« Er erhob sich. »Ach, da fällt mir ein, wie geht es Offilias Kleinem?«

Nessos geleitete ihn zur Tür. »Sehr schlecht, das Kind hat eine schwache Lunge, und die Witterung hier tut ein Übriges.« Leicht legte er eine Hand auf Silvanus' Arm. »Ganz im Vertrauen, ich glaube nicht, dass es durchkommt. Aber man darf die Hoffnung nicht aufgeben, das habe ich auch den Eltern gesagt. Der Vater, dieser Gallier, scheint zwar kaum ein Wort zu verstehen, kümmert sich aber rührend um den Jungen, Tag und Nacht sitzt er bei ihm am Bett. Als letzte Möglichkeit werde ich die Schlaftherapie versuchen, der Gott hat schon manchen aussichtslosen Fall auf diese Weise geheilt. Wenn das nicht hilft … Ach, und Silvanus, ich werde dich und die jungen Damen nachher nicht im Lager treffen können, mehrere neue Patienten harren meiner. Da ich nicht weiß, wie lange ich mit ihnen beschäftigt sein werde, bitte ich dich, mich vorerst bei den Damen zu entschuldigen, du wirst sie allein zu meinen Eltern begleiten müssen. Wir sehen uns dann dort. Vale, mein Freund.«

KAPITEL VI

Die abendliche Kälte ließ Laelia schaudern. Eisiger Wind war aufgekommen, der durch die Lagergassen pfiff. Sie rückte näher an Illicia, die wie sie in einen dicken wollenen Mantel gehüllt am Feuer saß, sich die kalten Hände wärmte und nach Silvanus Ausschau hielt. Der Rest der Familie hatte sich in das Zelt zurückgezogen, die Alten tranken Bibulus' guten Falerner und erzählten Offilias Kindern wie jeden Abend Geschichten.

Monoculos trat heraus und brachte warmen gewürzten Wein. Der würde jetzt gut tun. Mit beiden Händen umschloss Laelia den Becher und genoss die Wärme. Angesichts der kargen Feuerstelle, des Windes, der Nässe gewann die Aussicht, diesem feuchtkalten, beengten Lagerleben und der bedrohlichen Atmosphäre zu entkommen, durchaus an Reiz. Die Anspannung unter den Menschen wuchs täglich, die Aggressivität nahm zu, Neid und Missgunst breiteten sich immer mehr aus. Heute Morgen erst hätten einige vermummte Gestalten einer Frau den Sack mit Lebensmitteln entrissen, ihre Nachbarin war höchst aufgebracht gewesen, als sie ihr davon erzählte. Und vorhin, als Laelia zur Latrine ging, war ihr ein verstörtes Mädchen entgegengekommen. Schluchzend hatte sie ihr anvertraut, ein Mann habe sie angefasst, zum Glück habe sie sich losreißen und davonlaufen können. Laelia hatte das Kind zu seinen Eltern gebracht und auf dem Rückweg den Göttern gedankt, dass sie Silvanus' Angebot nicht abgelehnt hatten – wenn sie sich auch noch immer nicht ganz damit abfinden konnte, so in seiner Schuld zu stehen. Doch das Leben im Lager wurde täglich gefährlicher, die erneuten Morde schürten die Unruhe, und Laelia konnte sich eines unguten Gefühles nicht erwehren.

Besorgt beobachtete sie die schwarzen Wolken, die sich am Himmel zusammenballten, es sah nach einem Unwetter aus. »Silvanus sollte sich beeilen, sonst werden wir bis auf die Haut durchnässt sein, wenn wir bei Nessos' Eltern ankommen.«

Illicia neben ihr nickte. »Wie Silvanus diesen Imbrassos wohl dazu gebracht hat, uns aufzunehmen?« Sie beugte sich vor und blies in die Glut des Feuers, einige Funken stoben auf.

Laelia zog ihren Mantel enger um sich. »Wie ich hörte, ist er einer der Magistrate von Pergamon, mit denen Silvanus zusammenarbeitet, vielleicht hat er seine Autorität als römischer Beamter in die Waagschale geworfen. Möglicherweise ist Imbrassos auch nur ein guter, hilfsbereiter Mensch, der sich freiwillig angeboten hat. Wenn nicht, wage ich kaum daran zu denken, was auf uns zukommt. Und ich sage dir schon jetzt: Sollte Imbrassos nachher uns gegenüber irgendwelche Vorbehalte zeigen, wäre ich dafür, sein Angebot abzulehnen. Sind wir dort nicht willkommen und müssen hier bleiben, sollten wir uns eine Beschäftigung suchen.« Laelia erhob sich und ging ein paar Schritte auf und ab. »Das wird sicher nicht leicht, was können wir schon, außer ins Parthische zu übersetzen und Transkriptionen anzufertigen. Und damit sind wir hier nicht die Einzigen, Pergamon besitzt eine berühmte Bibliothek, dort wird es unzählige fähige Übersetzer und Schreiber geben. Doch irgendetwas müssten wir tun, sonst vergehen wir vor Langeweile, werden vom Kindergeschrei taub und verfallen womöglich wie unsere Väter dem Trunk.« Sie starrte in das kärgliche Feuer. »Vielleicht sollten wir uns dieser Verbrechen annehmen, gerade jetzt, wo schon wieder zwei Tote gefunden wurden. Da wären wir hier im Lager viel näher am Geschehen. Ich bin gespannt, was Silvanus über diese neuen Taten zu berichten weiß.«

»Bestimmt kommt er deswegen so spät.« Illicias Stimme klang tröstend. »Keine schlechte Idee übrigens, wegen der Verbrechen die Augen aufzuhalten, vor allem, da die Opfer aus dem Lager stammen sollen, wie man munkelt. Es ist schon beängstigend, erst diese Sklavin und jetzt das junge Pärchen. Kein Wunder, dass die Menschen hier verstört sind.«

Illicia hatte Recht, denn blickte sie die Gasse hinunter, saß kaum jemand wie sonst vor dem Zelt, nur wenige waren noch unterwegs. Das laute Reden, Schimpfen, Lachen, all die Geräusche, die noch gestern die Luft erfüllt hatten, waren verstummt, die Leute dämpften ihre Stimmen, suchten die einzige Sicherheit, die sich bot, die dünnen Wände der Zelte. Die hereinbrechende Dunkelheit schien Laelia noch düsterer als sonst, beunruhigt sah sie sich um. »Doch wie sollen wir etwas herausfinden, wir kennen weder die Familien der Opfer noch die Besitzer der Sklavin.«

Auch Illicia zog ihren Mantel enger um die Schultern. »Wir kennen sie nicht, das stimmt, aber Velusia vielleicht, sie hat die besten Kontakte und weiß fast alles, was im Lager passiert. Somit ist es eigentlich egal, ob wir hier wohnen oder nicht, wir werden schon auf dem Laufenden bleiben. In jedem Fall sollten wir Silvanus anbieten, ihn zu unterstützen.« Illicia verstummte, Schritte näherten sich.

»Salvete, ihr beiden«, vernahmen sie Silvanus' wohl bekannte Stimme, »entschuldigt meine Verspätung, aber ... ich hatte noch zu tun.« Er trat neben sie, rieb seine Hände über der letzten Glut des Feuers. »Seid ihr bereit? Ein Unwetter zieht auf, ich habe uns deshalb eine Sänfte besorgt.«

Laelia fühlte seinen Blick auf sich ruhen, während sie aufstand. Was er wohl noch zu tun gehabt hatte? Wäre es Arbeit gewesen, hätte er es erzählt, also hatte ihn wahrscheinlich seine Frau aufgehalten. Sie schob den Gedanken von sich, sie mochte jetzt nicht darüber nachdenken.

Die Sänfte, hörte sie Silvanus wie aus weiter Ferne sagen, warte vor dem Lager, die Träger hätten sich geweigert, durch die engen Zeltgassen zu gehen, sie fürchteten, über die Schnüre zu stolpern oder die Zeltwände mit dem unhandlichen Transportmittel zu zerreißen. Schwang da ein Anflug von schlechtem Gewissen in seiner Stimme mit? Sie verspürte ein warmes Gefühl der Zuneigung, doch sie kämpfte es nieder, nein, sie wollte das alles nicht noch einmal durchmachen.

Sie rief nach Monoculos, dann machten sie sich auf den Weg. Die guten Gewänder gerafft, an den Füßen alte Stiefel wegen der aufgeweichten Wege, in jeder Hand ein paar saubere Schuhe, die sie kurz vor Betreten des Hauses anzulegen gedachten; sie mussten ein merkwürdiges Bild abgeben. Kein Wunder, dass Silvanus lachte, als er sich zu ihnen umdrehte. Laelias Einwand, mit seinen schmutzverschmierten Schuhen würde er sicher nicht den besten Eindruck hinterlassen, tat er mit leichter Hand ab. »Was soll's, wir werden ohnehin Sandalen für das Gastmahl bekommen, bestimmt schon an der Tür. Ihr werdet diese Schuhe überhaupt nicht brauchen. Auch Monoculos kann hier bleiben, denn selbstverständlich werde ich euch zurückbegleiten.«

Er hatte Recht, natürlich. Laelia schickte ihren Sklaven zurück, mitsamt den Schuhen, und ignorierte sein Murren, dass er sich schon auf einen gemütlichen Abend in einer warmen Küche gefreut habe. Dann folgte sie Silvanus, der ihnen vorausschritt.

An der Sänfte angekommen, schaute Illicia sich um. »Wo ist Nessos? Wollte er uns nicht zu seinem Vater begleiten?«

»Er ist verhindert und lässt sich entschuldigen. Sobald er fertig ist, wird er direkt zu Imbrassos kommen. Vielleicht ist er schon dort, wenn wir eintreffen.« Galant half Silvanus ihnen beim Einsteigen, hieß sie, es sich auf den Polstern bequem zu machen und gab den Trägern das Zeichen zum Aufbruch.

»Was hielt dich auf, Silvanus, die Todesfälle? Ich hörte, die beiden seien aus dem Lager, stimmt das?« Illicia lehnte sich in den Kissen zurück und genoss sichtlich das sanfte Schaukeln der Sänfte.

Silvanus nickte schweigend.

»Du kennst also schon ihre Namen?«

Silvanus zuckte die Schultern.

»Ach Silvanus, sei doch nicht so wortkarg. Weißt du es nicht, oder willst du es uns nicht sagen? Es wird ohnehin nicht lange ein Geheimnis bleiben. Und davon abgesehen, Silvanus, du weißt doch, dass du uns vertrauen kannst.«

Mit schmalen Augen sah er von einer zur anderen. Laelia bemühte sich um einen unbeteiligten Gesichtsausdruck, Illicia mimte die Unschuld selbst.

»Natürlich vertraue ich euch. Aber ich bin sicher, ihr würdet sofort anfangen, herumzufragen, und euch damit in Gefahr bringen. Nein, nein.«

»Aber Silvanus.« Illicia schürzte die Lippen. »Wir haben dir doch schon oft geholfen. Und auch jetzt könnten wir für dich von unschätzbarem Wert sein.«

Silvanus schüttelte energisch den Kopf.

»Denk doch mal nach.« Illicia beugte sich vor. »Wenn es etwas Wissenswertes gibt, im Lager, bei den Flüchtlingen, meinst du wirklich, sie würden sich dir anvertrauen? Dir, der mit den Stadtoberen gemeinsame Sache macht, von denen man annimmt, sie wollten die Flüchtlinge loswerden? Es kursieren Gerüchte, man wolle alle wegschicken, zurück in die Ungewissheit. Wir glauben das natürlich nicht. Aber die Menschen haben kein Vertrauen mehr, darum würden sie eher selbst den Mörder suchen, kurzen Prozess mit ihm machen als den Magistraten dabei zu helfen, sich zu profilieren. Meinst du nicht, es wäre hilfreich, wir würden dich unterstützen?«

»Hm«, murmelte Silvanus, »vielleicht könntet ihr mir wirklich helfen. Aber da ihr ja das Lager bald verlassen werdet – worüber ich sehr froh bin –, sehe ich keine Möglichkeit.«

»Ach Silvanus«, Illicia neigte ihren Kopf zur Seite, »wir kennen inzwischen genug Leute dort. Mit einigen haben wir uns angefreundet, die werden wir mit Sicherheit regelmäßig besuchen. Diese Quellen könnten für dich von unschätzbarem Wert sein.«

Was Illicia vorschlug, musste für Silvanus verlockend klingen. Sie würden mehr erfahren als er oder seine Leute und waren vertrauenswürdiger als bezahlte Informanten, die als Alternative in Betracht kämen.

»Na gut«, presste er schließlich zwischen den Lippen hervor. »Es schadet wirklich nicht, wenn ihr euch ein wenig im Lager umhört. Also werde ich euch das Wesentliche erzählen, aber schweigt darüber.« Dann fasste er zusammen, was er bis jetzt über die Morde wusste.

»Also handelt es sich auch bei den letzten beiden Toten tatsächlich um Flüchtlinge«, ergriff nun Laelia das Wort. »Das wird in der Tat die Unruhe verstärken, man wird denken, die Pergamener wollen Angst und Schrecken verbreiten, uns so zur Abreise drängen. Wäre natürlich möglich … Was meinst du, Illicia?«

»Es wäre doch sehr mühevoll, uns so einzeln aus dem Weg zu schaffen, da gibt es effektivere Methoden. Beispielsweise könnte man das Lager in Brand stecken, allerdings ist es dafür wohl zu feucht. Wie es aussieht, sorgen schon die Götter dafür, dass alle ertrinken, so, wie es zurzeit regnet«, scherzte Illicia.

Silvanus Schmunzeln wirkte halbherzig. »Gut, ihr werdet euch also ein wenig umhören. Aber vorsichtig! Ich will nicht, dass irgendjemand auf euch aufmerksam wird. Es könnte sein, dass bei diesem neuen Fall der Täter aus dem Lager stammt, ich gehe sogar mit ziemlicher Sicherheit davon aus. Und der erste Mord, nun ja, da ist alles möglich. Bis jetzt scheint es sich bei dem zeitlichen Zusammentreffen der beiden Verbrechen um Zufall zu handeln, und ich denke, dass ein Angehöriger, Verwandter oder Freund der Opfer am ehesten als Täter in Frage kommt. In diese Richtung werden wir als Erstes ermitteln. Ihr könnt versuchen, etwas über die Toten herauszufinden, unabhängig von meinen eigenen Ermittlungen.«

Laelia nickte Illicia zu, es schien die perfekte Vorgehensweise zu sein. Doch dann fühlte sie Silvanus' Augen auf sich ruhen, sah, wie die Falten auf seiner Stirn tiefer wurden.

Er schüttelte den Kopf. »Mädchen, ich habe es mir überlegt, keineswegs werdet ihr euch in diese Sache einmischen. Mit niemandem werdet ihr darüber sprechen. Ich war ein Dummkopf, zu glauben, ihr könntet die Leute unauffällig aushorchen, sofort würde der Täter auf euch aufmerksam werden. Dann wäret ihr die Nächsten, deren leblose Körper wir irgendwo in der Gegend fänden. Nein, nein, nein und damit Schluss. Ich verbiete euch, auch nur den geringsten Versuch in dieser Richtung zu unternehmen.«

»Aber Silvanus, du hast doch selbst eingesehen, wie nützlich wir sein könnten«, protestierte Illicia. »Wir sind vorsichtig, hältst du uns etwa für so dumm, dass wir nicht wüssten, wie wir vorgehen müssen?«

Silvanus hob abwehrend die Hände. »Nein, aber es ist zu gefährlich. Bei allen Göttern, ich bin so froh, dass ihr das Lager verlassen werdet, da kann ich euch doch unmöglich wieder dort hinschicken, ich hätte keine ruhige Minute mehr. Also Schluss mit dem Thema, ich werde meine Meinung nicht ändern. Freut euch lieber auf den heutigen Abend, ich bin sicher, ihr werdet einen hervorragenden Eindruck bei Imbrassos hinterlassen.« Und er begann, langatmig von ihren heutigen Gastgebern zu erzählen.

Laelia wechselte einen Blick mit Illicia. Was bildete Silvanus sich ein, für wen hielt er sich, ihnen Befehle erteilen zu wollen? Sie würden tun, was sie für richtig hielten, mit oder ohne seine Zustimmung.

Kaum spürbar setzten die Träger die Sänfte auf dem Boden ab. Imbrassos' Janitor eilte herbei, reichte ihnen zum Aussteigen die Hand und geleitete sie in die Empfangshalle. Eilfertig nahm er ihnen die Mäntel ab, half beim Anlegen der bereitgestellten Gastmahlsandalen und rief einen anderen Sklaven, der sie in das Triklinium führte.

Der Hausherr Imbrassos kam ihnen zur Begrüßung entgegen, doch sein freundliches Lächeln wirkte gezwungen. An seiner Seite schritt eine mittelgroße, schlanke Frau, den streng frisierten Kopf hoch erhoben reichte sie ihnen die Hand und hieß sie willkommen.

Dies also war Proka, von der Silvanus eben berichtet hatte. Viel hätte er über sie gehört, sie in all den Wochen jedoch nie zu Gesicht bekommen. Es hieß, sie führe ein strenges Regiment, und der honorige Herr Imbrassos habe zu Hause nicht viel zu sagen.

Laelia sah zu Illicia hinüber, waren sie hier wirklich erwünscht? Erleichtert stellte sie fest, dass Nessos, der Sohn des Hauses, schon eingetroffen war, sich aber vornehm im Hintergrund gehalten hatte. Erst jetzt trat er auf sie zu, mit echter Freude im Gesicht, begrüßte sie höflich und wies auf die Stühle, die man am offenen Ende der drei rechtwinklig angeordneten Klinen für die Damen aufgestellt hatte. Offenbar hielt man in diesem Haushalt auf Tradition und gute Sitte, nach der es sich für Frauen nicht schickte, sich wie die Herren auf Liegen zu räkeln. So ließen sie sich auf den Stühlen nieder, während sich Silvanus auf einer der Klinen ausstreckte. Auch Nessos und seine Eltern nahmen ihre Plätze ein, die Hausherrin auf einem hohen Stuhl ihnen gegenüber. Eine ganze Weile ließen Imbrassos und seine Frau ihre Augen auf ihnen ruhen, bis Nessos, dem diese unverhohlene Musterung sichtlich peinlich war, schließlich als Erster das Wort ergriff. »Es ehrt uns sehr, dass ihr in Erwägung zieht, als Gäste in diesem Haus zu wohnen. Leider ist es uns, vielmehr meinen Eltern, nicht möglich, eure gesamte Familie aufzunehmen.« Der Blick, mit dem er Proka und Imbrassos streifte, wirkte unsicher. »So hat meine Schwester – sie kann heute leider nicht hier sein – zwei Zimmer angeboten, ich denke, es wird das Beste sein, wenn sie die Kinder mit ihren Eltern bei sich aufnimmt. Für mehr Personen jedoch fehlt der Platz, Silvanus wird es euch sicher gesagt haben.«

Laelia erschrak, was war mit Bibulus und Tollimos, sollten die im Lager bleiben?

Silvanus sah sie an. »Für eure Väter werden wir auch noch eine Lösung finden. Ich bin sicher, sie werden angesichts der augenblicklichen Situation darauf bestehen, dass ihr Imbrassos' Angebot annehmt, besonders wegen der Morde. Für sie ist es viel ungefährlicher, vorerst im Lager zu bleiben als für euch.« Eilig wechselte er das Thema. »Wollte nicht auch Leander kommen?«, wandte er sich an Imbrassos, der dem Gespräch spöttisch lächelnd gefolgt war.

»In der Tat, er wird sicher jeden Augenblick eintreffen. Übrigens wird auch Diodoros Pasparos uns mit seiner Anwesenheit beehren.«

Silvanus zog die Augenbrauen zusammen, als der Name des altehrwürdigen Pergameners fiel. Imbrassos quittierte es mit einem ironischen Zucken seiner schmalen Lippen. »Pasparos war anwesend, als ich Leander zum Mahl bat, und bekundete großes Interesse daran, die Damen kennen zu lernen. Natürlich konnte ich sein Ansinnen nicht abschlagen. Und meine Gemahlin und ich«, ein kurzer Blick streifte Proka, »sind uns einig, dass solch vornehme Gesellschaft dem Anlass durchaus angemessen ist.« Wieder zuckten seine Mundwinkel, während seine Augen abschätzend zunächst auf Laelia, dann auf Illicia ruhten.

»Sollten wir unsere Gäste nicht mit ein wenig Musik unterhalten, Vater? Du hast doch diesen hervorragenden Kitharaspieler engagiert. So könnten wir uns die Zeit, während wir auf Leander und Pasparos warten, angenehm verkürzen.« Fragend sah Nessos von Imbrassos zu seiner Mutter, die steif auf der Kante ihres Stuhles saß. Mit einem ruckartigen Nicken tat sie kund, dass sie den Vorschlag ihres Sohnes billigte. So klatschte Imbrassos in die Hände und befahl dem herbeieilenden Sklaven, den Musiker zu holen.

Als die zarten Klänge des Saiteninstrumentes den Raum erfüllten, entkrampfte sich die Atmosphäre spürbar. Imbrassos verstrickte Silvanus in ein Gespräch, Nessos erzählte Laelia von seiner ärztlichen Tätigkeit, höflich versuchte er, Illicia in das Gespräch mit einzubeziehen, doch die schien nicht ganz bei der Sache, saß schweigsam da, fast abwesend. Ein gelegentliches Nicken, eine Zwischenfrage war alles, was sie zum Gespräch beitrug. Wahrscheinlich bewegte sie das, was auch Laelia schon geraume Zeit im Kopf herumging: Warum war den hohen Herren so daran gelegen, sie kennenzulernen? War es reine Neugier, die von Silvanus protegierten Frauen zu sehen? Oder hatte er Illicias Bekanntschaft mit Marcus Antonius erwähnt – das würde ihr gar nicht gefallen.

Köstliche Düfte drangen jetzt in den Raum, und Laelia merkte, wie sehr sie sich auf ein gutes Essen freute, endlich ein richtiges Mahl im Warmen und keine halbgaren Brotfladen, die man mit klammen Fingern zum Munde führte, ein Mahl ohne das störende Geschrei der Kinder, die niemals satt zu werden schienen. Allein dafür lohnte es sich, die Neugier der pergamenischen Führungsschicht zu befriedigen, entschied sie und begann, sich zu entspannen. Der Kitharaspieler tat dazu ein Übriges, er entlockte den Saiten eine fröhliche Weise, und sogar die harten Gesichtszüge der Hausherrin schienen ein wenig an Schärfe zu verlieren, während sie den Sklaven letzte Anweisungen für die Speisenfolge gab. Auch Illicia plauderte inzwischen angeregt mit Nessos.

Die Nachricht, Leander und Pasparos seien eingetroffen, riss alle aus ihren Gesprächen. Man erhob sich, die neuen Gäste zu begrüßen, Silvanus stellte sie vor, und Laelia bemerkte mit Erleichterung, wie ungezwungen sich zumindest Leander gab. Ihre Befürchtungen schienen unbegründet zu sein. Der Prytane verneigte sich höflich vor ihnen, seine klugen grauen Augen in dem markanten Gesicht blickten freundlich. Ein gut aussehender Mann, stellte Laelia fest, der festliche dunkelblaue Chiton kleidete ihn hervorragend, breite Schultern zeichneten sich darunter ab, und die trainierten Muskeln seiner wohlgestalteten Beine spielten, als er sich auf seiner Kline niederließ.

Diodoros Pasparos war anders. Auch er verneigte sich, auch er sprach freundliche Worte des Grußes, doch seine Augen wanderten ganz unverhohlen ihre Körper auf und ab, erfassten jede Einzelheit, jede sichtbare Kurve. Beide hatten sie deutlich an Gewicht verloren, doch ihre langen gegürteten Gewänder in leuchtendem Gelb und Grün umschmeichelten sie vorteilhaft und zauberten ein wenig Farbe auf die blassen Gesichter, so zumindest hofften sie. Verschämt, doch fast auch amüsiert senkte Laelia den Blick, denn der Alte nickte nun zufrieden, murmelte noch etwas und machte es sich dann mithilfe zweier Sklaven neben Leander bequem.

Das Mahl wurde aufgetragen, und das Klappern der zahllosen Schüsseln mit köstlichen Vorspeisen, die die Tische vor den Klinen füllten, übertönte bald die zarten Klänge der Kithara.

»Ich freue mich sehr über deine Einladung, Imbrassos«, Leander unterbrach sich, um eine gefüllte Schüssel entgegenzunehmen, »umso mehr, da ich nun die Bekanntschaft dieser erstaunlichen Damen machen kann, von deren Wirken ich einiges gehört habe.« Sein interessierter Blick ließ sie die Augen auf ihre Teller senken. Was mochte Silvanus erzählt haben?

»Aber zunächst lasst uns die Becher erheben und auf das Wohl unseres Gastgebers leeren. Möge die römische Fortuna ihm als getreue Begleiterin stets Glück bringen und unser hiesiger Zeus ihm allzeit wohlgesinnt sein.« Alle schlossen sich gern seinem frommen Wunsch an, spendeten den Göttern einige Tropfen und tranken.

Sorgsam stellte Leander seinen Becher auf den Tisch, warf einen entschuldigenden Blick in die Runde und wandte sich an Silvanus. »Ich weiß, es ist jetzt kaum der richtige Zeitpunkt, über dienstliche Angelegenheiten zu sprechen, die Damen«, er bedachte sie der Reihe nach mit einem hinreißenden Lächeln, »werden mir hoffentlich verzeihen. Dich jedoch wird freuen, was ich dir sagen kann. Um es kurz zu machen und die Anwesenden nicht über Gebühr zu langweilen: Heute Nachmittag sprach ich mit Mitgliedern des Stadtrates. Wir entschieden, angesichts deiner umfangreichen Aufgaben, dir zwei Männer abzustellen. Bei der angespannten Lage hier in Pergamon kannst du dir sicher vorstellen, dass diese Erleichterung für dich eine große zusätzliche Belastung für uns bedeutet. Auf zwei gut ausgebildete Männer zu verzichten ist keine Kleinigkeit, ohnehin fehlt es uns an Personal. Also hoffe ich, du weißt dieses Entgegenkommen zu schätzen. Außerdem, und ich hoffe auch dies ist zu deiner Zufriedenheit, haben wir Marsias, den du ja bereits kennst, als deinen persönlichen Sekretär bestimmt.« Mit einem Seitenblick auf Pasparos, der bei Leanders Worten geräuschvoll seinen Becher auf dem Tisch abgestellt hatte, fügte er hinzu: »Wir sind zwar nicht einstimmig zu dieser Entscheidung gekommen, doch niemand soll uns nachsagen, wir Pergamener unterstützten die Römer nicht nach besten Kräften.«

Silvanus war überrascht, ja ärgerte sich, Laelia sah es ihm an. Wahrscheinlich hatte er mit mehr Männern gerechnet, durchaus nachvollziehbar bei der Menge an Arbeit, die auf ihn wartete. Die Entscheidung des Rates aber in dieser Runde in Frage zu stellen, würde sich auch Silvanus nicht getrauen. Ihr jedoch gefiel Leanders natürliche Autorität und seine offene Art. So konnte sie es wagen, die Sprache auf die Morde zu bringen, auch um dem Gespräch eine andere Wendung zu geben. »Was ist deine Meinung zu den Todesfällen, Leander? Es wird viel geredet im Lager, man macht sich Sorgen, ist sehr beunruhigt. Einige vermuten, dass die Taten von Pergamenern verübt wurden, die uns Flüchtlingen nicht wohlgesinnt sind. Natürlich wird so kurz nach Auffinden der Toten keiner sagen können, welche Motive dahinterstanden, doch die gegenseitige Abneigung wächst, eine gefährliche Entwicklung, wie ich finde.« Er blickte sie an, während sie sprach, mit einem Ausdruck, den sie nicht deuten konnte, der sie verwirrte.

Proka mischte sich ein. »Ich kann verstehen, dass du dir Sorgen machst, Laelia, aber dies ist wahrlich nicht das rechte Thema für ein Gastmahl. Sicher wird alles Nötige getan, vor allem, wenn ein Mann wie Silvanus mit der Aufklärung der Fälle betraut ist.«

Doch Leander hob seine Hand. »Erlaube mir, Proka, die Frage zu beantworten. Ja, werte Laelia, ich gebe dir Recht, es ist eine gefährliche Entwicklung, wenn die Pergamener die Flüchtlinge ablehnen, weil sie um ihre Lebensqualität fürchten, und die Flüchtlinge glauben, aus eben diesen Gründen würden die ihren getötet. Wir sind dabei, den Pergamenern ihre Vorbehalte zu nehmen. Gelingt uns das, wird auch die Unruhe im Lager abflauen und wieder so etwas wie Normalität einkehren, sofern nicht wirklich ein irregeleiteter Pergamener für die Taten verantwortlich ist. Allerdings teile ich nicht die Gewissheit unseres verehrten Silvanus, das Motiv für die Taten allein im Beziehungsbereich zu suchen. Aber«, und wie zur Entschuldigung hob er erneut seine Rechte, »wer bin ich, meine unwürdige Meinung gegen die reiche Erfahrung eines berühmten römischen Ermittlers in die Waagschale zu werfen.«

Laelia beugte sich vor. »Was lässt dich zweifeln, Leander?«

»Nun, zunächst denke ich, ist es ein wenig zu viel des Zufalls, dass zwei verschiedene Täter solche Taten innerhalb kürzester Zeit begehen, dass beide Täter ihre Opfer entkleiden und nie eine Spur der Gewänder gefunden wird. Aber gut, der Zufall bestimmt den Lauf der Welt. Schließlich seien die zum Tode führenden Verletzungen doch recht unterschiedlich gewesen, wie ich hörte. Nessos könnte hierzu mehr berichten, hat er die Opfer doch untersucht. Was meinst du, lieber Freund, gibt es wirklich keinen Zusammenhang?«

»Oh, in der Tat waren die Verletzungen …«, begann der Arzt.

»Nessos, ich muss doch sehr bitten!« Prokas scharfe Stimme ließ ihn abrupt verstummen. »Und du, Leander, verzeih meine Einmischung in euer sicher bedeutsames Gespräch, doch muss ich darauf bestehen, dass dies nicht das geeignete Thema bei Tisch ist.«

Ein tadelnder Blick traf Laelia, die beschämt die Augen senkte. »Verzeih, werte Proka, aber die Sorge um meinen Vater, um unsere Väter, lässt mich nicht ruhen. Der Gedanke, sie schutzlos im Lager zurückzulassen, verursacht mir nicht geringe Pein.« Tatsächlich gelang es Laelia, durch diese Worte Prokas Mitleid zu wecken, deren zornige Miene sich besänftigte. Auch Pasparos, der der Unterhaltung mit deutlicher Missbilligung zugehört hatte, schien gerührt und ließ seine Augen wohlwollend auf ihr ruhen.

Dem Wunsch der Gastgeberin konnte sich auch Leander nicht verschließen, so neigte er den Kopf und bat sie, ihm seine Taktlosigkeit nachzusehen. An Laelia gerichtet fügte er mit einem leisen Lächeln hinzu: »Vielleicht haben wir ja noch Gelegenheit, das Thema zu vertiefen.«

Das Mahl nahm seinen Lauf, niemand wagte mehr, die Sprache auf die Morde zu bringen. Jedes Thema, das auch nur im Entferntesten darauf hinauszulaufen schien, wurde angelegentlich vermieden. So diskutierten sie über die drohende Gefahr durch die Parther, die zwar nur langsam, aber anscheinend unaufhaltsam näher rückten. Laelia berichtete über ihre Erfahrungen, die sie in den vergangenen Jahren mit Vertretern dieses Volkes hatten sammeln können. Vor allem dank ihrer Kenntnisse der parthischen Sprache, ließ sich Illicia vernehmen. Silvanus merkte an, von welch großem Nutzen sie aus diesem Grund, aber auch wegen ihres diplomatischen Geschicks für Marcus Antonius gewesen waren.

Was sollte diese Bemerkung, fragte sich Laelia, wollte Silvanus die Anwesenden mit Illicias guter Bekanntschaft zum Triumvirn beeindrucken? Oder beabsichtigte er, dem einflussreichen Beamten zu signalisieren, es wäre für ihn sicher von Vorteil, nähme er sie beide in seinem Hause auf? Die Erinnerung an jene Zeiten würde Illicias gute Laune schwinden lassen, Laelia wusste, wie oft sie an Antonius dachte, wie sehr sie ihn vermisste. Aus den Augenwinkeln beobachtete sie, wie Illicia die Weintraube, die sie schon zum Munde geführt hatte, wieder hatte sinken lassen.

Sie suchte Illicias Blick. Aufmunternd lächelte sie ihr zu und lenkte dann das Gespräch zurück auf die Parther, erzählte von dem opulenten Gastmahl in Ephesos, das zu Ehren von Silvanus veranstaltet worden war, und bei dem sie den parthischen Prinzen Pakoros kennen gelernt hatten. Gebannt hingen alle an Laelias Lippen – bis auf Silvanus. Laelia war klar, dass er sich dieser Episode nur ungern erinnerte.

»Vielleicht besteht ja doch noch Hoffnung auf ein baldiges Ende des Krieges, wenn dieser Pakoros wirklich ein so vernünftiger Mensch ist.« Leander ließ sie nicht aus den Augen. »Wie ich hörte, ist Antonius bereits auf dem Weg hierher, vielleicht wird es ihm gelingen, die Parther zum Abzug zu bewegen. Im Übrigen denke ich, wird er die Feinde so oder so zurückschlagen, der Krieg nur noch von kurzer Dauer sein. Lasst uns noch ein Trankopfer darbringen, damit in unserer schönen Heimat bald wieder Frieden herrscht.«

Leanders Optimismus konnte sich niemand entziehen, die Musik trug zu der guten Stimmung bei, und der Wein tat ein Übriges. Imbrassos lenkte, unter dem billigenden Nicken seiner Frau, das Gespräch auf die Annehmlichkeiten und Errungenschaften Pergamons. Dies war das rechte Thema für Diodoros Pasparos, der nun in blumigen Worten die Wohltaten seines Vaters für die Stadt rühmte, die vielen Gebäude, die dieser hatte errichten lassen, auch seinen eigenen Anteil ließ er nicht aus. Jetzt beteiligte sich auch Nessos wieder rege am Gespräch und schilderte lebhaft die außergewöhnlichen Methoden und erstaunlichen Heilerfolge der Ärzte des Asklepieions.

Das konnte Silvanus nur bestätigen. Nicht zuletzt sei es gerade Nessos und seinen Fähigkeiten zu verdanken, dass er sich so gesund und kräftig fühle wie schon lange nicht mehr. Doch Nessos winkte ab. »Das ist meine Aufgabe, und ich bemühe mich, sie zu erfüllen.«

Leander erhob sich als Erster, um sich auf den Heimweg zu machen. Er habe am morgigen Tag viel zu tun und werde gleich nach Tagesanbruch im Prytaneion erwartet. Höflich verabschiedete er sich von Imbrassos und Proka. »Ich danke für eure Gastfreundschaft. Und lasst mich euch noch beglückwünschen, dass ihr das Vergnügen habt, bald zwei so feinsinnige und kluge Damen zu beherbergen.« Er bedachte erst Laelia, dann Illicia mit einer Verbeugung. »Es hat mich überaus erfreut, eure Bekanntschaft zu machen. Und ich bin sicher, es findet sich eine Gelegenheit, unser begonnenes Gespräch fortzusetzen.«

Auch Diodoros Pasparos hatte sich von seiner Kline helfen lassen und schickte sich an, zu gehen. »Für mich ist es ebenfalls Zeit, Freunde. Aber bevor ich mich verabschiede, möchte auch ich nicht versäumen zu betonen, dass die Anwesenheit dieser beiden Damen gewiss ein Gewinn für euer Haus sein wird.«

Nessos schloss sich den Herren an. »Oh nein, ich wohne nicht mehr hier«, beantwortete er Illicias Frage, »ich habe eine Unterkunft in der Nähe des Asklepieions. Ein Arzt muss im Notfall schnell erreichbar sein. Doch ich besuche meine Eltern oft und nun auch euch, wenn ihr nichts dagegen habt.«

Imbrassos geleitete die Herren hinaus, er wirkte sehr zufrieden. Auch seine Frau schien den Abend als Erfolg zu betrachten, denn die scharfen Falten um ihren Mund wurden durch ein freundliches Lächeln gemildert. So trat das Paar nun mit warmer Herzlichkeit auf sie zu, um ihnen, wie sie sagten, ihr künftiges Zuhause zu zeigen. Laelias Einwand, auch für sie wäre es Zeit zu gehen, schob Imbrassos mit einer Handbewegung beiseite. »Ihr könnt doch nicht gehen, ohne euch davon überzeugt zu haben, dass es euch an nichts mangeln wird. Das wird auch eure Väter beruhigen, für die, so bin ich überzeugt, sich ebenfalls noch eine Möglichkeit finden wird. Zunächst jedoch wollen wir an euer Wohl und eure Sicherheit denken. Begleite auch du uns, Silvanus, damit du siehst, wie die Damen wohnen werden.« Er rief nach einem Sklaven, der ihnen mit einem Leuchter in der Hand vorausschritt.

Als sie die Treppe in das obere Stockwerk hinaufstiegen, wandte Silvanus sich um. »Laelia, Illicia, ich weiß, welche Sorgen ihr euch wegen eurer Väter macht. Daher schlage ich vor, zu ihrem Schutz und ihrer Hilfe einen Sklaven zu kaufen. Denn ich nehme an, Monoculos und Flusia werdet ihr mitnehmen wollen.«

Laelia runzelte die Stirn, doch Illicia schien Silvanus' Vorschlag durchaus erwägenswert zu finden, sie nickte wohlwollend. Nun, auch Laelia musste zugeben, dass es sie immens beruhigen würde, die alten Herren nicht alleine im Lager zu wissen, sollten Illicia und sie denn tatsächlich umziehen. Doch ein Sklave war teuer und ihre beschränkten Geldmittel mussten unter Umständen noch eine ganze Weile reichen. Auch sollten sie sich Imbrassos und seiner Tochter gegenüber irgendwie erkenntlich zeigen, nein, sie konnten sich keinen Sklaven leisten. Illicia jedoch hielt es für eine wunderbare Lösung, Laelia merkte, wie gern ihre Freundin Imbrassos' Angebot, hier zu leben, annehmen würde, wusste, wie sie sich nach dem Schutz und der Wärme eines Hauses sehnte.

Und tatsächlich fragte Illicia: »Weißt du, wo man Sklaven preiswert erstehen, oder besser noch, ausleihen kann?«

»Macht euch über die Kosten keine Gedanken. Selbstverständlich werde ich euch das nötige Geld geben.«

»Das kommt nicht in Frage, Silvanus«, wies Laelia ihn zurück. »Dein Angebot ist großzügig, doch wir können es nicht annehmen.«

»Seid nicht voreilig«, mahnte Imbrassos. »Silvanus' Vorschlag ist ehrenwert und verdient euer Wohlwollen. Allerdings kann ich verstehen, dass eure Ehre es verbietet, sein Geschenk anzunehmen. So erlaubt mir, die Kosten für einen Sklaven zu übernehmen. Wartet ...«, wehrte er ihren Protest ab. »Hört mich erst an. Ich werde euch das Geld leihen, bis die Zeiten wieder besser sind. Sobald eure Finanzen es zulassen, werdet ihr es mir zurückzahlen. Wenn es euch die Entscheidung erleichtert, werde ich einen gewissen Zins berechnen«, mit einem Seitenblick auf Silvanus fügte er hinzu, »einen äußerst günstigen Zins, das müsst ihr mir zugestehen, aber ich bin sicher, wir werden uns einig.«

Illicia suchte Laelias Blick, lächelte, nickte aufmunternd; Laelia konnte sich nunmehr schwer widersetzen. Das Angebot war verlockend, angenehm die Aussicht, ein Dach über dem Kopf zu haben. So stimmte auch sie zu, schweren Herzens und trotz aller Bedenken.

Proka öffnete die Tür zu einem kleinen Raum. »Hier ist dann also euer zukünftiges Reich.«

Ein Tisch, zwei Sessel und zwei Truhen, das Zimmer wies alle Möbelstücke auf, die sie brauchten. Sie warfen einen Blick in das dazugehörige angrenzende Schlafzimmer, warme Decken lagen auf den Betten, gemütliche Kissen luden zur Nachtruhe ein, versprachen Bequemlichkeit und erholsamen Schlaf. Sehnsüchtig blickte Laelia auf diese Lager, ach, wie schön würde es sein, wieder in einem richtigen Bett zu schlafen, ohne schreiende, hustende Kinder, ohne schnarchende Zeltgenossen, die einen wach hielten. Wie angenehm, nicht ständig frieren und des Morgens die kalten Glieder an einem spärlichen Feuer wärmen zu müssen. Jetzt, wo draußen der Regen gegen die Fensterläden peitschte, der Wind um das Haus pfiff, ließ die Aussicht auf das klamme Zelt und die feuchten Decken die letzten Vorbehalte gegen die neue Unterkunft schwinden. Auch die Freundlichkeit, mit der Imbrassos und seine Gemahlin ihnen nun begegneten, bestärkte sie in ihrem Entschluss, das Angebot anzunehmen. Aus vollen Herzen dankten sie ihren Gastgebern und versprachen, morgen mit ihrem Gepäck zurückzukehren.

KAPITEL VII

Die Nacht war kalt und stürmisch. Der Wind rüttelte am Zelt, ließ die Planen knattern, Regenschauer prasselten auf das Dach. Illicia legte ihren nassen Umhang in die Nähe des Kohlenbeckens, öffnete ihr Haar und schüttelte die Tropfen aus.

Ihre Väter seien noch unterwegs, berichteten die Sklaven, zu einem Umtrunk bei einem Nachbarn, und Offilia und Rubi verbrächten die Nacht im Asklepieion bei ihrem kranken Sohn. Die anderen vier Kinder waren wider Erwarten hellwach und bestürmten sie mit Fragen, kaum dass sie sich niedergelassen hatten. Wie es gewesen sei bei dem hohen Herrn, wann sie nun alle umziehen würden, ob sie ihnen etwas mitgebracht hätten? Laelia streichelte den Kleinen abwechselnd über das rote Haar, als sie gestand, dass sie leider dazu keine Gelegenheit gehabt hätten. Sofort begann die Kleinste lauthals zu weinen, stampfte mit den stämmigen Beinchen auf den Boden, dass die roten Zöpfe flogen, und rüttelte wütend an einer der Zeltstangen. Flusia eilte hinzu, versuchte die Zweijährige von der Stütze zu lösen, die sich nur fester an die hölzerne Stange klammerte und jetzt aus voller Kehle brüllte. Das Zelt wäre eingestürzt, hätte Monoculos ihr nicht eine kräftige Ohrfeige gegeben.

»Ruhe da drüben!«, schrie jemand aus einem der Nachbarzelte. Hilflos sah Illicia sich nach Laelia um, die zuckte die Achseln, redete beruhigend auf das Kind ein, indes, es nützte nichts. Erst als Monoculos eine Tracht Prügel androhte, kehrte Ruhe ein, nur noch von einzelnen Schluchzern unterbrochen, und endlich ließen sich die Kinder auf ihre Lager betten. Abwechselnd trugen sie ihnen noch eine Episode aus Homers Odyssee vor, dann herrschte endgültig Stille.

Erschöpft sanken sie auf die Lager, baten Flusia, ihnen allen einen Becher von Bibulus' Wein zu holen, während Monoculos die Schnüre des Zeltes wieder festzurrte. Im Licht einer Öllampe tranken sie mit den Sklaven den roten Caecuber, erzählten leise von dem Abend bei Imbrassos und dass sie vier morgen in dessen luxuriöses Haus umziehen würden.

»Umziehen ins Warme, in Sicherheit«, flüsterte Flusia fast ungläubig, und auch Monoculos strahlte vor Freude, als sie sich schließlich niederlegten.

Die Sklaven schliefen sofort ein, ihre regelmäßigen Atemzüge mischten sich mit denen der Kinder. Illicia dagegen lauschte den Geräuschen der Nacht und wartete vergeblich auf den Schlaf. Welch ein Tag war das gewesen, welch ein Abend. Wie schön, morgen in einem richtigen Bett schlafen zu können – wie selbstsüchtig dagegen, es sich wohl ergehen zu lassen und die Väter im Lager zu wissen. War es richtig, was sie vorhatten?

Kaum war sie schließlich eingenickt, schreckte sie schon wieder hoch, als ihre Väter in das Zelt torkelten, sich auf die Decken warfen und, keine Minute später, laut zu schnarchen begannen. Seufzend drehte sich Illicia um.

Des Morgens berichteten Bibulus und Tollimos mit knappen Worten, sie hätten einen alten Bekannten aus Didyma getroffen und dieses unerwartete Wiedersehen natürlich angemessen feiern müssen. Entsprechend wortkarg saßen sie nun am Feuer, bleich die Gesichter, blutunterlaufen die Augen, hohl die Wangen. Ihre Väter tranken zu viel, ruinierten wider besseres Wissen ihre Gesundheit. Illicia legte Tollimos eine Decke um die schmalen Schultern. Wie sollte es nur weitergehen, wären sie nicht mehr hier und hatten ein Auge auf sie?

Immerhin hielt sich Tollimos heute Morgen mit dem Wein zurück. Er schlürfte mit zitternden Händen einen Becher Wasser und rieb sich dann die Schläfen. »Ziemlicher Fusel, was man uns gestern einschenkte, nicht wahr, Bibulus? Gar nicht zu vergleichen mit deinem Caecuber, danach ging es mir nie so schlecht. Wie viel hast du noch davon?«

»Noch einige Amphoren, ich hoffe, sie reichen, bis wir wieder nach Hause können.« Bibulus schien es nach seinem ersten Morgentrunk langsam besser zu gehen.

Einmal mehr fragte sich Illicia, ob sie ihre Väter wirklich allein im Lager zurücklassen sollten, mit einem Sklaven, der noch nicht einmal gekauft war, dessen Charakter niemand einschätzen konnte. Würde dieser Fremde auf sie achten, vor allem darauf, dass sie nicht zu viel tranken? Doch wenigstens hätten die alten Herren dann ihre Lebensmittelrationen für sich, würden sie nicht mehr den Kindern geben. Beide könnten das Essen gebrauchen, besonders Bibulus wurde immer schwächer. Sie beschloss, das Thema behutsam zur Sprache zu bringen. »Väter, ihr wisst, diese Einladung gestern ...« Ausführlich schilderte sie den Abend und das Problem, dass nicht alle Familienmitglieder untergebracht werden konnten. »Es widerstrebt uns sehr, euch hier allein im Lager zurückzulassen ...«

»Aber Kinder, ohne Frage nehmt ihr das Angebot an«, erwiderte Bibulus mit ungeahnter Autorität. »Für euch, zwei junge Frauen, ist es hier viel gefährlicher als für uns alte Männer, das sagte ich schon gestern. Es wäre uns eine immense Beruhigung, wüssten wir euch und Offilia mit den Kindern in einer wohl behüteten Umgebung. Wir kommen gut allein zurecht. Und jetzt keine Widerrede mehr, immerhin bin ich noch das Familienoberhaupt, ihr geht, und wir bleiben.«

Tollimos nickte, noch immer seinen Kopf massierend.

Was sollten sie dagegen sagen? Ihnen blieb nichts anderes übrig, als einzuwilligen.

»Wir werden euch so oft wie möglich besuchen«, sagte Laelia mit belegter Stimme. »Zu eurem Schutz werden wir einen Sklaven kaufen, aber dennoch alles daransetzen, eine Unterkunft für euch zu finden.«

»Das ist doch nicht nötig, Mädchen«, brummte Bibulus, und auch Tollimos zeigte keine Begeisterung. »Kinder«, entgegnete er, »werft doch für so etwas nicht unser weniges Geld hinaus. Wer weiß, wofür wir es noch brauchen, für den Arzt zum Beispiel, der sich so aufopfernd um Offilias Kleinen kümmert. Und diesem Imbrassos müssen wir auch seine Großzügigkeit vergelten, er wird euch doch nicht umsonst bei sich wohnen lassen.«

»Aber Vater, du weißt, es wäre eine Beleidigung für den Gastgeber, ihm Geld anzubieten. Wir werden ihm später, wenn es uns allen wieder besser geht, ein angemessenes Geschenk zukommen lassen. Und das Geld für den Sklaven will er uns leihen, gegen Zins.«

Die Männer protestierten auf das Heftigste. Man könne dieses Angebot unter keinen Umständen annehmen, Schulden seien unehrenhaft, vor allem bei einem Mann, der sie auch noch beherbergte.

Doch Illicias Drohung, ohne einen Sklaven zu ihrem Schutz würden sie Imbrassos' Einladung ablehnen, konnten sie nichts entgegensetzen. Mit zusammengezogenen Brauen füllte Bibulus ihre Becher mit Wein.

Als ein Mann sich dem Zelt näherte, der sich als Antippos, Diener des Imbrassos, vorstellte und erklärte, er solle die jungen Damen zum Markt begleiten, beachteten sie ihn kaum, während Laelia ihn freundlich ans Feuer bat und Illicia ihm einen Begrüßungstrunk anbot. Gern nahm er den Becher an, begegnete den Männern mit großer Ehrerbietung, lobte den Wein und fragte, ob man vom Markt noch etwas mitbringen solle für die Herren? Deren Mienen hellten sich ein wenig auf, sie verneinten höflich, und als Illicia sich im Gehen noch einmal umwandte, sah sie die beiden einen Blick tauschen. Wenn dieser Mann ihre Töchter beim Sklavenkauf beriet, könnte vielleicht etwas Annehmbares dabei herauskommen, lag darin.

Sie hätten Glück gehabt, erklärte ihnen Antippos unterwegs, denn gerade heute sei ein umfangreiches Sortiment zu erwarten. Ein syrischer Händler sei vor kurzem eingetroffen, bekannt für gute und günstige Ware, er habe einen Stand auf dem Markt gemietet und wolle heute mit dem Verkauf beginnen. »Er hat eine ganze Schiffsladung von Sklaven mitgebracht, da wird schon ein passender für euch dabei sein«, versprach er.

Auf dem Markt angekommen, war Illicia froh, einen kräftigen Begleiter zu haben. Ganz Pergamon schien entschlossen, gerade heute die Einkäufe zu tätigen. Doch Antippos bahnte ihnen zielstrebig eine Gasse durch die Menschen und führte sie an die gegenüberliegende Seite des Platzes; hier stand zwischen zwei Statuen ein Podest, vor dem sich die Kauf- und Schaulustigen drängten. Der Geruch von Knoblauch, Schweiß und ungewaschenen Kleidern raubte Illicia fast den Atem, die höheren Schichten Pergamons schienen ihr Personal hier nicht zu kaufen.

Der dunkelhäutige Händler wurde nicht müde, seine Ware mit blumigen Worten anzupreisen, in diesem Fall ein junges verschüchtertes Mädchen. Vor einem mit Teppichen abgeteilten Verschlag an der Seite hockte ein fetter Jüngling, offenbar sein Gehilfe, auf einem Kissen und döste vor sich hin.

»50 Drachmen für das Mädchen«, rief ein Mann gesetzten Alters mit schadhaften Zähnen, die braun und lückenhaft zwischen seinen schmalen Lippen hervorlugten. Der Händler würdigte dieses Angebot keiner Reaktion und fuhr fort, die Qualitäten des Mädchens zu preisen. Er schob die Kleine, vermutlich nicht einmal 14 Jahre alt, aus dem Schatten des Sonnensegels nach vorn in das Licht. »Seht sie euch an, Leute. Ist das nicht ein Prachtexemplar?« Mit einer Hand griff er in ihr krauses nachtschwarzes Haar und zog sie zu sich heran, während die andere zwischen ihren Schenkeln verschwand. Ein heller Schrei entfuhr dem erschrockenen Kind, es wand sich, versuchte, seiner Zudringlichkeit zu entkommen – erfolglos.

Illicia und Laelia sahen sich angewidert an, während die Leute begeistert grölten und Antippos die kleine Schwarze mit den Augen förmlich verschlang.

»Hört ihr die zarte Stimme, Männer? Ich versichere euch, sie kann singen wie ein Vögelchen, versteht sich auf nicht wenige Musikinstrumente und tanzt dazu wie eine Nymphe, außerdem ist sie in der Dichtkunst – und anderen nützlichen Fertigkeiten – unterwiesen worden.« Der Händler grinste breit.

»Gut, ich biete 100«, schallte es aus der Menge; »150«, legte der schmallippige Mann nach.

»Das sind doch keine ernst zu nehmenden Angebote, Leute, für diese Zierde eines jeden Haushalts«, schimpfte der Händler und ließ endlich das Haar des Mädchens los, nur um eine ihrer knospenden Brüste zu umfassen. »Wenn ich euch jetzt verkünde, dass der Schoß der Kleinen noch unberührt ist, wovon sich jeder ernsthafte Interessent gern überzeugen kann, sollten wir uns den Summen nähern, die für ein solches Juwel angemessen sind. Also macht eure Angebote!« Auffordernd überblickte er die Schar.

Nun war das Interesse geweckt, die Gebote übertrafen sich in schneller Folge. Bei »450« geriet die Kauflust erneut ins Stocken, bis der schmallippige Mann die Hand hob. »Gut, 500 Drachmen also.«

Kurz musterte der Händler die einzelnen Bieter; als keiner Anstalten machte, den Betrag zu erhöhen, winkte er den Käufer zu sich auf das Podest. »Gratuliere, da hast du wirklich etwas Außergewöhnliches zu einem ungemein günstigen Preis erworben. Willst du dich mit eigenen Augen von der Qualität der Ware überzeugen?« Er wies auf die Kabine. »Sollte sie nicht zu deiner Zufriedenheit sein, so brauchst du sie selbstverständlich nicht zu nehmen. Doch schlagen oder ihr gar die

Unschuld rauben, verpflichtet dich zum Kauf. Daher wird mein Gehilfe nicht von deiner Seite weichen, das wirst du verstehen.«

Der Mann nickte und verschwand mit dem Mädchen in dem Verschlag, gefolgt von dem dickleibigen, schwerfällig schlurfenden Adlatus, der sorgfältig die Vorhänge hinter sich zuzog.

Wie lange sollten sie sich das noch antun, fragte sich Illicia, als ein zierlicher Jüngling auf das Podest geführt wurde. Immerhin ein männlicher Sklave, doch zu jung und zu zart für ihre Bedürfnisse. Zudem, wie sich im Laufe der Zeit erwies, viel zu teuer. Hörbar gereizt fragte Laelia Antippos, ob noch ein adäquater Sklave zu erwarten sei, sonst würde sie lieber gehen.

Doch Antippos erwies sich als erfahren im Sklavenhandel. »Die guten, jungen und also teuren werden immer zuerst angeboten, danach die Schnäppchen, wartet ab, es kommt schon noch das Richtige.«

So mussten sie noch das Anpreisen und Verkaufen von drei weiteren Sklavenjungen über sich ergehen lassen, bis ein Mann mittleren Alters, mit breiten Schultern und muskulösen Oberschenkeln, auf das Podest gestoßen wurde, der Illicias Aufmerksamkeit erregte. Während sein rechter Arm kräftig ausgebildet war, endete sein linker eine Handbreit unter der Schulter in einem Stumpf.

»Hier haben wir einen echten Gladiator«, schwärmte der Händler. »Wer etwas Besonderes will, sollte jetzt zugreifen. Unser Freund hat in zahlreichen Arenen gekämpft und kann gute Dienste als Beschützer leisten.« Er fasste sie ins Auge. »Na, vielleicht ist dieser ja etwas für euch, nachdem ihr bei den schönen Jünglingen nicht zugegriffen habt.« Er lachte schallend, die Menge stimmte ein, aller Blicke richteten sich auf sie. »Was bietet ihr für dieses Prachtexemplar an männlicher Kraft und Stärke?«

»50«, rief Illicia, um eine feste Stimme bemüht, während sie ein erstaunter Blick von Laelia traf. »Der ist doch nicht das Richtige«, flüsterte sie ihr zu.

»Etwas Besseres können wir uns nicht leisten, du siehst doch, was Sklaven kosten.«

Skeptisch runzelte Laelia die Stirn. Auch der Händler hatte die Stirn in Falten gelegt, als Illicia ihr Gebot abgab. »Aber werte Dame«, rief er voller Entrüstung, »das ist doch kein Preis für einen echten Gladiator!«

Scherzhaft brüllte einer aus den hinteren Reihen: »Ich gebe 100.«

»Da hört ihr es!« rief der Mann. »Und das soll nicht das letzte Gebot gewesen sein, hoffe ich.« Auffordernd streckte er die Hände aus.

»Vielleicht ist dem Herrn dort hinten entgangen, dass es diesem stolzen Gladiator an einem Arme mangelt.« Illicia straffte die Schultern.

»Ich gebe 150«, rief jetzt ein anderer und fügte hinzu: »Ich kann ihn Gewinn bringend an eine Schaustellertruppe weiterverkaufen!«

»Seht ihr«, strahlte der Händler, »es gibt noch Menschen, die die Qualität meiner Ware zu schätzen wissen, und deren Nutzen!«

»Gut, 200«, überbot Illicia den letzten.

»Werteste Dame, mag es dem Manne auch an einem Arme fehlen, so verfügt er doch über alles Nötige, um den höchsten Ansprüchen einer Frau gerecht zu werden. Auch ihr könnt euch gern davon überzeugen.« Einladend wies er auf den Verschlag. Ermutigende Rufe ertönten aus den hinteren Reihen.

Illicia spürte die Schamesröte in ihrem Gesicht, dennoch erwiderte sie: »Mein letztes Wort, 200, und danke für das Angebot, aber das ist nicht nötig.«

»Kein weiteres Gebot?« Erwartungsvoll blickte der Händler über die Menge, die sich ungemein über den Handel amüsierte, doch den genannten Betrag überbot keiner. So winkte er Illicia hinauf, verwies sie zum Bezahlen an seinen fetten Gehilfen, während er schon den nächsten Sklaven anpries. 200 Drachmen wechselten den Besitzer. Mit seinen dicken kurzen Fingern zählte der junge Mann das Geld penibel nach und verstaute es in einer schon gut gefüllten Holzkiste.

Der Gladiator reichte Illicia seinen einzigen Arm, um ihr vom Podest zu helfen, und folgte ihr willig zu Laelia und dem spöttisch lächelnden Antippos. »Da habt ihr ja ein richtiges Kleinod erbeutet«, konnte der sich nicht enthalten, zu bemerken.

Illicia ignorierte ihn. »Wir haben, was wir brauchen, lasst uns gehen.« So bahnten sie sich erneut einen Weg durch die Menge, begleitet von vereinzeltem Spott. Als sie endlich das Gedränge des Marktes hinter sich gelassen hatten, fragte Illicia den Gladiator nach seinem Namen.

»Thorax, Herrin, zu euren Diensten«, antwortete dieser mit traurigem Lächeln und hörte aufmerksam zu, als sie ihm seine zukünftigen

Aufgaben schilderte. Ernsthaft nickte er, versicherte, die Damen bräuchten sich keine Sorgen um das Wohl ihrer Väter zu machen und schilderte dann auf ihre Frage sein Los, knapp, ohne Selbstmitleid, ohne Pathos. Geboren in Syrien als Sohn eines Sklaven habe ihn sein damaliger Herr an die Gladiatorenschule in Damaskus verkauft. Dort kämpfte er mit Netz und Dreizack, zehn Jahre lang, bis er eines Tages nicht genug Acht gab und sein Gegner ihm mit dem Schwert den Arm abschlug. Die Menge ließ ihn leben, der Betreiber der Schule jedoch konnte ihn nicht mehr gebrauchen, überließ ihn für wenig Geld diesem Sklavenhändler, und nun sei er hier. »Ich hätte es schlimmer treffen können«, fügte er mit einer höflichen Neigung des Kopfes hinzu.

Seine Worte schienen ehrlich, und aus seinen Augen leuchteten Tatkraft, aber auch Besonnenheit. Trotz des fehlenden Arms machte der Mann einen durchaus brauchbaren Eindruck. Als sie im Zeltlager ankamen und Antippos sich verabschiedete, war Illicia davon überzeugt, einen guten Kauf getätigt zu haben.

Silvanus erwachte am Morgen mit verspannten Gliedern und leichten Kopfschmerzen, aus dem Schlaf gerissen von der aufgebracht schrillen Stimme seiner Frau. Scharf wies sie ihn zurecht, dass ein Triklinium nicht zum Schlafen bestimmt sei. Wenn die Sklaven nun in der Stadt verbreiteten, dass ihr Herr, der doch immerhin zu den Ersten der Metropole zählte, in betrunkenem Zustande nach Hause gekommen und sich auf einer Kline im Speisezimmer ausgestreckt hatte, ja, bei allen Göttern, was sollten die Leute denken.

»Guten Morgen, Lucida, es ist schön, so liebevoll geweckt zu werden.« Mit einem ausgedehnten Strecken versuchte er, seine Lebensgeister zu wecken. Langsam kehrte die Erinnerung an die letzte Nacht zurück, an das Gastmahl, und wie er danach Laelia und Illicia in das Lager zurückgebracht hatte. Dann war er nach Hause gekommen, hatte noch einen Becher Wein, oder auch zwei, getrunken, dabei von Laelia geträumt und musste wohl eingeschlafen sein. Nach einer Nacht an der Seite von Lucida war ihm jedenfalls nicht zumute gewesen, im Gegenteil.

Schwerfällig richtete sich Silvanus auf seiner Liegestatt auf, massierte seine schmerzenden Schläfen und versuchte, seine Gattin zu beruhigen: »Reg dich nicht auf, Lucida, keiner wird es erfahren, dafür werde ich sorgen. Sage lieber dem Jungen, er soll das Bad für mich anheizen, und Larix, sie möge ein anständiges Frühstück bereiten.«

Lucida ging, ihn keines Blickes würdigend, wies aber die Sklaven immerhin an, seine Wünsche zu erfüllen. Er hörte noch, wie sie Nasutus befahl, sie zu begleiten, dann die zufallende Haustür. Sie war weg, Silvanus war es recht.

Lange verweilte er im Bad, ließ sich von dem Iberierjungen den Rücken schrubben und mit Öl einreiben, genoss sein Frühstück, bevor er sich in das Prytaneion begab. Dort zog er sich in sein Arbeitszimmer zurück, um einen Brief an Marcus Antonius zu verfassen. Kaum hatte er die Anrede niedergeschrieben, meldete Marsias die Ankunft eines gewissen Enomicus, des Besitzers der toten Sklavin Camilla.

»Nun gut, führe ihn herein und bringe mir die Unterlagen zu dem Fall.« Silvanus legte das Pergament beiseite.

Ehrerbietig verneigte sich Enomicus, als er den Raum betrat. »Hast du meine Verlustanzeige finden können, verehrter Silvanus? Camilla war eine äußerst wertvolle Sklavin, für teures Geld haben wir sie als halbwüchsiges Kind erstanden, meine Frau und ich, unsere gesamten Ersparnisse gaben wir damals für sie hin. Dazu haben wir noch viel in sie investiert, nur das beste Essen boten wir ihr, anständige Kleidung. Sie sollte uns im Alter versorgen. Ein großer Verlust, ein sehr großer Verlust ist das für uns.«

Silvanus hob die Brauen. Auf seine Anweisung hatte Marsias in den Archiven nachgeforscht und keinen Vermerk über das Verschwinden von Enomicus' Sklavin gefunden. Wahrscheinlich hatten die Pergamener nachlässig gearbeitet. Möglich wäre allerdings auch, dass Enomicus gar nicht hier gewesen war, dass er seine Sklavin selbst umgebracht hatte, und jetzt, da man sie gefunden hatte, Angst bekam. Zwar konnte jeder mit seinen Sklaven machen, was er wollte, sie sogar töten, doch solchen Menschen haftete ein schlechter Ruf an, im Allgemeinen wurden sie gemieden.

Marsias kam mit den Unterlagen und las dem Mann die Beschreibung der Toten vor.

»Oh ja, das ist sie, ganz sicher, unsere Camilla. Wie schrecklich, welch ein Verlust.«

Der Mann schien wirklich niedergeschlagen, so wie er zu Boden schaute. Silvanus fasste ihn prüfend ins Auge. »Wie war sie, eure Camilla? Ein offener Mensch oder eher schüchtern? Hatte sie Freunde, Verehrer, Feinde?«

»Oh, sie war eine freundliche Seele, aber zurückhaltend im Umgang mit anderen Menschen, wie es sich für ein junges Sklavenmädchen gehört. Nein, sie hatte keine Freunde oder Verehrer hier im Lager, zu Hause, ja, da gab es diesen Sklaven eines Nachbarn, aber der ist dort zurückgeblieben. Und Feinde? Nein, das kann ich mir nicht vorstellen. Wer soll ihr Böses gewollt haben? So ein gutes Kind, sie war immer bei uns, ging nicht allein ohne Befehl irgendwohin, eine sehr gehorsame Sklavin. Wir sorgten uns um sie, als sie an jenem Tag nicht nach Hause kam. Wir hatten sie in die Stadt geschickt, ein wenig Wein zu kaufen, aber da meine Frau sie kurz zuvor heftig gescholten hatte, weil sie bei der Abholung der Lebensmittelration mit viel zu wenig zurückkam, dachten wir, sie wäre deswegen davongelaufen.«

Der Mann schien im Großen und Ganzen die Wahrheit zu sagen, wenn es ihm wohl auch hauptsächlich um die Entschädigung ging. Enomicus machte nicht den Eindruck eines brutalen Sklavenschinders, der seine Sklaven, aus welchen Gründen auch immer, in den Hades beförderte, eher war er ein normaler, ein wenig verschlagener Bürger, der sich einen satten Geldbetrag versprach. Trotzdem musste Silvanus die nächste Frage stellen, man konnte nie wissen. »Wo warst du an dem Abend, als sie verschwand? Und wenn wir gerade dabei sind, wo warst du vorgestern Nacht?«

Entgeistert blickte Enomicus ihn an. »Verdächtigst du mich, Camilla getötet zu haben? Warum sollte ich das tun? Wegen der Entschädigung? Aber damit konnte ich doch bei den pergamenischen Behörden gar nicht rechnen. Und deine zweite Frage ...«, erst jetzt schien er zu begreifen, was Silvanus meinte. »Die beiden jungen Leute, denkst du, soll ich auch ...?« Schlagartig erbleichte er.

»Ich muss diese Fragen stellen, Enomicus, verstehe das bitte«, versuchte Silvanus ihn zu beruhigen. »Sage mir einfach, wo du warst und ob dich jemand sah.«

»Nun«, Enomicus schluckte, »ich war im Lager, natürlich, wo auch sonst. Meine Frau wird das bestätigen, sie war die ganze Zeit bei mir, wir warteten ja auf Camilla. Und vorgestern, lass mich überlegen, ja, da tranken wir mit den Nachbarn Wein bis ziemlich spät, sie luden uns ein, und danach gingen wir zu Bett. Du kannst sie fragen.«

»Das werde ich tun. Kannst du dir einen Grund vorstellen, warum Camilla in das Töpferviertel ging?«

»Nein, überhaupt nicht.«

»Und jener Freund, der Sklave deines Nachbarn zu Hause, könnte der euch nachgereist sein und sie umgebracht haben?«

Enomicus schüttelte den Kopf. »Nein, nein. Nachgereist vielleicht noch, obwohl er im Hause seiner Besitzer aufgewachsen ist und nicht einfach davonlaufen würde. Allerdings weiß man ja, was die Liebe mit jungen Leuten macht, unmöglich ist es also nicht. Aber umgebracht? Dazu wäre er nicht in der Lage, er konnte ja nicht einmal einem Huhn ohne Tränen den Hals umdrehen. Nein, es war bestimmt ein Einheimischer, der sich an unserer Camilla vergangen hat. Das arme Ding, und wie gesagt, eine solch wertvolle Sklavin, 300 Drachmen hat sie uns gekostet, als wir sie kauften, und ist seither natürlich im Wert gestiegen.«

Silvanus warf einen Blick durch das Fenster, die Sonne stand schon hoch, und er hatte noch einiges zu tun. Von diesem Mann würde er nicht mehr viel erfahren, und schließlich ging es nur um eine Sklavin. »Nun gut, wenn wir den Täter fassen, wird in der Gerichtsverhandlung auch dein Fall zur Sprache kommen. Die Richter werden dann eine angemessene Entschädigung festlegen.«

»Aber, Herr, das kann ja noch Ewigkeiten dauern ...«

Nachdenklich ruhten Silvanus' Augen auf dem enttäuschten Enomicus. Unter den gegebenen Umständen wäre es vielleicht angebracht, dem Mann schon jetzt eine gewisse Summe zukommen zu lassen, die Geste würde sich mit Sicherheit schnell im Lager herumsprechen, sie würde zeigen, dass zumindest die Römer die Belange der Flüchtlinge ernst nahmen. »Nun gut, Enomicus, als Entschädigung lasse dir die 300 Drachmen auszahlen, die ihr für das Mädchen bezahlt habt. Was deine übrigen Ansprüche betrifft, so wirst du dich allerdings gedulden müssen, bis wir den Täter gefasst haben.« Er schrieb eine entsprechende Anweisung auf eine Wachstafel. »Lass dir von Marsias das Geld aushändigen.«

Enomicus verneigte sich. »Das nenne ich wahre römische Gerechtigkeit, Silvanus Rhodius. Habe Dank. Vale, vale, der Herr.«

Silvanus winkte ihn hinaus und widmete sich erneut seinem Brief an Antonius. Es war keine leichte Aufgabe, bemerkte er stirnrunzelnd, den Imperator mit den richtigen Worten von der Notwendigkeit einer Stiftung zu überzeugen, und beiläufig einzuflechten, dass er, Silvanus Rhodius, sie bereits zugesagt hatte. Vielleicht lenkte seine abschließende Bemerkung, Illicia und Laelia seien hier, Antonius von dieser Eigenmächtigkeit ab, hoffentlich. Er rollte die Botschaft zusammen und versiegelte sie. Gerade wollte er Marsias Bescheid geben, dass er in das Flüchtlingslager gehen werde, als Leander in Begleitung zweier Männer den Raum betrat. »Sei gegrüßt Silvanus. Hier sind die Unterstützungskräfte, die ich dir versprach, Baton, städtischer Sklave aus den wilden Bergen Kilikiens, und Kallistos, Bürger und bewährter Mitarbeiter unserer Stadt. Entschuldige meine Eile, doch ich muss zu einer Unterredung mit Imbrassos. Ich sehe dich später.«

»Leander, warte, ich brauche mehr als zwei ...« Doch der Prytane war schon aus dem Raum geeilt, und so sah sich Silvanus mit den Männern allein. Er musterte sie misstrauisch. Ob das die Richtigen für diese Aufgabe waren? Baton, mittelgroß, mit buschigem braunem Haar und ebensolchen Augenbrauen, war ihm, Silvanus, von der Statur her nicht unähnlich. Mächtige Schultern mit muskelbepackten Armen, gleichermaßen muskulöse Beine, schmale Hüften und flacher Bauch – in Letzterem allerdings unterschied er sich deutlich von ihm. Braune mandelförmige Augen blickten ihn nicht eben aufgeweckt, doch erwartungsvoll an. Eher ein Mann fürs Grobe, dachte Silvanus mit einem leichten Seufzen. Der andere, Kallistos, war von gleicher Größe wie Baton, doch eher schmal gebaut, das Gesicht größtenteils hinter einem gepflegten schwarzen Bart verborgen. Seinen wenigen, doch wohlgewählten Worten nach zu urteilen, schien er Verstand zu haben, und so wies Silvanus ihn an, sich in die Akten einzuarbeiten, während er dem wortkargen Baton befahl, ihn in das Flüchtlingslager zu begleiten.

Gemeinsam machten sie sich auf den Weg, Silvanus tief in Gedanken. Wenn er schon im Lager war, sollte er die Gelegenheit nutzen, bei Laelia und den ihren vorbeizuschauen, bestimmt waren sie noch nicht umgezogen. Er beschleunigte seine Schritte. Die Sonne strahlte heiter von einem tiefblauen Himmel, die von Norden aufziehenden Wolken waren noch weit entfernt, an den Bäumen sprossen erste Triebe, und der Blick zurück auf die im Sonnenschein ruhende Stadt mit ihren gewaltigen Stützmauern war atemberaubend. Silvanus' Stimmung hob sich in dem Maße, wie seine Kopfschmerzen schwanden und die frische Luft seinen Kopf klärte. Diese Stadt war wirklich wie eine Festung, die Parther dächten hoffentlich nicht einmal daran, sie anzugreifen. Und Antonius würde sicher bald hier eintreffen und dann hoffentlich seine Maßnahmen ratifizieren, die Flüchtlinge und Pergamener gleichermaßen befriedigen würden. Nur diese Morde mussten noch geklärt werden, aber auch das würde ihm gelingen, bisher war es ihm fast immer gelungen. Und Laelia? Nun, auch die würde er zurückerobern, mit ein wenig Geduld konnte er sie bestimmt davon überzeugen, wie sehr er sie liebte und brauchte, dann würde sie wieder in seine Arme sinken, sich ihm hingeben, ganz wie früher. Gestern bei Imbrassos war sie schon nicht mehr so ablehnend gewesen, wie er nach dem ersten Treffen im Lager befürchtet hatte. Ja, alles würde sich zum Guten wenden, und Antonius würde ihn zum Senator machen, weil er dem Staat so große Dienste erwiesen hatte. Die Ämterlaufbahn? Nun ja, nicht jeder war den vorgeschriebenen Weg gegangen, auch andere ohne die entsprechenden Vorleistungen in den Senat aufgenommen worden. Auch er, Silvanus Rhodius, würde irgendwann in der mit breitem Purpurstreifen gesäumten Toga in die Curia schreiten.

Baton hinter sich, betrat er das Flüchtlingslager. Freundliche Stimmung schlug ihm nicht entgegen, die Menschen bedachten ihn mit feindseligen Blicken, vereinzelte Schmähungen wurden laut. Nun, das hatte er erwartet. Doch fühlte er sich mit dem kräftigen Sklaven, der seinen Rücken deckte, sicherer, ohnehin hatte er darüber nachgedacht, sich einen Beschützer zuzulegen, ein Neuerwerb allerdings war nicht eben billig. Sein jetziges Hauspersonal war für diese Aufgabe viel zu verweichlicht – Nasutus, sein Türhüter, war faul und neigte eher zur Bequemlichkeit, und der kleine Ibericus noch viel zu jung für solch eine Aufgabe. Für dieses Problem jedoch gab es ja vorerst mit Baton eine zufrieden stellende Lösung.

Gut gelaunt antwortete er nach rechts und links auf die Rufe: Nein, man bräuchte sich keine Sorgen zu machen, er habe alles im Griff, die Menschen seien hier sicher. Die Rationen seien doch wohl schon erhöht worden, wie er es angeordnet hatte? Na bitte, keiner bräuchte mehr zu darben. Aber sicher, die Pergamener seien den Flüchtlingen gegenüber durchaus freundlich eingestellt, besonders seit er, Silvanus, der Stadt

Gratifikationen versprochen habe. Ja, es stimme, Marcus Antonius werde erwartet.

Antonius kam – in Windeseile verbreitete sich die Nachricht im Lager. Erleichtert gingen die Menschen ihrer Wege, Kinder liefen nun neben dem stämmigen Sklaven her und zupften an seinem Chiton. Baton ließ sie gewähren, lächelte ihnen zu, strich dem einen oder anderen freundlich über den Kopf.

Als sie sich dem Zelt von Laelias und Illicias Familien näherten, blieb ihr Gefolge zurück, denn lautes Jammern und Wehklagen schallte ihnen von dort entgegen. An der Feuerstelle vor der Behausung standen und hockten mehrere mit dunklen Mänteln bekleidete Menschen, die hemmungslos weinten. Silvanus entdeckte Offilia, die sich mit gelösten Haaren und zerrissenem Gewand klagend die Fäuste gegen die entblößte Brust schlug, neben ihr Rubingetorix, tränenüberströmt, die Kinder fest an sich gepresst. Inmitten der Trauernden, wie ein ruhender Fels, stand Nessos. Kein Zweifel, der Jüngste war gestorben. Schweren Herzens trat er zu ihnen, sprach Offilia und Rubingetorix sein Beileid aus, drückte dem weinenden Großvater Bibulus, der sich gemeinsam mit seinem Freund Tollimos mit Wein tröstete, die Schulter. Selbst Flusia, Illicias scheue nubische Sklavin, sonst voller Angst vor fremden Menschen, war hervorgekommen, die langen schwarzen Haare in ihrer Trauer offen. Als Silvanus seinen Arm um sie legte, schmiegte sie sich zu seiner Überraschung an ihn, legte das tiefschwarze Gesicht an seine Schulter und weinte hemmungslos. Silvanus hielt sie einen Moment in den Armen, dann fragte er leise: »Deine Herrin und ihre Freundin sind nicht hier? Wissen sie es schon?«

Flusia schüttelte den Kopf. »Nein, Herr, sie sind einen Sklaven kaufen gegangen, für die alten Herren. Vielleicht solltest du …« Sie brach ab, denn Nessos trat zu ihnen, tiefe Sorgenfalten auf der Stirn. »Silvanus, gut, dass du hier bist. Ich fürchte, die jungen Damen werden sich angesichts der Trauer nicht von ihren Familien trennen wollen. Wir müssen etwas unternehmen. Ich schlage vor, die ganze Familie sofort zu meiner Schwester Lachne zu bringen und dort eine kleine Trauerfeier abzuhalten, ihr Haus ist groß genug. Du solltest sie dorthin begleiten, während ich versuchen werde, die Mädchen zu finden.«

»Ich weiß nicht einmal, wo deine Schwester wohnt, Nessos. Möchtest du nicht die Familie dorthin bringen?« Silvanus schien die Verteilung der Aufgaben nicht angemessen.

»Ich weiß, wo sie wohnt, Herr«, mischte sich der sonst so schweigsame Baton ein.

»Nun, dann ist ja alles klar.« Nessos setzte sich in Bewegung. »Ich werde euch einen Mann schicken, der auf das Zelt und die Sachen aufpasst. Bis später.«

Silvanus wagte nicht, zu widersprechen, immerhin war es Nessos' Verwandtschaft, bei der die Familien Unterkunft fanden, ihm hatte er es schließlich zu verdanken, dass seine Freunde ein Quartier in der Stadt gefunden hatten. Doch war seine Hilfsbereitschaft wirklich nur von Menschenfreundlichkeit bestimmt? War dieser Arzt eigentlich verheiratet? Nie hatte er von einer Frau gesprochen, fiel Silvanus ein, immer war es um medizinische Dinge gegangen, oder Silvanus hatte ihm von seinem Leben, seinen Sorgen erzählt. Vom Leben des Arztes wusste Silvanus nichts. Trieb er Laelia womöglich in die Arme eines anderen, durch sein Bestreben, sie wiederzugewinnen? Nur schwer konnte er seinen Unmut beherrschen, als er sich an Baton wandte: »Du wartest, bis dieser Mann da ist, den Nessos schickt. Dann bringe die Leute zu seiner Schwester.« Mit einer Verbeugung verabschiedete er sich von den Trauernden und schritt davon.

Eine alte Frau am Stock, die ihm mühsam folgte, lenkte ihn von seinem Ärger ab. »Entschuldige, Herr, aber du bist doch Silvanus Rhodius, der für unsere Belange zuständig ist, nicht wahr?«

Er nickte.

»Man hat uns all unser weniges Geld gestohlen, den Familienschmuck dazu, aus unserem Zelt, als wir die täglichen Rationen abholten, mein Mann und ich. Nun sind wir völlig mittellos. Kannst du nicht etwas für uns tun?«

»Ihr müsst die Sache im Prytaneion zu Protokoll geben, dann werden wir sehen, wie wir euch helfen können.«

»Das Prytaneion ist oben in der Stadt, nicht wahr?« Zweifelnd sah die Alte zu dem Berg, der sich in der Ferne steil erhob. »Nun ja, vielen Dank, dann werden wir wohl dorthin gehen.«

Erst jetzt nahm Silvanus ihr zerfurchtes Gesicht, ihre zerbrechliche, hagere Gestalt wahr. »Warte, Domina, wenn du mir deinen Namen und die Nummer deines Zeltes sagst, werde ich einen meiner Männer zu euch schicken, um die Sache zu regeln.« Er zog seine Schreibtafel hervor, notierte die Angaben der Frau und verabschiedete sie mit einem Nicken, in Gedanken schon wieder bei der Szene vor Laelias Zelt. Wie würde sie die Neuigkeit vom Tod ihres kleinen Neffen aufnehmen? Er kannte sie, wenn sie auch häufig über die Kinder schimpfte, so liebte sie die Kleinen doch. Würde sie in Tränen ausbrechen? Würde Nessos sie trösten? Warum hatte er, Silvanus, der doch die Verantwortung hier trug, sich nicht damit durchgesetzt, den jungen Frauen diese traurige Nachricht zu überbringen? Er hatte sich von dem Arzt übertölpeln lassen. Wütend schritt er den matschigen Weg entlang, versuchte sich abzulenken, sich auf das zu konzentrieren, weswegen er auch hierher gekommen war: die Befragung der Angehörigen der letzten Opfer.

Im Verwaltungszelt erkundigte er sich nach der Unterkunft der beiden ephesischen Geschäftsleute, natürlich wohnten die ganz am anderen Ende des Lagers.

Vor ihrem Zelt war niemand zu sehen, aus den umliegenden Behausungen drangen gedämpfte Stimmen, doch hier war alles still. Es hatte wieder leicht zu regnen begonnen, und die feuchte Kälte drang unaufhaltsam in die Glieder. Fröstelnd überlegte Silvanus, was ihn wohl erwartete. Weinende Frauen wie vor Laelias Zelt oder schlimmer noch, schluchzende Männer? Welcher der beiden Väter war ihm gefasster erschienen? Fuscus wohl, dem stand der Schmerz in den Augen, doch keine Tränen. Ihn würde er zuerst ansprechen. Silvanus atmete tief durch, trat vor den Eingang und räusperte sich laut. Noch immer war nichts von drinnen zu hören. So hob er vorsichtig die Eingangsplane und spähte in die Dunkelheit.

Die Atmosphäre, die ihm entgegenschlug, schnürte ihm das Herz zusammen. Er konnte die Trauer förmlich fühlen. Was waren seine kleinen Sorgen gegen den Verlust, den diese Menschen erlitten hatten, gegen den von Laelias Familie, in einer solch schweren Situation zudem, fern von zu Hause, fern von den Ablenkungen des Alltags.

Im Halbdunkel des Zeltes saßen zwei Gestalten vor einem Kohlenbecken, in denen er Passienus und Fuscus erkannte. Etwas abseits ruhte eine Frau auf einer dicken Strohmatte, bis zu den dunklen strähnigen Haaren in Decken eingehüllt, eine andere hockte daneben und hielt ihre Hand. Sie blickte nicht auf, als er in das Zelt trat, die Männer sahen ihm stumm entgegen. Zögernd hob Silvanus an zu sprechen, doch Fuscus unterbrach ihn. »Spare dir dein Mitgefühl, Silvanus. Setz dich, nimm einen Becher Wein und stelle deine Fragen.« Er zog ein Polster vor das Kohlenbecken und schenkte ihm ein. »Falls du dich wunderst, dass wir allein sind, wir haben die Sklaven für einige Zeit fortgeschickt, zurück nach Ephesos, ihre Anwesenheit ist uns im Moment unerträglich.«

»Ihr habt sie fortgeschickt?« Ungläubig sah er sich im Zelt um. Fein gewebte Teppiche bedeckten den Boden, die Decken waren aus bester Wolle, die Kleidung der Männer sauber und das Tongeschirr von guter Qualität. Alles verriet einen soliden Wohlstand, er konnte sich nicht vorstellen, dass diese Menschen allein ihr Essen kochten, ihre Kleider wuschen.

»Wir haben unsere Kinder verloren. Was soll's also noch?« Fuscus zuckte die Achseln. »Heute Morgen rief man uns zu ihrer Verbrennung.«

Silvanus schwieg einen Moment. »Ihr werdet doch sicher eine Trauerfeier abhalten wollen,« fragte er dann, »kann ich euch dabei irgendwie behilflich sein?«

Passienus, der bis jetzt reglos und mit gesenktem Blick dagesessen hatte, erwachte aus seiner Apathie. »Trauerfeier, ha!« Ein Ausdruck trat in seine roten Augen, den Silvanus nicht deuten konnte. »Wer soll denn mit uns trauern? Die Nachbarn hier, diese armseligen Kreaturen? Die würden sich doch wieder nur durchfressen wollen, oft genug waren sie hier und bettelten um Krumen von unserem Tisch. Nein! Oh nein, hier ...«

»Passienus, ich bitte dich.«

Silvanus wandte sich um und sah, dass die Dame neben der Ruhenden den aufgebrachten Kaufmann missbilligend ansah. Er war den Frauen nicht einmal vorgestellt worden, fiel ihm ein, doch es selbst nachzuholen, schien ihm nicht angebracht. So fragte er Passienus: »Sind denn keine eurer Bekannten aus Ephesos hier, keine Verwandten, keine Freunde?«

Passienus senkte stumm den Kopf, Fuscus antwortete an seiner statt: »Natürlich kennen wir einige Leute hier, doch Freunde würde ich sie nicht nennen, eher weitläufige Bekannte. Nein, Silvanus, wir veranstalten keine offizielle Trauerfeier, weil wir uns dazu nicht stark genug fühlen. Wir könnten es nicht ertragen, andere Menschen um uns zu haben. Wir trauern allein, nur mit den Göttern. Daher bitte ich dich, verlängere nicht unsere Qual, wir werden dir alles sagen, was du wissen willst.« Er schenkte Wein nach, führte mit zitternder Hand den Becher zum Mund.

Silvanus nickte und stellte vorsichtig die notwendigsten Fragen. Die beiden jungen Leute seien sich sehr zugetan gewesen, berichtete Fuscus. Die bereits angesetzte Hochzeit habe man wegen des Einfalls der Parther und ihrer Flucht verschieben müssen. Nein, von anderen Bewerbern um das junge Mädchen wisse man nichts. Sie sei sehr behütet aufgewachsen, nie ohne Begleitung aus dem Hause gegangen, der Gedanke an einen eifersüchtigen Verehrer sei völlig abwegig. Sein Sohn – hier schluckte Fuscus – habe ihm bei den Geschäften geholfen und sei allseits beliebt gewesen, ein Ehrenmann. Feinde habe er nicht gehabt, da sei Fuscus sich sicher, sein Sohn hätte ihm gewiss von Schwierigkeiten erzählt, ihr Verhältnis zueinander sei vorbildlich gewesen. »Mehr kann ich dir nicht sagen,« schloss er und fügte hinzu, er wäre dankbar, wenn Silvanus sie jetzt mit ihrer Trauer allein ließe.

So verabschiedete sich Silvanus und trat aus dem Zelt. Die Regenwolken hatten sich verzogen, die nachmittägliche Sonne ließ das Lager zwar ein wenig freundlicher erscheinen, spendete jedoch nur wenig Wärme. Sollte er noch einmal bei Laelia vorbeischauen, vielleicht traf er die Mädchen noch an, doch nein, das war unwahrscheinlich. Zudem musste er über das Gehörte nachsinnen, versuchen, es einzuordnen. So machte er sich auf den Weg zurück in die Stadt, kehrte in einer Taverne ein, bestellte sich eine Suppe und kam bei einem Becher Wein zu dem Ergebnis, dass die beiden Kaufleute nicht wenige Feinde gehabt haben mussten. Passienus' seltsame Bemerkung über die Nachbarn deutete darauf hin – jene Äußerung, welche von seiner Frau unterbrochen worden war. Silvanus konnte sich gut vorstellen, dass man diese Familien nicht schätzte, sie schienen unsozial, arrogant, geizig. Wie wohl die beiden jungen Leute gewesen waren? Natürlich, laut Aussage der Väter die liebreizendsten, edelsten Menschen, doch bei solchen Eltern?

Zurück zu dem, was er wusste. Es wäre kein Wunder, fand er, hätte jemand im Flüchtlingslager die jungen Leute umgebracht. In dem allgemeinen Durcheinander waren natürlich auch obskure Subjekte in das Lager geflohen, die sich und ihre Familien sonst kaum ernähren konnten. Durchaus vorstellbar, dass so einem aus Rache oder Verbitterung die gut gestellten jungen Leute ein Dorn im Auge gewesen waren. Vielleicht hatte jemand bei der Familie um Nahrung oder Geld gebeten und war brüsk abgewiesen worden, die Bemerkung des Passienus schien in diese Richtung zu deuten. Ja, das erschien durchaus plausibel. Er sollte seine Mitarbeiter anweisen, Erkundigungen im Lager anzustellen, die Nachbarn zu befragen. Doch würde man sich den pergamenischen Männern anvertrauen? Vielleicht ginge er lieber selbst, schließlich waren die meisten Flüchtlinge Römer wie er, sicherlich hatte er bessere Aussichten, etwas zu erfahren. Wirklich? Silvanus bemerkte, dass er den Gedanken an die beste Lösung des Problems verdrängte, nämlich Laelia und Illicia mit der Aufgabe zu betrauen. Sie hatten sich ja angeboten, ihre Beziehungen im Lager für ihn spielen zu lassen. Während er seine Suppe löffelte, ließ er seine Gedanken um diese Idee kreisen. War es nicht doch zu gefährlich? Aber die Mädchen würden schließlich nicht selbst herumgehen und die Leute befragen, beruhigte er sich. Das wäre auch nicht sinnvoll, denn es würde sich bestimmt schnell herumsprechen, dass sie bei dem höchsten Sicherheitsmagistraten von Pergamon wohnten. Doch sie kannten Leute im Lager, die sich für sie umhören konnten, ihre Väter, vielleicht der neue Sklave, wenn die Mädchen tatsächlich einen gekauft hatten. Nun, den konnte er sich ja einmal ansehen. Die Hauptsache war, dass Laelia und Illicia nicht selbst in Erscheinung traten. Und je eher er diesen Fall löste, umso eher herrschte wieder Ruhe im Lager, für das er ja schließlich verantwortlich war. Bei der Gelegenheit konnten die beiden Frauen auch unauffällig das Umfeld der toten Sklavin Camilla erforschen. Das hatte zwar nicht die gleiche Relevanz, doch einen Täter zu präsentieren, der den Verlust ersetzen musste, wäre auf jeden Fall nicht von Nachteil. Entschlossen trank Silvanus seinen letzten Schluck Wein, warf ein paar Münzen auf den Tisch und erhob sich. Ja, morgen würde er die Mädchen bei Imbrassos besuchen und sie bitten, ihre Beziehungen spielen zu lassen. Das würde die beiden sehr erfreuen, dessen war er sich sicher.

Jetzt jedoch rief ihn die Pflicht zurück in das Prytaneion. Er wollte überprüfen, ob man seine Anweisungen zur Administration des noch immer anwachsenden Lagers befolgte. Neue Latrinen, ausreichende Lebensmittel, diese ganzen leidigen organisatorischen Dinge. Auch die Schenkung an das pergamenische Volk musste er in Angriff nehmen, seinen Worten Taten folgen lassen, Antonius würde konkrete Vorschläge sehen wollen. Er hatte sich so gut wie entschieden: Eine Szene auf dem noch lange nicht vollendeten Fries des großen Zeusaltars wollte er in Auftrag geben. Eine der Figuren könnte sein Antlitz tragen, eine andere die des Antonius. Mit diesen beflügelnden Gedanken machte er sich an den Aufstieg auf den Berg.

In seinem Arbeitszimmer sah Silvanus die angefallenen Berichte durch – alles war soweit zu seiner Zufriedenheit – und widmete sich den Beschwerden und Petitionen, als Kallistos hereintrat. »Ave, Dominus«, grüßte ihn sein bärtiger Mitarbeiter. »Ist es dir möglich, meinen Report anzuhören, oder entspricht es eher deinen Befindlichkeiten, käme ich später wieder?«

Silvanus nickte dem Mann zu, bemüht, seine Abneigung gegen die übertriebene Höflichkeit dieser Griechen zu verbergen. Aber so waren sie nun einmal, die Einheimischen. Er sollte Kallistos, der sonst keinen schlechten Eindruck machte, immerhin eine Chance geben, also forderte er ihn auf, sich zu setzen und zu berichten.

Kallistos nahm auf einem der Sessel Platz, legte zwei Pergamentrollen auf den Tisch und begann: »Gemäß deinen Anweisungen, Herr, habe ich mich mit den Akten beschäftigt und bin anschließend noch die Aufzeichnungen der ungeklärten Todesfälle der letzten beiden Jahre durchgegangen. Auf zwei vielleicht interessante Vorkommnisse bin ich gestoßen. Der eine Fall liegt etwa ein Jahr zurück, eine weibliche Tote, nackt, lag an der großen Biegung des Selinos, unter Gebüsch verborgen. Laut den Akten war die Leiche durch Tiere stark in Mitleidenschaft gezogen, dennoch war deutlich zu erkennen, dass die Frau erstochen worden war. Trotz intensiver Arbeit konnten die zuständigen Beamten ihre Identität nicht feststellen, so haben sie den Fall zu den Akten gelegt. Hier kannst du alles nachlesen.« Er reichte ihm die Rolle und nahm die andere zur Hand. »Mit dem zweiten Fund verhält es sich ähnlich: Vor etwa einem halben Jahr fand man in einem der hinteren leerstehenden Räume unter der Theaterterrasse eine skelettierte Leiche. Anhand von Haarresten und dem Schmuck, den sie noch trug, schloss man auf eine Frau. Zuerst ging man nicht von einem Verbrechen aus, ist den Akten zu entnehmen, denn, so heißt es darin, der Täter hätte sicher den Schmuck mitgenommen. Auch in diesem Fall fand man keine Kleidung. Der Oberpriester und Höchste der Ärzte des Asklepieion bat um das Skelett für Studien- und Unterrichtszwecke. Die Ärzte fanden nahe dem Herzen Spuren an den Rippen, die nur von einer Stichwaffe stammen konnten. Der Ordnung halber meldeten sie es.« Kallistos machte eine Pause.

»Und?« fragte Silvanus, dem die Stille plötzlich bewusst wurde, er hatte nur mit halbem Ohr zugehört, seine Gedanken waren während Kallistos' Ausführungen zu seiner Schenkung abgeschweift.

»Silvanus Rhodius, beide Körper waren unbekleidet, man hat nicht einen Fetzen Stoff gefunden, und, das Wichtigste, beide wurden erstochen. Das erscheint mir doch bemerkenswert.«

Silvanus presste die Lippen aufeinander und trommelte mit den Fingern auf die Lehne seines Sessels. Der Mann hatte Recht. Die Möglichkeit, dass der Täter schon vorher gemordet hatte und die Fälle doch zusammenhingen, durfte er nicht völlig ausschließen. »Hm, das ist in der Tat bemerkenswert. Dennoch glaube ich …« Kurz berichtete er Kallistos von seiner Befragung. »Du hast gute Arbeit geleistet, wir werden diesen Aspekt im Auge behalten. Gleichwohl, es könnte auch Zufall sein. Und zumindest im Fall dieser jungen Leute erscheint es mir doch vielversprechender, den Täter zunächst in den Reihen der Flüchtlinge zu suchen. Meinst du nicht auch?«

Kallistos nickte zögernd.

»Gut. Da du nun mit der Materie vertraut bist, habe ich diverse Aufträge für dich. Als Erstes befrage diesen Viehzüchter, der die beiden jungen Leute gefunden hat, vielleicht ergibt sich daraus ein weiterer Anhaltspunkt. Du weißt, wie du dabei vorzugehen hast?«

Wiederum nickte Kallistos und erhob sich. »Herr, wenn ich noch etwas anmerken darf? Es erscheint mir sinnvoll – verzeih, dass ich dies zu äußern wage –, würde ich mich einmal im Lager umhören, ob die Leute etwas über diese ephesischen Geschäftsmänner wissen.«

Silvanus lächelte, der Mann war wirklich nicht schlecht. »Guter Vorschlag, das wäre mein zweiter Auftrag für dich gewesen, und du bist zweifellos der richtige Mann dafür.« Es konnte nicht schaden, unter den gegebenen Umständen der Bevölkerung und den Flüchtlingen zu zeigen, dass man mit aller Sorgfalt an der Aufklärung der Morde arbeitete und sich für die allgemeine Sicherheit einsetzte, selbst wenn Kallistos wegen des herrschenden Misstrauens gegen die örtlichen Behörden nicht sehr erfolgreich sein sollte. Mehr Informationen erhoffte sich

Silvanus durch Laelia und Illicia, von diesen Plänen aber brauchte Kallistos nichts zu wissen. So entließ er seinen Mitarbeiter und sah geradezu vor sich, wie sich Laelias Gesicht angesichts dieser Aufgabe aufhellen würde. Ja, morgen würde er sie aufsuchen.

KAPITEL VIII

Der Morgen begann, wie der Abend geendet hatte, mit Aktenbergen auf seinem Tisch. Silvanus seufzte und rieb sich den Rücken, es wurde Zeit, wieder einmal im Asklepieion vorbeizuschauen. Wollte er die Wiederkehr der grausamen Schmerzen verhindern und seine Aufgaben zur Zufriedenheit aller erledigen, durfte er seine Therapie nicht vernachlässigen. Ein paar Übungen im Schwimmbecken, anschließend eine kräftige Massage, das versprach Linderung – ja, gleich als Erstes wollte er einen Besuch im Heilzentrum machen.

Was gab es heute sonst zu tun? Vielleicht sollte er diesen Viehzüchter aufsuchen, Pheromon, der die Leichen gefunden hatte. Kallistos war gestern unverrichteter Dinge zurückgekehrt, der Mann sei nicht daheim gewesen, so hatte er berichtet, und auch niemand sonst, den er habe fragen können, wann der Mann zu Hause erwartet werde. Doch habe er eine Nachricht vor der Tür hinterlassen, dass man sich heute für Fragen zur Verfügung halten solle. Kallistos jedoch hatte sich in aller Frühe in das Flüchtlingslager begeben, wer wusste, wie lange er fortbleiben würde, also würde er selbst zu Pheromon gehen, beschloss Silvanus, und Baton mitnehmen, in diesen Zeiten konnte er Schutz gebrauchen. Das Asklepieion lag auf dem Weg, so konnte er das Angenehme mit dem Nützlichen verbinden. Und danach würde er mit Laelia und Illicia sprechen …

Der Masseur im Asklepieion hatte wie immer hervorragende Arbeit geleistet, und voller Elan schritt Silvanus vorbei an Wiesen voll gut genährter Schafe, noch unbestellten Feldern und vereinzelten Bäumen auf sein nächstes Ziel zu, das Anwesen des Viehzüchters Pheromon. Baton folgte schweigend in gebührendem Abstand. Dank Kallistos' genauer Beschreibung wusste sich Silvanus am Ziel, als er zu einer mannshohen Bruchsteinmauer kam, die sich den Hang eines Hügels entlang zog. Dahinter leuchtete ein frisch gedecktes Ziegeldach. Eine Windbö schlug ihm entgegen, als er das offen stehende Eingangstor durchquerte. Er warf einen Blick auf die grauen Wolken, die über der Hügelkette aufzogen; hoffentlich hielt sich das Wetter, den langen Rückweg im Regen zurückzulegen war eine unerfreuliche Aussicht. Warum nur hatte er sich keinen Wagen genommen oder eine Sänfte? Körperliche Bewegung gut und schön, ärztliche Empfehlung in allen Ehren, doch diesmal hatte er es eindeutig übertrieben. Nun, er würde daraus lernen, jetzt konnte er es nicht mehr ändern, also richtete er seine Aufmerksamkeit auf das vor ihm liegende Haus. Näher kommend bemerkte er, dass das Dach das einzig Neue an dem Gemäuer war, das Anwesen selbst machte einen eher verfallenen Eindruck. Doch offensichtlich arbeitete man daran, überall stapelten sich Holzbalken, Körbe mit Kalk und Nägeln standen herum. Zwischen dem Material lagen Zangen, Sägen und Hämmer in verschiedenen Größen. Dazugehörige Arbeiter allerdings waren nicht zu sehen, ebenso wenig wie der potenzielle Besitzer dieses Anwesens. Auch zu hören war nichts, abgesehen von ein paar Vögeln, die in den Bäumen zwitscherten.

Silvanus klopfte an die Tür. Nichts. Er klopfte erneut, rief laut: »Hallo, ist jemand da?« Keine Antwort. So beschloss er, sich ein wenig umzusehen, Baton wies er an, zu warten.

Langsam ging er um das Haus herum, bemerkte an der Rückseite mehrere Gemüsebeete, noch unbewirtschaftet zu dieser Jahreszeit, nur auf einem standen noch Kohlköpfe und Zwiebeln vom Vorjahr. An der gegenüberliegenden Seite des Hauses schlossen sich die Stallungen an, durch die offenen Gatter sah er ein Mutterschaf mit zwei frühen Lämmern. Eigenartig, auch hier war kein Mensch. Er wanderte an den Beeten entlang, umrundete ein Gebüsch, wollte gerade noch einmal laut nach dem Besitzer rufen, als er den kräftigen Rücken eines Mannes vor sich sah, der breitbeinig an der steilen Kante eines Abhangs stand. Silvanus hatte diese Körperhaltung oft genug gesehen, um zu wissen, was der Mann dort tat, auch ohne den kräftigen Strahl, der sich in hohem Bogen in das Tal ergoss. Mit befriedigtem Brummen und elastischem

Federn der Knie brachte er sein Geschäft zum Abschluss und wandte sich um. Sofort erkannte Silvanus in ihm den Viehzüchter wieder, den er vor einigen Tagen auf den Fluren des Prytaneions getroffen hatte. Der gleiche fleckige Chiton, der gleiche durchdringende Geruch.

»Was willst du hier? Dies ist kein öffentlicher Spazierweg, sondern mein Eigentum! Mach also, dass du wegkommst, oder …« Drohend trat der Mann einen Schritt auf ihn zu.

Silvanus hob die Hände. »Entschuldige mein Eindringen. Mein Name ist Silvanus Rhodius, ich suche Pheromon, den Viehzüchter.«

»Der steht vor dir.« Der abweisende Ausdruck wich einem freundlichen Lächeln. »Du kommst wegen dieser furchtbaren Morde, nicht wahr?« Genauso plötzlich wie das Lächeln erschienen war, verflog es wieder. »Ich kann kaum glauben, dass das alles wirklich wahr ist. Da wandere ich nichtsahnend so vor mich hin, freue mich schon auf die Jagd … Du musst wissen, ich wollte Tauben jagen – ich kenne dafür einige gute Plätze – und Castor und Pollux laufen munter vor mir her …«

»Castor und Pollux?«, fragte Silvanus, während er dem Mann durch den Garten folgte.

»Meine Hunde, Castor und Pollux, die besten Jagdhunde in ganz Kleinasien. Ich denke also nichts Böses und auf einmal dieses Gebell. Die Hunde sind gut erzogen, sie bellen nicht einfach so, schon gar nicht, wenn Beute in Sicht ist. Ihr Verhalten war äußerst ungewöhnlich. Ich wusste sofort, da stimmt etwas nicht, und bin zu ihnen hin. Ich bin nicht zimperlich, was Blut angeht, habe so mancher Gans den Hals umgedreht und genug Schafe geschlachtet. Aber zwei Menschen in ihrem eigenen Blut liegen zu sehen, das ist schon etwas anderes, da ist sogar mir mulmig geworden. So etwas habe ich noch nicht erlebt, und ich bin viel herumgekommen. Doch, einmal in Ägypten, als ich die dortigen Schafzuchtmethoden studierte – die sich übrigens deutlich von den unseren unterscheiden. Da habe ich …«

Silvanus unterbrach ihn höflich, aber bestimmt. »Entschuldige, aber meine Zeit ist begrenzt. Du sagst also, deine Hunde hätten die Leichen entdeckt. Haben sie an ihnen gezerrt oder Ähnliches?«

Unwillig schüttelte Pheromon den Kopf. »Ich sagte doch, sie sind gut erzogen. Vielleicht haben sie ein wenig herumgeschnüffelt, mehr aber auch nicht, sie standen bloß neben ihnen und bellten. Du wirst dich jetzt vielleicht wundern, dass sie nicht gebellt haben, als du hier hereingekommen bist, aber mein Nachbar Bersos«, sein Kopf wies in die Ferne, »hat sie sich ausgeliehen, um zu jagen. Na, ich kann nur hoffen, dass ihm ein derartiges Erlebnis erspart bleibt. Halte mich übrigens nicht für unhöflich, wenn ich dich nicht hineinbitte und dir etwas anbiete, aber wir sind im Moment ein wenig, hm, sagen wir, indisponiert, du siehst ja selbst!«

Sie waren vor dem Haus angekommen, und Pheromon deutete auf das herumliegende Baumaterial. »Auch ist meine Frau gerade nicht da, sie besucht ihre kranke Mutter. Nicht, dass ich darüber besonders unglücklich bin, denn ich bin gerade dabei, eine neue Decke einzuziehen. Das Haus ist ein Erbstück meiner Frau, sie hängt sehr daran und hat genaue Vorstellungen, wie alles zu sein hat. Das macht die Arbeit nicht leichter, wenn du verstehst, was ich meine.« Sein Lachen wirkte beklommen.

Silvanus wiegte den Kopf und kam auf sein Anliegen zurück. »Hast du die Toten angefasst oder sie umgedreht?«

»Oh nein. Denkst du, ich hätte sie in eine solch seltsame Lage gebracht, einander zugewandt? Um festzustellen, dass sie tot waren, brauchte ich sie nicht zu berühren, das war offensichtlich. Ehrlich gesagt, ich war recht froh darum, sie nicht anfassen zu müssen.«

»Bitte beschreibe doch einmal in allen Einzelheiten, wie die Toten dagelegen haben.«

Pheromon folgte der Aufforderung bereitwillig. Seine Darstellung entsprach genau dem Bild, das Silvanus selbst vorgefunden hatte. »Hast du sonst etwas bemerkt, ist dir irgendetwas aufgefallen? Alles könnte wichtig sein.«

»Jetzt, wo du mich so fragst, fällt es mir wieder ein. Zunächst hatte ich mir nichts dabei gedacht, aber dann, als ich wieder zu Hause war, fiel mir ein, es könnte vielleicht mit dem Mord zusammenhängen ...« Pheromons Stimme verlor sich.

»Ja?«

»Nun, bevor die Hunde anschlugen, fand ich im Gebüsch ein Messer, so eines, wie man es hier in der Gegend zur Jagd benutzt. Ein schönes Stück, darum habe ich es eingesteckt. Es klebte zwar ein wenig Blut daran, aber bei Jagdmessern ist das nicht weiter verwunderlich. Ich weiß noch, dass ich dachte, bei einer so fein gearbeiteten Waffe wird es sich bestimmt herumsprechen, wenn sie jemand vermisst. Als ich dann die Toten fand, habe ich das Messer in der Aufregung vollkommen vergessen, erst zu Hause beim Auspacken meiner Tasche fiel es mir wieder in die Hände. Ich hatte natürlich vor, es zu melden, denn es ist schon ein eigenartiger Zufall, aber der Weg in die Stadt ist weit, und ich habe viel zu tun.« Er grinste entschuldigend. »Du wirst es sicherlich mitnehmen wollen, warte einen Moment, ich hole es.«

Silvanus' Gedanken rasten. Ein blutiges Messer, vielleicht die Tatwaffe! War dieser Viehzüchter gar selbst der Mörder? Es kam vor, dass Täter, gerade bei schweren Verbrechen, die Sicherheitskräfte zu ihren Opfern führten, um dann dem weiteren Ablauf der Ereignisse zuzusehen, aus Geltungsbedürfnis, aus Schuldgefühlen. Aber würde der Mörder freiwillig die Tatwaffe überreichen, wenn sie es denn war? Auch das war nicht abwegig, was sollte ihm schon passieren, keiner könnte beweisen, dass besagtes Jagdmesser wirklich die Tatwaffe war. Auf jeden Fall galt es, diesen Viehzüchter im Auge zu behalten, ein wenig seltsam war er schon. Wo, hatte er gesagt, war seine Frau, bei ihrer Mutter? Auch das würde er überprüfen, vielleicht lebte sie schon gar nicht mehr. »Wo hast du es gefunden?«, fragte er Pheromon, als der zurückkam und ihm die Waffe überreichte – wirklich ein außergewöhnlich schönes Stück.

»Ungefähr hundert Fuß von den Toten entfernt, in östlicher Richtung. Jeder hätte es finden können. Es lag einfach da, nicht versteckt oder zugedeckt, unter einem Keuschlammbusch, dem einzigen dort.« Er lächelte. »Das ist ein Strauch mit violetten Blüten, im Sommer natürlich. Aber du kannst es nicht verfehlen, eine hohe Pinie steht daneben. Ich würde dich gern dorthin führen, jetzt ist es allerdings schlecht, ich erwarte eine Holzlieferung.«

Silvanus nickte. »Ich werde auf dem Rückweg dort vorbeigehen und später einen meiner Mitarbeiter zu dir schicken, damit du ihm die genaue Fundstelle zeigst.«

Pheromon zuckte mit den Schultern. »Natürlich. Am besten ist es früh am Morgen, bevor ich mit der Arbeit beginne.«

»Hast du denn niemanden, der dir hilft, keine Arbeiter, Sklaven?« Silvanus wies über Gebäude und Grundstück, die herumliegenden Werkzeuge. »Wer macht die Arbeit im Haus, jetzt, wo deine Frau nicht da ist? Wann erwartest du sie zurück?«

Gemächlich schüttelte Pheromon den Kopf. »Für die Hausarbeit haben wir keine Sklaven, sie sind teuer, und normalerweise benötigen wir sie nicht. Jetzt allerdings hätte ich nichts gegen einen oder zwei einzuwenden, keiner ist da, der mir das Essen kocht und die alltäglichen Dinge verrichtet, und es kann durchaus noch eine Weile dauern, bis meine Frau wiederkommt. Ihre Mutter ist krank, ich sagte es ja schon. Bei den Bauarbeiten helfen mir ab und zu die Nachbarn, doch im Moment haben sie keine Zeit, die Schafe beginnen zu lammen. Und die anderen Sklaven sind bei den Tieren auf der Weide, seit immer wieder welche verschwinden, kann ich sie nicht unbeaufsichtigt lassen. Trotzdem kommen immer noch Schafe weg, ich denke ja, diese Flüchtlinge stehlen sie, allerdings kamen uns auch schon zuvor welche abhanden. Wie dem auch sei, es ist äußerst ärgerlich, wir haben auch so genug zu tun, ohne dass wir Tag und Nacht auf unsere Tiere aufpassen müssen. Außerdem wollte ich eigentlich nach Judäa, dort hat sich ein Verwandter meiner Frau angesiedelt und will Schafe züchten, ich sollte ihn dabei beraten, aber jetzt kann ich hier natürlich nicht weg.« Er presste seine Lippen aufeinander. »Und gestern bat mich auch noch ein Nachbar, ihm bei dem Bau eines Stalles zu helfen, da konnte ich doch nicht Nein sagen. Ich weiß nicht, wie ich all das schaffen soll, manchmal überlege ich tatsächlich, alles hinzuwerfen und einfach wegzugehen.«

Silvanus mimte Mitgefühl. »Oh ja, ich verstehe dich gut. Kann denn deine Frau nicht gelegentlich vorbeischauen und dir helfen? Wohnt ihre Mutter so weit entfernt?«

»Ach, wie man es nimmt. Sie lebt am anderen Ende der Stadt, im Weberviertel, ihr Mann hatte dort ein Geschäft, aber der ist schon lange tot. Manchmal beschleicht mich das Gefühl, die Alte ist gar nicht so krank wie sie tut, und Ledanis, so heißt meine Frau, bleibt nur dort, weil sie die viele Arbeit satt hat. Das macht es nicht einfacher. Vielleicht bleibt sie auch aus ganz anderen Gründen fort, bei Frauen weiß man ja nie. Meine Mutter dagegen, der geht es wirklich nicht gut, der sollte sie helfen, wenn überhaupt. Aber Ledanis …« Freimütig erzählte Pheromon von seinen Eheproblemen, und Silvanus, ab und an verständnisvoll nickend, nahm sich vor, beizeiten einen seiner Männer zu der alten Dame und ihrer Tochter zu schicken. Zwar wirkte der Viehzüchter nicht unsympathisch – wenn er auch ununterbrochen redete – doch überprüfen musste Silvanus seine Angaben auf jeden Fall. Genau wie ein mögliches Alibi. »War sie noch hier, als du die beiden Toten fandest?«, unterbrach er Pheromon, der noch immer von den Eigenarten seiner Gemahlin erzählte. »Hat sie dir wenigstens da Beistand geleistet?«

»Oh nein, da war sie schon einige Tage weg. Ich musste mit der Sache allein fertig werden.«

»Und was tatest du in der Nacht davor?«

Jetzt begriff Pheromon. »Du denkst, ich ...? Bei allen Göttern, ich soll die beiden jungen Leute getötet haben?« Er lachte schallend. »Silvanus Rhodius, das ist doch nicht dein Ernst?«

»Nun, ich muss allen Möglichkeiten nachgehen. Was tatest du also in jener Nacht?«

Pheromons Lachen erstarb. »Lass mich überlegen, ich war zu Hause, allein. Ich gehe immer früh zu Bett, kurz nach dem Dunkelwerden, so auch an jenem Abend. Du denkst doch nicht wirklich ...?«

Silvanus blickte ihm kühl in die Augen. »Ich werde mir jetzt ansehen, wo das Messer lag. Danke für deine Auskünfte.« Er rief nach Baton und ließ einen nachdenklich auf seine Werkzeuge starrenden Pheromon zurück.

In der Tat fand Silvanus die beschriebene Stelle ohne Probleme. Gut hundert Fuß von dem Ort entfernt, wo das Paar gelegen hatte, stand der Strauch, daneben die Pinie. Aber irgendetwas war eigenartig. Er legte das Messer unter den Strauch und trat ein paar Schritte zurück. Egal, wo genau das Messer lag, unter den lichten Zweigen des Busches war es sofort zu sehen. Sollte der Mörder so unvorsichtig gewesen sein und es verloren haben? Oder hatte er es in Panik einfach weggeworfen? Das schien nicht recht zu passen, der Täter war sehr überlegt vorgegangen, hatte die Toten sogar noch in Ruhe drapiert. Vielleicht aber stand das Messer in gar keinem Zusammenhang mit den Taten, hatte es ein völlig Unbeteiligter verloren. Vielleicht auch hatte Pheromon es gar nicht gefunden, sondern es gehörte ihm – doch nein, dann hätte er es ihm nicht zu geben brauchen, so wertvoll wie es war. Silvanus hob die Waffe wieder auf und betrachtete sie eingehend. Wie Pheromon gesagt hatte, es war ein besonderes Stück, der Elfenbeingriff mit fein gearbeiteten Schnitzereien verziert, die Klinge aus spiegelnder Bronze. Ein seltsames Gefühl stieg in Silvanus auf, eine Art Gewissheit, dass Pheromon die Wahrheit gesagt und das Messer wirklich hier gelegen hatte, dass diese

Waffe dem jungen Paar das Leben geraubt hatte und dass sie ihn zu dem Mörder führen könnte.

Er hatte Baton mit dem Messer in das Prytaneion vorausgeschickt. Silvanus selbst schritt die steile Gasse hinauf zu Imbrassos' Haus und betätigte den Türklopfer. Nervös zupfte er an seinem Mantel, trat von einem Fuß auf den anderen, bis endlich die Tür geöffnet wurde und Imbrassos' Türsklave ihn einließ. »Warte bitte hier, Herr«, er deutete auf einen Stuhl im Empfangsbereich, »ich werde der Domina Proka melden, dass du da bist, und sehen, ob sie und die jungen Damen Zeit für dich haben.«

Es erschien Silvanus wie eine Ewigkeit, bis der Sklave zurückkam und ihn in einen kleinen Raum im oberen Stockwerk führte. Dort saßen die drei Damen vor einem Kohlenbecken, jede mit einer Spindel in der Hand, neben ihnen ein großer Haufen Wolle. Silvanus konnte sich eines Lächelns nicht erwehren, zu ungewohnt war dieser Anblick.

Proka erhob sich und begrüßte ihn steif. »Silvanus Rhodius, welch angenehme Überraschung, dich hier zu sehen.« Sie konnte die Skepsis in ihrer Miene nicht verbergen, förmlich las er die Gedanken hinter der strengen Stirn, in ihren kühlen blauen Augen: Welcher Art war seine Beziehung zu den Mädchen, zu Laelia? Warum hatte er solchen Wert darauf gelegt, sie gut unterzubringen? War es reine Dankbarkeit für die hilfreiche Unterstützung bei den Mordfällen in Didyma und Ephesos oder doch mehr? Mit distanzierter Höflichkeit bot sie ihm einen Platz an und orderte Wein.

Silvanus setzte sich in den eilig herbeigebrachten Sessel, nippte an dem Wein und ließ Prokas gestelzte Konversation über sich ergehen. Laelia und Illicia widmeten sich schweigend ihren Spindeln, ab und zu fing er von Laelia einen gequälten Blick unter gesenkten Lidern auf, einen Blick, der ihm einen Stich gab. Wie gern würde er diese Frau in seine Arme ziehen, sie halten, sie trösten, doch Proka saß hochaufgerichtet da und redete und fragte, nach Silvanus' Tätigkeit in Ephesos, dem spektakulären Mord im letzten Jahr und kommentierte seine Antworten mit beißender Schärfe. Ja, bei so etwas müsse man hart durchgreifen, dem allgemeinen Verfall der gesellschaftlichen Werte gelte es strengstens entgegenzuwirken, man sehe es ja jetzt wieder bei den Verbrechen hier in Pergamon.

Wenn sie doch nur gehen wollte, damit er seine Aufmerksamkeit den Mädchen widmen konnte. Doch was hatte er erwartet, dass sämtliche Hausbewohner abwesend waren, er in aller Ruhe um Laelia werben konnte?

Tatsächlich erhob sich Proka. »Verzeiht, wenn ich euch verlasse, doch ich muss die Einkäufe kontrollieren und mit dem Koch die Speisefolge der Woche festlegen. Ich bin überzeugt, ihr werdet euch auch ohne mich gut unterhalten.«

Silvanus drückte sein Bedauern aus, halbherzig, wie er selbst merkte, und unterdrückte den Impuls, Laelias Hand zu ergreifen, nachdem die Hausherrin hinter einer der Türen verschwunden war. Bestimmt würde sie durch irgendeine Luke die Szene beobachten, lauschen, was gesprochen wurde; sie wollte ihren Verdacht bestätigen, genau deshalb hatte sie sie allein gelassen, das war eindeutig. Was sollte, konnte er nun sagen? Er blickte die beiden jungen Frauen an. »Ich kam, um zu sehen, ob alles zu eurer Zufriedenheit ist.« Es klang hölzern, er ärgerte sich.

Laelia schenkte ihm ein Lächeln. »Oh ja, Silvanus, wir könnten nichts Besseres wünschen. Geheizte Räume, bequeme Betten, herrliches Essen, freundliche Menschen und so passende Beschäftigung«, sie hob ihre Spindel, die sie in den Schoß hatte sinken lassen. Auch ihr war wohl bewusst, dass sie nicht frei reden konnten.

»Wie schön.« Silvanus hob mitfühlend die Brauen und wandte sich an Illicia. »Was machen die Väter?«

»Danke der Nachfrage, Silvanus, abgesehen von der Trauer um den Kleinen geht es ihnen gut. So gut, dass sie keinerlei Bedürfnis spüren, das Lager zu verlassen«, behaupten sie. Der neue Sklave sorge hervorragend für sie, sie hätten genügend warme Decken und zu essen, und, das Wichtigste, sie hätten einen Kreis von Freunden gefunden, mit denen sie die Abende verbringen. »Ich glaube allerdings, sie wollen nicht als Gast bei irgendwelchen Fremden wohnen, nicht einmal, wenn sie für die Unterkunft zahlten. Sie wären nicht unabhängig genug.«

»Wirklich?« Fragend blickte Silvanus wieder zu Laelia.

»Ja, leider.« In ihrer Stimme schwang Sorge. »Wahrscheinlich könnte man sie nur bewegen, das Lager zu verlassen, böte man ihnen eine Wohnung, ein Haus oder wenigstens ein Zimmer in einer Taverne. Aber all das ist zur Zeit unmöglich, nicht einmal du, Silvanus, kannst das ermöglichen. Nun, ich denke, sie sind nicht allzu unglücklich.«

Mochten die alten Herren auch nicht unglücklich sein, Laelia war es, er spürte es deutlich. Es schnürte ihm die Brust zusammen, sie so zu sehen, mit hängendem Kopf, die Schultern hochgezogen, die Hände hilflos im Schoß. Er hatte nach der Leichenfeier für ihren kleinen Neffen fragen wollen, nach Offilias Befinden, doch er unterließ es, noch ein trauriges Thema wollte er nicht anschneiden, nicht jetzt. Stattdessen griff er unter dem Tisch nach ihrer Hand, drückte sie tröstend – sie ließ die Berührung zu, ganz kurz spürte er, wie sie den Druck erwiderte, dann entzog sie sich ihm. In ihm jubilierte es – er kam ihr näher, in kleinen Schritten zwar, doch er kam ihr näher.

Illicia legte der Freundin einen Arm um die Schulter. »Sorge dich nicht zu sehr, sie lieben eben ihre Freiheit, das weißt du.«

»Ja, natürlich.« Laelia atmete tief durch und straffte ihren Rücken. »Natürlich, du hast Recht. – Lass uns von etwas anderem sprechen. Gibt es Fortschritte in deinen Ermittlungen, Silvanus?«

Das Thema kam ihm sehr zupass. Es würde die Mädchen auf andere Gedanken bringen, sie ablenken, die Traurigkeit aus Laelias Augen treiben. So erzählte er von seinem Besuch bei Pheromon, dem Viehzüchter, von dem Messer, das der gefunden hatte, von dem seltsamen Auftreten des Mannes. Auch von den zwei zurückliegenden ungeklärten Mordfällen berichtete er, und von seinem Gespräch mit den Eltern der beiden letzten Opfer. »Passienus und Fuscus heißen sie, Geschäftsleute aus Ephesos, kennt ihr sie vielleicht?«

Beide schüttelten den Kopf, weder die Namen noch die Beschreibung sagten ihnen etwas. Doch sie wechselten einen Blick, und er kannte sie gut genug, um zu wissen, was sie dachten. Sie würden im Lager nachfragen, ihre Beziehungen spielen lassen, er brauchte es nicht einmal auszusprechen. Er nickte kaum merklich. »Doch ihr selbst tretet nicht in Erscheinung, verstanden?«, raunte er, bevor er laut von seinem Gespräch mit Enomicus, dem Besitzer der toten Sklavin erzählte.

»Vermutest du den Täter, zumindest den der beiden letzten Opfer, im Umfeld der Familie? Könnte es nicht sein, dass dieser Pheromon alle auf dem Gewissen hat?«, fragte Laelia, deren Hände wieder die Spindel ergriffen hatten.

»Ersteres erscheint mir das wahrscheinlichste.« Silvanus genoss das Gespräch jetzt, besonders, da Laelia ihm einen Blick aus ihren grünen Augen schenkte, der sein Herz höher schlagen ließ. Was war es, Bewunderung, Wohlwollen oder nur reines Interesse an seiner Arbeit, das darin lag? Auf jeden Fall war die Traurigkeit verschwunden, und auch die Ablehnung, die er bei ihrem ersten Wiedersehen so deutlich gespürt hatte. Gern hätte er wieder ihre Hand ergriffen, doch sachlich fuhr er fort: »Diese Familien machen nicht den Eindruck, als hätten sie viele Freunde, ganz abgesehen davon hat jeder Geschäftsmann Feinde, und die Umstände in einem Flüchtlingslager sind günstig, sich für etwas zu rächen. Wer weiß, vielleicht war auch der Sohn nicht so liebenswert, wie der Vater behauptet. Jedenfalls ist das eine Spur, die ich verfolgen werde. Der Viehzüchter dagegen, so seltsam er sich verhielt, scheint mir eher ein etwas absonderlicher Wirrkopf zu sein. Ich halte ihn nicht für fähig, so kaltblütige Morde zu begehen, aber ausschließen darf ich es natürlich nicht. Und je mehr ich darüber nachdenke, desto unwahrscheinlicher erscheint es mir, dass ein einziger Mann all diese Morde, einschließlich der zurückliegenden, verübt hat. Pergamon ist eine große Stadt, Verbrechen geschehen hier tagtäglich, und gerade jetzt wird die Rate von Verbrechen noch weiter steigen, das ist immer so in Kriegs- und Krisenzeiten.«

Illicia sah ihn skeptisch an. »Nun, du musst es ja wissen, mit deiner Erfahrung.«

»Wie meinst du das, Illicia? Was soll der sarkastische Ton?« Zweifelte sie etwa an seiner Kompetenz? Waren sie schon von Imbrassos beeinflusst, diese beiden Mädchen, die er als seine Schützlinge, ja, seine einzigen Verbündeten angesehen hatte? Er richtete sich auf, hob an, sich vehement gegen solche Vorbehalte zu wehren, doch Laelia legte ihm ganz offen die Hand auf den Arm. »Sie meinte es so, wie sie es sagte, nicht wahr, Illicia?«

»Natürlich. Sei doch nicht so empfindlich, Silvanus, was ist los mit dir?«

Er wurde einer Antwort enthoben, denn Proka gesellte sich erneut zu ihnen. »Werter Silvanus, mein Gatte ist soeben nach Hause gekommen, er freute sich zu hören, dass du hier bist, und bittet dich, ihm einen kurzen Bericht über die Fortschritte in den Ermittlungen zu geben. Er erwartet dich in seinem Arbeitszimmer.«

Silvanus erhob sich. »Nun denn.« Innerlich verfluchte er Imbrassos, er hatte vorgehabt, sich mit den Mädchen zu verabreden, vielleicht mit ihnen gemeinsam in das Lager zu gehen, dann hätte er Gelegenheit gehabt, ungestört mit Laelia zu sprechen. Doch Proka stand wartend vor ihm, er musste der Höflichkeit genügen. So verneigte er sich vor den Freundinnen und folgte der Dame des Hauses.

KAPITEL IX

Früh am Morgen drängte Laelia ihre Freundin zum Aufbruch in das Lager, um ihre Väter zu besuchen. Schon gestern nach Silvanus' Besuch hatten sie dies vorgehabt, doch missbilligend hatte Proka die Stirn in Falten gelegt. »Meint ihr nicht, es ist ein wenig spät, in wenigen Stunden wird es dunkel«, hatte sie zu bedenken gegeben und vorwurfsvoll auf den immer noch stattlichen Haufen an Wolle geblickt. »Wir Pergamenerinnen spinnen und weben nicht nur für Söhne und Gatten«, hatte sie hinzugesetzt, »wir leisten natürlich ebenfalls unseren Beitrag für das Wohlergehen der Flüchtlinge. Die von unseren Händen gearbeiteten Decken, Mäntel und Chitons sind für diese bedauernswerten Menschen bestimmt. Ihr wollt doch sicher euren Teil dazu beitragen?«

So waren sie nicht umhingekommen, den Rest des Tages an der Spindel zu verbringen, sich von Proka endlos über ihr bisheriges Leben ausfragen zu lassen und nach dem Abendessen zu Bett zu gehen. Man begab sich zeitig zur Ruhe bei Imbrassos und Proka und stand früh auf, ein Tagesablauf, der für sie beide ungewohnt war, dem sie sich aber – wohl oder übel – zu fügen hatten.

Doch nun endlich waren sie frei, für einige Stunden zumindest. Monoculos im Gefolge spazierten sie gemächlich die Straße entlang. In vollen Zügen genoss Laelia diesen morgendlichen Spaziergang, die frische Frühlingsluft und die wärmenden Sonnenstrahlen, freute sich an dem erwachenden Leben in der Stadt, dem Lärmen der ersten Händler, die mit ihrer Ware zur unteren Agora strebten, dem Lachen der Sklaven, die dort die Morgeneinkäufe tätigen sollten. Auf dem Markt lockten sie frische Fleischpasteten, die Bibulus und Tollimos sehr liebten, und für sich selbst, Illicia und Monoculos erstand sie süß duftende

Brötchen. So durchquerten sie das Stadttor, vor dem Fuhrwerke mit Waren für die örtlichen Händler auf ihre Abfertigung warteten, und näherten sich gut gelaunt dem Lager.

Ihre Väter saßen am Feuer, die Gesichter ein wenig verquollen, die Augen klein und rot, doch bester Stimmung. »Kinder, wie schön, euch zu sehen. Und Monoculos, alter Junge. Geht es euch gut?« Bibulus freute sich sichtlich, und auch Tollimos strahlte, als sie sie zur Begrüßung auf die Wangen küssten. »Welche Frage, Bibulus, das sieht man ihnen doch an.«

In der Tat, der Aufenthalt bei Imbrassos, so kurz er bislang auch währte, hatte ihnen gut getan: der ungestörte Schlaf, das reichliche Essen und nicht zuletzt der Spaziergang an der frischen Luft hatte die ungesunde Blässe, die tiefen Ringe unter den Augen vertrieben und ihre Gesichter mit einer frischen Röte überzogen.

Thorax, der einarmige Sklave, legte für sie beide eine Matte zurecht und reichte ihnen einen Becher Wasser.

»Danke Thorax.« Durstig nahm Laelia einen tiefen Schluck. »Sieh, was wir mitgebracht haben.« Monoculos reichte ihm einen Beutel, den Imbrassos' Köchin heute Morgen noch mit allerlei guten Dingen gefüllt hatte, und die vorhin erstandenen frischen Pasteten und Brötchen. Thorax verschwand im Zelt und kehrte kurze Zeit später zurück, ein Tablett im festen Griff seiner Hand, angefüllt mit den Köstlichkeiten. Gern nahmen die Männer von dem frischen Brot, aßen mit Appetit einige der Teigtaschen, dazu Käse, Eier und die schwarzen Oliven, von der Köchin in einer öligen Kräutersoße eingelegt. Das mitgebrachte Fleisch wollten sie sich für später aufheben. »Heute Abend, über dem Feuer aufgewärmt, wird es umso besser schmecken«, meinte Tollimos kauend.

»Wie geht es euch?«, fragte Laelia ihren Vater.

Bibulus nahm einen Schluck Wasser aus seinem Becher – tatsächlich Wasser – und spülte einen Bissen Käse hinunter. »Nicht schlecht, Kinder, nicht schlecht!«

Wenig überzeugt blickte Laelia ihn an, doch er schälte sich mit zufriedenem Gesicht ein Ei. Auch Tollimos sah aus, als hätte er gegen sein jetziges Dasein keine Einwände zu erheben. »Ihr braucht euch wirklich nicht um uns zu sorgen«, beruhigte er sie, er hatte ihren Zweifel wohl bemerkt. »Uns fehlt es an nichts, Thorax sorgt für uns wie …«, er schmunzelte, »ja, wie ein Vater.«

»Er hat sich wirklich als wahrer Glücksgriff erwiesen«, ergänzte Bibulus. »Trotz seines fehlenden Armes kann er alles, kochen, Lebensmittel, Holz und Wasser holen, er sorgt sogar für unsere Sicherheit. Gestern Nacht erst vertrieb er eine üble Gestalt, die um unser Zelt strich.« Er bedachte den Sklaven mit einem freundschaftlichen Lächeln. Dann fragte er: »Habt ihr etwas von Offilia, Rubi und den Kindern gehört?«

»Seit der Totenfeier für den Kleinen nicht mehr«, antwortete Laelia. »Wir haben ja nur selten Gelegenheit, das Haus zu verlassen. Waren sie noch nicht wieder hier?«

Bibulus schüttelte bekümmert den Kopf. »Nein, aber sie sind sicher noch voller Trauer, ich kann das gut verstehen. Doch ich muss zugeben, mir fehlen die Kinder – das ist indes das Einzige, was mir fehlt«, fügte er eilig hinzu, als er Laelias besorgten Blick sah.

Illicia wechselte das Thema. »Wie ist die Stimmung im Lager? Denken die Menschen noch immer, die Pergamener würden sie einen nach dem anderen umbringen?«

Tollimos lächelte. »Du weißt doch, wie das ist, Tochter, die Leute sind besorgt und reden viel. In ein paar Tagen werden die täglichen Probleme wieder die Überhand gewinnen, die schrecklichen Vorfälle langsam in Vergessenheit geraten. Obwohl viele natürlich Angst haben, denken immer weniger an gezielte Anschläge durch die Pergamener. Nachdem sich herumgesprochen hat, dass das erste Opfer eine Sklavin war, und dann, aus welchen Familien die beiden ermordeten jungen Leute stammen, nämlich dubiosen Geschäftemachern, meinen die meisten, die Götter hätten sie zu Recht für ihre Betrügereien gestraft. Ihr glaubt gar nicht, wie schnell so etwas hier die Runde macht. – Hat Silvanus schon einen Verdacht?«

Nicht, dass sie wüssten, erwiderte Laelia vorsichtig, und versuchte, mehr über die Familien der letzten Opfer zu erfahren. Doch in welcher Branche sie tätig oder welcher Art die »dubiosen Geschäfte« waren, konnten Tollimos und Bibulus nicht sagen. »Berichtet lieber, was ihr so macht«, forderte Tollimos sie auf.

So erzählte Laelia von Prokas strengem Regiment, Illicia beklagte das ewige Spinnen, und schmunzelnd hörten die Alten zu.

Der Vormittag war unmerklich vergangen, als sie sich schließlich verabschiedeten. »Wenn es euch an irgendetwas fehlen sollte, schickt Thorax zu uns. Wir werden dafür sorgen, dass ihr alles Nötige bekommt. Imbrassos hat uns das zugesichert.« Laelia gab ihrem Vater einen Kuss auf die faltige Wange.

Noch einmal versicherten die Männer, ihre Sorge sei völlig unbegründet, es mangele ihnen an nichts.

Laelias Herz war schwer, als sie gingen, sie spürte förmlich den wehmütigen Blick ihres Vaters im Rücken. Dann jedoch hörte sie ihn fast erleichtert sagen: »Thorax, bring uns Wein.«

Illicia legte ihr den Arm um die Schulter. »Wir können es nicht ändern. Komm, lass uns zu Velusia gehen.«

Laelia nickte, und so schritten sie an den Zelten entlang, deren schwerer Wollstoff, noch immer regenfeucht, in der Wärme dampfte. Schon von weitem sahen sie ihre Freundin Velusia, die an einen Pfosten gelehnt bei einem Becher Wein in der Sonne saß, die Wärme genoss und träge die Blicke schweifen ließ.

»Seid gegrüßt, ihr zwei!«, rief sie ihnen entgegen. »Schön, dass ihr einmal vorbeikommt, ich muss sagen, ich habe euch nicht wenig vermisst. Setzt euch und nehmt einen Becher Wein. Auch einen für euren Sklaven?«

Monoculos lehnte ab und ließ sich in einiger Entfernung auf dem Boden nieder, Laelia und Illicia jedoch nahmen das Angebot gern an. »Salve Velusia! Wir hätten dich ja schon früher besucht, aber …«

Velusia lachte. »Ach was, vor lauter Schwelgerei im Hause von Imbrassos habt ihr bestimmt keinen Gedanken an das Lager verschwendet. Wer könnte es euch auch verdenken. Gut seht ihr aus.«

Laelia winkte ab. »Du kannst dir nicht vorstellen, was wir dort für ein Leben führen. Aber was rede ich da, es ist allemal besser als hier.«

»Und, Velusia, wie geht es dir? Die anregenden Gespräche mit dir fehlen uns sehr«, bemerkte Illicia. »Außerdem habe ich wirklich ein schlechtes Gewissen. Wir bekommen eine edle Unterkunft, und du musst in dieser Kälte und Nässe ausharren.«

»Aber Mädchen, nun sag doch nicht so etwas. Jeder hätte eine solche Möglichkeit ergriffen, ohne sich den Kopf über andere zu zerbrechen. Hauptsache, ihr habt es gut getroffen, ich komme schon zurecht. Das Wetter wird allmählich auch besser, heute ist doch ein wunderschöner Tag.« Sie lehnte den Kopf zurück und hielt ihr Gesicht in die Sonne. »Und irgendwann wird dieser vermaledeite Krieg schon zu Ende gehen.« Einen Moment lang schwieg sie. »Aber ich muss zugeben, meiner Figur bekommt dieses Leben. Ich habe einiges an Umfang verloren, fast als weilte ich zur Kur im Asklepieion und hielte Diät.«

Warum hatten sie eigentlich nichts von ihren mitgebrachten Vorräten für sie aufgespart? »Das nächste Mal bringen wir dir ein paar Lebensmittel mit«, versprach Laelia, doch Velusia winkte ab. »Vielen Dank, aber das ist wirklich nicht nötig. Ich habe genug, außerdem schadet mir ein wenig Fasten nicht, ganz im Gegenteil.« Schmunzelnd deutete sie auf ihren noch immer voluminösen Körper.

»Gibt es denn hier etwas Neues? Sind die Leute noch immer so unzufrieden?«, fragte Illicia, und Velusia wurde schlagartig ernst. »Ihr könnt euch doch denken, dass es so bald nicht besser wird. Die Menschen haben nichts zu tun, sie verbringen ihren Tag mit Gerede, die Nacht mit Trinken, überall herrschen Neid und Missgunst, und auch Übergriffe nehmen zu. Immerhin hat sich dieser Silvanus darum gekümmert, dass die Essensrationen jetzt korrekt verteilt werden, das muss man ihm lassen. Aber wegen der Mordfälle sind alle noch immer in Sorge. Keiner traut sich mehr allein aus dem Lager.«

»Kennst du die Familien der letzten Opfer eigentlich?«, wagte Laelia einen Vorstoß.

»Nur flüchtig, ich wohne in Ephesos im gleichen Viertel wie sie. Sie sind dort nicht sehr beliebt. Genau genommen ist vor allem der Vater des Jungen, dieser Fuscus, sogar ziemlich verhasst, und der Sohn, als Erbe von Geschäft und Vermögen, nicht weniger, man munkelt, sie betrögen. Ich wäre nicht überrascht, wenn der Tod des Sohnes damit etwas zu tun hätte, es sind ja genug Leute aus Ephesos hier. Reich wie Krösus sollen sie sein – was im Lager natürlich keiner wissen darf, ha, als ob sich das nicht herumspräche – und der ein oder andere hier soll ganz erhebliche Schulden bei Fuscus haben.« Velusia zupfte an den Grashalmen, die rings um den Pfosten sprossen. »Ich frage mich allerdings: Wenn sie wirklich so wohlhabend sind, was machen sie dann hier? Sie müssten sich doch eine bessere Bleibe leisten können als das arme Volk. Na ja, wie dem auch sei, mit so etwas schafft man sich keine Freunde. Fuscus behauptet ja, er sei Tuchhändler, aber ich möchte nicht wissen, womit der noch alles handelt. Es würde mich nicht einmal wundern, wäre sein Sohn freiwillig aus dem Leben geschieden, aber das scheint ja ausgeschlossen.«

»Was brachte dich auf diesen Gedanken?«, fragte Illicia.

»Nun, man kommt halt auf die eigenartigsten Ideen, wenn man den ganzen Tag nichts anderes zu tun hat, als nachzudenken. Aber weißt du, diese Verlobung mit dem Mädchen, ein hübsches junges Ding übrigens, damit verhielt es sich eigenartig. Ihr Vater, Passienus, ein Schiffseigner, hatte wohl ebenfalls Schulden bei Fuscus. Bis vor einiger Zeit seien die beiden Familien nicht gut aufeinander zu sprechen gewesen, und wenn man den Gerüchten trauen darf, so gingen sie sich geflissentlich aus dem Wege. Doch plötzlich vergrößerte Passienus seine Flotte, baute sich ein stattliches Haus in der besten Gegend von Ephesos, und kurz darauf hieß es, die beiden jungen Leute seien miteinander verlobt.« Velusia nahm einen Schluck Wein. »Aber irgendwie schien Passienus sich nicht recht darüber zu freuen. Schon in Ephesos hat er Nachbarn gegenüber – nach reichlich Weingenuss – angedeutet, diese Entscheidung bitter zu bereuen. Dennoch kamen alle gemeinsam hierher, wohnen noch immer in einem Zelt. Ich vermute, Fuscus hat Passienus irgendwie in der Hand. Aber wie?« Sie zuckte mit den Schultern.

Laelia blickte zu Illicia hinüber, lag Silvanus mit seinem Verdacht doch nicht so falsch?

»Und was ist mit der Sklavin Camilla? Kanntest du sie?«, fragte Laelia.

Velusia musterte sie verwundert. »Ihr scheint euch ja mächtig für diese Todesfälle zu interessieren.«

Wie verabredet, zuckten sie gleichzeitig mit den Schultern. »Natürlich, schließlich geht man nicht gern durch eine Stadt, in der jeder, der einem auf der Straße begegnet, ein Mörder sein könnte. Je mehr man weiß, umso besser«, erklärte Illicia mit überzeugend klingender Besorgnis in der Stimme.

Velusia nickte. »Da hast du Recht, bei dem Gedanken läuft es einem kalt den Rücken hinunter. Aber ihr habt nach Camilla gefragt. Das arme Mädchen. Ja, ich habe ein paarmal mit ihr gesprochen. Sie war reizend, hübsch noch dazu, ein wenig zu vertrauensselig vielleicht, denn als ich einmal bei der Essensausgabe direkt hinter ihr stand – das war kurz vor ihrem Verschwinden –, erzählte sie mir ganz freimütig von ihrer Herrschaft, Silberschmiede aus Priene. Na, ich kann euch sagen, wenn sie nicht übertrieben hat, dann ging es bei denen hoch her. Jedenfalls in den guten alten Zeiten, bis vor einigen Jahren, danach liefen die Geschäfte schlechter, so erzählte sie. Nun müssen sie sich wohl ebenfalls einschränken, wie wir alle. Aber früher, da jagte ein Fest das andere, der Wein floss in Strömen, und die Reihe der Speisen wollte nicht enden, schwärmte sie mir vor. Aber wie Sklaven so sind, wer weiß, ob das alles stimmt. Und dann jammerte sie, wie sehr sie unter diesem ewigen Wind leide, die Kälte, die Nässe ließen sie schier verzweifeln. Wenn ihr mich fragt, hat irgendein Kerl ihr ein warmes Bett und ein Dach über dem Kopf versprochen, wahrscheinlich noch mehr, und gutgläubig ist sie ihm gefolgt. Als ich sie traf, erzählte sie, sie sollte am folgenden Tag in der Stadt zusätzliche Lebensmittel und Brennmaterial für die Herrschaft besorgen – nicht gerade das geeignete Gesprächsthema in einer langen Schlange von hungrigen, frierenden Menschen.« Velusia lächelte. »Nun, die Leute scheinen jedenfalls nicht gerade arm zu sein. Aber das bin ich ja auch nicht, im Gegensatz zu vielen anderen hier bin ich sogar recht gut versorgt. Mein Mann hinterließ mir ein gut gehendes Geschäft, er handelte hauptsächlich mit Fleisch und Getreide, wie mein Vater. Mein Schwager führt es jetzt weiter, und es läuft nicht schlecht. Er ist einer der Veteranen, die sich hier in der Provinz Asia angesiedelt haben, ein geschäftstüchtiger Kerl, er geht mir schon länger zur Hand, ich kann mich hundertprozentig auf ihn verlassen. Dafür sorgt auch meine Schwester, die Gute.« Sie umfing ihren Leib mit den Armen. »Ach, sie fehlen mir sehr. Nichts konnte sie dazu bewegen, mit mir zu kommen. Prognus, mein Schwager, meinte, vor so ein paar Parthern würde er sich nicht fürchten, da hätte er unter Pompejus ganz andere Gegner gesehen. So sind sie, die Männer, immer ein großes Mundwerk. Doch ich mache mir ihretwegen große Sorgen und Vorwürfe, weil ich einfach so ging und auch noch einen unserer Sklaven mitnahm.«

Laelia zog die Augenbrauen empor. »Wir dachten, du seiest allein, wir haben nie einen Sklaven bei dir gesehen.«

»Nun, jetzt ja. Der Mann ist unterwegs in einen Fluss gefallen und ertrunken – tragisch, aber so kann das Schicksal spielen. Seither bin ich allein, wenn man von einem Freund absieht, den ich schon seit meiner Kindheit kenne und zufällig hier wiedertraf, und dann ist da natürlich die Familie, mit welcher ich das Zelt teile, ganz reizende Leute. Und neulich lernte ich noch jemanden kennen ... Dennoch, manchmal ist es nicht leicht.«

Nachdenklich schwiegen sie eine Weile. Der Krieg hatte sie alle aus ihrem Alltag gerissen, den vertrauten Gang der Dinge unterbrochen. Damit fertig zu werden war schwer, aber es schuf auch ein Gefühl des Zusammenhalts, förderte die Hilfsbereitschaft. Vielleicht, so dachte Laelia, war es gerade dieses Phänomen, das auch die beiden Familien der Opfer einander wieder näher gebracht hatte, und nicht, wie Velusia annahm, ein Akt böswilliger Verpflichtung. Plötzlich erschien es gar nicht so abwegig, dass gerade hier im Lager ihre Versöhnung möglich geworden war und der Wunsch erstarkte, sich enger zu verbinden. Im Krieg war alles möglich, das wusste sie aus zahllosen Berichten und Erzählungen. Freunde würden zu Feinden und Feinde zu Freunden. Warum nicht auch in diesem Fall?

Es war Nachmittag geworden, und noch immer strahlte die Sonne warm vom wolkenlos blauen Himmel. Velusia entschuldigte sich, sie müsse gehen, sie habe eine Verabredung. So erhoben sie sich, und Laelia und Illicia versprachen, sie bald wieder zu besuchen. »Wenn wir dir irgendwie helfen können, sag es uns bitte, Velusia. Und sei vorsichtig, du weißt, wir sorgen uns um dich, solange der Mörder nicht gefasst ist. Solltest du etwas Neues hören, musst du es uns unbedingt erzählen.« Laelia drückte ihr zum Abschied die Hand. »Übrigens, wir wissen, wo man preisgünstig Sklaven kaufen kann, solltest du Interesse haben.«

Velusia zwinkerte ihnen zu. »Danke, ich werde es überdenken. Doch ihr braucht euch keine Sorgen zu machen, ich habe gute Freunde, die passen schon auf mich auf. Und sollte ich etwas erfahren, werde ich es euch natürlich berichten. Ich würde mich freuen, wenn ihr bald wiederkommt, und hoffentlich nicht nur wegen der Morde.«

Velusia war im Zelt verschwunden, Monoculos hatte sich wieder zu ihnen gesellt, und so schlenderten sie durch die Zeltreihen in Richtung Stadt. »Eigentlich habe ich keine Lust, schon zurückzugehen«, meinte Illicia, als sie kurz hinter dem Lager an eine Weggabelung kamen. »Was hältst du von einem kleinen Abstecher?«

Laelia nickte, sie ahnte, was ihre Freundin vorhatte. Und tatsächlich fuhr Illicia fort: »Vorhin ging mir durch den Kopf, dass wir uns einmal ein Bild von dem Fundort der Leichen machen sollten, was meinst du?«

Natürlich war Laelia einverstanden. Nach Silvanus' Beschreibung war es nicht weit und leicht zu finden, so schlugen sie den kleinen Pfad in Richtung der besagten Anhöhe ein. Monoculos folgte in einigem Abstand. »Was ist los, Monoculos«, Laelia verlangsamte ihren Schritt, »du bist so schweigsam heute. Bedrückt dich etwas?«

Der Sklave senkte den Kopf. »Ach Herrin, ihr solltet nicht zu diesem Ort gehen. Wenn nun etwas passiert, ihr angegriffen werdet, was alle Götter verhüten mögen, ich habe ja nicht einmal eine Waffe, um euch zu verteidigen. Selbst dieser einarmige tumbe Zirkusaffe, den eure Väter jetzt haben, taugt zu mehr als ich.«

»Was soll denn schon passieren, Monoculos? Es ist helllichter Tag, wir sind zu dritt, die Parther noch fern, und Straßenräuber gibt es hier nicht. Außerdem habe ich vorsorglich ein Messer eingesteckt.« Sie klopfte auf ihre Tasche am Gürtel.

Illicia blieb abrupt stehen. »Ein Messer? Woher hast du das?«

»Mein Vater schenkte es mir vor Jahren, hier, sieh selbst.« Laelia zog ein kleines, doch scharf geschliffenes Jagdmesser hervor.

»Na, dann brauchen wir uns wohl nicht zu ängstigen.« Eine Braue in die Höhe gezogen, musterte Illicia die Waffe.

Auch Monoculos beruhigte sie nicht, Laelia sah es ihm an. »Nimm du das Messer«, entschied sie und übersah Illicias gerunzelte Stirn. »Und, Monoculos, nenne Thorax nicht einen tumben Zirkusaffen. Genau wie du hat er seine Qualitäten, weder seine noch deine Hilfe möchten wir missen.«

Dass sie sich seinem Schutz anvertrauten, schien Monoculos zu versöhnen, denn er nahm die Rüge schweigend hin und folgte bereitwillig, als sie ihren Weg fortsetzten. Doch auch Laelia befiel jetzt ein ungutes Gefühl, so ganz Unrecht hatte Monoculos nicht, immerhin trieb ein Mörder hier in der Gegend sein Unwesen, und weit und breit war kein Mensch zu sehen. Sie blickte ihre Freundin an, doch die schüttelte nur den Kopf. »Komm schon, Laelia, du hast es doch selbst gesagt, was soll schon passieren? Willst du umkehren, so kurz vor dem Ziel?«

Natürlich nicht. Die gute Stimmung aber war verflogen, schweigend stiegen sie die Anhöhe hinauf. Warm war es und der Weg beschwerlicher als gedacht, und so rann ihnen der Schweiß die Schläfen hinab, als sie oben ankamen. Im Schatten eines Baumes ruhten sie einen Moment aus und ließen ihre Blicke über den Talkessel schweifen. Laelia deutete auf die Senke. »Dort müssen die Opfer gelegen haben. Und da drüben das Messer, sieh den Baum, den Strauch daneben, genau wie Silvanus es beschrieben hat, das muss die Stelle sein.«

»Dann lass uns mal schauen.« Illicia erhob sich.

Ein plötzliches Rascheln und Knacken im Gehölz ließ sie herumfahren. Noch einmal raschelte es – direkt vor ihnen – dann brachen laut bellend zwei große Hunde hervor, die Ohren wachsam aufgestellt, den Schwanz hoch erhoben. Laelia erstarrte vor Angst, auch Illicia neben ihr rührte sich nicht, all die Geschichten, die sie über die Umtriebe wilder Hunde gehört hatte, jagten ihr durch den Kopf. Zwar schienen die Tiere durchaus gepflegt und wohl genährt, doch wer vermochte zu sagen, ob sie nicht dennoch gefährlich waren.

Monoculos sprang schützend vor sie, zog das Messer und schwenkte abwehrend die Arme – jetzt wandelte sich das Bellen der Hunde in drohendes Knurren, sie legten die Ohren an, machten sich zum Sprung bereit. Da ertönte eine Männerstimme, sofort hielten die Tiere inne, bellten noch einmal kurz, drehten um und verschwanden im Unterholz. Kurz darauf zwängte sich ein hochgewachsener Mann durch die Büsche, die Hunde an seiner Seite. Ein schiefes Lächeln im Gesicht, fuhr er sich über das spärliche, kurz geschorene Haar. »Entschuldigt, meine Damen, aber wenn wir auf der Jagd sind, sind Castor und Pollux manchmal etwas übermütig.« Er wehrte die nun munter an ihm hochspringenden Hunde ab. »Ruhig jetzt, aus. – Sie haben euch doch wohl nicht erschreckt?«

»Oh doch, das haben sie!«, rief Illicia. »Wir waren nicht darauf gefasst, hier in der Einsamkeit auf solch eine Art begrüßt zu werden.« Als nun jedoch einer der Hunde näher kam und freundlich wedelnd ihre Beine beschnupperte, schien sie Zutrauen zu fassen. »Aber schön sind sie.« Beherzt kraulte sie das große schwarzbraune Tier zwischen den Ohren.

»Da hast du die Richtige gefunden, Pollux, was?«, lachte der Mann, und seine Augen wanderten von Illicia zu Laelia und wieder zurück zu Illicia.

Grüne Augen mit schwarzen Punkten darin, bemerkte Laelia und registrierte den Blick, mit dem Illicia den Fremden unter den Lidern hervor betrachtete, obwohl ihre ganze Aufmerksamkeit dem Hund zu gelten schien. Der Mann – auffallend groß und kräftig, insgesamt durchaus gut aussehend – gefiel ihrer Freundin.

»Ich bin übrigens Pheromon.« Der hochgewachsene Jäger deutete eine Verbeugung an. »In dieser Gegend gibt es viele Taubenschwärme, und auch sonst ist sie sehr wildreich, darum jage ich oft hier. Was aber macht ihr an diesem Ort? Wisst ihr nicht, dass es gefährlich ist, hier so allein herumzulaufen, ganz abgesehen von wilden Tieren, dort unten sind zwei Menschen umgebracht worden. Und ob euch dieser Sklave ausreichenden Schutz bieten kann?«

»Täusche dich nicht in ihm.« Laelia zog Monoculos, der noch immer das Messer offen in der Hand hielt, an ihre Seite. »Wir haben jeden Schutz, den wir brauchen.«

Illicia aber sah den Jäger interessiert an. »Bist du nicht derjenige, der neulich die Leichen fand?«

Der ließ den Kopf sinken und fuhr sich erneut über die Stoppeln auf seinem Kopf. »Es war schrecklich. Dort lagen sie.« Er deutete auf eine Stelle nicht weit von ihnen. »So einträchtig nebeneinander, wie ein Liebespaar.« Er seufzte, als hätte er die Szene noch immer vor Augen.

»Hast du nicht auch das Messer gefunden?«

Er fuhr herum und starrte sie an. »Woher weißt du das? Ich habe niemandem davon erzählt, nur diesem Römer.«

»Von eben dem haben wir es erfahren.« Illicia errötete leicht. »Wir kennen ihn, nun, von früher.«

Pheromons Brauen zuckten in die Höhe. »Na dann – ja, dort unter dem Strauch lag es. Eigentlich eher daneben, jedenfalls war es nicht zu übersehen. Kommt mit, ich zeige euch die Stelle.« Er ging ihnen voraus. Laelia, hinter ihm, rümpfte die Nase, der Mann verströmte einen intensiven Geruch, Illicia, die zu ihm aufschloss, schien sich nicht daran zu stören. Laelia hatte sogar den Eindruck, dass ihre Freundin immer größeren Gefallen an dem Jäger fand. Nun, von dem Gestank abgesehen, war er eigentlich nicht unsympathisch, fand auch sie, dennoch sollten sie nicht vergessen, dass er ein potenzieller Verdächtiger war.

Der Viehzüchter blieb stehen und zeigte auf einen Busch. »Darunter lag es, gerade so, als sollte ich es finden. Ein ausgezeichnetes Messer, wunderbar gearbeitet, zugegeben, es fiel mir nicht leicht, es herzugeben. Doch wenn man bedenkt, dass damit vielleicht zwei Menschen getötet wurden …« Einen Moment blickte er auf den sandigen Boden, dann wandte er sich ab. »Schrecklich, nicht wahr? Nun, eigentlich bin ich froh, dass ich es los bin. – Möchtet ihr ein paar Feigen?« Er zog einen Beutel hervor und bot ihnen von den getrockneten Früchten an. »Probiert sie mal, sie sind aus meinem Garten. Eine besondere Sorte, die ich aus Ägypten mitbrachte.«

Laelia lehnte dankend ab, noch war ihr Misstrauen nicht beseitigt. Wer wusste schon, wie es dem Täter gelungen war, die jungen Leute zu ermorden. Das Liebespaar hatte keine nennenswerte Gegenwehr geleistet, vielleicht war es doch betäubt worden. Sie warf Illicia einen warnenden Blick zu, die jedoch lächelte nur, griff in den Beutel und biss herzhaft in eine Frucht. »Delikat«, bestätigte sie Pheromon, der nun seinerseits zwei der Feigen aß und seinen Blick immer länger auf Illicia ruhen ließ.

Es gab hier nichts mehr zu sehen, also machten sie sich auf den Weg zurück in die Talsenke. Verstohlen beobachtete Laelia ihre Freundin, ob sich Übelkeit oder sonstige Erscheinungen einer Vergiftung bei ihr zeigten. Doch Illicias gute Laune schien ungebrochen, gebannt lauschte sie Pheromon, der von seinen Erlebnissen in Ägypten erzählte. Plötzlich verstummte er und deutete auf den Boden. »Hier lagen sie, blutig und nackt, schrecklich.«

Tat er nur so, als wäre er erschüttert, oder ging ihm die Sache tatsächlich so nahe? Sagte er die Wahrheit, oder verheimlichte er etwas? Laelia konnte ihr Misstrauen nicht länger unterdrücken. »Und von den Kleidungsstücken gab es keine Spur? Oder hast du die auch gefunden und dann vergessen?«

Die Augen zu einem Spalt verengt, sah er auf sie herab. »Nein, da war nichts, nicht einmal ein einzelner Schuh. Das hätte ich nicht vergessen, du kannst es mir glauben. Bei allen Göttern, sei froh, dass du sie nicht gefunden hast. Ich träume noch immer davon, manchmal wache ich sogar schweißgebadet auf.«

»Verzeih.« Sie war zu weit gegangen. Entschuldigend senkte sie die Augen, als sie Illicias tadelnden Blick auffing. Nein, auch sie glaubte nicht mehr wirklich, in diesem Mann den Mörder vor sich zu haben, wie ja auch Silvanus ihn fast als Täter ausgeschlossen hatte. Fast.

Sie ließen sich am Abhang des Hügels im Gras nieder, Illicia neben

Pheromon, an dessen andere Seite sich die Hunde legten, gähnten und die Augen schlossen. Von hier aus bot sich ein guter Blick über das Tal auf die Anhöhe gegenüber; sie hörten das Plätschern des Baches, lauschten dem Singen der Vögel. Welch ein friedlicher Ort, kaum vorstellbar, dass dort hinter den Büschen der Täter dem Liebespaar aufgelauert, sie brutal ermordet hatte, ohne Gnade. Wer tat so etwas und warum? Wirklich nur wegen ein paar Schulden oder aus Rache wegen eines schlechten Geschäftes?

Illicia riss sie aus ihren Gedanken. »Nicht wahr?«, drang es an Laelias Ohr.

»Was meintest du?«

»Es ist wie in einem Theater«, wiederholte Illicia, »als hätte der Mörder seine Tat auf einer natürlichen Bühne in Szene gesetzt. Lockte er sie wohl hierher, oder wählten sie sich selbst diesen Ort, um ungestört zu sein? Folgte er ihnen, lauerte er dort im Gebüsch und belauschte sie?« Sie wies auf die Sträucher. »Wie auch immer, es scheint fast so, als sei ihm die Ähnlichkeit mit dem Theater bewusst gewesen, so wie er sie hinlegte – fast malerisch.«

»Wirklich eigenartig«, stimmte Laelia zu, »da ermordet einer zwei Menschen, und statt das Weite zu suchen, nimmt er sich die Zeit, sie auch noch ansprechend zu platzieren.« Sie schüttelte den Kopf. »Er muss das alles sehr genau geplant haben, fast scheint es, als habe er die Tat genossen.«

Illicia strich über die zarten Gräser, die am Hügelabhang leicht im Winde wogten. »Ich muss gerade daran denken, was Velusia uns über die Familienverhältnisse der beiden Toten erzählte. Es sieht mir nicht danach aus, als stünde die Tat damit in Zusammenhang. Warum hätte sich jemand die Mühe machen sollen, sie so hinzulegen, wenn ihm nur daran gelegen war, sie aus dem Weg zu räumen.«

»Ja, das dachte ich auch schon.« Laelia blinzelte in die Sonne. »Allerdings könnte es auch eine geschickte Täuschung sein, um von den wahren Beweggründen abzulenken. – Ich würde wirklich gern einmal mit Leander darüber sprechen, er schien doch anders an die Sache heranzugehen als Silvanus, und er bot es ja an. Mich würde interessieren, was er dazu meint.«

»Ihr kennt Leander?«, mischte sich Pheromon ein, der seine Hunde streichelte.

»Ja, wir haben ihn bei einem Gastmahl kennen gelernt«, erklärte Illicia.

»Da habe ich ja ganz illustre Damen der hohen Gesellschaft getroffen.« Sichtlich erstaunt ließ Pheromon seine Augen erneut von einer zur anderen schweifen.

»Ach nein.« Illicia winkte ab. »Es hat sich so ergeben, wir haben ganz gute Kontakte von früher, aus Didyma, woher wir stammen. Dort konnten wir Marcus Antonius und Silvanus Rhodius einmal behilflich sein und genießen seitdem einige Vorteile.«

»Das wird ja immer besser. Jetzt kennt ihr auch noch den Triumvirn Antonius. Habt ihr noch weitere Bekannte, seinen Kollegen Octavius vielleicht? Mich wundert wirklich, dass ihr dann ohne angemessenen Schutz unterwegs seid, nur mit diesem einen, hm, in seiner Sehkraft stark eingeschränkten Sklaven.« Er deutete auf Monoculos.

Laelia hob eine Augenbraue. »Ich glaube nicht, dass du dir darüber ein Urteil anmaßen kannst, werter Pheromon.« Welch ein ungehobelter Flegel, demonstrativ wandte sie sich an Illicia. »Wo waren wir stehen geblieben? Bei dem zur Schau gestellten Liebespaar.«

»Ja«, antwortete Illicia ungerührt, einen Grashalm zwischen den Lippen. »Das gestellte Bild eines Liebespaars – hat er ihnen ihre Liebe vielleicht missgönnt?«

Laelia schloss die Augen, um sich die Szene vorzustellen. »Hat er sie ihnen missgönnt, oder wollte er sie im Gegenteil vielleicht sogar vereinen? Wusste er von den Streitigkeiten der Familie, stand ihnen doch etwas im Weg, das ihre Hochzeit verhinderte? Wollte er sie so unwiderruflich zusammenbringen?«

»Das kann ich mir nicht vorstellen«, erwiderte Illicia. »Erstens wissen wir gar nicht, ob die jungen Leute sich wirklich liebten oder es sich um eine von den Eltern initiierte Verbindung handelte, zweitens könnte das auch bedeuten, dass es doch ein Selbstmord war, dass ein Sklave auf ihre Anordnung handelte. Aber sich dann die Kehlen durchschneiden zu lassen, na, ich weiß nicht. Oder es muss in ihrem Umfeld ein gänzlich krankes Hirn geben, einen Mann, der dachte, er täte ihnen etwas Gutes. Nicht sehr wahrscheinlich.«

Pheromon lächelte leicht. »Es wäre aber doch ein schöner Gedanke, nicht wahr? Im Tode endlich vereint.«

Laelia runzelte die Stirn. »Ich könnte mir Schöneres vorstellen.«

»Du warst es, die diese Version einbrachte«, warf Illicia ein.

»Ja, aber ich habe nur laut gedacht, eine Möglichkeit durchgespielt. Doch ich glaube nicht, dass es so war, ich denke eher, derjenige, der die beiden tötete, hat auch die Sklavin Camilla auf dem Gewissen. Allerdings lag diese weder an einer leicht zu findenden Stelle noch war sie auffällig drapiert. Vielleicht hat Silvanus doch Recht.«

Illicia wiegte den Kopf. »Immer fehlten die Kleidungsstücke, auch bei den beiden zurückliegenden Fällen, die Silvanus erwähnte. Und alle sind mit einem Messer oder Ähnlichem getötet worden. Bei Apollon, es sieht fast so aus, als hätte jemand einfach Spaß am Töten.« Aus Illicias Gesicht wich die Farbe. »Dann ist es sehr wahrscheinlich, dass es noch mehr Morde geben wird.«

»Zurückliegende Fälle? Diese Taten sind nicht die einzigen?« Pheromon schwieg einen Moment, dann stand er auf und half Illicia galant auf die Beine. »Ich werde euch jetzt zurückbringen. Hier scheint ja ein äußerst gefährlicher Mensch sein Unwesen zu treiben.«

Auf dem Weg in die Stadt hingen sie ihren Gedanken nach, manchmal schien es Laelia, als kreuzten sich Illicias und Pheromons Blicke. Vor dem Stadttor verabschiedeten sie sich von ihm. »Es würde mich freuen, euch wiederzusehen«, murmelte er und sah Illicia an. »Aber ich weiß ja nicht einmal, wo ihr wohnt.«

»Bei Imbrassos.« Illicia erwiderte seinen Blick.

»Natürlich, bei dem Magistraten, wo auch sonst sollten so edle Damen wohnen – es würde mich wirklich freuen, von euch zu hören.« Ein letzter langer Blick galt Illicia, dann drehte er sich um und ging, die Hunde sprangen fröhlich vor ihm her.

KAPITEL X

Silvanus blieb erstaunt stehen. Im Prytaneion herrschte an diesem Morgen ungewöhnliche Geschäftigkeit, Sklaven liefen hin und her, fegten die Mosaikböden, schmückten die Statuen, trugen Schriftrollen. »Was ist los?« Er trat einem der Diener in den Weg, der mit Gewändern beladen auf ein Standbild Attalos II. zueilte, um es zu schmücken.

»Ein Bote ist gekommen, Herr, Marcus Antonius wird in Kürze eintreffen.«

Endlich! Doch nach der Erleichterung meldete sich bei Silvanus die Sorge: Würde Antonius seine Maßnahmen gutheißen? Mit Schweißperlen auf der Stirn betrat er sein Arbeitszimmer.

Doch schon an der Tür hielt er erneut inne. Da lag ein Mann auf seiner Arbeitskline, in staubiger Tunika, Brustpanzer und Umhang achtlos auf einen Sessel geworfen, labte er sich an einem Becher Wein und kaltem Fleisch. Vor dem römischen Feldherrn, ihn halb verdeckend, stand Kallistos, der leise auf ihn einredete, während Baton schweigend am Tisch lehnte. Bei Silvanus' Eintreten wandte sich Kallistos um und gab den Blick auf den dunkelhaarigen, drahtigen Mann auf der Kline frei. »Quintus Dellius«, entfuhr es Silvanus, »salve, sei gegrüßt. Ich hörte zwar, dass ein Bote gekommen sei, doch dass du es bist, sagte man mir nicht. Bringst du uns gute Nachrichten?«

»Salve, salve, Silvanus Rhodius.« Dellius, einer der Unterfeldherren des Antonius und dessen persönlicher Geschichtsschreiber, schien erschöpft und schlecht gelaunt. »Gute Nachrichten, nun, wie man's nimmt. Für dich vielleicht, nicht aber für Rom.«

»Oh, so stimmen also die Gerüchte, die man hört?« Silvanus schickte seine beiden Mitarbeiter mit einem Wink hinaus. Erst als sich die Tür hinter ihnen geschlossen hatte, nahm auch er einen Becher Wein und ließ sich in einem Sessel Quintus Dellius gegenüber nieder.

»Eins nach dem anderen.« Dellius streckte seine Beine auf der Kline aus. »Ich bin soeben angekommen, Silvanus, die Nacht durchgeritten, und nach kurzer Rast werde ich nach Athen weiterreisen, dann nach Rom. Ich will dir einen kurzen Abriss geben, wie es steht – und es steht nicht gut – dann hoffe ich auf die Gastfreundschaft der Pergamener, oder, besser noch, die deine, du bist hier doch adäquat untergebracht, nehme ich an. Meine Leute habe ich in die örtliche Kaserne beordert, du brauchst also nur mit mir zu rechnen.«

Silvanus nickte. »Meine Gattin und ich werden uns geehrt fühlen, wenn du bei uns bleibst.« Er rief nach seinem Sekretär Marsias, befahl ihm, ein Bote solle Lucida informieren, und wandte sich wieder Dellius zu. »So berichte.«

»Zunächst die guten Nachrichten. Antonius ist mit deiner Arbeit hier zufrieden, wir sind natürlich auf dem Laufenden, Leander unterrichtet uns regelmäßig. Allerdings sieht Antonius mit Sorge, dass du dich trotz deiner umfangreichen Aufgaben hier schon wieder in die Aufklärung von Mordfällen hast hineinziehen lassen. Kannst du nicht widerstehen, Silvanus?«

Er wollte protestieren, doch Dellius hob die Hand. »Schon gut, du wirst wissen, was du tust. Antonius wird spätestens morgen eintreffen, um mit den Pergamenern – und mit dir – die Lage zu besprechen. Vielleicht wird er einen Teil der XIII. Legion hierher abkommandieren, als Schutz gegen die Parther und gegen Ausschreitungen. Das aber kostet Geld, die Männer wollen verköstigt sein. Überlege dir also schon einmal, woher du dieses Geld nehmen willst, sollte es dazu kommen.«

Silvanus wischte sich den kalten Schweiß von der Stirn. Wie sollte er das machen? Gerade erst hatte er den Menschen dieser Stadt Vergünstigungen versprochen, jetzt sollten sie schon wieder Einschränkungen hinnehmen? Er würde mit Antonius darüber sprechen müssen, so einfach war das nicht. Brauchten sie hier überhaupt Legionäre? Hatte nicht Dellius gerade gesagt, man sei mit seiner Arbeit zufrieden, er hätte die Lage im Griff? Und die Parther? Die würden nie einen Angriff auf diese Stadt wagen, so jedenfalls meinten die Pergamener. Erneut fuhr sich Silvanus mit der Hand über die Stirn; Dellius lächelte leicht und fuhr fort. »Antonius wird nicht lange bleiben können, er muss nach Athen, um sich mit seiner Gattin Fulvia zu treffen. Diese hat sich, wie du wahrscheinlich weißt, in Italien zusammen mit Antonius' Bruder Lucius in einen Bürgerkrieg verwickeln lassen, der zu ihren Ungunsten ausging, so wurde uns jedenfalls berichtet. Nähere Informationen wird dir Antonius morgen wahrscheinlich persönlich geben, wenn er es für nötig hält. – Du solltest wissen, dass es Antonius sehr ärgert, aus diesem Grund den Kampf gegen die Parther im Moment zurückstellen zu müssen. Bereite dich auf das Gespräch mit ihm gut vor, er ist nicht in bester Laune, seit er Ägypten verließ. – Aber jetzt möchte ich erst einmal ein Bad nehmen, das kann ich doch sicher bei dir?«

Silvanus nickte, in Gedanken noch bei dem eben Gehörten. »Ja. – Ja, natürlich. Ich lasse dir eine Sänfte rufen, und Baton wird dich begleiten, entschuldige, dass ich nicht mit dir gehe, doch ich habe hier noch einiges zu tun. Wir sehen uns später beim Essen.«

Kaum war Dellius gegangen, leerte Silvanus seinen Weinbecher in einem Zuge und lehnte sich im Sessel zurück. Bei Jupiter, was man ihm alles aufbürdete, jetzt auch noch die Versorgung von Legionären. Und Antonius würde sich nicht vorrangig der Vertreibung der Parther widmen, wie jeder gedacht hatte, damit bestünde das Flüchtlingsproblem also auf unbestimmte Zeit fort, das Volk wäre noch aufgebrachter. Panik ergriff ihn. Konnte er all die Aufgaben, all die Anforderungen wirklich erfüllen? Er wusste nicht, was er zuerst tun sollte, er war wie gelähmt. Fast wünschte er, Antonius wäre gänzlich unzufrieden mit ihm, würde ihn seiner Aufgabe entheben, ihn zurück nach Rom schicken, wo er friedlich als Privatmann leben könnte. Auch wenn er sich ein wenig Geld mit der Aufklärung von Verbrechen dazuverdienen müsste, bliebe ihm doch die Bürde der Staatsgeschäfte erspart. Silvanus streckte die Beine aus, legte den Kopf zurück und spürte die Schmerzen in seinem Rücken so heftig wie schon seit langem nicht mehr. Er atmete tief durch, langsam, wie die Ärzte es ihn gelehrt hatten. Allmählich entspannte er sich, das Gefühl der Panik ging vorüber, er konnte wieder klar denken. Zunächst galt es zu überlegen, was er Antonius sagen wollte, und wo konnte man das besser als in den Thermen? In dem nahe gelegenen Bad bei der oberen Agora, im warmen Wasser oder bei einer Massage würde er sich die aussichtsreichste Vorgehensweise zurechtlegen. Ja, das war genau das Richtige. Ächzend erhob er sich aus dem Sessel und sagte Marsias Bescheid, wo er in Notfällen zu finden sei – aber wirklich nur in Notfällen.

Auch Illicia hatte an diesem Vormittag einen Besuch in den Thermen vorgeschlagen, hauptsächlich, um die Stimmung in der Stadt zu erforschen. Neben den Damen der pergamenischen Gesellschaft in den Becken zu liegen, ihren Gesprächen während der Massage zu lauschen oder anschließend bei einer Erfrischung und etwas Obst zu plaudern, schien ihr Erfolg versprechend, schließlich war das Bad immer ein Forum für die neuesten Gerüchte, den städtischen Klatsch. Wie jedoch sollten sie den gestrengen Augen von Proka entkommen, die öffentliche Bäder, gar noch mit warmem Wasser, als unerträgliche Dekadenz ansah, die ihre Rolle als Matrone und Beschützerin der jungen Frauen außerordentlich ernst nahm, ja sichtlich genoss. »Manchmal erscheint es mir so, als sollten wir ihr Nessos und Lachne ersetzen«, bemerkte Illicia, während Flusia ihr das lange kastanienbraune Haar flocht und zu einem strengen Knoten aufsteckte.

Laelia gürtete ihren Chiton unter dem Busen und zupfte noch hier und da an den Falten. »Ja, ich glaube auch, dass sie Freude daran hat, uns als ihre Schutzbefohlenen zu betrachten. Zu viel Schutz, für meinen Geschmack, kein Wunder, dass Lachne so selten zu Besuch kommt. Mich erstaunt allerdings, dass Nessos fast jeden Tag hier ist, obwohl sie kaum ein gutes Wort für ihn findet.«

»Vielleicht kommt er deinetwegen so häufig zum Mahl«, neckte Illicia ihre Freundin. »Zwar sagt er nicht viel in der Gegenwart seiner Mutter, doch seine Augen sprechen eine umso deutlichere Sprache – zu dir.«

Laelia errötete leicht. »Ja, ich habe es auch schon bemerkt. Aber wenn er einmal spricht, dann über medizinische Themen, er weiß ja, dass ich mich dafür interessiere. Wahrscheinlich gilt sein Interesse gar nicht mir, sondern vielmehr der Wissenschaft.«

»Na, da bin ich mir nicht so sicher.« Illicia ließ das Thema fallen, etwas anderes beschäftigte sie. »Manchmal denke ich, wir sind undankbar, wenn wir so über Proka reden. Doch sie erscheint oft derartig kalt, ohne Gefühl und nur der Konvention verbunden, dass mir schon ein Schauer über den Rücken läuft, wenn ich nur ihre Stimme höre. Dieses Zimmer, das ganze Haus lässt jegliche Wärme vermissen.« Mit einer Armbewegung erfasste sie den Raum, der zwar teuer, doch sehr spartanisch, ohne überflüssigen Luxus eingerichtet war. »Obwohl das Essen köstlich ist, die Sklaven von einwandfreiem Benehmen und wir es warm und sicher haben, ist mir fast unheimlich in dieser Gesellschaft. Laelia, am liebsten ginge ich zurück in das Lager, dort waren wir wenigstens unter Menschen, die Gefühle zeigten, dort hatten wir unsere Freiheit. Ich habe wirklich schon bedauert, dich überredet zu haben, Silvanus' Angebot anzunehmen. Ach, wäre doch dieser leidige Krieg endlich vorbei, könnten wir zurück nach Ephesos. Wo Antonius nur bleibt?«

»Er wird bestimmt bald hier sein.«

Illicia senkte den Kopf. Natürlich wünschte sie sich Antonius nicht nur wegen des Krieges herbei. Die Gefühle für diesen Mann, den sie als hochherzig und sensibel kennen gelernt, ja, der ihr sein Herz zu Füßen gelegt hatte, konnte sie nur schwer verdrängen – obwohl auch ihr bekannt war, dass Antonius den Winter in Alexandria nicht nur zur Vorbereitung seines Partherfeldzuges genutzt hatte. Der Gedanke schmerzte, und so war sie Laelia dankbar, als die nun ihre vorherige Äußerung aufgriff.

»Mir geht es genauso, auch ich empfinde Proka als kalt und unnahbar. Aber wir können jetzt nicht einfach wieder gehen, wir würden die ganze Familie bloßstellen, und das würde allen schaden, uns, unseren Angehörigen, schließlich auch Nessos, Lachne und nicht zuletzt Silvanus.«

Laelia hatte Recht, sie durften nicht nur an sich selbst denken. »Wie also schaffen wir es, in die Thermen zu gelangen? Sollen wir vorgeben, unsere Väter zu besuchen? Aber Proka würde sicher erfahren, dass wir nicht dort, sondern in den Bädern waren, und uns zur Rede stellen.«

Flusia, die Illicias Frisur inzwischen vollendet hatte und nun ihr eigenes langes schwarzes Haar bürstete, mischte sich ein. »Zufällig weiß ich, dass die Herrin Proka bald ausgehen wird, sie will zu einer kranken Freundin. Das könntet ihr nutzen.«

Welch glückliche Fügung, die Götter schienen ihr Vorhaben zu billigen, denn es geschah nicht oft, dass Proka das Haus verließ. Nur ab und an begleitete sie des Abends ihren Mann zu gesellschaftlichen Anlässen, am Tage schien sie ihr häusliches Regiment nur ungern aufzugeben. »Sieh nach, ob sie schon weg ist«, wies Illicia ihre schwarze Dienerin an, »und gib Monoculos Bescheid, er soll sich bereithalten.«

Flusia band eilig ihr Haar zusammen und verschwand. Nach kurzer Zeit kam sie zurück, berichtete, die Dame habe tatsächlich schon das Haus verlassen, und Monoculos warte unten im Atrium. Illicia warf Laelia ihren Mantel zu, dann machten sie sich auf den Weg.

Die Thermen an der oberen Agora waren nicht groß, aber prächtig ausgestattet. Alles wirkte frisch und neu. Tatsächlich hatte das Bad ursprünglich nur Becken mit kaltem Wasser geboten, die der Reinigung und Erfrischung dienten, ganz der griechischen Tradition gemäß, klärte sie ein kahlköpfiger Badesklave auf. Während er ihnen Handtücher und Ölfläschchen aushändigte, erzählte er, dass es der römische Statthalter Servilius Isauricus gewesen war, der vor vier Jahren den Bürgern Pergamons den Genuss von Warmwasserbecken brachte. Auch einen eigenen Frauenbadebereich hatte er geschaffen, zwar klein, da die dicht bebaute Umgebung eine größere Anlage unmöglich machte, doch bot er den vor allem von römischen Damen ersehnten Badekomfort. Den Mosaikboden des Warmwasserbeckens, in dem sich Illicia und Laelia nun genussvoll ausstreckten, schmückten farbenprächtige Delphine, Kraken und Seeungeheuer, Muscheln und anderes Meeresgetier. Aus den Wandnischen schauten Statuen auf die Badenden herab, überall an Sockeln und Säulen oder über den Türen erinnerten Inschriften an die edlen Stifter, die neben Isauricus ihren Teil zu diesem Luxus beigetragen hatten.

Ihre Hoffnung, hier Neuigkeiten zu erfahren, wurde allerdings enttäuscht, nur zwei pergamenische Damen teilten das Becken mit ihnen. Die hatten sie bei ihrem Eintreten zwar höflich gegrüßt, jedoch sofort ihr Gespräch über Kinder, Sklaven und Kosmetika fortgesetzt. Einige Römerinnen, wohl Gattinnen von ortsansässigen Kaufleuten, schlenderten in der Halle umher, doch auch die lateinischen Sätze, die von ihnen herüberdrangen, gaben keine Auskunft über Gerüchte in der Stadt. Sie mussten etwas unternehmen; Illicia begann, leise über die Morde zu spekulieren, um das Gespräch der beiden einheimischen Damen in die gewünschte Richtung zu lenken. Die jedoch waren so in ihre häuslichen Probleme vertieft, dass nichts ihre Aufmerksamkeit erregen konnte.

Hier verschwendeten sie nur ihre Zeit. So verließen sie das warme Wasser, trockneten sich ab und begaben sich zurück in den Umkleideraum.

»Die Griechen halten wirklich nicht viel auf Badekultur«, stellte Laelia fest, während sie ihren Chiton anlegte, »es ist ja gähnend leer.«

Diesen Vorwurf konnte Illicia nicht unwidersprochen hinnehmen. »Na hör mal, Laelia, ihr Römer habt doch die Badekultur von uns Griechen erst übernommen wie so vieles andere auch; ohne uns wäret ihr noch immer ein Volk von ungebildeten, stinkenden Schweinehirten.« Es klang schärfer als sie beabsichtigt hatte.

Laelia aber winkte gutmütig ab. »Kann schon sein, doch haben wir Römer mehr daraus gemacht. Die römische Badekultur, das musst du zugeben, ist wesentlich komfortabler – die Entspannung in warmem oder heißem Wasser, das Schwitzen im Dampfbad, vom dem es hier leider keines gibt. Bahnbrechende Weiterentwicklungen sind das. Und außerdem, wer regiert die Welt?« Sie hielt inne, wahrscheinlich wurde ihr klar, dass das Gespräch schon wieder auf Antonius hinauslief. »Apropos Schweinehirt«, lenkte sie ab, »wer hat denn diesem Pheromon schöne Augen gemacht, von dem ein nicht eben angenehmer Geruch ausging?«

»So schlimm war es nun wirklich nicht«, murmelte Illicia, froh, dass Laelia sich gerade die Schuhe zuband und ihr Erröten nicht bemerkte, »und den Mann fand ich nicht unattraktiv, sogar recht gebildet für einen Bauern. Zudem ist das Leben trist genug, gönne mir doch auch ein wenig Unterhaltung.«

»Ich sage ja gar nichts, er schien wirklich ganz nett. Allerdings muss ich dich warnen, er ist bestimmt nicht wohlhabend, stelle dir ein Leben in einem kleinen engen Haus auf dem Lande vor, inmitten von Schafen, Ziegen und Schweinen, immer diesen penetranten Geruch in der Nase, den du selbst bald nicht mehr wahrnimmst, andere dagegen umso mehr. Jeden Tag früh aufstehen, nichts als Arbeit; Lesen und Gedichte schreiben kannst du dann vergessen.«

Obwohl sie wusste, dass Laelia sie nur necken wollte, ärgerte sich Illicia. »Und was ist gegen ein Leben auf dem Lande einzuwenden? Ich finde deine Einstellung hochgradig arrogant. Immerhin leben wir alle von den Produkten der Landwirtschaft, essen Gemüse, Fleisch, Obst, doch dafür arbeiten will keiner. Und deine Römer mit ihren großen Gütern, wo nur die Sklaven schuften, bis sie tot umfallen, die machen es richtig, nicht wahr? Da ist mir ein ehrlicher armer Schafzüchter doch lieber, also wirklich.«

Jetzt hatte Laelia genug. »Meine Güte, Illicia, was soll das. Du weißt, dass ich nicht so denke. Lass bitte deine schlechte Laune nicht an mir aus. Bist du wegen Antonius so aufgebracht?«

Da war es also wieder, dieses Thema, dem sie die ganze Zeit so erfolgreich ausgewichen waren, sie musste Laelia wirklich verärgert haben. Doch manchmal war diese römische Selbstherrlichkeit einfach unerträglich. »Ach, Antonius, der ist auch nicht besser. Tut immer so, als hätte er keine Standesdünkel, aber eine Königin muss es sein. Du weißt doch, nur einen Brief hat er mir geschickt, einen, dann war ich vergessen. Männer, sie sind doch alle gleich. Guck nur deinen Silvanus an, als er meinte, er hätte dich sicher, behandelte er dich wie die letzte Hetäre, kaum hast du ihn verlassen, bettelt er um deine Gunst. Und du scheinst nicht einmal mehr abgeneigt. Ist es, weil Antonius ihm dieses wichtige Amt übertrug?« Kaum waren die Worte über die Lippen, tat es Illicia leid, sie war zu weit gegangen in ihrem Zorn, sie wusste es. Ein Blick auf ihre Freundin zeigte, wie sehr sie Laelia getroffen hatte. Den Kopf in den Händen saß die auf der steinernen Bank, starrte auf den Boden und schwieg.

»Laelia, es tut mir Leid, ich habe es nicht so gemeint.«

Die schüttelte nur stumm den Kopf.

»Wirklich, es tut mir Leid, ich weiß nicht, was über mich gekommen ist, ich glaube, es sind die schwierigen Umstände hier. Das mit Silvanus nehme ich zurück, er hat wirklich viel für uns getan.« Sie setzte sich neben Laelia und legte ihr eine Hand auf die Schulter, die diese nicht abschüttelte, ein gutes Zeichen. »Aber ich habe Recht damit, dass du ihm wieder besser gesinnt bist, nicht wahr?«

»Ja«, sagte Laelia leise, »da hast du Recht, leider. Das hat mich verletzt, nicht dein Hinweis auf sein Amt, du weißt so gut wie ich, dass er ein Niemand war, als ich ihn traf. Nein, was du sonst über ihn sagtest, trifft es leider genau, und dass ich mich trotz allem zu ihm hingezogen fühle. Allein wie er mich gestern ansah …«

Illicia, froh, ihre Freundin nicht allzu sehr verärgert zu haben, drückte noch einmal freundschaftlich ihre Schulter und stand auf. »Lass uns etwas trinken, ich habe Durst nach dem Bad.«

Schweigend verließen sie den Umkleideraum, doch es war kein vorwurfsvolles Schweigen, sie kannten sich fast ein Leben lang und wussten ihre Launen und Stimmungen wohl einzuschätzen.

Obwohl nur klein, besaßen die Thermen einen bequem ausgestatteten Raum, in dem Erfrischungen gereicht wurden. Illicia genoss es, in dem gepolsterten Korbsessel bei einem Krug Most zu sitzen, vor ihr stand ein Teller mit Süßspeisen, Laelia hatte ein Schälchen Oliven bestellt. Hier endlich herrschte mehr Leben, denn in diesem Bereich war die Trennung zwischen Männern und Frauen aufgehoben; so räkelten sich diverse Badegäste in den Sesseln oder auf den Klinen ringsum und warfen ihnen neugierige Blicke zu.

Plötzlich erstarrte Laelia. Illicia folgte ihren Augen und erkannte die breiten Schultern und das vertraute Profil Silvanus', der, in ein Gespräch vertieft, sie nicht bemerkt hatte. Gütige Götter, auch das noch.

Als hätte er die Blicke auf seinem Rücken gespürt, drehte sich Silvanus um. Seine Miene spiegelte erst Überraschung, dann Freude wider, schon stand er auf, entschuldigte sich bei seinem Gesprächspartner und setzte sich zu ihnen.

»Laelia, Illicia, wie schön, euch zu sehen.« Er sah gut aus, die kurze Tunika, die er trug, brachte seine muskulösen Beine zur Geltung – betonte allerdings auch den stattlichen Bauch – und das Bad hatte seinem Gesicht eine gesunde Farbe verliehen. Seine blauen Augen strahlten, als er fortfuhr: »Ich hätte nie damit gerechnet, euch hier zu treffen, wie seid ihr Proka und den Spindeln entkommen?«

Illicia gab sich unbefangen. »Proka ist unterwegs, und so ergriffen wir die Gelegenheit, uns hier einmal umzuhören, doch sehr erfolgreich waren wir nicht. Dafür konnten wir im Lager etwas herausfinden, nichts Konkretes, nur generell zu den Familien der Getöteten.« Leise berichtete sie, was sie von Velusia erfahren hatten.

Gebannt hörte Silvanus ihr zu. Damit erhärte sich sein Verdacht, dass die Motive der Morde persönlicher Natur waren, in dieser Richtung gelte es, weiter zu ermitteln. Er würde Kallistos beauftragen, die Listen der Flüchtlinge durchzugehen, alle, die aus Ephesos stammten, herauszusuchen und in Erfahrung zu bringen, wer von ihnen mit diesem windigen Kaufmann und seinem Partner Geschäfte gemacht hatte. Sicher würde es dann nicht mehr lange dauern, bis er den Mörder habe. Liebevoll blickte er Laelia an. »Es war wirklich eine hervorragende Idee von euch, eure Beziehungen im Lager spielen zu lassen, ich kann gar nicht sagen, wie sehr ich euch zu Dank verpflichtet bin.«

In Laelias Antwort schwang Zweifel. »Es ist ja schön, Silvanus, dass wir dir behilflich sein konnten, aber warum bist du dir wegen des Motivs so sicher? Geschäftsleute haben generell nicht nur Freunde, die wenigsten jedoch werden umgebracht. Und du hast uns doch selbst von den beiden Leichen erzählt, die man im letzten Jahr fand, kannst du wirklich ausschließen, dass wir es hier mit einem Menschen zu tun haben, der immer wieder morden wird?«

Silvanus schüttelte den Kopf. »Nein, ausschließen kann ich es natürlich nicht, aber es ist doch eher unwahrscheinlich. Jene Todesfälle liegen eine lange Zeit zurück, ich glaube kaum, dass sie etwas mit diesen Morden zu tun haben. Ich kann mich nur wiederholen: Pergamon ist groß, Verbrechen sind an der Tagesordnung, und wenn dann noch

Tausende von Flüchtlingen hinzukommen, ist es kein Wunder, dass so etwas geschieht. Ihr könnt euch nicht vorstellen, was ich in Rom schon alles gesehen habe, ich habe genug Erfahrung, um das beurteilen zu können.« Stolz straffte er seine Schultern.

Illicia wechselte einen Blick mit Laelia. Ach, sie kannten es zur Genüge, Silvanus und seine alten Geschichten aus Rom, so oft hatte er von seinen Erfolgen dort erzählt, dass sie es manchmal schon nicht mehr hatten hören können. Doch während Laelia seinen Ausführungen immerhin nachdenklich folgte, ab und an zustimmend nickte, konnte sie nicht umhin, dem Römer zu widersprechen. »Ich würde mich an deiner Stelle nicht so auf die Kaufleute festlegen, Silvanus, immerhin gab es genug Ähnlichkeiten bei allen Fällen. Warte nur ab, bald haben wir den nächsten Toten.«

»Oh, du hörst dich an wie das Orakel von Didyma«, witzelte Silvanus.

Illicia zog die Brauen zusammen, Laelia rückte von ihm ab. Wie konnte er nur so unsensibel sein? Er war lange genug in Didyma gewesen, er musste wissen, was sie mit Apollons Orakel verband.

Betreten sah Silvanus erst Laelia, dann Illicia an. »Entschuldigung«, murmelte er, »ich wollte doch nur einen Scherz machen.«

»Damit scherzt man nicht«, wies Illicia ihn zurecht. Was bildete dieser Mann sich ein? Sie halfen ihm bei den Ermittlungen, lieferten, wie er selbst gesagt hatte, wertvolle Hinweise, und er? Er machte sich über sie lustig. So ließen sie seine Bemühungen, das Gespräch wieder in Gang zu bringen, scheitern. Einsilbig beantworteten sie seine Fragen nach dem Befinden ihrer Väter, seine Schilderungen über die berühmte Bibliothek von Pergamon straften sie mit Missachtung. Bald verabschiedeten sie sich.

Silvanus bedachte Laelia mit einem flehenden Blick, als er hervorpresste: »Besucht mich doch mal im Prytaneion.«

Frauen waren doch wirklich schwierig. Silvanus lehnte sich zurück und bestellte noch einen Becher Wein.

Nun, so konnte er sich wieder seinen Aufgaben widmen. Zu Hause erwartete ihn Quintus Dellius, und morgen würde Antonius eintreffen, dem er nicht nur Rechenschaft schuldete, sondern der auch ein ansprechendes Auftreten erwartete, immerhin repräsentierte Silvanus hier den römischen Staat. Waren seine Togen sauber und ordentlich gebleicht? Er trug dieses würdevolle, aber unbequeme und umständliche Gewand nur zu Gelegenheiten, bei denen er römische Autorität demonstrieren wollte, und hatte, er musste es zugeben, in letzter Zeit nicht immer darauf geachtet, ob seine Togen wirklich makellos weiß waren. Jetzt, da er darüber nachdachte, meinte er sich zu erinnern, bei einer Schmutzflecke am Saum bemerkt zu haben. Normalerweise kümmerte sich Lucida um solche Angelegenheiten, schickte Larix, die Sklavin, mit den Kleidungsstücken zu den Wäschern und Bleichern, aber seit sie hier war, hatte sie mehr Aufmerksamkeit für die Demetermysterien gezeigt als für den Haushalt. Silvanus strich sich mit der Hand durch die spärlichen Haare. Bei Jupiter, die hatten wirklich einen Schnitt nötig. Liebte er es auch nicht, sich der stumpfen Schere und dem Messer eines Barbiers anzuvertrauen, es musste sein, Antonius sollte den bestmöglichen Eindruck von ihm bekommen. Und die Togen? Nun, dafür war es zu spät, er konnte nur hoffen, dass wenigstens eine saubere in der Truhe zu finden war, in so kurzer Zeit wäre kein Wäscher in der Lage, sie zu waschen, zu bleichen und zu trocknen.

In einem kleinen Laden gleich neben den Thermen wusste Silvanus einen Barbier. Der Meister, ein kleiner bärtiger Grieche in sauberem Chiton – dies beruhigte Silvanus ungemein, hatte er doch schon genug Barbiere mit blutbefleckten Gewändern gesehen – trocknete gerade das Gesicht eines Kunden nach der Rasur. Als der Mann aufstand, erkannte Silvanus Sextus Privernus, diesen Kerl, der ihm seine Stellung hier so missgönnte. Er war ihm bewusst aus dem Weg gegangen seit jener Versammlung, in der Privernus ihn angegriffen hatte, war jeder Gesellschaft ferngeblieben, wo auch die Anwesenheit des Privernus zu erwarten gewesen war. Jetzt jedoch gab es kein Entrinnen.

Ein maliziöses Lächeln überzog das kantige Gesicht des Römers, dessen Haar, in kunstvolle Löckchen gelegt, seine breite Stirn umrahmte. »Oh Silvanus, welch unerwartete Freude, dich hier zu treffen. Willst du dich für den Besuch deines Gönners, des so bedeutenden Marcus Antonius, herausputzen lassen? Dieser Barbier ist gut, aber nicht billig, stürze dich nicht allzu tief in Schulden, um Antonius zu beeindrucken.«

Betont langsam löste er einen prallen Beutel vom Gürtel seiner Tunika, nahm einige Denare heraus, viel zu viele, wie Silvanus fand, und übergab sie dem strahlenden, sich immer wieder verneigenden Griechen.

Silvanus fühlte, wie Ärger in ihm hochstieg. Privernus hatte seine Achillesferse getroffen, tatsächlich verfügte er nicht über viel Geld. Sein schlichter Mantel reichte bei weitem nicht an das edle Stück heran, das sich sein Feind jetzt umwarf, und bis auf das Haus, welches er und Lucida bewohnen durften, war sein Lebensstil seiner Position in keiner Weise angemessen. Normalerweise hätte er mit dem Barbier vor der Behandlung einen Preis ausgehandelt, man wusste ja, dass diese Griechen einen immer wieder übervorteilten, doch unter diesen Umständen musste er darauf verzichten. So nahm er auf dem Stuhl Platz, den der Barbier für ihn heranzog, nickte, als dieser fragte, ob er neben dem Haarschnitt auch eine Rasur wünsche, und erwiderte wie nebenbei: »Aber auch du, Privernus, scheinst dich jemandem von deiner besten Seite zeigen zu wollen. Wem nur? Antonius kann es nicht sein, und für die billigen Huren in den Tavernen am Eumenischen Tor, wo man dich des Öfteren sah, musst du dich nicht so herausputzen. Hast du etwas Besonderes vor?« Zufrieden stellte Silvanus mit einem Seitenblick fest, dass sein Feind vor Wut rot anlief. Ob der wirklich die einschlägigen Lokalitäten am Eumenischen Tor frequentierte, wusste Silvanus nicht, aber er war sich über die Auswirkung seiner Äußerung voll im Klaren: Der Barbier würde es umgehend seinem nächsten Kunden erzählen, und morgen lachte die ganze Stadt darüber.

Das wusste offensichtlich auch Privernus. »Im Gegensatz zu dir, Silvanus, bin ich heute Abend neben Vertretern des Stadtrates bei Diodoros Pasparos zum Mahle geladen, wo wir eine Petition für Antonius vorbereiten werden – wir sind übereinstimmend der Ansicht, dass weder die Flüchtlingsfrage mit all ihren Konsequenzen noch die innere Sicherheit den Bedürfnissen der Stadt und ihrer Bürger entsprechend behandelt wird. Ganz im Gegenteil, wir empfinden die Zustände als katastrophal. So werden wir Marcus Antonius empfehlen, die Verwaltung dieser Angelegenheiten in andere Hände zu legen, und du weißt, dass der Imperator für die Sorgen und Nöte seiner Provinzen ein offenes Ohr hat. Salve Silvanus, genieße die Rasur, lange wirst du dir diesen Barbier nicht mehr leisten können.«

Verdammt. Das Wort des Diodoros Pasparos hatte Gewicht, auch bei Antonius. Und Leander, der vielleicht für ihn spräche, war ein vergleichsweise junger Mann, noch nicht lange im Amt, ein unbeschriebenes Blatt. Nervös fuhr sich Silvanus mit der Hand über die Stirn.

Der Barbier, der unterdessen mit einer nicht zu stumpfen Schere Silvanus' Hinterkopf bearbeitet hatte, unterbrach seine Gedanken. »Ein eigenartiger Mann, dieser Privernus, Herr, wenn du mir erlaubst, das zu sagen. Jeder in der Stadt weiß, dass er korrupt ist und seltsame Vorlieben hegt, und jeder fragt sich, warum Pasparos sich mit ihm abgibt.«

Silvanus wurde hellhörig, obwohl ihm die hohe Stimme des Barbiers unangenehm in die Ohren stach. »Seltsame Vorlieben, sagst du? Welcher Art? Haben sich die Huren des Torviertels beschwert?«

»Oh nein, Herr, bis jetzt wusste ich gar nicht, dass er dort verkehrt.« Er kicherte leise. »Aber man munkelt, er investiere in allerlei Schiffsladungen – ein sehr lukratives Geschäft übrigens –, unter anderem auch in Sklaven, auserlesene Ware. Das ist nun an sich nichts Ungewöhnliches, würde auch erklären, warum er so mit Geld um sich werfen kann. Aber diese Sklaven werden nie wieder gesehen, man weiß nur, dass er sie ankauft. – Du hast sehr schönes Haar, Herr, wenn auch ein wenig licht, erlaubst du, dass ich eine Tinktur auftrage, die den Wuchs anregt? Sie ist mein Geheimrezept, ich versichere dir, sie wirkt immer.« Fast zärtlich strich der Barbier über Silvanus' nun recht kurze Haare.

Obwohl das Angebot höchst verlockend erschien, lehnte Silvanus ab. »Vielleicht beim nächsten Mal, für heute wünsche ich nur noch eine Rasur. Was könnte denn mit diesen Sklaven, die Privernus ankauft, passiert sein? Hast du nichts darüber gehört?«

»Nun, Herr, das sind natürlich alles nur Spekulationen, und ich will auch nicht schlecht über einen so hochrangigen Herrn reden ...« Er tränkte einen Lappen mit lauwarmem Wasser, betupfte damit das Gesicht seines Kunden, um alsbald mit einem Messer die Bartstoppeln abzuschaben. Silvanus zog in Erwartung des Schmerzes die Schultern hoch. Er hasste Rasuren, eine Tortur zumeist, das Messer fast immer stumpf. Allerdings schien dieser Mann sein Handwerk zu verstehen und sein Geld wert zu sein, es schmerzte weniger als erwartet, und erleichtert ließ Silvanus die Schultern wieder sinken. »Auch ich bin römischer Magistrat und keineswegs so mittellos, wie Privernus es dich glauben machen wollte«, versuchte er den Barbier zu locken, und tatsächlich, ein gieriges Leuchten trat in die Augen des Mannes. Sein Messer glitt noch sanfter über Silvanus' Kinn, als er fortfuhr: »Was allgemein verwundert, ist, dass diese Sklaven, die Privernus kauft, wirklich von so außergewöhnlicher Schönheit sein sollen, dass jeder andere sie entweder teuer weiterverkaufen oder stolz herumzeigen würde. Doch seine sieht man nie wieder. Man erzählt, in den Kreisen, in welchen Privernus verkehrt, verliefen die Gastmähler, nun, anders, als man es allgemein gewöhnt ist. Dort sollen Dinge passieren, ausschweifende Dinge sage ich dir, die in dieser Art kein Bordell bieten würde. Natürlich bringen alle das Verschwinden der außerordentlichen Sklaven mit diesen Gastmählern in Verbindung. Na ja, du weißt, wie das ist, je weniger bekannt ist, umso abenteuerlicher werden die Geschichten. Mehr kann ich dir nicht sagen, doch solltest du meine Dienste wieder in Anspruch nehmen wollen, werde ich mich selbstverständlich für dich umhören.« Er hatte die Rasur beendet, trocknete Silvanus' Gesicht, prüfte mit zarter Hand das nun herrlich glatte Kinn und zupfte abschließend noch einzelne Haarsträhnen in Form.

Silvanus hatte genug von diesen Berührungen. Abrupt stand er auf, warf nur einen kurzen Blick in den Bronzespiegel, den der Barbier ihm vorhielt, und trat einige Schritte zurück, als er nach seinem Geldbeutel am Gürtel griff. Ohne zu fragen zahlte er die gleiche Summe wie Privernus – obwohl dessen Löckchen sicher teurer gewesen waren – und fügte ein stattliches Trinkgeld hinzu, nicht ohne Überwindung, sein Beutel war fast leer. Doch der Mann hatte es sich verdient, die Frisur war ausgezeichnet, selten hatte er sich so glatt rasiert gefühlt, ohne einen einzigen Schnitt. Am wertvollsten jedoch waren seine Bemerkungen, es war gewiss von Vorteil, sich eine solch ergiebige Informationsquelle offen zu halten. So versprach Silvanus, wiederzukommen, und ja, es würde ihn freuen, hörte sich der Barbier Privernus' wegen ein wenig um; er schenkte ihm noch ein freundliches Abschiedslächeln und ging.

Wie gern würde er jetzt mit Laelia über alles reden, über die interessanten Hinweise, darüber, dass dieser zwielichtige Privernus ihn mit seiner Petition bei Antonius in ein schlechtes Licht rücken wollte, und – über seine Gefühle für sie. Am liebsten wäre er zu ihr geeilt, hätte sich entschuldigt. Doch das musste warten, es war schon spät, und so lenkte er seine Schritte nach Hause. Er war hungrig, merkte er, und vielleicht konnte er nach dem Mahl mit Dellius über einige seiner Sorgen sprechen. Der war in solchen Dingen erfahren, an politische Intrigen gewöhnt und wusste bestimmt, wie damit umzugehen war. Gerade versank die Sonne hinter dem Dach der Agora und färbte die Ziegel blutrot, als Silvanus sein Haus erreichte.

Die tief stehende Nachmittagssonne blendete Laelia, als sie mit Illicia die Thermen verließ. Wo war Monoculos? Auf ihr Rufen gesellte er sich zu ihnen, und sie schlenderten die Hauptstraße hinab, tauchten ein in das Leben und Treiben der Großstadt. Sie hatten beschlossen, ihre Freiheit so lange wie möglich zu genießen, bevor sie sich wieder dem strengen Regiment von Proka unterwarfen, diesem beschirmten, aber ereignislosen Leben, das ihrem Naturell, ihren Gewohnheiten so zuwiderlief. Immer hatten sie anregende Beschäftigung gehabt: in Didyma in Bibulus' Taverne, dort, wo Pilger und Ratsuchende des berühmten Apollonorakels nächtigten; dann, in Ephesos, hatten sie bei Illicias Tante Arkadia gewohnt und das pulsierende Leben dieser Metropole in vollen Zügen genossen. Und nun, obwohl Pergamon eine Stadt war, die so viel zu bieten hatte, eine Stadt, die zu sehen sie sich immer gewünscht hatten, mussten sie die meisten ihrer Tage und jeden Abend bei ihren Gastgebern verbringen, sich in die traditionelle Rolle der Frau fügen. Laelia schob einen Stein in ein offen liegendes Abflussloch. Wie sie das verabscheute!

Noch aber hatten sie Zeit. Langsam gingen sie an dem Heroon Diodoros Pasparos' des Älteren vorbei, das an seine großen Verdienste erinnern sollte, bei der kleinen Garküche in seinem Schatten blieben sie stehen. »Lass uns einen Becher Wein trinken«, schlug Illicia vor, und Laelia stimmte bereitwillig zu. So nahmen sie auf einer der Bänke Platz, Laelia schickte Monoculos, die Getränke zu holen, schlug die Arme übereinander und fragte sich, ob sie nicht zu hart zu Silvanus gewesen war, als die Stimme ihrer Freundin an ihr Bewusstsein drang. »Sollten wir nicht einmal deine Schwester Offilia und die Kinder besuchen? Proka wird nichts dagegen haben, wenn wir Familienbande pflegen, besonders da sie bei ihrer Tochter Lachne leben.«

Laelia war begeistert. »Sie wohnt nicht weit von hier entfernt, nicht wahr?«

»Ja, ihr Haus liegt dort hinten am Westhang.« Illicia leerte ihren Becher, wippte ungeduldig mit ihrem Bein, das sie elegant über das andere gelegt hatte, und wäre am liebsten sofort aufgebrochen. Ihre Augen glänzten, nicht nur aus Vorfreude auf den Besuch, der Wein, obwohl mit Wasser versetzt, tat nach dem warmen Bad schnell seine Wirkung.

»Gemach, gemach«, lächelte Laelia, »der Höflichkeit halber sollten wir Monoculos schicken, uns anzumelden und zu fragen, ob Lachne Zeit für uns hat.«

»Nun gut«, stimmte Illicia zu. »Zuvor holst du uns aber noch zwei Becher Wein, Monoculos.«

Der Sklave war von ihrer Idee nicht angetan. »Ich kenne mich hier nicht aus, Herrin, ich würde Stunden brauchen. Warum fragt ihr nicht einen der vielen Jungen, die hier herumlärmen, für ein paar As wäre jeder von ihnen gern dazu bereit.« Hastig stand er auf, den Wein zu holen.

»Monoculos«, rief Laelia ihn zurück, »Monoculos, du hast nicht zu widersprechen, und wenn du nicht weißt, wo das Haus ist, erkundigst du dich eben, du hältst doch sonst so viel auf deine Selbstständigkeit. Du wirst dich auf den Weg machen, sobald du mit dem Wein wieder hier bist.«

Beleidigt drehte sich der junge Mann um, betont langsam schlenderte er zum Wirt hinüber.

Illicia wies auf die tief stehende Sonne. »Ehrlich gesagt, Laelia, ich verstehe ja deinen Unmut, aber es würde wirklich zu lange dauern. Ich finde Monoculos' Idee mit dem Jungen gar nicht schlecht.«

»Hm, du hast wohl Recht, aber ich kann ihm solch Ungehorsam nicht durchgehen lassen. Am besten, er geht gemeinsam mit einem der Jungen, dann kennt er den Weg und kann uns nachher hingeleiten.«

So rief sie einen der kleinen Burschen zu sich, die vor dem benachbarten Ölgeschäft mit Knöchelchen spielten, fragte ihn, ob er wisse, wo Lachne, die Tochter des Imbrassos, wohne – natürlich wisse er das, behauptete der Kleine stolz –, drückte ihm ein As in die Hand und schickte ihn zusammen mit dem murrenden Monoculos los.

Gerade leerten sie ihre Becher, als Monoculos mit dem Jungen zurückkam. Die Herrin Lachne würde sie gern empfangen, berichtete der Sklave, noch immer missgelaunt, während der Junge fröhlich eine klebrige Hand ausstreckte, um den wohlverdienten Lohn zu empfangen.

Laelia gab ihm zwei As, die er strahlend einsteckte, sich noch einmal für zukünftige Botengänge empfahl, um dann schnellstens zu seinen Spielkameraden zurückzukehren.

So machten sie sich auf den Weg. Lachnes Haus sei nicht ganz so groß und nobel wie das ihrer Eltern, doch durchaus ihrer Stellung angemessen, hatte Nessos ihnen erzählt. Ihr wohlhabender Mann, von dem sie es geerbt hatte, sei vor gut einem Jahr gestorben. Imbrassos und Proka hätten die Ehe mit dem angesehenen, ältlichen Finanzbeamten arrangiert, doch glücklich wäre sie nicht gewesen, nicht zuletzt, weil keine Kinder daraus hervorgegangen seien. Dafür habe ihr Gatte Lachne die Schuld gegeben, Nessos allerdings vertrat eine andere Ansicht, er lastete dem Mann Unfruchtbarkeit an, hatte er doch mit allen im Asklepieion zur Verfügung stehenden Mitteln versucht, Lachne zu helfen. Er verehrte seine Schwester über alles, so schien es Laelia, allein die Vehemenz, mit der er sie verteidigte, die Wärme, mit der er von ihr sprach, zeigten dies mehr als deutlich.

Lachne selbst machte eher einen traurigen, in sich gekehrten Eindruck, doch willensstark und intelligent. War sie bei ihren Eltern zu Besuch, bestürmte ihre Mutter sie, wieder nach Hause zurückzukehren. Was sollten denn die Leute denken, eine junge Witwe nur mit den Sklaven im Hause ihres verstorbenen Mannes, pflegte Proka zu sagen, sie solle doch lieber bei ihnen, ihrer Familie, leben, man werde sich nach einem neuen Gatten für sie umsehen. Lachne antwortete stets darauf mit einem knappen »Nein, Mutter, du weißt, ich bleibe, wo ich bin«, versuchte, das Gespräch auf etwas anderes zu lenken, und, gelang es nicht, verabschiedete sie sich bald. Laelia konnte sie gut verstehen, sie mochte die junge Frau, und manchmal neidete sie ihr die Möglichkeit, sich in ihr eigenes Haus zurückzuziehen.

Dort angekommen, öffnete auf ihr Klopfen ein greisenhafter Janitor, geleitete sie in die Empfangshalle und hieß sie warten, er selbst schlurfte davon, um seiner Herrin Bescheid zu geben. Im Haus war es still, Laelia hatte das unvermeidliche Schreien und Weinen der Kinder erwartet, Offilias schrille Stimme, die ihren Nachwuchs – meist vergeblich – zur Ordnung rief, vielleicht das Flötenspiel des Rubingetorix. Doch kein Laut war zu hören. Noch während sie sich wunderte, erschien der Janitor wieder und bat sie in das Peristyl, wo Lachne sie freundlich lächelnd mit Wein und kleinen Köstlichkeiten erwartete.

»Willkommen! Wie schön, dass ihr bei mir vorbeischaut, obwohl ich annehme, euer Besuch gilt eigentlich eurer Familie. Leider sind sie außer Haus, Rubingetorix ist mit den Kindern zum Grab des Prinzen gegangen, draußen vor der Stadt, und Offilia nutzt die Gelegenheit, sich die hiesigen Geschäfte anzusehen. Doch sie müssten bald zurück sein. Setzt euch, nehmt euch Wein. Ich freue mich wirklich sehr, euch zu sehen.« Lachnes grüne Augen ruhten warm auf ihnen.

Laelia und Illicia ließen sich in den bereitstehenden Sesseln nieder. Während sie ihrem Wein Wasser zufügten – sie hatten ja heute schon reichlich genossen –, dankte Laelia ihrer Gastgeberin für den freundlichen Empfang. »Natürlich wollten wir wissen, wie es meiner Schwester und den Kinder geht, wir sind aber auch gekommen, um uns dir, zumindest auf diese Weise, erkenntlich zu zeigen. Es ist sehr freundlich von dir, sie aufzunehmen, ich weiß, wie laut und schwierig die Kinder manchmal sein können. Wir haben uns gefragt, ob es dir nicht zu viel wird.«

»Oh nein, keineswegs!« Lachne hob abwehrend die Hände. »Ganz im Gegenteil, mein Leben war so ruhig bisher, dass ich mir nichts Schöneres vorstellen kann, als das Haus voller Kinder zu haben. Und Offilia ist eine so nette Gesellschafterin, oft sitzen wir ganze Nächte und reden. Es hilft ihr, denke ich, über den Tod ihres Kleinen hinwegzukommen.« Lachne goss ihnen Wein nach. »Sie musste schon so viel durchmachen, die arme Seele, und mit ihrem Mann hat sie es bestimmt nicht leicht, auch wenn er wirklich liebenswert ist.«

Illicia lachte. »Trinkt Rubi deinen Weinkeller leer? Ich hoffe, er benimmt sich ordentlich und fällt nicht volltrunken in irgendeine Ecke, wie er es früher manchmal tat.«

Angesichts dieser offenen Worte zog Laelia die Augenbrauen empor, doch Illicia hatte den richtigen Ton getroffen, denn Lachne lachte herzlich. »Nun, wir geben ihm stark gewässerten Wein, Hermiopola hat strenge Anweisungen, und so war er nie völlig betrunken, sondern nur ein wenig berauscht. In diesem Zustand spielt er am besten Flöte – ich liebe sein Flötenspiel. Den ganzen Tag könnte ich ihm zuhören, er legt so viel Gefühl in seine Musik. Es ist, als sagte er alles, was er nicht in Worten ausdrücken kann, mit seinem Instrument. Ich denke, er ist ein sehr feinfühliger Mann, ich mag ihn, und auch wie er mit den Kindern umgeht, ist absolut beispielhaft. Nur verheiratet möchte ich nicht mit ihm sein, da beneide ich Offilia keineswegs, aber ich kann auch verstehen, warum sie ihn nahm und warum sie trotz allem nicht von ihm lassen will.«

Laelia atmete auf, denn Lachne schien ihre Gäste wirklich zu mögen. »Ja, unser Rubi, wir haben schon einiges mit ihm erlebt. Einmal kam er mit seiner seltsam anmutenden Hose, die nass um seine Beine hing, in unsere Taverne und fiel einfach um. Zuerst war es natürlich erschreckend, er lag da wie tot, aber im Rückblick ein Bild für die Götter. Er hatte eine Leiche gefunden, als er mit den Kindern an einem Bach zum Spielen war. Weißt du noch, Illicia?«

Natürlich wusste Illicia es noch, und so schilderten sie Lachne, was damals vorgefallen war, wie sie halfen, einen Mord aufzuklären, wie sie Silvanus und Antonius kennen gelernt hatten und welche Rolle Rubis schauriger Fund dabei spielte.

Lachne schüttelte sich. »Ich hoffe, Rubi findet diesmal keine Leiche. Gelegenheit hätte er schon, denn wie gesagt, er ging mit den Kindern zu dem Grabhügel des Prinzen. Ein faszinierender, aber auch unheimlicher Ort, ihr müsst ihn euch einmal ansehen. Ob tatsächlich ein Prinz dort begraben liegt, wie der Name vorgibt, weiß niemand, auf jeden Fall aber eine hohe Persönlichkeit aus alten Tagen. Viele Geschichten ranken sich um den Hügel. Es soll ein Gang vom Burgberg aus zu dem Hügel führen, ein geheimer Fluchtweg sozusagen, aber das ist wahrscheinlich nur ein Gerücht. Allerdings gibt es tatsächlich unter dem Hügel Gänge. Meine Großeltern lebten ganz in der Nähe auf einem Landgut, und als Kinder spielten wir oft an dem Grab, Nessos und ich.« Sie hob ihre Rechte. »Keine Angst, sie werden den Gang nicht finden, und Rubi wollte seinen Sprösslingen einfach nur den Hügel zeigen. Sie sind bestimmt jeden Moment wieder hier.«

Ein Sklave kam und entzündete die Lichter. Erst jetzt bemerkte Laelia, wie spät es geworden war. »Bei Apollon, wir müssen gehen.«

Illicia nickte und erhob sich. »Du hast Recht. Vielen Dank für deine Gastfreundschaft, Lachne. Schon lange haben wir uns nicht mehr so gut unterhalten.«

Lachne drückte ihnen die Hände. »Es ist bestimmt nicht einfach für euch bei meiner Mutter. Ihr braucht nichts zu sagen, ich kenne sie gut genug. Sie wird nichts dagegen haben, wenn ihr mich besuchen wollt, kommt vorbei, ich würde mich wirklich freuen.«

Es war keine leere Floskel, das wussten die Mädchen. So versprachen sie, so bald wie möglich den Besuch zu wiederholen und hasteten mit wehenden Mänteln durch die Gassen zurück zum Haus des Imbrassos.

Silvanus, frisch frisiert, rasiert und gebadet, freute sich auf einen entspannten Abend, auf ein gutes Essen; danach vielleicht noch einen Becher Wein mit Quintus Dellius, der ein sehr angenehmer Gesellschafter sein konnte.

Doch die Götter wollten es anders. Schon als er die Tür zu seinem Haus öffnete, merkte er, dass etwas passiert sein musste. Hell erstrahlte der Eingang im Licht der Fackeln, auch das Atrium war bis in den letzten Winkel ausgeleuchtet. Seine geringe Sklavenschaft eilte geschäftig hin und her, der Junge mit rauchendem Kohlenbecken, Nasutus mit Weinkaraffen, und aus dem Küchenbereich hörte er neben der seiner Köchin Larix auch fremde Stimmen. Aromatische Düfte zogen von dort zu ihm hin, die Silvanus das Wasser im Munde zusammenlaufen ließen, er meinte, gebratenes Wildschwein zu riechen, ganz sicher gedünsteten Fisch, und im Ofen musste Geflügel schmoren. Was war hier los? Hatte Lucida den Verstand verloren? Wollte sie den Legaten des Antonius mit einem Lebensstandard beeindrucken, den sie nicht besaßen und sich auch gar nicht leisten konnten? Silvanus würde ein ernstes Wort mit ihr reden müssen, später jedoch, vor Dellius musste er gute Miene zum bösen Spiel machen. Verstimmt warf er seinen Mantel auf eine der Bänke am Impluvium – fast wäre der in das kleine Wasserbecken geglitten – und schritt auf die geschlossene Tür des Wintertrikliniums zu, hinter der er jetzt gedämpfte Stimmen vernahm. Nasutus kam soeben mit leeren Karaffen heraus, öffnete aufgeregt den Mund, um seinem Herrn etwas mitzuteilen, doch Silvanus schob ihn beiseite, atmete tief durch, setzte ein Lächeln auf und betrat den Raum. Überrascht blieb er stehen. Auf der mittleren der drei Klinen, dem Ehrenplatz, Lucida zu seiner Linken, Dellius zur Rechten, lag ein Mann, den Silvanus im hellen Fackellicht sofort erkannte: Marcus Antonius, der Triumvir, der mächtigste Mann des Römischen Reiches, mehrfacher Imperator, Herrscher über den römischen Osten und Silvanus' großer Gönner. Auf diesen Mann richtete sich die Hoffnung der Provinz Asia, der römischen Ostgebiete, ja, die Hoffnung Roms, sie von der parthischen Gefahr zu befreien. Endlich also war er eingetroffen und lag jetzt, locker plaudernd, in seinem, Silvanus', Triklinium.

Behende sprang Antonius von seinem Lager auf, kam auf ihn zu und fasste ihn an beiden Schultern. »Silvanus Rhodius, wie schön, dich zu sehen. Gut siehst du aus, der Aufenthalt in Pergamon scheint dir ausgezeichnet zu bekommen.« In den intelligenten Augen blitzte der Schalk, als er den Blick an seinem Gefolgsmann hinabwandern und kurz auf dem stattlichen Bauch verweilen ließ. »Die Kochkünste deiner Sklavin habe ich schon bei den Vorspeisen bewundern können, und sie lassen für den Rest des Mahles ein wahres Fest erwarten. Ich kann es gebrauchen, ich bin nach der Reise hungrig wie ein Löwe. Du wirst mir verzeihen, wenn ich einfach so unangemeldet bei dir auftauche, doch du weißt ja, manchmal ziehe ich die ungezwungene Atmosphäre bei Freunden den offiziellen Empfängen vor. Deine bezaubernde Gattin hat mich in deiner Abwesenheit vorzüglich unterhalten.« Kaum wahrnehmbar zwinkerte er Silvanus zu.

Der errötete leicht, zu seinem Ärger, brachte ein paar Worte des Willkommens und der Freude hervor und blickte zu Lucida. Zufrieden lag sie auf ihrer Kline, die langen blonden Haare züchtig aufgesteckt, was ihrem zwar perfekt geschminkten, aber ausgezehrten, bleichen Gesicht nicht schmeichelte. Ein zart rosafarbenes Gewand aus fein gewebtem Tuch umspielte ihren hageren Körper und ließ die spitzen Beckenknochen allzu deutlich hervortreten. »Nun«, ergriff sie jetzt das Wort, »der Triumvir ist nicht ganz unangemeldet gekommen, er hat zuvor einen Sklaven gesandt, uns seinen Besuch anzukündigen. – Welche Ehre für unseren bescheidenen Haushalt, dass du diesen Abend mit uns verbringst, Antonius.«

Mit Unbehagen bemerkte Silvanus, dass Lucida den Mann mit den Augen verschlang: das aristokratische Gesicht des Imperators, die markante Nase unter dem dichten dunklen Haar, der wohlgeformte Körper, die starken Beine, deren Muskeln unter dem kurzen Chiton spielten. Keine Frau schien der körperlichen Attraktivität und dem Charme des Antonius widerstehen zu können oder zu wollen, auch seine nicht – nur Laelia damals, die hatte ihm das Gefühl gegeben, neben Antonius bestehen zu können, Laelia, die sogar seinen Bauch geliebt hatte, wie sie glaubhaft versicherte, und die ihn verlassen hatte, weil er – ja, er musste es zugeben – nicht die Kraft gehabt hatte, sich von seiner hageren Gattin zu trennen, die da so selbstgefällig auf der Kline lag. Dabei war er fast dazu entschlossen gewesen, ein wenig hätte Laelia sich doch noch gedulden können. Wie anders wäre die Situation, läge sie jetzt dort, nicht die bleiche Lucida.

Antonius' sonore Stimme riss ihn aus diesen Gedanken, als er sich neben Lucida auf der Liege niederließ und Nasutus ihm einen Becher Wein einschenkte. »Wundere dich nicht, bester Silvanus, wenn dir der Geschmack fremdartig vorkommt. Der Wein ist ein Geschenk von mir, ich habe euch ein paar Amphoren mitgebracht, es ist ägyptischer, der beste, den man dort bekommen kann. Ein wahrer Genuss.« Er hob den Becher, goss ein paar Tropfen auf den Boden als Opfer für Isis – eigentlich seine Aufgabe als Gastgeber, schoss es Silvanus durch den Kopf – und prostete den Anwesenden zu: »Auf die Freundschaft!«

»Auf die Freundschaft«, echoten sie, und als das Mahl aufgetragen wurde, Antonius und Dellius von den Wundern und Schönheiten Ägyptens erzählten und der nur wenig gewässerte Wein Silvanus' Kopf angenehm leicht werden ließ, begann er, sich zu entspannen und den Abend zu genießen.

Der Genuss dauerte nicht lang. Kaum hatten die Sklaven die leeren Platten abgeräumt, wurde Antonius, bei dem der Wein keine Wirkung zu zeigen schien, unvermittelt ernst. »Leander wird bald zu uns stoßen, ich habe mir die Freiheit genommen, ihn einzuladen, denn hier können wir ungestört reden. Doch zuvor muss ich einige Worte mit dir wechseln, Silvanus.« Ein bedeutsamer Blick des Feldherrn traf Lucida, diese jedoch kicherte angetrunken: »Ich werde wahrlich verwöhnt heute Abend, noch ein schöner Mann als unser Gast. Leander ist so ein angenehmer Gesellschafter, nicht wahr, mein Silvanus?« Ihr spitzer Ellenbogen traf ihn schmerzhaft in die Seite.

Silvanus rückte ein Stück von ihr ab. »Lucida, ich glaube, du solltest dich zurückziehen, wir werden über Politik reden.«

»Na und?« Sie griff zu ihrem Becher und nahm einen tiefen Schluck. »Gar köstlich, dieser ägyptische Wein, Antonius. Ist er aus Kleopatras Kellern? Sie war bestimmt immer dabei, wenn die Herren über Politik redeten, genau wie Fulvia, deine römische Gattin, die sogar selbst das

Schwert in die Hand nahm. Zwar nicht sehr erfolgreich, wie man hört, aber immerhin.« Sie kicherte. »Und ich soll gehen, gerade wenn es spannend wird? Ich denke nicht daran, selbstverständlich werde ich meinen Mann bei der Erfüllung seiner Aufgaben unterstützen.« Beinahe verfehlte sie den Tisch, als sie den Becher abstellte.

Dellius war bei ihren Worten erstarrt, auf Antonius' Stirn erschien eine steile Falte, blanker Zorn funkelte in seinen Augen.

In Silvanus kochte es. Wie konnte Lucida es wagen, Antonius so zu brüskieren? Schließlich war der in Alexandria mit den Vorbereitungen für seinen Partherfeldzug beschäftigt gewesen, und die Nachricht von der Eigenmächtigkeit seiner Frau, von dem Krieg vor Perusia musste ihn wie ein Schlag vor den Kopf getroffen haben, genau wie die über den Einfall der Parther in römische Gebiete. Silvanus zog seine widerstrebende Gemahlin von der Kline und übergab sie dem wartenden Nasutus. »Bringe deine Herrin in ihre Gemächer, der Wein ist ihr nicht bekommen.«

»Was habt ihr denn, es stimmt doch, was ich sagte, ich wollte doch nur ... Immerhin ist Silvanus ein wichtiger Mann, und ich bin seine Frau. Ich lasse mich nicht einfach so wegschicken«, Lucida blickte von einem zum anderen und versuchte, Nasutus ihren Arm zu entreißen. Doch Antonius' abweisende Miene sprach für sich, und so ließ sie sich schließlich von dem Sklaven hinausgeleiten. Als die Tür dumpf hinter ihnen zuschlug, trocknete sich Silvanus die schweißnasse Stirn. »Es tut mir Leid, Antonius, aber sie ist den Wein wirklich nicht gewöhnt.«

Antonius zog die Augenbrauen empor. »Was hält dich bei dieser Frau, Silvanus? Du hättest Laelia haben können, bei Dionysos, die hat Anmut, Geist, Diplomatie. Du warst ein Narr, mein Freund, dass du sie gehen ließest, damals in Ephesos. Römerin ist sie auch, du hättest sie sogar heiraten können. Wäre Illicia Römerin und nicht Griechin ... Vielleicht sollte ich ein Gesetz in den Senat einbringen, damit dieses unsinnige Verbot der Heirat von Römern und Ausländerinnen endlich abgeschafft wird. Doch ich glaube, Rom ist noch nicht reif dafür.« Der Zorn in seinen Augen war einer gewissen Wehmut gewichen.

Silvanus sah es mit Erleichterung. »Ach, wie Recht du hast, Antonius. Aber du weißt ja, die Erkenntnis kommt manchmal zu spät. Andererseits stand Lucida mir lange Jahre treu zur Seite, sie einfach so zu verlassen, konnte ich nicht verantworten. Und jetzt will Laelia nicht mehr … Ich schrieb es dir ja schon, sie sind hier, in Pergamon.« Gerade berichtete Silvanus, wie er die jungen Frauen gefunden, wie er sie bei Nessos' Vater untergebracht hatte, als es an die Tür klopfte und Nasutus Leander hereingeleitete, der neben Antonius auf der Kline Platz nahm. Der nickte dem Prytanen beiläufig zu, wandte sich aber noch einmal an Silvanus. »Ich muss Illicia sehen, am besten gleich morgen. Du wirst das für mich arrangieren, Silvanus.«

»Natürlich Antonius, mit Freuden.« Silvanus bedeutete Nasutus, Leander Wein einzuschenken und sie dann wieder allein zu lassen.

Der Prytane hob seinen Becher. »Auf euer Wohl. – Ihr sprecht über die beiden Damen, die bei Imbrassos wohnen? Ich hörte schon, dass auch du sie kennst, Antonius. Und da du den Wunsch äußertest, unsere berühmte Bibliothek zu besuchen, schlage ich vor, wir laden die Damen dazu ein, sie scheinen sehr an Literatur interessiert. Auch andere Sehenswürdigkeiten unserer Stadt würde ich euch gern zeigen, den weitberühmten Zeusaltar zum Beispiel. Sollte der Vorschlag dein Gefallen finden, werde ich gleich morgen früh ein Einladungsschreiben an die jungen Damen schicken.«

»Sehr schön.« Antonius nickte. »Doch bitte sei so gut und erwähne meine Anwesenheit nicht, ich möchte Illicia überraschen.«

Silvanus presste die Lippen aufeinander. Leander, dieser gestelzte Grieche. Hätte er nicht ein wenig später auftauchen können? Es wäre eine so schöne Gelegenheit gewesen, Laelia zu sehen, gemeinsam mit Antonius alte Zeiten wieder aufleben zu lassen. Nun hatte sich dieser pergamenische Adonis dazwischengedrängt, der selbst ein Auge auf Laelia geworfen hatte. Gleich würde Antonius fragen, ob er, Silvanus, mitkäme, doch das würde er sich nicht antun. Das dritte Rad am Wagen, nein!

»Wirst du uns begleiten, Silvanus?«, drang Antonius' Stimme an sein Ohr.

Er schüttelte den Kopf. Zu viel Arbeit, zu viele Aufgaben, die Mordfälle, die Flüchtlinge, die Pflicht.

Antonius hob die Brauen. »Wie du möchtest. – Nun, was ich dir vorhin vertraulich sagen wollte, kann ich im Beisein von Leander ebenso gut, er ist eine große Stütze römischer und damit pergamenischer Interessen. Und ich denke, du wirst mein Angebot nicht ablehnen, Silvanus, es birgt eine große Chance für dich. Wie ich hörte, hast du deine Aufgabe als Flüchtlingsbeauftragter bis jetzt gut ausgefüllt, ich habe nun vor, dich zu meinem Legaten zu ernennen. Du sollst ganz offiziell meine Interessen hier in Pergamon vertreten, allerdings nur hier. Und bedenke, ich habe nicht vor, den Pergamenern und ihrem Rat die Entscheidungsgewalt über ihre Belange zu nehmen. Betrachte dich eher als Mittelsmann zwischen ihren und unseren Interessen, und interveniere nur, wenn du meinst, die pergamenische Politik schade Rom. Gleichzeitig wirst du die Tribute verwalten, dabei kannst du auch für dein Wohl sorgen, wenn du es nicht übertreibst – aber ein paar Sklaven mehr wären schon angebracht.«

Silvanus war sprachlos. Er sollte Legat werden, er, der Sohn eines verarmten Equis, ein Mann aus dem Ritterstand, bisher nie politisch hervorgetreten. Ein solches Amt erhielten Männer aus den alten Patrizierfamilien, solche, die Politik mit der Muttermilch eingesogen und ihre Laufbahn mit einem Kommando bei den Legionen begonnen hatten. Er hatte nie mit den Soldaten zu tun gehabt, wollte es auch nicht, das Kriegshandwerk war ihm zuwider. Als er noch in Rom weilte, hatte er es gerade einmal bis zu einem der Tresviri Capitales gebracht, unter anderem zuständig für die Verbrechensbekämpfung, und nebenbei des Geldes wegen privat ein paar Fälle aufgeklärt, doch all das hatte ihn zunehmend abgestoßen. So war er in diese Provinz gekommen, auch um im Gefolge des Marcus Antonius Karriere zu machen, doch dass es eine solch schnelle und steile Karriere werden sollte, damit hatte er nicht gerechnet. Legat in Pergamon – er konnte Entscheidungen treffen, ganz offiziell über die Tribute verfügen, und Männer wie Privernus würden ihm nichts mehr anhaben können. Oh, und er würde sich endlich einen Wagen kaufen, eines dieser modernen sportlichen Modelle, schon lange sein Traum. Seinen offiziellen Pflichten würde er nicht mehr zu Fuß nachkommen müssen, nein, er würde mit seinem Wagen vorfahren, und, wenn er nach Hause kam, diesen samt Pferd einem eigens dafür angeschafften Sklaven übergeben. Auch die Schenkung an die Stadt wäre nunmehr kein Problem, ein Relief für den großen Zeusaltar, oder, besser noch, ein neues Bad. Silvanusthermen würden sie heißen, auf einer Inschrift sollte in großen Lettern sein Name als Stifter geschrieben stehen, welch großartiger Gedanke.

Strahlend dankte Silvanus dem Triumvirn für sein Vertrauen, bevor er wieder zu den ernsten Themen überging. »Wie wirst du gegen die parthischen Invasoren vorgehen?«

Ein Schatten überflog Antonius' Gesicht. »Erst einmal defensiv, an eine große Kampagne kann ich im Moment nicht denken. Ich muss nach Italien, nach Rom, die Dinge dort stehen nicht gut. Vorerst kann ich nur versuchen, den weiteren Vormarsch der Parther aufzuhalten – diese Hundesöhne, sie haben den Zeitpunkt für ihren Einfall in unsere Gebiete gut gewählt. Zwar wusste ich von ihren Plänen, meinem Feldzug zuvorzukommen, aber dass sie es so bald tun würden, ja, konnten, das hätte ich nicht gedacht. Der Partherkönig Orodes und Labienus, dieser Verräter, müssen über hervorragende Informationsquellen verfügen, es scheint, als hätten sie von der Krise in Italien viel früher gewusst als ich und die Situation genutzt, wohl wissend, dass ich mich zuerst darum werde kümmern müssen. Oh, wie dumm und unüberlegt von meiner Frau und meinem Bruder, sich auf diesen Konflikt mit Octavius einzulassen. Ich habe schließlich einen Vertrag mit ihm, er ist mein Kollege im Triumvirat, es gibt Abkommen, und Provokation hin oder her, man hätte auf diplomatischem Wege die Schwierigkeiten bereinigen müssen. So bin ich jetzt gezwungen, an zwei Fronten zu kämpfen und die Vorbereitungen für meinen Feldzug erst einmal zurückzustellen. Ach, bei Dionysos, welch ein Ärger!« Wütend schlug Antonius mit der Faust auf das Polster seiner Kline, griff dann nach dem Weinbecher und trank.

Dellius beugte sich zu ihm hinüber und legte ihm eine Hand auf die Schulter. »Reg dich nicht auf, Marcus. Du musst das Beste daraus machen und das wirst du auch, du hast schon ganz andere Situationen gemeistert. Nur Munatius Plancus bereitet mir Sorge, er sitzt noch immer auf Rhodos, hat sich als Statthalter nicht besonders hervorgetan, und wenn es stimmt, was man hört, so war sein Verhalten im Perusinischen Krieg auch nicht gerade durchsichtig, als er Fulvia und Lucius zu Hilfe kommen sollte.«

»Munatius Plancus hat mir damals, als man mich zum Staatsfeind erklärte, sehr geholfen. So etwas vergesse ich nicht, Dellius, deswegen gebe ich ihm noch eine Chance. Ich habe ihm genaue Anweisungen zukommen lassen, was er zu tun hat.«

Leander, die Füße elegant gekreuzt, blickte sinnend in seinen Weinbecher. »Plancus hat sich als Statthalter nie viel um Pergamon gekümmert, ein Zeichen des Vertrauens, sagen die einen, Diodoros Pasparos zum Beispiel, zu viel Freiraum sagen andere, auch ich. Nicht, dass ich an unserer Fähigkeit, uns selbst verwalten zu können, zweifle, doch interne Konflikte sorgen für Schwäche. Pasparos gehört einer anderen Fraktion an als ich, er ist ein gerissener Politiker, der viel für Pergamon tut, aber noch mehr für sich selbst. Mit ihm kollaboriert seltsamerweise Privernus, ein Römer, der hier lebt. Er macht Schwierigkeiten, beklagt sich über unsere Vorgehensweise. Es ist gut, Antonius, dass du jetzt einem Mann deines Vertrauens, einem fähigen Mann, wie ich denke, die Führung der Stadtgeschäfte übertragen hast. Aber du, Silvanus, wirst bestimmt noch Probleme mit beiden bekommen, mit Diodoros Pasparos und Privernus.«

Silvanus nickte ernst. »Ja, ich traf Privernus heute beim Barbier. Er deutete an, dass er einen Beschwerdebrief an dich, Antonius, schreiben werde, ich hoffe, du glaubst nicht, was darin steht – obwohl ich keine Ahnung habe, worüber er sich beschweren will.«

Die Karaffe mit Wein vor Antonius war leer. Ohne Umstände schwang er sich von der Liege, ging zur Tür und rief nach neuem. Während er sich wieder auf seinem Platz niederließ, eilte Nasutus schon mit dem kostbaren Getränk herbei. Als er vorsichtig die Becher nachfüllte, um keinen Tropfen zu vergießen, und dann die leeren gegen die vollen Karaffen austauschte, nickte der Imperator seinem Gastgeber beifällig zu. »Du hast hervorragende Sklaven, Silvanus, keiner lauscht an der Tür. Ich wusste, dies ist ein guter Ort, sich zu treffen – ah, ein köstlicher Tropfen, Kleopatras Wein. Zu eurem Problem: Ich kenne Privernus, wusste allerdings nicht, dass er jetzt hier in Pergamon weilt. Er stammt aus alter Familie, einer Seitenlinie der Fabier. Die allerdings sind nicht sehr begeistert von diesem Spross ihrer edlen Vorfahren, in Rom hatte er damals jede Menge Skandale am Hals. Prozesse wegen Bestechung, Gewalttätigkeiten, unsauberer Geschäfte und so weiter und so weiter. Mache dir keine Sorgen, Silvanus, ich werde kein Wort von dem glauben, was in seiner Beschwerdeschrift steht.«

»Er wird sie nicht selbst schreiben, Antonius, dafür ist er zu gerissen. Wahrscheinlich wird sie von Pasparos unterschrieben sein, dessen Vater in Rom kein Unbekannter ist, und von dem er glaubt, dass sein Wort Gewicht hat«, warf Dellius ein, dessen Augen schon glasig glänzten.

Silvanus fuhr sich durch sein frisch frisiertes Haar. »So so, ist Privernus also bereits in Rom auffällig geworden. Das ist interessant,

Antonius. Besagter Barbier nämlich machte Andeutungen, dass Privernus auch hier nicht ganz saubere Geschäfte betreibt. Er soll die schönsten Sklaven kaufen, und diese werden nie wieder gesehen. Von Orgien munkele man, vermutlich mit Pasparos zusammen, und dass er das Geld dafür durch Investitionen in Schiffsladungen bekomme. Er muss jedenfalls ganz gut daran verdienen. Nun ja, meinetwegen kann er machen, was er will, aber ich frage mich, warum er mich so hasst, ich kannte den Mann vorher gar nicht und habe nichts unternommen, was ihn verärgert haben könnte – nicht, dass ich wüsste, jedenfalls.«

»Das ist Diodoros Pasparos' Machwerk«, sinnierte Leander, »wahrscheinlich hat er Privernus seit langem bestochen, um mit seiner Hilfe bei euch Römern den Boden für seine Ideen zu bereiten. Privernus seinerseits spiegelte ihm vor, über mehr Macht zu verfügen, als er tatsächlich hat. Dann kamst du, Silvanus, und Privernus' Einflusslosigkeit trat offen zutage, was ihn nun eine gute Einnahmequelle kosten kann. Wenn er sich allerdings den Alten mit Orgien zum Freund gemacht hat, muss wahrlich viel passieren, bevor der ihn fallen lässt, Diodoros ist ein alter Lüstling, das ist bekannt.«

»Könnte nicht Privernus mit Labienus und seinen parthischen Truppen in Verbindung stehen?« Dellius ließ den Wein in seinem Becher kreisen. »Wenn er so geldgierig ist, werden ihn die Schätze der Parther locken, immerhin haben sie auch Labienus überzeugt.«

»Du hast Recht«, bestätigte Antonius, »ausschließen können wir es nicht. Versuche, etwas herauszufinden, Silvanus. Würde Pergamon fallen, wäre das eine Katastrophe, nicht nur für die Provinz, sondern für das ganze Reich. Ich werde dir, sollte sich die Lage zuspitzen, einige Centurien senden, wenn es sein muss, auch eine ganze Legion. Im Moment stehen sie bei Ephesos, wo die Situation kritischer ist, ich hatte sie dir eigentlich gleich mitbringen wollen, mich dann aber doch anders entschieden. Sobald ich in Rom bin, die Krise dort überwunden ist, werde ich weitere Legionen losschicken. Bis dahin – sollte Privernus wirklich Verrat im Sinn haben – wirst du Pergamon mit einer Legion halten müssen.«

Silvanus schluckte schwer. Er wusste, die Gefahr war real, und er konnte nicht widersprechen. Unbedingt musste er mehr über Privernus erfahren, hoffentlich stellte sich dieser schlimme Verdacht als unbegründet heraus. Denn wenn der nicht mit den Parthern kollaborierte, brauchte die Stadt auch keine Soldaten. Silvanus nahm einen großen Schluck Wein.

Das Gespräch wandte sich wieder den Freuden des Lebens zu, doch Silvanus hörte kaum hin. Aufmerksam wurde er erst, als Leander Antonius nach Kleopatra und seinem Aufenthalt in Ägypten befragte und Antonius, schon etwas trunken, freimütig von seinem Verhältnis zu ihr erzählte, Liebe, nein, das sei es nicht, er schätze sie, ihre politische Scharfsicht, die anregende Gesellschaft und auch sonst ... Ganz anders jedoch seien seine Gefühle für Illicia.

Erneut brandete in Silvanus die Eifersucht hoch. Antonius und Leander würden morgen mit den Frauen die Stadt besichtigen. Leander, der nicht verheiratet war, gut aussehend und charmant. Er musste mit Laelia reden, musste sie überzeugen, dass er, und nur er, der Richtige für sie war. Er würde Lucida verlassen, jawohl, sogar Antonius hatte ihm dazu geraten, und dann würde Laelia nicht mehr Nein sagen. Hoffentlich.

KAPITEL XI

Silvanus erwachte, als etwas sanft seinen Arm berührte. Unwillig schlug er die Augen auf. Vor ihm saß Lucida, die Haare aufgesteckt, das bleiche Antlitz geschminkt, zurechtgemacht wie für einen gesellschaftlichen Anlass. Trotz der morgendlichen Kühle trug sie nur ein leichtes Gewand, und jetzt beugte sie sich ihm entgegen, um ihm einen Becher Wasser zu reichen. »Wie geht es dir, mein Gemahl?«, zirpte sie.

Was war mit Lucida los? So viel Zuwendung, zumal am frühen Morgen, hatte sie ihm schon seit Jahren nicht mehr entgegengebracht. »Danke Lucida, es geht mir gut.« Er nahm den Becher entgegen und trank ihn in einem Zuge leer. Tatsächlich, als ihm jetzt nach und nach die Ereignisse der vergangenen Nacht einfielen, die Unterredung mit Antonius und Dellius und der viele Wein, den sie getrunken hatten, stellte er mit Erstaunen fest, dass ihn nicht einmal ein Anflug von Kopfschmerzen plagte, wie sonst nach Gelagen. Es musste wirklich guter Wein gewesen sein, den Antonius da aus Alexandria mitgebracht hatte, denn auch Lucida schien keine Nachwirkungen zu spüren, und diese, so fiel ihm wieder ein, hatte doch ziemlich viel getrunken, viel zu viel.

Als hätte sie seine Gedanken gelesen, schlug sie die Augen nieder. »Es tut mir Leid, Silvanus. Du weißt ja, ich bin den Wein nicht gewöhnt. Kannst du mir verzeihen?«

Silvanus Verwunderung wuchs. War das die Frau, mit der er seit nunmehr elf Jahren verheiratet war? Noch nie hatte sie sich am Morgen so herausgeputzt, noch nie so viel Einsicht gezeigt, immer hatte sie ihm die Schuld gegeben, wenn Differenzen auftraten, und die traten häufig auf. Was war los mit ihr? Spürte sie, dass er den Entschluss gefasst hatte, sie zu verlassen – und dieser Entschluss stand fest – versuchte sie, dies jetzt abzuwenden? Frauen hatten ja ein Gespür für solche Dinge. Ob Laelia es auch merkte? Ein träumerischer Ausdruck trat in seine Augen.

Lucida missdeutete dies. Erneut beugte sie sich über ihn, und ihr Gewand, das leicht über seinen Oberkörper glitt, gab den Blick auf ihre kleinen Brüste preis. Ihre Hand streichelte über seinen Bauch – ohne ein Wort des Missfallens – und wanderte abwärts. Er schloss die Augen, überlegte kurz, ob er sie zurückweisen sollte, doch sie erregte ihn, und noch war sie immerhin seine Frau. Hätte sie ihn öfter so besucht, vielleicht wäre es mit ihnen nicht so weit gekommen – sie musste das auch erkannt haben, denn es war nun schon das zweite Mal innerhalb von kurzer Zeit, dass sie zu ihm kam, sie, die ihn doch immer nur unter Protest an sich herangelassen hatte, selten genug. Dann jedoch verdrängte er diese Gedanken, zog seine Frau zu sich auf die Kline, spürte ihre Lippen auf den seinen, aber auch jeden ihrer Knochen, als er sie an sich drückte; er sehnte sich nach Laelias weichem, wohlgeformtem Körper, sie war es, die er küsste, liebkoste, in die er jetzt eindrang.

Auch später beim morgendlichen Mahl war Lucida noch honigsüß. Doch sie erschien ihm fast noch blasser als sonst, aß noch spärlicher, schien sich das kleine Stück Brot, das sie von dem runden Leib abgebrochen hatte, hineinquälen zu müssen. Nun, der Wein machte sich doch bemerkbar, mutmaßte Silvanus, während er ihr von Antonius' Entscheidung, ihn zum Legaten zu ernennen, erzählte. Sie freute sich angemessen, schien aber irgendwie nicht recht bei der Sache.

Silvanus beachtete es nicht weiter. Hastig brach er auf zum Prytaneion, er hatte viel zu tun. Als Legat trug er noch mehr Verantwortung, immense Aufgaben erwarteten ihn. Über alle Entscheidungen des Rates, über jede Anordnung Leanders wollte er sich informieren. Und diese leidigen Mordfälle musste er endlich aufklären, sonst würde er nie von Bevölkerung und Flüchtlingen akzeptiert werden. Kurz überlegte er, ob er nicht doch die Ermittlungen abgeben sollte, die Macht dazu hätte er nun, doch er entschied sich dagegen. Er hatte die Fälle übernommen, sie nicht zu Ende zu führen hieße, sein Scheitern einzugestehen. Nein, er würde weitermachen. Bis jetzt allerdings war er recht unstrukturiert vorgegangen, er musste es zugegeben, hatte mal hier ein wenig nachgeforscht, mal dort, kein Wunder, dass er noch keine wirklich heiße Spur verfolgte. Aber, wie sollte er das alles schaffen? Wenn er zuvor schon nicht die Zeit gefunden hatte, sich vernünftig um die Aufklärung der Verbrechen zu kümmern, war es jetzt noch ungleich schwieriger. Leichter Schweiß trat auf seine Stirn, während er den Berg hinaufschritt. Dies war die Chance seines Lebens, erfüllte er seine Aufgabe zu Antonius' Zufriedenheit, wäre er ein gemachter Mann – er musste alles daransetzen, er musste konzentriert arbeiten.

Als er in seinem Arbeitszimmer ankam, hatte er verschiedene Entschlüsse gefasst. Zum einen musste er einen Plan entwerfen, nach dem ab sofort in den Mordfällen zu ermitteln war. Zum anderen würde er neben der finanziellen Zuwendung entweder für den Zeusaltar oder für neue Thermen die Bevölkerung von Pergamon mit Spielen beruhigen, sportliche vielleicht oder einen literarischen Kontest, in Rom hatte das immer Erfolg gezeigt. Und den Flüchtlingen wollte er anlässlich seiner Amtseinführung eine Sonderzuwendung an Lebensmitteln oder Wein zukommen lassen. Antonius wäre zufrieden mit ihm, und auch Laelia würde es sicher beeindrucken. – Laelia, der Leander heute die Bibliothek zeigen wollte. Hatte der Mann nichts anderes zu tun?

Aufgeregt hastete Laelia im Atrium auf und ab. »Wo bleiben sie nur?«, fragte sie Illicia, die auf einem Stuhl am Rande des Impluviums saß und vorgab, die Ruhe selbst zu sein, nur ihr wippender Fuß strafte ihre äußere Erscheinung Lügen.

»Stand nicht in der Nachricht, man käme uns gegen Mittag abholen? Es müsste doch schon längst jemand hier sein.« Zum wiederholten Male lief Laelia zur Tür und spähte die Gasse hinauf und hinunter.

»Beruhige dich«, mahnte Illicia, »setz dich und trink einen Schluck Wein, du bist ja unerträglich. Es wird ihn etwas aufgehalten haben, Leander ist ein viel beschäftigter Mann. Wer weiß, vielleicht sogar Marcus Antonius. In diesen Tagen könnte er durchaus hier eintreffen.«

Laelia blickte sie erstaunt an und ließ sich in einen Sessel sinken.

Illicia lächelte. »Du wunderst dich, mich so über Marcus reden zu hören?« Sie erhob sich und schritt zu der Wandnische mit dem Altar der Hausgötter. An einer Öllampe entzündete sie ein Holzstäbchen und brachte damit die Holzkohle in dem Bronzebecken zum Glühen, auf die Glut warf sie einige Körner Weihrauch, dessen würziger Rauch kerzengerade in die Höhe stieg. Tief einatmend drehte sie sich um und gesellte sich wieder zu Laelia. »Es macht mir nichts aus, nicht mehr.« Es stimmte tatsächlich, heute zumindest.

»Ich dachte …«, hob Laelia an.

Eine Handbewegung Illicias ließ sie verstummen. »Ich weiß, und ich rechne es dir hoch an, dass du so rücksichtsvoll warst. Du hast es ja kaum mehr gewagt, seinen Namen auszusprechen. Ich gebe zu, es war nicht leicht, darüber hinwegzukommen, doch jetzt ist es gut.« Sie bückte sich, um ihren Schuh zu schnüren, dessen Riemen sich gelöst hatte. »Irgendwie ist Marcus allmählich aus meinem Herzen entschwunden, ich denke zwar noch an ihn – wie auch nicht – doch auf andere Art. Er ist sehr fern, wie im Nebel der Zeit verschollen.«

Ein Klopfen an der Haustür unterbrach sie. Sie hörten die Stimme des Janitors, dann Prokas; kurz darauf näherte sich diese mit strengem Blick, flankiert von zwei älteren, gepflegten Herren in langen Chitons.

»Ich sehe, ihr habt bereits gewartet«, bemerkte ihre Gastgeberin spitz. »Dies sind die Bediensteten vom Prytaneion. Leander schickt sie, euch zu holen. Ich weiß, ihr seid bei ihm in guter Gesellschaft, dennoch, kommt nicht zu spät zurück.«

Illicia und Laelia versprachen es und folgten den Männern zu der Sänfte, die draußen auf sie wartete. Sonst waren sie den Weg den Berg hinauf zu Fuß gegangen, hatten die schmalen Gassen und Treppen bevorzugt, nun quälten sich die vier Sänftenträger die belebte und steile Hauptstraße hinauf, die sich in engen Kurven um den Berg schlang. Hochbepackte Maultiere, Karren und Wagen behinderten das Vorwärtskommen. Nicht zu zählen waren die Menschen, die die Straße bevölkerten, viele von ihnen beladen mit Körben und Säcken voller Waren, um sie auf den Märkten der Stadt zu verkaufen oder die zahlreichen Geschäfte rechts und links der Straße zu beliefern. Hin und wieder lud ein plätschernder Brunnen oder schattige Arkaden die eilenden Menschen zum Verweilen und Ausruhen ein.

Es war ein schöner Tag, die Sonne strahlte, nur der Wind pfiff ab und zu kalt in die Sänfte hinein. Sie ließen die untere Agora hinter sich, das düstere Eingangsportal der Bank und passierten das untere Gymnasium. Hinter einer Biegung ließ eine scharfe Bö die Sänfte erzittern; frierend schlang Illicia ihren Mantel enger um sich. Die Menschen, die an dieser Seite des Berges wohnten, in dem immerwährenden Wind, der nur im Sommer angenehme Kühlung brachte, im Frühjahr, Herbst und Winter aber eisig unter die Kleider blies, waren wirklich nicht zu beneiden. Endlich wandte sich die Straße in einer scharfen Kehre wieder nach Westen, der Wind ließ nach. Von der Promenade, der sie nun folgten, bot sich ihnen ein atemberaubender Blick über die Ebene vor Pergamon. Gebannt sah Illicia hinunter, bis einer der neben der Sänfte schreitenden Stadtbediensteten ihre Aufmerksamkeit auf die andere Seite lenkte. »Das ist das berühmte Heiligtum der Hera. Ihr habt es bestimmt schon von unten gesehen.«

In der Tat hatten sie es gesehen, jeder, der sich der Stadt von Süden her näherte, musste diese Pracht bewundern. Das Gebäude war wegen seiner in Pergamon so seltenen Marmorverkleidung von weither zu erblicken, denn der Baumeister hatte das felsige Gelände geschickt genutzt, um den Tempel über die umliegenden Gebäude zu erhöhen, und ihn überdies auf einem hohen Podium errichtet, das nur über eine eindrucksvolle Freitreppe zu erklimmen war. So thronte er in marmorweißer Unnahbarkeit und Erhabenheit.

Die Sänfte glitt nun am letzten Bauwerk des Tempelbezirks vorbei, einem Halbrund, dessen Bänke zum Verweilen und Genießen des Ausblickes einluden, und näherte sich ihrem Ziel, dem stattlichen Prytaneion, in dem die Geschicke der Stadt entschieden wurden. Höflich reichten ihre Begleiter ihnen die Hand zum Aussteigen und geleiteten sie hinein. Es dauerte nicht lange, bis eine der schweren Eichentüren aufschwang und Leander hereintrat. An seiner Seite, Illicias Herz setzte für einen Schlag aus, Marcus Antonius.

Mit ausgestreckten Armen eilte er auf sie zu und schloss sie in die Arme. »Illicia, mein Juwel aus Didyma, ich konnte mein Glück kaum glauben, als ich hörte, dass du hier bist – wie freue ich mich, dich wiederzusehen.«

Juwel aus Didyma, so hätte er früher nicht gesprochen, der Umgang mit Kleopatra schien seine Wortwahl deutlich geprägt zu haben. Und obwohl sie es genoss, seine starken Arme um sich zu spüren, ungetrübte Freude empfand sie nicht. Wie sehr hatte sie sich nach ihm gesehnt, all die langen, nicht enden wollenden Monate. Jeden Tag ohne ihn hatte sie sich wie tot gefühlt, abgestorben wie eine Pflanze, der man das lebensnotwendige Wasser verweigerte. Und kaum hatte sie sich gefangen, hatte Augen für andere Dinge des Lebens, hatte Laelia voller Überzeugung berichtet, sie sei geheilt, da tauchte er wieder auf, und alles sollte von neuem beginnen? Sie hatte sich innerlich auf eine erneute Begegnung mit ihm vorbereitet, hatte ihn kalt ansehen, sich seinen Umarmungen entziehen wollen. Doch nun fühlte sie ihre Knie zittern, ihr Herz beben und konnte nicht verhindern, dass alle guten Vorsätze schwanden. Dieser Mann: seine Umarmungen, seine Küsse, seine Leidenschaft und Zärtlichkeit. Sie zwang sich, an die letzten Monate zu denken, als er in Ägypten weilte, bei Kleopatra, wegen politischer Verhandlungen, wie es hieß. Ha, Verhandlungen, Kleopatra war eine Frau, und Frauen konnten diesem Mann nicht widerstehen.

Sanft, aber bestimmt befreite sie sich aus Antonius' Umarmung und reichte Leander die Hand. Dieser hatte sich Laelia zur Seite gesellt und Marcus Antonius' temperamentvollen Willkommensgruß taktvoll ignoriert. »Wie ihr seht, ist der Imperator eingetroffen. Darum bitte ich euch auch zu entschuldigen, dass wir uns verspätet haben, wir hatten noch einiges zu besprechen, denn Antonius erweist uns die Ehre, uns auf dem Spaziergang zu begleiten.« Er warf sich seinen Mantel über und schritt zur Tür, Laelia höflich den Vortritt lassend.

Antonius legte seinen Arm um Illicias Hüfte und drückte sie an sich, bevor er Leander folgte. Sie wehrte sich nicht mehr, schon seine erste Umarmung hatte ihre Kraft aufgezehrt, Erinnerungen und Sehnsüchte geweckt, die sie nicht länger unterdrücken konnte. Kurz schmiegte sie sich an ihn, bevor sie ins Freie traten.

Leander schlug vor, zunächst das Demeterheiligtum zu besuchen. »Es findet in der griechischen Welt nicht seinesgleichen, ihr werdet sehen.« Die kleine Seitenstraße, auf die er deutete, führte steil bergab, und galant boten die Herren ihnen den Arm. Einige Schritte weiter standen sie schon vor dem imposanten Tor, das den Kultbezirk der Fruchtbarkeitsgöttin Demeter vor unliebsamen Besuchern schützte.

Erwartungsvoll durchquerten sie das Eingangsportal – Leander hatte einige erklärende Worte mit der Tempeldienerin gewechselt, die dort saß – und befanden sich nun im Innenhof des Heiligtums. Nichts deutete hier darauf hin, dass die Kultstätte unmittelbar am steilen Abhang des Berges lag und starke Stützmauern nötig waren, damit es nicht zu Tal stürzte. Wie oft hatten sie und Laelia hinaufgesehen und bemerkt, wie unwirtlich und abweisend es von unten wirkte. Von innen jedoch war der Bezirk ein Refugium, eine Stätte der Ruhe.

Ihnen gegenüber lag der Tempel, vor ihm große steinerne Schalen, denen zarte Rauchfäden entstiegen, der Duft von Weihrauch hing in der Luft. Auf dem großen Altar davor häuften sich Opfergaben, Getreideähren, Obst und andere Feldfrüchte, der Göttin dargebracht. Geschäftig eilten Priesterinnen vom Tempel zu den Räumen zur Linken, trugen Körbe hinein oder holten für die Kulthandlungen nötige Gerätschaften heraus.

Eine Weile ließen sie die beruhigende Ausstrahlung des Ortes auf sich wirken, dann führte Leander sie zu den Sitzreihen zur Rechten. Die ganze Zeit hatten sie kaum gesprochen, ihre Aufmerksamkeit völlig der Atmosphäre des Heiligtums gewidmet. Illicia, an Antonius' Seite, versuchte ihrer Gefühle Herr zu werden, bemerkte aber dennoch mit Freude, dass Leander sich angelegentlich um Laelia bemühte. Auch jetzt wandte er sich ihr zu: »Ich habe gerade dieses Heiligtum ausgewählt, weil es für die Frauen von Pergamon eine außerordentliche Bedeutung hat. Bei den nächtlichen Zeremonien – sicher ein einzigartiges Schauspiel – sitzen sie im Schein der Fackeln hier auf diesen Stufen. Was genau passiert, kann ich nicht sagen, als Mann war ich natürlich nie dabei, habe jedoch davon gehört. Vielleicht habt ihr ja Lust, einmal teilzunehmen, euch sogar initialisieren zu lassen? Wenn ihr es wünscht, kann ich für euch bei Kataramne, der Oberpriesterin, vorsprechen.«

»Soweit ich weiß, Leander«, mischte sich Antonius ein, »widmen sich die Damen insbesondere dem Kult des Apollon. Schließlich stammen sie aus Didyma und sind dem dortigen Heiligtum sehr verbunden.«

Bedauernd hob Leander die Hände. »Einen sehenswerten Apollontempel hat Pergamon leider nicht vorzuweisen, außer dem kleinen Tempel im Asklepieion. Allerdings hier in der Nähe, in Aigai, befindet sich ein bedeutendes Heiligtum, gern würde ich mit den Damen einen Ausflug dorthin unternehmen. Indes, wenn ich es recht bedenke, ist ein Besuch dort wegen der Parthergefahr wohl zurzeit nicht angeraten, da gibst du mir sicher Recht, Antonius.«

»Ja, in der Tat. Nur weil die Zeiten unruhig sind, fühlen sich die Parther stark und glauben sich fern aller Bestrafung. Sie werden ihr nicht entgehen, dafür werde ich sorgen. Es wird vielleicht noch einige Zeit dauern, doch wir werden sie zurückschlagen. Allerdings, bis es so weit ist, werden die beiden Damen auf ihren Apollon wohl verzichten müssen.« Er lächelte Illicia zu. »Vielleicht sollten wir als Entschädigung jetzt die berühmte Bibliothek besuchen, was meinst du, Leander?«

Die Bibliothek. Illicia warf Laelia einen strahlenden Blick zu. Endlich würden sie die berühmte Bibliothek von Pergamon sehen.

»Nun, dann lasst uns keine Zeit verlieren.« Leander erhob sich. »Ich habe uns bereits ankündigen lassen. Wir werden vom Oberbibliothekar erwartet, der es sich nicht nehmen lassen wird, persönlich solch interessierte Gäste zu empfangen. Ein Bauwerk muss ich euch jedoch noch zeigen, den großen Zeusaltar, er liegt auf dem Weg«, kündigte er an, während er sie zurück zur Hauptstraße führte. Sie folgten ihr zur oberen Agora und überquerten sie so zügig, wie es das hier herrschende Gewimmel der Kauflustigen und Händler aus allen Teilen der Welt zuließ. Dann sahen sie ihn vor sich aufragen, den Großen Altar, geweiht dem obersten aller Götter, Zeus. Unüberschaubar war die Reihe der Weihegeschenke, die den Weg zum Altar säumten, Statuen zumeist, herrlich gearbeitet. Langsam schritten sie an ihnen entlang, bis sie vor dem großartigen Bauwerk standen. Es stellte alle vergleichbaren Monumente in den Schatten: errichtet aus strahlendem Marmor, die Treppenanlage flankiert von Reliefs mit überlebensgroßen Figuren, darauf der säulenumstandene Umgang, der sich rings um das quadratrische Gebäude zog, zwischen den Säulen schauten wiederum Skulpturen von erlesener Schönheit auf sie herab – diesen Anblick würde Illicia so schnell nicht vergessen.

»Leider kann man in den eigentlichen Altarraum nicht hinein«, Leander wies auf die geschlossene Tür, »dort wird endlich wieder an den Skulpturen gearbeitet. Bedauerlicherweise fehlen an der Rückseite und im Innenraum noch immer Teile der einzigartigen Reliefs. Es gibt nur wenige Bildhauer, deren Arbeit von gleicher Qualität ist wie die der alten. Findet man endlich einen solchen Künstler, so ist er meist unbezahlbar. Hinzu kommen noch die Materialkosten, die nicht unerheblich sind, denn natürlich nehmen wir nur den besten Marmor. Zum Glück stiften ab und zu generöse Männer erkleckliche Summen, wie Diodoros Pasparos der Alte und vor nicht langer Zeit sein Sohn, damit dieses Kunstwerk irgendwann einmal vollendet sein wird. Doch auch so gibt es genug zu sehen.« Mit sichtlichem Stolz lenkte er ihr Augenmerk auf die Reliefs der äußeren Umfassungsmauer des Altars. Die Figuren atmeten eine Lebendigkeit und Leichtigkeit, wie Illicia sie nie zuvor gesehen hatte. Der Kampf der Götter und Giganten, geschaffen von genialen Bildhauern, denen es gelungen war, den toten Stein mit Leben zu füllen, ihn in beseelte Wesen zu verwandeln, in Männer und Frauen mit schmerzverzerrten oder triumphierenden Gesichtern, die athletischen Körper qualvoll gekrümmt oder siegesgewiss gereckt, die hauchzarten Gewänder von einer leichten Brise gebauscht. Sie schienen Illicia zu atmen, sich zu bewegen, zu leben, zu leiden, zu sterben.

Während Leander von dem Stifter dieses einmaligen Altars, dem großen König Eumenes, erzählte, wurde sie nicht müde, ihre Blicke von Figur zu Figur schweifen zu lassen. Doch bald drängte Leander zum Aufbruch, reichte Laelia wieder seinen Arm, und mit einem letzten Blick ließ auch Illicia an Antonius' Seite den Altar hinter sich.

Die Bibliothek gehörte zu dem Heiligtum der Athena, das nicht weit vom Zeusaltar auf einem Plateau oberhalb des Theaters lag. Im Innenhof, einer Galerie der schönsten Standbilder, führte Leander sie zügig an dem der Göttin geweihten Tempel vorbei zum Eingang. Reges Treiben herrschte hier: Männer mit Schriftrollen traten aus dem Schatten der Säulenhalle heraus, geblendet blinzelten sie gegen die Nachmittagssonne. Schwer beladene Esel schleppten dicke Ballen geschnürten Pergamentes herbei.

Leander und Laelia waren soeben in der Eingangshalle verschwunden, als Illicia ein bekanntes Gesicht vor dem Eingang erblickte. »Pheromon!«, rief sie überrascht.

Der Angesprochene hielt in seiner Arbeit inne – er hatte gerade einen Esel von seiner Bürde befreit – und blickte sich suchend um. »Illicia, wie schön!« Freude leuchtete aus seinen Augen, bis er Antonius an ihrer Seite gewahrte. Schlagartig erlosch der Glanz, seine Stirn verfinsterte sich. Illicia warf einen schnellen Blick zu Antonius, der die Szene schweigend, aber interessiert beobachtete. Warum war sie nicht einfach mit ihm weitergegangen, Pheromon hätte sie nicht bemerkt. Doch nun war es zu spät. Zögernd trat sie zu dem Viehzüchter. »Ein alter Freund von mir«, erklärte sie und nickte in Antonius' Richtung.

Pheromon zuckte mit den Achseln und nahm seine Tätigkeit wieder auf. Er stellte den Pergamentballen auf den Boden, griff dann suchend in einen ledernen Beutel, der an der Seite des Esels herabhing, nahm eine schmale Schriftrolle heraus und reichte sie Illicia. »Hier, die wollte ich eigentlich bei Imbrassos für dich abgeben. Jetzt hast du mir den Weg dorthin gespart. Ich weiß zwar nicht, ob es dich interessieren wird«, ein scharfer Blick traf Antonius, »aber du sollst sie dennoch haben.« Er wandte sich ab, wuchtete das schwere Bündel auf seinen Rücken und verschwand in der Bibliothek.

»Wer war das, ein Verehrer?« Antonius war hinter sie getreten und hauchte ihr einen Kuss auf den Nacken.

»Oh nein«, widersprach Illicia heftiger als beabsichtigt. »Nur ein Bekannter. – Lass uns hineingehen, Laelia und Leander werden schon warten.«

Antonius lachte und ergriff ihren Arm. »Soso, ein Bekannter. Ich hoffe, er belässt es dabei.«

Als sie die Bibliothek betraten, ließ sie den Blick durch den halbdunklen Raum schweifen. Hier, in diesen Hallen, ruhten die wahren Schätze Pergamons, das Wissen von Jahrhunderten. Eigentlich wirkte die Bibliothek nicht so groß, als dass 200.000 Schriftrollen – so hieß es jedenfalls – Platz fänden. 200.000 Schriften, unermüdlich gesammelt, aufbewahrt in akribisch beschrifteten Fächern, die dicht an dicht schon hier im Eingangsbereich die Wände bedeckten. Und nicht nur für die Bücher war die Bibliothek bekannt, man rühmte ebenfalls ihre bedeutende Sammlung exquisiter Kunstschätze. Zu diesen gehörte auch die riesige Athenastatue, neben der sich Laelia und Leander mit einem dicklichen Mann unterhielten.

Als sie zu ihnen traten, verneigte sich der fremde Herr. »Marcus Antonius, es ist mir eine sehr, sehr große Ehre und Freude, dass du dir die Zeit nimmst, meine Bibliothek zu besuchen.« Noch einmal neigte er das betagte, weißbehaarte Haupt vor dem Imperator.

»Das ist Isomachos, seit mehr als dreißig Jahren unser Bibliothekar«, stellte Leander ihn vor. »Ein unersetzlicher Mann. Es ist zwar kaum zu glauben, doch er kennt alle Schriften, die hier zu finden sind. Nicht nur, dass er ihren jeweiligen Aufbewahrungsort zu nennen weiß, er hat sie auch fast alle gelesen. Wann er allerdings die Muße zur Lektüre hat, verschließt sich mir völlig. Er ist immer hier und immer hilfsbereit. Ich schätze Isomachos sehr.« Er wandte sich ihm zu und legte freundschaftlich die Hand auf seine Schulter. »Doch nicht nur der Besuch des Imperators ist bemerkenswert, mein Freund, sondern auch der dieser beiden Damen. Sie können es kaum erwarten, deine Schätze kennen zu lernen, zögere also nicht, sie ihnen zu zeigen.«

»Oh, es ist mir eine Ehre, eine Ehre.« Isomachos wies mit ausholender Geste auf die endlos scheinenden Regale. »Dies also ist die berühmte Bibliothek Pergamons, die bedeutendste der Welt, wie ich ohne Übertreibung feststellen darf, seit die ruhmreiche Bibliothek Alexandrias ein Opfer der Flammen wurde. Welch ein Jammer! Das gesamte Wissen, Ergüsse aller Geistesgrößen, die jemals die Luft dieser Erde atmeten, deren Füße über den Staub des Lebensweges, der auch der Weg der Weisheit sein kann, schritten. Alles dahin …« Seine Stimme zitterte. »Nun, für Pergamon hat es immerhin ein Gutes, alle Geistesmacht wohnt jetzt hier.« Fast zärtlich strich seine Hand über das Regal, neben dem er stand. »Ob Gedichte von Pindar, philosophische Gedanken von Aristoteles oder politische von Platon, alles ist hier verfügbar. Natürlich auch zu Naturwissenschaft, Technik oder Mathematik. Was sind denn eure Interessen? Vielleicht Abhandlungen über die phrygische Kunst des Stickens oder Ratschläge zur Sangestechnik? Ihr seht, unsere Sammelgebiete umfassen alles, womit sich jemals ein Mensch beschäftigt hat.«

»Heißt das, es gibt auch ausländische Schriften?«, fragte Laelia.

»Aber natürlich. Wir haben hier die bedeutenden alexandrinischen Gelehrten, viele von ihnen Ausländer, wenn sie auch auf Griechisch schreiben, oder römische Dichter wie Catullus, um nur einen zu nennen. Soll ich dir von ihm ein Werk heraussuchen lassen?«

Laelia schüttelte den Kopf. »Nein danke, Catullus haben wir bereits gelesen, Illicia, meine Freundin hier, kann ihn zum größten Teil auswendig. Ich dachte mehr an Literatur aus dem Osten, Epen oder dergleichen. Es mag zwar derzeit nicht opportun sein, danach zu fragen, aber wenn ich ehrlich bin, interessieren mich die Schriften der Parther, wenn möglich im Original.«

Isomachos' Brauen schoben sich in die Höhe. »Tatsächlich? Ich hätte nicht gedacht, dass irgendjemand einmal danach fragen würde. Denn in der Tat verfügen wir über einen nicht unerheblichen Bestand parthischer Literatur. Ich selbst bin ein großer Freund der parthischen Sprache, hielt mich allerdings immer für eine Ausnahme. Diese Metaphorik, diese Satzmelodie, diese Ausdruckskraft, nein, dass es tatsächlich jemanden gibt, der dies ebenfalls zu schätzen weiß, welch eine Freude!« Sichtlich erregt rief er einen seiner Gehilfen herbei, nannte ihm einige Buchstabenkombinationen und hieß ihn das Gewünschte holen.

»Ausgerechnet parthische Literatur, in diesen Zeiten«, murmelte Leander mit einem verstohlenen Seitenblick auf Antonius.

»Laelia hat ein reges Interesses an den Parthern, daran ändert auch die momentane Krisensituation nichts«, erklärte der Imperator achselzuckend. »Man muss ihr allerdings zugute halten, dass uns ihre Kenntnisse der parthischen Sprache schon von unschätzbarem Wert waren – und vielleicht weiterhin sein werden. Daher sei ihr dieser Wunsch gewährt.«

»Kann ich auch für euch etwas tun?«, fragte Isomachos und blickte von Antonius zu Leander, um schließlich seine von dunklen Ringen umschatteten Augen auf Illicia ruhen zu lassen. Sie überlegte einen Moment. »Wir besichtigten vorhin das Demeterheiligtum, darüber wüsste ich gern mehr. Leander erzählte, an der heutigen Gestalt eures Heiligtums hätte die Gemahlin eures Herrschers Attalos, die Königin Apollonis, maßgeblich mitgewirkt?«

Isomachos nickte. »Oh ja, wir haben da etwas, das dich sicherlich interessieren wird: eine einmalige Schrift von der Königin eigener Hand. Sie beweist, dass Apollonis nicht nur ihrer Großzügigkeit wegen bemerkenswert war. Nein, sie beschied sich keineswegs damit, nur das

Geld für den Bau zu geben, sie wirkte auch entscheidend an seiner Planung mit, ihr werdet sehen.« Er klatschte in die Hände und wies den herbeieilenden Gehilfen an, das bezeichnete Schriftstück zu holen. »Da ihr dort gewesen seid, werdet ihr erkennen, dass ihre Gedanken tatsächlich in Stein umgesetzt worden sind. Man erzählt, sie habe immer ein großes Interesse für die Architektur gezeigt, die nach dem Tod ihres Mannes zu einer wahren Leidenschaft geworden sei. Natürlich stand sie als oberste Frau im Staate dem Demeterheiligtum sehr nahe und fühlte sich von daher berufen, gerade dort ihrer Passion nachzugehen. Auch der Nachfolger ihres Mannes, Eumenes, schätzte sie als kluge Frau und würdigte ihr Engagement für unsere Stadt. Sie war wirklich außergewöhnlich, und ihr Andenken wird hier seit ihrem Tod vor nunmehr hundert Jahren noch immer ehrend gewahrt.«

»Ich bin sehr gespannt, ihre Schrift zu lesen, Isomachos.« Banal klangen ihre Worte, fand Illicia, einem solchen Angebot unangemessen, doch sie war zu überwältigt, um ihren Gefühlen gebührend Ausdruck zu verleihen. So dankte sie Isomachos mit einem Blick.

Isomachos lächelte ihr zu. »Nun, ich würde einen Rundgang durch die Räumlichkeiten vorschlagen, während die Schriftrollen geholt werden.« Er wies auf die den Raum beherrschende, überlebensgroße Athenastatue. »Die Göttin der Weisheit. Es wird euch nicht entgangen sein, dass diese Figur hier eine exakte Nachbildung der berühmten Athena Parthenos ist, allerdings misst sie in der Größe nur ein Drittel des Athener Originals. Sie ist unser ganzer Stolz, und natürlich versinnbildlicht sie, dass uns Pergamenern Kunst und Wissenschaft außerordentlich wichtig sind, unsere Herrscher hatten viel Sinn dafür und förderten sie in jeder Hinsicht. Nicht von ungefähr nutzen die Gelehrten der ganzen Welt den reichen Schatz an Weisheit, den wir hier zu bieten haben. Ihr werdet herausragende Werke finden, wenn ihr euch gleich selbst ein wenig umschaut.«

Gemeinsam stiegen sie eine Treppe hinauf. Die eigentlichen Bibliotheksräume seien hier oben, belehrte sie Isomachos, unten verwahre man nur eine kleine Auswahl der oft benötigten Literatur und Nachschlagewerke zu den unterschiedlichsten Thematiken. Allerdings würde es sie sicher nicht wundern, zu hören, dass auf den zwei Etagen längst nicht der gesamte Bestand Platz habe, zu groß sei er mittlerweile geworden. So habe man von der Stadt zusätzlich einige Räume in einem der gegenüberliegenden Paläste erhalten. Dort verwahre man die besonders wertvollen Schriftstücke, aber auch solche, die nicht so häufig nachgefragt würden. Die von ihnen gewünschten Schriften seien ebenfalls dort. Außerdem gäbe es im Gymnasium noch einen Bestand, vorwiegend die populäre Literatur, die dem Geschmack der Erholungssuchenden entspreche.

Hier oben nun reihten sich mehrere Räume aneinander, alle beherrscht von deckenhohen Regalen, bis auf den letzten Fingerbreit mit Schriftrollen gefüllt. Beeindruckt sahen sie sich um, Illicia wusste nicht, was sie zuerst und zuletzt betrachten sollten. Die Schriften? Es waren ihrer einfach zu viele, als dass man sich in kurzer Zeit einen Überblick verschaffen konnte. Auch die Statuen, dicht an dicht aufgestellt, überwältigten durch ihre Vielzahl und Schönheit. Angesichts dieser Fülle an Literatur und Kunstwerken fühlte sie sich seltsam hilflos. Isomachos bemerkte es und führte sie durch die Räume hindurch, bis sie in den letzten kamen. Hier war es hell und freundlich, Klinen, Sessel und Hocker standen an den Wänden, auf denen es sich Männer jeden Alters bequem gemacht hatten, ganz in ihre Lektüre vertieft oder leise diskutierend. Dies sei einer der Lesesäle, in dem Besucher ihr Wissen erweiterten, um sich dann mit Gleichgesinnten auszutauschen, erklärte Isomachos mit gedämpfter Stimme. Weitere seien im unteren Teil des Gebäudes. Während dieser Raum speziell der Diskussion gewidmet sei, dienten andere dagegen ausschließlich dem Studium und der Lektüre. Dort seien Gespräche nicht gern gesehen, hier dagegen sogar erwünscht.

Nach einem kurzen Blick in die Runde traten sie wieder in die Halle. »Eure Schriften sollten jetzt da sein, lasst uns nach unten gehen«, schlug Isomachos vor. »Normalerweise ist es nicht erlaubt, sie mitzunehmen, aber bei euch, denke ich, kann ich guten Gewissens eine Ausnahme machen.«

Illicias Herz schlug höher, als Isomachos, wieder im Raum der Athena angekommen, einen Korb mit Schriftrollen aus den Händen seines Gehilfen entgegennahm. Zwei der Pergamente reichte er Laelia. »Diese parthischen Epen habe ich selbst kopiert, es sind die schönsten, die ich je gelesen habe. Da du, wie mir scheint, bereits einen Einblick in die parthische Literatur gewonnen hast, vermute ich, du hast den Sermon von der Seele gelesen?«

Laelia nickte. »Ja, leider ist es das einzige Werk, das ich erhalten konnte. Meine Amme stammte aus Parthien, sie ließ es auf meinen Wunsch von ihren Verwandten schicken. Von ihr lernte ich natürlich auch die parthische Sprache. Dann verstarb sie, und mit ihr versiegte diese Quelle.«

Leanders Blick ruhte lange auf den dunklen Locken Laelias, die eine der Schriften entrollt und sich darin vertieft hatte. »Das erklärt ohne Frage diese seltene Vorliebe.«

»Und dies ist für dich!« Das Pergament, das Isomachos Illicia in die Hand legte, war nur schmal, jedoch eng mit einer kleinen, akkuraten Handschrift bedeckt. »Diese Ausführungen unserer Königin sind natürlich eine Kopie, doch auch sie ist sehr wertvoll, verwahre sie also gut.«

Illicia überflog die ersten Zeilen, ein wahrer Schatz. Sie werde das Schriftstück hüten wie ihren Augapfel, versicherte sie und schob es zurück in seine Lederhülle.

»Empfange auch meinen Dank, Isomachos, für deine Mühe.« Antonius legte dem Bibliothekar eine Hand auf die Schulter. »Einen Wunsch habe ich allerdings noch, den du mir sicher nicht abschlagen wirst.«

»Imperator, wenn es in meiner Macht steht, so ist er schon erfüllt.«

»Oh ja, es steht in deiner Macht. Ich wünsche, dass die beiden Damen jederzeit, wann immer es ihnen beliebt, deine Bibliothek aufsuchen und nutzen können.«

Überrascht sah ihn Isomachos an. »Aber …«

»Ich weiß, es ist nicht üblich, doch es ist mir ein besonderes Anliegen, also, wirst du es ermöglichen?«

»Natürlich, Imperator, natürlich, keine Frage.« Isomachos neigte sein Haupt. »Du siehst mich in der Tat erstaunt, so etwas ist selten, äußerst selten. Doch nun, auch die Königin Apollonis benutzte unsere Sammlung.«

»Wir können wirklich …«, Illicia fehlten die Worte.

»Ihr könnt jederzeit auf das gesamte Wissen Pergamons zurückgreifen.« Antonius beugte sich zu ihr hinunter und raunte in ihr Ohr: »Da ich dir damit, wie ich sehe, eine große Freude bereitet habe, denke ich, auch ich habe es verdient, dass du mir einen Wunsch erfüllst.«

Illicia nickte, alles würde sie für ihn tun.

»Ich wäre der glücklichste Mann auf Erden, könnte ich nachher ein wenig Zeit mit dir allein verbringen.« Mit lauterer Stimme fügte er hinzu: »Leander bittet uns, ihm bei einem kleinen Mahl Gesellschaft zu leisten, das er in dem Palast, in dem ich logiere, hat vorbereiten lassen. Wenn es euch recht ist, dann lasst uns aufbrechen, der Spaziergang hat mir Appetit gemacht.«

Der alte Königspalast, in dem jetzt Staatsgäste untergebracht wurden, zeugte noch vom Prunk und Reichtum der pergamenischen Herrscherfamilien. Kostbare Möbel, herrliche Wandmalereien und prachtvolle Statuen säumten ihren Weg in das Triklinium. Ein Heer von Sklaven nahm ihnen jeden Handgriff ab, zog ihnen die Schuhe von den Füßen, um sie durch Sandalen zu ersetzen, reichte Wasser und Handtuch zum Händewaschen. Leander geleitete sie zu ihren Liegen, die mit golddurchwirkten Decken belegt waren, und noch während sie es sich bequem machten, Illicia an Antonius', Laelia an Leanders Seite, reichten ihnen dienstbare Geister Becher mit Wein und füllten die Teller mit Köstlichkeiten. Zwei Flötenspielerinnen erfreuten sie mit getragenen Weisen, ein junger Mann schlug die Zimbel dazu.

Antonius hob den Becher auf Leanders Wohl, dankte ihm herzlich für den gelungenen Tag und ließ, bevor er sich den Speisen zuwandte, seine Hand über Illicias Wange gleiten. Sie spürte eine wohlige Gänsehaut, merkte, wie ihr heiß und kalt wurde, und fürchtete, dass jeder es bemerkte. So betrachtete sie eine der äußerst fein gearbeiteten Schalen, deren mattschimmernde tiefrote Oberfläche ausdrucksstarke Szenen der Odyssee zeigte. Sie nahm sie zur Hand, zeichnete mit dem Finger die fein geschwungenen Linien und plastischen Darstellungen der Körper nach. »Welch schöne Arbeit«, murmelte sie, während sie einige der eingelegten Wachteleier aus der Schale nahm und auf ihren Teller legte.

»Für diese Art der Töpferei ist Pergamon berühmt«, erklärte Leander. »Eine der besten Werkstätten am Ort ist sogar, wenn man es genau nimmt, in unsere Mordfälle verwickelt, einer ihrer Arbeiter fand die tote Sklavin. Der Meister beschwerte sich bei mir, dass Silvanus Nachforschungen im Töpferviertel anstellte, das schade dem Geschäft.« Er lachte. »Natürlich verbreitet die Konkurrenz solche Gerüchte, denn Demetrios' Ware ist erstklassig, er selbst aber nicht unbedingt beliebt. Doch Silvanus hat ja ohnehin festgestellt, dass weder Demetrios noch seine Arbeiter unter Verdacht stehen.«

»Denkst du noch immer, die Morde könnten von einem einzigen Täter begangen worden sein, Leander, oder hast du mittlerweile deine Meinung geändert?«, fragte Laelia, die neben ihm auf der Kline lag und einen Bissen Wildschweinpastete zum Mund führte.

Leander nickte ernst. »Es erscheint mir durchaus möglich, wenn nicht sogar wahrscheinlich. Jedoch kenne ich nur das Wesentliche der Fälle, keine Einzelheiten. Sie zusammenzutragen und auszuwerten ist Silvanus' Aufgabe, er wird wissen, worauf sie hindeuten, er hat die Erfahrung, und er ist anderer Ansicht.«

»Dennoch«, Illicia hatte sich gefangen und nahm von der gebackenen Seezunge, »dennoch meinen wir, die Taten, und zwar alle, auch die zurückliegenden, wurden von ein und demselben Mann begangen. – Ja, ich bin überzeugt, es war ein Mann.«

Antonius und Leander wechselten einen Blick. »Oh, ihr wisst von den beiden ungeklärten Todesfällen.« Leanders Augen streiften Laelia. »Nun, ich hätte mir denken können, dass Silvanus euch davon erzählte. Gleichwohl interessiert es mich, wieso ihr so sicher seid, dass diese verschiedenen Bluttaten zusammenhängen, denn Silvanus' Argumentation entbehrt nicht einer gewissen Plausibilität. Und warum sollte nicht auch eine Frau als Täterin in Frage kommen?«

Illicia war bewusst, dass es Leander um den Disput ging und er die eben geäußerte Meinung im Sinne der rhetorischen Gegenrede vertrat. Es war eine Herausforderung, die sie – wie auch Laelia – gern annahm; sie liebten es, Argumente zu finden, das Für und Wider gegeneinander abzuwägen und zu einem logischen Ergebnis zu kommen. In Leander und auch in Antonius, der sich nun auf der Kline zurücklegte, seinen Wein trank und lächelnd der Unterhaltung folgte, hatten sie die idealen Partner dafür.

Laelia stellte ihren Becher auf den kleinen runden Tisch vor sich und antwortete bedächtig. »Bedenke, dass bei dem letzten Verbrechen zwei Menschen nahezu gleichzeitig ermordet wurden. Das setzt nicht nur eine geplante Vorgehensweise voraus, was nicht gegen eine Frau spricht, sondern auch körperliche Kraft. Der Mörder hat zumindest damit rechnen müssen, dass sie sich wehren. Wenn es nur das eine Opfer mit den vielen Messerstichen gäbe, wäre ich mir nicht so sicher, das hätte vielleicht auch eine eifersüchtige Ehefrau schaffen können. Aber bei dem letzten Fall handelt es ganz sicher um einen Mann. Erinnern wir uns, der Mord an dem Jüngling fand einige Schritte von seiner Geliebten entfernt statt, und der Täter schaffte die Leiche anschließend zu ihr zurück.«

Leander nickte nachdenklich. »Das mag wohl sein. Dann haben wir im letzten Fall also einen männlichen Täter, dennoch könnte es sich bei den anderen Fällen durchaus um eine Frau handeln.«

»Nun, dann müssen wir jetzt zeigen, dass nur ein einziger Mensch alle Morde beging.« Laelia blickte Leander in die Augen. »Lasst uns zunächst rekapitulieren, was wir wissen: vier weibliche und ein männliches Opfer, alle jung, um die zwanzig – das ist schon die erste Gemeinsamkeit.«

»Bei dem Skelett wissen wir es allerdings nicht genau«, wandte Illicia ein.

»Ja gut, aber Silvanus erwähnte langes, lockiges, braunes Haar. Somit ist zumindest nicht ausgeschlossen, dass es sich auch hier um eine junge Person handelt.«

Illicia nickte. »Auf jeden Fall gibt es noch ein übereinstimmendes Detail: Alle Frauen hatten lange, lockige, braune Haare. Na ja, nicht gerade ein seltenes Merkmal hierzulande«, gab sie zu und wickelte eine ihrer Locken um den Finger. »Aber wir wollten ja die Gemeinsamkeiten aufzählen. Eigenartig, immer sind es junge Mädchen, nur jetzt zuletzt ein Pärchen … Doch allesamt junge Leute, alles Fremde – dies können wir wohl auch für die älteren Toten annehmen, da sie ja keiner vermisste.«

Antonius streichelte ihr liebevoll über den Rücken. »Carissima, obwohl ich nicht mit den Einzelheiten vertraut bin, mir im Grunde keine Meinung anmaßen sollte und eigentlich darüber erzürnt bin, dass Silvanus sich schon wieder in Mordermittlungen hat hineinziehen lassen, erlaube mir, mich einzumischen. Sind die Toten wirklich alles Fremde gewesen, so kann dieser Punkt durchaus Silvanus' Theorie unterstützen. Vier ähnliche Mordfälle in zwei Jahren sind für eine Stadt wie Pergamon nicht viel, nicht wahr, Leander? Stammten sie dagegen alle aus Pergamon, so läge die Annahme näher, dass sich ein einziger Mensch für vermeintliche Frevel rächt, Betrug, Beleidigung, abgewiesene Liebe. Wo sonst sollte das Motiv liegen?«

Leander nickte nachdenklich, Laelia aber erhob eine Hand. »Wohl wahr, Antonius, doch lass uns zunächst unsere Überlegungen der Reihe nach fortführen, bevor wir zu der Frage des Motivs kommen. Wann wurden die Opfer ermordet, und wo wurden die Körper gefunden? Beginnen wir mit der skelettierten Leiche. Schätzungsweise war die Frau über ein Jahr tot, gefunden wurde sie in einer leerstehenden Kammer unterhalb des Theaters. Die zweite fand man bei der Biegung des Selinos. Die dritte lag in der Nähe der Tongruben, ermordet vor gut drei Wochen, und jetzt das Pärchen in der Talmulde.«

Illicia rieb ihren Nasenrücken. »Ja, betrachtet man es so, erscheinen die Tatorte weit voneinander entfernt zu liegen. Aber vielleicht bewegt sich der Mörder von einem bestimmten Ort, seiner Wohnung, seiner Arbeitsstelle aus in alle Richtungen. So sitzt er wie die Spinne im Netz und wartet auf seine Opfer.«

»Ein schöner Vergleich«, Laelia ließ sich ihren Becher erneut mit dem kräftigen Falerner füllen. »Sein Netz ist Pergamon und Umgebung, seine Opfer sind Fremde, die niemand vermisst. Die Stadt selbst ist der Mittelpunkt, an alle Schauplätze kann man durch die entsprechenden Tore leicht gelangen. Bei dieser Annahme hätte das Bild eines Spinnennetzes wahrlich seine Berechtigung. Aber letztlich beweist das Ganze doch nichts.« In Laelias Stimme schwang leichte Resignation. »Und warum jetzt das Pärchen?«

»Eine gute Frage«, ergänzte Illicia und hielt dem Sklaven den Becher hin, damit er auch ihr nachschenke, der Wein schmeckte vorzüglich, er beflügelte ihre Gedanken. »Vor allem ist die Fundsituation anders. Eigenartig, wie die beiden dort lagen, wie für ein Gemälde oder für die Bühne. Das war bei der toten Sklavin nicht der Fall, oder?«

»Mir ist jedenfalls nichts dergleichen bekannt«, bestätigte Leander. »Warum also sollten nicht unterschiedliche Täter anzunehmen sein? Zugegebenermaßen gibt es Übereinstimmungen, aber auch wichtige Unterschiede: Es sind zwei Opfer – Mann und Frau – und diese in Szene gesetzt.«

»Mag sein, Leander, doch kann ich nicht an einen Zufall glauben.« Illicia war noch immer von der Richtigkeit ihrer Annahme überzeugt.

»Dennoch kommt es vor«, erwiderte Leander ruhig. »Was also, wenn Silvanus Recht hat? Schließlich herrscht hier zur Zeit eine Ausnahmesituation. Die Stadt quillt über vor Fremden, die Stimmung in der Bevölkerung ist nicht die Beste, und im Flüchtlingslager sieht es nicht anders aus. Ein idealer Nährboden für Verbrechen.«

»Hm.« Auch Laelia schien ihre Theorie nicht aufgeben zu wollen. »Zwei wesentliche Dinge, die alle, wirklich alle Taten verbindet, haben wir bisher nicht genannt: Alle Opfer sind mit einem Messer oder Ähnlichem getötet worden, und, viel bedeutsamer, alle waren unbekleidet. Beides wichtige Fakten, finde ich.«

»Ja«, bestätigte Illicia. »Vor allem stellt sich die Frage, was geschah mit den Kleidern?«

»Alle waren nackt, sagt ihr?« Fragend blickte Antonius in die Runde. »Und keines der Kleidungsstücke wurde gefunden? Bei allen Göttern, jetzt sehe ich, warum ihr eure These so vehement vortragt, die Sache scheint klar, ihr habt hier in Pergamon einen Mörder, dem es Lust bereitet, Menschen zu quälen und zu töten. Ob Mann oder Frau ist ihm egal. Vielleicht hat er sogar bei dem Pärchen einen von beiden zusehen lassen, als er sich an dem anderen verging, und sie dann aus grausigem Spaß so zueinander hingelegt, wie ihr es beschriebt. Einen solchen Menschen zu finden dürfte doch nicht schwierig sein, nicht wahr, Leander? – Nun, dieses Problem werden wir heute nicht zum Abschluss bringen, auch muss ich gestehen, ich bin müde nach dem langen Tag. Ich werde mich zurückziehen.« Er zog Illicia an sich und flüsterte ihr zu: »Wirst du mich begleiten, mein Augenstern?«

Illicia zögerte nicht. Trotz des fesselnden Gespräches hatte sie Antonius' Nähe jede Sekunde genossen und diesen Augenblick herbeigesehnt. So erhoben sie sich beide von der Kline. Auch Leander stand respektvoll auf, um sie zu verabschieden. Im Hinausgehen sah Illicia noch, wie er sich auf dem freien Platz ihrer Freundin gegenüber niederlegte. Nein, sie brauchte sich um Laelia nicht zu sorgen, Leander war ein einfühlsamer Mann, er würde Laelia nicht bedrängen, wie sie einen Moment befürchtet hatte. Laelia konnte sich vollkommen sicher fühlen in seiner Gegenwart, das Gespräch mit ihm genießen.

Antonius' Hand war warm und stark, als er Illicia zu seinen Gemächern geleitete. Obwohl sie seinen Händedruck erwiderte, war sie nicht sicher, ob es richtig war, was sie tun wollte – tun würde. Ihr Körper brannte vor Sehnsucht nach ihm, doch ihre Gedanken eilten voraus. Schon jetzt fühlte sie die Qual, die sie empfinden würde, wäre er wieder fort, spürte schmerzhaft ihren verletzten Stolz, nur eine Liebschaft für ihn zu sein. War es das wert? Diese kurzen Augenblicke der Liebe, der Verschmelzung für Monate des Leidens, der Sehnsucht?

Antonius, dessen Augen liebevoll auf ihrem Gesicht ruhten, schien zu spüren, was in ihr vorging. Als er jetzt eine Tür öffnete und Illicia hineinführte, nahm er sie zu ihrer Überraschung nicht sofort in seine Arme und trug sie zum Lager, sondern geleitete sie zu einer Kline. Er setzte sich und zog sie an seine Seite. »Illicia, mein Lebenslicht, ich kann mir denken, was dich bewegt«, sagte er, strich ihr durch die Haare und schenkte dann zwei Becher von dem Wein ein, den vorausschauende Sklaven bereitgestellt hatten. Er reichte ihr einen, dankbar nahm sie ihn entgegen.

»Du bist die Liebe meines Lebens, Illicia, glaube mir«, fuhr Antonius fort, ihre Hände ergreifend, »und wenn ich könnte, wie ich wollte, hätte ich dich schon lange zu meiner Frau gemacht. Oh, wie oft habe ich mir vorgestellt, mit dir zu leben, alles mit dir zu teilen, mit dir an meiner Seite die gesellschaftlichen Verpflichtungen wahrzunehmen, dich stolz als meine Frau vorstellen zu können, ach, ich habe so häufig davon geträumt.« Er drückte ihre Hände, so dass es sie schmerzte. »Doch es geht nicht, du weißt es, ich kann keine Nichtrömerin heiraten, schon gar nicht in meiner Stellung. Ganz abgesehen davon, würdest du mit mir glücklich sein? Könnte ich dir das bieten, was du verdienst? Du müsstest alles dir Wertvolle für mich verlassen, deine Familie, deine Freunde, nur um in einem fremden Land auf mich zu warten, der ich viel unterwegs wäre. Nein, ich kann dir das nicht zumuten.«

Illicia blickte ihm in die Augen, die traurig auf ihr ruhten. Sie hatte Mühe, die aufsteigenden Tränen zurückzukämpfen, doch es gelang, und fest erwiderte sie: »Marcus, ich glaube, wenn man will, kann man alles durchsetzen. Es ist anständig von dir, dich um mich zu sorgen, doch letztendlich wäre es meine Entscheidung, mit dir zu gehen oder nicht, solltest du mich jemals fragen. Meine Entscheidung und meine Verantwortung. Nein, Marcus, ich denke, das alles sind vorgeschobene Gründe, du schreibst mir ja nicht einmal, wenn du fort bist. Du …«

Er ließ ihre Hände los, stützte seine Ellenbogen auf die Oberschenkel und faltete die Hände unter dem Kinn. Mit gesenktem Blick saß er da. »Ich habe einfach nicht die Zeit dafür, Illicia. Du kannst dir nicht vorstellen, wie viel ich zu tun habe. Verhandlungen, Entscheidungen, Korrespondenz, die Legionen. Bittsteller, Gesandte, Delegationen, alle stehen Schlange vor meinem Zelt oder meinem Gemach, wo immer ich gerade bin. Ich habe kaum einmal eine Minute für mich, und wenn ich abends todmüde auf mein Lager falle, drehen sich die Gedanken noch immer in meinem Kopf. Oft kann ich vor Erschöpfung nicht schlafen, in diesen Momenten träume ich von einem Leben mit dir, wünsche, bei dir zu sein. Dann aber aufzustehen und dir zu schreiben, dazu fehlt mir die Kraft. Verzeih mir dieses Versäumnis. – In Gedanken bin ich oft bei dir.«

Zum ersten Mal bemerkte Illicia die tiefen dunklen Ringe unter seinen Augen. Heißes Mitgefühl und ein Anflug von schlechtem Gewissen erfüllten sie; bei all der Verantwortung, die er trug, über das Wohl und Wehe von Staaten, von Millionen von Menschen, über Krieg und Frieden, Leben und Tod, Wohlstand und Armut, behelligte sie ihn mit ihren nichtigen Sorgen. Oder, besser gesagt, befasste er sich mit ihren Sorgen, denn er hatte dieses Gespräch angefangen, ihre Gedanken erraten. Doch noch etwas schien ihn zu belasten. Leicht strich sie über seine Wangen. »Und Fulvia?«, fragte sie vorsichtig.

»Ach Fulvia, meine geliebte Gattin und mein Fluch.« Antonius griff nach seinem Weinbecher. »Ihr geht es nicht anders als dir. Auch sie beklagt sich, dass ich nie da bin, dass ich mich nicht melde, und auf vielerlei Arten versucht sie, mich nach Hause zu bringen. Zuletzt mit diesem unsinnigen Krieg gegen Octavius – aber nein, das will ich ihr nicht unterstellen, das sind Dinge, die man mir hinterbrachte, sie ist nicht sehr beliebt in Rom. Fulvia hat viel für mich getan, und ich habe sie sehr geliebt – anders als dich, mein Licht – und nun erhielt ich Nachricht, sie sei mit meiner Mutter in Athen, und sie sei krank. Ich werde zu ihr müssen. Sobald die Dinge hier geregelt sind, werde ich aufbrechen; wie es aussieht, schon sehr bald.« Er sah sie an. »Das wollte ich dir sagen, bevor … Wenn du denn überhaupt noch willst.«

Illicia nickte kaum merklich, noch immer mit den Tränen kämpfend. Ja, sie wollte, wider jegliche Vernunft wollte sie mehr denn je. Erleichtert schlang Antonius seine Arme um sie, drückte sie an sich und verharrte so eine Zeit lang. »Fulvia ist eine sehr eifersüchtige Frau«, flüsterte er in Illicias Ohr, »und sie hat allen Grund dazu. Oh, meine Geliebte, nie zuvor fühlte ich, was ich bei dir fühle, glaube mir.«

»Nun«, murmelte Illicia an seiner Schulter, »Fulvia hat nicht nur meinetwegen Grund, eifersüchtig zu sein, ich denke da an Glaphyra, die kappadozische Königsmutter, die du im letzten Jahr beglückt hast, und nicht zuletzt an Kleopatra.«

Sein Mund wanderte ihren Hals hinab, strich über die Härchen im Nacken. »Ach Illicia, was ist Glaphyra, was Kleopatra im Vergleich zu dir, mein Sonnenlicht. Das alles bedeutete mir nichts, hatte mit Gefühl nichts zu tun. Was sind diese Königinnen ferner Länder für mich, wenn ich die Königin meines Herzens in meinen Armen halten darf.« Sanft drückte er sie auf die Kline nieder und öffnete die Spange, die ihr Gewand an den Schultern zusammenhielt.

Voller Verlangen rollte sie sich auf ihn, spürte seine harte Männlichkeit an ihrem Schoß.

»Oh«, stöhnte Antonius, während seine Hände ihre Brüste umschlossen, »dieser Anblick, bis in meine Träume hat er mich verfolgt. Und jetzt sehe ich dich vor mir, kein Traum mehr, sondern Wirklichkeit, oh, wie oft ich mir das gewünscht habe.« Er beugte sich vor und küsste sie, sanft erst, dann wild, leidenschaftlich. Abrupt stoppte er. »Nein, ich will es hinauszögern, die süße Erregung genießen, langsam, ganz langsam will ich dich verführen.«

Illicia lächelte. »Da gibt es nicht viel zu verführen, Marcus, ich vergehe vor Sehnsucht nach dir.« Behutsam entledigte sie ihn seines Gewandes, löste seinen Lendenschurz und streichelte sein stattliches Geschlecht, genoss das lustvolle Stöhnen dieses Mannes, der sich mit zurückgelehntem Kopf ganz ihren Zärtlichkeiten hingab. Nicht lange ließ er sich so von ihr verwöhnen. Zärtlich rollte er sie auf den Rücken, drückte sie auf die Kissen und barg seinen Kopf in ihrem Schoß. Jetzt war es an ihr, sich ganz den Gefühlen der Lust hinzugeben.

Dann endlich liebten sie sich, leidenschaftlich, fast verzweifelt, so schien es ihr. Kurz ruhten sie aus, bis ihre Kräfte wieder erwachten, um sich von neuem zu lieben, zart und langsam diesmal.

Glücklich lag sie dann neben ihm, er küsste sie liebevoll wieder und wieder, und beide genossen die Nähe, den Geruch, die Wärme des anderen.

Nicht für lange. Bald schlang er die Arme erneut um sie, doch widerstrebend versuchte sich Illicia aus seiner Umarmung zu lösen. Es war spät geworden, sie mussten nach Hause, Proka wäre sicher schon in Sorge, weil sie so lange ausblieben. Sanft strich sie mit den Fingerspitzen über Antonius' Schläfe, seine Lippen, seinen Hals, küsste ihn auf die Stirn, die Augen, die Wangen. Noch einmal sah sie ihn an, der ihren Blick brennend erwiderte, sie an sich drückte in einer Umarmung, von der sie wünschte, sie möge niemals enden. »Ich muss gehen, Geliebter«, flüsterte sie in sein Ohr. »Laelia wartet sicher schon ungeduldig, und Proka wird uns Vorwürfe machen.«

Antonius drückte sie nur noch fester an sich. »Laelia wird sich mit Leander großartig unterhalten. Und was Proka betrifft, sie wird nichts sagen, da bin ich sicher.«

KAPITEL XII

Lautes Dröhnen riss Silvanus aus dem Tiefschlaf. Was war das?

Lucida neben ihm griff nach seinem Arm und presste angstvoll ihre Nägel in sein Fleisch. »Hast du das gehört?«

Im fahlen Licht des fast vollen Mondes, das durch das Fenster hereinfiel, konnte er ihre schreckgeweiteten Augen erahnen. »Natürlich.« Er lauschte in die Dunkelheit hinein. Da war es wieder, jemand hämmerte wild gegen die Eingangstür.

Lucidas Griff um seinen Arm wurde schmerzhaft. »Silvanus, vielleicht sind es aufgebrachte Pergamener, die …«

Er löste ihre Hand und sprang von der Liege. »Unsinn«, fauchte er schärfer als beabsichtigt, denn unberechtigt war Lucidas Furcht nicht, es wäre nicht das erste Mal, dass römische Bürger von aufgebrachten Einheimischen erschlagen worden wären. Sogar in Rom waren Überfälle auf politisch unliebsame Mitmenschen keine Seltenheit, oft genug hatte man gehört, dass diese nächtens aus ihren Häusern verjagt worden waren.

Er fühlte, wie seine Kehle sich zusammenschnürte. »Ich werde nachsehen, wer das ist«, brachte er hervor, lief zu der Truhe, fand nach kurzem Suchen sein Messer und wollte zur Tür hinaus.

Lucida hinderte ihn. Die langen blonden Haare hingen wirr um ihr Gesicht, die graue Tunika klebte am mageren, schweißnassen Leib, als sie zitternd seinen Arm ergriff. »Silvanus, lass mich nicht allein. Wenn es zu viele sind, wenn sie dich töten und mich dann hier finden … Oh Silvanus, geh nicht.« Erneutes Hämmern an der Eingangstür ließ sie verstummen, voller Angst klammerte sie sich an ihn.

Silvanus strich ihr zart über die Haare, über die Wangen, spürte Tränen auf ihrem Gesicht. »Lucida, beruhige dich. Nichts wird mir passieren und dir auch nicht. Vielleicht ist es nur ein Bote von Antonius, der mich zu einem nächtlichen Gelage holen soll, oder zu einer Besprechung, du weißt doch, wie er ist, unser Imperator. Außerdem ist Nasutus noch da, selbst der wird sich bei dem Krach inzwischen von seinem Bett erhoben haben und seiner Pflicht nachgehen, nämlich zu schauen, wer uns zu dieser Stunde stört. – Sorge doch erst einmal für Licht, damit wir etwas sehen.«

Widerwillig ließ sie ihn los und entzündete mithilfe eines Holzstäbchens und der Glut im Kohlenbecken den Docht eines Öllämpchens.

Schritte näherten sich der Tür. Es klopfte, zurückhaltend diesmal. Erschrocken suchte Lucida wieder hinter Silvanus' Rücken Schutz, doch der beruhigte sie: »Das wird Nasutus sein.« Dennoch umfasste er sein Messer fester. Tatsächlich hörten sie nun Nasutus' Stimme. »Herr, Herr, wach auf, es ist wichtig.« Silvanus öffnete die Tür, davor stand ihr Sklave, eine Fackel in der Hand.

»Wer ist das, Nasutus, mitten in der Nacht?« Silvanus versuchte, seiner Stimme einen angemessen zornigen Klang zu geben, das Messer versteckte er hinter seinem Rücken. Es war nicht gut, die Sklavenschaft Angst bemerken zu lassen.

»Ein Bote von Leander, Herr.« Die Fackel in der Hand des Sklaven zitterte leicht. »Du sollst sofort zu ihm kommen.«

»Leander? Was fällt dem ein, mich mitten in der Nacht zu sich zu zitieren?« Silvanus' Schreck schlug um in Ärger. »Bei Jupiter, das ist doch nicht zu fassen!«

»Es scheint sehr dringend zu sein, der Bote mahnte zur Eile«, wagte Nasutus einzuwerfen.

»Nun denn. Du kommst mit mir, Nasutus. Hole eine Laterne und bewaffne dich!« Silvanus fuhr sich durch das spärliche Haar, erfrischte sein Gesicht mit einer Hand voll Wasser und warf sich eine frische Tunika über.

Lucida stand noch immer mit der Lampe an der Tür. »Silvanus«, ihre sonst so durchdringende Stimme war ein kaum vernehmliches Flüstern, »bitte, lass mir wenigstens Nasutus hier. Ich würde mich sicherer fühlen.«

»Ach, und ich soll mich hier auf den Straßen umbringen lassen, ja? Aber gut, ganz wie du willst.«

»Silvanus, bitte, ich ...«

Doch Silvanus griff wütend nach seinem Mantel und eilte aus dem Schlafgemach, die Treppen hinunter, wo Nasutus und Leanders Mann auf ihn warteten. Knapp befahl Silvanus seinem Sklaven, bei Lucida zu bleiben und folgte dem Boten, der mit einer Fackel vorausschritt.

Leanders Haus war hell erleuchtet, Kerzen in zahllosen Kandelabern spendeten freundliches Licht, glühende Kohlen in Bronzebecken angenehme Wärme. Der Türsklave hatte Silvanus in den Empfangsraum geleitet, wo Leander und Marcus Antonius mit nachdenklichen Mienen bei einer Karaffe Wein saßen. »Ah, Silvanus, gut, dass du kommst.« Antonius war hellwach und hochkonzentriert. »Leander wird dir berichten, worum es geht.«

Der Prytane von Pergamon schien zwar müde, doch nicht, als hätte man ihn erst vor kurzem aus dem Schlaf gerissen. Wie immer zeigte er sich wohlgekleidet und -frisiert. Gleichwohl zeichneten sich dunkle Ringe unter seinen Augen ab, und kurz schoss Silvanus der Gedanke durch den Kopf, ob er mit Laelia ...? Doch was Leander dann sagte, verdrängte alles andere.

Die schlimmsten Befürchtungen waren eingetreten: Man habe einen neuen Toten gefunden, in der Halle des oberen Gymnasiums. Ein Junge diesmal, unbekleidet, die Kehle durchgeschnitten. »Ein Mann entdeckte ihn. Er beobachtete zuvor, wie sich jemand über etwas beugte und sich dann entfernte. Er fand das merkwürdig und sah nach.«

»Wann war das?« Aufgeregt sprang Silvanus aus seinem Sessel auf. »Du hast doch sofort alle deine Männer mobilisiert, Leander, den Weg zum Flüchtlingslager abgesperrt, zu den Wohngebieten, alle auf der Straße befindlichen Menschen festnehmen lassen? Jetzt kriegen wir ihn! Die Kehle durchgeschnitten, schon wieder! Er muss über und über mit Blut besudelt sein, es wird ein Leichtes, ihn zu überführen. Vielleicht hat er ja auch die anderen Morde begangen, und selbst wenn nicht, wir hätten einen Mörder vorzuweisen, die Bevölkerung wäre beruhigt. Und sollte er uns entwischen, wir werden jedes Haus durchsuchen lassen, jedes Zelt im Lager. Er hat keine Chance.« Der Erfolg schien zum Greifen nah, beschwingt schritt Silvanus auf und ab. Erst als Antonius ihn mit einem strengen: »Silvanus, setze dich wieder und höre zu«, unterbrach, hielt er inne. Mit einer dunklen Ahnung blickte er von einem zum anderen, nahm Platz und griff zu dem Weinbecher, den er bislang nicht angerührt hatte. Er spürte, wie seine Muskeln sich anspannten, als Leander fortfuhr: Nein, man habe keine Suchtrupps losgeschickt. Zum einen, weil der Mann, der die Leiche fand, sich in seinem Schock Zeit gelassen habe, einem Sicherheitsbeamten Bescheid zu geben. Bis Imbrassos und er selbst informiert worden seien, sei mindestens eine Stunde vergangen, Zeit genug für den Täter, zu verschwinden. Den Ausschlag habe jedoch gegeben, dass man in Absprache mit Antonius beschlossen habe, die Sache geheim zu halten. Nach reiflicher Überlegung sei ihnen die Chance, den Täter zu fassen, unbedeutender erschienen als die Gefahr, dass sich durch den neuen Mord die öffentliche Missstimmung in einem Aufstand entlade und Pergamener, Flüchtlinge, Römer sich gegenseitig niedermachten. »Zur Minute ist Imbrassos mit zwei Männern am Fundort, um die Leiche und etwaige Beweisstücke fortzuschaffen. Du kannst sie anschließend in Augenschein nehmen, Silvanus«, endete Leander seinen Bericht.

Silvanus holte Luft, wollte seiner Empörung über dieses Vorgehen Ausdruck verleihen.

Antonius ließ es nicht dazu kommen. »Silvanus, du bist noch nicht so lange im politischen Geschäft wie wir. Natürlich ist uns klar, dass wir dich einer perfekten Gelegenheit berauben, den Täter zu fassen. Doch wir mussten abwägen. Es ist richtig, diese Tat geheim zu halten, glaube mir, früher oder später wirst du zu der gleichen Erkenntnis gelangen. Ich ernannte dich zu meinem Legaten, weil ich in dir das Potenzial für solche Aufgaben erkenne. Aber du darfst nicht vergessen, dass in dieser Situation politische Entscheidungen Vorrang haben, die Ermittlungstätigkeiten sind zweitrangig. Was nicht bedeutet, du sollst sie vernachlässigen.«

Mühsam beherrscht krampfte Silvanus die Hände in die Oberschenkel. Des Imperators Ton war freundlich, aber bestimmt gewesen; Silvanus war klar, dass er seinen Posten genauso schnell verlieren konnte, wie er ihn bekommen hatte. Wahrscheinlich hatten sie Recht, doch es ärgerte ihn gewaltig, dass man diese Entscheidung ohne ihn getroffen hatte.

»Zumindest den Fundort hätte ich mir ansehen müssen«, brachte er hervor, »wie leicht übersehen ungeübte Augen wichtige Details. Und wie soll ich Erkundigungen einziehen, wie herausfinden, wer das Opfer war, mit wem es zu tun hatte? Bei Jupiter, wie soll ich unter solchen Umständen ermitteln? Ihr wollt Unruhe vermeiden, gut, aber ein Leben ist ein Leben, und Mord sollte geahndet werden. Selbst wenn ihr hier im Osten anders denkt, Leander, ich werde nicht zulassen, dass jeder jeden umbringen kann. Was gedenkt ihr denn mit dem armen Mann zu tun, der die Leiche fand? Wie wollt ihr ihn am Reden hindern? Oder habt ihr schon dafür gesorgt, dass er nicht mehr reden kann?«

Zum ersten Mal, seit Silvanus ihn kennen gelernt hatte, verlor Leander die Kontrolle über sich. »Silvanus Rhodius, wir sind weder gesetzlose Barbaren noch unerfahrene Idioten. Imbrassos ist kein Neuling auf dem Gebiet der Ermittlungen, er weiß, was er zu tun hat. Und der Mann, der den Toten entdeckte, volltrunken übrigens, schläft wohl im Moment seinen Rausch aus und wird dann in allen Ehren als wichtiger Zeuge festgehalten werden.« Er machte eine kurze Pause, bevor er gefährlich leise fortfuhr: »Was deine Befragungen angeht, Silvanus, so haben diese ja noch nicht weit geführt. Vielleicht solltest du endlich einsehen, dass wir es hier mit einem einzelnen Täter zu tun haben, einem Täter, der sich seine Opfer willkürlich aussucht, der sie wahrscheinlich vorher gar nicht kennt. Du kannst nach Motiven suchen, so viel du willst, es wird zu nichts, aber auch gar nichts führen. Höre lieber auf deine Freundin, sie und Illicia haben von Anfang an den richtigen Ansatz verfolgt.«

Silvanus saß einen Moment wie versteinert, starrte Leander ungläubig an. »Du wagst es …?«, knurrte er dann, während er langsam aufstand und sich drohend dem Pergamener näherte. Auch dieser erhob sich ohne ein Zeichen von Furcht, die Fäuste bereit zum Kampf, und wenn er auch kleiner war als Silvanus, die Schultern nicht so mächtig, die Arme nicht so muskulös, so verfügte er doch über einen durchtrainierten Körper, war wendig, nicht von einem stark gewölbten Bauch gehindert.

Gerade als Silvanus zum ersten Schlag ausholte, donnerte Antonius' Hand auf den Tisch. »Genug!«, brüllte er. »Ihr benehmt euch wie eifersüchtige Jünglinge! Denkt daran, wer ihr seid und setzt euch wieder!«

Silvanus ließ langsam die Arme sinken. Das Blut rauschte in seinen Ohren, sein Herz schlug wild, doch wurde ihm peinlich bewusst, dass er gerade genauso hatte handeln wollen, wie er es den Griechen vorgeworfen hatte: gesetzlos, barbarisch, von rohen Instinkten getrieben. Dennoch warf er einen letzten drohenden Blick zu Leander, bevor er sich umdrehte und wieder Platz nahm. Der Pergamener tat es ihm gleich, noch alle Muskeln gespannt, wie ein Löwe auf dem Rückzug, ließ er sich langsam in seinem Sessel nieder.

»Gut.« Antonius hob auffordernd seinen Weinbecher. »Denkt daran, dass ihr weiterhin zusammenarbeiten müsst. Keiner von euch besitzt die Kompetenz, den anderen seines Amtes zu entheben, die habe nur ich, habt ihr verstanden? Schreiben wir also diesen Vorfall der angespannten Situation, der späten Stunde zu, am besten vergessen wir ihn, ich will nichts mehr davon hören. Ich erwarte von euch beiden gute Arbeit. Ist das klar?«

Silvanus senkte den Kopf. Leander nickte und goss ihm Wein nach; Silvanus akzeptierte das Friedensangebot, widerwillig.

»Kommen wir also auf den Anlass unseres Treffens zurück«, fuhr Antonius fort. »Erstens, absolute Geheimhaltung muss gewährleistet sein. Niemand sonst darf von dieser Sache erfahren. Der Beamte, der Imbrassos Bescheid gab, ist sofort aus der Stadt zu entfernen, Leander, schicke ihn meinetwegen zur Erholung auf eine Insel. Du, Silvanus, wirst dir den Toten anschauen, am besten sofort – Imbrassos lässt ihn von zwei vertrauenswürdigen Sklaven in einen Kellerraum neben seiner Zisterne bringen. Er wird dir dann auch mitteilen, wo du den Betrunkenen findest, um ihn zu verhören. Dieser ist anschließend ebenfalls aus der Stadt zu bringen – ihr könnt ihm eine großzügige Entschädigung anbieten. Ich weiß, Silvanus, dass dieses Vorgehen deine Aufgabe nicht erleichtert, aber du musst einen Weg finden, trotz allem die Verbrechen aufzuklären. Du wirst das schon machen.«

›Du wirst das schon machen!‹ Der Satz echote in Silvanus' Kopf, als er auf die Straße trat. Na wunderbar, da nahm man ihm alle Möglichkeiten, seine Aufgabe effektiv zu erfüllen, aber er würde es schon machen.

Natürlich. Die beiden Herren zogen sich derweil in aller Ruhe in ihre Schlafgemächer zurück, und er musste zu Imbrassos, mitten durch die dunkle Stadt, ohne Sklaven, ohne Laterne, nur auf das Licht des Mondes angewiesen – er hatte natürlich vergessen, nach einer Begleitung oder wenigstens einer Fackel zu fragen. Doch selbst hätte er daran gedacht, die Blöße hätte er sich Leander gegenüber nicht gegeben. Dieser niederträchtige Hund! Was sollte diese Bemerkung über Laelia, was hatte sie ihm alles erzählt? Wie weit waren die beiden gegangen?

Aber nein, beruhigte er sich, das würde Laelia nicht tun, weder würde sie ihm diesen Griechen vorziehen noch etwas über ihre gemeinsame Vergangenheit erzählen. Nein, nein, sie hatte ihm, Silvanus, doch in letzter Zeit deutliche Signale gegeben, unbewusst vielleicht, aber immerhin, Blicke, die für sich sprachen, Bemerkungen, die Interesse bekundeten. Und wenn er ihr erst sagte, dass er Lucida verlassen würde, dann wäre alles wieder wie früher.

Doch jetzt rief die Pflicht. Wachsam und möglichst geräuschlos eilte er durch die düsteren Straßen und Gassen Pergamons. Das graue Gestein schluckte das fahle Licht des Mondes, nirgendwo wurde es von Marmorbauten reflektiert wie in Ephesos oder am Apollontempel von Didyma. Oh, wie dieses marmorne Heiligtum des Nachts im Mondlicht erstrahlte, die Figuren der Friese zum Leben zu erwachen schienen, man meinte, die Anwesenheit des Gottes zu spüren.

Ein Geräusch ließ ihn innehalten. Schritte? Schnelle Schritte? Vielleicht der Mörder? Mit angehaltenem Atem drückte sich Silvanus an eine Mauer, das Messer gezückt. Doch nein, es war nur ein Hund, der auf der Suche nach etwas Essbaren durch die Gassen strich, jetzt konnte er den Schatten des Tieres ausmachen, das hier stehen blieb, um zu schnüffeln, dort, um ein Bein zu heben. Erleichtert und zugleich enttäuscht setzte Silvanus seinen Weg fort.

Zu seiner Linken ragten die hohen Mauern des oberen Gymnasiums auf, zu seiner Rechten konnte er in einiger Entfernung das Demeterheiligtum erahnen. Über ihm, auf einer Felsnase, erhob sich als dunkler Schattenriss der Asklepiustempel vor dem Nachthimmel.

Bewegte sich dort vorn nicht etwas? Erneut hielt er inne, lauschte und versuchte, mit den Augen die Dunkelheit zu durchdringen. Doch nichts, wahrscheinlich nur wieder der Hund. Silvanus schritt weiter. Tatsächlich tauchte das Tier wieder vor ihm auf und hielt schnuppernd an der hölzernen Tür zur Südhalle des Gymnasiums inne. Schon vorhin, als er sich von Leander auf den Weg gemacht hatte, war ihm kurz der Gedanke gekommen, sich den Fundort anzuschauen, doch sogleich hatte er ihn verworfen. Ohne Licht würde er ohnehin wenig sehen können, es hätte den Umweg nicht gelohnt, der Haupteingang lag auf der anderen Seite, an diesen Nebeneingang zur Halle hatte er nicht gedacht. Vielleicht war die Tür nicht verschlossen, er sollte nachsehen.

Vorsichtig trat Silvanus heran, der Hund, ein Mitleid erregend mageres Tier, wedelte freundlich mit dem Schwanz und schnüffelte an seinen Schuhen. »Armer Kerl«, murmelte Silvanus und überlegte, ob er ihn mit nach Hause nehmen und ein wenig aufpäppeln sollte, während er den Riegel betätigte – lautlos schwang die Tür auf, die Angeln schienen gut geölt. Freudig lief der Hund ihm voran in die Halle und verschwand in der Dunkelheit. Das Tappen seiner Pfoten auf dem Holzfußboden war deutlich zu hören, auch Silvanus' Schritte hallten leise nach, obwohl er versuchte, die Füße so vorsichtig und lautlos wie möglich aufzusetzen. Es klang unheimlich, hohl und dumpf, eine Gänsehaut überlief ihn. Er kannte den Grund, unter dem Holzboden der Halle lag ein Kellergang, doch gerade das Wissen um den düsteren Gang, selbst am Tage nur spärlich durch winzige Lichtschächte erhellt, ließ Silvanus an der Klugheit seiner Entscheidung zweifeln: Dieser Kellergang, zu erreichen über die Ost- und Westseite sowie über mehrere Treppenaufgänge innerhalb des Gymnasiums, wäre ein ideales Versteck für einen flüchtigen Mörder.

Er zögerte. Besser er kehrte um und sah sich den Ort später, bei Tageslicht, an. Doch dass der Verbrecher sich noch hier aufhielt, war kaum wahrscheinlich. Nach Leanders Bericht hatte der Zeuge ihn nicht aufgeschreckt, sondern nur gesehen, wie er sich über die Leiche beugte und dann entfernte, für den Mörder bestand also kein Grund, sich zu verstecken. Und wenn doch, so hätte er genug Zeit gehabt, zu flüchten, bis Imbrassos mit seinen Leuten eingetroffen war.

Nein, nun, da er einmal hier war, konnte er sich auch umsehen. ›Du machst das schon‹, hörte er wieder Antonius sagen, gut, er würde sein Bestes geben. Den Blick auf den Boden gerichtet, schritt er voran.

Als er die Waschräume zu seiner Linken hinter sich gelassen hatte und den offenen Sportplatz neben sich liegen sah, wich er dorthin aus. Es tat gut, nicht mehr das Hallen der eigenen Schritte auf dem Holzfußboden zu hören. Langsam entspannte er sich. Der Mond, fast voll, erhellte die riesige Anlage, deutlich konnte er vor sich die zweigeschossige Fassade des Erholungsbereiches ausmachen. Ein Bad gab es dort, wusste Silvanus, doch nur mit kaltem Wasser, einen Raum zum Bestäuben des Körpers mit Sand nach dem Einölen und einen Garten zum Lustwandeln. Diodoros Pasparos der Ältere, der verstorbene Vater seines jetzigen Widersachers, hatte dies alles gestiftet, die Fassaden sogar mit Marmor auskleiden lassen. Dieser Mann, der viel für Pergamon erreicht hatte, der oft als Gesandter nach Rom gereist war, um bessere Bedingungen für seine Stadt auszuhandeln, hatte bereits zu Lebzeiten seine Verdienste allüberall in der Stadt verewigt. Ganz abgesehen von dem Heroon, seiner persönlichen Kultstätte, die er zu seinem Gedenken hatte errichten lassen, kündeten vielerorts Statuen, Büsten, Tafeln mit Inschriften von seinen Wohltaten – so unausweichlich, dass er, obwohl längst tot, in seiner Hybris Silvanus fast widerlich war.

Sein Blick fiel auf den Tempel des Asklepius, der auf dem Felsen über dem Gymnasium thronte. Darunter ließe sich, ebnete man den Fels ein wenig ein, ohne große Probleme ein Bauwerk errichten, eines, das von den Taten des Antonius und seinen, Silvanus', künden würde. Zwar müsste man einen Teil des Tempelgeländes einbeziehen, doch eine moderne Thermenanlage mit Warmwasseranwendungen, Schwitzbädern und all dem Komfort, der hier nur selten anzutreffen war, rechtfertigte einen solchen Schritt durchaus. Die Silvanusthermen. Eine hervorragende Idee, viel besser, als ein paar Relieffiguren für den Zeusaltar zu stiften, wo sein Beitrag in dem Gesamtkunstwerk untergehen würde. Die Bürger Pergamons würden solch eine moderne Anlage lieben.

Oh ja, er würde diese Stadt hervorragend verwalten, er würde mit sämtlichen Problemen – einschließlich der Mordfälle – fertig werden. Er würde es ihnen zeigen, allen voran Leander.

Die Mordfälle. Silvanus richtete seine Aufmerksamkeit wieder auf die südliche Halle. Dies war kein Ort, an dem man mitten in der Nacht darauf wartete, dass zufällig ein Mensch vorbeikam, um dann seinen Mordgelüsten nachzugehen, nein, entweder hatte sich der Täter mit dem Opfer hier verabredet oder war mit ihm zusammen hierher gekommen. Oder die Tat war gar nicht hier geschehen, die Leiche nur an dieser Stelle abgelegt worden. Für einen Mann allein wäre es schwer, den Toten hierher zu transportieren, aber für zwei?

Der Zeuge. Was hatte der hier gemacht, zu so später Stunde? Der Täter hatte ihn nicht gehört, also musste er über den Sportplatz gekommen sein, wo der gestampfte Boden Schrittgeräusche dämpfte. War er bewusst leise aufgetreten? Wäre ein Betrunkener dazu in der Lage? Unbedingt musste Silvanus mit dem Mann sprechen, vielleicht war der in das Verbrechen verwickelt, hatte mitgeholfen, den Toten abzulegen, oder war gar selbst der Mörder?

Zunächst jedoch musste er davon ausgehen, dass das, was der Mann gesagt hatte, stimmte. Angenommen also, er wäre tatsächlich über den Platz gekommen, hätte er überhaupt etwas sehen können? Noch immer erleuchtete der Mond Sportplatz und Säulenhalle, es dürfte auch zur Tatzeit hell genug gewesen sein, einen Mann wenigstens schemenhaft auszumachen. Selbst jetzt noch konnte Silvanus im Mondlicht seinen Begleiter erkennen, den mageren Hund, der in der Mitte der Südhalle etwas beschnupperte. Vorsichtig näherte sich Silvanus. Der Hund hob kurz den Kopf, lief aber nicht weg, als er herantrat, sondern fuhr fort, an einer Stelle auf dem Holzfußboden zu schnüffeln und zu lecken. Silvanus hockte sich nieder. Tatsächlich, was er kaum zu hoffen gewagt hatte, traf zu: Bei genauem Hinsehen konnte man die Umrisse eines dunklen Fleckes erkennen. Blut? War hier die Tat geschehen oder die Leiche abgelegt worden? Mehr denn je wünschte sich Silvanus eine Fackel.

Nun, es musste auch so gehen. Angewidert scheuchte er den Hund weg, denn wenn seine Vermutung stimmte, leckte der an dem Blut des Opfers. Winselnd wich das Tier einige Schritte zurück. Silvanus ließ sich auf die Knie nieder und versuchte, den Umriss des Fleckes auszumachen. Er war groß, vielleicht drei Fuß, aber die Ränder schienen verwischt. Nun, man hatte offenkundig das Blut, so gut es ging, aufgewischt, doch natürlich hatte man nicht verhindern können, dass es in den Holzboden eingezogen war. Nach dem Umfang des Fleckes zu urteilen, schien das Verbrechen hier geschehen zu sein, es sei denn, beim Wischen hatte man das Blut breitflächig verteilt. Silvanus fluchte innerlich. Diese Wischerei hatte sämtliche Hoffnung zunichte gemacht, aus den Blutstropfen, aus ihrer Ausrichtung Rückschlüsse auf das Verbrechen zu ziehen, und selbst sollte man in der Eile nicht sauber gearbeitet haben, würde der Hund den Rest der Spuren beseitigen, denn in knapper Entfernung leckte er bereits wieder hingebungsvoll den

Boden. »Verdammt«, murmelte er. Imbrassos würde ihm Rede und Antwort stehen müssen.

Auf allen vieren kroch Silvanus um den Fleck herum. Gleich daneben fand er noch einen, unwesentlich kleiner, aber deutlich nicht mit dem ersten verbunden, auch nicht durch Tropfen. Hatte Leander nicht gesagt, dem Opfer sei die Kehle durchgeschnitten worden? Warum dann dieser zweite Fleck? Hatte der Täter das Opfer bewegt? Seltsam.

Silvanus richtete sich ächzend auf, die Hand auf seinem Rücken. Diese Haltung, die Kühle und Feuchtigkeit der Nacht bekamen ihm nicht, hoffentlich wurden seine Beschwerden nicht wieder stärker, das wäre in der jetzigen Situation fatal.

Sein Blick fiel auf den Hund, der sich nicht weit von ihm am Fuße einer Säule niedergelassen hatte und auf etwas herumzukauen schien. Bei Jupiter, was hatte das Tier da gefunden? Vorsichtig schritt Silvanus auf den Hund zu, redete beruhigend auf ihn ein. Der knurrte, aus seinem Maul hing ein Riemen. Was mochte das sein, was könnte er dem Tier anbieten, damit es seinen Fund losließ? Er hatte nichts Essbares dabei, das Einzige, was ihm einfiel, waren seine Lederschuhe. Schnell entledigte er sich des einen, hielt ihn dem Hund vor das Maul; voller Interesse spitzte der die Ohren, ließ die alte Beute fallen und schnappte nach der neuen, interessanteren. Silvanus hob das unförmige Ding, feucht vom Speichel des Tieres, mit spitzen Fingern auf – es war ein Ledersäckchen, ein Geldbeutel, und darin klimperten einige Münzen.

Barfuß und zitternd vor Kälte eilte er nach Hause – den anderen Schuh hatte er dem Tier noch zugeworfen, was sollte er mit nur einem Teil des Schuhwerks? Eigentlich hätte er direkt zu Imbrassos gehen müssen, der auf ihn wartete, doch in diesem Aufzug konnte er dem Mann nicht vor die Augen treten. Nun, sollte der ruhig noch ein wenig warten, er würde sich zu Hause aufwärmen, einen Becher heißen Wein trinken, den hatte er sich wahrlich verdient.

Im Triklinium erwartete ihn Lucida, Nasutus an ihrer Seite. Er hatte gehofft, sie wäre wieder zu Bett gegangen, doch natürlich hatte sie nicht schlafen können, war zu erschreckt gewesen, sie hätte sich Sorgen gemacht, erklärte sie vorwurfsvoll. Dann bemerkte sie seine bloßen Füße. Silvanus erzählte von dem Hund; diese Bestie, wild und gefährlich, hätte sich in seinen Schuh verbissen, es wäre ihm nichts übriggeblieben, als die guten Stücke zu opfern. Nicht sehr glaubwürdig, er wusste es selbst, und die skeptischen Blicke seiner Frau und des Sklaven bestätigten dies. So forderte er, um abzulenken, etwas zu essen, heißen Wein, vor allem aber Wärme und ein wenig Ruhe. Mit verkniffenem Mund legte Lucida ihm eine Decke um die Schultern, Nasutus weckte Larix, ihre Köchin, die sich als Einzige wieder hingelegt hatte. Alsbald saß Silvanus vor einem Kohlenbecken, löffelte eine Schale heißer Suppe, die Larix aufgewärmt hatte, und trank warmen gewürzten Wein dazu. Langsam wich die Kälte aus seinen Gliedern. Als er schließlich satt und zufrieden vor dem Feuer saß, fühlte er sich in der Lage, die bohrenden Fragen seiner Frau zu beantworten. »Ja Lucida, es war wichtig, Staatsgeschäfte. Antonius und Leander mussten mich sofort informieren.« Innerlich verfluchte er erneut deren Entscheidung, die Geschehnisse geheim zu halten, denn Lucidas Gesicht spiegelte wachsenden Ärger.

»Was soll das heißen, Staatsgeschäfte?«, fauchte sie. »Was für Staatsgeschäfte mitten in der Nacht? Ich bin fast gestorben vor Furcht, sah mich schon vom Mob vergewaltigt und totgeschlagen, in dieser barbarischen Provinz. Ich finde, du schuldest mir eine Erklärung, Silvanus! Du trägst schließlich die Verantwortung für deinen Haushalt!«

»Lucida, nicht vor den Sklaven. Im Übrigen wäre es deine Pflicht als Ehefrau, mich zu unterstützen und zu umsorgen, und nicht, mir Vorwürfe zu machen. Ich muss feststellen, dass du dieser Pflicht nicht nachkommst, und überlege, daraus die Konsequenzen zu ziehen.«

Lucida, Nasutus, Larix, alle drei starrten ihn sprachlos an. Silvanus stand auf, forderte Mantel und Schuhe und verließ ohne ein weiteres Wort das Haus, mit zwiespältigen Gefühlen. Immerhin brauchte er jetzt keine Erklärungen mehr abzugeben, konnte seiner Arbeit nachgehen, tun, was Antonius von ihm erwartete. Und Lucida mit ihrem Gekeife hatte selbst Schuld, warum reizte sie ihn so, warum zeigte sie kein Verständnis? Gleichzeitig spürte er, wie sich sein Herz verkrampfte. Er hatte den ersten Schritt zur Trennung getan. Doch war es wohl überlegt, war er nicht voreilig gewesen? Nun, noch war nichts entschieden, sie hatten gestritten, das kam vor, und Lucida würde sich wieder beruhigen. Er konnte später darüber nachdenken, zunächst musste er sich auf das Gespräch mit Imbrassos konzentrieren, auf diesen neuen Mord, er war ja noch nicht einmal dazu gekommen, das Geldsäckchen zu untersuchen.

Im Osten zeigten sich die ersten Vorboten der Morgenröte, als er den Türklopfer am Eingang zu Imbrassos' imposantem Haus betätigte. Fast sofort wurde geöffnet. Der Blick des Janitors zeigte ihm, dass man ihn früher erwartet hatte, und ohne Umstände wurde er in Imbrassos' Arbeitsraum geführt. Vor einer Wandmalerei, einer lieblichen Gartenszene mit einem Papagei im Mittelpunkt, saß Imbrassos. Er schien geschlafen zu haben, übernächtigt wirkte er, älter als seine Jahre, im flackernden Licht der Fackeln schienen die Falten in seinem Gesicht noch tiefer, die dichten Haare noch grauer als sonst. Er erhob sich nicht, sondern bedeutete Silvanus müde, sich zu setzen. »Du hast lange gebraucht, dich hierher zu bemühen, was hielt dich auf?«

Silvanus nahm Platz und schenkte sich von dem bereitstehenden Wein ein. Nach einem tiefen Schluck fixierte er sein Gegenüber. »Dein Bericht, Imbrassos.«

Der schoss einen zornigen Blick herüber, bevor er knapp zusammenfasste: Er sei mit zwei seiner Sklaven zum Gymnasium geeilt, einer der Männer hätte dort eine Skizze der Fundsituation angefertigt, die Silvanus gern ansehen könne. Ganz offensichtlich sei der arme Junge dort ermordet worden, nach der Menge des Blutes zu urteilen, und Blutspuren, die auf einen Transport deuteten, hätte man nicht gefunden. Der Körper sei noch warm gewesen, das Blut nur wenig getrocknet, die Tat also erst vor kurzem begangen worden. Er und seine Sklaven hätten den Ort akribisch abgesucht, aber keine Spuren gefunden. »Selbstverständlich haben wir den Finder der Leiche sofort befragt, übrigens ein Arbeiter des Gymnasiums und hochgradig betrunken. Die Person, die er gesehen hat, konnte er nur insoweit beschreiben, als dass sie einen dunklen Umhang trug, mit einer Kapuze. Der Täter hätte ihn nicht bemerkt, sondern wäre ganz ruhig davongegangen, behauptete der Mann. Doch er stand unter Schock und war, wie gesagt, betrunken, du weißt, wie viel eine Aussage unter solchen Umständen wert ist. Wir gaben ihm weiteren Wein, um ihn zu beruhigen, dann geleiteten ihn zwei meiner Leute in einen versteckten Raum in den Magazinen auf dem Burgberg, wo er jetzt seinen Rausch ausschläft. Die Leiche ließ ich in meine Kellerräume bringen, du kannst sie dir gleich ansehen, Silvanus.« Imbrassos lächelte maliziös. »Du wirst Interessantes feststellen.«

»Das wäre?«

»Du wirst sehen, bilde dir deine eigene Meinung.« Imbrassos griff nach dem Wein und lehnte sich zurück.

Ein seltsames Gefühl der Unruhe beschlich Silvanus. Er würde sofort, nachdem er sich den Toten angesehen hatte – er schluckte bei dem Gedanken –, zu dem festgesetzten Arbeiter gehen, nahm er sich vor. Doch zuvor musste er diesen hochgelobten höchsten Sicherheitsbeamten Pergamons, diesen arroganten Imbrassos, in seine Schranken weisen. »Ihr habt also den Ort akribisch abgesucht?« »Natürlich.«

»Gute Arbeit habt ihr geleistet, in der Tat.« Langsam zog Silvanus den Beutel mit den Münzen unter seinem Gürtel hervor. »Das hier habe ich am Tatort gefunden, neben einer Säule, keine zehn Fuß von dem Blutfleck entfernt.« Er warf dem Pergamener den Lederbeutel zu, der ihn trotz seiner Müdigkeit mühelos auffing, ihn skeptisch beäugte, öffnete und den Inhalt auf seine Handfläche schüttete. »Ungefähr hundert Drachmen, nicht schlecht. Der Zustand dieses Beutels allerdings lässt nicht den Schluss zu, dass er mit der Tat in Verbindung steht, eher, als hätte ihn ein Tier in den Fängen gehabt. Er ist ja noch feucht.« Angewidert füllte Imbrassos die Münzen wieder in das Säckchen, warf es Silvanus zurück und wischte sich die Hand mit einem Tuch ab. »Es muss dorthin gelangt sein, nachdem wir das Gymnasium verlassen hatten, deine Zweifel an der Qualität unserer Arbeit sind unberechtigt, Silvanus Rhodius.«

»Oh nein, Imbrassos, das besagte Tier fand ihn dort, an Ort und Stelle, ich war dabei. Ihr habt den Beutel übersehen, ob er nun etwas mit dem Verbrechen zu tun hat oder nicht. So viel zu der Qualität eurer Arbeit.« Silvanus verstaute das Beweisstück wieder an seinem Gürtel. »Ich gehe davon aus, dass du nach deinem Sohn geschickt hast, damit er sich die Leiche ansieht. Er zumindest hat uns bis dato gute Dienste geleistet. War er schon hier?«

Die Abneigung in den Augen des Imbrassos hatte sich in schieren Hass gewandelt. »Nein, Römer, du scheinst den Anweisungen deines Befehlshabers nicht richtig gelauscht zu haben. Niemand darf etwas von diesem Verbrechen erfahren, waren seine Worte. Ich halte mich daran. Mein Sohn ist nicht informiert; also wirst du die Untersuchung des Toten selbst vornehmen, man sagte mir, du hättest genügend Erfahrung. Mein Sklave wird dich in den Keller geleiten.« Er zog an einer geflochtenen Schnur an der Wand, griff dann nach einer Pergamentrolle auf dem Tisch neben ihm. »Hier ist die Skizze der Lage des Toten, nimm sie mit und mache dir ein Bild von der Situation. Ich wünsche dir viel Erfolg bei der Suche nach dem Täter, Silvanus, ich bin sicher, Antonius hat seinen besten Mann mit dieser Aufgabe betraut. Ich selbst werde mich jetzt zurückziehen, um ein wenig Schlaf zu bekommen. Ich habe heute noch viel zu tun.«

Silvanus öffnete den Mund, um auf die Impertinenz des Pergameners zu antworten, als ein Klopfen an der Tür ihn unterbrach. Auf ein knappes »Ja« des Imbrassos trat ein Mann ein und zog sich die Kapuze vom Kopf, offensichtlich nicht der erwartete Sklave, der Silvanus in den Keller geleiten sollte.

»Was ist, Chrisostomos?«, fragte Imbrassos knapp.

»Herr, der Mann, den du uns anvertraut hast, ist tot. Ich fand ihn erstickt an seinem Erbrochenen.«

Das war zu viel. »Was ist das hier für ein Sauhaufen?«, brüllte Silvanus. »Nichts als Lügen, Intrigen, schlampige Arbeit. Ich werde mich bei Marcus Antonius über dich beschweren, Imbrassos, deine Tage in diesem Amt sind gezählt, dessen sei gewiss! Was ist das für eine Provinz, was für Menschen leben hier!«

Imbrassos ignorierte ihn, gab dem Boten Chrisostomos einige leise Anweisungen, als der erwartete Sklave erschien. Diesem gab er mit einem Kopfnicken zu verstehen, Silvanus zu der Leiche im Keller zu führen, dann wandte er sich noch einmal an ihn: »Ich danke dir, dass du meine ganze Familie aufgeweckt hast – und deine beiden Freundinnen. Nun, es ist ohnehin Zeit, aufzustehen. Und wer letztendlich bei eurem Imperator mehr Gehör findet, wird sich zeigen, der, der sich an die Anweisungen hält, oder derjenige, welcher seinen eingeschränkten persönlichen Standpunkt über alles stellt. Guten Morgen.« Bevor Silvanus etwas erwidern konnte, hatte Imbrassos den Raum verlassen.

Silvanus schäumte. Der einzige Zeuge war umgebracht worden, daran hegte er keinen Zweifel. Und Imbrassos hatte die Stirn, diese Tat mit Antonius' Befehl zu legitimieren. Ganz abgesehen von der Tatsache, dass es für den Inhaber eines hohen Staatsamtes unter harter Strafe stand, den Tod eines Unschuldigen herbeizuführen – dieses Gesetz hatte Caesar seinerzeit erlassen –, war Antonius nicht der Mann, der dergleichen mit seinen moralischen Vorstellungen vereinbaren konnte. Er mochte hart sein, er mochte politische Entscheidungen über die

Aufklärung von Verbrechen stellen, aber Marcus Antonius würde niemals einen unschuldigen Menschen einfach umbringen lassen. Nein, das war das Werk eines dieser verlogenen, verschlagenen griechischen Kleinasiaten, der seine eigenen Interessen verfolgte, seine Macht demonstrieren oder gar ihm, Silvanus, schaden wollte. Aber nicht mit ihm, wenn er hier fertig war, in Pergamon, dann säßen sie nicht mehr an den Hebeln der Macht – Imbrassos, Diodoros Pasparos, Leander und wie sie alle hießen – sie könnten froh sein, als Privatleute ihr Leben zu beenden, eher noch würde er sie wegen Verrates anklagen, dann drohte ihnen geringstenfalls die Verbannung.

Er folgte dem Sklaven zu dem düsteren Kellerraum. Jetzt musste er auch noch die Untersuchung des Toten selbst vornehmen, die genaue Untersuchung, keine oberflächliche wie sonst, da er sich auf einen Arzt verließ. Schon bei dem Gedanken daran hob sich sein Magen, brannte seine Kehle. Er fluchte leise, denn Imbrassos hatte natürlich Recht, man konnte Nessos nicht hinzuziehen, obwohl er Arzt war und Sohn des höchsten Sicherheitsbeamten.

Silvanus nahm dem Sklaven die Fackel aus der Hand und schickte ihn, Wein zu holen. Schemenhaft konnte er in einer Ecke des niedrigen Raumes den Toten erkennen, nicht einmal zugedeckt hatte man ihn. Silvanus trat heran, atmete tief durch und widmete sich der unangenehmen Aufgabe. Man hatte das nackte Opfer auf den Rücken gelegt, ein äußerst attraktiver Jüngling mit fast weiblichen, ebenmäßigen Gesichtszügen, gerahmt von halblangen braunen Locken. Er war gewiss nicht älter als fünfzehn, seine Schultern noch schmal, der Körper knabenhaft – perfekt wie das Werk eines begnadeten Bildhauers, wäre ihm nicht die Kehle durchtrennt worden, hässlich klaffte der Schnitt unter dem wohlgerundeten Kinn. Überall war Blut, stellte Silvanus fest, als er den Körper mit der Fackel systematisch von oben nach unten ableuchtete, immer wieder gegen den Brechreiz kämpfend. Der Sklave würde ihn waschen müssen, wollte man eventuelle weitere Verletzungen feststellen. Doch gerade, als er den mit dem Wein hereintretenden Sklaven mit diesem Auftrag betrauen wollte, fiel sein Blick auf den Schoß des toten Jünglings. Silvanus gelang es, sich umzudrehen, bevor sich sein Magen auf den Boden entleerte, das Bild noch vor Augen: Man hatte dem Opfer Penis und Hoden abgeschnitten.

Sie schreckten hoch. »Wer brüllt da so?«, flüsterte Illicia.

Laelia lauschte in die Dunkelheit. »Es klingt wie Silvanus, aber was will der hier, um diese Zeit? Es ist noch nicht einmal hell.«

Sie hatten nicht tief geschlafen nach dem aufregenden Abend, noch lange hatten sie sich ausgetauscht, über Antonius, über Leander.

Oh ja, sie finde Leander höchst attraktiv, hatte Laelia Illicias Frage beantwortet. Er sei charmant, gebildet, ein äußerst angenehmer Gesprächspartner und durchaus an ihr interessiert, wie es schien. Nein, er habe nicht versucht, ihr näher zu kommen, er habe nur geredet, auch über sich, über sein Leben, seine Einsamkeit, die er mit Arbeit ausfüllte, seine Frau, die vor einigen Jahren gestorben sei. Seine Botschaft sei deutlich genug gewesen, ihr Herz jedoch habe er nicht erreicht, noch nicht, vielleicht benötige sie einfach ein wenig Zeit.

Sie hatten sich gerade zu Bett begeben wollen, da erinnerte sich Illicia des Briefes, den ihr Pheromon, der Schafzüchter, vor der Bibliothek gegeben hatte. »Ich möchte dir etwas mitteilen«, hatte Illicia vorgelesen, und diesem kurzen Satz folgte eine ausführliche Wegbeschreibung zu seinem Haus. Eine Weile noch hatten sie darüber gerätselt, was er wohl meinte, dann war das Gespräch wieder zu Antonius, zu Leander und Silvanus und ihrer allgemeinen Lage zurückgekehrt, bis sie sich endlich in ihre Decken gehüllt hatten.

Jetzt, da der Lärm von unten an ihre Ohren drang, waren sie hellwach. Laelia sprang von ihrer Kline, lief zur Tür, öffnete sie einen Spalt und horchte hinunter. »Es ist wirklich Silvanus, hör nur, wie er schimpft. Was mag passiert sein?«

Plötzlich war es still, das Schimpfen verstummt; kurz darauf hörten sie Schritte die Treppe heraufkommen. Leise schloss Laelia die Tür. »Das muss Imbrassos sein, er geht in Richtung seines Zimmers.« Sie holte ihre Decke von der Kline und schlang sie fröstelnd um die Schultern. »Es muss wirklich etwas passiert sein. Ich hoffe nur, die Parther stehen nicht vor den Toren, aber das hätte Antonius sicher gewusst.«

»Vielleicht hat der Mörder wieder zugeschlagen oder sie haben ihn gefasst, obwohl, dann hätte sich Silvanus nicht so zu ereifern brauchen.« Nachdenklich rieb sich Illicia den Nasenrücken. »Nun, wie auch immer, vielleicht werden wir es beim Frühstück erfahren.«

Der Morgen dämmerte, die ersten zarten Sonnenstrahlen drangen durch das Fenster. Im Hause klappten Türen, die Sklaven begannen ihr Tagewerk, es würde nicht mehr lange dauern, bis Flusia käme, um sie wie jeden Morgen zu wecken. An Schlaf war nicht mehr zu denken, so machten sie sich frisch und kleideten sich an. Als die schwarze Sklavin das Zimmer betrat, fand sie Laelia und Illicia schon für die abschließende Morgentoilette bereit. »Hat euch auch dieses Geschrei geweckt?«, fragte sie, während sie begann, Illicias Haar zu bürsten und geschickt in einen Knoten zu schlingen.

»Ja, was war da los, Flusia?«, fragte Illicia.

»Die anderen erzählten, der Herr Silvanus war hier und hat sich mit dem Herrn Imbrassos gestritten. Der war zuvor mit Chimon und Erastos, du weißt schon, seinem Schreibsklaven und dessen Sohn, in der Nacht lange unterwegs. Aber keiner der beiden sagt ein Wort, warum oder wohin, was alle noch neugieriger macht. Selbst die Herrin Proka scheint nicht zu wissen, worum es ging. In der Küche erzählte ihre Leibsklavin, heute hat der Herr Imbrassos ihr zum ersten Mal nicht nachgegeben, sondern auf all ihre Fragen eisern geschwiegen. Die Herrin Proka ist sehr unleidlich deswegen und verteilte schon Ohrfeigen wegen Nichtigkeiten.«

Laelia wechselte einen Blick mit Illicia. Was mochte da geschehen sein? Natürlich, sie konnten Silvanus fragen, aber wann würden sie den sehen? Und würde er ihnen alles sagen?

Flusia begann, Illicias dichte braune Locken mit Nadeln hochzustecken. Die Sklavin hatte sich verändert, stellte Laelia fest, ohne größere Probleme hatte sie sich eingelebt, sah gesund und blühend aus, die Gesellschaft von Imbrassos' Sklaven tat ihr augenscheinlich gut. Hatte sie früher mit keinem Fremden ein Wort zu wechseln gewagt, ja, sich versteckt, sobald Menschen ins Haus kamen, schien sie sich mit den Sklaven hier sogar angefreundet zu haben. Das galt es auszunutzen. »Verstehst du dich gut mit Chimon und seinem Sohn?«

»Nun ja, Chimon scheint mich zu mögen ...« Etwas zögerlich kam die Antwort. Aha, Imbrassos' ältlicher Leibsklave schien Gefallen an der schwarzen Schönheit gefunden zu haben, nun, wer nicht, frei oder unfrei. Die glänzende ebenholzfarbene Haut des Mädchens, die katzengleichen Bewegungen ihres geschmeidigen Körpers erregten die Aufmerksamkeit aller, der Grund für ihre frühere Verstörtheit. Im

Moment jedoch schien ihr dieses Interesse eines Mannes gut zu tun, vielleicht war es leichter, Gleichgestellte abzuweisen – oder auch zu akzeptieren.

»Meinst du, er würde dir etwas erzählen, Flusia?«, hakte Illicia nach. »Versuch es doch einmal, Laelia und ich würden zu gern wissen, was heute Nacht passiert ist.«

Die Nubierin nickte verhalten.

Zufrieden ließen sie Flusia ihr Werk vollenden, und mit wohlfrisierten Haaren, die Augen dezent mit Kohle umrandet und ein wenig Rot auf den Wangen stiegen sie die Treppen hinab. Wie gewohnt, erwartete sie Proka im Triklinium zum morgendlichen Mahl, Imbrassos fehlte. Kein Wort fiel über die Vorfälle der letzten Nacht, entsprechenden Fragen wich Proka aus. Sie hätte nichts gehört, erwiderte sie barsch und brachte das Thema auf den gestrigen Tag, ließ sich den Spaziergang schildern und fragte, warum es so spät geworden sei. Sie seien noch zum Mahl geladen worden, berichtete Laelia, auch Marcus Antonius sei anwesend gewesen.

»Er soll ja höchst charmant sein, der römische Herrscher, und alle Frauen betören. Nehmt euch vor ihm in Acht«, warnte Proka. »Ich kann den Göttern nicht oft genug danken, dass meine Kinder nicht den lockeren römischen Sitten verfallen sind. Lachne, nun, sie sollte zwar nicht allein in diesem großen Haus wohnen, doch sie führt ein untadeliges Leben. Und Nessos, mein guter Junge, hat nie unzüchtige Gedanken gehegt, hat sich ganz seinem Beruf gewidmet. Doch langsam sollte auch er daran denken, zu heiraten.« Sie warf einen Blick auf Laelia.

Oh ja, Proka könne sich wirklich glücklich schätzen ob ihrer Kinder, beeilte sich Laelia zuzustimmen, unangenehm berührt von diesem Blick. Zog man sie etwa als Schwiegertochter in Betracht?

Das Frühstück war beendet, die Sklaven räumten ab, und Laelia und Illicia zogen sich zum morgendlichen Spinnen zurück, eine Tätigkeit, die sie zunehmend hassten. Proka, die sonst um diese Zeit mit den Sklaven den Haushalt besprach, gesellte sich zu ihnen, spann endlose Fäden und redete und fragte. »Vielleicht sollten wir einmal eure Väter einladen«, schlug sie endlich vor. »Du sagtest doch, Illicia, der deine sei Apollonpriester in dem großen Heiligtum in Didyma gewesen. Nessos würde sich sicherlich gern mit ihm unterhalten, er wollte schon immer einmal an der jährlichen Prozession zum dortigen Tempel teilnehmen, von der man so viel hört. Ein mächtiger Gott, euer Didymäischer Apollon, auch unsere Magistrate haben schon häufig sein Orakel um Rat gefragt. Und auch den römischen Herrn Bibulus würde ich wirklich gern kennen lernen, Laelia, mein Kind.« Proka sah mit einem schmalen Lächeln zu ihr herüber. »Auch deine Schwester Offilia mit ihrem Gatten sollten wir dazubitten, Lachne berichtet nur Gutes über die beiden und ihren reizenden Nachwuchs.«

Laelia zog die Augenbrauen hoch, entrang sich ein: »Ach, das wäre sehr gütig von dir, Proka«, während vor ihrem geistigen Auge die Schreckensvision ihres dem guten Weine heftig zusprechenden Vaters neben dem berauscht auf der Kline schnarchenden Rubingetorix aufstieg. Bei Apollon, hatte man ihre Heirat schon beschlossen, war ihr Vater gar schon eingeweiht und hatte seine Zustimmung gegeben? Unter züchtig gesenkten Lidern schickte sie Illicia einen verzweifelten Blick, die kaum merklich mit den Schultern zuckte.

So verging der Vormittag in quälender Langsamkeit, fast schon war es Mittag, als eine Unterbrechung eintrat. Nessos' Stimme ertönte vom Eingang. Laelia wusste nicht, ob sie sich freuen sollte, endlich der Spindel und Prokas Gerede zu entgehen, oder ob dieser Besuch abgesprochen war und weitere Bedrängnis bedeutete. Schon stand der junge Arzt im Zimmer, ein Lächeln flog über sein Gesicht, als er ihrer ansichtig wurde, doch ehrerbietig begrüßte er zuerst die Mutter, bevor er sich Laelia zuwandte. »Wie schön, euch bei dieser Beschäftigung anzutreffen.« Er setzte sich in einen der Korbsessel, schien nervös.

Nichts Unpassenderes hätte er sagen können. Laelia hielt den Blick starr auf den Boden gerichtet, um ihren Unwillen zu verbergen, ein Mann, der sie an Spindel und Webstuhl fesseln wollte, das hatte ihr noch gefehlt. Selbst Silvanus zeigte für ihre Interessen Verständnis, bezog sie in seine Arbeit ein. Hätte Nessos von medizinischen Behandlungsmethoden gesprochen, von Literatur, vielleicht würde sie sogar über Prokas Absichten ernsthaft nachdenken, aber Spinnen? Und seiner offensichtlichen Nervosität nach zu urteilen, geschah das Ganze mit seinem Einverständnis, war er vielleicht gar der Initiator. Unruhig wippte er mit dem Fuß, knetete seine Hände, konnte ihr nicht in die Augen schauen.

Für einen Moment herrschte peinliches Schweigen. Dann wandte sich Nessos an Proka: »Wo ist Vater? Ich habe ihn in seinem Amtszimmer gesucht, dort sagte man mir, er käme später. Geht es ihm nicht gut? Soll ich nach ihm sehen?«

Proka hatte sich erhoben. Nessos' Frage schien ihren morgendlichen Groll erneut zu wecken, denn scharf kam die Antwort: »Dein Herr Vater hat in der Nacht wenig geschlafen, wichtige Geschäfte hielten ihn auf, so sagte er. Es geht ihm gut, sei versichert, wir hätten nach dir geschickt, hätten wir deine Hilfe benötigt. Ich habe Anweisung gegeben, ihn nicht zu stören. Was wolltest du von ihm?«

»Ach, nichts Dringendes, im Asklepieion wurde ein Weihegeschenk gestohlen, das wollte ich mit ihm besprechen.« Nessos zog unter dem strengen Blick seiner Mutter die Schultern hoch, seine schon bei der Ankunft geröteten Wangen wurden noch eine Spur dunkler. »Gibt es etwas Neues von Lachne?«, lenkte er ab. »Ich habe sie gestern besucht, sie schien sehr aufgeräumt und zufrieden, hat sie einen Verehrer?«

»Was fragst du mich?«, gab Proka zurück. »Wenn sie jemandem davon erzählt, dann doch wohl dir. – Hast du Laelias Schwester mit den reizenden Kindern getroffen? Ich sagte gerade zu den jungen Damen, wir sollten einmal die Familien zu einem Mahl einladen. Die Einzelheiten könnt ihr miteinander besprechen, ich muss mich jetzt um die Sklavenschaft kümmern.«

Nessos erwiderte nichts, doch eine Zornesfalte verfinsterte seine Stirn. Wusste er doch noch nichts von Prokas Plan, fragte sich Laelia, die noch immer so tat, als schenke sie ihre Aufmerksamkeit ganz der Spindel. War der Gedanke auch für ihn neu, hieß er die Absicht seiner Mutter nicht gut? Fast schien es so, denn nicht wie sonst wandte er sich ihr zu, um ein paar freundliche Worte zu wechseln, sie mit seinen strahlenden blauen Augen anzusehen, nein, er saß da, starrte vor sich hin, wippte mit dem Fuß.

Ein Sklave mit einem Tablett in der Hand brach das Schweigen. »Wein, die Herrschaften?«

»Oh, gern.« Erleichtert nahm Laelia den silbernen Becher entgegen, Illicia lehnte dankend ab.

Nessos hatte einen Becher vom Tablett genommen und hielt ihn nun dem Manne hin. Der goss zu schwungvoll, roter Wein spritzte auf Nessos' makellos weißen Chiton. »Kannst du nicht aufpassen, du Idiot!« Wutentbrannt schleuderte der Arzt dem Diener den Becher in das

Gesicht. »Sieh nur, was du angerichtet hast. Diesen Chiton kann ich wegwerfen, das teure Stück. Das wirst du bezahlen, mit Peitschenhieben, du Nichtsnutz. Wie kann man nur so tölpelhaft sein!«

Angstvoll zog der Sklave den Kopf ein, stammelte eine Entschuldigung und wischte sich über das Gesicht, eine blutige Wunde klaffte an seiner Stirn. Langsam zog er sich zurück. Nessos stürmte hinterher, stieß ihn beiseite, schimpfend hörten sie ihn die Treppe hinauflaufen.

»Bei allen Göttern, was ist hier los? Das ist doch sonst nicht seine Art«, flüsterte Illicia.

Laelia legte die Spindel beiseite. »Ich habe den Eindruck, er hat ebenso wenig die Absicht zu heiraten wie ich.«

Müde und ausgelaugt saß Silvanus in einer Taverne vor einem Becher Wein. Es war noch früh am Morgen, eigentlich pflegte er zu dieser Stunde noch nicht dem Weine zuzusprechen, doch heute hatte er es sich verdient. Mit ganzer Kraft versuchte er, das Bild des toten Jünglings zu verdrängen. So etwas hatte er noch nie gesehen, nicht einmal in Rom, wo brutale Verbrechen keine Seltenheit waren. Doch eine solche Untat? Welcher Mensch war dazu fähig? Kopfschüttelnd nahm er einen tiefen Schluck.

Dazu kam, dass mit dieser Leiche seine Theorie ins Wanken geriet. Dies waren keine Beziehungstaten, es war kaum möglich, dass seit seinem Pergamonaufenthalt vier Menschen von ihnen Nahestehenden ermordet worden waren, alle auf fast dieselbe Art, alle entkleidet gefunden. Und das Schlimmste war, hätte man sofort gehandelt, hätte man den Mann vielleicht gefasst. Doch selbst er musste inzwischen einräumen, dass es vermutlich von Vorteil war, die Tat geheim zu halten, nicht auszudenken, was geschähe, spräche es sich herum. Ein Wahnsinniger treibe sein Unwesen, würde es heißen, oder noch ärger, die Römer, die Herren der Welt, seien nicht imstande, dagegen einzuschreiten. Schon hörte er die Schmährufe in seinen Ohren gellen. Erneut nahm er einen tiefen Zug, der Wein war nicht schlecht, und allmählich erfüllte ihn eine angenehme Leichtigkeit.

Andererseits musste er gerade jetzt mit aller Kraft weiterermitteln. War es tatsächlich ein Wahnsinniger – und wer Menschen so verstümmelte, konnte nur wahnsinnig sein –, so wäre es allein eine Frage der Zeit, bis er wieder zuschlug. Was sollte er tun? Es blieb ihm nichts, als wieder ganz von vorn zu beginnen, das zu nutzen, was er hatte, wenig genug. Er wusste, die Opfer waren alle jung, schön und unbekleidet; er konnte vermuten, dass der letzte Tote nicht zufällig im Gymnasium gewesen, sondern unter irgendeinem Vorwand dorthin gelockt worden war. Was mochte wohl der Geldbeutel bedeuten? Hatte man ein Geschäft vorgehabt? Warum aber lag er dann dort, warum hatte der Täter das Geld nicht mitgenommen? Silvanus kratzte sich am Kopf. Nun, das konnte viele Gründe haben, damit kam er zunächst nicht weiter. Also zurück zu den anderen Fällen. Auch bei dem Pärchen schien es wahrscheinlich, dass der Täter ihnen zumindest gefolgt war, wenn er sich nicht gar am Tatort mit ihnen verabredet hatte, und die Sklavin Camilla war wohl gleichfalls nicht aus eigenem Antrieb zu einem solch einsamen Ort gegangen. Also hatten sie vermutlich alle zuvor mit dem Täter zumindest gesprochen, mussten ihn gekannt haben. Zwar waren seine Ermittlungen im Lager und auch im Töpferviertel in dieser Hinsicht nicht ergiebig gewesen – Kallistos hatte ja Befragungen durchgeführt – doch sollte er noch einmal mit den Angehörigen beziehungsweise den Besitzern der Sklavin sprechen, irgendetwas gab es bestimmt, das ein wenig Licht in die Sache brachte, vielleicht hatte er etwas übersehen, irgendwelche Verbindungen, dunkle Geschäfte, irgendetwas. Möglicherweise lockte der Mörder mit windigen Angeboten, gab vor, etwas kaufen oder verkaufen zu wollen, und bestellte die Opfer zu einsamen Orten, dazu würde auch der Geldbeutel passen. Warum aber war er zurückgelassen worden?

Silvanus leerte seinen Becher und überlegte, sich einen weiteren zu bestellen. Der Wein war wirklich gut, diese Taverne sollte er sich merken. Eigentlich müsste er in das Prytaneion, vielleicht hatten Kallistos und Baton inzwischen etwas herausgefunden, über das Messer zum Beispiel. Oder jemand hatte den toten Jüngling als vermisst gemeldet, dann könnten seine beiden Mitarbeiter in dieser Richtung weiterforschen. Kurz erwog er, zusätzliche Männer anzufordern, in seiner jetzigen Position würde man es ihm nicht abschlagen, doch er verwarf den Gedanken sofort, er wusste, dass jeder einzelne Mann der pergamenischen Sicherheitskräfte unabkömmlich war. Seit die Flüchtlinge vor den Toren lagerten, waren Diebstähle und Überfälle an der Tagesordnung, niemand, weder Einheimische noch Lagerbewohner, fühlte sich mehr sicher. Nein, er musste den Mörder mit den Mitteln stellen, die er besaß. Also nur Kallistos und Baton.

Silvanus streckte die Füße aus und winkte der Bedienung, ihm einen weiteren Becher zu bringen, den letzten, beschloss er, der aber musste noch sein. Die Wirtin brachte den Wein, und versonnen schaute er ihr nach, wie sie mit wiegenden Hüften zum Tresen zurückging. Laelia, immerzu musste er an sie denken, wie sollte er da einen klaren Kopf behalten? Sollte er sie noch einmal bitten, ihre Freundin im Lager zu bemühen, diese Velusia? Die schien wirklich vieles zu erfahren, das könnte durchaus weiterhin nützlich sein. Und für zu gefährlich hielt er solche Erkundigungen inzwischen nicht mehr, der Mörder war mit ziemlicher Sicherheit nicht im Lager zu suchen, wenn man die alten Fälle in Betracht zog. Aber trotzdem, am besten wäre, er würde selbst mit Velusia sprechen, vielleicht wusste sie von Verbindungen der Opfer untereinander, zwischen den Familien, gemeinsamen Bekannten. Nachher also.

Er nahm den Becher und trank. Laelia. Ach, er sehnte sich nach ihr. Doch sie hatte mit Leander die Sehenswürdigkeiten der Stadt besichtigt. Bestimmt hatten die beiden auch noch einen schönen Abend miteinander verbracht, über die Mordfälle, Täter und Motive diskutiert, so wie Laelia es früher mit ihm, Silvanus, getan hatte. Es war sehr hilfreich gewesen, er vermisste diesen Gedankenaustausch, die Sicht der Dinge aus einer anderen Perspektive, und Laelia wie auch Illicia hatten solche Gespräche großen Genuss bereitet. Und jetzt verschaffte Leander ihr dieses Vergnügen. Was konnte er dagegen unternehmen? Er musste sie unbedingt aufsuchen, versuchen, mit ihr allein zu sein, und ihr endlich erzählen, dass er Lucida verlassen wollte – obwohl die sich in letzter Zeit zugänglicher zeigte. Abgesehen von dem Streit vorhin schien sie endlich zu würdigen, was er leistete, nicht zuletzt, dass er zunehmend an Einfluss gewann und – an Geld.

Er reckte die müden Glieder. Bei Herkules, mitten in der Nacht war er aufgestanden, hatte das komplette Tagewerk eines Beamten bereits abgeleistet, und jetzt musste er in das Prytaneion, um anschließend einmal mehr das Flüchtlingslager zu inspizieren, und dies alles zu Fuß. Was sprach eigentlich dagegen, sich einen Wagen zuzulegen? Das nötige Geld hatte er ja, bald jedenfalls. Viel schneller käme er voran, müsste er nicht alle Wege zu Fuß zurücklegen. Gut, in der Stadt hatte er damit nicht viel gewonnen, aber wer wusste, was noch alles auf ihn zukam.

Ja, er würde sich einen Wagen kaufen, jetzt sofort. Nicht irgendeinen, nein, er hatte ganz konkrete Vorstellungen. Lucida wäre begeistert. Hastig leerte er den Becher, bezahlte und ging.

Hinter dem Eumenischen Tor kannte er einen Händler, der genau das anbot, was er suchte. Doch dort angekommen, schaute er sich enttäuscht um. Am Straßenrand standen einige Modelle der jüngsten Produktion, allesamt robuste Wagen, geeignet, schwere Lasten zu transportieren. Keinesfalls das, was Silvanus sich vorstellte.

Aus der Werkstatt, voll mit zahllosen Gerätschaften für Schreiner-, Schmiede- und Lederarbeiten, eilte ein schmächtiger Mann mittleren Alters auf Silvanus zu. »Mein Herr, du suchst einen Wagen?«

»Allerdings«, erwiderte Silvanus, »was sonst sollte ich hier wohl suchen?«

»Natürlich, wie dumm von mir, verzeih. Draußen habe ich ein paar sehr schöne, hast du sie dir schon angesehen?«

Silvanus schüttelte den Kopf. »Die sind nicht das Richtige. Ich suche, hm, etwas Sportlicheres. Neulich sah ich hier einen Zweisitzer, der wäre genau richtig.«

Bedauernd zuckte der Händler die Schultern. »Der ist leider verkauft, ein schönes Stück, ein Liebhaberwagen geradezu. Nicht ganz billig, aber seinen Preis wert. Nun, vielleicht kann ich dir dennoch dienlich sein. Bei einem meiner Lieferanten habe ich ein ganz ähnliches Modell stehen, wenn du ein wenig Zeit hast, werde ich ihn holen lassen.

Silvanus war es recht.

Der Händler schickte einen seiner Angestellten nach dem Fahrzeug, einen anderen nach Wein. »Ich muss dich darauf hinweisen, dass ich diesen Wagen zwei- oder dreimal verliehen habe, darum steht er auch nicht hier. Der Markt für solch teure Gefährte ist nicht gut, im Moment …« Er sah den Unwillen in Silvanus' Miene. »Nein, nein, keine Sorge, an dem Wagen ist keine Schramme, er ist wie neu. Weil er aber doch nicht ganz neu ist, kann ich dir beim Preis ein gutes Stück entgegenkommen. Na, ist das ein Angebot? Aber sieh ihn dir erst einmal an. Du kannst auch gern eine Runde drehen, wenn er hier ist.«

»Und ich soll dir glauben, dass an dem Wagen nichts dran ist? Wer garantiert mir das? Vielleicht hast du ihn nur wiederhergerichtet, nach einem Unfall, und die Achse ist verzogen oder Schlimmeres. Ich wollte einen neuen.«

»Ich gebe dir mein Wort, dass nichts dergleichen mit dem Wagen ist. Ich habe ihn erst vor kurzem gebaut, jeder hier kann dir das bestätigen. Ich bin kein Betrüger, bei einem Geschäft wie dem meinen lohnt sich das nicht.« Echte Empörung sprach aus den Augen des Mannes. »Doch wenn es unbedingt ein Neuwagen sein soll, können wir dir auch einen bauen, genau nach deinen Vorstellungen. Das wäre natürlich erheblich teurer und würde ein paar Wochen dauern, während du diesen sofort haben kannst.«

Gerade wollte Silvanus erwidern, dass es ja auch noch andere Händler gäbe, als er das Fahrzeug sah. Ein Prachtstück, goldrot schimmerte es in der Sonne. Ein leichter, aber stabiler Aufbau bot zwei Menschen ausreichend Platz, mit etwas gutem Willen auch einem dritten. Durch die bewegliche Achse war das Fahrzeug leicht lenkbar, Lederriemen sorgten für eine angenehme Federung.

»Darf ich dich auf den Anstrich aufmerksam machen? Dieses Rot wirst du in ganz Pergamon nicht noch einmal finden. Die Farbe war ein Sonderposten aus dem Fernen Osten, wir haben sie bei diesem Fahrzeug ausprobiert und waren über ihre außerordentliche Qualität so begeistert, dass wir gern mehr davon bestellt hätten, doch das wird vorerst nicht möglich sein, die angespannte politische Lage, du verstehst. Du wirst vermutlich für absehbare Zeit der Einzige sein, der in diesen Genuss kommt. Vorausgesetzt natürlich, du nimmst den Wagen.«

Silvanus bestieg den Fahrersitz, ein wenig straff gepolstert war er, aber das musste wahrscheinlich so sein. Die Zügel lagen gut in der Hand, die vorgespannte Stute schnaubte erwartungsvoll. Ein schönes Tier, mit glänzendem braunem Fell und geschmeidig spielenden Muskeln.

Aufmunternd nickte der Händler ihm zu. »Du kannst gern eine Probefahrt machen, allerdings«, er hielt einen Augenblick inne, »du musst verstehen, ich kenne dich gar nicht. Dies ist ein wertvoller Wagen, wer sagt mir, dass du dich nicht mit ihm aus dem Staube machst. Hast du etwas bei dir, das du mir als Pfand lassen kannst?«

Silvanus hatte nichts dergleichen. Natürlich konnte er die Sorge des Händlers verstehen, auch er würde nicht jeden Dahergelaufenen mit seinem Wagen fahren lassen, mit diesem Wagen, den er schon als sein Eigen betrachtete. »Hm, nein, leider nicht. Aber ich bin Silvanus Rhodius, vom Rat der Stadt mit der Organisation des Flüchtlingslagers betraut, und ganz abgesehen davon, bin ich der Legat von Marcus Antonius.«

Misstrauisch legte sich die Stirn des Verkäufers in Falten. »Na ja, viel ist das nicht, was du mir da als Sicherheit anbietest. Zugegeben, deinen Namen habe ich schon einmal gehört. Aber jeder könnte behaupten, er sei Silvanus Rhodius und Mitglied des Rates. Kannst du nicht wenigstens einen Teil des Kaufpreises anzahlen?«

»So viel habe ich nicht bei mir.« Daran durfte es doch nicht scheitern, dachte Silvanus. »Warum kommst du nicht einfach mit?« Auffordernd streckte er seinen Arm aus.

Nach einem kurzen Zögern erklomm der Händler das Gefährt und setzte sich neben ihn. »Aber lange kann ich mein Geschäft nicht allein lassen.«

Mit einem Schlag der Zügel trieb Silvanus das Pferd an, und geschmeidig setzte sich der Wagen in Bewegung. Nach kurzer Zeit ließen sie die Stadt hinter sich und fuhren über Land. Das war er, Silvanus fühlte es. Seine Begeisterung wuchs mit jedem Fuß, den sie hinter sich ließen. Das Fahrzeug rollte mit phänomenaler Leichtigkeit, lag sicher in den Kurven, ganz wie er es sich vorgestellt hatte.

Als er die Stute vor dem Geschäft wieder zum Stehen brachte, dampfte ihr Fell und ihre Flanken bebten. »Du bist ein guter Fahrer, Silvanus Rhodius«, hob der Händler an, während sie hinunterstiegen. »Und du siehst selbst, dieser Wagen findet in Pergamon nicht seinesgleichen. Er ist sein Geld wert: 40.000 Sesterzen hättest du für einen neuen zahlen müssen, für diesen kann ich dir 3000 nachlassen.«

Silvanus schluckte. Das war ein stolzer Preis. »Ich gebe dir 40.000, wenn du mir auch das Pferd überlässt.«

»Du musst verrückt sein, die Stute allein ist 10.000 wert, sie ist mein bestes Tier, von edelstem Blut. Für 47.000 bekommst du sie dazu.«

Sie feilschten lang und erbittert. Bei 45.000 Sesterzen schlug Silvanus schließlich in die ausgestreckte Hand des Händlers, Pferd und Wagen gehörten ihm. Er versprach, ihn gegen Mittag abzuholen und sofort die gesamte Summe zu bezahlen, nur unter dieser Bedingung hatte der Händler den Zuschlag gegeben. Im Gegenzug hatte er Silvanus versichert, falls es Probleme gebe – was er jedoch ausschließe –, könne er den Wagen während des ersten Jahres jederzeit zu ihm bringen und eventuelle Schäden kostenlos beseitigen lassen.

Also eilte Silvanus in Richtung Bank, sich Geld zu leihen – das wäre in seiner jetzigen Stellung kein Problem –, hielt jedoch kurz davor inne. Nein, es wäre besser, zunächst seiner Arbeit im Prytaneion nachzugehen, und erst auf dem Rückweg Geld und den Wagen zu holen, es war nicht ungefährlich, jetzt mit einer solchen Summe in der Stadt unterwegs zu sein. So stieg er einmal mehr die vielen Stufen der kleinen Gassen den Burgberg hinauf, zum letzten Mal, den Göttern sei Dank.

In seinem Amtszimmer traf er wie erwartet auf Kallistos und Baton, die lustlos in Unterlagen blätterten. »Salvete, gibt es etwas Neues, Freunde? Vielleicht jemand, der verschwunden ist, als vermisst gemeldet wurde, einen neuen Fall?« Er grinste, darauf hoffend, dass sie seine Äußerung als Scherz ansahen, falls sich niemand gemeldet hatte.

Kallistos schaute irritiert, schüttelte den Kopf – nein, keine Vermissten – und informierte Silvanus dann über ihre Arbeit. Wie befohlen, habe er Passienus und Fuscus, die Väter des jungen Pärchens, noch einmal befragt, doch die hätten ihn nur gebeten, ihre Trauer zu respektieren und später wiederzukommen. Baton habe die Messerschmiede und -geschäfte in der Stadt aufgesucht, ihnen die Waffe gezeigt. Alle bestätigten die Einzigartigkeit des Stückes, doch keiner habe es je in seinem Besitz gehabt oder gar angefertigt.

Silvanus war enttäuscht, viel hatten sie nicht erreicht, das würde sich hoffentlich ändern. Baton befahl er, Zeichnungen des Messers anfertigen zu lassen, und diese an den meistbesuchten Stellen der Stadt aushängen zu lassen vielleicht erkannte es einer der Bürger. Schnell warf er ein paar Zeilen auf eine Wachstafel, drückte sie Baton in die Hand mit dem Befehl, die Abbildungen mit diesem Text zu versehen.

»Aber Herr, wer soll denn solche Zeichnungen …?«

Silvanus schloss die Augen. »Baton.«

»Schon gut, Herr.« Mit gesenktem Kopf hastete Baton hinaus.

»Jetzt zu dir, Kallistos.« Silvanus erklärte seinem Untergebenen, was er von ihm erwartete: Er wolle alles über die letzten Tage, die letzten Schritte der Opfer wissen, zu wem sie Kontakt hatten, wer sie gesehen, sie gesprochen hatte, was sie gemacht hatten, einfach alles. Kallistos nickte.

Als die Tür hinter ihm ins Schloss gefallen war, überflog Silvanus die Akten, die sich vor ihm türmten. Doch seine Gedanken schweiften ab, erneut trat das schreckliche Bild des Toten vor seine Augen, nicht einmal die Freude über seinen neuen Wagen konnte es verdrängen. Der schöne Jüngling, der mit seinen schulterlangen Locken aussah wie ein Mädchen, das viele Blut, die klaffenden Wunden. Hatte man ihn deshalb so verstümmelt, damit er einem Mädchen noch mehr ähnelte? Silvanus fühlte, wie sich sein Unterleib schmerzhaft verkrampfte. Wer tat so etwas? Und warum, fragte er sich zum ungezählten Male.

Er schob die Akten von sich, stand auf und trat an das Fenster. Vor ihm lag die Hauptstraße, auf der jetzt, kurz vor der Mittagszeit, lebhafter Verkehr herrschte. Doch der Lärm der vorüberrumpelnden Karren, die Rufe der Händler und das Geschrei der Tiere drangen wie aus weiter Ferne an seine Ohren, ein Brausen in seinem Kopf übertönte jedes Geräusch. Erneut war ihm übel, und er spürte einen schalen Geschmack im Mund. Ein Schwindelgefühl befiel ihn, das er versuchte, niederzukämpfen, dann ließ er sich wieder in seinen Sessel sinken. Auf dem Tisch stand eine Karaffe mit Wasser, er goss sich einen Becher ein und stürzte es in einem Zug hinunter. Langsam klangen Schwindel und Übelkeit ab, doch er musste hinaus, an die Luft, die Akten konnten warten. Lieber wollte er jetzt den Wagen abholen, eine Fahrt würde ihm gut tun. Vielleicht sollte er zwei Männer zu seinem Schutz mitnehmen, er würde viel Geld abholen, doch nein, ihm war nicht nach Begleitung, es würde schon nichts passieren. Bei Jupiter, 45.000 Sesterzen, ein Vermögen, was Lucida wohl dazu sagte, wäre sie wirklich begeistert?

Er gehörte ihm. Voller Stolz umrundete er den Wagen. Eine kleine Spazierfahrt wäre jetzt genau das Richtige, aber allein? Ohne eine Begleitung, die seine Begeisterung teilte, wäre es nur halb so schön. Lucida? So rechte Lust verspürte er nicht auf ihre Gesellschaft. Laelia? Mit ihr würde er gern hinausfahren, ob er sie bei Imbrassos fände? Was aber, wenn sie ihn nicht sehen wollte, wenn sie mit Leander … Was sollte er dann Imbrassos sagen? Er würde sich zum Gespött der Leute machen, spräche es sich herum, dass er wie ein liebeskranker Kater bei ihm aufgetaucht war, und Imbrassos würde die erstbeste Gelegenheit nutzen, es zu verbreiten. Also nicht. Besser, er sähe einmal wieder im Lager nach dem Rechten; den Unterlagen zufolge waren erneut zahlreiche

Flüchtlinge aus dem Süden eingetroffen, vertrieben von den vordringenden Parthern. Bei der Gelegenheit könnte er Velusia aufsuchen und auch bei Laelias und Illicias Vätern vorbeischauen. Und wenn die Götter ihm wohlgesinnt waren, träfe er vielleicht sogar die Mädchen dort, rein zufällig. Eine gute Entscheidung, dachte er, sprang auf den Wagen, trieb die Stute an und fuhr los.

Vor dem Zelt, in dem sich Neuankömmlinge zu melden hatten, hielt er an und befahl einem der Männer, auf seinen Wagen zu achten. Das Lager hatte sich weiter ausgedehnt, Silvanus hatte es schon vom Berg aus mit Sorge bemerkt, und als Erstes befragte er den Mann, ob es Meldungen über Schwierigkeiten gebe.

Einige der Neuen hätten sich beschwert, gab der Pergamener bereitwillig Auskunft. Die betreffenden Zelte befänden sich im hinteren Teil des Lagers, darum sei ihnen der Weg zum Wasser, zur Essensausgabe zu weit, und Latrinen gebe es dort auch noch nicht. Achselzuckend murmelte er, was die Menschen denn erwarteten, schließlich tue man, was man könne, manche seien eben nie zufrieden.

Silvanus hob die Brauen. »Ist es nicht möglich, Wasser dorthin zu leiten? Und Latrinen, es kann doch wohl kein Problem sein, dort welche einzurichten.«

Wieder zuckte der Mann mit den Achseln. »Natürlich Herr. Ich sagte doch, wir tun, was wir können. Der Latrinentrupp ist den ganzen Tag damit beschäftigt, neue auszuheben, aber er schafft es nicht, es sind zu wenig Arbeiter. Außerdem müssen sie die vorhandenen auch noch regelmaßig leeren, das ist keine Kleinigkeit. Und das Wasser, bei Zeus, die Leute übertreiben, jeder Schritt ist ihnen zu viel. Wenn es nach ihnen ginge, müsste jedes Zelt eine eigene Therme haben, dabei geht es ihnen besser als so manchem in der Stadt. Doch wir müssen uns mit ihnen herumschlagen, keine leichte Aufgabe, wie du dir vorstellen kannst, und das für den Hungerlohn, den man uns zahlt«, fügte er mit einem abschätzigen Blick auf eine aufgebrachte Frau hinzu, die sich vor dem Zelt mit einem seiner Kollegen stritt und deren schrille Stimme zu ihnen herüberschallte.

»Ich werde dafür sorgen, dass ihr Verstärkung bekommt.« Silvanus machte sich eine Notiz auf einer Wachstafel und schlug sich die Kapuze seines Mantel über den Kopf, er wollte vermeiden, erkannt und mit lästigen Fragen behelligt zu werden. So schritt er an der schimpfenden Frau vorbei zu dem Zelt von Bibulus und Tollimos. Wie mochten sie den Tod des Kindes, Bibulus' Enkel, verkraftet haben?

Vor dem wohl bekannten Zelt war der neue Sklave damit beschäftigt, in der Glut des Lagerfeuers Brot zu backen. Geschickt formte er mit seiner einen Hand flache Fladen. Silvanus musterte ihn eingehend. »Salve, du musst Thorax sein! Ich bin Silvanus Rhodius. Ich sehe, du sorgst vorbildlich für deine Herren!« Silvanus schob die Kapuze zurück, es war warm in der Sonne.

Der Angesprochene hob den Kopf und ließ sich in seiner Beschäftigung nicht stören. »Salve Herr! Ja, ich tue mein Möglichstes, viel ist es ja nicht. Die beiden sind recht genügsam.«

»Sind sie nicht da?«

»Doch, doch«, beeilte sich Thorax, zu versichern. »Sie sind im Zelt, um die Mittagszeit pflegen sie ein wenig zu ruhen.« Er hob entschuldigend seine mehlbestäubte Hand. »Wenn du dich einen Moment geduldest, dann sage ich ihnen Bescheid. Sie werden sich freuen, dich zu sehen.«

Schon hatte er die Plane zurückgeschlagen und war verschwunden. Silvanus trat näher an den Eingang. In feinen Strahlen drang das Sonnenlicht durch das Gewebe der Zeltbahnen. Leise schnarchend, die Münder leicht geöffnet, lagen die Männer auf ihren Matten; die ihm entgegenschlagende weingeschwängerte Luft nahm Silvanus fast den Atem, ließ ihn zurückweichen. So setzte er sich vor das Zelt und sah Thorax zu, der alles für die Männer richtete. Frisches Brot, eine Schale mit Käse und Oliven warteten auf sie, mit Wein gefüllte Becher stellte er ebenfalls bereit, einen reichte er Silvanus. Als die beiden nach einiger Zeit heraustraten, winkte Bibulus Thorax hinzu. »Komm, mein Lieber, nur weil Silvanus hier ist, brauchst du nicht zu darben, setze dich zu uns, schenke auch dir einen Becher ein. Wir haben dir viel zu verdanken, also ist es nur recht.«

Sie machten es sich so bequem, wie es die Umstände zuließen. Silvanus befragte die alten Herren ausführlich nach ihrer Befindlichkeit, ob es ihnen an etwas fehle, Lebensmitteln, Brennstoff, Decken, ob er sonst etwas für sie tun könne.

Die beiden schüttelten auf jede seiner Fragen den Kopf. Sie hätten alles, was sie brauchten, bestätigte Tollimos. »Thorax sorgt für uns, holt unsere Rationen ab, kocht für uns – und unsere Mädchen kommen uns besuchen, sooft sie können, was wollen wir mehr. Ich für mein Teil bin froh und glücklich, dass es ihnen gut geht.«

»Eure Töchter sind also zufrieden?« Silvanus brach ein Stück von dem frischen Brot ab, das Thorax ihm reichte.

Strahlend blickte Bibulus ihn an. »Oh, ja. Wir können dir gar nicht genug danken, dass du sie so gut untergebracht hast, damit ist uns eine große Sorge von der Seele genommen. Nun, sie führen dort wohl nicht das Leben, das sie gewöhnt sind, doch kann es nicht schaden, wenn sie auch einmal etwas anderes kennen lernen.« Er lächelte verschmitzt. »Proka scheint ein hartes Regiment zu führen, hält sie zu Handarbeiten an, lässt sie nicht gern weg. Um die Wahrheit zu sagen, es kommt sie hart an, alle beide.«

Silvanus nickte. »Das glaube ich gern. Erwartet ihr sie heute?«

»Ich weiß es nicht.«

Silvanus wich seinem Blick aus. Natürlich wusste Bibulus um sein Interesse an Laelia, aber auch, dass er verheiratet war, dass Lucida hier in Pergamon weilte. So sehr sie sich gegenseitig schätzten, Laelias Vater und er, so sah Silvanus doch die Sorge in den Augen des Mannes und die Missbilligung, die kurz darin aufgeleuchtet war. Ja, er würde diese untragbare Situation beenden, um Laelias, aber auch um Bibulus' willen, so bald wie möglich. Dann wäre sie sein. Lächelnd betrachtete er das Treiben ringsherum. Mit den Frühlingssonnenstrahlen hatten die Menschen die dumpfen, feuchtkalten Zelte verlassen, breiteten Decken und Kleidungsstücke zum Lüften aus oder saßen plaudernd um die Feuerstellen. Die Stimmung schien friedlich. Hier und da ertönte Gelächter, Kinder tummelten sich fröhlich zwischen den Zelten. Vor ihm spielte ein braun gelockter Junge mit einem kleinen Hund, schleuderte Holzstöcke ein Stück die enge Gasse hinauf, das Hündchen brachte sie schwanzwedelnd zurück und legte sie vor den Füßen des Kindes nieder. Ein hübscher Knabe, ging es Silvanus durch den Kopf, fast wie der letzte Tote, nur ein wenig jünger. Schlagartig veränderte sich seine Miene, erinnerte er sich seiner Aufgaben: »Sind die Leute noch beunruhigt wegen der Todesfälle?«

Bereitwillig gingen die Männer auf den Themenwechsel ein. »Seit ein paar Tagen wird weniger davon gesprochen. Es gibt anderes, Wichtigeres, dem man jetzt seine Aufmerksamkeit zuwendet. Die Ankunft

Marcus Antonius' hat ein gut Teil dazu beigetragen. Es ist kaum zu glauben, aber allein das Wissen, dass er hier ist, scheint die Menschen zu beruhigen.«

Erleichtert nickte Silvanus. Um die Situation weiter zu entschärfen, würde er den Imperator bitten, zu den Flüchtlingen zu sprechen, Optimismus zu verbreiten. Antonius konnte ihnen am besten vermitteln, dass sie noch etwas ausharren mussten, bevor sie wieder heim zu ihren Häusern, Landgütern oder Geschäften kämen. Bei ihm würden sie das hinnehmen und die Einschränkungen des Lagerlebens bereitwilliger ertragen. Wenn sie wüssten …, nun, sie wussten es nicht und würden hoffentlich auch nicht erfahren, dass in Pergamon ein Mörder umging und keiner seines Lebens sicher sein konnte. Müde rieb sich Silvanus die Schläfen. »Gibt es sonst etwas Neues hier?«

Tollimos verneinte. »Was soll es schon geben? Ein Tag ist wie der andere, so sucht man sich ein wenig Unterhaltung. Einen Bekannten aus Didyma haben wir getroffen, mit ihm sind die Abende recht kurzweilig. Zudem sind wir mittlerweile mit einigen anderen ins Gespräch gekommen, mit Sextus Albinius Fuscus und Gaius Passienus zum Beispiel.« Tollimos warf ihm die Namen vor wie Lämmer einem hungrigen Wolf.

Silvanus ließ die Hand, mit der er gerade ein Stück Käse zum Mund führte, sinken. »Fuscus und Passienus, was du nicht sagst.« Sofort sah er die beiden wieder vor sich, den schüchternen, schweigsamen Passienus und den mitteilsameren Fuscus.

»Ist auch nicht weiter verwunderlich«, meinte Tollimos. »Beide stammen aus Ephesos. Dort lebt meine Schwester, Arkadia, du kennst sie doch. Ach, meine starrköpfige Schwester, nichts konnte sie dazu bewegen, mit uns zu kommen, jeden Tag flehe ich zu Apollon, dass ihr nichts passiert.« Er warf einen traurigen Blick gen Himmel. »Fuscus jedenfalls wohnt in der Nachbarschaft, zufällig fanden wir das heraus und kamen dann schnell ins Gespräch. Besagter Fuscus ist ein wohlhabender Mann, ein sehr wohlhabender Mann, er besitzt diverse Lagerhäuser am Hafen von Ephesos. Passienus ist ein Geschäftspartner von ihm. Allerdings scheint es, als seien die gemeinsamen Geschäfte nicht immer ohne Reibereien verlaufen. Sie sprechen zwar nicht offen darüber, aber hier und da fällt eine Bemerkung, aus der man das schließen kann. Fuscus treibt einen lukrativen Handel mit Gütern aus dem

Osten, Tuche zumeist, Gewürze und Seide, gelegentlich wohl auch Sklaven.«

Bibulus hob eine Hand. »Das mit den Sklaven sagte er nicht.«

»Nein, er nicht«, gab Tollimos zu, »aber Velusia. Und wie ich ihn einschätze, hat sie Recht. Wenn du meine Meinung hören willst, so handelt er hauptsächlich mit Sklaven, ein schmutziges Geschäft, es sähe ihm ähnlich.«

Das klang interessant. »Handel mit Sklaven? Und Velusia kennt die beiden auch?«

Tollimos lachte. »Wen kennt Velusia nicht? Sie ist eine einflussreiche Dame, hat gute Kontakte, übrigens auch zu hochstehenden Römern, weißt du nichts davon?«

Silvanus schüttelte den Kopf.

»Nun, sie erzählte neulich, dass sie diesen ... wie heißt er noch, Bibulus?«

»Privernus«, half dieser ihm weiter. »Auch einer von denen, die die Geschicke der Stadt mit lenken, ein eingebildeter Prahler. Ich sah ihn einmal bei ihr sitzen, da tat er ganz umgänglich, aber ein anderes Mal war ich dabei, wie er einen Betrunkenen zurechtwies. Auf diese leise, zischende Art wie eine giftspritzende Schlange. Ausgerechnet mit ihm scheint Velusia sehr vertraut umzugehen. Nun, sie ist auf ihre Art eine attraktive Frau.« Bibulus starrte in seinen Becher. »Was Velusia nur an ihm findet? Sonst ist sie so eine gebildete, kluge Dame.«

Silvanus' Erstaunen wuchs. Velusia kannte Privernus? Und Bibulus? Zum ersten Mal hörte Silvanus, dass dieser Interesse an einer Frau zeigte. Laelia hatte berichtet, dass er nach dem Weggang ihrer Mutter allen Frauen grundsätzlich aus dem Wege gegangen sei und jegliche Vermittlungsversuche abgelehnt habe. Noch ein Grund mehr, diese Velusia kennen zu lernen, mit ihr zu sprechen. Vielleicht gab es sogar eine Verbindung zwischen Privernus und den ephesischen Geschäftsleuten, Fuscus und Passienus? Wenn dem so war, öffneten sich ganz neue Perspektiven, auch deckte es sich mit dem, was der Barbier erwähnt hatte: dass Privernus Sklaven kaufte, Sklaven, die nie wieder gesehen wurden. Doch dazu später, zunächst zurück zu Bibulus. »Die Dame scheint dir nicht ganz gleichgültig zu sein«, spottete Silvanus freundschaftlich.

Bibulus errötete. »Nun, man wundert sich eben über ihre Freundschaft zu einem Mann wie Privernus.«

»Woher kennt ihr sie?«

Tollimos übernahm es, zu antworten. »Laelia und Illicia haben sich mit ihr angefreundet, und jetzt kommt sie gelegentlich vorbei. Wahrscheinlich baten die Mädchen sie darum, obwohl sie nie dergleichen erwähnt hat, sie scheint sich gern mit uns zu unterhalten. So sprechen wir eben über dies und das. Dabei ließ sie fallen, dass sie einen Römer von gewissem Einfluss kennt. Seinen Namen nannte sie nicht, den erfuhren wir von unserem Bekannten aus Didyma. Der erzählte uns auch, dass dieser Privernus von Zeit zu Zeit bei ihr bleibt, und dies nicht nur für Gespräche am Lagerfeuer.« Tollimos zwinkerte Silvanus zu. »Du weißt schon.«

Silvanus wusste. »Privernus, sieh an, sieh an«, murmelte er.

»Ich dachte mir schon, dass du ihn kennst«, warf Bibulus ein. »Schätze ich ihn richtig ein? Ist er wirklich so einflussreich, wie Velusia behauptet?«

Silvanus zuckte mit den Achseln. »Na ja, er war bei einigen Sitzungen im Rat zugegen, seine Stimme scheint dort zu zählen. Ich möchte es so ausdrücken: Er ist nicht gerade das, was ich einen guten Freund nenne.«

Tollimos hob vielsagend die Brauen und warf einen Blick zu Bibulus, der an einem Schmutzfleck auf seiner Tunika rieb. »Vielleicht solltest du einmal mit Velusia sprechen, Silvanus«, schlug Tollimos vor, was Bibulus ihm mit einem strafenden Blick vergalt. Beschwichtigend hob Tollimos die Hand. »Es kann nicht schaden. Wenn ich Silvanus' Andeutungen richtig interpretiere, dann sollte man bei diesem Privernus eine gewisse Vorsicht walten lassen, wir sollten die Frau doch wenigstens warnen.«

Bibulus trank einen Schluck. »Nun gut, aber lass mich bitte unerwähnt, Silvanus. Ich weiß nicht, was ihr mir da unterstellen wollt ... Zugegeben, sie ist nett. Alles weitere ist, nun ja, übertrieben.«

Silvanus erhob sich, zog seinen Mantel glatt und die Kapuze wieder über den Kopf. »Dann werde ich der Dame jetzt einen Besuch abstatten.«

»Geh bitte vorsichtig vor, Silvanus!«, rief Tollimos ihm nach, »Sie ist wirklich eine liebenswerte Frau, wir wollen es nicht mit ihr verderben.«

»Salve, Fremder! Was kann ich für dich tun?« Kurz blickte Velusia auf, rührte aber weiter in einem Topf auf dem Feuer. Als er seine Kapuze zurückzog, blitzte Erkennen in ihren Augen auf. »Oh, Silvanus Rhodius, was verschafft mir die Ehre? Ich habe deine Rede neulich gehört, nicht schlecht. Setz dich doch.«

Er nahm ihr gegenüber auf einer Matte Platz und musterte sie, während er ihr für das Kompliment dankte. Was für einen Menschen hatte er erwartet? Er kannte Velusia nur aus den spärlichen Erzählungen Laelias, doch daraus und angesichts Bibulus' offensichtlicher Verehrung hatte er sich ein Bild gemacht, eines, das mit der ihm gegenübersitzenden Wirklichkeit wenig gemein hatte. Diese füllige, ja korpulente Frau entsprach nicht seiner Vorstellung von ihr. Doch obwohl nicht schlank und schön, wie er gedacht hatte, wirkte sie anziehend. Das Auffälligste an ihrem eher durchschnittlichen Gesicht waren die Augen, gerahmt von dichten dunklen Wimpern, rehbraune, vertrauensvolle, warmherzige Augen, aus denen wache Intelligenz herausblitzte. Falten in den Augen- und Mundwinkeln zeugten von Humor, aber auch von ihrem Alter, sie schien die vierzig weit überschritten zu haben. Geduldig ließ sie seine Musterung über sich ergehen, und während sie unentwegt in ihrem Topf rührte, verzog sich ihr Mund zu einem ironischen Lächeln und zeigte eine Reihe lückenloser Zähne. »Was führt einen so beschäftigten Mann zu mir?«, fragte sie erneut. »Wie ich hörte, bist du mit einer ganzen Reihe wichtiger Aufgaben betraut worden. Hat man dich nicht sogar befördert?«

»Ja, in der Tat, und ich kam, weil man mir berichtete, du seiest außerordentlich gut informiert. Was durchaus zutrifft, wie ich feststelle.« Silvanus nickte anerkennend.

»Nun, was hat man hier im Lager schon anderes zu tun, als sich dem Klatsch zu widmen. Ab und zu ist aber auch etwas durchaus Interessantes dabei. Von dir haben mir übrigens Laelia und Illicia erzählt, und was sie sagten, machte mich neugierig. So freue ich mich, dich persönlich kennen zu lernen.« Jetzt war sie es, die ihn abschätzend mit Blicken maß, während sie beiläufig ihren Knoten im Nacken richtete, aus dem sich immer wieder einige, schon leicht ergraute Haarsträhnen lösten.

Was hatten die beiden wohl über ihn erzählt? Und deutete Velusia noch etwas anderes an, vielleicht, dass auch Privernus von ihm gesprochen hatte?

»Nun denn.« Ihre Musterung schien beendet, keine Regung ihres Gesichtes gab Aufschluss darüber, wie sie ausgefallen war. »Du bist bestimmt nicht nur gekommen, um mir einen Höflichkeitsbesuch abzustatten. Was möchtest du wissen?«

Die Frau schien die direkte Art zu schätzen, doch geradewegs nach Privernus zu fragen, wäre wohl nicht angebracht. So übte er sich zunächst in Konversation. »Ich hörte, dass du dich um Bibulus und Tollimos kümmerst, dafür bin ich dir sehr dankbar. Seit ihre Töchter in der Stadt wohnen, müssen die beiden recht einsam sein.«

»Ach, das tue ich doch gern. Wir haben viel gemeinsam, und die jungen Frauen schätze ich sehr. Vom ersten Moment an habe ich Laelia und Illicia ins Herz geschlossen. Ich hätte selbst gern Kinder gehabt, aber es war mir nicht vergönnt. Wenn ich Tollimos und Bibulus besuche und wir über die Mädchen sprechen, ist es ein wenig so, als hätte ich eine Familie.« Wehmütig blickte sie zu Boden.

»Dein Mann ist tot?«, fragte Silvanus vorsichtig.

»Ja, er starb bei einem Unfall. Es war sehr tragisch, wir waren immerhin zwanzig Jahre verheiratet.« Sie schwieg einen Moment. »Doch ich langweile dich mit meinen Familienangelegenheiten. – Ich glaube, die Suppe ist fertig. Machst du mir die Freude, mit mir zu essen?«

Silvanus, dem die ganze Zeit über der köstliche Geruch in die Nase gestiegen war, nahm ihre Einladung gern an. Das kleine Mahl bei den alten Herren hatte nur seinen ärgsten Hunger stillen können, schließlich hatte er seit gestern nichts Richtiges mehr gegessen, wenig geschlafen, viel geleistet. Velusia holte zwei schön verzierte, tönerne Schalen aus ihrem Zelt und reichte ihm eine Portion. »Die Schalen habe ich mitgebracht, wie noch so einiges an Überflüssigem. Doch auf gewisse Dinge kann ich einfach nicht verzichten, wie zum Beispiel richtiges Geschirr.« Wohlig lächelnd aß sie. »Du bist bestimmt Besseres gewohnt, dort oben.« Sie nickte hinüber zum Berg, auf dem die roten Ziegeldächer in der Mittagssonne leuchteten. »Aber viel Auswahl an Lebensmitteln gibt es hier nicht, wie du weißt. Verstehe mich nicht falsch, Silvanus, die Rationen sind durchaus ausreichend, doch ab und zu fehlt mir eine Portion Fleisch. Gestern kaufte ich etwas auf der unteren Agora, was davon übrig blieb, bereichert nun die Suppe. Schmeckt es dir, möchtest du noch etwas?«

Silvanus versicherte ihr, es sei vorzüglich, eine weitere Portion lehne er daher nicht ab.

»So, der Rest ist für meine andere Familie.« Velusia nickte in Richtung ihres Zeltes. »Ein junges Elternpaar mit drei Kindern sind mit mir einquartiert und mit der gegenwärtigen Situation völlig überfordert. Da helfe ich ein wenig, indem ich ab und zu für sie koche.«

Krampfhaft überlegte Silvanus, wie er das Gespräch auf Privernus bringen könnte, bevor die Familie kam und sich auf das Essen stürzte. Er entschied sich für die Frage nach den potenziellen Geschäftspartnern. »Laelia sagte mir, du kennst Passienus und Fuscus?«

Sie nickte kauend. »Flüchtig«, bestätigte sie ihm.

»Du kennst sie aus Ephesos?«

»Ja, Fuscus besitzt ein Lagerhaus in der Nähe der meinen.«

Silvanus bemerkte den Plural, in der Tat schien sie wohlhabend zu sein, wie die Mädchen ihm berichtet hatten. »Weißt du Näheres über seine Geschäfte? Über seine Beziehungen, Partner oder Ähnliches?«

Sie schüttelte den Kopf. »Soweit ich es beurteilen kann, handelt er mit allem Möglichen, exportiert aber hauptsächlich feinstes Tuch und Pergament, importiert unter anderem Seide und Sklaven. Gelegentlich ist auch ein Schiff mit Gewürzen dabei, ich bemerkte es einmal, als ich wegen einer meiner eigenen Lieferungen im Hafenamt war. Zufällig sah ich dort eine Aufstellung seiner letzten Fracht, Gewürze aus Parthien, hieß es darin.« Sie bemerkte sein Erstaunen und beeilte sich zu versichern, dass sie es nur gesehen hätte, weil der zuständige Beamte hinausgerufen wurde und die Liste unmittelbar vor ihr lag. Und, fügte sie entschuldigend hinzu, man interessiere sich eben für die Geschäfte der Konkurrenz. Ohnehin hätte sie nur die Überschrift gelesen, der Beamte sei schnell wieder zurück gewesen. Doch eine zweite Überschrift, weiter unten auf dem Schriftstück, habe ihre Neugier geweckt, etwas von Luxusgütern habe da gestanden. Leider sei der Rest sehr klein geschrieben gewesen, und sie sähe ein wenig schlecht, doch wüsste sie noch, dass sie sich gewundert habe. Gewürze und Luxusgüter aus Parthien, eine solche Kombination aus diesem Land sei ungewöhnlich. »Na ja, damals standen wir ja noch nicht im Krieg mit ihnen«, räumte sie ein. Doch habe sie noch überlegt, ob Fuscus eine neue Einnahmequelle entdeckt hätte.

Handelskontakt zu Parthien, das war eine Neuigkeit. »Hast du mit jemandem darüber gesprochen?«, fragte Silvanus.

Sie ließ sich über Gebühr Zeit mit der Antwort. »Nein.«

»Ganz sicher nicht?«, hakte Silvanus nach, er glaubte ihr nicht. »Es ist wichtig!«

Zögernd schüttelte sie den Kopf, wich jedoch Silvanus' Blick aus.

»Du hast darüber gesprochen«, stellte er trocken fest. »Und zwar mit Privernus.«

Wenn sie überrascht war, von ihm diesen Namen zu hören, so ließ sie es sich nicht anmerken. »Du weißt also davon«, stellte sie schlicht fest. »Nun, warum auch nicht. Es konnte ohnehin nicht lange geheim bleiben, hier im Lager spricht sich alles schnell herum.« Sie stapelte die Suppenschüsseln ineinander und stellte sie beiseite. Dann rieb sie ihre Hände über die Oberschenkel, deren eindrucksvolle Rundungen sich unter ihrem Chiton deutlich abzeichneten, und fuhr fort: »Ja, ich sprach mit ihm darüber. Wir redeten über die Morde, ganz allgemein, dabei erzählte ich ihm von der Sache.«

»Und? Was sagte er dazu?«

»Dass er die beiden aus Ephesos kenne, dort seien sie ihm bereits aufgefallen. Inwiefern, erwähnte er nicht. Doch wollte er dir als dem zuständigen Beamten darüber berichten. – Ich nehme an, das hat er nicht getan?« Ihr Gesicht spiegelte deutlich ihre Enttäuschung.

Eine kluge Frau, stellte Silvanus fest, und eine sympathische dazu. Langsam konnte er Bibulus verstehen.

»Wie hast du Privernus überhaupt kennen gelernt? Er hat doch mit dem Lager nichts zu tun?« Silvanus witterte eine Möglichkeit, seinen lästigen Kollegen in Misskredit zu bringen, das Feld für Bibulus zu bereiten.

»Nicht mehr«, korrigierte sie seine letzte Bemerkung. »Am Anfang war er oft hier, er war sehr hilfsbereit, und so trafen wir uns zufällig, kamen ins Gespräch, fanden Gefallen aneinander, und die Dinge nahmen ihren Lauf.«

Hatten sie sich wirklich zufällig getroffen, fragte sich Silvanus, oder hatte Privernus ganz bewusst den Kontakt zu Velusia gesucht? Vielleicht weil er von ihrem Reichtum wusste, sich ihre Beziehungen zunutze machen wollte? Nun, er würde es herausfinden, wenn es etwas herauszufinden gab. Und das gab es, da war er sich sicher. Also weiter. »Ich kann das gut verstehen, Velusia. Fernab der Heimat, ganz allein, da kommt man sich leicht näher. Wie oft seht ihr euch?«

»Er kommt vorbei, sooft er kann. In letzter Zeit nicht mehr so häufig, er habe zu viel zu tun. Seit du für das Lager verantwortlich bist, habe ich ihn nur zwei- oder dreimal gesehen.«

»Bist du nie zu ihm gegangen?«

»Nein, das geht nicht, er hat es mir gleich am Anfang gesagt. Nach den Gründen fragte ich ihn nicht, vielleicht aus Angst vor dem, was er mir sagen würde. Ich weiß nicht einmal, ob er verheiratet ist.« Sie lächelte schüchtern, wie ein junges Mädchen. »Dabei wäre es mir ein Leichtes gewesen, es herauszufinden.« Ihre rechte Hand umklammerte das Handgelenk der linken. »Um ehrlich zu sein, Silvanus, einer alten Frau wie mir tut es gut, ein wenig Aufmerksamkeit zu bekommen. Man gibt sich gern den Träumen hin und fragt nicht weiter. Schließlich ist Privernus jünger als ich, und ich bin wahrlich keine Schönheit.« Sie ließ ihr Handgelenk los und stützte sich mit der Rechten auf den Boden, ihre Linke blieb im Schoß liegen, wie ein toter Vogel.

»Gabst du ihm Geld?« Die Frage war ihm unvermittelt eingefallen, er hatte sie gestellt, ohne darüber nachzudenken.

Verblüfft sah sie ihn an. »Typisch, dass du danach fragst. Irgendeinen Grund musste es ja für ihn geben, nicht wahr? Aber du hast Recht. Ja, ich gab ihm Geld, doch er bat mich nicht darum, ich tat es aus freien Stücken. Er erwähnte finanzielle Schwierigkeiten, in denen er stecke, und dass er für einige Tage nach Ephesos wolle, um das Geld dort zu besorgen. Da bot ich ihm an, mit dem entsprechenden Betrag auszuhelfen. Er sträubte sich sehr, die 50.000 Denare anzunehmen, doch ich konnte ihn überzeugen, dass diese Reise völlig unnötig sei und viel zu gefährlich, und er mir das Geld später wiedergeben könne, es eile nicht.«

50.000 Denare, eine stattliche Summe. Er schüttelte den Kopf. »Ich kann dir nur wünschen, dass du etwas davon wiedersiehst. Doch fürchte ich fast …«

Sie unterbrach ihn. »Du magst ihn nicht, habe ich Recht? Er dich übrigens auch nicht. Es war nicht gerade schmeichelhaft, was er über dich sagte.«

»Das kann ich mir denken. Nun, wir vertreten verschiedene Ansichten, zudem war er mir keine große Stütze, als ich mit der Organisation des Lagers betraut wurde, im Gegenteil. Und was dein Geld angeht, wenn es nötig ist, werde ich mich dafür einsetzen, dass du es zurückbekommst. Falls noch etwas davon übrig ist.«

Sie nickte traurig. »Ich weiß, es war töricht. Wahrscheinlich hast du Recht, und ich sehe es nicht wieder. Aber ich bin eben eine dumme, hässliche, alte Frau, was soll ich machen.« Fast trotzig fügte sie hinzu: »Außerdem war es mir das wert.«

»Du bist weder dumm noch alt noch hässlich«, widersprach Silvanus. »Und außer mir sind noch andere dieser Meinung, ich spreche jetzt nicht von Privernus.«

Sie sah ihn erstaunt an. »So? Von wem dann?«

»Nun, finde es heraus.« Silvanus erhob sich. »Ich danke dir für deine Offenheit, Velusia, alles Gute für dich.«

KAPITEL XIII

Unnatürliche Stille herrschte im Hause. Nichts war zu hören, nicht die Sklaven bei ihrer alltäglichen Arbeit, kein Fußgetrappel, nicht einmal Proka, die mit durchdringender Stimme ihrem Gesinde Anweisungen zu geben pflegte. Es war Illicia unheimlich, sie ließ ihre Spindel sinken und sah Laelia an. »Ich glaube, ich brauche frische Luft«, flüsterte sie, laut zu sprechen wagte sie nicht.

»Wir schicken Monoculos zu Proka, er soll ihr sagen, dass wir unsere Väter besuchen wollen«, entgegnete Laelia ebenso leise, »das wird sie uns nicht abschlagen. Ich sehe nach, wo er ist, und hole unsere Mäntel.« Sie verschwand, um kurze Zeit später wieder in der Tür zu erscheinen und Illicia mit einem Wink zu verstehen zu geben, dass man gehen könne. Draußen atmeten sie tief durch.

»Bei allen Göttern, was ist nur los?« Illicia nahm ihrer Freundin den Mantel vom Arm und warf ihn sich über, der Wind pfiff kalt durch die kleine Seitengasse, die zur Hauptstraße hinunterführte. »Zuerst Silvanus' Zornausbruch heute Morgen, von dem wir immer noch nicht wissen, worum es ging, dann Prokas seltsame Andeutungen über Nessos und dich und jetzt sein beunruhigender Auftritt. Was sagte sie, Monoculos, hatte sie etwas dagegen, dass wir in das Lager gehen?«

Der schüttelte den Kopf. »Ich habe sie nicht selbst gesprochen, sie hat sich in ihr Gemach zurückgezogen. Ich gab die Botschaft weiter an Diogene, ihre Leibsklavin, die nur mit der Mitteilung zurückkam, wir sollten vor der Dunkelheit zurück sein.«

»Nun denn, das lässt uns ja einige Stunden Zeit. Bin ich froh, diesem Haus zu entkommen. Was meinst du, Illicia, sollen wir wirklich unsere Väter besuchen oder vielleicht eher in die Bibliothek gehen?«

Illicia neigte den Kopf. »Nun, auch ich dachte an ein anderes Ziel als das Lager, nämlich daran, Pheromon zu besuchen, den Viehzüchter. Er schickte mir doch diese Nachricht ...« Seit heute Morgen hatte sie mit Laelia darüber sprechen wollen, doch sie hatte sich nicht getraut, hatte die Einwände ihrer Freundin gefürchtet. Dennoch, sie würde hingehen. »Ich möchte dir etwas mitteilen«, hatte die Botschaft des Viehzüchters gelautet, gefolgt von einer ausführlichen Wegbeschreibung. Mehr nicht. Es konnte gefährlich sein, das war ihr klar, und auch Silvanus, der Pheromon zwar nicht für einen der Hauptverdächtigen hielt, ja, ihn eher als verdrehten Fantasten hingestellt hatte, schloss seine Täterschaft nicht vollständig aus. Warum wollte sie dann gehen? Vielleicht aus Trotz, Trotz gegen Marcus Antonius und ihre Gefühle für ihn, denn diesen Schafzüchter mochte sie, fand ihn aus unerfindlichen Gründen attraktiv. Und natürlich war sie neugierig, was er ihr mitzuteilen hatte.

Tatsächlich zog Laelia skeptisch die Augenbrauen in die Höhe und begann, die befürchteten Bedenken darzulegen.

Illicia unterbrach sie. »Wenn du nicht mitkommen willst, bitte, ich kann auch allein gehen.«

»Überlege doch einmal, er könnte dich mit dieser Nachricht zu seinem Hause locken wollen, um dir dort etwas anzutun. Ich will ja nicht sagen, dass es so sein muss, aber ...«

»Blödsinn. Ich habe ein Gefühl für solche Dinge, und dieser Mann will alles andere als mich ermorden, wenn du das meinst.« Illicia hatte sich bereits in Richtung Stadttor in Bewegung gesetzt, Laelia würde ihr schon folgen, ärgerlich und zutiefst beunruhigt zwar, doch natürlich würde ihre Freundin sie nicht allein gehen lassen.

Hinter sich hörte sie die mahnende Stimme Monoculos': »Herrinnen, wenn ihr schon nicht von diesem Wahnsinn lassen wollt, so nehmt euch wenigstens einen Wagen. Der bietet zumindest Schutz auf der

Straße und den kleinen Wegen, die ihr bestimmt werdet nehmen müssen.«

Er hatte Recht, laut Pheromons Beschreibung lag das Haus ziemlich abgelegen, eine gute halbe Stunde Fußmarsch, und dieser nicht nur auf der befestigten und viel befahrenen Straße in Richtung der Hafenstadt Elaia, sondern auch einen einsamen Waldweg entlang.

Laelia legte ihr die Hand auf die Schulter. »Illicia, wir sollten wirklich einen Wagen mieten, da vorn am Tor gibt es welche. Ich habe weder Lust, ermordet noch vergewaltigt oder überfallen zu werden von irgendwelchen marodierenden Banditen, seien es Flüchtlinge, Pergamener oder Parther.«

Illicia schüttelte Laelias Hand ab. »So, und wer soll das bezahlen? Wir? Von dem wenigen Geld, das uns noch blieb? Nachdem wir uns von Imbrassos welches leihen mussten, um Thorax zu kaufen? Oh nein, das kommt nicht in Frage!«

»Ich könnte doch einen von Imbrassos' Sklaven bitten, uns hinzufahren«, warf Monoculos mit flehender Stimme ein.

»Auf gar keinen Fall. Damit Proka sofort erfährt, dass wir nicht zu unseren Vätern unterwegs sind, oder was denkst du dir dabei? Wir dürften keinen Schritt mehr aus dem Hause machen. Ich jedenfalls gehe zu Fuß, und, wie gesagt, ihr könnt gern umkehren.«

Ärger schwang jetzt in Laelias Stimme. »Also bitte, Illicia, was soll dieser falsche Stolz? Du bist schon einmal Opfer eines Überfalles geworden, du selbst hast gesagt, es gibt hier einen Serienmörder, der wieder zuschlagen wird. Und wir wissen keineswegs, ob Pheromon wirklich dort wohnt, wo er dich hinbestellt hat; sein ominöser Ausspruch ›Ich möchte dir etwas mitteilen‹ kann zwar durchaus mit den Fällen zusammenhängen, nur wirst du vielleicht keine Gelegenheit mehr haben, es jemandem zu sagen. Außerdem gefährdest du mit deinem Starrsinn nicht nur dich, sondern auch Monoculos und mich, denn natürlich kehren wir nicht um.«

Illicias blieb stehen. »Nun gut, wenn es euch beruhigt, soll Thorax uns begleiten. Monoculos kann ihn holen, zum Lager ist es ja nicht weit. Traust du dir das zu, Monoculos?«

Der Blinde nickte und wandte sich mit fragendem Ausdruck an seine Herrin. »Geh nur«, sagte Laelia.

Schweigend ließen sie sich auf einer Bank am Straßenrand nieder, um auf die Sklaven zu warten, blickten den Händlern nach, die mit ihren Waren die Straße hinauf- und hinabzogen, den Reisenden, die zum Hafen strebten oder dorther kamen, den ankommenden Flüchtlingen, die noch immer in Richtung des Lagereingangs strömten. Wie lange würde das alles noch gut gehen, wie lange würden Pergamon und Rom die Menschen ernähren, die Ruhe halten können, fragte sich Illicia gerade, als endlich Monoculos mit Thorax zurückkam.

Der Thraker begrüßte sie herzlich. »Nichts wird euch zustoßen«, beteuerte er, während sie sich auf den Weg machten, »wer euch Schaden zufügen will, muss erst mich töten, und das ist nicht einfach. Ich habe oft genug siegreich in der Arena gekämpft, gegen starke Gegner, keiner konnte mich überwältigen. Und das mit dem Arm, nun, kleiner Unfall, passiert schon mal, aber ich lebe, und das können nur wenige von uns sagen.«

Als sie von der Straße abbogen und einem kleinen Waldweg zwischen hohen Bäumen folgten, durch deren noch kahle Äste das Licht fiel und bizarre Schattenmuster auf den Weg warf, war auch Illicia froh, Thorax' breite Schultern vor sich zu sehen und den Geschichten aus seiner Zeit als Gladiator zu lauschen. Bald lichtete sich der Wald, wich Feldern und Wiesen, bis schließlich die Pappeln hinter einer Kuppe auftauchten, die der Beschreibung nach das gesuchte Anwesen umstanden. Als sie näher kamen und das Haus vor ihnen lag, wandte sich Illicia an ihre Begleiter: »Wartet hier, ich werde allein zu ihm gehen.«

»Oh nein, wir werden dich begleiten.« Laelia trat an ihre Seite.

»Unsinn, der Mann ist völlig ungefährlich. Und es sieht hier keineswegs nach einer bösen Falle aus, wie du unktest.«

»Das kannst du nicht wissen! Ich werde dich nicht allein dort hineingehen lassen.«

»Du wirst nicht mitkommen!« Illicia legte Nachdruck in ihre Stimme. »Ihr könnt hier in Sichtweite bleiben, dann weiß er, dass ihr mich hergebracht habt und auf mich wartet. Hätte er etwas mit den Morden zu tun, wäre er nicht so dumm, sich selbst zu entlarven. Seid also beruhigt, mir wird nichts passieren.« Sie drehte sich um und ging durch das Tor, schritt den überwucherten Weg auf das Haus zu und betätigte den Türklopfer. Hinten im Garten gewahrte sie eine alte Frau und einen kleinen Jungen, die sich einträchtig über ein Beet beugten und ihr Kommen nicht bemerkt hatten. Sie atmete auf, die Selbstsicherheit, die sie vorgab, fühlte sie keineswegs. Natürlich hatte sie Bedenken, mit diesem Mann allein zu sein, obwohl sie spürte, dass Pheromon kein Mörder war. Doch sie fühlte sich zu ihm hingezogen, und auch er schien ihr nicht abgeneigt. Indes, was würde sie tun, versuchte er, ihr näher zu kommen? Sie wusste es nicht, wollte auch nicht darüber nachdenken.

Die Frau hatte sie bemerkt und winkte ihr freundlich zu. Illicia warf Laelia und den Sklaven einen beruhigenden Blick zu, während sie zu der Frau hinübernickte. Kurz darauf hörte sie Schritte nahen, die Tür schwang auf, und Pheromon stand vor ihr, ein Leinentuch um die Hüften geschlungen, die kurzen Haare feucht. Er schien gebadet zu haben.

»Oh, ich störe wohl, entschuldige.« Sie spürte, wie sie errötete.

»Nein, nein, keineswegs!« Nervös presste er die Lippen aufeinander, blickte sie verlegen, doch sichtlich erfreut an und bemerkte dann die Wartenden am Tor. Seine Augenbrauen hoben sich.

»Darf ich eintreten, oder wollen wir uns hier unterhalten?«

Sofort räumte er die Türschwelle und bat sie, hereinzukommen. »Verzeih, aber ich habe nicht mit dir gerechnet, damit, dass du überhaupt ... Hast du meine Mutter schon gesehen?«, fragte er, sich wohl selbst über das Unschickliche der Situation im Klaren. »Sie arbeitet gern im Garten, und unser Neuerwerb, der kleine Thessalier, ist ganz anstellig dabei, ihr zur Hand zu gehen.« Er führte sie in das Atrium. »Es sieht hier noch immer schlimm aus, obwohl wir schon gut vorangekommen sind in den letzten Wochen. Hoffentlich stört dich das Durcheinander nicht, ich muss sagen, es ist mir nicht wenig peinlich.« Mit einem großen Schritt stieg er über einen Balken, der quer im Wege lag, und reichte ihr die Hand, um ihr hinüberzuhelfen. »Gern hätte ich wenigstens schon das Gröbste fertig, doch diese Schafgeschichte lässt mir kaum Zeit.«

Illicia ließ ihren Blick über seine breite, dicht behaarte Brust schweifen, über den rundlichen Bauch, ebenfalls von schwarzen Haaren bedeckt. Seine Beine, so stellte sie fest, waren lang und wohlgeformt. Kurz flammte in ihrer Vorstellung der athletische Körper Marcus Antonius' auf. Nun, dieser Mann hier war völlig anders, zwar ebenfalls muskulös hatte er doch nicht Antonius' Anmut, dagegen eher etwas Grobschlächtiges, Urwüchsiges. Insgesamt war er größer als sie ihn in Erinnerung hatte. Leicht nahm sie seinen typischen Geruch wahr, als er ihr vorausging, und spürte ein seltsames Kribbeln im Magen. Was war nur an diesem Mann Besonderes, das sie in solche Aufregung versetzte? Nun, er sah nicht schlecht aus, das jedoch traf auch auf andere zu. Er war nicht dumm, aber zugleich nicht überragend intelligent. Wenn sie ihn richtig einschätzte, teilte er so gut wie keine ihrer Interessen, und dennoch wurde sie nicht müde, ihm zuzuhören. Seine eigenartige Stimme, die gepresst, aber dennoch volltönend zwischen den schmalen geschwungenen Lippen herausströmte, hatte sie vom ersten Moment an gefesselt. Es war ihr völlig rätselhaft.

Auf sein Geheiß hin setzte sie sich und beobachtete schweigend, wie er sich einen kurzen wollenen Chiton überwarf, der in einer Ecke gelegen hatte, und dann nach einer weiteren Sitzgelegenheit suchte. Mangels eines zweiten Sessels zog er eine Holzkiste heran und setzte sich ihr gegenüber, die Beine lang ausgestreckt.

»Habt ihr noch immer Probleme wegen verschwundener Schafe?« Nicht, dass es sie sonderlich interessierte, doch nahm sie an, dass ihm, als Schafzüchter, diese Geschichte wichtig wäre.

»Oh, mehr denn je, seit die Flüchtlinge hier sind. Am schlimmsten ist es allerdings, tauchen die Tiere wieder auf, dann finden wir sie mit durchgeschnittenen Kehlen, teilweise schrecklich zugerichtet. Das ist zum Glück seltener geworden, doch es kommt noch vor. – Ich will es dir lieber nicht näher beschreiben.« Ein unergründlicher Blick traf sie.

Sie spürte, wie sich das Kribbeln in ihrem Magen verstärkte. »Schrecklich zugerichtet? Auf welche Weise?«

»Ich weiß nicht, es ist eigentlich nichts, was man einer Dame erzählen sollte.« Er zögerte. »Aber, na ja, wenn wir die Schafe finden, junge Böcke zumeist, sind sie übersät mit Messerstichen, besonders am Unterbauch, und zuletzt fehlten ihnen zudem bestimmte Körperteile. Nicht, dass du denkst, jemand hätte sich einen Braten herausgeschnitten und den Rest wieder zurückgebracht.« Er schüttelte den Kopf. »Nein, das auf keinen Fall. Außer jemand hat unstillbaren Appetit auf Schafhoden und … nun, was eben noch so dazugehört. Gut zubereitet, schmecken Hoden ja ausgezeichnet, aber ich habe noch nie gehört, dass jemand dazu noch das – hm – entsprechende Körperteil braucht.« Mit fahrigen Händen zog er den Gürtel seines Chitons enger.

»Durchtrennte Kehlen und Messerstiche«, wiederholte Illicia leise. Bei Apollon, abgesehen von dieser schrecklichen Verstümmelung ähnelte das auf verblüffende Weise dem, was sie über die Morde wusste. War sie hier auf einen unverhofften Zusammenhang gestoßen? »Du sagtest, die Tierkadaver seien leicht zu finden gewesen?«

»Ja tatsächlich. Wir hatten immer das Gefühl, wir sollten sie finden.«

Illicia strich sich nervös eine Haarsträhne aus der Stirn. »Wann fandet ihr zum ersten Mal ein solches Schaf?«

Wieder schob er die Zähne über seine Unterlippe, während er zurückrechnete. »Ich glaube, es war im letzten Sommer. Ja richtig. Meine Frau war gerade nach Ägypten abgereist, sie hat dort Verwandte, die sie besuchte. Als sie im Herbst zurückkehrte, waren es zwei Schafe innerhalb von vier Monaten. Die wiesen zum ersten Mal diese Verstümmelungen auf. Doch schon zuvor waren welche verschwunden, natürlich nicht nur meine.«

Wenn das, was Pheromon sagte, tatsächlich stimmte, könnte sich in diesen Taten der Mörder zeigen, einer, der bei Schafen weiterging als bei Menschen. Wie lange noch? Wann würde er auch den ersten Menschen so zurichten? Illicia schauderte, hoffentlich hatte sie Unrecht mit diesem Gedanken. Doch man musste dem nachgehen, es überprüfen, unbedingt musste sie mit Silvanus sprechen.

Pheromon sah sie schmaläugig an. »Ich wusste, ich hätte es dir nicht erzählen sollen, es ist zu grauenvoll.« Er stand auf, ging in den angrenzenden Raum und öffnete dort einen Schrank. »Möchtest du von unserem Wein probieren?«, rief er ihr über die Schulter zu. »Wir hatten im vergangenen Jahr eine so reiche Traubenernte in unserem Garten, dass wir eigenen Wein kelterten. Er lagerte die letzten Monate in einem Eichenfass und dürfte jetzt genau das richtige Aroma haben.« Sie sah ihn eine Glaskaraffe aus dem Schrank nehmen, um dann im Dunkel des Zimmers zu verschwinden.

Illicia lehnte sich in dem bequemen Korbsessel zurück und nutzte Pheromons Abwesenheit, sich ein wenig umzusehen. Das Atrium schien fertig zu sein, der schlichte, schwarz und weiß gewürfelte Mosaikfußboden war sauber gefegt, das kleine Wasserbecken in der Mitte in weißen Marmor gefasst. Außer ihrem Sessel und der Holzkiste gab es jedoch keinerlei Mobiliar, keine Statue in den kleinen Wandnischen, keine Malereien, nur kahle, weiß getünchte Wände. Ob auch die anderen Räume so karg waren, so ganz ohne Schmuck, ohne einen Hauch von Wärme? Neugierig folgte sie ihm in den angrenzenden

Raum. Auch hier herrschte äußerste Schlichtheit: die Wände grob verputzt und gekalkt, an der zu ihrer Rechten der Schrank, dem er gerade die Karaffe entnommen hatte. In der hinteren Ecke ein Tisch mit zwei Hockern davor, daneben ein Regal mit allerlei Dingen des täglichen Bedarfs, kleine Teller, Krüge und Schüsseln. Darunter stand ein Korb mit Werkzeugen neben einem ordentlich aufgeschichteten Stapel Steinplatten. Alles in allem nicht sehr komfortabel. In der hinteren Wand gewahrte sie eine Türöffnung, dahinter hörte sie ihn rumoren. Etwas fiel scheppernd zu Boden, ein unterdrückter Fluch folgte. Kurz darauf kam er herein, sah sie im Zimmer stehen und zeigte ihr strahlend die gut gefüllte Karaffe. »Hole du doch bitte die Gläser, sie stehen dort im Regal.« Er deutete auf die Borde, die sie schon gesehen hatte, und tatsächlich fand sie hinter den Schüsseln zwei Kelche aus hauchdünnem Glas. Als sie in das Atrium zurückkam, hatte er bereits einen Tisch herbeigeholt und darauf die Karaffe abgestellt, ein ausnehmend schönes Stück wie auch die Gläser, grünlich schimmernd – erstaunlicher Luxus für die sonst eher bescheidenen Verhältnisse. Er schenkte ein, der tiefrote Wein rann fast dickflüssig in die Kelche.

»Würdest du mir etwas Wasser dazugeben?«, fragte Illicia. »Ich fürchte, der Wein wird mir sonst zu stark sein.«

Ungläubig sah er sie an. »Ich habe ihn schon gemischt, probiere doch erst einmal, und möchtest du dann wirklich noch Wasser, so werde ich es holen.« Er hob das Glas, prostete ihr zu und führte es an die Lippen, dabei ließ er sie keinen Moment aus den Augen.

Sie probierte zögernd und stellte fest, dass der Wein keineswegs so stark war, wie sie befürchtet hatte. Im Gegenteil, er war leicht und fruchtig. »Doch, er ist sehr gut.« Sie nahm noch einen Schluck, hielt das Glas an die Nase und atmete tief das kräftige Aroma ein, entfernt erinnerte es sie an Brombeeren. Eine Weile sprach keiner von ihnen, und Illicia wunderte sich, dass er, den sie als einen so redefreudigen Menschen kennen gelernt hatte, tatsächlich so lange schweigen konnte. Aus den Augenwinkeln bemerkte sie ein leichtes Zucken um seine Mundwinkel. Bei Apollon, was ging in diesem Manne vor, was war es, das er ihr mitteilen wollte? Schließlich hatte er sie zu diesem Besuch aufgefordert und dies sicherlich nicht nur, um seinen Wein zu kosten, auch wenn er noch so wohl schmeckend war. »Du wolltest mich sprechen, hast du geschrieben. Worum geht es?«

Doch er schwieg, und sein Blick versank in der tiefroten Flüssigkeit. Unbeirrt hielt er das Glas zwischen seinen großen Händen, mit überraschender Behutsamkeit, fast zärtlich strichen seine kräftigen Daumen über die glatte Oberfläche. Dann sah er sie an. Ihr wurde heiß unter seinem Blick, sie fühlte sich schwach, ihre Knie begannen zu zittern. Der letzte Mann, der solche Gefühle in ihr geweckt hatte, war Marcus Antonius gewesen, damals, als sie ihm zuerst begegnet war. Und das hatte nur Schwierigkeiten, verletzte Gefühle und Einsamkeit mit sich gebracht. Marcus Antonius, er war hier, in Pergamon, ihr Herz schlug schneller bei diesem Gedanken, doch würde sie ihn noch einmal sehen, bevor er fortzog? Sie wusste es nicht. Sie wusste nicht einmal, ob sie ihn wiedersehen wollte, denn jedes Mal wurde es schwerer, ihn wieder gehen zu lassen. Doch bei diesem Mann war es völlig anders, es hatte mit dem, was sie für Marcus Antonius empfand, nichts zu tun. Trotzdem wehrte sie sich mit aller Kraft gegen dieses Gefühl, das Pheromon in ihr auslöste, ein Schluck Wein half ihr dabei. Plötzlich wurde ihr bewusst, dass er sie ansah, sie beobachtete, und, dass er ihre Frage nicht beantwortet hatte. »Nun?«, erkundigte sie sich, um einen beiläufigen Tonfall bemüht.

Seine einzige Reaktion war ein hilfloses Heben und Senken der Hände, in seine Augen trat ein ratloser Ausdruck. »Ich weiß es nicht«, sagte er endlich.

»Du weißt es nicht?«

Sie erntete ein Schulterzucken und ein zaghaftes Lächeln. »Ich hatte einfach den Wunsch, dich wiederzusehen.«

»Oh.« Verwirrt senkte Illicia den Kopf. Obwohl sie einen solchen Grund vermutet, ja erhofft hatte, traf sie seine plötzliche Offenheit unerwartet, sie hatte geglaubt, er hätte sich zumindest einen Vorwand zurechtgelegt. Wie sollte sie reagieren? Sie lenkte ab. »Ich dachte, es sei dir vielleicht noch etwas zu dem Messer eingefallen …«

Doch er schüttelte nur den Kopf. »Das hattest du also erwartet? Nein.« Sein Gesicht verschloss sich und wurde abweisend. »Ich hatte gehofft …, ach, lassen wir das.«

Wieder schwiegen sie. Illicia hatte das Gefühl, sie müsse etwas sagen, etwas Belangloses, ein gänzlich anderes Thema anschneiden. »Die Karaffe und die Gläser sind sehr schön. Sicher recht wertvoll, nicht wahr.«

»Ja, wir haben ein paar schöne Stücke, hauptsächlich aus Ägypten. Vor allem meine Frau reist oft dorthin …«

»Du sagtest ja schon, ihr habt dort Verwandte.«

»Richtig, und manchmal bringt sie das ein oder andere mit. Wie eben auch die Karaffe und die Gläser.«

Einen Moment herrschte wiederum Stille.

»Wo ist eigentlich deine Frau zurzeit? Erneut verreist?«

»Ja, bis vorgestern war sie bei ihrer Mutter, dann brach sie wieder nach Ägypten auf, zu ihrer Schwester. Deren Mann ist verstorben, und sie will ihr mit den Kindern helfen. Sie wird eine Weile dort bleiben. Derweil ist meine Mutter hier, um mir ein wenig zur Hand zu gehen, allerdings ist sie gesundheitlich nicht auf der Höhe, so dass ich ganz froh bin, ein Auge auf sie haben zu können. Gestern Abend zum Beispiel ging es ihr sehr schlecht. Von Sonnenuntergang bis Sonnenaufgang saß ich an ihrem Bett und hielt ihre Hand. Sie war der festen Überzeugung, sie müsse sterben.« Er lächelte traurig. »Das denkt sie immer, wenn sie einen Anfall hat, sie glaubt dann zu ersticken. Meistens gehen diese Attacken schnell vorbei, aber letzte Nacht war es schlimmer als sonst. Karyx, der Sklavenjunge, musste alle Augenblicke heißen Wein mit Kräutern bereiten, der verschaffte ihr etwas Linderung. Jetzt geht es ihr wieder so weit gut, dass sie ein wenig im Garten arbeiten kann, den Göttern sei Dank.«

Welch sympathischer Zug, es war selten, dass ein Mann so viel Zuneigung zu seiner Mutter bewies. »Zeigst du mir deinen Garten?«

»Wenn es dich interessiert, gern.« Bereitwillig stand er auf und schritt ihr voraus, einen kleinen Gang entlang, an dessen Ende er eine Hintertür öffnete.

Illicia folgte ihm hinaus. Frisch gejätete Beete reihten sich neben einem Weg, der zu hohen Bäumen im hinteren Teil führte, zwischen denen ein Teich blinkte. Zu ihrer Linken standen Olivenbäume.

Mit weit ausholender Geste wies Pheromon auf sein Anwesen. »Es ist nicht besonders groß, doch für uns reicht der Ertrag allemal. Dort«, er deutete auf ein niedriges kleines Gebäude neben den Stallungen, »haben wir eine Wein- und eine Ölpresse, und da hinten schließen sich noch weitere Wirtschaftsgebäude mit ausreichend Lagermöglichkeiten für Obst, Getreide und Tierfutter an. Wenn du magst, zeige ich sie dir.«

Illicia zog es vor, sich den Pflanzen zu widmen. Erst jetzt bemerkte sie, dass Pheromons Mutter und der Junge nicht mehr zu sehen waren. Pheromon vermutete sie in ihren Räumen. »Sie muss sehr müde sein nach der anstrengenden Nacht gestern. Vielleicht sitzt sie aber auch an unserem Fischteich im Schatten.« Schon führte er Illicia den Weg entlang und erläuterte ihr, dass sein Anwesen den Vorzug eines eigenen Teiches habe, der vorzügliche Forellen hervorbringe. »Damit verdiene ich zwar nicht schlecht, es macht aber auch viel Arbeit.« Mit sichtlichem Stolz geleitete er sie einmal um das Gewässer herum. Plötzlich blieb er stehen. »Dann wird sie wohl in ihren Räumen sein.«

»Wer? Ach, deine Mutter. Du wirst nach ihr sehen wollen, ich muss ohnehin jetzt gehen, ich habe die anderen schon zu lange warten lassen.«

»Hm, nun gut. Ich habe mich wirklich gefreut, dass du gekommen bist, es war schön, mit dir zu plaudern.« Pheromon reichte ihr seinen Arm und führte sie den Weg zurück, um das Haus herum in Richtung Tor. Dort stand ein Wagen, ein sportliches leuchtend rotes Gefährt mit einem schlanken braunen Pferd davor, und neben dem Wagen, vertieft in ein Gespräch mit Laelia, Silvanus.

»Oh, dieser Römer. Erlaube, dass ich mich schon hier von dir verabschiede, ich habe wenig Lust, jetzt mit ihm zu reden, nicht nach deinem Besuch.« Pheromon trat ein paar Schritte zurück, außer Sichtweite der kleinen Gruppe, und ergriff zum Abschied ihre Hände. Noch einmal versicherte er mit gesenkter Stimme, dass er diesen Tag in schönster Erinnerung behalten würde, noch einmal blickte er ihr tief in die Augen, bevor er sich umwandte und schnellen Schrittes im Garten verschwand.

Illicia schüttelte leicht den Kopf, dann gesellte sie sich zu ihren Freunden.

»Den Göttern sei Dank, da bist du endlich. Gerade hatten wir beschlossen, hineinzugehen und nach dir zu sehen.« Laelia stand die Erleichterung so deutlich im Gesicht, dass Illicia warm ums Herz wurde.

Silvanus jedoch funkelte sie zornig an. »Meine Güte, Illicia, bist du denn von allen guten Geistern verlassen, allein zu diesem Mann zu gehen? Überhaupt hierher zu kommen, nur in Begleitung zweier verstümmelter Sklaven, ohne einem Menschen Bescheid zu sagen – nein, ich hätte euch mehr Verstand zugetraut, es ist ein Wunder, dass nichts passiert ist.«

»Dann sollten wir den Göttern wohl für dieses Wunder danken, Silvanus Rhodius.« Illicia straffte die Schultern. »Im Übrigen können wir tun und lassen, was uns beliebt, soweit ich weiß, sind wir dir keine Rechenschaft schuldig. Und immerhin habe ich soeben etwas erfahren, das dir sogar nützlich sein kann, vielleicht steht es mit den Morden in Zusammenhang. Doch was machst du hier, und wo sind unsere ›verstümmelten‹ Sklaven? Und dieser Wagen, hat man ihn dir zur Verfügung gestellt, als Belohnung für deine Erfolge?«

Silvanus runzelte die Stirn. »Es ist meiner, ich habe ihn gekauft, und ich werde euch jetzt damit zurückbringen. Die Sklaven habe ich zu Fuß vorausgeschickt, Thorax wird Monoculos nach Hause geleiten. Und ich kam hierher, um mich bei Pheromon in Erinnerung zu rufen, damit er, sollte er doch etwas mit den Morden zu tun haben, merkt, dass er unter Beobachtung steht. Nun, ich bin sicher, er hat mich gesehen, meine Absicht ist also erfüllt, wir können fahren. Steigt auf.« Versöhnlicher fügte er hinzu: »Und versprecht mir, nie wieder solch gefährliche Eigenmächtigkeiten zu unternehmen.«

Auf der Rückfahrt berichtete Illicia, was sie von Pheromon in Erfahrung gebracht hatte. »Sollte das mit den Schafen stimmen, die durchgeschnittenen Kehlen, übersät mit Messerstichen, offen hingelegt, so könnte es doch auf unseren Täter weisen, meint ihr nicht? Nur, dass bei den Tieren die Geschlechtsteile abgeschnitten wurden ...«

Silvanus, der sich auf den Weg konzentriert hatte, ließ die Zügel sinken und wandte sich zu ihr um. »Die Geschlechtsteile abgeschnitten, etwa Hoden und Penis? Bei Jupiter, das ist ja wie bei ...« Er biss sich auf die Lippen.

Illicia schlug das Herz bis zum Hals. »Wie bei wem? Silvanus, ist wieder etwas geschehen?«

Er sah starr geradeaus. »Ich darf es euch nicht sagen.«

»Du hast es schon gesagt, Silvanus, also kannst du auch den Rest erzählen.« Laelia legte eine Hand auf seinen Arm und beugte sich zu ihm hinüber. »Und du weißt, dass wir schweigen können. Ohne uns hättest du von diesem Zusammenhang ja überhaupt nicht erfahren.«

Er seufzte. »Nun gut, es ist ohnehin zu spät. Aber bitte enttäuscht mein Vertrauen nicht.« Dann berichtete er ihnen alles über den jüngsten Fall, wie er mitten in der Nacht geholt worden war, wie man vereinbart hatte, nichts verlauten zu lassen, wie er im Gymnasium gewesen war und dann bei Imbrassos den Toten gesehen hatte. Dieser schöne Jüngling …

Illicia schluckte, als er auf die Verstümmelungen zu sprechen kam. »Wie bei den Schafen. Dann besteht wirklich ein Zusammenhang.«

Aus Laelias Gesicht war alle Farbe gewichen. »Ja, denkst du nicht auch, Silvanus?«

Der ließ sich einen Moment Zeit mit seiner Antwort. »Ich weiß nicht, so frappierend die Ähnlichkeiten sind, es erscheint mir doch ein wenig weither geholt. Meint ihr wirklich, jemand stiehlt Schafe, schlachtet und verstümmelt sie und geht dann irgendwann los und mordet Menschen? Da scheint mir doch ein recht großer Unterschied zu bestehen.«

Illicia konnte es nicht glauben. »Siehst du nicht, dass es in beiden Fällen die gleiche Vorgehensweise ist? Ob es nun Schafe sind oder Menschen, ist dabei doch völlig belanglos!«

»Nicht so voreilig, meine Liebe«, mahnte Silvanus. »Ein Schaf zu schlachten, dazu gehört nicht viel, tagtäglich wird es praktiziert. Einen Menschen zu töten ist ganz etwas anderes, glaube mir, das ist nicht so einfach. Nicht, dass ich diese offensichtlichen Übereinstimmungen leugnen würde, aber vorschnell irgendwelche Schlüsse daraus zu ziehen, davor kann ich nur warnen. Ich werde zunächst einmal überprüfen lassen, ob es überhaupt stimmt. Vielleicht steckt Pheromon ja doch selbst hinter den Morden und will mit dieser Geschichte die Taten verschleiern. Wer weiß, Illicia.« Silvanus musste sich wieder auf den Weg konzentrieren, der Wagen holperte krachend durch ein tiefes Schlagloch, und fluchend zügelte er die Stute.

»Ach, und noch etwas hat er mir erzählt.« Diese Neuigkeit bereitete Illicia einen besonderen Triumph. »In der letzten Nacht war er zu Hause und pflegte seine Mutter, also kann er den Jungen nicht umgebracht haben. Ein junger Sklave sei die ganze Zeit dabei gewesen. Ich glaube ihm, warum sollte er mich auf so plumpe Art anlügen.«

Silvanus zuckte mit den Achseln. »Das weiß man nie, Mädchen. Solange ich nicht alles überprüft habe, bleibt er auf meiner Liste der Verdächtigen.«

»Silvanus hat Recht, Illicia.« Laelia nickte nachdenklich. »Du solltest auf jeden Fall nicht zu leichtgläubig sein. Davon abgesehen, stimme ich mit dir überein, was die Vorfälle mit den Schafen betrifft, ich sehe da durchaus einen deutlichen Zusammenhang. Erst wählte er Schafe, an die konnte er unauffällig herankommen, hier in der Gegend wimmelt es ja davon. Irgendwann reichte es ihm nicht mehr, verschaffte ihm nicht mehr den nötigen Nervenkitzel – oder was auch immer in ihm vorgehen mag – er brauchte etwas anderes – Menschen. Auch zeitlich trifft es gut zusammen. Diese Morde, von denen du aus den Akten weißt, Silvanus, geschahen doch ungefähr vor einem Jahr, oder? Das war der Zeitpunkt, an dem der Täter merkte, dass ihm Schafe nicht genug Befriedigung verschaffen. Seitdem tötet er Menschen, nur wenn er keine Gelegenheit dazu findet, nimmt er noch immer mit Schafen vorlieb.«

»Wenn alles so zutrifft«, Illicias Puls beschleunigte sich, »dann müssen wir den Mörder in der Stadt suchen, einen Pergamener, der keine Schafe hat. Sonst könnte er ja seine eigenen für seine perversen Spiele benutzen. Was denkst du, Silvanus, glaubst du noch immer, es handelt sich um verschiedene Täter?«

»Ich darf keine Möglichkeit ausschließen, ich muss allen Hinweisen nachgehen. Wie gesagt, ich werde Pheromons Angaben überprüfen lassen, und dann sehen wir weiter. Übrigens habe ich noch ein paar neue Spuren, Velusia hat mich darauf gebracht.«

Laelia sah ihn an. »Velusia? Du hast mit ihr gesprochen?«

»Eine wirklich interessante Person, eure Freundin. Hat sie euch erzählt, dass sie eine enge Verbindung zu Privernus unterhält?«

Illicia hob die Augenbrauen. »Nein. Sie sprach davon, jemanden kennen gelernt zu haben, doch dass es Privernus ist, sagte sie nicht. Imbrassos erwähnte ihn neulich beim Mahl, kennst du ihn?«

Silvanus entwarf ein knappes, wenig schmeichelhaftes Porträt seines Kollegen.

»An einem solchen Mann soll Velusia Gefallen gefunden haben?«, fragte Laelia ungläubig, doch Silvanus nickte. »Auch mir ist es rätselhaft, wie Privernus es geschafft hat, die Sympathie dieser Frau zu gewinnen. Doch er ist gerissen und weiß die Schwächen der Menschen für sich auszunutzen. Zweifellos hat er genau dies bei Velusia getan.« Silvanus bog auf die Straße ein und trieb die Stute zum Galopp an. Gekonnt nahm er die Kurven, überholte souverän langsamere Gefährte und freute sich, dass sie die schnelle Fahrt sichtlich genossen. Der

Fahrtwind spielte in ihren Haaren, die kunstvoll geflochtenen Frisuren lösten sich, und die langen Locken umwehten ihre Gesichter. Viel zu kurz währte der Rausch der Geschwindigkeit, Illicia hätte noch eine Ewigkeit so weiterfahren können, doch schon näherten sie sich dem Stadttor, und Silvanus musste das Tempo drosseln, kurz darauf brachte er das Pferd an der kleinen Gasse zu Imbrassos' Haus zum Stehen. Zum Abschied zog er Laelia liebevoll an sich, die sich nicht wehrte, sondern seine Umarmung erwiderte – für einen Moment, dann entwand sie sich ihm. Illicia winkte ihm lächelnd zu, Laelia murmelte noch einen Abschiedsgruß, dann schritten sie gemeinsam die Gasse hinauf.

KAPITEL XIV

Laelia galt Silvanus' erster Gedanke, als er am Morgen die Augen aufschlug, Laelia und der Umarmung, die sie ihm gewährt hatte, kurz nur, doch ein Hoffnungsschimmer.

So war er denn dankbar, Lucida heute Morgen nicht zu sehen, seit ihrem Streit ging sie ihm aus dem Weg. Wo sie war, wusste er nicht, fragte auch nicht, seine Gedanken weilten bei Laelia. Bei der Morgentoilette, beim Frühstück, immer hatte er Laelia vor Augen.

Bester Stimmung ließ er seinen Wagen anspannen und fuhr in das Prytaneion. Dort jedoch erwartete ihn neben römischen und pergamenischen Bittstellern und einer Reihe von Eingaben eine versiegelte Schreibtafel, die ihn in Leanders Haus befahl, zu einer Besprechung mit Antonius. Was war nun wieder passiert, fragte er sich, während er Marsias beauftragte, sich der Audienzsuchenden anzunehmen, und schriftliche Befehle für Kallistos und Baton hinterließ. Warum traf man sich nicht hier? Gab es etwa schon wieder einen Toten, den man geheim halten musste? Mit Grauen dachte er an die Nacht, da man ihn zu Leander geholt hatte, an ihren Streit, an den verstümmelten Jüngling in Imbrassos' Haus. Man würde ihn vermutlich fragen, was er herausgefunden hatte. Wenn er ehrlich war, noch nicht viel, er war der Ergreifung des Mörders keinen Schritt näher gekommen – nun, wie auch, bei so wenig Schlaf, so viel Verwaltungsarbeit, was sollte er noch alles machen. Dann durchfuhr es ihn heiß: Wenn sie nun wussten, dass er den beiden Mädchen von dem toten Jüngling erzählt hatte? Leander würde sich die Chance, ihn zu diskreditieren, nicht entgehen lassen, hatte er doch selbst ein Auge auf Laelia geworfen. Aber wer sollte es ihnen gesagt haben? Laelia bestimmt nicht, dessen war er sicher, und auch Illicia war zuverlässig – es sei denn, sie hatte gestern noch eine zärtliche Liebesnacht mit Antonius verbracht und dabei alle Versprechen vergessen. Silvanus wurde heiß und kalt, Antonius' Befehl zu missachten konnte das Ende seiner Karriere bedeuten. Doch nein, es ging bestimmt um etwas anderes, es musste sich um etwas anderes handeln, die Götter würden ihn nicht so strafen.

Es handelte sich um etwas anderes, doch viel angenehmer war es nicht. Als er in Leanders Arbeitsraum trat, begrüßte ihn Antonius ohne Lächeln, nur mit einem ernsten: »Setz dich, Silvanus, gut, dass du da bist.« Doch nicht Wut oder Vorwurf, eher Besorgnis sprachen aus Gesicht und Stimme des Triumvirn. Silvanus atmete auf.

In den Händen hielt Antonius ein Pergament, das er jetzt entrollte. »Dies ist eine offizielle Beschwerde von Diodoros Pasparos«, erklärte er mit Blick auf die Schrift, »und leider ist sie ernst zu nehmen. Er schreibt …«

»Ich kann mir denken, was er schreibt«, unterbrach ihn Silvanus. »Ich erzählte dir doch, dass ich neulich mit Privernus aneinander geriet und dass er ankündigte, er wolle sich beschweren. Wahrscheinlich hat er nun den alten Diodoros dazu angestiftet. Leander weiß doch auch, dass die beiden unter einer Decke stecken, nicht wahr?« Sein Blick suchte den Griechen, der tatsächlich nickte.

Antonius ging nicht auf seinen Einwurf ein. »Lass mich ausreden. Neben vielen Vorwürfen von Verwaltungsfehlern bei der Flüchtlingsfrage, der Bevorzugung von römischen Flüchtlingen gegenüber Einheimischen bei der Essensverteilung«, er hob die Hand, als Silvanus protestieren wollte, »nein, hör zu, ich weiß, dass diese Vorwürfe unsinnig sind, was jedoch wirklich schwer wiegt, ist seine Anklage wegen Bestechlichkeit.«

»Ich, bestechlich? Ha!« Zorn stieg in Silvanus auf. »Nie habe ich auch nur ein As, eine Drachme angenommen, so ein Blödsinn! Und das soll schwer wiegen? Du kennst mich doch, Antonius, wie kannst du so etwas glauben?«

»Leider stimmt es, wie ich erfahren musste. Du hast ein Haus angenommen, du wohnst darin und zahlst nichts dafür. Du kennst, hoffe ich, Caesars Gesetz über die Annahme von Vorteilen und Geschenken für Statthalter und ihr Gefolge, du hast ganz klar dagegen verstoßen. Ich habe die ganze Sache schon mit Leander durchgesprochen, ich weiß, dass es gängige Praxis war und ist, in den Provinzen den römischen Magistraten gute Unterkünfte zur Verfügung zu stellen, und wir kamen überein, dass natürlich ausgemacht war, zweimal im Jahr dafür zu zahlen. Das habt ihr natürlich schriftlich festgehalten, hier.« Er reichte ihm ein Schriftstück.

Silvanus atmete tief durch, überflog es und unterschrieb an der von Antonius bezeichneten Stelle.

»Damit ist Diodoros' Anklage erst einmal zunichte gemacht. Aber ich warne dich, Silvanus, sei vorsichtig, gehe besonnen vor, du hast einflussreiche Feinde in dieser Stadt, und wäre ich nicht zufällig vor Ort gewesen, hätten sie die Beschwerde nach Rom an den Senat geschickt. Das wäre weder für dich noch für mich angenehm gewesen. Doch damit genug. Hast du schon Erkenntnisse wegen des ermordeten Jünglings?«

»Nein, noch nicht.« Bei dieser Frage, die unvermeidlich kommen musste, hatte er Imbrassos' Vorgehensweise kritisieren, den Tod des Zeugen anführen wollen, doch nun schwieg er. Der Vorwurf der Bestechlichkeit traf ihn schwer. Natürlich wusste er um das besagte Gesetz, doch hatte er es nie in allen Einzelheiten durchgelesen. Wozu auch, er war unbestechlich, es immer gewesen, und stolz darauf. Nun hatte er am eigenen Leibe erfahren, wie schnell man durch Unkenntnis in Schwierigkeiten geraten konnte. Noch heute würde er einen Sklaven in die Bibliothek senden, um jenes Gesetz, nein, jedes Gesetz, die Verwaltung von Provinzen betreffend, zu holen, und er würde sie lesen, jedes einzelne, gleich heute Abend wollte er beginnen. Das passierte ihm nicht noch einmal.

Erstmals ergriff Leander das Wort. »Du kannst von Glück sagen, Silvanus, dass wir den letzten Mord geheim gehalten haben; Diodoros und Privernus versuchen, das Volk gegen dich aufzuhetzen, und damit natürlich auch gegen Antonius.« Er reichte ihm einen Becher Wein. »Sie verbreiten, durch die vielen Flüchtlinge entstünden Pergamon nur Nachteile, der Mörder sei gewiss unter ihnen zu suchen, und auch die immer noch vordringenden Parther bereiteten den Menschen Sorge. Die Leute fürchteten um ihre Sicherheit, sie fürchteten den Krieg vor ihren Toren.«

Zögernd nickte Silvanus, er konnte dem Griechen nicht widersprechen.

»Hast du schon konkrete Verdächtige?«

»Hätte ich in dem letzten Fall sofort handeln dürfen«, konterte Silvanus, »gäbe es jetzt keine Verdächtigen, sondern einen festgesetzten Täter.« Dann informierte er sie über seine neuen Erkenntnisse, die verstümmelten Schafe und über die Ermittlungen gegen die Väter des Pärchens, sich durchaus bewusst, dass seine Angaben mehr als schwammig waren. Er versuchte, selbstbewusst und optimistisch zu klingen, doch vollständig gelang es ihm nicht.

Obwohl Leander seinen Ausführungen, vor allem über die getöteten und verstümmelten Tiere, interessiert gefolgt war, betrachtete er ihn skeptisch. Auch Antonius schien nicht recht überzeugt. »Was willst du tun, um das Volk zu beruhigen?«

Silvanus berichtete von seinen Plänen, ein neues Bad zu stiften, auf der westlichen Seite des Gymnasiums. »Hast du etwas dagegen, wenn ich Steuergelder dafür verwende?«

Antonius neigte den Kopf. »Es ist dir unbenommen, die Gelder in einem vernünftigen Rahmen nach deinem Gutdünken einzusetzen.«

»Dann dachte ich noch an einen Aufnahmestopp im Flüchtlingslager, dazu volle Übernahme der Versorgungskosten der schon Anwesenden durch die römische Staatskasse. Dies alles müsste durch Aushänge auf den Foren und anderen öffentlichen Plätzen bekannt gemacht werden.«

Auch hierzu nickte Antonius. »Gut. Lass auch verbreiten, dass Pergamon von den Parthern im Moment keine Gefahr droht, meine Truppen halten sie vor Ephesos zurück. Ich selbst werde so schnell wie möglich nach Athen aufbrechen, Dellius ist bereits dorthin unterwegs, dann segeln wir weiter nach Rom. Von dort aus werde ich Legionen in Gang setzen, um die Gefahr ein für alle Mal zu bannen. Wenn ich wiederkomme, und das wird bald sein«, ein schnelles Lächeln überflog sein Gesicht, »wünsche ich hier ruhige und geordnete Verhältnisse vorzufinden, Silvanus. Bevor ich jedoch nach Athen aufbreche, werden wir Einzelheiten über die Verwaltung absprechen, auch muss ich noch diverse Delegationen der freien Städte dieser Provinz empfangen, ich werde dich über die Verhandlungen informieren.«

Silvanus erhob sich, die Audienz war beendet, das war deutlich. Er ging mit unguten Gefühlen. Traute man ihm zu, die Situation zu meistern, traute er es sich selbst zu? Konnte er es wirklich?

Er ging die belebten Straßen von Pergamon entlang, zurück in Richtung Prytaneion. Der Lärm der Menschen und Tiere zerrte an seinen Nerven, einen Jungen, der ihn im Spiel mit seinen Freunden anrempelte und, anstatt sich zu entschuldigen, auch noch frech die Schuld auf Silvanus' Bauch schob, packte er an seiner Tunika, schüttelte ihn und hätte ihm am liebsten rechts und links mit einem kräftigen Schlag die Wangen gerötet – in letzter Sekunde hielt er sich zurück und dröhnte ihm stattdessen eine unmissverständliche Drohung ins Ohr. Eingeschüchtert lief das Kind davon.

Silvanus' Kehle war trocken. Erst jetzt erfasste er das volle Ausmaß der gegen ihn erhobenen Anklage. Sie hätte sein ganzes Leben zerstören, ihn irgendwo in der Verbannung auf einer unbewohnten Insel seine Tage beenden lassen können. Brennender Hass gegen Privernus, gegen Diodoros Pasparos stieg in ihm auf, das Blut rauschte in seinen Ohren. Umsonst mahnte er sich zur Besonnenheit, die Gedanken an die Ungeheuerlichkeit, die Hinterhältigkeit dieses Schreibens an Antonius verdrängten alles andere und schoben sich unaufhaltsam in den Vordergrund. Er beschloss, etwas zu trinken. In einer Seitengasse entdeckte er eine Taverne, klein, nicht Vertrauen erweckend, aber für seine Zwecke ausreichend. Er trat ein, setzte sich auf eine der hölzernen Bänke, bestellte Wein – vom besten, den es gab – und versuchte, sich zu beruhigen.

Man starrte ihn an. An seiner Toga eindeutig als römischer Magistrat zu erkennen, hob sich Silvanus von den anderen, nicht besonders zahlreichen Gästen ab, lichtscheues Gesindel, wie es ihm schien. Zerschlissene Kleidung, ungepflegte Haare, fehlende Zähne zeichnete die meisten aus, darunter auch ein paar spärlich, aber ebenso schäbig gekleidete Frauen, die die Blüte ihrer Schönheit und Jugend weit hinter sich gelassen hatten. Sie alle musterten ihn misstrauisch, Silvanus starrte zurück, fixierte sie angriffslustig. Einer nach dem anderen wandte sich ab, auch den Wirt musste seine Miene beeindruckt haben, denn der stellte schnell den Wein vor ihm ab, noch ein Schälchen Nüsse dazu. »Vom Hause, der Herr.« Kaum wagte er, ihm in die Augen zu schauen. Silvanus war es recht. Sollten doch alle vor Furcht erbeben, er würde es ihnen schon zeigen.

Den ersten Becher des mäßigen Weines stürzte er geradezu hinunter. Den zweiten genoss er, streckte die Beine aus und stellte das tönerne Gefäß auf seinem Bauch ab, während er sich zur Ruhe zwang. Allmählich zeigte der Wein den gewünschten Effekt, langsam setzte das bewusste Denken wieder ein, aber auch eine bleierne Müdigkeit, der wenige Schlaf in den letzten Nächten machte sich bemerkbar. Er seufzte leise.

Nicht leise genug, denn einer der Gäste auf der benachbarten Bank erhob sich und glitt neben ihn. »Du hast Sorgen, Römer?«, fragte er leise in gebrochenem Latein. »Vielleicht ich kann helfen.«

Silvanus rückte ein Stück von ihm ab. Der Mann, dem Akzent nach aus Kappadozien oder Armenien, dem Osten jedenfalls, verströmte eine Fahne von Wein, Zwiebeln und Knoblauch, die Zähne blinkten gelb und schief in seinem Mund, halblange schwarze Haare fielen auf sein blaues Gewand. Der ganze Mensch roch seltsam, unangenehm. »Ich weiß nicht, wie du mir helfen könntest, mach, dass du wegkommst.«

»Höre doch erst, was ich zu sagen habe.« Der Mann aus dem Osten zog unwillig die buschigen Augenbrauen zusammen. »Ich weiß, du Rat brauchen. Ich kann geben. Mein Weib kann geben. Sie ist beste Wahrsagerin und Zauberin von Pergamon, gelernt im fernen Armenien. Wir haben kleines Geschäft unterhalb Theater, verkaufen Gewürze, gute Gewürze, und Räucherwerk, du kannst nicht verfehlen, und Weib macht Magie, alles, was du willst. Liebeszauber, Schadenszauber, Wahrsagen, alles, alles. Überlege; wenn willst, komm. Weib kann helfen, wirkt immer, nicht teuer.«

»Ich glaube nicht an so etwas, verschwinde.« Silvanus hatte genug. Schon in Rom waren die Wahrsager eine Plage, er hatte nicht vor, sich auch noch hier in der Provinz mit diesem Gesindel abzugeben.

Der Armenier ging, flüsterte aber noch einmal: »Wirkt immer, komm zu Theater, Geschäft unterhalb, vorletztes in Reihe. Weib wirklich beste Zauberin von Pergamon.« Dann gesellte er sich wieder zu seinen Kumpanen, tauchte die fettglänzende Hand in eine Schüssel und schob sich einen gelben Brei in den Mund. Silvanus schüttelte sich und griff nach dem Becher.

Er musste nachdenken. Über seine weitere Vorgehensweise, über mögliche Verdächtige, über Privernus. Hier jedoch war das unmöglich, betrunkenes Gelächter erfüllte den Raum, eine Frau kreischte in einem Nebenzimmer. Als geradezu folternd empfand Silvanus ein ununterbrochenes Hämmern: Ein offensichtlich Geistesgestörter schlug mit Inbrunst und verzücktem Lächeln seinen Fuß rhythmisch gegen eine der hölzernen Bänke. Hatte es Silvanus schon die ganze Zeit unterschwellig gestört, so trieb es ihn jetzt schier in den Wahnsinn. Nein, er musste hier weg, er brauchte Ruhe zum Nachdenken. Doch wohin? Im Prytaneion erwarteten ihn nur Arbeit, Anfragen, Alltagsgeschäfte. Nach Hause? Dort werkte Lucida, zelebrierte bestimmt einen ihrer zahllosen Riten. Wo, bei allen Göttern der Unterwelt, konnte er in dieser lärmenden Stadt mit Stille rechnen?

Der Wirt brachte ungefragt einen weiteren Krug Wein. Gerade wollte Silvanus ihn zurechtweisen, er habe keinen bestellt, sein Wein sei sowieso schlecht, die Nüsse ranzig, als ihm ein Gedanke kam. Der Tempel des Dionysos lag nicht fern, und wenn er auch ein fröhlicher Gott war, dessen Kult mit rauschenden Festen gefeiert wurde, so gab es durchaus Zeiten, zu welchen sein Tempel einen Hort der Ruhe darstellte. Dorthin würde er gehen, befand er, zahlte seine Zeche, auch den zweiten Krug, den er mitnahm und dem Gott des Weines zu opfern gedachte.

Er konnte den Weg über das Theater nehmen, zurzeit fanden keine Aufführungen statt. Wie jedes Mal, wenn er oben von den Kolonnaden auf die vor ihm liegende Ebene hinunterschaute, bewegte ihn die Schönheit des Ausblicks. Die unterschiedlichen Grüntöne der Hügel und der umliegenden Wälder, die Brauntöne der Felder in der Ebene leuchteten im Sonnenlicht, genau wie das bräunliche Wasser des Selinos und der in ihn mündenden Bäche. Vor ihm erstreckte sich die heilige Straße zum Asklepieion, das wie ein kleines Modell seiner selbst in der Ferne lag. Nur kurz genoss Silvanus die Aussicht, denn auch hier war es laut, spielende Kinder erprobten die hervorragende Akustik der Schauspielstätte. So stieg er äußerst vorsichtig die Stufen hinunter, denn das Theater war extrem steil und hoch, und der Wein machte sich bemerkbar. Die Kinder sahen ihn, zeigten mit den Fingern auf ihn, lachten, und erneut verlor Silvanus die Nerven. »Raus hier«, brüllte er, »wisst ihr nicht, dass man hier nicht spielen darf? Ich lasse euch einsperren!«

Verstärkt durch das Halbrund musste den Kindern seine volltönende Stimme wie die eines zürnenden Gottes erscheinen, erschreckt stoben sie davon.

Silvanus lächelte grimmig. Er trat die letzten Stufen hinunter und sah zu seiner Rechten den Tempel liegen. Wie er gehofft hatte, war es hier ruhig, die ersten Opfernden kamen in der Frühe, die anderen gegen Abend, und auch die Gemeinschaft der Priester und Anhänger des Dionysos brachten ihre Gaben erst später dar, um sich dann in ihr nahe gelegenes Kulthaus zu begeben, wohl ausgerüstet für solche Treffen und die damit einhergehenden Feierlichkeiten.

So stellte Silvanus sich an den großen Altar vor dem Tempel, spendete mit einer gemurmelten Bitte um Beistand einige Tropfen seines mitgebrachten Weines, nahm selbst noch einen Schluck und stellte den Krug dann auf den Altar neben die anderen Weihegaben, vornehmlich Wein, doch auch Schälchen mit abgebranntem Weihrauch oder kleine Körbe mit Trauben. Über seinen Anflug von Frömmigkeit selbst verwundert, erklomm Silvanus die Stufen des kleinen Heiligtums und setzte sich auf die Basis einer Säule. In Rom hatte er nie viel auf Religion und Kulte gegeben, doch hier in Kleinasien schienen die Götter näher, präsenter – in Didyma hatte es begonnen, in dem phänomenalen Tempel des Apollon. Vermutlich konnte man sich der geheimnisvollen Stimmung der östlichen Provinzen, der Heimat von Göttern und Magiern, nicht entziehen – sei's drum, dachte er, es würde nicht schaden, sich die Unsterblichen gewogen zu machen.

An die Säule gelehnt, genoss er einen Moment die Ruhe, die Entspannung, dann zwang er seine Gedanken an die Arbeit, ging im Geiste seine Anhaltspunkte durch. Auffällig war: Die Brutalität bei den Morden nahm zu, die Orte, an welchen der Täter seine Opfer ablegte, wurden immer öffentlicher, und das Säckchen mit den Münzen hatte sicher nicht zufällig neben der Leiche gelegen. Wenn dem so war, gehörte der Täter nicht zu den Ärmsten der Gesellschaft, ging es ihm nicht um Geld. Hatte er es selbst am Tatort hinterlassen, stellte es eine

Mitteilung dar? War der Tote ein Lustsklave gewesen, der vermietet wurde oder sich selbst verkaufte? Waren ihm die Genitalien abgeschnitten worden, um die Verachtung für dieses Geschäft zum Ausdruck zu bringen? Doch wie passte das Liebespaar in diese Theorie? Sie waren Kinder angesehener Leute, hatten mit Prostitution nichts zu tun, ganz im Gegenteil, sie standen kurz vor der Eheschließung. Vielleicht hatte der Mörder ganz allgemein Probleme mit Sexualität, hatte die beiden beobachtet, wie sie sich einander hingaben, und konnte es nicht ertragen. Und die Sklavin, die man als Erste fand? Nach Aussage des Besitzers war sie ein ganz normales Mädchen gewesen, keine Auffälligkeiten, nicht aufsässig, stets nett und gehorsam. Warum musste sie sterben? War sie zufällig getötet worden? Hatte ihre Anmut den Täter gereizt? Wollte er sie verführen, und sie hatte sich geweigert? Oder er hatte nicht gekonnt? Sie wies viele Stiche im Unterleib auf, auch das deutete auf ein sexuelles Motiv.

Silvanus verschränkte die Arme um seine Knie, lehnte den Kopf zurück und schloss die Augen. Was gäbe er darum, wäre Laelia jetzt hier, und er könnte die Sache mit ihr durchsprechen. Sie und Illicia hatten gute Ideen, bemerkten Dinge, denen er selbst keine Bedeutung beimaß, die weibliche Intuition war manchmal nicht zu unterschätzen. Er würde die Fälle nochmals in allen Einzelheiten mit den beiden durchsprechen, doch zuvor musste er sich mehr Klarheit verschaffen, für sich selbst.

Also weiter. Wen hatte er als Verdächtigen? Da waren die Väter des Pärchens, beide sicher nicht der Inbegriff des altrömischen Gesellschaftsideals, aber dass einer von ihnen als Mörder aller Opfer in Frage kam, schien nicht wahrscheinlich. Dennoch, Kallistos musste endlich in Erfahrung bringen, was sie zum Todeszeitpunkt des letzten Opfers getan hatten.

Wer kam noch in Betracht? Er öffnete die Augen, ließ den Blick über die unter ihm liegenden Dächer Pergamons schweifen, über die Zelte des Lagers am Fuße des Berges. Ach, viele, viel zu viele, auch wenn er die Flüchtlinge bei dieser Theorie ausschloss. Jeder erwachsene Mann aus Pergamon oder Umgebung könnte es gewesen sein, darauf deuteten die länger zurückliegenden Fälle und die malträtierten Tiere, wie Laelia und Illicia gestern ja scharfsinnig erkannt hatten. Damit kam jeder Pergamener in Frage, der nicht ganz arm war und keine Schafe besaß.

Hatte er irgendwelche Hinweise? Silvanus beobachtete eine schneeweiße Wolke, die langsam über den lichtblauen Himmel zog und dachte nach. Kurz schaute er nach unten, wo zwei Männer soeben auf dem Altar für Dionysos ein Opfer abgelegt hatten und jetzt mit gedämpften Stimmen vor dem Tempel miteinander sprachen, doch konnte er ihr leises Gemurmel aus seinen Gedanken ausblenden, es störte ihn nicht. Wen kannte er in Pergamon, wen hatte er im Zusammenhang mit den Morden kennen gelernt? Der Töpfer, der die erste Leiche gefunden hatte, war tatsächlich während der gesamten in Frage kommenden Tatzeit krank gewesen. Pheromon, der Viehzüchter? Aber der hatte ein Alibi für die letzte Tat, seine Mutter und den Sklaven, laut Illicias Angaben. Auf der anderen Seite, er hatte das noch nicht überprüft, und selbst sollten sie es bestätigen, man wusste ja, dass Mütter und Sklaven alles sagten, was man ihnen vorgab. Ein kalter Schauder überlief Silvanus, als er daran dachte, dass Illicia gestern ganz allein bei diesem Mann gewesen war, in seinem Haus. Bei allen Göttern, welche Unvernunft, wenn nun etwas passiert wäre? Aber, beruhigte er sich, es war nichts passiert, und doch musste er die beiden Frauen nochmals zur Vorsicht mahnen, sie waren jung und schön – potenzielle Opfer. Das konnte er zum Vorwand nehmen, nachher bei Imbrassos vorbeizuschauen, mit Laelia zu reden, sie zu sehen. Imbrassos; wenn er es recht bedachte, war auch der nicht unverdächtig, immerhin war der Zeuge des letzten Falles auf undurchsichtige Weise ums Leben gekommen, der einzige Zeuge, den es bisher gegeben hatte. Und Laelia hatte zu berichten gewusst, dass Imbrassos, der im öffentlichen Leben so sicher und selbstherrlich auftrat, zu Hause keineswegs den Ton angab, das musste doch zu sexuellen Problemen führen. Silvanus überlief es kalt, er wäre Schuld, geschah den Mädchen etwas, die Pulsadern würde er sich öffnen. Fast wäre er aufgesprungen und sofort zu Imbrassos' Haus geeilt, um sich über ihr Wohlbefinden zu vergewissern, doch er bezwang sich, er durfte nicht überreagieren. Nein, erst alle Möglichkeiten durchspielen. Ein wenig beruhigte es ihn, dass Imbrassos den Zeugen sofort hätte verschwinden lassen können, wenn er es gewollt hätte. Dennoch …

Privernus. Fast von selbst schob sich der Name in seine Gedanken. Dieser dubiose Römer, der ihm so viele Schwierigkeiten machte, mochte dafür durchaus noch ein anderes Motiv haben als bislang gedacht. Was, wenn er, der ja zusammen mit Diodoros Pasparos bei wüsten

Orgien den seltsamsten sexuellen Praktiken frönen sollte, dabei nicht genug bekam und seine Perversionen noch anders auslebte? Erneut geriet Silvanus' Blut in Wallung, als er an den Mann dachte, und er musste sich zwingen, zumindest annähernd objektiv über diese Möglichkeit nachzudenken. Was hatte der Barbier gesagt? Privernus kaufte die schönsten und erlesensten Sklaven, und die würden nie wieder gesehen? Vielleicht war das jüngste Opfer, dieser adonisgleiche Jüngling, einer jener Sklaven gewesen, und man hatte ihn nach einer der Orgien im Gymnasium abgelegt? Doch warum sollte man das tun? Und wenn Silvanus auch keine Sicherheit haben konnte, so deutete doch das wenige, was er wusste, darauf hin, dass der Junge an Ort und Stelle ermordet worden war. Nein, das passte nicht zusammen, denn aus welchem Grunde sollte Privernus einen seiner eigenen Sklaven dort ermorden? Aber auch andere Menschen besaßen schöne Sklaven. Hatte der Junge einem anderen gehört und Privernus ihn für sich begehrt? Und als er ihn nicht bekam, lockte er ihn in das Gymnasium, tötete ihn und legte den Geldbeutel – sozusagen als Bezahlung – daneben? Eine passable Theorie, fand Silvanus, dies bedeutete aber ein sehr riskantes Vorgehen, denn dann gäbe es jemanden, der um Privernus' Begehren gewusst hätte, und dem sofort bei Auffinden des Toten klar gewesen wäre, wo der Täter zu suchen war. Doch vielleicht hatte er gar nicht versucht, den Jungen zu kaufen, hatte ihn einfach nur gesehen, begehrt, getötet.

Silvanus ärgerte sich, dass das Opfer nicht fachgerecht untersucht worden war, dass er selbst es nicht gekonnt hatte, man hätte unbedingt nach Hinweisen auf ein Sexualdelikt suchen müssen. Allein bei der Vorstellung jedoch, den verstümmelten Jüngling umzudrehen, das Blut abzuwaschen, um nahe der grausamen Wunde den After genauestens zu untersuchen, hob sich sein Magen. Sehnsüchtig lenkte er seinen Blick auf den unter ihm liegenden Altar, zu den Weinkrügen, die dort standen, zu eben jenem, den er selbst dort abgestellt hatte. Kurz zog er in Erwägung, Dionysos um Verzeihung und Verständnis zu bitten und einen Schluck aus dem Krug zu nehmen, doch er widerstand. Einen solchen Frevel würde nicht einmal der gutmütigste Gott verzeihen.

Er lenkte sich ab. Wen konnte er noch zu den Verdächtigen zählen? Diodoros Pasparos zum Beispiel, als Teilnehmer an den ausschweifenden Orgien kam er durchaus in Betracht, war allerdings nicht mehr der Jüngste. Silvanus konnte sich noch vorstellen, dass ein Mann in diesem

Alter vielleicht ein junges Mädchen, einen arglosen Jüngling würde töten können, aber das Pärchen? Es gehörte Kraft dazu, und über die schien Diodoros nicht mehr in ausreichendem Maße zu verfügen. Schien ... Er seufzte. Gegen die benannten Männer hatte er nichts in der Hand, keine Fakten, nur Theorien, Mutmaßungen, Gedankenspiele. Zumindest konnte er vorsichtige Nachforschungen anstellen, sie im Auge behalten. Der Aufenthalt des Imbrassos zu den fraglichen Zeiten müsste sich herausfinden lassen, Laelia und Illicia lebten mit ihren Sklaven in dessen Haushalt, die konnten sich unauffällig umhören. Bei Privernus gestaltete es sich schon schwieriger. Sollte er ihn offiziell befragen? Die Wahrheit erführe er dadurch sicherlich nicht, aber sollte er der Täter sein, könnte es ihn von weiteren Morden abhalten. Oder er ließe ihn beobachten, vielleicht würde man ihn auf frischer Tat ertappen. Das wäre auch eine Alternative bei Diodoros Pasparos, doch dafür würde er zusätzliche Männer brauchen, zuverlässige, erstklassige Männer. Sollte er welche von Leander fordern, konnte der sie entbehren? Nicht bei dem wenigen, was er bis jetzt an Verdachtsmomenten vorzuweisen hatte, Leander würde ihn auslachen, sagen, Silvanus' persönlicher Hass auf die beiden wäre der Auslöser für seine Vermutung – und wahrscheinlich hätte er sogar Recht.

Silvanus schlug sich mit der flachen Hand vor die Stirn. Leander. Warum hatte er noch nie an ihn gedacht? Und ausgerechnet der scharwenzelte in letzter Zeit um Laelia herum, wer konnte wissen, mit welcher Absicht. Bei allen Göttern, lauerten denn überall Gefahren für das Mädchen, wie sollte er sie schützen? Aber würde Leander ... Ferne Geräusche schreckten Silvanus aus seinen Gedanken. Zimbeln meinte er zu erkennen, Gesang und das ängstliche Blöken von Schafen. Richtig, dort hinten, vom Versammlungshaus der Dionysosgesellschaft her, strebte eine Gruppe von Menschen dem Tempel zu. Vorbei war es mit der Ruhe, er musste schleunigst das Weite suchen. Unter den Angehörigen des Kultes waren einige, die er kannte, sähen die ihn hier, würde das Gerede in der Stadt nicht lange auf sich warten lassen: ›Silvanus Rhodius, Legat des Antonius, hat nichts Besseres zu tun, als müßig unter den Säulen des Dionysostempels zu sitzen und sich die Sonne auf den Kopf scheinen zu lassen.‹ Es wäre Öl im Feuer von Privernus und Pasparos, das konnte er sich nicht leisten. Rasch sprang er auf, eilte die Stufen des Tempels hinab, am Altar mäßigte er seine Schritte ein wenig, in der Absicht, selbstbewusst an der auf ihn zukommenden Prozession vorbeizuschreiten, als er eine bekannte Gestalt in deren Mitte erkannte. Kein Zweifel, das war Marcus Antonius in Person, die Gestalt, der Gang waren eindeutig. Silvanus sah sich um, er musste verschwinden, es wäre sicher nicht von Vorteil, würde Antonius ihn hier antreffen. Zu seiner Rechten entdeckte er eine Treppe, die nach unten führte, zu den Läden der unteren Terrasse; kurz entschlossen lief er die Stufen hinab und hoffte, dass man ihn noch nicht entdeckt hatte.

Ein wenig atemlos blieb er unten stehen. Hier herrschte mehr Betrieb, als er angenommen hatte, und unter den vorbeiziehenden Menschen waren erstaunlich viele Frauen aller Nationalitäten, auch Römerinnen, die ihre Gesichter unter Kapuzen verbargen und die Schritte beschleunigten, sobald sie seiner ansichtig wurden. Irritiert sah Silvanus ihnen nach, doch dann erinnerte er sich des Grundes für ihr seltsames Verhalten: Dies war die Heimat der Wahrsager und Magiere, deren Praktiken in Rom verpönt, teilweise sogar unter Strafe gestellt waren. Er selbst hatte immer nur dienstlich mit dieser Berufsgruppe zu tun gehabt. Die Ermittlungen bei Giftmorden, Verhexungen und derlei mehr waren ihm ab und zu angetragen worden, nie allerdings hatte er einen solchen Fall klären können, denn entweder waren die Beschuldigten nicht mehr auffindbar oder die Tat war, gerade bei Verhexungen, nicht nachweisbar. Meistens allerdings hatte er es von vornherein abgelehnt, solche Fälle zu übernehmen, ein ungutes Gefühl hatte ihn davon abgehalten.

Jetzt allerdings erwachte seine Neugier. Warum sich nicht einmal umsehen in diesem östlich geprägten Umfeld, in diesem für ihn fremden Metier? Langsam schritt er an den kleinen Läden entlang, aus vielen drangen gedämpfte Stimmen, die meisten in für ihn unbekannten Sprachen. Die Betreiber – einige saßen vor ihren Geschäften – waren bunt und fremdländisch gekleidet, manche trugen spitze Hüte, alle hatten dunkle, zumeist volle Haare, Frauen wie Männer waren am ganzen Körper mit Schmuck und Talismanen behängt. Meder, Kappadozier, Armenier, Ponter und was es alles an Völkern im Osten gab, die wenigsten konnte er zuordnen. Die Läden waren mit bunten Tüchern geschmückt, vor einigen hingen kleine Puppen aus Wachs, vor anderen standen Käfige mit allen möglichen Tieren, vorwiegend Kröten, Vögel, Schlangen, die wahrscheinlich für irgendwelchen Zauber nötig waren.

Angewidert ging Silvanus weiter, hörte betörende Gesänge aus einem Geschäft, zischende Verwünschungen – so zumindest erschien es ihm – aus dem nächsten. Verwundert stellte er fest, dass er nicht angesprochen wurde, keiner dieser Geschäftsinhaber bot seine Dienste lautstark an. Die Menschen, die hierher kamen, wussten offenbar, was und wohin sie wollten. Doch man lächelte ihm zu, einladend, wissend.

Jetzt kam er an einer Auslage von Räucherwerk, verschiedenen Kräutern und getrockneten Blättern vorbei, starker, würziger Geruch drang in seine Nase. Es war das vorletzte Geschäft in der Straße, und der Mann aus der Taverne fiel ihm wieder ein, dies musste das seinige sein. Er trat einen Schritt näher, kämpfend zwischen Neugier und Vorbehalten. Sofort kam eine Frau aus der Tür, nicht mehr jung, Mitte dreißig, schätzte er, doch von außergewöhnlicher Ausstrahlung. Lockige schwarze Haare umrahmten das schmale Gesicht, schwarze Wimpern die unergründlichen dunklen Augen. Ein langes dunkelblaues Gewand umspielte ihren Körper, die Schultern wärmte ein mit verschlungenen Mustern besticktes Tuch. Sie sah ihn an, als hätte sie ihn erwartet. »Komm herein.«

Ohne Zögern folgte er ihr in die halbdunkle Kammer, setzte sich auf einen Schemel, den sie ihm zuwies, und sah ihr fasziniert zu, wie sie mehrere Kerzen anzündete, um dann die Vorhänge vor der Tür und dem einzigen Fenster zuzuziehen. Bunt gemusterte Teppiche bedeckten Boden und Wände, fremdländische Statuen und Figuren standen in Wandnischen. Der schon draußen wahrnehmbare Geruch war hier drinnen noch intensiver.

Die Frau nahm eine Schale aus einem Schränkchen, füllte sie mit Wasser und goss einige Tropfen Öl hinein, stellte sie auf einen kleinen Tisch vor Silvanus' Schemel und setzte sich ihm gegenüber. »Mein Name ist Senophrata, aus Armenien«, sprach sie in reinstem Griechisch, mit einem kaum merkbaren östlichen Akzent, ihre Stimme war tief und angenehm.

Silvanus wollte antworten, sich vorstellen, doch sie hob die Hand. »Ich will deinen Namen nicht wissen, ich muss ihn nicht wissen, um dir zu helfen. Du brauchst Hilfe.«

Ein Nicken war alles, was Silvanus zustande brachte, die Frau betörte ihn, er konnte seine Augen nicht von ihr abwenden, von den im Kerzenlicht funkelnden goldglänzenden Ringen in ihren Ohren, passend zu den Reifen um ihre zierlichen Handgelenke, die bei jeder Bewegung leise klirrten. Wahrsagerinnen, Hexen hatte er sich anders vorgestellt, als alte, heruntergekommene Weiber – solchen war er in Rom begegnet – diese hier aber wirkte wie Circe, wie Medea, ewig jung, ewig schön.

Sie schnippte mit den Fingern, und mit leisen, schattenhaften Bewegungen glitt ein Sklave durch den Vorhang herein, stellte einen Becher vor Silvanus ab und verschwand genauso lautlos, wie er gekommen war. Die Szene hatte etwas Unheimliches, die ganze Situation war unheimlich, doch Silvanus war fasziniert, konnte, wollte nicht mehr zurück. Auf ihre einladende Handbewegung hob er den Becher an die Lippen. Dickflüssiger, schwerer, gewürzter Wein von unbekanntem Aroma rann seine Kehle hinab, köstlich schmeckte er, und kurz überlegte Silvanus, ob sie ihm etwas beigemengt hatte, um seinen Geist zu benebeln oder ihn gar zu töten, doch warum sollte sie das tun? Nein, dies war ein göttliches Getränk, das es zu genießen galt, und er nahm einen weiteren kleinen Schluck.

Senophrata beobachtete ihn, die Hände in den Schoß gelegt. Erst nachdem er den Becher zurück auf den Tisch gestellt hatte, sprach sie: »Ich werde in das Wasser schauen, wenn du erlaubst. Ich werde dir sagen, was dich bewegt und welche Botschaft die Göttin für dich hat. Willst du?«

Wieder nickte Silvanus.

Die Armenierin zog die Wasserschüssel zu sich heran, beugte sich darüber und starrte auf die Ölschlieren der Oberfläche. Dann begann sie zu summen, eine seltsame, eintönige Melodie, dazu wiegte sie ihren Oberkörper, ohne den Blick von der Wasseroberfläche zu lösen. Lange saß sie so da, ihre Augen schienen durch die Schüssel in die Ferne zu schauen. Von ihrem Gesumm und dem Wein herrlich entspannt, fuhr Silvanus zusammen, als sie endlich zu sprechen begann: »Dich bewegen zwei Probleme«, sagte sie sanft, ohne die Augen vom Wasser zu nehmen, »eines beruflich, eines privat. Das berufliche wirst du lösen, wenn auch nicht so, wie du denkst, ich sehe viele Umwege und Schwierigkeiten, bis du am Ziel bist, doch es wird dir gelingen, sei frohen Mutes.« Sie hielt inne, begann wieder zu summen und sich zu wiegen, bevor sie fortfuhr: »Schwieriger ist das andere. Dein Herz begehrt, was es zuvor verschmähte. Viel Mühe musst du aufwenden, um das Verschmähte zurückzuerobern, wenn du dies wirklich willst. Entscheide dich, denn noch kann es gelingen, es ist nicht hoffnungslos. Schon sehe ich ein anderes, sehr ernstes Problem nahen, es drängt sich zwischen dich und dein Begehren, noch klein ist es, doch es wächst von Tag zu Tag.«

»Was kann ich tun?«, fragte Silvanus aufgeregt, es war klar, dass sie von Laelia sprach.

Senophrata hob die Hand, starrte weiterhin auf das Wasser, würdigte ihn keines Blickes. »Störe mich nicht mit Fragen, dies ist nicht das Medium dafür.« Schweigen folgte, Summen. Silvanus sah sie gespannt an, doch nach kurzer Zeit verstummte sie, hob den Kopf und schloss die Augen. Als sie sie wieder öffnete, stand ein Ausdruck des Bedauerns darin. »Ich kann nichts mehr sehen, es tut mir Leid, die Verbindung zu der Göttin ist unterbrochen.«

Vor Enttäuschung traten Silvanus fast Tränen in die Augen, er konnte sie kaum unterdrücken, das seltsame Getränk schien seine Selbstbeherrschung ausgelöscht zu haben. Er hatte das Empfinden, körperlos zu sein, zu schweben, nur noch aus Geist zu bestehen; an sich sehr angenehm, wären da nicht die Gefühle, die sich mehr und mehr in den Vordergrund schoben: die Liebe zu Laelia, der Zorn auf Privernus. Und als Senophratas Stimme an sein Ohr drang, sanft, tief und einfühlsam, doch wie aus der Ferne: »Was bedrückt dich, Römer?«, erzählte er alles und fühlte eine ungeahnte Erleichterung, als er geendet hatte. »Was kann ich tun?«, wiederholte er seine vorherige Frage, in der brennenden Hoffnung, diese Frau wüsste eine einfache Antwort, ahnte jedoch, dass es diese nicht gäbe.

»Alles ist vorherbestimmt, du kannst wenig ändern«, antwortete Senophrata, die aufmerksam und ohne ihn zu unterbrechen zugehört hatte. »Du kannst dir das Leben erleichtern, indem du deine Gefühle kontrollierst, Zorn ist nicht gut, er beschränkt das Denken, desgleichen allzu große Leidenschaft. Der Weise zügelt seinen Zorn wie seine Leidenschaft, wartet ab, glaubt an die Macht der Götter, die alles steuern. Sei weise. Bei allem, was ihr erreicht habt, diese Eigenschaft geht vielen von euch Römern ab. Als Weiser würdest du dein Unglück als Glück verstehen, denn nur wer Gelegenheit hat, an seinem Unglück zu wachsen, wird wissen, was Glück ist. Wer kann Reichtum genießen, wenn er nie arm war? Begreife deine Schwierigkeiten als Chance, dich weiterzuentwickeln, zürne nicht, hadere nicht mit dem Schicksal, denn es ist dir wohlgesinnt.« Sie hielt inne, wie um zu sehen, ob er verstanden hatte, und Silvanus nickte nachdenklich, doch ein wenig enttäuscht.

»Alles ist vorherbestimmt«, wiederholte sie eindringlich, »so auch dein Besuch bei mir und die Hilfe, die ich dir geben werde. Ein Weiser zu werden ist ein langer, beschwerlicher Weg, du aber benötigst sofort Beistand. Um deine Gedanken zu befreien, sie für deine Aufgaben zu öffnen, kann ich mit einem Zauber deine Geliebte zurückbringen oder deinen Feind bestrafen. Beides heute zu tun ist unmöglich, jedes Ritual erfordert viel Kraft und Konzentration, du musst dich also entscheiden. Auch kann ich es nicht umsonst tun, die Zutaten sind kostspielig.«

»Daran soll es nicht scheitern.« Schnell griff Silvanus nach seinem Beutel, merkte seine Benommenheit, seine Finger hatten Schwierigkeiten, das Band zu öffnen. Als es endlich gelungen war, schüttete er wahllos einige Münzen in ihre Handfläche, zählte nicht nach, er mochte nicht über solche Kleinigkeiten nachdenken, vielmehr überlegte er, welche Art von Zauber ihm im Moment wichtiger erschien. Vor seinem inneren Auge sah er Laelia, wie er sie gestern in den Armen hielt, es sei nicht hoffnungslos, hatte Senophrata gesagt. Dann dachte er an Privernus, an dessen Anklage, und erneut fühlte er sein Blut in Wallung geraten. Sollte der ihn unwiderruflich in Misskredit bringen, nutzte ihm auch Laelias langsam wiederkehrende Zuneigung nichts. »Bestrafe meinen Feind«, sagte er zu der Armenierin und nahm sich vor, wegen des Liebeszaubers morgen wiederzukommen. Die aus den Tiefen seines Gehirnes schemenhaft aufflackernde Frage, was er hier eigentlich mache, drängte er mit einem erneuten Schluck dieses köstlichen und so wunderbar entspannenden Weines zurück.

Senophrata hatte mit einem kurzen Aufleuchten der Augen auf die Münzen in ihrer Hand gesehen, auf seine Antwort hin gemurmelt: »Trägt also der Zorn den Sieg davon«, und sich erhoben, um das Geld in einer kleinen Kiste zu verstauen und diverse Utensilien zusammenzusuchen.

Während sie sich im Halbdunkel an verschiedenen Schränken, Truhen und Säcken zu schaffen machte, stützte Silvanus das Kinn auf die Hände und dachte nach. Ein Schadenszauber, wie spannend. Was könnte er Privernus Böses wünschen, was war schlimm genug für diesen Mann? Doch zu einem Entschluss gelangte er nicht, sein Kopf war daunenweich, und schon kam auch Senophrata zurück, legte ein kleines Stück Pergament vor ihn hin, dazu eine Schreibfeder sowie verschiedene Schälchen mit unbestimmbaren Inhalt. Sodann zog sie ein Kohlenbecken heran und fixierte Silvanus mit ihren dunklen Augen. »Schreibe den Namen deines Feindes auf dieses Pergament und sage mir, was ihm passieren soll«, sagte sie eindringlich, »und dann störe mich nicht mehr, bis ich dir zu erkennen gebe, dass ich fertig bin. Was also wünschst du?«

Silvanus antwortete, ohne zu zögern, selbst darüber erstaunt: »Er möge an seiner Bosheit zugrunde gehen.«

»Nichts weiter? Keine Schmerzen, kein qualvoller Tod?«

Stumm schüttelte Silvanus den Kopf.

»Nun gut. Konzentriere dich auf ihn, schreibe damit seinen Namen und schweige dann.« Sie schob ihm eines der Schälchen zu; gehorsam griff er nach dem winzigen Stück Pergament und der Feder, tauchte sie in das Schälchen – war die Flüssigkeit darin Blut? – und schrieb. Senophrata legte indes einen Klumpen Wachs in einen Topf, hielt diesen über das Kohlenbecken, nahm etwas aus einem der kleinen Gefäße und warf es auf die Kohlen. Sofort stiegen Rauchschwaden hoch und umnebelten Senophratas Gesicht, ein starker, aromatischer Duft erfüllte den Raum, und Silvanus, der gebannt der Zeremonie folgte, wunderte sich noch über den für einen Schadenszauber sehr angenehmen Geruch, als die Armenierin zu singen begann, keine harmonische Melodie, sondern ein beängstigender Sprechgesang, tief aus ihrer Kehle quoll er hervor, in einer Sprache, die Silvanus nie zuvor gehört hatte. Ihm überlief eine Gänsehaut.

Das Wachs war geschmolzen, und ohne ihren Gesang zu unterbrechen goss Senophrata die Masse auf einen Teller. Schnell fügte sie das Pergament hinzu, noch einige Zutaten aus den Gefäßen – Silvanus konnte nicht erkennen, was es war, Kräuter oder Blätter jedoch auf keinen Fall, eher Teile von Kleintieren oder Insekten – und knetete das Wachs zu einer Form. Zwischendurch warf sie weitere Ingredienzien auf die Kohle, der Geruch wurde beißend, abstoßend. In ihren Händen entstand die Figur eines Mannes, geschickt modellierte sie Kopf und Glieder, während sie lauter und lauter sang, immer wiederkehrende Formeln meinte Silvanus jetzt zu erkennen. Gebannt sah er ihr zu, schaute in ihr Gesicht und erkannte kaum die Frau wieder, die ihn so fasziniert hatte: Ihr Gesicht war verzerrt, die Augen blickten irr, und das erste Mal, seit er hier war, wünschte er sich, es möge vorbei sein, er wollte an die Sonne, in das Licht, frische Luft atmen.

Mit einer letzten laut hervorgestoßenen Beschwörung endete sie, kraftlos sank sie auf ihrem Schemel zusammen, senkte den Kopf, atmete schwer. Gerade überlegte Silvanus, ob er ihr helfen solle, als sie sich aufrichtete. Das Gesicht verschwitzt, der Blick aber klar, reichte sie ihm die Puppe aus rötlichem Wachs, noch warm von ihren Händen. »Er wird an seiner Bosheit verderben, wie du es gewollt hast. Willst du ihm aber doch noch körperliche Qual zufügen, so steche die Puppe mit Nadeln an der Stelle, wo er Schmerzen leiden soll, es wird wirken. Jetzt geh, ich muss ausruhen.«

Silvanus erhob sich, wollte sich bedanken, doch sie unterdrückte seine Worte, indem sie ihm zart über die Wange strich. »Ein letzter Rat, Römer, geh zum Barbier, du kannst seine Hilfe gebrauchen.« Dann geleitete sie ihn zur Tür, hob den schweren Vorhang zurück und entließ ihn.

Benommen blinzelte Silvanus in das helle Sonnenlicht. Es hätte ihn nicht überrascht, wäre es dunkel gewesen, er hatte jegliches Zeitgefühl verloren. Doch die Sonne war nur wenig weitergewandert, eine Stunde hatte sein Besuch bei Senophrata vielleicht gedauert. Noch immer klang der beschwörende Singsang in seinen Ohren nach, nur langsam kehrte er in die Wirklichkeit zurück, nahm die Menschen wahr, die vor den Läden auf und ab flanierten, hier stehen blieben und eintraten, dort mit den Inhabern feilschten. Nach einem kurzen Blick auf die kleine Wachsfigur ließ Silvanus sie in einer Falte seiner Toga verschwinden, nicht auszudenken, sähe ihn jemand mit dieser Puppe in der Hand. Gemäßigten Schrittes machte er sich auf den Weg zurück, bemüht, sich einen offiziellen Anschein zu geben. War das Wirklichkeit, was er da eben erlebt hatte? Schon schien es ihm wie ein Traum, allein der Gedanke, dass er sich die Zukunft hatte vorhersagen lassen, dass in seinem Namen ein Schadenszauber gegen einen Menschen ausgesprochen worden war, erschien ihm absurd. Und doch, er konnte die Figur in seiner Toga spüren, und Senophrata hatte gesagt, er werde seinen Fall lösen. Hatte sie wirklich? Er versuchte, sich ihre Worte wieder ins Gedächtnis zu rufen, doch die Erinnerung verschwamm. Es war bestimmt etwas in diesem Wein gewesen, etwas, das ihn willenlos gemacht hatte, zugänglich für solche Praktiken – ein gefährliches Volk, diese Wahrsager und Magiere. Vielleicht sollte er doch gegen sie vorgehen. Allein, was für eine Frau, es wäre schade, sie zu vertreiben, ihr Unglück zu bereiten, und die abergläubische Bevölkerung hier würde es ihm sehr übel nehmen. Mit einem letzten Blick die Straße hinunter stieg Silvanus die Treppen empor. Wie konnte ein solches Weib diesen stinkenden Flegel aus der Taverne zum Manne haben, ob der sie in irgendeiner Weise in der Hand hatte? Aber sie könnte doch einen Zauber gegen ihn aussprechen ... Silvanus, maßregelte er sich, jetzt verlierst du den Verstand. Betrachte es als Episode in deinem Leben, und widme dich wieder deiner Arbeit. Du bist ein vernünftig denkender Mensch! Er atmete tief durch, während er zum Theater hinaufschritt. Als Erstes würde er seinen Wagen abholen, der noch immer am Prytaneion stand, bei der Gelegenheit Kallistos beauftragen, die Alibis seiner Verdächtigen zu überprüfen, dann zu Imbrassos' Haus fahren, die Mädchen bitten, herauszufinden, was der in den Mordnächten getan hatte, und dann vielleicht kurz nach Hause gehen und ein wenig ruhen. So müde wie er war, konnte er ohnehin keinen klaren Gedanken fassen, er brauchte Muße, um sich zu sammeln. Prüfend strich er sich über die Wange, hatte nicht Senophrata gesagt, er solle zum Barbier gehen? Wie Recht sie hatte. Eine Rasur war dringend notwendig, heute Morgen hatte er nicht daran gedacht – und sich jetzt unter das stumpfe Messer von Nasutus zu begeben, mochte er sich nicht antun. Nein, lieber zu dem Barbier, bei dem er neulich Privernus getroffen hatte, der war ein Meister seines Faches. Vielleicht wusste er ja ein paar neue Skandale zu berichten, es war immer gut, eine Quelle für den neuesten Klatsch in der Stadt zu haben.

So lenkte Silvanus seine Schritte zu dem Geschäft jenes Mannes. Betriebsame Hektik herrschte dort, Sklaven schleppten Kisten und Körbe mit Tüchern, Schüsseln und Gerätschaften zu einem Karren vor dem Laden.

»Gibst du dein Geschäft auf?«, fragte Silvanus den Barbier, der vor der Tür stand und die Sklaven beaufsichtigte.

»Oh, Silvanus Rhodius, wie schön, dich wiederzusehen«, freudig ergriff der bärtige Grieche Silvanus' Hände. »Ja, ich werde meine Kunst anderswo ausüben, diesen Laden brauche ich im Moment nicht, ich habe ihn vermietet. Dir jedoch werde ich noch eine schöne Rasur angedeihen lassen, wenn du es wünschst, noch ist nicht alles verpackt.« Ohne eine Antwort abzuwarten, dienerte der Grieche Silvanus in das Innere. Tatsächlich stand dort noch der Stuhl, und einen der Bediensteten hieß er heißes Wasser und frische Tücher holen. »Auch einen Haarschnitt gefällig, der Herr? Vielleicht sollte ich einmal versuchen, die Haare anders zu legen, so dass deine lichten Stellen ein wenig verdeckt werden. Allerdings, dafür sind die Haare doch noch ein wenig kurz.« Verspielt zupfte er an Silvanus' spärlichem Haupthaar. »Du solltest überlegen, sie wachsen zu lassen.«

»Nein, nein«, wehrte Silvanus ab. »Eine Rasur soll genügen für heute. Warum gibst du den Laden auf, hast du einen anderen, besser gelegenen?«

»Ach, das ist eine lange Geschichte.« Der Barbier hatte sein Messer gezückt und wetzte es mit bedrückter Miene an einem Stein. »Du weißt, wie es geht, ich hatte in eine Schiffsladung investiert, der Kahn ging in einem Sturm unter, nun habe ich Schulden, jede Menge Schulden. Nicht einmal die einfachsten Dinge zum Leben kann ich mir mehr leisten, von Wasser und Brot muss ich leben.«

Silvanus hob die Augenbrauen, was waren diese Griechen doch für Schwätzer.

Der Barbier wertete es offenbar als Zeichen der Anteilnahme. »Ja ja, das Leben ist manchmal hart«, jammerte er, während der Sklave das warme Wasser auf einen Schemel neben ihn stellte und er mit geschickten Händen die Rasur begann. »Doch hatte ich Glück im Unglück. Privernus, dein werter Landsmann, dem ich gerade seine Locken nach der neuesten Mode brannte, da ich die Schicksalsbotschaft erhielt, bot mir an, als sein privater Barbier zu arbeiten, nur für ihn. Nun, es war sein Schiff, in das ich investiert hatte, er fühlte sich wohl verantwortlich. Ist das Gehalt auch nicht eben groß und er selbst nicht der angenehmste Kunde, in meiner jetzigen Lage konnte ich das Angebot nicht ablehnen.« Mit weicher Hand hob er Silvanus' Kinn, um mit dem Messer nahe der Kehle zu schaben, eine Prozedur, die Silvanus beim Rasieren besonders hasste – ein falscher Schnitt, absichtlich oder nicht, und das Lebensblut lief. Doch dieser Mann handhabte sein Werkzeug so vorzüglich, dass Silvanus nicht einmal die Muskeln anspannte, wie er es sonst tat.

»Du hast nicht zufällig Bedarf für einen guten persönlichen Barbier, werter Herr?«

»Hm«, murmelte Silvanus, das Kinn noch immer in die Höhe gereckt, »wie war noch einmal dein Name?«

»Demosthenos, Herr. Es wäre mir eine Ehre, dir, dem Legaten des Marcus Antonius zu dienen.« Er hatte den Bereich um die Kehle beendet und widmete sich jetzt Silvanus' linker Gesichtshälfte.

Dessen Gedanken rasten. Welch unvermutete Chance bot sich ihm hier? Zum ersten Mal schaute er dem Griechen direkt in die hoffnungsfroh leuchtenden dunklen Augen, bemerkte sein tadellos frisiertes goldbraunes Haar, den perfekt gelockten Bart. »Nein, es tut mir Leid, im Moment benötige ich keinen privaten Barbier, jedoch könnte ich dein karges Gehalt bei Privernus ein wenig aufbessern, wenn du mir einen Gefallen tust.«

»Oh, aber gern, was soll ich tun?« Zart massierte Demosthenos Silvanus' Nacken, schmiegte sich an ihn.

Silvanus versteifte sich, bei Jupiter, er hatte es falsch angefangen. »Nein, Demosthenos, so meinte ich es nicht. Ich liebe Frauen, nur Frauen. Dich schätze ich als einen aufrechten Mann, sonst wäre ich nicht wiedergekommen, und ich möchte dir aus deiner Misere helfen. Du scheinst nicht glücklich zu sein, für Privernus zu arbeiten, das kann ich gut verstehen. Allerdings könnte ich dir die Mühe versüßen, mit – sagen wir – dem Doppelten dessen, was er dir zahlt, wenn du mich auf dem Laufenden hältst über das, was er so treibt, und vielleicht einige Erkundigungen unter seinen Sklaven anstellst.«

Die Augen des Barbiers, der bei Silvanus' ersten Worten enttäuscht die Hände hatte sinken lassen, begannen zu leuchten. »Das Doppelte dessen, was Privernus zahlt, sagst du? Von ihm soll ich 100 Denare pro Woche bekommen, von dir also 200? Hm. – Aber nein, Herr, meine Berufsehre verbietet mir, so etwas zu tun.«

Silvanus fühlte Zorn in sich aufsteigen, diese hinterhältigen, verschlagenen, geldgierigen Griechen! Er war sich sicher, dass Demosthenos auf seinen Vorschlag eingehen würde, es war nur eine Frage des Geldes. Doch er durfte jetzt nicht wieder einen Fehler machen, er musste sich beherrschen. Was hatte Senophrata, die Wahrsagerin, noch gesagt? Zorn ist nicht gut, er behindert das Denken. Wie Recht sie doch hatte! So beherrschte er sich und sagte freundlich, aber bestimmt: »200

Denare, Demosthenos, das ist mein letztes Wort, denn schließlich sind es pergamenische Steuergelder, die ich für dich ausgebe, wir wollen doch deine Landsleute nicht zu sehr schröpfen.«

»Oh nein, nein!« Demosthenos breitete die Arme aus. »Bei Hermes, es sei. Ich mache es für 200, möchte aber, wenn ich zu deiner Zufriedenheit arbeite, das römische Bürgerrecht, es ist ein riskanter Auftrag.«

Das war eine Forderung, auf die Silvanus sich einlassen konnte.

»Sehr gut, sehr gut!« Der Barbier rieb sich die Hände. »Was werft ihr Privernus vor?«

Silvanus offenbarte ihm, man habe den Römer in Verdacht, illegale Geschäfte zu betreiben, Demosthenos selbst habe ja von den Sklaven erzählt. Auch mit den Schiffsladungen sei wohl einiges nicht in Ordnung. Durch seinen Lebenswandel diffamiere Privernus ganz Rom, das könne man nicht hinnehmen, so suche man jetzt nach Beweisen, um ihn anklagen zu können. Man wolle alles über ihn wissen, jeden seiner Schritte, auch was er in den letzten Tagen und Nächten getan habe.

Gespannt hörte der Barbier zu, machte keinen Hehl mehr aus seiner Abneigung gegen seinen zukünftigen Arbeitgeber, er habe sowieso schon das Gefühl gehabt, Privernus habe ihn bei seiner Investition in dieses Schiff betrogen. »Wie soll ich meine Informationen weitergeben?«

»Jeden Abend gegen Sonnenuntergang werde ich einen meiner Männer in die Taverne hier an der Straßenecke schicken. Wenn du etwas erfahren hast, lass ihm eine entsprechende Nachricht zukommen und vereinbare mit ihm, wo wir uns treffen. Das Ganze muss natürlich unauffällig geschehen, am besten du schickst einen deiner Sklaven. Dein Geld erhältst du einmal in der Woche, der Mann wird es dir übergeben. Vielleicht gibt es noch eine Zuwendung für besonders wertvolle Informationen.« Silvanus verabschiedete sich von dem strahlenden Barbier, griff in seinen Beutel, um für die Rasur zu zahlen, und merkte, dass nur noch wenige Münzen darin waren. Bei allen Göttern, die Wahrsagerin hatte ihn fast ruiniert! War es das wert gewesen? Doch, sagte sich Silvanus, als er zurück zum Prytaneion ging, allein der Rat mit dem Barbier war nicht mit Gold aufzuwiegen. Hatte sie das gewusst?

Er war im Prytaneion gewesen und hatte seine Mitarbeiter angewiesen, die Geschichte mit den verstümmelten Schafen und die Alibis der Verdächtigen zu überprüfen. Dann hatte er sich in seinen Wagen geschwungen und war zu Imbrassos gefahren. Dort allerdings hatte ihn eine Enttäuschung erwartet, die jungen Damen wären nicht im Hause, ob er eine Nachricht hinterlassen wolle? Nein, nein, hatte Silvanus abgewiegelt, er käme noch einmal wieder. Was hätte er ihnen auch mitteilen sollen? Sie aus einem vorgeschobenen Grund in das Prytaneion zu bestellen, wo er nicht einmal wusste, wann er morgen dort sein würde, wäre unsinnig. Oder sollte er Laelia schreiben, dass er sie sehen, in seine Arme schließen, küssen wollte? Nichts hätte er lieber getan, doch eine solche Botschaft, wenn auch versiegelt, in die Hände eines unbekannten Sklaven zu geben, war ihm nicht geheuer gewesen. Nein, nein, hatte er sich gesagt, während er zurück zu seinem Wagen gegangen war, lieber wollte er es morgen noch einmal versuchen, vielleicht konnte er sie dann zu einem Spaziergang entführen, ihr endlich einen Kuss entlocken.

Also war er nach Hause gefahren, um etwas zu essen, sich auszuruhen in der Hoffnung, dass Lucida nicht da sei, er hatte keinerlei Lust verspürt, sich mit ihr auseinander zu setzen – ob sie wohl auch schon einmal bei einer Zauberin gewesen war? Sie hatte nie etwas davon erzählt, allein, sie kannte seine Einstellung diesem Berufsstand gegenüber, die römische Einstellung insgesamt, sie hätte wahrscheinlich darüber geschwiegen. Nun, irgendwann würde er sie danach fragen.

Doch sie war zu Hause gewesen. Sie hatte im Atrium gesessen, und als er mit einem achtlos hingeworfenen »Salve« an ihr vorübergehen wollte, um in der Küche Larix nach etwas Essbarem zu fragen, hatte ihn ihr Blick innehalten lassen. Sie hielt sich den Bauch, sah schlecht aus, fast grün im Gesicht. Und dann hatte sie es ihm erzählt: Sie war schwanger.

Silvanus war auf einen Stuhl gesunken, hatte sich von Larix einen Becher Wein bringen lassen, vom besten. Schwanger. Sie bekam ein Kind, sein Kind. Er würde endlich, nachdem er die Hoffnung aufgegeben hatte, einen Erben haben oder auch ein Mädchen, eine kleine Silvana, der er die Welt zu Füßen legen konnte.

Nach der ersten Sprachlosigkeit übermannte ihn die Freude, lachend sprang er auf, eilte zu Lucida, umarmte sie, küsste sie, rief nach mehr Wein, tanzte wie von Sinnen um das Impluvium, um sich dann wieder hinzusetzen und sie anzustrahlen. »Freust du dich gar nicht, mein Augenlicht? Wie geht es dir, wie fühlst du dich?«

»Doch, natürlich freue ich mich, mir ist nur so furchtbar übel.« Lucida lächelte gequält.

»Sei nur vorsichtig, meine Liebste, dass euch nichts passiert. Von jetzt an wirst du dich schonen, oft ruhen, keine Arbeiten verrichten, keinen Riten nachgehen, ausreichend und gesund essen. Ach, dass wir endlich, nach so langer Zeit, eine solche Freude erleben dürfen. Ich danke allen Göttern!« Als Bestätigung leerte er seinen Weinbecher auf den Boden, als Opfer für jeden Gott, den er kannte.

»Schwangerschaft ist keine Krankheit, mein Gemahl.« Der Anfall von Übelkeit schien vorüber, ein echtes Lächeln erschien auf ihrem Gesicht. »Und du tust wohl, den Göttern für dieses Wunder zu danken, schon in Ephesos nahm ich an einem speziellen Ritual der Demeter teil und hier natürlich in ihrem Heiligtum an weiteren. Danke vor allem ihr!«

Silvanus leerte einen weiteren Becher nur für Demeter auf den Boden. Morgen würde er der gütigen Göttin in ihrem Heiligtum ein weiteres Opfer bringen, ein richtiges.

Tausend Fragen schossen sodann aus seinem Munde: Seit wann wusste sie es? Warum sagte sie es ihm erst jetzt? Ging es ihr wirklich gut? War sie bereits bei einer Frau gewesen, die bei der Geburt würde helfen können? Bewegte sich sein Kind schon?

Sie hatte gelacht, die meisten seiner Fragen beantwortet. Plötzlich jedoch presste sie ihre Hand vor den Mund. »Oh, mir ist schlecht«, war gedämpft zu vernehmen und dann lauter: »Nasutus!«

Der erschien sofort, legte seinen Arm um ihre Schultern und führte sie vorsichtig in Richtung Latrine.

Silvanus blieb zurück, verwirrt. Diese Geste. Sie war sehr vertraut gewesen. Sollte es möglich sein …? Und was war jetzt mit Laelia, was sollte er ihr sagen?

KAPITEL XV

Man begab sich zu Tisch. In der Mitte, Laelia schräg gegenüber, lagerte der Hausherr und Gastgeber Imbrassos, als Ehrengast streckte Markus Antonius an seiner Seite die wohlgeformten Glieder aus. Zu seiner Linken lag Leander, eine Kline ganz für sich allein, wie auch Nessos zur Rechten. Neben ihn hatte man Stühle für Laelia und Illicia gestellt, während Proka auf der anderen Seite neben Leander thronte.

Es würde Besuch zum abendlichen Mahle erwartet, hatte Proka ihnen am Nachmittag mitteilen lassen, sie sollten sich ein wenig herausputzen. Wen sie erwarteten, hatte Proka nicht erwähnt, und sie waren davon ausgegangen, dass es Freunde des Paares sein würden, Magistrate der Stadt vielleicht, oder Priester. Leanders Anwesenheit hatte sie daher nicht überrascht, doch dass Antonius hier war, darauf waren sie nicht vorbereitet gewesen.

Illicia war blass geworden, stellte Laelia mit einem Seitenblick fest, und sie selbst ergriff ein ungutes Gefühl, als man sie neben Nessos platzierte. Nervös nestelte sie an der bronzenen Fibel, die ihr moosgrünes Festkleid auf der Schulter zusammenhielt. Bei Apollon, Proka wollte ihrem Sohn sicher Gelegenheit geben, ihre Ehepläne voranzutreiben. In letzter Zeit begegnete sie Laelia anders, nicht weniger streng, nein, eher interessierter an ihr, an ihrer Familie. Leichter Schweiß trat auf ihre Stirn, es konnte nicht sein, sie bildete sich alles nur ein, ihre Familie war der des Nessos keinesfalls angemessen. Zwar hatte ihr Großvater in Rom noch dem Ritterstand angehört, so auch ihr Vater, der jedoch nach der Hochzeit mit einer Ionierin nur mehr eine Taverne betrieb und in Rom nicht mehr gelitten war, hatte er doch mit dieser Heirat die Gesetze übertreten. Dass ihre Mutter eines Tages einfach gegangen war, hatte sie Proka natürlich nicht erzählt, sondern sie mit schlechtem Gewissen bei einer Reise durch ein Erdbeben umkommen lassen.

Es war unmöglich, beruhigte sich Laelia, dies hier war eine der einflussreichsten Familien Pergamons, nie würde Proka erlauben, dass ihr Sohn unter Stand heiratete.

Sie schrak zusammen, als Nessos ihr die Hand auf die Schulter legte. »Wie schön, dich zu sehen, Laelia.«

Also doch. Laelia lehnte sich zurück, entzog sich seiner Nähe. Er hatte sie noch nie berührt, und jetzt diese intime Geste. Oder maß sie ihr zu viel Bedeutung bei? Hatte wirklich Zärtlichkeit darin gelegen, Besitzergreifung, Begierde, wie sie gespürt zu haben glaubte, oder nur schlichte Freundlichkeit? Sie suchte Illicias Blick, die jedoch saß stocksteif auf ihrem Stuhl, das Gesicht eine undurchdringliche Maske, anscheinend auf den Sklaven konzentriert, der ihr Wasser über die Hände goss.

Die Reihe war nun an ihr. Laelia hielt dem Sklaven die Hände hin und nutzte die obligatorische Reinigung vor dem Mahl, einen unauffälligen Blick auf Nessos zu werfen. Der hatte sich wieder in die Mitte seiner Kline zurückgezogen und starrte vor sich hin. Sie hatte ihn gekränkt, sei's drum, er war zu weit gegangen.

Sie schaute zu Leander hinüber, der sich mit Antonius unterhielt, ihr aber dennoch zulächelte. Hatte er Nessos' Geste bemerkt? Bestimmt, aus seinen Augen sprachen Anerkennung und Verständnis.

Auch Antonius nickte ihr zu, seinen Mund umspielte ein feines Lächeln, als er von ihr zu Leander blickte. Dann ließ er sich einen neuen Becher Wein einschenken, lehnte sich entspannt zurück, plauderte, trank, lachte.

Warum war Silvanus eigentlich nicht eingeladen, immerhin war er der Legat des Imperators? Laelia überkam ein kurzes Sehnen, nach seinen starken Armen, seiner tiefen, angenehmen Stimme, oh, wäre er hier, an ihrer Seite, sie bräuchte Nessos' Annäherungen nicht zu fürchten. Sie wunderte sich über sich selbst, hatte sie nicht mit ihm abgeschlossen? Hatte sie sich nicht geschworen, nie mehr auf seine Versprechungen zu hören, sich keine Hoffnungen mehr zu machen, nicht wieder alles von vorn beginnen zu lassen?

Nessos neben ihr hatte etwas gesagt. Sie blickte auf, den Göttern sei Dank, diesmal hielt er gebührenden Abstand. »Wie bitte?«

»Wie geht es deiner Schwester und ihren Kindern?«

»Sehr gut, danke. Lachne ist eine so gute Gastgeberin und Gesellschafterin, besser hätten sie es gar nicht treffen können.«

»Oh ja, meine Schwester ist ein außergewöhnlicher Mensch. Du erinnerst mich sehr an sie, vom Aussehen, vom Wesen.« Er senkte den Blick, begann von ihrer gemeinsamen Kindheit zu erzählen.

Laelia hörte nur mit halbem Ohr zu, nickte dann und wann höflich. War das seine Art, sich zu entschuldigen? Wahrscheinlich, sie wollte es gelten lassen. Sie griff nach ihrem Becher – Most, süßer, klebriger Traubenmost, ach, wie sie dieses Getränk verabscheute. Wie gern hätte sie jetzt einen Becher Wein getrunken, wie beneidete sie Offilia um ihre Gastgeberin. Bei Lachne herrschte Fröhlichkeit, nicht solch steife Atmosphäre wie bei Proka und Imbrassos. Dort hätten sie auf Klinen gelegen beim Mahle, man hätte ihnen Wein gereicht – hier hatte der Sklave den drei Frauen ungefragt diesen Most eingeschenkt. Dort hätten sie kommen und gehen können, wie es ihnen beliebte. Wenn sie wenigstens Geld hätten, arbeiten könnten, in der Bibliothek oder im Asklepieion vielleicht, um sich eine andere Bleibe zu suchen. Doch solange sie hier weilten, würde Proka nie erlauben, dass sie arbeiteten.

Sie mussten hier heraus, das wurde Laelia klar. Vielleicht bot sogar Prokas Plan mit der Heirat – wenn sie denn wirklich so etwas im Sinn hatte – eine Chance, diesem gestrengen Hause zu entkommen, denn Proka würde ihnen niemals weiterhin Obdach gewähren, sollte Laelia ihren Sohn ablehnen. Vielleicht lenkte Apollon wieder einmal ihr Schicksal, dieser Gott, der sie von klein auf begleitet hatte.

Ja, sie würde Nessos ablehnen, sollte er sie denn fragen. Sicher, er war ein blendend aussehender, gebildeter Mann, sie genoss die Gespräche mit ihm, doch das genügte nicht. Nie würde sie einen Mann heiraten können, den sie nicht liebte, egal, was andere Frauen taten, was die Konventionen vorschrieben, ihr Vater hoffte.

Proka hatte derweil ihrem Gatten ein Zeichen gegeben, das Mahl zu eröffnen, was dieser unverzüglich mit einigen wohlgewählten Worten tat. Unter den Klängen einer Kithara trug kurz darauf eine lange Reihe von Sklaven die Vorspeisen herein. Schalen mit gebratenen Wachteln wurden da auf die Tische gestellt, kleine Fische in Gelee, Olivenpaste, sogar gefüllte Siebenschläfer hatte Proka zubereiten lassen, eine besondere Delikatesse. Jetzt regte sich auch Illicia wieder, lächelnd blickte sie Laelia an und hob eine Braue. In der Tat, solche Köstlichkeiten hatten sie in diesem Haushalt noch nie gesehen. Es musste Proka nicht geringe Überwindung gekostet haben, von der traditionellen, eher ländlichen Küche abzuweichen – nur wegen des hohen Gastes, dessen Lebensstil sie mehr als einmal wortreich kritisiert hatte.

Das Gespräch der Herren wandte sich Silvanus' Bauvorhaben zu, der neuen Thermenanlage, die er an der Westseite des Gymnasiums errichten lassen wollte. Eine gute Idee, befand Leander, nur der Platz sei schlecht gewählt. An dieser Stelle sei das bebaubare Gelände knapp, und sollten Silvanus' Pläne in die Tat umgesetzt werden, müsste ein Teil des Tempelgeländes für den profanen Zweck eines Bades umgewidmet werden. Es sei leicht vorherzusehen, dass dies auf erheblichen Widerstand und Unmut seitens der Priester des Asklepius und auch der Bevölkerung stoßen werde. Imbrassos stimmte ihm zu, er persönlich hätte ohnehin lieber einen weiteren Beitrag zum großen Zeusaltar gesehen. Doch Antonius begrüßte Silvanus' Entscheidung, begründete sie mit dem Allgemeinwohl, dem großen Nutzen für das Volk, für die Gesundheit der Bürger Pergamons. Und es sei schließlich keine Frage, ein Gymnasium, besonders eine solch prächtige Anlage wie die Pergamons, brauche eine anständige Thermenanlage, da habe Silvanus Recht.

Nessos nickte zustimmend, Proka jedoch tat lautstark ihre Ablehnung kund. Sie wisse nicht, was daran gesundheitsfördernd sei, wenn die Bürger sich in warmem Wasser räkelten, anstatt sich wie seit langen Zeiten mit kaltem zu reinigen. »Nicht wahr, Nessos, mein Sohn«, endete sie, »du selbst hast uns doch immer gesagt, wie kräftigend das kalte Wasser sei.«

»Ganz recht«, pflichtete der Arzt seiner Mutter bei, die Ehrfurcht einflößend auf ihrem Stuhl saß, den großen hageren Körper stockgerade aufgerichtet. »Nichts ist besser geeignet, den Körper abzuhärten und Krankheiten fern zu halten.«

Laelia wunderte sich. Hatte Nessos nicht soeben noch Antonius zugestimmt, als der die Vorzüge einer modernen Thermenanlage lobte, um dann sogleich bei den Worten seiner Mutter nicht den leisesten Widerspruch zu wagen? Erneut wechselte sie einen Blick mit Illicia, auch der war die kleine Szene nicht entgangen.

Proka hatte sich inzwischen direkt an Marcus Antonius gewandt. »Es ist schön, dass dir die Gesundheit unserer Stadt so am Herzen liegt, werter Imperator, denn mein Sohn Nessos hat einen großen Anteil an der guten Konstitution unserer Mitbürger. Er ist ein hervorragender Arzt, der nicht nur Hilfesuchenden im Asklepieion beisteht, sondern auch die Forschung vorantreibt. Wir sind sehr stolz auf ihn und hoffen, dass er eines Tages die Leitung des Heiligtums übernehmen wird, nicht wahr, Imbrassos?«

Schlagartig wurde Laelia klar, warum sie dieser Frau als Schwiegertochter so attraktiv erschien: ihre guten Beziehungen, ihre Freundschaft mit Marcus Antonius, dem uneingeschränkten Machthaber über Roms östliche Provinzen. Darum also dieses üppige Gastmahl, darum ihre Anwesenheit dabei. Sie ballte die Hände zu Fäusten, musste tief durchatmen, um nicht aufzuspringen und sofort den Raum zu verlassen. Ob Nessos davon wusste? Mit einem kurzen Seitenblick stellte sie fest, dass er tief errötet war und peinlich berührt die Augen senkte, nun, das konnte alles und nichts bedeuten.

Natürlich durchschaute Antonius das Spiel. »Ist das so, Nessos?«, fragte er liebenswürdig. »Nun, es freut mich zu hören, dass Pergamon auch hinsichtlich der Wissenschaft mit Alexandria gleichziehen möchte, der Stadt, mit deren Bibliothek ihr einst schon konkurriertet. Ich nehme an, du hast dort studiert und dir die umfangreichen Kenntnisse der Gelehrten zunutze gemacht?«

Nessos rieb nervös seine Hände. »Nicht direkt, Imperator, mein Lehrer studierte in Alexandria, er gab seine Kenntnisse an mich weiter. Aber, äh, schon immer wollte ich selbst dorthin, um meine Studien zu vervollkommnen.« Er sandte seiner Mutter einen kurzen Blick, um dann verlegen nach einer Olive zu greifen.

Doch Proka gab nicht auf. Das einsetzende peinliche Schweigen unterbrach sie, indem sie scheinbar das Thema wechselte. »Wenn ich auch den Vorschlag deines Untergebenen Silvanus bezüglich der Thermen nicht gutheißen kann, werter Antonius, so muss ich doch sagen, dass wir ihm viel verdanken.«

Erstaunt hob Antonius die Augenbrauen, auch die anderen blickten Proka überrascht an.

»Hat er doch diese beiden reizenden jungen Damen bei uns untergebracht, es ist eine solche Bereicherung, sie hier zu haben, und so angenehm, beim Spinnen anregende Gesellschaft zu genießen. Wir alle haben sie sehr ins Herz geschlossen, besonders Nessos, nicht wahr, mein Sohn?«

Laelia wäre am liebsten im Boden versunken. Oh, sie mussten hier weg, Illicia musste Antonius bitten, ihnen eine neue Bleibe zu suchen, gleich heute Abend, wenn dieser Alptraum vorbei war. Sie spürte aller Augen auf sich gerichtet, und als sie es wagte, kurz den Blick zu heben, sah sie Antonius' amüsierten Ausdruck und Leanders nachdenklichen und – mitfühlenden. Der Prytane, der den ganzen Abend wenig gesprochen hatte, griff jetzt ein. »Da kann ich nur zustimmen, Proka, die Gespräche mit diesen jungen Damen sind in der Tat sehr anregend. Waren sie doch die Ersten, die bei den Mordfällen der letzten Zeit auf die Möglichkeit hinwiesen, dass wir es mit einem Serientäter zu tun haben, die aktuellen Ermittlungsergebnisse scheinen dies jetzt zu bestätigen. Und als mir Antonius dann von ihrer tatkräftigen Unterstützung bei Fällen in Didyma und zuletzt in Ephesos erzählte, wuchs meine Bewunderung. Es ist selten, dass Frauen es wagen, bei solch gefährlichen Unternehmungen ihre Hilfe einzubringen.«

»Oh«, Proka saß, wenn möglich, noch gerader auf ihrem Stuhl, die Lippen zu einem Strich zusammengepresst.

Antonius trieb das Schwert noch tiefer in die Wunde. »Oh ja, unersetzlich war ihre Hilfe. Ich weiß nicht, was Silvanus und ich ohne sie gemacht hätten. Erzähle doch, schöne Illicia, den Herrschaften von den Vorgängen damals, da sie es anscheinend noch nicht wissen.«

So berichte Illicia von dem ermordeten Priester in Didyma, von dem toten Akademieleiter in Ephesos. In den blutigsten Farben malte sie die Geschehnisse, hier und dort durch Antonius ergänzt, wenn sie ihre eigenen Rollen zu bescheiden darstellte. Leander warf interessierte Fragen ein, und auch Laelia erwärmte sich schnell für das Thema. Proka dagegen saß mit versteinerter Miene da, die steile Falte auf ihrer Stirn zunehmend tiefer, Imbrassos schaute verwirrt auf die Mädchen, während Nessos auf seiner Kline zunehmend von Laelia abrückte.

Die Sklaven schenkten Wein nach; Antonius befahl, auch den Damen die Becher mit dem kostbaren Tropfen zu füllen, und als das Hauptgericht aufgetragen wurde, führten die vier eine recht fröhliche Unterhaltung.

Gegen Ende des Abends erklärte Antonius, dass er, obwohl er eigentlich so bald wie möglich hätte abreisen wollen, doch noch einige Tage in der Provinz verweilen müsse, diverse Gesandtschaften von Klientelfürsten hätten sich angesagt. Und wichtiger noch, es sei ein Treffen mit hochrangigen Parthern und Labienus anberaumt, dem römischen Abtrünnigen, der einen Teil des parthischen Heeres befehligte; vielleicht könne man den Konflikt ja auf diplomatischem Wege lösen, sicher für alle das Beste. Dann aber müsse er schnellstens nach Italien, die Vorgänge dort bereiteten ihm Sorge. »Jedoch nicht sofort«, seine Augen suchten Illicias, ein liebevolles Lächeln umspielte seinen Mund, »nach der Unterredung mit Labienus werde ich noch einmal hier vorbeischauen, es gibt noch einiges zu regeln.«

Proka verabschiedete sich alsbald, mit schmalem Mund und geradem Rücken zog sie sich zurück. Der Rest der Gesellschaft sprach weiter dem Weine zu, sogar Imbrassos, der sich sonst zumeist des Trunkes enthielt, griff fleißig zum Becher, bald löste sich auch seine Zunge. Nur Nessos blieb schweigsam, ab und zu warf er Laelia einen Blick zu, mit einem Ausdruck, den sie nicht zu deuten vermochte. Es war ihr egal, eine wunderbare Leichtigkeit hatte sie ergriffen, und heiter beteiligte sie sich am Gespräch.

KAPITEL XVI

Fünf Tage waren vergangen. Fünf Tage, die Silvanus genutzt hatte, die Flüchtlingsfrage in den Griff zu bekommen. Er hatte Verhandlungen mit Händlern und Kaufleuten geführt, ihnen Versprechungen gemacht und sie bewogen, die Preise stabil zu halten, weitere Nahrungsmittel heranzuschaffen und Gelder für hygienische Einrichtungen zu stiften. Einer der reichsten pergamenischen Kaufleute hatte sich endlich bereit erklärt, ein provisorisches Bad errichten zu lassen, wobei die Bezeichnung Bad nicht ganz zutreffend war, eher handelte es sich um eine Reihe von Waschbecken und einige Wannen in einem kleinen, quadratischen Badehaus. Seit zwei Tagen arbeitete man daran, viele Handwerker Pergamons waren kurzfristig von ihren Baustellen abgezogen worden und mussten helfen. So waren in kürzester Zeit bereits die Wände auf Mannshöhe hochgezogen, das Wasser herangeleitet und Abflussgräben gegraben. Ein ordentlicher Erfolg, dessen Silvanus sich rühmen konnte.

Leider nur dort. Er seufzte tief, als er die Tür seines Hauses hinter sich zuschlug und sich auf den Weg in das Prytaneion machte. Fröstelnd bestieg er seinen Wagen, es war noch früh, die Sonne hatte sich kaum über den Horizont erhoben.

In den Mordfällen war er keinen Schritt vorangekommen. Jeden Tag hatte er Kallistos und Baton zur Berichterstattung in sein Amtszimmer bestellt, ihnen neue Aufträge erteilt, jeden Tag wurde er aufs Neue enttäuscht. Außer dass Pheromons Bericht über die Tötungen und Verstümmelungen der Schafe der Wahrheit entsprach und dass die Väter des ermordeten Paares für die Zeit des letzten Mordes nur ein Alibi durch ihre Ehefrauen vorweisen konnten, war nichts herausgekommen. Doch die beiden rechnete er ohnehin nicht mehr zum engsten Kreis der Verdächtigen. Kallistos und Baton hatten tagelang im Lager herumgefragt, im Töpferviertel, in der Stadt, mit wem man die Opfer kurz vor der Tat gesehen hatte, hatten versucht, jeden ihrer letzten Schritte zu rekonstruieren. Tatsächlich erinnerten sich diverse Zeugen an die Sklavin, das junge Paar und Personen, die sie begleitet hatten. Doch der Abgleich der Beschreibungen – die meisten recht undetailliert – ergab wenig Übereinstimmungen. Auch ernst zu nehmende Hinweise auf das Messer waren noch nicht eingegangen, zwar hatten sich verschiedene Leute gemeldet, die meisten schienen allerdings nur die Belohnung kassieren zu wollen. Immer wieder schickte Silvanus seine Männer hinaus, auch der kleinsten Spur sollten sie nachgehen, Aussagen von Bürgern überprüfen, die gemeldet hatten, dass sich der Nachbar in letzter Zeit seltsam verhalte; irgendwo musste doch ein Ansatzpunkt zu finden sein. Zu schön wäre es, könnte er Marcus Antonius den Täter präsentieren, sobald der von seiner Zusammenkunft mit den Parthern und Labienus zurückkam. Vielleicht würde es Antonius sogar gelingen, die Situation zu entschärfen und die Feinde zum Rückzug zu bewegen, so dass die Flüchtlinge heimkehren konnten, das wäre eine große Sorge weniger.

Denn derer hatte er genug. Lucida und das Kind beschäftigten seine Gedanken unentwegt. War es wirklich das seine? Doch wessen sonst? Nasutus'? War der in letzter Zeit nicht ein wenig zu sehr um Lucida bemüht? Andererseits, sich um Lucida zu kümmern gehörte zu seinen Aufgaben, und wenn Silvanus gewisse Blicke bemerkt haben wollte, so fragte er sich sogleich, ob er es sich nicht eingebildet hatte. Auch verhielt sich Nasutus ihm gegenüber keineswegs anders als zuvor, und Lucida würde doch nie mit einem Sklaven ... Ein Geliebter? Hatte Lucida ihre vielfältigen Besuche von religiösen Ritualen nur vorgeschoben, um sich mit ihm zu treffen oder ihn bei einer dieser Versammlungen kennen gelernt? Oder, oder, oder, der Möglichkeiten gab es viele, er würde warten müssen, bis das Kind geboren war, dann würde er ja sehen, ob es ihm ähnelte. Es musste das seine sein, immer hatte er es sich gewünscht, und ihr Verkehr war in der letzten Zeit doch recht regelmäßig gewesen. Warum aber nagten diese Zweifel an ihm?

Lucida selbst ließ ihn nicht an sich heran, ihr sei nicht wohl, und meistens traf er sie zu Hause auf einer Kline liegend an, blass und leidend. Wollte er mit ihr den Freuden der Lust frönen – der Gedanke, dass sein Kind in ihr heranwuchs, regte ihn immens an –, kam es nur bis zur Umarmung, alles weitere wehrte sie ab. Er durfte ihre Hand halten, ihren Bauch streicheln, das war alles. Saß er dann bei ihr voll unbefriedigten Verlangens, dachte er an Laelia. Seit er von Lucidas Schwangerschaft wusste, hatte er sie nicht mehr gesehen, er brachte es nicht über sich, ihr unter die Augen zu treten. Was sollte er ihr sagen? Wie sollte er ihr das sagen? Erneut seufzte er tief, fühlte, wie trotz der morgendlichen Kälte bei dem Gedanken an Laelia seine Männlichkeit anschwoll. Vielleicht sollte er später nach ihr schicken lassen, bestimmt würde sie sich freuen. Doch er traute sich nicht, nie würde sie ihm glauben, dass er sie wirklich liebte, erführe sie von dem Kind. Ja, er war ein Feigling, er wusste es, doch er musste zunächst einmal über sich selbst im Klaren sein, bevor er ihr etwas erklären konnte. Ach Laelia, dachte er sehnsuchtsvoll, als er am Prytaneion anlangte.

»Silvanus, Herr, gut, dass du da bist.« Kallistos erwartete ihn schon im Eingangsportal. »Gerade wollte ich einen Sklaven senden, dich zu holen. Es ist schrecklich! Ein totes Mädchen, an der Heiligen Straße zum Asklepieion. Leander und Imbrassos sind bereits auf dem Weg dorthin.«

Silvanus' Magen krampfte sich zusammen, er fühlte seine Hände feucht werden. Wann nahm dieser Schrecken endlich ein Ende?

Imbrassos hatte seine Leute mobilisiert, jeder greifbare Mann sollte den Fundort abschirmen, die zahlreich versammelten Schaulustigen fern halten. Aber der unterschwellige Zorn der Menge, ihre Wut und Angst lagen deutlich spürbar in der Luft. Schweigend standen die Menschen da und starrten herüber, nur wenige folgten der Aufforderung, sich zu entfernen.

Silvanus bahnte sich einen Weg durch die Menge, durchbrach die Kette der Sicherheitsbeamten und stand vor dem Grabmal des Telephos, des legendären Gründers der Stadt.

Jupiter sei Dank, Nessos war schon an der Arbeit. Imbrassos habe sofort nach seinem Sohn geschickt, berichtete Leander, der ihn ungeduldig erwartet hatte. Knapp setzte er ihn darüber in Kenntnis, dass einer der im Heiligtum Hilfesuchenden die Tote entdeckt hatte, hier, unmittelbar an der Straße.

Silvanus trat neben Imbrassos, der jeden Handgriff seines Sohnes beobachtete, und warf einen Blick auf die Tote, er sagte ihm genug: ein schönes Mädchen mit langen braunen Locken, wie ein Fächer auf dem Boden ausgebreitet, nackt, und der zierliche Körper, die kleinen rundlichen Brüste, die Scham, all das war trotz des vielen Blutes den Blicken schutzlos ausgeliefert. Die Arme ausgestreckt, die Beine leicht gespreizt, lag sie am Rande der Straße, grauenhaft zugerichtet. Zahlreiche Messerstiche konnte Silvanus erkennen, näher sah er nicht hin. Gut, dass Nessos zur Stelle war, dachte er dankbar, wandte sich ab und versuchte, mit tiefen Atemzügen seinen Magen zu beruhigen. Er konnte nicht wie Leander und Imbrassos dem Arzt bei der Untersuchung zusehen, lieber nahm er die nähere Umgebung in Augenschein. Doch nichts war zu entdecken. Nachdenklich nahm er auf den Stufen des Telephosgrabmals Platz. War das Mädchen hier ermordet worden? Nein, dafür befand sich dort, wo sie lag, zu wenig Blut. Der Täter hatte die Leiche hier hingelegt, ganz bewusst, an eine öffentliche, viel begangene Straße, sie sollte gefunden werden, sollte schnell gefunden werden, wie der Jüngling im Gymnasium. Und sie sollte eine Botschaft vermitteln, denn sie war nicht einfach abgelegt worden, auch sie erschien sorgfältig arrangiert. Dies vor allem gab Silvanus die Gewissheit, dass wieder derselbe Mann zugeschlagen hatte, der Mann, der nun mindestens fünf Menschen ermordet hatte, wahrscheinlich sieben, acht, wer konnte wissen, wie viele es insgesamt waren.

Von ihm unbemerkt waren Imbrassos und Leander neben ihn

getreten. »Was sagst du jetzt, Silvanus? Eine neuerliche Beziehungstat?«, unterbrach der oberste Sicherheitsbeamte seine Überlegungen. »Was gedenkst du nun zu tun? Du musst doch mittlerweile irgendwelche Erkenntnisse gewonnen haben, oder wie lange sollen wir noch warten?« Seine rot geränderten Augen hefteten sich feindselig auf Silvanus.

»Imbrassos, mäßige dich«, mahnte Leander. »Ich denke, Silvanus hat inzwischen seine Auffassung, es handele sich um Beziehungstaten, aufgegeben. Nicht wahr?«

»Es stimmt, ich glaube es nicht mehr. Wie könnte ich auch, nach all dem?« Silvanus' Geste umfasste den Fundort, die Leiche, die Umstehenden. »Ihr wisst selbst, wie schwierig die Ermittlungen sind, zumal ja eine Leiche in der Reihe fehlt, sozusagen. Aber lassen wir das. Wir haben getan, was möglich war: Meine Leute haben nach Gemeinsamkeiten im Leben der Opfer gesucht, Bekannte, Beziehungen, Geschäfte, wir haben nichts Verbindendes gefunden. Nichts. Überall gibt es Motive, vermeintliche Täter, doch niemanden, der gleichzeitig für alle Morde in Frage kommt. Außerdem habe ich nur zwei Männer. Sie schlagen sich gut, doch es sind nur zwei. Und ich habe schon mit dem Lager alle Hände voll zu tun, die letzten Tage verbrachte ich damit, dringend notwendige Maßnahmen zu veranlassen.« Er funkelte Imbrassos an, fühlte sich jedoch keineswegs so kampfeslustig, wie er sich gab. Auch er hatte seine Grenzen, auch an ihm gingen solche Taten nicht spurlos vorüber. Gern hätte er die Augen geschlossen, sein Gesicht abgewandt, doch diese beiden Pergamener, seine Rivalen, würden jedes Zeichen seiner Schwäche sofort zu ihren Gunsten nutzen.

Imbrassos schüttelte den Kopf, stand auf und ging wieder zu Nessos hinüber, beugte sich über dessen Schulter und betrachtete die Verletzungen des Mädchens mit unbewegtem Gesicht.

Silvanus atmete tief durch und wandte sich an Leander. »Jede Tat bringt neue Anhaltspunkte. Man muss sie nur sehen. – Sie ist die erste Tote, die nicht am Fundort ermordet, sondern hierher transportiert wurde, an einen solch belebten Platz.« Er sah sich um, die Menschenmenge war weiter angewachsen, und Imbrassos' Männer hatten Mühe, sie zum Weitergehen zu bewegen oder zumindest zurückzudrängen.

Leander nickte. »Ja, einiges ist anders, wir sollten einmal in Ruhe die Einzelheiten zusammentragen. Vielleicht gemeinsam mit Laelia und

Illicia, ihre Gedanken gehen manchmal andere Wege als unsere, habe ich feststellen dürfen. Es wäre sicherlich ein großer Gewinn, wären sie dabei. Was meinst du, Silvanus?«

»Nun, warum nicht? Allerdings, da ist doch dieser eine Fall …«

»Ja, ich weiß, was du meinst. Ich glaube kaum, dass es ein Problem sein wird.«

Silvanus hob die Brauen. Wie war dieser Satz gemeint, was bezweckte Leander mit seinem Vorschlag? Wollte er wirklich nur die Meinung der beiden jungen Frauen hören, oder wollte er ihm zeigen, wie gut er sich mit Laelia verstand? Oder wusste er gar, dass er gegen Antonius' Befehl verstoßen und ihnen davon erzählt hatte. Leanders Gesicht jedoch spiegelte nur seine Betroffenheit über dieses neue, abscheuliche Verbrechen.

Silvanus fuhr sich mit der Hand über die Stirn, vielleicht sollte er seine Haltung dem Griechen gegenüber noch einmal überdenken. Leander hatte sich in letzter Zeit wirklich kooperativ gezeigt, obwohl sie neulich fast mit Fäusten aufeinander losgegangen wären, hätte Antonius es nicht verhindert. »Wer hat die Tote gefunden?«, fragte er ihn fast freundschaftlich.

»Ein Mann, sein Name ist Polistratos, fand sie kurz vor Morgengrauen, als er wegen quälender Schmerzen im Unterleib auf dem Weg zum Heiligtum war«, antwortete der Prytane. »Angefasst oder verändert habe er nichts, es sei ganz offensichtlich gewesen, dass das arme Mädchen tot war. Er sagte im Asklepieion Bescheid, von dort aus schickte man sofort einen Mann, uns zu holen.«

»Wo ist dieser Polistratos jetzt?«

»Er wird noch im Asklepieion sein, soll ich ihn holen lassen?«

Silvanus schüttelte den Kopf »Nein, ich werde später dorthin gehen und mit ihm sprechen.«

Nessos schien seine Untersuchung beendet zu haben, er erhob sich, ging ein paar Schritte zu einem Brunnen und wusch sich die Hände. Imbrassos kehrte zu ihnen zurück, seine Mundwinkel zuckten. »Eine sehr unerfreuliche Geschichte, sehr unerfreulich.«

»Das ist uns klar. Gibt es etwas Neues?«

»In der Tat, Silvanus. Nessos wird euch gleich informieren. Ich selbst werde in das Prytaneion vorgehen und euch dort zu einer Besprechung erwarten. Bis später.« Im Vorübergehen klopfte Imbrassos seinem Sohn anerkennend auf die Schulter, dann verschwand er in der Menge der Schaulustigen.

Nessos trat nun heran, die Wangen gerötet, der Blick ernst. »Das Mädchen ist etwa sechzehn Jahre alt, vielleicht auch ein wenig älter. Ihr Körper weist zahlreiche Verletzungen auf: zum einen Stiche in den Unterleib, ich habe fünf gezählt, bin mir aber wegen des Blutes noch nicht ganz sicher, außerdem«, er zögerte weiterzusprechen und wandte seinen Blick ab, »wurde ihr die Zunge herausgeschnitten.«

Silvanus' Kehle wurde trocken.

»Das ist jedoch noch nicht alles.« Kurz schloss Nessos die Augen. »Er hat ihr die Schamlippen abgeschnitten. Es ist unfassbar, was Menschen Menschen antun können.«

»Wer kommt auf so eine Idee? Wer tut so etwas?«, fragte Leander mit brüchiger Stimme.

Silvanus' Magen hob sich. Die Schamlippen abgeschnitten, unfassbar. Und die Zunge. Manche Barbarenvölker sollten Verräter auf diese Weise bestrafen. Konnte es sich hier um etwas Ähnliches handeln? Er schluckte. »Ist dir noch etwas aufgefallen, gibt es weitere Wunden oder Verletzungen? Was führte zum Tode? Ihr ist ja wohl nicht die Kehle durchgeschnitten worden, wie den anderen?«

Nessos verneinte, mehr habe er vorerst nicht feststellen können, auch über die tatsächliche Todesursache habe er noch keine Sicherheit, er denke jedoch, das bedauernswerte Mädchen sei an dem Blutverlust verstorben. Sobald man die Leiche in das Sektionshaus gebracht habe, werde er mit der ausführlichen Untersuchung beginnen.

»Und der Todeszeitpunkt? Kannst du dazu etwas sagen?«

Nessos überlegte kurz. »Es kann noch nicht allzu lange her sein. Die Totenstarre hat noch nicht eingesetzt, ich schätze, sie starb irgendwann in der Nacht, auf keinen Fall davor.«

Aufgeregtes Stimmengewirr drang plötzlich herüber.

»Wir wollen zu ihr!«, forderte ein Mann mit schütteren Haaren, die ihm wirr in die Stirn hingen, und eine Frau an seiner Seite versuchte, die Kette der Sicherheitskräfte zu durchbrechen.

»Diese Leute vermissen ihre Tochter«, rief einer der Beamten herüber.

Silvanus atmete tief durch. Sollten das die Eltern sein? »Lasst sie durch.«

Er erhob sich, als man die beiden heranführte. Nur mit Mühe konnte er sie beruhigen. »Nun berichtet doch erst einmal, was passiert ist.«

Der Mann rieb sich über das Gesicht. »Wir sind gestern Abend in Pergamon eingetroffen und haben uns in einer Herberge in der Nähe einquartiert. Wir wollten mit unserer Tochter das Asklepieion besuchen, da sie einen schmerzhaften Abszess am Hals hat. Und heute Morgen, als wir aufstanden, war sie weg, sie muss sich des Nachts aus der Herberge geschlichen haben. Wir haben sie schon überall gesucht, doch niemand hat sie gesehen. Und dann hörten wir von diesem Mord.« Seine Stimme versagte, hastig wischte er sich über die Augen. Seine Frau rückte näher an ihn heran, ihre Hand suchte die seine und umklammerte sie.

Inständig hoffte Silvanus, dass es sich bei dem furchtbar zugerichteten Mädchen nicht um ihre Tochter handelte. »Sie hat einen Abszess am Hals?«, vergewisserte er sich.

Die Eheleute nickten. Mit einer kurzen Geste hieß Silvanus sie warten und ging hinüber zu Nessos, der sich um den Abtransport der Leiche kümmerte. Nach dem Abszess befragt, beugte er sich zu der Toten und drehte ihren Kopf: »Hier ist er, sieh selbst.«

Silvanus wollte nicht hinschauen. Er schluckte und wappnete sich für den Moment, da er den Eltern, die dort hinten warteten, die Wahrheit sagen musste. Dass es sich tatsächlich um ihre Tochter handelte, und dass sie nicht nur ermordet, sondern auch furchtbar verstümmelt worden war. Obwohl, das würde er verschweigen, sie würden es noch früh genug erfahren. Er schluckte noch einmal, nickte Nessos dankend zu und ging zu dem Elternpaar, das ihm mit hoffnungsvollem und gleichzeitig das Schlimmste befürchtendem Blick entgegensah. Er brauchte nichts zu sagen, sie sahen es ihm an. Dem Mund der Frau entrang sich ein gellender Schrei, bevor sie an der Seite des Mannes zusammensackte. Der, wie versteinert, war nicht in der Lage, sie zu halten, ausdruckslos stand er da, als seine Frau zu Boden glitt, und auch Silvanus reagierte zu spät, um ihren Fall aufzuhalten. Der sofort herbeigerufene Nessos beugte sich über sie, schlug ihr sanft auf die Wangen und redete auf sie ein. Endlich kam sie wieder zu sich, ratlos ruhte ihr Blick auf den Gesichtern über ihr. Nessos half ihr, sich aufzusetzen, bat zwei der Sicherheitsmänner, das Paar in das Asklepieion zu bringen und seinen Kollegen anzubefehlen.

Silvanus ließ sich wieder auf den Stufen nieder und wünschte, er hätte einen Becher Wein. Solche Szenen belasteten ihn zunehmend, es war, neben der Untersuchung der Leichen, das Schlimmste, was die Verbrechensbekämpfung mit sich brachte. Erschöpft legte er den Kopf in seine Hände und schloss die Augen.

»Ich hätte nicht mit dir tauschen mögen, Silvanus«, sagte Leander leise neben ihm. »Ich weiß nicht, ob ich es fertig gebracht hätte, den beiden gegenüberzutreten, mit dieser Botschaft, die ihnen Gewissheit über ihre schrecklichsten Befürchtungen gab.«

Silvanus blickte auf. Man sah Leander an, wie sehr ihn die furchtbaren Ereignisse quälten, das Gesicht war kreidebleich, die Augen stumpf, der Mund zusammengepresst, sein Haar schien in den letzten Wochen grauer geworden. Der sonst so gefasste, selbstbewusste und beherrschte Grieche konnte seine Emotionen nicht verbergen, wollte es vielleicht auch gar nicht. Was mochte in ihm vorgehen, welche Gedanken ihn quälen? Zum ersten Mal bemerkte Silvanus, wie wenig er über das Privatleben dieses Mannes wusste. Eine Frau hatte er nicht, nicht mehr vielleicht, aber hatte er Kinder? Versuchte Leander, wie Silvanus selbst, die Vorstellung zu verdrängen, wie es den Eltern dieses toten Mädchens gehen mochte, heute, morgen, in den nächsten Tagen und Wochen? Er selbst würde bald Vater sein, was empfände, unternähme er, mit einer solchen Nachricht konfrontiert? Er vermochte es nicht zu sagen.

Die Menschen begannen, sich zu zerstreuen, es gab nichts mehr zu sehen. Leander erhob sich und war wieder ganz Prytane der Stadt Pergamon, um das Wohlergehen der Bürger besorgt. »Komm, Silvanus, lass uns zurückgehen. Die Nachricht über den Mord wird sich in Windeseile in der ganzen Stadt verbreiten, natürlich auch im Flüchtlingslager. Wir müssen mit Imbrassos sprechen, die Patrouillen verstärken, Menschenansammlungen verhindern, und wir sollten verbreiten lassen, dass wir an der Bestattung der Toten teilnehmen. Die Menschen müssen das Gefühl haben, dass wir etwas tun, dass wir Anteilnahme zeigen. Und wir müssen den Mörder fassen.

Kaum hatte Silvanus sein Amtszimmer betreten und begonnen, eine schriftliche Order für die Verstärkung der Lagerbewachung zu verfassen, als Marsias hereinkam und meldete, ein ihm unbekannter Sklave habe eine eilige Botschaft von einem gewissen Demosthenos, er solle Silvanus seine Nachricht persönlich überbringen und auf Antwort warten.

Demosthenos, ach ja, der Barbier, der jetzt für Privernus arbeitete und dort Informationen sammeln sollte. Da bis jetzt nichts von ihm zu hören gewesen war, hatte er ihn schon fast als Fehlinvestition abgetan. Und nun eine Nachricht, hierher! Hatte der Mann etwas herausgefunden, das eilte, oder brauchte er Geld, denn warum sonst hatte er nicht den vereinbarten, weit weniger gefährlichen Weg des Informationsaustausches eingehalten? Wahrscheinlich Letzteres, nahm Silvanus an, legte Stilus und Wachstafel beiseite und beauftragte seinen Sekretär, den Boten hereinzuführen.

Der überreichte ihm schweigend eine versiegelte Tafel. »Habe wichtige Neuigkeiten, schlage sofortiges Treffen in der Taverne ›Zum springenden Satyrn‹ am Eumenischen Tor vor. Bring Geld mit«, stand dort eilig hingekritzelt. Silvanus rieb sich das Kinn, Zeit war kostbar, gerade jetzt, sollte er wirklich gehen? Doch, entschied er, er konnte es sich nicht leisten, auch nur einen einzigen Hinweis zu vernachlässigen, und schien er noch so unbedeutend. So löschte er schnell die Buchstaben von der Tafel, schrieb »Ich werde kommen« als Antwort und überreichte sie dem wartenden Sklaven. Der hielt ihm fordernd die geöffnete Handfläche entgegen.

»Hat Demosthenos dich nicht bezahlt?«

Ein Kopfschütteln war die Antwort.

»Nun denn, gib dem Mann eine Drachme, Marsias«, befahl Silvanus und schickte beide mit einer Handbewegung hinaus. Es war recht weit bis zum Eumenischen Tor, er würde sich gleich auf den Weg machen müssen, zu Fuß. Mit seinem Wagen konnte er schlecht dort vorfahren, es war nicht der beste Stadtteil, und abgesehen von der Tatsache, dass man ihn sofort erkennen würde, wäre das Gefährt ziemlich sicher nicht mehr an seinem Platz, wenn er die Taverne verließe, selbst wenn er fünf Sklaven mit der Bewachung beauftragte. Auch würde er sich umkleiden müssen, in seiner Toga konnte er schlecht in eine solche Lokalität gehen, keiner durfte ihn mit dem Barbier in Verbindung bringen, das wäre nicht nur für diesen gefährlich. Also bat er Marsias, ihm einen alten Sklavenchiton und einen Mantel mit Kapuze zu besorgen, schrieb schnell die Einsatzorder fertig und informierte seinen Sekretär über das

Nötigste, wohin er ginge, was zu tun sei, sollte er nicht bis zum Abend zurück sein.

Silvanus fröstelte, als er den Weg zum Eumenischen Tor hinabging. Das Wetter war wieder umgeschlagen, ein steifer Wind pfiff durch die Straßen und Gassen, dunkelgraue Wolken jagten über den Himmel, jederzeit drohte es zu regnen. Er zog den wollenen Mantel enger um sich, dem ein Geruch nach altem Schweiß und Staub anhaftete, auf die Schnelle hatte Marsias keinen frisch gewaschenen gefunden. Indigniert rümpfte Silvanus die Nase. Wenigstens war der Chiton einigermaßen sauber, wenn auch zu eng und zu kurz. Er kam sich lächerlich vor in diesem Aufzug, seine Beine wurden kalt, denn der Mantel, kaum länger als der Chiton, reichte ihm gerade einmal bis an die Knie. Nun ja, auch Julius Caesar und sogar Marcus Antonius hatten sich als Sklaven verkleidet, wenn die Umstände es erforderten.

Wenigstens fiel bei dem Wetter seine tief in das Gesicht gezogene Kapuze nicht weiter auf. Auch in der Taverne würde sie ihm gute Dienste leisten, in einer so üblen Spelunke, wie er sie erwartete, wunderte es sicher keinen, behielte er sie auf. Obwohl er nie dort gewesen war, wusste er doch, dass in jener Gegend an jeder Straßenecke dunkle Geschäfte getätigt wurden, bei denen niemand gern sein Gesicht zeigte. Gut ausgesucht von dem Barbier, das musste er zugeben.

Beim Eumenischen Tor angekommen, schaute er sich um. Keine Taverne »Zum springenden Satyrn«. War das eine Falle? Hatte Privernus seinen Spion entdeckt und wollte jetzt ihm, Silvanus, an das Leben? Eine Gänsehaut überlief ihn. Vielleicht hätte er doch Baton mitnehmen sollen, oder Nasutus; er hatte davon Abstand genommen, weil man sie hier möglicherweise kannte. Wer konnte schon wissen, wo die Sklaven sich herumtrieben, wenn man sie gerade nicht beschäftigte. Er tastete nach dem Messer in seinem Gürtel, fühlte die warme glatte Oberfläche des Griffes beruhigend in seiner Hand. Noch einmal blickte er um sich. Alles schien normal, Menschen hasteten an ihm vorbei, durch das Tor hinein in die Stadt, zum Tor hinaus. Einige Gestalten, gleich ihm in Kapuzenmäntel gehüllt, eilten in eine Seitenstraße. Nichts Bedrohliches. Die Seitenstraßen, das war es. Demosthenos hatte wahrscheinlich keine Taverne direkt an der Hauptstraße gewählt, sondern eine etwas abseits gelegene – allerdings, das hätte Privernus wohl auch. Nun, er musste es wagen, und so folgte er einer der verhüllten Personen eine kleine Gasse hinauf. Tatsächlich, nach wenigen Schritten prangte zu seiner Linken an einem Gebäude, dessen Front beängstigende Risse aufwies, die Aufschrift: »Zum springenden Satyrn«.

Vorsichtig, die Hand am Messer, trat Silvanus ein. Düsternis empfing ihn, in der spärliche Fackeln einzelne Lichtinseln an die Wände warfen, als Fenster dienten dieser Gaststube nur kleine Luken, wegen des Windes mit Lumpen verhängt. Rauch biss ihm scharf in die Augen, und der Geruch von verbranntem Pech mischte sich mit Ausdünstungen von Menschen, mit Küchengerüchen von gekochtem Kohl, Bohnen und Zwiebeln. Über allem lag das Aroma von Garum, der römischen Fischsoße, deren Würze in Maßen aus jedem Gericht eine Köstlichkeit machte, in Stätten wie dieser aber eher dazu diente, den Geschmack verdorbener Lebensmittel zu überlagern.

Langsam gewöhnten sich Silvanus' Augen an die Dunkelheit. Er erregte kein Aufsehen, die um diese Stunde nicht sehr zahlreichen Gäste blickten nur kurz auf und wandten sich wieder ihren Bechern und Näpfen zu. Keine Gefahr, anscheinend. Hinten in einer Ecke saß ein einsamer Mann, auch dieser mit einer Kapuze über dem Kopf. Das musste Demosthenos sein, und richtig, als er näher kam, erkannte er den Barbier.

»Gut, dass du kommst«, flüsterte der, als Silvanus sich zu ihm setzte. »Hast du meinen Lohn?«

»Natürlich, ich stehe zu meinem Wort. Was hast du herausgefunden?«

»Erst das Geld.«

Silvanus löste einen kleinen Beutel von seinem Gürtel und warf ihn auf den Tisch. »Das ist die Hälfte. Die andere bekommst du, wenn du mir berichtet hast. Ist die Information wertvoll, noch etwas dazu.«

Rasch griff Demosthenos nach dem Beutel, zählte unter dem Tisch verstohlen die Münzen, während der Wirt kam und Silvanus' Bestellung aufnahm: Wein, guten bitte, heiß, mit Kräutern. Nein, keine Suppe, auch kein Mädchen. Danke.

Vertraulich beugte sich der Barbier jetzt zu Silvanus. »Ich habe etwas sehr Brisantes herausgefunden. Du wirst es nicht glauben, aber ich habe es selbst gehört und noch mehr gesehen, bin ich doch inzwischen sogar bei Privernus eingezogen, das ist billiger. Meine Informationen sind Gold wert, du wirst sehen, und was ich tat, ist nicht ungefährlich. Sollte Privernus jemals herausbekommen, dass ich es weitergegeben habe, bin ich ein toter Mann. Wie viel wirst du mir geben?«

»Genug, vertraue mir«, Silvanus betrachtete das Mädchen, das gerade den Wein brachte, jung war sie und schön, lange dunkle Haare umspielten ihr Gesicht. Als sie den Becher abstellte, streiften ihre Brüste seine Schulter. Kurz legte sie ihre Hand auf seinen Arm, und ein angenehmes Kribbeln zog durch seinen Körper, sammelte sich in seinen Lenden. Dann ging sie, und er rief sich zur Ordnung. Schließlich war er hier, um etwas über Privernus, seinen Erzfeind, zu erfahren, und nicht, um mit jungen Mädchen zu schäkern. Also wandte er sich wieder dem Barbier zu, atmete tief durch und versicherte: »Wenn die Informationen wirklich so gut sind, wie du sagst, wirst du dich über den Lohn nicht beklagen können. Also los. Wie geht es Privernus?«

»Wie bitte?«

»Wie geht es ihm? Ist er gesund, guter Dinge oder eher bedrückt?« Silvanus konnte die Ungeduld in seiner Stimme schlecht verbergen.

»Oh, gut, gut. Vollkommen obenauf.«

Enttäuscht nahm Silvanus einen Schluck Wein – so schlecht, wie er erwartet hatte, war der gar nicht – irgendwie hatte er gehofft, dass sein Feind an einer bösen Krankheit dahinsieche oder etwas in der Art. Vielleicht sollte er die Wachspuppe, die vor neugierigen Augen geschützt in seiner Truhe verborgen lag, doch mit Nadeln traktieren, gemäß Senophratas Empfehlung. Doch nein, dazu mochte er sich nicht hinreißen lassen. »Was tat Privernus gestern Abend und in der Nacht? Weißt du das?«

»Er war nicht da, wo er hinging, weiß ich nicht, wahrscheinlich das vorbereiten, wovon ich dir gleich berichten werde. Als ich mich zur Ruhe legte, war er noch nicht zurück. Wieso?«

Demosthenos schien noch nichts von dem neuen Mord gehört zu haben, nun, Silvanus hatte nicht vor, seine knapp bemessene Zeit damit zu vergeuden, ihm diese Neuigkeit mitzuteilen. Doch Privernus war nicht zu Hause gewesen, interessant. »Fahre fort, Demosthenos.«

»Noch ist er guter Dinge«, raunte der Barbier aufgeregt in Silvanus' Ohr, »aber wenn du erst weißt, was ich weiß, wird es diesem gerupften Strauß bald nicht mehr so gut gehen. Er betreibt einen regen Sklavenhandel, wie ich ja schon andeutete.«

Silvanus hob erfreut die Augenbrauen. Das war doch schon etwas. Wenn Privernus auch offiziell keine hohe Position in Pergamon bekleidete, so gehörte er noch immer der römischen Aristokratie an. In diesen Kreisen war es mehr als verpönt, Handel zu treiben, ganz abgesehen vom Sklavenhandel. Damit hatte er, Silvanus, immerhin etwas in der Hand, um dem Mann zu schaden, ihn vielleicht sogar kaltzustellen, ja, ganz aus Pergamon zu vertreiben. »Gut! Wie bist du dahinter gekommen?«

Demosthenos lächelte. »Das war einfach, ich habe gelauscht. Seltsamerweise benehmen sich viele Menschen in ihrem eigenen Hause so, als gäbe es dort keine anderen Augen und Ohren außer den ihren. Ich legte gerade Privernus' Haare in frische Locken, als Diodoros Pasparos eintraf. Privernus schickte mich hinaus – mit einem Wedeln seiner Hand, als sei ich ein Sklave –, nicht einmal meine Arbeit konnte ich vollenden, ja, musste einige Zeit später von vorn beginnen, nur weil es den hohen Herren so beliebte.«

»Ah, der alte Diodoros Pasparos steckt mit drin. Das wird ja immer schöner!« Silvanus nahm genüsslich einen tiefen Schluck von dem langsam erkaltenden Wein. »Weiter!«

»Sie schlossen nicht einmal die Tür – ich hatte sie nur angelehnt, als man mich fortschickte, so hörte ich alles, was sie sprachen. Und das wird dir eine ordentliche Summe wert sein.«

Silvanus löste einen zweiten Beutel mit Geldstücken von seinem Gürtel und legte ihn auf den Tisch, darauf bedacht, mit seinem Arm die Geste vor den anderen Gästen der Taverne zu verbergen. Doch als der Barbier danach greifen wollte, bedeckte er das Säckchen mit der Hand. »Berichte erst den Rest deiner Geschichte.«

»Nun gut.« Demosthenos lehnte sich zurück, schnippte mit den Fingern nach dem Wirt, bestellte einen neuen Krug des heißen Weines und fuhr dann fort, gemächlich ließ er sich jedes Wort auf der Zunge zergehen. »Die beiden sprachen über eine neue Ladung von Sklaven, die morgen Abend im Hafen von Elaia ankommen soll, um dann hierher gebracht zu werden. Sklaven aus Parthien, auserlesene Ware, schwarzgelockte, glutäugige Wilde, so Privernus' eigene Worte.« Triumphierend sah der Barbier Silvanus an. Der hatte sich gebannt vorgebeugt, beachtete kaum das Mädchen, das mit dem Wein kam und ihm keck über den Arm strich, bevor sie wieder ging. »Weiter!«, befahl er.

»Es kommt noch besser. Das Schiff wird nicht leer zurück nach Parthien fahren, es wird wieder Menschen mitnehmen, Sklaven, westliche diesmal. Privernus und Diodoros unterhielten sich über die Ware, auch diese nur von erlesener Schönheit, bestimmt für den Hof des parthischen Königs der Könige, Orodes, und seine Edlen, die ihn umgeben. Privernus kauft Sklaven aus dem ganzen Reich an, am liebsten hellhäutige und hellhaarige, und wenn er nicht genügend bekommen kann, schreckt er auch nicht davor zurück, welche zu stehlen, oder – schlimmer noch – freie Bürger entführen zu lassen.«

»Was ist mit diesen Orgien, von denen du mir erzählt hast?«

»So gedulde dich doch, ich komme sofort darauf zu sprechen. Pasparos hilft ihm, die Sklaven zu beschaffen, er ist am Gewinn beteiligt und – das scheint ihm das Wichtigste – auch an den Orgien. Für diese ist die parthische Ware bestimmt. Ich sage dir, Silvanus, da sind Jungen darunter, wie du sie noch nie gesehen hast. Sie werden in gesonderten Räumen gehalten, wohl versorgt mit allem, ich musste einige aus der letzten Lieferung frisieren. Eine Rasur benötigen die meisten noch gar nicht, so jung sind sie, viele, so scheint es, noch unberührt, mit den wohlgestaltetsten Körpern, den ebenmäßigsten Gesichtern, die man je sah. Lange Locken haben die meisten, braun oder schwarz, und große, dunkle, angsterfüllte Augen. Oh, ich wünschte, ich könnte bei einer solchen Orgie dabei sein, nur einmal. Heute Abend wollen sie wieder eine ausrichten.« Ein Ausdruck von Lust und äußerster Verzückung war in sein Gesicht getreten, jetzt jedoch umwölkte sich seine Miene. »Auf der anderen Seite, wenn ich richtig interpretierte, was ich hörte, möchte ich es nicht bis zum Ende erleben, denn ...«

Silvanus unterbrach ihn. »Er treibt also Handel mit den Parthern, sagst du? Ware für deren höchste Kreise? Bist du sicher?«

Fast beleidigt sah Demosthenos ihn an. »Aber ja, wenn ich es doch sage. Diodoros fragte nach der nächsten Lieferung, wann sie endlich ankäme, und Privernus beruhigte ihn, morgen sei es so weit. Anscheinend pflegt er regelmäßigen, wenn auch geheimen Kontakt mit hochrangigen parthischen Persönlichkeiten. Er ließ fallen, dass er ein Treffen mit ihnen anberaumt habe, sobald ihre Verhandlungen mit Marcus Antonius vorüber seien, gäbe es doch Neuigkeiten aus Italien. Welcher Art diese seien, sagte er allerdings nicht. Vielleicht hat er eine neue Quelle für westliche Sklaven aufgetan.«

In Silvanus' Kopf formte sich ein ganz anderer Gedanke. Konnte das tatsächlich möglich sein? War Privernus' Kontakt zu hochrangigen Parthern, wie es Demosthenos so schön ausgedrückt hatte, vielleicht nicht nur geschäftlicher, sondern auch politischer Natur? Der Gedanke, dass ein römischer Aristokrat ein Verräter sein könnte, mit dem größten Gegner Roms zusammenarbeitete, erschien Silvanus fast undenkbar, allein, auch Labienus war diesen Weg gegangen. Labienus, der erst unter Caesar gekämpft hatte, dann auf der Seite von dessen Mördern stand, um sich daraufhin der parthischen Seite anzuschließen, auch das war undenkbar gewesen, aber geschehen. Warum also nicht Privernus? Es erschien durchaus nicht abwegig, dass er Labienus von früher kannte – fast alle Mitglieder der einflussreichen römischen Familien kannten einander – und jetzt mit ihm zusammenarbeitete, gegen Rom. Was auch immer die Verräter antrieb, es konnte böse Konsequenzen haben, den Verlust zahlreicher gewinnträchtiger Provinzen, wenn nicht gar die Unterjochung Roms selber. Doch das würden nicht einmal die Parther wagen. Sie wollten die östlichen Provinzen, Syrien, Kilikien, Asia, die sie ja fast schon hatten, Antonius' Provinzen, arg ausgebeutet von den Caesarmördern Brutus und Cassius. Provinzen, die Antonius jetzt nach dem Bürgerkrieg neu ordnen wollte, von denen er aber auch für die Bezahlung der Legionen Geld eintreiben musste. In dieser Situation waren sie leichte Beute für den parthischen Feind, der auf nicht viel Widerstand gestoßen war. Der Zeitpunkt war gut gewählt, man war Antonius zuvorgekommen, der ja kurz davor stand, Caesars Plan eines parthischen Feldzuges auszuführen. Den ganzen Winter hatte er damit zugebracht, Vorbereitungen zu treffen, Verbündete zu suchen, um mit Kleopatras Hilfe – ihrem Geld und Getreide – jetzt im Frühjahr diesen Feldzug anzugehen. Gerade dann brach in Italien wieder ein Bürgerkrieg aus, den Antonius' Gattin Fulvia und sein Bruder Lucius gegen Octavius anstrengten, und gleichzeitig wagten die Parther den Einfall auf römisches Gebiet. War das Zufall? Hatten die Parther von diesem Konflikt vorher gewusst? Doch wie? Nicht einmal Antonius hatte vor Anbruch des Frühjahrs davon erfahren, Nachrichten reisten langsam im Winter. Nein, das war unmöglich, allein die Vorbereitung eines solchen Einfalls in römische Gebiete dauerte Monate. Es sei denn ... Es sei denn, die ganze Sache war vorbereitet, abgesprochen, von langer Hand geplant.

Das war ja der blanke Wahnsinn, der sich da in seinem Kopf abspielte, seine Fantasie ging mit ihm durch. Eine Verbindung von Privernus zu den Parthern, zu Labienus – möglich. Spionage – auch noch möglich, aber eine ganze Konspiration gegen Marcus Antonius? Warum nicht gleich eingefädelt von Octavius, dem jungen Caesar, wie er sich seit Julius Caesars Tod selbst nannte, jenem kränkelnden, bei jeder militärischen Aktion vor Angst schlotternden Jüngling, der seinem Kollegen im Triumvirat den zu erwartenden Erfolg in Parthien nicht gönnte. ›Bei Jupiter, Silvanus‹, rief er sich zur Vernunft, ›lass diese Verrücktheit, konzentriere dich auf das, was du an Fakten hast.‹ Und das war nicht wenig.

Unterdessen hatte Demosthenos weitererzählt, ausführlich die Schönheit der östlichen Sklaven gepriesen, war aber mittlerweile erneut an dem Punkt angelangt, an welchem er von Silvanus' unterbrochen worden war: den Orgien. Hier nun horchte Silvanus auf, widmete sich wieder seinem Gegenüber.

»Diodoros war zutiefst getroffen, als er das hörte, war es doch genau der Sklave gewesen, den er sich für seine Spielereien ausgesucht hatte. Und nun war es verschwunden, das erlesene Stück. Der Alte machte Privernus heftige Vorwürfe, der Junge wäre ihm versprochen gewesen, Privernus hätte nicht aufgepasst, und nun sei er weg.«

»Privernus fehlt einer seiner Sklaven, ein selten schöner?«, fragte Silvanus nach. Das musste der tote Jüngling aus dem Gymnasium sein, niemand hatte einen Sklaven als entlaufen gemeldet, keiner einen Jungen als vermisst. Das allein war schon mehr als seltsam bei diesem Todesfall, und hätte Silvanus nicht selbst die Leiche gesehen, er hätte meinen können, das Ganze sei nur ein böser Traum gewesen. Doch jetzt gab es anscheinend eine Spur.

»Sage ich doch!« Demosthenos nahm einen tiefen Schluck Wein. »Die beiden gerieten nahezu in Streit. Diodoros klagte immer wieder, der Junge sei ihm versprochen gewesen, Privernus erwiderte jedes Mal, sichtlich erbost, auch ihn träfe dieser Verlust schmerzlich, es sei nun aber einmal geschehen, man könne nichts mehr ändern. Sein Angebot, sich stattdessen zwei andere Sklaven auszusuchen, versöhnte den alten Diodoros dann anscheinend. Und stell dir vor, der ehrenwerte Diodoros Pasparos scheint sogar Mitorganisator der Orgien zu sein, denn sie besprachen das nächste Fest, wie gesagt, es soll heute Abend stattfinden, kurz vor der neuen Lieferung. Sie erwähnten auch fünf andere Gäste und schätzten die zu erwartenden Einnahmen, sie scheinen eine Art Eintritt für ihre Spielchen zu nehmen. Jetzt aber kommt das Schreckliche an der Sache, schrecklich in der Tat, denn du müsstest diese jungen göttergleichen Mädchen und Knaben gesehen haben, um zu wissen, was ich meine. Wie ich dir neulich schon sagte, man munkelt, die Orgien seien blutrünstig, und tatsächlich, einige der Sklaven scheinen von vornherein dem Tode geweiht. Der lüsterne Pasparos schwärmte vor Privernus über seine speziellen Pläne für den heutigen Abend, wonach ein Gladiator vor aller Augen einem der Jungen die Unschuld rauben und ihm dabei die Kehle durchschneiden soll. Will man seiner Rede Glauben schenken, so kann jeder der Gäste mit einem Sklaven seiner Wahl gleichermaßen oder ganz nach Belieben verfahren, gegen ein zusätzliches Entgelt natürlich. Für andere Bedürfnisse stünden Folterwerkzeuge zur Verfügung, alles, was man sich nur vorstellen kann, habe er organisiert, sagte dieser alte Bock. Es ist schrecklich, nicht wahr, Silvanus? All die schönen jungen Menschen. Du musst dieses Massaker verhindern, nur darum wollte ich dich so schnell sprechen. Man könnte doch noch lange seinen Spaß mit ihnen haben, wozu nur diese Verschwendung?« Bekümmert sah Demosthenos Silvanus an, griff aber gleichzeitig nach dem auf dem Tisch liegenden Geldbeutel.

Silvanus nickte, seine Gedanken rasten. Perverse sexuelle Praktiken, gar Tötung der unglücklichen Menschen, Durchschneiden von Kehlen! Hatte Privernus den schönen jungen Sklaven, das vorletzte Opfer, für sich selbst behalten, hatte ihn missbraucht und getötet? Und die anderen, mussten sie umkommen, weil er sein eigenes Material schonen wollte, oder verschaffte es ihm noch eine gute Portion Lust extra, sich gerade solche Menschen auszusuchen, die nicht zu seiner Verfügung standen? Gestern Abend war er nicht zu Hause gewesen; hatte er das junge Mädchen, das sie vorhin gefunden hatten, entführt, entehrt, verstümmelt? Aber auch jeder andere Gast dieser Orgien konnte der Täter sein, auch Diodoros Pasparos, obwohl alt und körperlich anscheinend nicht mehr der Stärkste. Doch wer wusste schon, welch ungeahnte Kräfte derartige Triebe in einem Menschen weckten. Er musste unbedingt mehr erfahren. »Weißt du, wer die Teilnehmer an diesen Orgien sind? Sind es immer dieselben? Wurden Namen genannt? Wo findet das Ganze statt?«

Demosthenos trank seinen Wein in einem Zug aus. »Nein, tut mir Leid, das weiß ich nicht. Namen wurden nicht genannt, auch nicht der Ort. – Ich muss gehen, Silvanus, dies ist die Zeit, da Privernus nach mir verlangt, und sicherlich müssen diese jungen Sklaven für heute Abend noch hergerichtet werden. Es wäre nicht gut, würde Privernus mich rufen, und ich bin nicht auffindbar. Alles, was ich weiß, habe ich dir gesagt. Doch ich werde weiterforschen, wenn es dir beliebt, nicht nur des Geldes wegen, nein, ich finde, solchen Menschen muss das Handwerk gelegt werden. Sollte ich die Gelegenheit haben, werde ich die armen Jungen und Mädchen fragen, ob sie eine solche Orgie schon einmal mitgemacht haben, und wer dort war, vielleicht wissen sie Namen oder Orte. Sobald ich etwas herausgefunden habe, werde ich dich benachrichtigen.« Er stand auf und zog seine Kapuze tiefer in das Gesicht. »Du wirst etwas unternehmen, um dieses Schlachten zu verhindern, nicht wahr, Silvanus?«

»Ich werde es versuchen. Sei vorsichtig, Demosthenos.« Silvanus blieb sitzen, gemeinsam konnten sie die Taverne nicht verlassen, und er musste nachdenken. Während der Barbier schattengleich zur Tür hinausglitt, lehnte sich Silvanus zurück, nahm noch einen Schluck Wein und kratzte sich am Arm, auf dem eine frühe Mücke ihren Stich hinterlassen hatte. Was sollte er jetzt tun? Demosthenos hatte Recht, er konnte nicht zulassen, dass diese jungen Menschen auf so brutale Weise ihr Leben lassen mussten. Wie allerdings sollte er es angehen? Privernus festnehmen und so das Fest verhindern? Er würde ihm nichts beweisen können, und sollte sich der Täter unter den anderen Teilnehmern der Orgien befinden, wäre der gewarnt. Was sonst? Privernus' Haus bewachen lassen? Ihn und die Sklaven verfolgen, falls das Spektakel nicht bei ihm zu Hause stattfand, und dann zuschlagen, wenn alle Gäste versammelt waren? Damit hätte er alle Verdächtigen auf einen Schlag, doch was würde es ihm nützen? Er konnte nicht alle auf Dauer in Gewahrsam nehmen. Wahrscheinlich waren es hochrangige Persönlichkeiten, und sieben Personen unter Mordverdacht einzusperren, das würde selbst Marcus Antonius nicht mittragen. Wer die anderen fünf wohl waren? Ob sich Imbrassos unter ihnen befand, der sich auf diese Weise einen Ausgleich schaffte zu seiner untergeordneten Stellung zu Hause? Erneut erfasste ihn Unruhe bei dem Gedanken, dass er selbst Laelia und Illicia dort untergebracht hatte. Und was war mit Leander? Zum zweiten Mal an diesem Tag wunderte er sich, wie wenig er von dem Mann wusste. Doch als Täter konnte er ihn nicht so recht in Erwägung ziehen; der Prytane machte einen sonoren, ordentlichen Eindruck, schien ruhig, gefestigt. Aber hatte man nicht gehört, dass gerade Täter, die ihren Trieben folgten, sonst ein unauffälliges Leben führten? Leander war unverheiratet, warum? War er verwitwet? Das dürfte ihn keineswegs daran hindern, wieder zu heiraten, und die Frauen Pergamons müssten sich eigentlich reihenweise um ihn bemühen, schließlich war Leander ein gut aussehender Mann, mit Geld und Einfluss. Ja, sogar Laelia schien sich durchaus für ihn zu interessieren.

Silvanus' Herz schlug schneller. Nicht nur wegen der Erinnerung an Laelia und der Sorge um ihre Sicherheit, nein, er spürte eine Erregung, eine Art Vorahnung, dass er seinem Täter näher kam, ihn bald ergreifen konnte. Hatte Senophrata, die Wahrsagerin, nicht prophezeit, er würde erfolgreich sein?

Er fuhr zusammen. Jemand hatte an seiner Kapuze gezupft; instinktiv griff er nach seinem Dolch, während er sich blitzschnell umdrehte. Doch es war nur das Mädchen aus der Taverne, das leise von hinten herangekommen war, mit einer Schüssel dampfender Suppe in der Hand. »Möchtest du?« Ohne die Antwort abzuwarten, stellte sie die Schüssel vor ihn auf den Tisch.

Silvanus merkte, dass er hungrig war. Hatte er auch nicht vorgehabt, hier in dieser Spelunke etwas außer Wein zu sich zu nehmen, so konnte er jetzt doch nicht widerstehen. »Danke«, sagte er und ließ seinen Blick in den Ausschnitt ihres Chitons zu ihren runden Brüsten wandern. Ein schöner Anblick, fürwahr, das Mädchen regte ihn an, erinnerte ihn an Laelia. Er wagte es, seinen Arm um ihre Hüfte zu legen. Einen Augenblick ließ sie ihn gewähren, drückte sich an ihn, dann ließ sie ihn allein. Er atmete tief durch und begann zu essen. Wie erwartet, war die Suppe mit einem großzügigen Schuss Garum gewürzt, doch fand er auch einige Stückchen Fleisch, nicht so zäh wie erwartet, und für Sättigung sorgten reichlich Bohnen, Zwiebeln und Gerste. Auch war sie heiß, genau die richtige Stärkung bei dem Wetter, das ihn draußen erwartete.

Er musste vorsichtiger sein, anstelle des Mädchens hätte sich genauso gut ein übel wollender Mensch an ihn heranmachen können. Sicherheitshalber wechselte er auf die gegenüberliegende Bank, wo Demosthenos gesessen hatte. Von hier aus konnte er das Treiben in der Taverne beobachten und hatte den Rücken gedeckt.

Wie also sollte er vorgehen, wie verhindern, dass die Sklaven ein schreckliches Schicksal erlitten, und gleichzeitig seinen Mörder weiter einkreisen. Wenn er beobachten ließe, wer noch alles an der Orgie teilnahm, bekäme er vermutlich die Identität seiner Verdächtigen heraus, würde jedoch die Mädchen und Knaben opfern. Wäre es das wert, fragte er sich? Ein paar Sklaven, um viele andere Todesfälle zu verhindern? Kurz schwankte er, dachte an die Opfer, an das junge Paar, das Mädchen heute Morgen, doch auch an die Leiche des Sklaven, der Privernus abhanden gekommen war, den er in Imbrassos' Keller hatte liegen sehen, schrecklich zugerichtet, ohne Geschlechtsteile. Nein, es ließ sich nicht abwägen, er konnte die Sklaven nicht opfern.

Was also dann? Sollte er zu Privernus gehen und ihn mit seinem Wissen konfrontieren? Ihn mitnehmen und einkerkern lassen? Folter war ja leider nicht möglich, da Privernus römischer Bürger war, aber vielleicht konnte er ihn anders zum Reden bringen, dazu, die Namen seiner Genossen preiszugeben. Ach, es wäre schön, diesem elenden Banditen von Angesicht zu Angesicht gegenüberzustehen, diesem Mann, der ihn angezeigt, der beinahe seine Karriere ruiniert hatte. Jetzt könnte er es ihm zeigen, könnte Rache nehmen, mit legalen Mitteln noch dazu. Handel mit dem Feind in diesen Zeiten, Stehlen von Sklaven oder gar Entführung von Freien in die Sklaverei, vielleicht sogar Hochverrat – keine geringe Anklage. Mit Genuss löffelte er den letzten Rest seiner Suppe.

Das Mädchen kam wieder heran, tänzelte um den Tisch, trug die leere Schale mit einladend wiegenden Hüften zum Tresen und kehrte mit einer neuen Karaffe Wein zurück, heiß und duftend. Silvanus wollte ablehnen, er hatte genug getrunken, doch sie schenkte ihm ein, rutschte neben ihn auf die Bank, drückte sich an ihn, so dass er die Wärme ihres Körpers spürte. »Möchtest du noch etwas?«, wisperte sie in sein Ohr, während sich ihre Hand seinen Oberschenkel entlang vortastete. »Es ist nicht teuer, nur zwei Sesterzen. Ich mache es gut, du wirst zufrieden sein. Oh, was für ein großer, starker Mann.« Ihre Hand massierte zart, doch nachdrücklich.

Silvanus konnte den leisen, gutturalen Laut nicht unterdrücken, der sich seiner Kehle entrang. »Nein, ich …« Er schüttelte den Kopf, er besuchte keine Prostituierten, gefährliche Krankheiten konnte man sich dort holen. Er hatte es nie nötig gehabt, in ihren ersten Ehejahren war er mit Lucida durchaus auf seine Kosten gekommen, und dann kam Laelia. Aber im Moment sah es nicht so aus, als wäre von diesen Seiten Entgegenkommen zu erwarten, ganz im Gegenteil. Bei allen Göttern, er war schließlich ein Mann.

Seine Hand suchte die runden festen Brüste des Mädchens, knetete sie erregt, spürte ihre Brustwarzen schwellen. Sie nahm seine andere Hand, schob sie unter ihren Chiton, zwischen ihre Schenkel. Warm war es dort und feucht, sein Finger verschwand in ihren Tiefen. »Komm mit«, flüsterte sie, befreite sich von seinen Händen und zog ihn in eine kleine, an die Gaststube grenzende Kammer, düster, nur von einem Kerzenstummel in einer kleinen Nische erleuchtet. Bis auf eine gemauerte Kline mit einem dünnen, fleckigen Polster war der Raum leer, die Spuren an der Wand stammten vermutlich von den schmutzigen Sandalen seiner Vorgänger. Silvanus achtete nicht darauf. Er drückte das Mädchen auf die Kline, nahm sich nicht einmal die Zeit, sie ihrer Kleidung zu entledigen, legte sich auf sie und drang in sie ein.

Er kam schnell. Sie stand auf, richtete ihr Haar, ordnete das Gewand und verlangte geschäftsmäßig ihren Lohn. Er zahlte, auch seine Zeche, sogar mehr als gefordert. Sie schenkte ihm ein strahlendes Lächeln, hauchte einen Kuss auf seine Wange: »Komm bald wieder«.

Mit einem schalen Geschmack im Mund zog Silvanus seine Kapuze tief in das Gesicht und verließ die Taverne.

Unschlüssig stand er an der Straße. Was sollte er jetzt tun? Zurück in das Prytaneion, um Nessos' Bericht seiner Leichenschau abzuwarten? Nein, er würde Privernus aufsuchen, ihn mit dem konfrontieren, was er wusste. Dies war eine Spur, eine Chance, seinen Mörder zu finden, denn es stand zu vermuten, dass der Mörder mit diesen entsetzlichen Orgien in Zusammenhang stand. Wenn nicht gar Privernus selbst der Täter war. Und sollte der schweigen, so würde er Diodoros Pasparos verhören, der auf jeden Fall in die Orgiengeschichte verstrickt war und, wie es sich anhörte, auch in die verräterischen Verbindungen mit den Parthern; ihn würde er so lange unter Druck setzen, bis der Alte redete, zur Not unter Androhung der Folter. Doch zunächst Privernus.

Schnell hatte er ein paar Sätze auf eine Schreibtafel geworfen, mit der er einen Jungen, der auf der Straße spielte, zu Baton schickte. Der sollte sich mit ein paar Männern sofort zu Privernus' Haus nahe der oberen Agora aufmachen, alle Eingänge bewachen lassen und ihm seine Toga dorthin mitbringen. Er brauchte seinen Furcht einflößenden Untergebenen bei seinem Vorhaben, allein würde er sich der Gefahr, seinem Erzfeind mit solchen Erkenntnissen gegenüberzutreten, nicht aussetzen. Silvanus ballte die Fäuste, er würde Privernus das Handwerk legen, und er würde den Mörder fassen, er spürte es, er wusste es.

An der verabredeten Stelle musste er nicht lange auf Baton warten, der ihm stolz berichtete, die Männer seien bereits an den Eingängen postiert. Silvanus ließ seinen Blick die Mauer entlangschweifen, das Anwesen schien erhebliche Ausmaße zu haben, zeugte von Macht und Reichtum. Kurz zögerte er, sein Plan war nicht ungefährlich. Doch er musste jetzt handeln. Wenn Marcus Antonius von seinem Treffen mit den Parthern zurückkehrte, könnte er ihm einen Verbrecher präsentieren, einen Verräter wahrscheinlich, wenn nicht gar den Mörder, der Pergamon in Angst und Schrecken versetzte, die öffentliche Ruhe gefährdete, den Römern das Regieren in diesen krisengeschüttelten Zeiten erschwerte. Und er selbst würde sich dann mit voller Aufmerksamkeit den anderen Aufgaben widmen können: den Flüchtlingen, der Thermenanlage, die er bauen lassen würde –, und seinen beiden Frauen. Wie er das letzte Problem lösen sollte, dafür hatte er allerdings noch keine Idee, er würde später darüber nachdenken.

Langsam schritt er mit Baton an der hohen, aus großen Steinen errichteten Mauer entlang bis zum Eingang, betätigte den Türklopfer an dem Tor aus schwerem Holz. Dröhnend schlug der eiserne Pferdekopf auf, doch es dauerte eine Weile, bis eine Klappe in der Tür geöffnet wurde. »Wer bist du, was willst du?«, fragte eine kehlige Stimme, und nachdem Silvanus seinen Namen genannt und nach Privernus gefragt hatte, hieß es kurz: »Warte.« Ohne ein weiteres Wort wurde die Klappe geschlossen, Stille herrschte, nicht einmal das Geräusch der Schritte drang durch das dicke Holz.

Silvanus wartete. Er wartete lange, bevor er erneut klopfte, mehrfach, ungeduldig diesmal. Schon überlegte er, ob es verhältnismäßig sei, die von Baton mitgebrachten Männer zusammenzurufen – zwei von ihnen standen auf der gegenüberliegenden Straßenseite – und das Tor öffnen zu lassen, als endlich ein Türflügel zurückschwang und er im Inneren einen Säulengang erblickte. Dahinter erstreckte sich ein bemerkenswert schöner Garten, mit Frühlingsblumen, die großzügige Beete füllten und ihre zarten Blüten dem Licht entgegenstreckten, gerahmt vom ersten Grün der Büsche und Bäume.

Ein riesiger Mann mit kurz geschorenen Haaren kam hinter dem Türflügel hervor, befahl ihm, einzutreten. Silvanus richtete sich auf, straffte die mächtigen Schultern, ließ die Falten seiner Toga spielen. Kalt musterte er den Sklaven, sah ihm in die Augen, bis der seinen Blick senkte, dann herrschte er ihn an: »Bring mich zu deinem Herrn.«

Wortlos drehte der Mann sich um und schritt voraus. Silvanus folgte, die Hand an seinem unter der Toga verborgenen Messer, alle Muskeln gespannt, die Sinne bis auf das Äußerste geschärft, obwohl er Baton hinter sich wusste. Doch nichts Verdächtiges war zu entdecken, Vögel zwitscherten friedlich im Garten, Sklavenmädchen huschten mit Körben über die Mosaikböden des Säulenganges, verschwanden zwischen Statuen von Jupiter und Juno, um neben zwei Amazonen wieder aufzutauchen. Das Haus war immens groß, stellte Silvanus fest, als er endlich im Empfangsraum angelangt war, die Einrichtung ganz darauf abgestellt, Besucher zu beeindrucken. Er sah sich um, konnte nicht umhin, die abwechselnd mit goldenen und purpurnen Kassetten getäfelte Decke zu bewundern, die exquisiten Wandmalereien, die wirklichkeitsgetreu gemalten Säulen, Durchgänge und Nischen. Die Kline, auf die er sich nun legte, bedeckte ein Überwurf aus edelstem Stoff, durchwirkt mit Gold- und Purpurfäden – eine Spezialität Pergamons. Unglaublich teuer war er, in Rom nur für die Reichsten der Reichen erschwinglich. In Königshäusern des Ostens sollte dieser Stoff häufig anzutreffen sein, so hatte er gehört, gesehen hatte er ihn erstmals hier in Pergamon, in den Gemächern, die Marcus Antonius bewohnte, und selbst dort diente er der Zierde, nicht der Benutzung.

Fast ehrfürchtig hatte sich Silvanus niedergelassen, rückte sich die goldschimmernden Kissen zurecht, die zahlreich auf der Kline verteilt waren. Baton stand hinter ihm, mit gespreizten Beinen, die Arme verschränkt, und Silvanus dankte den Göttern für diesen kräftigen, Furcht einflößenden Sklaven.

Jetzt schwang die glänzend polierte, mit Schnitzereien verzierte Ebenholztür auf, und Privernus trat herein. Ein überhebliches Lächeln umspielte seinen Mund, als er Silvanus mit einem Neigen seines Kopfes begrüßte. »Nun, was verschafft mir die Ehre deines Besuches, des Vertreters von Marcus Antonius im schönen Pergamon? Soll dich dieser halbe Gladiator dort beschützen?« Kurz streifte er Baton mit einem verächtlichen Blick. »Meinst du, der könnte dir helfen, wenn ich dir etwas antun wollte? Aber warum sollte ich das, Silvanus, warum hast du Angst vor mir? Ist es, weil ich dein Vorgehen kritisierte, weil ich mich bemühe, die Gesetze aufrechtzuerhalten?«

Silvanus fühlte, wie sich sein Puls beschleunigte, ihm das Blut vor Wut in den Kopf stieg. Mit einer Geste hielt er Baton zurück, der drohend einen Schritt auf Privernus zutrat, und fixierte seinen Gegner. Lange würde sich dieses überhebliche Lächeln nicht mehr auf seinem Gesicht halten. »Privernus, ich bin in amtlicher Funktion hier.« Er versuchte, seiner Stimme einen sachlichen Ton zu geben, doch es misslang, gepresst hatte er den Satz herausgebracht. Er musste die Kontrolle über sich wiedererlangen, wollte er diese Aufgabe zu Ende bringen, er durfte sich nicht seinem Zorn hingeben.

Mit vollendeter Eleganz schwang sich Privernus auf die zweite Kline und zog die Augenbrauen hoch. »Ach, und ich dachte, du wolltest mir endlich deine Aufwartung machen, deiner und meiner Stellung angemessen, der Ritter dem Aristokraten. Amtlich ist also dein Anliegen, so so. Doch lass mich zuvor meinen Gastgeberpflichten Genüge tun, Wein?«

Eine Reihe von Sklavinnen, eine schöner als die andere, war in den Raum getreten, mit Wein, Nüssen, Gebäck. Silvanus merkte, wie ihm das Wasser im Munde zusammenlief, doch er winkte ab. »Nein, danke.«

Privernus lächelte überlegen. »Deine Sorge ist unnötig, ich werde dich nicht vergiften lassen, wozu? Doch zu deiner Beruhigung …« Er gab den Sklavinnen einen Wink, gehorsam kosteten alle die von ihnen aufgetragenen Gaumenfreuden, einschließlich des Weines. »Nun?«

Silvanus nickte und griff nach dem Becher, den man vor ihm abgestellt hatte. Köstlich, stellte er fest, fast unübertrefflich, ein ihm völlig neuer Geschmack. Parthisch? Er gönnte sich einen zweiten tiefen Schluck, holte Luft, um Privernus mit seinen Erkenntnissen zu konfrontieren, doch der kam ihm zuvor. »Ich kann mir denken, was dich hierhertrieb, Silvanus, du brauchst Geld, nicht wahr? Ich wunderte mich schon, dass du so lange widerstehen konntest, mich um Hilfe zu bitten, denn, mit Verlaub, ich bin einer der wenigen, die dir Hilfe gewähren können. Man munkelt, du habest vor, in Antonius' Namen moderne Bäder bauen zu lassen, und natürlich kostet auch die Versorgung der Flüchtlinge einiges. Es ist mir nicht entgangen, dass du händeringend Sponsoren suchst – und wenige findest. Hättest du mir nicht so feindselig gegenübergestanden, Silvanus, hätte ich freiwillig meine Hilfe angeboten. Doch so wollte ich warten, bis du zu mir kommst. Jetzt hast du dich überwunden, und ich kann nur sagen, es war ein guter Schritt, er wird dir viele Vorteile bringen, mein Freund. Ich denke, wir werden uns einigen, ein wenig Entgegenkommen von dir, ein wenig von mir, und wir können alle Streitigkeiten beilegen.«

Darum also hatte Privernus ihn hereingebeten, ihn bewirtet, war ihm mit dieser Überheblichkeit begegnet. Silvanus griff nach den Nüssen, um seine Überraschung zu verbergen. Dieser Mann wiegte sich so in Sicherheit, dass ihm in keiner Weise in den Sinn kam, man könnte seine üblen Machenschaften aufdecken. Oh, er würde tief fallen. Doch zunächst wollte er hören, was sein Gegenüber ihm noch zu sagen hatte, so entgegnete er mit sanfter Stimme: »Nicht ich begann die Feindseligkeiten, Privernus, sondern du. Was war es, das dich so gegen mich einnahm? Meine soziale Stellung?«

Privernus, lässig seine Beine auf der edlen Decke seiner Kline ausgestreckt, blickte ihn versöhnlich an. »Wir wollen nicht streiten, wer begann. Doch ich gebe zu, ich ärgerte mich über dein Auftreten, du kamst in unsere Stadt, erließest Verordnungen, ignoriertest die Anwesenheit der Menschen, die sich hier auskennen, die hier schon lange leben, die dir Ratschläge hätten geben können. Der Einzige, mit dem du dich absprichst, ist Leander. Du kannst dir vorstellen, dass Ratsangehörige wie Diodoros das nicht gutheißen, und auch ich war darüber nicht wenig erzürnt. Doch nach reiflichem Nachdenken kam ich zu dem Schluss, dass es zu nichts führt, gegeneinander zu arbeiten. Ich halte dir deine politische Unerfahrenheit zugute, Silvanus, du bist jung, du kannst noch viel lernen. Eine der wichtigsten Lektionen ist es, …« Ein Klopfen unterbrach ihn. Zornig drehte Privernus sich um, wies einen der Sklaven an, nachzuschauen, was es gäbe, er habe doch Anweisung erteilt, ihn nicht zu stören. Dem Flüstern an der Tür folgte ein: »Es ist dringend!«, von dem Sklaven, und mit einer Entschuldigung erhob sich Privernus, um sich dem Boten zu widmen.

Silvanus nahm derweil mehr von dem Wein und den Leckereien. Das ließ sich besser an, als er gehofft hatte. Vielleicht sollte er vorgeben, von Antonius enttäuscht, von dem Reichtum des Privernus überwältigt und an einer Zusammenarbeit mit ihm sehr interessiert zu sein, bestimmt würde er mehr erfahren. Allein, die Zeit drängte, er musste diese Orgie am heutigen Abend verhindern. Wie also sollte er vorgehen?

Privernus kam zurück, und Silvanus merkte, dass sich etwas geändert hatte. Privernus schäumte, Hass blitzte aus seinen Augen. »Du Natter«, zischte er, »kommst hierher und gibst vor, um meine Freundschaft zu buhlen, während dein Spion meine Sklaven aushorcht. Ja, du siehst, wir haben ihn entlarvt, es ist ihm schlecht bekommen, wie es auch dir schlecht bekommen wird. – Oh nein«, setzte er gepresst hinzu, die Fäuste geballt, als er sah, dass Baton sich bewegte, »ich werde dir nichts tun, so einfältig bin ich nicht, ich habe andere Wege.«

Silvanus war aufgesprungen, den Dolch in der Hand. »Was hast du mit Demosthenos gemacht?«

»Noch lebt er, dein lüsterner Barbier.« Privernus lachte bösartig. »Nur leider ist ein bedauerlicher Unfall passiert, nachdem er alles gestanden hatte. Sie sind wild, meine Jungen, sie stammen aus dem Osten und haben ihre eigenen Gesetze. Weil er einen von ihnen berührte, zerschmetterten sie seine Hände, weil er versuchte, ihn zu küssen, kostete ihn das die Zunge. Es ist passiert, während wir hier so angeregt plauderten, leider konnte ich es nicht verhindern.«

Einen Moment lang stand Silvanus wie versteinert, er konnte nicht glauben, was er hörte. Natürlich hätten die jungen Sklaven so etwas nie gewagt, die Anweisung musste Privernus selbst gegeben haben, gerade eben. »Du Barbar!«, brüllte Silvanus, packte seinen Feind an der Kehle und schüttelte ihn. »Ich nehme dich mit, du wirst im Kerker sitzen, bis Antonius wiederkommt und dir den Prozess macht, als Mörder, Entführer und Verräter – oh ja, ich weiß von deinen Verbindungen zu den Parthern, von eben meinem Spion, und von ihm weiß ich auch, was du mit deinen Sklaven machst, wie du deine Ware beschaffst und dass dir eines deiner besten Stücke fehlt. Es war für Diodoros bestimmt, nicht wahr? Missgönntest du ihm den Jungen, den er sich für die Orgie heute Abend ausbedungen hatte? Und noch eine Frage ist offen: Wo warst du gestern Nacht? Klebt noch das Blut eines unschuldigen Mädchens an deinen Händen?«

Er musste seinen Griff lösen, Privernus loslassen, denn eine Horde von Männern war in den Raum gestürmt, drückte ihre Schwerter an seinen und Batons Hals. Privernus war bleich, ob von der Hand an seiner Kehle, die er nun heftig rieb, oder wegen der Anschuldigungen, wusste Silvanus nicht. »Denke nicht, dass du mir entkommst«, rief er trotz der drohenden Schwerter, »das Haus ist umstellt, hinaus kannst du nicht. Natürlich weiß man, wo ich bin und was ich dir vorwerfe. Mich umzubringen nützt also nichts.«

Panik blitzte in Privernus' Augen auf, dann Aussichtslosigkeit, Resignation. »Ich bin kein Mörder, Silvanus Rhodius«, sagte er leise, befahl mit einer Handbewegung seine Leute zu sich und verließ ohne ein weiteres Wort den Raum.

Ungehindert konnten sie gehen. Vor dem Tor rief Silvanus seine Männer zusammen, erteilte Anweisung, niemanden hinaus- oder hineinzulassen, und hörte mit geballten Fäusten ihren Bericht, dass vor kurzer Zeit eine Sänfte das Haus verlassen hätte. Nein, gefolgt sei ihr keiner, das hätte er doch nicht angeordnet.

»Idioten«, brüllte Silvanus, »was meint ihr, warum ihr hier seid?«, befahl zweien von ihnen, der Sänfte zu folgen, und machte sich auf den Weg in das Prytaneion.

Dort lagen neue Nachrichten vor. Marcus Antonius sei zurück und erwarte ihn zum Mahl, so teilte man ihm mit. Ein Blick auf die Wasseruhr sagte Silvanus, dass er bis dahin nicht mehr viel Zeit hatte, eine Stunde vielleicht. Außerdem sei der Arzt Nessos hier gewesen, so die zweite Botschaft, er habe seinen Bericht hinterlassen und sei wieder gegangen. Silvanus legte sich auf seine Arbeitskline und las. Das jüngste Mordopfer, so stand dort neben dem, was ihm Nessos schon am Fundort mitgeteilt hatte, sei an Blutverlust gestorben, das Durchtrennen der großen Venen in der Leiste habe zum Tode geführt. Silvanus ließ die Pergamentrolle sinken; das Mädchen trat ihm wieder vor Augen, das schöne Kind. War Privernus der Täter? »Ich bin kein Mörder«, hatte der gesagt, und tatsächlich hätte er ihn und Baton durchaus umbringen lassen können, hätte er es gewollt. Als Verräter hatte er nichts mehr zu verlieren, sollte sich seine Verbindung zu den Parthern bestätigen – und Silvanus zweifelte keinen Augenblick daran. Warum also hatte er ihn gehen lassen? Plötzlich völlig entkräftet, legte Silvanus seinen Kopf auf ein Kissen. Es war zu viel gewesen heute, überhaupt zu viel in den letzten Wochen, er brauchte Ruhe, sein Rücken schmerzte, jetzt meinte er auch noch, sein Herz schlüge unregelmäßig, setzte aus. Lange lag er so, versuchte tief zu atmen, sich zu konzentrieren und seine nächsten Schritte zu überlegen. Er würde mit Antonius absprechen, wie er Privernus' habhaft werden könnte. Sollte er noch einmal zu ihm gehen, mit der notwendigen Anzahl Männer diesmal, sollte er das Haus stürmen lassen, im Falle, man ließe ihn nicht hinein? Und wie sollte er an die notwendigen Beweise für Privernus' Verbrechen kommen, nun, da sein einziger Zeuge, der Barbier, nicht mehr reden oder schreiben konnte, wenn er nicht gar schon tot war. Silvanus fühlte Übelkeit in sich aufsteigen, es war seine Schuld, nur seine Schuld, dass Demosthenos ein solches Schicksal erleiden musste. Lebte er noch, würde er ihm eine angemessene Summe zukommen lassen, Sklaven, die ihn versorgten. Sobald er von seinen Männern erfahren hätte, wohin man den Unglücklichen gebracht hatte, würde er Nessos zu ihm schicken, vielleicht konnte der noch helfen.

Er rief nach Wein, um seiner Übelkeit Herr zu werden. Mit dem Sklaven, der das Gewünschte brachte, kam einer der Männer herein, die er der Sänfte nachgeschickt hatte. »Wir haben einen Toten gefunden, Herr«, meldete dieser ohne die geringste Gemütsbewegung, »wir denken, es ist der Barbier Demosthenos. Er lag in seinem Hauseingang, das Gesicht voller Blut, die Hände zerschmettert.«

KAPITEL XVII

Am Eumenischen Tor wusste Illicia einen Mietstall, der außer Pferden auch billigere Esel anbot. Schnell war sie sich mit dem Stallbesitzer einig geworden, wählte zwei freundlich blickende, kräftig gebaute Tiere aus und ließ sich von einem herbeieilenden Sklaven beim Aufsitzen helfen.

Monoculos rief sie zu, es ihr gleich zu tun, und so trabten sie nun die Straße hinunter. Das Haus von Pheromon war ihr Ziel, Laelia hatte vergeblich versucht, sie davon abzubringen, ihn noch einmal aufzusuchen. »Warum schickst du keine Nachricht und triffst dich mit ihm in der Stadt«, hatte Laelia sie gefragt, durch Bauchschmerzen an die Kline gefesselt.

»Damit man uns sieht und sogleich Proka berichtet, ich träfe mich mit einem Mann? Du weißt so gut wie ich, welche Konsequenzen das hätte. Nein, ich gehe zu ihm, die frische Luft wird mir gut tun, aber Monoculos soll mich begleiten, wenn du erlaubst, und ich miete uns Esel für den Weg. Beruhigt dich das?«

Laelia hatte gequält die Augen geschlossen und gemurmelt, der Mann gehöre noch immer zu den Verdächtigen, Illicia solle doch wenigstens Thorax als zusätzlichen Begleiter mitnehmen.

Ja, ja, hatte sie geantwortet, ihren Mantel aus der Truhe geholt und hinzugefügt, Laelia möge doch bitte Proka erzählen, sie sei ihren Vater besuchen, und hatte sich mit einem kurzem Abschiedsgruß auf den Weg gemacht.

Sie beabsichtigte keineswegs, nach Thorax zu schicken, was sollte der Umstand, es kostete nur Zeit. Laut hallte das Klappern der Hufe auf dem Pflaster, als Monoculus und sie nun unter dem Torbogen hindurch ritten. Vor ihnen erstreckte sich die Straße bis weit in die Ebene und verschwand schließlich im Dunst der Ferne. Zu ihrer Linken dehnten sich Felder aus. Nach den anhaltenden Regenfällen der letzten Wochen konnten die Bauern nun endlich mit dem Pflügen und Säen beginnen, überall auf den Äckern herrschte Geschäftigkeit. Ein Sklave mühte sich, mit seinem Ochsen den schweren Boden zu pflügen, ein paar Felder weiter schritt ein Sämann die Furchen ab und warf mit weitem Schwung die Körner aus.

Illicia hielt ihr Gesicht in die Sonne. Würde Pheromon sich freuen, sie zu sehen? Das bezweifelte sie keinen Moment, obwohl sie seit ihrem letzten Besuch nichts mehr von ihm gehört hatte. Warum aber wollte sie zu ihm, was wollte sie von ihm? Sie hatte lange darüber nachgedacht und vermochte es doch nicht zu sagen. Die beiden Male, die sie ihn gesehen hatte, waren ihr unvergesslich geblieben, er faszinierte sie, und sie hatte es einfach nicht mehr ausgehalten, abzuwarten, bis er sich meldete, sie wollte ihn wiedersehen. Gegen dieses Verlangen hatten auch

Laelias Einwände, berechtigte Einwände, nichts ausrichten können. Doch war es wirklich eine so gute Idee, zu ihm zu gehen?

Monoculos schien ihre Unruhe zu spüren und versuchte, sie mit Anekdoten aus Prokas' Sklavenkammern abzulenken. »Bei Hephaistos, Herrin, ich kann dir sagen, Imbrassos tut mir wirklich leid. Es ist kein Wunder, dass er so selten zu Hause ist. Sybilla – du kennst sie vielleicht, sie arbeitet in der Küche – sie jedenfalls sagte, seit wir bei ihnen leben, blüht er wahrhaft auf. Dass er Proka nun ab und an zu widersprechen wagt, sei eine bemerkenswerte Wandlung. Normalerweise ist Prokas Wille Gesetz, ein Wort von ihr, und er gehorcht. Jetzt ist er nicht mehr ganz so willfährig, was Proka natürlich sehr erzürnt. Hast du es nicht bemerkt?«

Illicia verneinte. »Natürlich ist uns nicht verborgen geblieben, dass Proka zu Hause ein strenges Regiment führt, aber dass Imbrassos jetzt aufbegehrt, ist mir neu. Deine Sybilla übertreibt bestimmt«, neckte sie ihn. »Gefällt sie dir?«

»Was denkst du, Herrin – nun los doch!« Monoculos trieb seinen Esel an, der seine Beine in den Boden stemmte, nicht bereit, sich auch nur einen Fuß weiterzubewegen, sondern die Blätter eines Strauches beschnupperte, einige herabriss und genüsslich kaute. Erst als Illicia abstieg und ihm ein Grasbüschel vor das Maul hielt, setzte er sich wieder in Bewegung.

»Und? Was ist nun mit dieser Sybilla?«

»Ach, sie ist doch steinalt.« Monoculos winkte ab. »Wir sitzen manchmal abends zusammen, und dann erzählt sie von ihrer Herrschaft. Was man eben so redet.«

»Und was ist mit dem Sohn, Nessos, gibt es über den etwas zu berichten?« Illicia dachte an Prokas offenkundige Pläne für ihn und Laelia.

Monoculos nickte. Proka sei sehr stolz auf ihren Sohn. Doch würde sie nicht müde zu betonen, dass sein Ansehen und seine ärztliche Kunst letztlich ihr Verdienst sei, denn sie hätte dafür gesorgt, dass er die beste Ausbildung bekam, sie hätte ihn angehalten, die medizinischen Schriften zu lesen, hätte darauf geachtet, dass nichts ihn ablenkte. Und dann sei er ausgezogen.

»Wann war das?«

»Vor zwei Jahren ungefähr, glaube ich. Sybilla schilderte es sehr anschaulich. Es muss ein Drama für Proka gewesen sein, als Nessos sein Elternhaus verließ. Seine Mutter wollte es ihm verbieten, doch nach langen Kämpfen ging er einfach. Inzwischen meidet sie das Thema, sie hat wohl eingesehen, dass er seine Meinung nicht ändern wird. – Ja, das sind so die Geschichten, die man sich erzählt bei uns.«

Was mochte Monoculos wohl empfinden, ging es Illicia durch den Sinn. Dieses Leben war auch er nicht gewohnt, so abgesondert, ja abgeschoben zu den Sklaven eines fremden Haushalts. Bei ihnen selbst hatte er, genauso wie Flusia, zur Familie gehört, und nun? Kaum wussten sie noch, wie es ihm ging, so selten bekamen sie ihn zu Gesicht. Nachdenklich sah Illicia zu ihm hinüber. »Ist es sehr schlimm, Monoculos?«, fragte sie vorsichtig.

»Was meinst du?«

»Nun, bei Proka. Musst du schwer arbeiten, wirst du geschlagen, oder hast du sonst irgendwie zu leiden?«

»Nein, nein«, beeilte er sich zu antworteten, »mach dir keine Sorgen, es geht mir gut. Zwar gibt man mir viele Aufträge, zumeist in der Küche, doch komme ich zurecht. Die anderen behandeln mich freundlich und haben mich gut aufgenommen, ich kann mich nicht beklagen. Und auch ihr habt es ja nicht leicht, was soll ich also jammern.«

Illicia lächelte, wahrlich, einen Sklaven wie Monoculos fand man nicht häufig.

Unterdessen kam Pheromons Haus in Sicht, das rote Ziegeldach leuchtete zwischen den Baumwipfeln hindurch, der Geruch der Stallungen wehte zu ihnen herüber. Vor dem Tor ließ Illicia Monoculos mit den Eseln zurück und hieß ihn warten. Festen Schrittes ging sie zum Haus und klopfte an. Niemand kam. Eine Weile wartete sie, bevor sie noch einmal klopfte. Nichts. Auch der Garten lag verlassen da, keine Mutter, kein Sklave, kein Pheromon. Vielleicht in den Stallungen? Sie ging hinter das Haus, um dort nachzusehen. Kaum hatte sie die Hausecke umrundet und näherte sich den Nebengebäuden, als ein älterer Mann aus dem vorderen Bau heraustrat, schlammverkrustete Schuhe an den Füßen. Er stellte einen Eimer neben dem Eingang ab, wischte sich die Hände an seinem vor Dreck starrenden Chiton und sah ihr misstrauisch entgegen.

»Ave«, grüßte Illicia, »ich suche Pheromon, kannst du mir sagen, wo ich ihn finde?«

Unverhohlen musterte der Fremde sie, bevor er antwortete: »Der ist nicht da. Genau genommen ist er weg.«

»Er ist weg? Wann kommt er denn wieder?«

»Nun, ich denke, so bald nicht.«

Was sollte das heißen, wer war dieser Mann überhaupt, was tat er hier?

Er sei ein Nachbar und habe das Anwesen gepachtet, erzählte er ihr, die Arme vor der Brust verschränkt, auch im Haus solle er während Pheromons Abwesenheit nach dem Rechten sehen. Wie lange? Mindestens für ein Jahr, vielleicht auch länger, so sei es zwischen ihnen abgemacht.

»Aber seit wann bist du hier? Wann ist er gegangen und wohin?«

»Gestern haben wir alles abgemacht, und heute Morgen reiste er ab. Was weiß ich, wohin, darüber haben wir nicht gesprochen, es ist mir auch egal.«

Illicia senkte den Kopf, murmelte einen Abschiedsgruß und wandte sich zum Gehen.

»Moment noch, junge Frau«, rief der Bauer ihr nach. »Du heißt nicht zufällig Illicia?«

Sie drehte sich um. »Doch, wieso?«

»Weil ich dann eine Nachricht für dich habe. Warte einen Augenblick, ich muss sie erst holen, sie liegt im Haus.« Er nahm einen schweren Schlüsselbund vom Gürtel, ging zur Haustür und öffnete sie. Schnell kam er wieder heraus, eine Schriftrolle in der Hand. »Hier, die sollte ich dir bringen lassen, darum hat mich Pheromon noch gebeten. Ehrlich gesagt, ich hätte es wahrscheinlich vergessen, wenn du nicht gekommen wärst.«

Illicia nahm das Pergament, bedankte sich und schritt langsam auf das Tor zu. Noch im Gehen entrollte sie die Nachricht, las die ungelenken Zeilen, die in Eile niedergeschrieben schienen. Auf dem Weg nach Ägypten sei er, zu seiner Frau, er werde dort gebraucht. Doch würde er viel an Illicia denken, und wenn die Götter es wollten, so sähen sie sich wieder. Er würde sich bei ihr melden, sobald er zurück sei.

So, er war also weg. Und was geschah mit der todkranken Mutter, die man nicht allein lassen konnte, hatte er sie mitgenommen, auf eine solch beschwerliche Reise? Hatte Pheromon ihr wirklich die Wahrheit erzählt, neulich, als sie hier war? Seufzend rollte Illicia den Brief zusammen und schob ihn unter den Gürtel ihrer Tunika. Nun, was kümmerte es sie, schließlich kannte sie ihn kaum, warum also sollte es ihr etwas ausmachen. Doch, es machte ihr etwas aus. Tränen stiegen ihr in die Augen, ihr Herz zog sich schmerzhaft zusammen. Wenigstens wusste sie jetzt Bescheid, und außerdem, was hatte sie sich denn erhofft? Eine gemeinsame Zukunft? Wie anfangs mit Marcus Antonius, wider besseres Wissen? Ja, das hatte sie wohl, dafür aber war auch Pheromon nicht der Rechte, sie hätte es sich denken können. Eine Närrin schalt sie sich, dass sie überhaupt einen Gedanken an diesen Mann verschwendet hatte. Doch im gleichen Moment erinnerte sie sich seines Geruches, war ihr, als spüre sie seine Wärme auf ihrer Haut, obwohl er sie kein einziges Mal berührt hatte. In ihren Träumen hatte sie in seinen Armen gelegen, und sie hatte den Zeitpunkt herbeigesehnt, an dem diese Träume wahr würden, erst jetzt gestand sie es sich ein. Und nun hielt sie nur diese lapidare Nachricht in den Händen. Nun wusste sie, wie viel sie ihm bedeutete, da machte es auch keinen Unterschied, ob er an sie dachte oder nicht, er war abgereist, und niemand konnte ihr sagen, wann er wiederkam.

Dann jedoch drängte sich ein unheilvoller Verdacht zwischen ihren Schmerz. Hatten Laelia und Silvanus Recht gehabt mit ihrem Misstrauen? War er gegangen, weil er etwas mit den Morden zu tun hatte, weil er merkte, dass man ihm auf der Spur war? Hatte sie sich so in ihm getäuscht?

Zu Hause fand sie Laelia im Atrium beim Spinnen endloser Fäden. Schweigend schritt sie zu einem Stuhl, im Vorbeigehen warf sie ihrer Freundin die Schriftrolle in den Schoß. »Lies selbst«, sagte sie nur, bemüht, sich ihre Enttäuschung und Niedergeschlagenheit nicht anmerken zu lassen.

Besorgt ruhte Laelias Blick auf ihr, dann legte sie die Spindel beiseite, entrollte das Pergament und las die wenigen Zeilen. »Er ist unterwegs nach Ägypten?«

»Ja.«

»Und woher hast du den Brief?«

Illicia berichtete kurz, verstummte dann wieder.

Mitfühlend sah Laelia sie an. »Auch ich habe Neuigkeiten: Ein Bote von Marcus Antonius war hier, er lässt uns heute Abend zu einem Mahl in den Palast bitten.« Sie zögerte. »Freust du dich?«

»Ach«, Illicia zuckte mit den Achseln, »ich weiß es nicht. Doch, ja. Nur, ich habe so sehr versucht, nicht an Marcus zu denken, und Pheromon hat mich tatsächlich abgelenkt. Es ist schon eigenartig, ich kannte ihn kaum, doch ich fühlte mich ihm so nahe. Ich kann es nicht erklären, manchmal spürt man es einfach. Aber jetzt ist er weg, wahrscheinlich werde ich ihn nie wiedersehen. Und Marcus, auch er wird bald abreisen ... Ach Laelia«, sie senkte die Augen, um aufsteigende Tränen niederzukämpfen, »ich möchte einen Moment allein sein, ich werde mich ein wenig zurückziehen.«

»Natürlich. Ich komme hoch, wenn es Zeit ist, sich umzuziehen, so lange werde ich mich noch dieser Sisiphusarbeit widmen.« Mit zusammengepressten Lippen hielt sie die Handarbeit hoch und entwirrte den knotigen Faden, der sich um die Spindel geschlungen hatte.

Illicia versuchte ein Lächeln, als sie ihre Freundin im Atrium zurückließ.

Zahllose Kandelaber tauchten die Empfangsräume in helles Licht, Kohlenbecken spendeten wohlige Wärme, farbenprächtige Wandmalereien und kostbare Bodenmosaike zeugten von der Pracht des einstigen Königspalastes. Der Janitor führte sie einen Gang entlang und verließ sie kurz vor dem Saal, sie könnten ruhig eintreten, man erwarte sie. Gedämpft durch einen schimmernden Teppich drangen lautes Gelächter und Marcus Antonius' kräftige Stimme heraus. »Das Beste habt ihr noch nicht gehört, Freunde. Wie ich meine, ein würdiger Beitrag für unseren heutigen Abend. Mein lieber Mitstreiter im Ringen um Frieden und Gerechtigkeit in der Welt, Octavius, nein, Caesar nennt er sich ja jetzt, hat ein wahres Meisterwerk der Dichtkunst geschaffen. Erlaubt, dass ich es euch vortrage.«

Laelia wollte den Teppich anheben, um sich zu ihnen zu gesellen, doch Illicia hielt sie zurück. »Warte, lass uns erst hören«, raunte sie ihr ins Ohr.

Und schon hob Antonius' Stimme an, zu deklamieren:

»Weil Antonius Glaphyra vögelte, hat mir zur Strafe Fulvia bestimmt,
dass ich auch sie vögeln solle. Fulvia soll ich vögeln?
Was, wenn mich Manius bäte, es mit ihm zu treiben, sollt' ich's dann tun?
Ich glaube nicht, wenn ich noch bei Verstand bin. ›Entweder vögele mich, oder es gibt Krieg zwischen uns beiden‹, sagt sie. Was aber, wenn mir mein Schwanz lieber als selbst mein Leben ist?
Man blase die Trompeten zum Kampf!«

Die letzten Zeilen ernsthaft vorzutragen, fiel Antonius hörbar schwer. »Mein Schwanz lieber als selbst mein Leben ist«, wiederholte er. »Ist das nicht großartig! Aber eher wäre wohl Schwänzchen das rechte Wort. Na, was sagt ihr? Habe ich zu viel versprochen? Dieses Werk meines Freundes Octavian wird sicher die Siegespalme davontragen, egal bei welchem Wettbewerb er es vorträgt. Man könnte glauben, er verstünde etwas davon. Doch entgegen seinen eigenen Worten schließe ich jede Wette ab, dass er in der Tat Manius bevorzugen würde, empfangend, wohlgemerkt, nichts liebt er mehr.« Er lachte lauthals. »Nun, er weiß nicht, was er bei Fulvia verpasst. Meiner Gattin allerdings traue ich es durchaus zu, dass sie sich an ihn herangemacht hat, er ist ein attraktiver Bursche und kann ungeheuer charmant sein.«

Der Rezitation war verlegenes Hüsteln der Anwesenden gefolgt, nach Antonius' lockeren Kommentaren jedoch erschallte nun erleichtertes Gelächter. »Ja, Caesar und Hirtius soll er doch auch gevögelt haben«, ertönte Silvanus' Stimme.

»Er hat sich von ihnen vögeln lassen«, korrigierte Antonius. »Darin ist er unschlagbar, ein Kenner der ausgefallensten Stellungen, hübsch eng noch dazu, besser als jede Jungfrau. Sein Schwänzchen jedoch hat sich noch in keinen Hintern verirrt.«

Illicia fühlte, wie ihr das Blut in das Gesicht schoss. Am liebsten hätte sie sofort kehrtgemacht, doch den Gefallen wollte sie Antonius nicht erweisen. So schob sie den Vorhang beiseite und trat ein, sollte er sich doch fragen, ob sie die Verse und Kommentare gehört hatten.

Marcus Antonius, das Gesicht von Weingenuss und Heiterkeit gerötet, zeigte keinerlei Verlegenheit, als er ihrer gewahr wurde. Leichtfüßig sprang er von seiner Kline und eilte ihnen entgegen, ergriff Illicias Hände und küsste zärtlich ihre Wangen.

Dann wandte er sich auch Laelia zu. »Schön, dass ihr da seid! Wie ihr seht, sind wir heute ein kleiner Kreis, nur Leander und Silvanus habe ich gebeten, uns Gesellschaft zu leisten.« Er geleitete sie zu ihrem Lager an seiner Rechten, legte sich auf seiner eigenen Kline zu Illicia gewandt hin, und seine Hand nutzte die Nähe, ihr über die Wange zu streichen. »Dann können wir ja beginnen«, rief er und befahl den Sklaven, die Speisen aufzutragen, vor allem aber den neuen Gästen Wein zu servieren.

Schüsseln, Schalen und Tabletts wurden hereingetragen, und bald waren die vor ihnen stehenden Tische von Köstlichkeiten bedeckt. Die Speisen waren erlesen, genau wie der Wein, der in Strömen floss.

Während man sich den Vorspeisen widmete, ergriff Antonius wieder das Wort. »Freunde, dies ist mein letzter Abend in Pergamon, darum lasst uns noch einmal gemeinsam die Freuden des Lebens bei Speis und Trank genießen. Morgen geht es nach Athen. Wie sehr werde ich eure Gesellschaft vermissen, wie gern bliebe ich hier.« Er wechselte einen innigen Blick mit Illicia, seine Hand suchte die ihre. »Und wie gern wäre ich jetzt mit dir allein, Carissima, um dir einen unvergesslichen Abend zu bereiten«, raunte er ihr zu.

Schweigend erwiderte Illicia Antonius' Händedruck, schon focht es sie nicht mehr an, was sie soeben gehört hatte. So war er eben, dieser Mann, es gehörte zu seiner Persönlichkeit wie das Strahlen seiner Augen, wie sein einnehmendes Wesen. Sie musste es akzeptieren oder ihn verlassen. Doch sie konnte ihn nicht verlassen, im Gegenteil, sie ersehnte seine Nähe, schon bei dem Gedanken, ihn in den Armen zu halten, durchrieselte sie ein wohliges Prickeln. Indes, dies war ihr letzter gemeinsamer Abend, Antonius hatte es gerade gesagt. Wann würde sie ihn wiedersehen? Wie lange noch würde sie es ertragen können, von ihm Abschied nehmen zu müssen, kaum dass er angekommen war. Illicia seufzte, lächelte ihn an und nahm dankbar den Weinkelch, den ein Sklave ihr reichte. Antonius drückte ihr einen brennenden Kuss auf die Handfläche und richtete dann das Wort an Leander. »Mein Freund, ich habe dir noch nicht gesagt, wie sehr ich mich freue, dass du heute Abend unsere Runde bereicherst. Dein Kommen war mir äußerst wichtig, denn neben der Tatsache, dass ich dich außerordentlich schätze, bist du das Oberhaupt Pergamons, und ich lege großen Wert darauf, dass du im Einvernehmen mit Silvanus für das Wohl des pergamenischen Volkes sorgst.« Er hob den Becher auf Leanders Wohl, und alle schlossen sich ihm an. Nachdenklich fuhr Antonius fort: »Die Zeiten sind schwer, das ist uns allen klar. Allein die Nähe der parthischen Truppen bereitet Sorge genug. Ihr wisst ja bereits, und den Damen sei es in aller Kürze gesagt, dass meine Verhandlungen mit den Parthern gescheitert sind. Ich traf Labienus«, erklärte er, zu Illicia und Laelia gewandt. »Nun, was kann man schon von einem abtrünnigen Römer erwarten. Er will Krieg, gut, er kann ihn haben. Angesichts der Lage in Rom ist der Zeitpunkt allerdings denkbar ungünstig – für mich; für die Parther hingegen könnte er nicht besser sein. Es spricht einiges dafür, dass sie bei der ganzen Geschichte nicht unbeteiligt waren, ich denke hier vor allem an das, was Silvanus mir über Privernus berichtete – in der Tat sieht es so aus, als hätte er den Parthern zugearbeitet. Und Octavius – die Götter allein wissen, ob und was er damit zu tun hat. Wie dem auch sei, einen Mörder, der hier sein Unwesen treibt, können wir in diesen Zeiten nicht gebrauchen. Ich hatte gehofft, bei meiner Rückkehr die Verbrechen geklärt zu sehen, stattdessen muss ich erfahren, dass der Täter erneut zugeschlagen hat. Ich will, dass dem Morden so schnell wie möglich ein Ende bereitet wird, ich erwarte von euch, dass ihr eure ganze Kraft darauf verwendet und in dieser Sache zusammenarbeitet.« Scharf sah er Silvanus an, der unbeteiligt eine Olive betrachtete, fasste dann Leander ins Auge.

Der erwiderte den Blick freimütig. »Seit unserem letzten Treffen verlief die Zusammenarbeit reibungslos, sei unbesorgt, Antonius.«

Illicia und Laelia hatten bei der Erwähnung des Privernus fragend zu Silvanus hinübergeschaut. Der fasste nun bereitwillig die Ereignisse zusammen und klärte sie mit knappen Worten über die Tätigkeit und das traurige Ende des Barbiers Demosthenos auf. »Sicherlich ist Privernus ein übler Verbrecher, ob er auch unser gesuchter Serienmörder ist, wird sich zeigen. Daher haben wir uns entschlossen, sein Haus überwachen zu lassen, bevor wir ihn festnehmen, und sollte unser Täter in Privernus' Umkreis zu finden sein, bekommen wir dadurch hoffentlich Hinweise.«

»Oh, wie schrecklich«, murmelte Illicia, »wie wird Velusia das aufnehmen?«

Laelia bewegte eine andere Frage: »Dieses Mädchen, das man heute

Morgen auf der Straße zum Asklepieion fand, ist doch schon die …, die wievielte Leiche ist es eigentlich?«

»Die fünfte«, half Leander.

»Sogar die siebte, rechnet man die beiden Todesfälle aus den vergangenen Jahren hinzu«, ergänzte Silvanus.

Antonius zog die Augenbrauen zusammen. »Ihr sprecht sehr offen vor den Damen.« In seiner Stimme schwang ein zorniger Unterton. »Vereinbarten wir nicht, niemand sollte von dem toten Jüngling erfahren?«

Betreten sah Silvanus zu Boden, die beiden Frauen erröteten, allein Leander hielt dem Blick des Imperators stand. »Keiner hat ihnen bis jetzt darüber berichtet. Doch da sie heute Abend hier mit uns speisen, da du des Öfteren die gute und vertrauensvolle Zusammenarbeit mit ihnen rühmtest, und, so scheint mir, weder du noch Silvanus bisher irgendwelche Geheimnisse vor ihnen hattet, sehe ich nicht, warum wir es weiter vor ihnen verheimlichen sollen. Sie leisteten uns auch jetzt gute Dienste, den Hinweis auf den Zusammenhang mit den verstümmelten Schafen verdanken wir ihnen, und vielleicht können die Damen auch weiterhin helfen mit ihren Beziehungen, über die wir nicht verfügen. Ich bin sicher, sie verdienen unser Vertrauen.«

Obwohl Antonius keineswegs besänftigt schien, trug Leander kurz die Fakten um den toten Jüngling im Gymnasium vor, Fakten, die ihnen bereits bekannt waren. Doch Illicia fiel es nicht schwer, Betroffenheit zu zeigen, zu schrecklich war das Verbrechen. Als Leander jedoch die Verstümmelungen des jüngsten Opfers schilderte, die der Öffentlichkeit verschwiegen worden waren, schnürte es ihr die Kehle zu. Sie sah Antonius an, wie gern hätte sie sich an ihn gelehnt, doch der war ernstlich erzürnt. Die Stirn in Falten gezogen, die grauen Augen ärgerlich auf Leander gerichtet, schien er zu überlegen, was er mit diesem Mann tun sollte, der sich so offensichtlich seinen Befehlen widersetzte.

Leander zeigte keine Regung, ruhig nahm er einen tiefen Schluck Wein. Nun griff Silvanus ein und kam dem Griechen zu Hilfe, dies war nur billig, fand Illicia, denn schließlich war er es gewesen, der als Erster den Willen des Antonius missachtet hatte.

»Leander hat Recht, Antonius, unsere beiden Damen waren in der Vergangenheit und auch jetzt wieder von unschätzbarem Wert. Hätten wir wirklich auf ihr Talent, ihre Fähigkeiten und Kontakte verzichten sollen? Und hat die Zeit nicht bewiesen, dass sie unseres Vertrauens würdig sind?«

Nur langsam glätteten sich die Falten auf Antonius' Stirn. »Darum geht es nicht, Silvanus. Aber sei es, wie es sei, es ist nun einmal geschehen. Doch merkt euch für die Zukunft: Wenn ich sage, niemand, dann meine ich auch niemand, da nehme ich unsere Damen hier nicht aus. Sie mögen es mir verzeihen, denn ich entschied keineswegs aus Misstrauen so; die Erfahrung jedoch lehrt, je mehr Menschen eingeweiht sind, desto größer ist die Wahrscheinlichkeit, dass etwas nach außen dringt. Nun, in diesem Fall werde ich dir deinen Ungehorsam nachsehen, Leander. Doch ab sofort wirst du meine Anordnungen exakt befolgen, Gleiches gilt für dich, Silvanus.« Jeden einzelnen maß er mit strengem Blick.

Illicia strich ihm sanft über die Schulter. »Wir werden wirklich niemandem …«

»Aber mein Herz, ich bin sicher, ihr werdet mit niemandem darüber sprechen.« Er lächelte ihr zu und hob den Becher, alle taten es ihm nach.

Doch der Gedanke an die schrecklichen Verletzungen des jungen Mädchens trübte die Stimmung. Kaum konnte Illicia die Speisen genießen, die ihnen die Sklaven derweil vorgelegt hatten, nur zögernd nahm sie von den eingelegten Artischocken. »Die Tiere kommen mir immer wieder in den Sinn, diese Schafe, und die Grausamkeit, mit der sie getötet wurden«, murmelte sie. »Es scheint fast, als hätte der Täter an ihnen geübt.«

»In der Tat, so sieht es aus«, bestätigte Leander. »Oder er ist dadurch auf den Geschmack gekommen, irgendwann reichte es ihm nicht mehr, Tiere zu töten, Menschen mussten es sein. Findet er jedoch kein menschliches Opfer – was nicht immer leicht ist, denn er muss es allein antreffen, sein Vertrauen gewinnen –, findet er also keines und wird sein Drang übermächtig, greift er wieder auf Tiere zurück.«

»Ein wichtiger Punkt, Leander«, Silvanus legte einige Wachteleier auf seinen Teller und ließ sie von einem Sklaven mit Soße beträufeln. »Vertrauen. Es gibt keine Hinweise, dass sich die Opfer gewehrt hätten, kaum Abwehrspuren, kaum Anzeichen für einen Kampf. Ein sicheres Zeichen dafür, dass die Opfer ihren Mörder kannten oder er eine Vertrauen einflößende Person ist.«

»Nun«, Laelia zögerte einen Moment, »dass sie alle den Täter kannten, halte ich für recht unwahrscheinlich. Die Opfer stammten doch aus völlig unterschiedlichen Kreisen, das letzte war sogar ganz neu in der Stadt. Nein, das glaube ich nicht. Die zweite Möglichkeit dagegen – einiges spricht dafür. Nur, wer ist so Vertrauen erweckend, dass ein junges Mädchen, ein Liebespaar, ein junger Mann und ein weiteres junges Mädchen sich ihm so ohne weiteres anvertrauen würden?«

Schweigend sannen sie über diese Frage nach.

»Mich macht etwas anderes nachdenklich«, unterbrach Silvanus die Stille. »Die Fundorte der Leichen, sie schienen so ordentlich, fast wie aufgeräumt. Abgesehen davon, dass die Toten wie auf einer Bühne inszeniert waren, lag nie etwas Überflüssiges herum, nie wurde etwas vergessen, nichts verloren oder übersehen. Bei dieser stattlichen Anzahl von Morden kann das nur ein Mensch leisten, der von Natur aus ein ordentlicher Charakter ist.«

Laelia nickte. »Sicher stammt er aus einem geordneten Haushalt und führt ein geordnetes Leben. Ich möchte wetten, dass man dem Mann so etwas niemals zutrauen würde, dass er ein unscheinbarer, scheuer Mensch ist, doch von gewinnender, einnehmender Art, sonst hätte er sein Unwesen nicht so lange im Verborgenen treiben können.«

»Noch etwas haben wir bisher nicht bedacht«, spann Silvanus den Faden weiter. »Er muss gewisse Erfahrungen im Töten haben. Die Schnitte sind sachkundig ausgeführt, die Kehle wie von einem Schlachter durchschnitten, kein Fehlversuch, kein zweites Ansetzen. Das ist nicht selbstverstandlich. Es ist keineswegs einfach, jemanden umzubringen, bisweilen richten Mörder ein regelrechtes Gemetzel an, müssen zwei-, dreimal neu ansetzen, bis sie die richtige Stelle gefunden haben. Ich habe das oft gesehen …«

»Also ein schüchterner Schlachter?«, fragte Laelia.

»Oder ein Opferpriester«, schlug Antonius vor.

»Jemand aus der Landwirtschaft, einer von den Viehzüchtern oder ein Jäger«, warf Illicia zögernd in die Runde. Ihr war klar, dass sie mit dieser Äußerung Pheromon unter die Verdächtigen einreihte, Pheromon, der sich jetzt auch noch abgesetzt hatte. Laelia warf ihr einen überraschten Blick zu, dann ergänzte sie: »Dazu würde auch das Jagdmesser passen, jenes, womit wahrscheinlich das Paar getötet wurde.«

»Fassen wir zusammen.« Leander blickte in die Runde. »Schlachter, Priester, Viehzüchter, Jäger wurden genannt. Aber natürlich auch Ärzte und Barbiere verstehen sich aufs Schneiden, und jeder, der in den Legionen gedient hat, weiß, wie man Schwert und Messer führt. Sogar Köche und Tranchiersklaven könnte man dazurechnen«, schmunzelte er, denn nun brachten Sklaven ein gebratenes Wildschwein herein, dessen würziger Duft sofort den Raum erfüllte, andere trugen die leeren Schüsseln hinaus, wieder andere gossen den Gästen Wasser über die Hände, reichten ihnen Handtücher, füllten die Teller und Becher aufs Neue.

Antonius reichte Illicia einen besonders knusprigen Bissen, um ihr anschließend den Fleischsaft von den Lippen zu küssen. »Ich sehne mich nach dir«, raunte er leise in ihr Ohr.

Sie schob ihn sanft von sich. Obwohl sie seine Liebesbezeugungen genoss, fand sie sie hier, vor aller Augen, etwas deplatziert. So wandte sie sich Laelia zu und bemerkte, wie diese mit Silvanus einen Blick voller Zärtlichkeit tauschte.

Plötzlich errötete der, blickte zu Boden, griff mit fahriger Hand nach seinem Weinbecher und trank einen Schluck. Dann räusperte er sich. »Es ist ja alles gut und schön, was ihr da entwickelt, doch für meinen Geschmack zu theoretisch. Glaubt mir, natürlich ist es möglich, dass der Täter aus den von euch genannten Kreisen kommt, genauso gut ist aber auch alles andere möglich. Es wäre gefährlich, sich auf solche Gedankenspielereien zu verlassen, es engt zu sehr ein. Ein schüchterner Schlachter, am besten Mitte zwanzig wegen seines starken Sexualtriebes, den er nur auf diese grausame Art ausleben kann, ha, warum lasst ihr ihn nicht noch ein schneeweißes Pferd besitzen, weil das die Unschuld veranschaulicht, die er bei Menschen vergeblich sucht. Darum bringt er sie um, schneidet ihnen die Geschlechtsteile ab, und dem armen Mädchen trennte er die Zunge heraus, stellvertretend sozusagen für all die Menschen, die schlecht über ihn reden, nicht wahr? Also wirklich! Wir müssen uns an die Fakten halten, und die sind: sexuell motivierte Verbrechen, ordentliche Tat- beziehungsweise Fundorte, tote verstümmelte Schafe und tote Menschen, Letztere jung, schön, nackt und neuerdings ebenfalls verstümmelt; dann haben wir noch ein Messer, vermutlich ein Jagdmesser, das ein jeder für den unterschiedlichsten Zweck erworben haben kann. Wer zählt zu den uns bekannten potenziell Verdächtigen? Pheromon, der Viehzüchter, Privernus und seine Orgienfreunde, und wir können nur hoffen, dass dessen Überwachung und weitere Ermittlungen uns dem Täter näher bringen. Doch dieses Gerede über ordentliches Elternhaus und schüchternen Charakter bringt uns nicht weiter. Es fehlt nur noch, dass ihr Mitleid mit dem armen Mann bekommt, der so ein hartes Leben hatte, dass er jetzt reihenweise Menschen umbringen muss.«

Einen Moment lang herrschte betroffenes Schweigen. Laelia sah Silvanus gekränkt an, Illicia konnte es ihr nachfühlen. Was war nur in ihn gefahren? Nicht nur dieser Ausbruch verwunderte sie, nein, den ganzen Abend schon hatte er bis auf das eine Mal Laelias Blick auffällig gemieden, auf seiner Kline gelegen, als sei nie etwas zwischen ihnen gewesen, als hätte er nicht bis vor wenigen Tagen noch heftigst um ihre Gunst geworben. Bis vor wenigen Tagen, seitdem aber hatte er nichts mehr von sich hören lassen. Sie hatten es mit seiner Arbeit begründet, doch nun wurde ihr klar: Irgendetwas musste passiert sein.

»Alles gut und schön, Silvanus«, erwiderte Laelia nun kalt, »doch welche Ergebnisse haben deine Ermittlungen und Überwachungen bis jetzt gebracht? Der Mörder mordet munter weiter.«

Leander nickte ihr beifällig zu, Antonius amüsierte sich sichtlich, und Silvanus wurde einer Antwort enthoben, denn ein Sklave hatte sich genähert und ihm eine Wachstafel überreicht. Eilig löste er die Verschnürung, las mit gerunzelter Stirn, dann blickte er auf. »Privernus ist soeben in seinem Haus tot aufgefunden worden. Er hat sich in sein Schwert gestürzt, so heißt es. Diese Nachricht ist von Kallistos, der sich sofort über die näheren Umstände informierte. Privernus hat einen Brief hinterlassen, der jedoch keinen Hinweis auf ihn als Mörder enthält, so Kallistos' vorläufiger Bericht.«

»Solltest du dich nicht selbst dorthin begeben?«, fragte Leander.

Silvanus jedoch hörte nicht zu, blicklos starrte er in die Ferne.

»Silvanus! Was ist mit dir? Wo bist du mit deinen Gedanken? Solltest du nicht zu Privernus gehen, sehen, was geschehen ist?«

Abwesend sah der auf Leander, fuhr sich dann mit der Hand über die Stirn. »Ich denke, das wird nicht nötig sein, Kallistos hat sich als ein fähiger Mann erwiesen, er genießt mein vollstes Vertrauen.«

»Na gut, du musst es wissen«, erwiderte Leander und glitt von der Kline. »Ich danke dir für den angenehmen Abend, Antonius. Du wirst mich entschuldigen, morgen gibt es viel zu tun. Wir werden uns sicher vor deiner Abreise noch einmal sehen. Silvanus, Illicia, Laelia.« Höflich deutete er Verbeugungen an, vor Laelia ein wenig tiefer, bevor ein Sklave ihn hinausgeleitete. Kaum war der Vorhang hinter dem griechischen Magistraten zu Boden gefallen, zog Antonius Illicia von ihrer Kline. »Du wirst es mir verzeihen, Silvanus, dass ich die Gegenwart dieses Kleinods so lange wie möglich genießen möchte. Auch bin ich sicher, du wirst dich nicht langweilen.«

Mit gemischten Gefühlen ließ Illicia sich von Antonius durch die Gänge des alten Königspalastes führen. Ihre Schritte hallten auf dem Mosaikboden, das flackernde Licht der Fackeln fiel auf Wandmalereien und Büsten der eumenidischen und attalidischen Herrscher. Unvermittelt öffnete Antonius eine Tür, leise knirschte sie in den Angeln, als würde sie nur selten benutzt. Hier umfing Illicia plötzlich eine andere Welt: Das Licht hunderter Öllämpchen hüllte den Raum in honigfarbenen Schimmer, auf dem Boden funkelte und glitzerte feinkörniger schwarzer Glimmer wie abertausend Sterne, berauschender Duft von Rosen und Lilien benebelten ihre Sinne. Kaum wusste sie, wie ihr geschah, da hatte Antonius sie bereits ihres Chitons entledigt, hatte sich sein Gewand vom Körper gerissen. Wie eine Feder hob er sie vom Boden, trug sie zu einem Lager in der Mitte des Raumes, bedeckt mit einem Teppich samtiger, tiefroter Blütenblätter, gerahmt vom zarten Weiß frischer Lilienblüten. Kühl, weich und sanft spürte Illicia sie auf ihrer Haut. All ihre Bedenken waren vergessen, sie konnte nur sprachlos staunen, was er hier für sie arrangiert hatte. Ihr Herz war zutiefst bewegt, vor Rührung, vor Liebe, vor Leidenschaft. Am ganzen Körper bebend erwiderte sie seine Umarmung, der sie in höchster Erregung an sich drückte, als wollte er sie niemals wieder loslassen. Sein Kuss dauerte eine Ewigkeit und schien ihr doch zu kurz. Wieder und wieder suchten seine Lippen die ihren, küssten sie leidenschaftlich, ließen endlich ab, glitten ihren Hals entlang, ihre Schultern, suchten ihre Brüste, fanden sie und verweilten, um dann die Wanderung über ihren Körper wieder aufzunehmen. Gleichzeitig streichelten seine Hände ihre Brüste, ihren Bauch, ihre Lenden, strichen sanft über die zarte Haut ihrer Schenkel, auf ihrem ganzen Körper spürte sie seine Berührungen, seine Hände schienen überall gleichzeitig zu sein. Sie wollte nicht länger warten, drängte sich zu ihm, rief seinen Namen, doch er versank in der Wärme und Dunkelheit ihrer Scham, wohlig stöhnend. Illicia durchfuhr glühende Begierde, ihre Hände krallten sich in sein dichtes dunkles Haar, kaum konnte sie es ertragen, und doch wünschte sie, dieses Gefühl möge niemals enden. Mit einem lustvollen Schrei umklammerte sie seine Schultern und zog ihn zu sich, jetzt wollte, musste sie ihn spüren, wollte ihn ansehen, seine Augen in ihren verschmelzend, ihre Sehnsucht stillen, ihn in sich aufnehmen, für immer.

KAPITEL XVIII

Schon früh am Morgen saß Silvanus in seinem Zimmer im Prytaneion, blickte aus dem Fenster und dachte über den vergangenen Abend nach; über Laelia, wie sie ihn angesehen, ihn angelächelt, vor allem aber, wie sie beim Abschied seinen Kuss erwidert hatte. Den ganzen Abend hatte er sich bemüht, sie nicht zu beachten. Doch dann hatte er sie nach Hause geleitet … Was nur war in ihn gefahren, schließlich wurde er Vater. Ja, er war entschlossen gewesen, Lucida zu verlassen, aber jetzt? Jetzt war es unmöglich. Und wenn er sich weiterhin um Laelia bemühte, sie tatsächlich wieder gewänne, dann wäre er genau das, was sie ihm einst vorgeworfen hatte: ein gemeiner Egoist.

Indes, jetzt war nicht die Zeit für diese Dinge. Antonius würde Ergebnisse sehen wollen, bevor er aufbrach. Wo blieb Kallistos nur, der seinem Schreiben gemäß beabsichtigt hatte, noch in der Nacht Privernus' Personal zu befragen, das Haus zu durchsuchen.

Privernus – wie ein Blitz hatte ihn gestern die Nachricht von dessen Tod getroffen. Hatte der Schadenszauber tatsächlich gewirkt, Senophratas Wachspuppe ihre Aufgabe erfüllt? Noch jetzt sträubten sich seine Haare, schien der Raum dunkler und kälter zu werden, erinnerte er sich an den Nachmittag, da er bei ihr gewesen war, an diese unwirkliche, groteske Situation. Silvanus fröstelte. Nein, alles Unsinn, er glaubte an so etwas nicht. Er ärgerte sich über sich selbst, sein Erschrecken, seine mangelnde Umsicht; denn natürlich hatte Leander Recht gehabt, er hätte die Verhöre selbst durchführen müssen, aber Laelia mit ihm zurückzulassen, nein, das hatte er nicht gekonnt. Bei allen Göttern, in welch vertrackte Situation war er da wieder einmal geraten.

Er musste auf Kallistos warten. Kurz überlegte er, ihn holen zu lassen, doch nein, der Einsatz hatte bestimmt bis fast zum Morgengrauen gedauert, sollte er ruhig noch etwas schlafen. Hätte Kallistos eindeutige Beweise für Privernus' Schuld gefunden, hätte er ihn sofort benachrichtigt; trotzdem, es musste Anhaltspunkte geben, Namen der Orgienteilnehmer, Aussagen der Sklaven, Schriftstücke. Denen galt es nachzugehen, und führte das nicht zum Erfolg, gab es noch eine Möglichkeit. Die gestern entwickelten Theorien, die er so sarkastisch abgelehnt hatte, erschienen bei näherer Betrachtung so abwegig nicht mehr, und letztlich durfte er nichts unversucht lassen, um den Mörder zu stellen. Kallistos und Baton könnten sämtliche Schlachter, Landwirte, Priester, Barbiere, Ärzte, Legionäre in der Umgebung überprüfen, beginnend mit der Umgebung Pheromons, der sich durch sein Verschwinden äußerst verdächtig gemacht hatte. Allein, ein ordentlicher Mensch schien der ihm nicht zu sein.

Er musste etwas unternehmen, dieses Warten war ihm unerträglich. Zunächst das Naheliegende, Privernus' alten Freund Diodoros Pasparos würde er sich vornehmen, versuchen, ihn einzuschüchtern, ihn zum Sprechen zu bringen.

Kurz informierte er Marsias, wohin er zu gehen gedachte. »Sollte Antonius vorzeitig nach mir verlangen, schicke mir einen Boten«, wies er den Sekretär an, bevor er seinen Mantel überwarf und hinausging. Doch als er zu seinem Wagen schritt, änderte er seinen Plan. Er würde zunächst bei Velusia vorbeischauen, ihr sein Beileid aussprechen. Vielleicht erführe er bei der Gelegenheit etwas von ihr, das für sein Gespräch mit Diodoros Pasparos nützlich war, denn jetzt, nach Privernus' Ableben, hatte sie keinen Grund mehr, ihn zu schützen.

Er fand Velusia tränenüberströmt in ihrem Zelt. »Nimm es dir nicht so zu Herzen, Velusia. Er hatte dich nicht verdient.« Tröstend nahm er ihre kalte Hand in seine.

»Ich habe immer gehofft, es ist nicht wahr.« Ihre Stimme versagte den Dienst, sie räusperte sich. »Weißt du, Silvanus, ich habe ihn noch einmal getroffen und mit ihm über diese leidige Geschichte gesprochen.«

»Über das Geld?«

Sie nickte stumm.

»Und?«

»Er behauptete, er hätte es tatsächlich für ein Geschäft gebraucht, er sei gerade nicht flüssig gewesen. Bei allen Göttern, Silvanus, ich nahm an, er würde ganz normalen Handel damit treiben, erst da erfuhr ich, was ich mit meinem Geld ermöglichte.«

»Du weißt davon?«

»Er selbst erzählte es mir. Es gäbe eine große Nachfrage nach solchen Sklaven, die befriedige er eben. Er fragte sogar, ob ich nicht einmal bei einem Fest dabei sein wolle. Als ich entrüstet ablehnte und ihm vorwarf, ausgerechnet mit den Parthern Geschäfte zu machen, in diesen Zeiten, winkte er ab. Wenn er es nicht täte, meinte er, dann täte es jemand anders, lieber verdiene er das Geld. Außerdem wäre dieser Handel auch in anderer Hinsicht sehr nützlich, das würde ich noch merken. Dann ließ er mich schwören, niemandem jemals davon zu erzählen, versicherte mir, dass er es mir nur aus Liebe anvertraut hätte. Mein Geld bekäme ich schon bald zurück, falls mich das beunruhige. – Jetzt ist er tot, und ich kann es dir sagen, ohne meinen Schwur zu brechen. Oh, was mag wohl in ihm vorgegangen sein, wie verzweifelt muss er gewesen sein, einen solchen Schritt zu tun, und ich war nicht bei ihm, konnte ihm nicht beistehen.« Sie schlug die Hände vor das Gesicht, verharrte eine Weile so, bevor sie ihn mit tränennassen Augen ansah und leise weitersprach: »Heute Morgen erhielt ich eine Bankanweisung über exakt die Summe, die ich ihm lieh. Doch darüber hinaus keine Zeile, kein persönliches Wort. Als ob das Geld mir etwas bedeutet …«

Gern hätte Silvanus ihr Trost zugesprochen, doch wie? Froh konnte sie sein, dass ihr nichts Schlimmeres passiert war. Vorsichtig fragte er weiter: »Sagte Privernus noch etwas über seine Beziehungen zu den Parthern? Und was meinte er mit dieser Andeutung: Der Handel mit ihnen wäre auch in anderer Hinsicht nützlich?«

Sie zuckte mit den Schultern. »Ich weiß es nicht, Silvanus, ich fragte nicht danach. Wahrscheinlich hätten dir Fuscus und Passienus mehr sagen können, er schien eng mit ihnen zusammenzuarbeiten; allerdings sind sie still und heimlich abgereist, wie ich hörte, noch vor Morgengrauen, was immer das bedeuten mag.«

Abgereist? Silvanus hob die Augenbrauen. Er konnte sich durchaus vorstellen, was das bedeutete. Die Väter des toten Pärchens waren also in Privernus' schmutzige Geschäfte verwickelt und hatten, als sie von seinem Tod erfuhren, das Weite gesucht. Waren sie auch in die Intrigen mit den Parthern verstrickt? Silvanus bezweifelte es, dennoch, eigentlich müsste er dem nachgehen. Sollte er ihnen Männer hinterherschicken, wäre das Erfolg versprechend? Nachdenklich rieb er sich das Kinn. Nein, er würde abwarten, was Kallistos zu berichten hatte, was er selbst bei Diodoros Pasparos in Erfahrung brächte, dann würde er entscheiden.

Velusia hatte sich erhoben. »Auch ich werde gehen, zurück nach Ephesos, zu meiner Familie. Lieber sollen mich die Parther erschlagen, als dass ich auch nur einen Tag länger hier bleibe.«

»Aber Velusia, das kannst du nicht tun.«

Sie zog ihren Umhang enger um die Schultern. »Niemand wird mich daran hindern, mein Entschluss steht fest.«

Silvanus zögerte, seine letzte Frage zu stellen, doch er konnte sie nicht aufschieben: »Wann hast du Privernus das letzte Mal gesehen?«

»Vorgestern«, antwortete sie mit belegter Stimme.

Gestern am frühen Morgen hatte man das tote Mädchen auf der Heiligen Straße gefunden. »Wie lange war er bei dir?«

»Er kam gegen Abend und blieb die ganze Nacht bis zum Morgengrauen – unsere letzte Nacht.«

»Das kann doch sicher jemand bezeugen? Zum Beispiel die Familie, mit der du das Zelt teilst.«

Velusia schüttelte den Kopf. »Wir trafen uns wie meistens in einem der leer stehenden Zelte, die für Neuankömmlinge vorgesehen sind. Niemand sah uns. Aber du kannst mir glauben, warum sollte ich lügen, jetzt, da er tot ist?«

Privernus schien damit als Täter auszuscheiden. Silvanus war enttäuscht. Insgeheim hatte er gehofft, ihm doch noch die Morde anlasten, Antonius einen Schuldigen präsentieren und die Fälle zu den Akten legen zu können. Nun denn, vielleicht würde sein Besuch bei Diodoros Pasparos ergebnisreicher.

Ungeduldig trieb Silvanus sein Pferd an. Er würde seinen Wagen nach Hause fahren und zu Fuß zu dem Alten gehen, ohnehin bewegte er sich in letzter Zeit zu wenig, auch seine Anwendungen im Asklepieion hatte er sträflich vernachlässigt. Er sehnte den Moment herbei, da die Morde aufgeklärt wären, der Mörder bestraft wäre und er endlich einmal wieder ruhig und entspannt im Bade liegen oder eine Massage genießen konnte.

Zu Hause angekommen, wies er Nasutus an, Pferd und Wagen zu säubern, das Tier zu füttern und zu tränken. Kurz schaute er nach Lucida, die bleich und zerbrechlich auf ihrer Kline lag, umarmte sie zärtlich, streichelte ihren Bauch, ihre ein wenig voller scheinenden Brüste.

»Nein Silvanus, es bewegt sich noch nicht. Und bitte Silvanus, bedränge mich nicht, ich möchte nicht mit dir schlafen, es schadet dem Kind. Ich wäre dir dankbar, ließest du mich allein. Schicke mir bitte Nasutus, er soll mir gewürzten heißen Wein bringen.« Mit leidender Miene wandte sie sich ab.

Enttäuscht ging Silvanus. Doch alles Misstrauen, allen Zweifel schob er beiseite: Sie trug ein Kind, sein Kind, schwangere Frauen waren launisch, das war bekannt. So machte er sich auf den Weg zu Diodoros Pasparos.

Er nahm die kleine Gasse, deren in den Fels gehauene Stufen zwar steil bergauf führten, mit der er aber ein gutes Stück abkürzte, das würde auch seiner unerfüllten Erregung gut tun. Als er oben auf die Hauptstraße traf, keuchte er vor Anstrengung. Ein Brunnen auf der gegenüberliegenden Seite bot einen angenehmen Sitzplatz, um wieder zu Atem zu kommen, die Taverne nebenan einen kühlen Becher Wein. Lebhafter Verkehr herrschte, schwer beladene Karren wurden den Berg hinauf- und hinabgeschoben. Schimpfworte flogen zu Silvanus herüber, in dem allgemein herrschenden Lärm kaum zu verstehen.

Es war Zeit, er musste weiter. Unruhe erfasste ihn, was, wenn Pasparos inzwischen geflohen war? Doch selbst hätte Privernus ihm erzählt, dass er, Silvanus, von ihren besonderen Festen wusste, was war schon dabei, letztlich war das nicht strafbar. Und dass er mit den Parthern in Verbindung stand, war nicht bewiesen.

Als er an Pasparos' Tür klopfte, öffnete ein junger, athletisch gebauter Sklave und versicherte, er werde seinen Herrn sofort holen, Silvanus solle im Peristyl warten. Ungeduldig schritt der im Innenhof auf und ab, horchte in die Tiefen des Hauses, doch nur entfernte Stimmen waren zu hören.

Wie ein Schatten aus der Unterwelt tauchte Diodoros Pasparos zwischen den Säulen auf. Hochaufgerichtet ging er an Silvanus vorbei, setzte sich in einen Korbsessel und bedeutete ihm mit einer Handbewegung, ebenfalls Platz zu nehmen. Erst dann ergriff er das Wort. »Silvanus, die Höflichkeit gebietet, dir ein Willkommen zu entbieten, allein, du wirst verstehen, dass ich dies nicht angebracht finde. Was führt dich zu mir?«

Welche Arroganz dieser lüsterne Greis an den Tag legte. »Ich nehme an, du weißt bereits von Privernus' Tod?«

Pasparos nickte kaum merklich. »Bist du nur deswegen gekommen?«

»Nun, er war schließlich ein guter Freund von dir.«

»Ich weiß nicht, wovon du sprichst.« Pasparos' Gesicht zeigte keine Regung.

»Du kannst dich nicht erinnern? Nun, in deinem Alter lässt vermutlich das Gedächtnis nach. Eure gemeinsamen Feiern jedoch wirst du wohl schwerlich vergessen haben. Immerhin habt ihr oft genug eure kranken Triebe auf eine Art ausgelebt, die die Fantasie der meisten Menschen übersteigt.«

»Ich weiß nicht, wovon du sprichst, Silvanus«, wiederholte Pasparos, zunehmend ungeduldig.

»Soll ich noch deutlicher werden, Diodoros Pasparos? Soll ich dir in allen Einzelheiten von den Orgien berichten, die dein Freund Privernus ausrichtete? Soll ich die Jungen und Mädchen beschreiben, die ihr dabei zu Tode quältet? Dir über deinen Ärger erzählen, als ein hübscher Junge deinen Klauen entkam? – Wie ist es, junge Menschen bestialisch umzubringen, was empfindest du dabei? Es interessiert mich wirklich.« Aufmerksam beobachtete Silvanus den alten Mann.

Allein, es gab nichts zu beobachten. Keine Regung zeigte sich auf dem greisen Gesicht, nur die Mundwinkel waren abschätzig nach unten gesunken. »Von welchen Orgien sprichst du? Was für ein Jüngling? Silvanus, du langweilst mich mit diesen absurden Anschuldigungen. Ich weiß nicht, was ich davon halten soll, dass du in mein Haus kommst und mir derartige Dinge vorwirfst. Ich kann nur sagen, zeige mir einen dieser Jünglinge, dieser Mädchen. – Du kannst es nicht? Nun, dann betrachte ich unser Gespräch als beendet. Ich will nicht behaupten, dass es mir eine Freude war. Behellige mich zukünftig nicht wieder, schon gar nicht mit derartigen Beschuldigungen.«

»Einen Moment, Diodoros Pasparos, ich rate dir zu antworten, du weißt, ich habe die Macht, dich dazu zu zwingen, falls du dich weigerst. Willst du ernsthaft bestreiten, dass du eine gute Bekanntschaft zu Privernus pflegtest?«

Diodoros Pasparos ließ sich zurück in den Sessel sinken. »Habe ich dem widersprochen? Natürlich kannte ich Privernus, wie nicht? Er war ein einflussreicher Mann in der Stadt. Auch du kanntest ihn. Hast du deswegen Orgien mit ihm gefeiert?«

»Ich nicht, aber es gibt Zeugen, die deine Anwesenheit dort bestätigen. Zeugen, die aussagten, du wüsstest auch sehr gut, woher Privernus seine menschliche Ware bezog.«

Pasparos' Miene zeigte eine eigenartige Mischung aus Langeweile und Interesse, die linke Augenbraue hochgezogen, sah er Silvanus an, schwieg jedoch.

»Sie bezeugen, dass du von seinem Handel mit den Parthern wusstest, ja, mehr noch, dass du ein dankbarer Abnehmer dieser jungen Menschen gewesen bist.«

Pasparos zuckte mit den Achseln und betrachtete seine Fingernägel.

»Wo warst du vorgestern Nacht, Diodoros Pasparos?«

Jetzt schaute Pasparos auf, lachte lauthals, lachte Silvanus geradezu aus. »Du denkst, dass ich …? Silvanus, ich bitte dich, das ist mehr als lächerlich. Nun, ich war hier, mein ganzer Haushalt kann es bestätigen. Frage sie.«

»Wir haben Aufzeichnungen bei Privernus gefunden«, wechselte Silvanus das Thema.

Etwas flackerte in Pasparos' Augen auf, Angst?

»In diesen Aufzeichnungen taucht auch dein Name auf, immer wieder in Zusammenhang mit den Parthern. Du arbeitest ihnen in die Hände, nicht wahr? Genau wie Privernus es tat. Der Sklavenhandel ist nur ein erfreuliches Nebengeschäft, in erster Linie habt ihr den Parthern Informationen zugespielt. Das ist Verrat, Pasparos, dafür droht dir die Todesstrafe.«

Diodoros Pasparos war bei Silvanus' letzten Worten erbleicht, Panik stand nun in seinen Augen. Doch kurz nur, dann hatte er sich wieder in der Gewalt, das Gesicht eine kalte, undurchdringliche Maske. »Was steht in den Aufzeichnungen? Zeige sie mir, ich will sie mit eigenen Augen sehen. Was ist mit deinen Zeugen? Bring sie her, damit sie ihre Anschuldigungen vor mir wiederholen. Bis dahin habe ich nichts weiter zu sagen. Ich bin erschöpft und werde mich jetzt zurückziehen, lange genug habe ich mir deine unsinnigen Beschuldigungen angehört. Salve Silvanus.« Er ging, das Haupt noch immer hoch erhoben, voll Stolz und Würde.

Silvanus ballte vor Wut die Fäuste. Wut auf Diodoros Pasparos, dem er nichts nachweisen konnte – noch nicht – und Wut auf sich selbst, weil es ihm nicht gelungen war, diesen Mann zum Reden zu bringen. Er konnte nur hoffen, dass Kallistos tatsächlich etwas gefunden hatte, etwas, das ihm half, den Alten seiner gerechten Strafe zuzuführen. Denn dass der schuldig war, dass er gemeinsam mit Privernus tatsächlich den Parthern in die Hände gespielt hatte, daran hegte er nun keinen Zweifel mehr, Pasparos' Reaktion war eindeutig gewesen.

›Verdammt‹, dachte er, als der Janitor die Tür hinter ihm verriegelte. ›Möge die Parze Atropos diesem sturen Lüstling den Lebensfaden zügig abschneiden.‹

Laelia erwachte mit einem Anflug von Kopfschmerzen. Langsam setzte sie sich auf, legte die Hand an die Schläfe – nun, es war auszuhalten, und in wenigen Stunden wäre dieses Pochen sicher verschwunden. Sie warf einen Blick zu Illicia, die noch fest schlief, deutlich hörte Laelia ihre ruhigen Atemzüge, sah nur die braunen Haare ihrer Freundin auf dem Kissen ausgebreitet. Wann sie wohl nach Hause gekommen war, fragte sich Laelia, sie hatte sie nicht gehört, dank des Weines hatte sie tief geschlafen.

Lichte Strahlen drangen durch die halb geöffneten Fensterläden, es war schon spät, stellte Laelia fest, als sie sich aus dem Bett schwang. Leise ging sie zur Tür, es gelang ihr, sie geräuschlos zu öffnen, und mit einem letzten Blick auf Illicia, die sich nicht rührte, verließ sie den Raum.

Das Haus war erstaunlich still. Proka hatte angekündigt, eine Verwandte zu besuchen, fiel Laelia wieder ein, den ganzen Tag wollte sie fortbleiben, und Imbrassos hatte sich wohl schon längst in das Prytaneion begeben. So setzte sie sich in den Hof und bat Flusia, ihr einen Becher Milch und frisches Brot zu bringen. Sanft massierte sie ihre Schläfen, dachte daran, wie ihr Abend ausgeklungen war, wie Silvanus sie nach Hause geleitet hatte. Er war ihr abwesend erschienen, zerstreut, manchmal, als hätte er ein schlechtes Gewissen. Beim Abschied jedoch hatte er sie umarmt und geküsst, zärtlich, liebevoll, endlos, als wolle er sie nie mehr loslassen, hatte ihr Koseworte und Bitten um Verzeihung ins Ohr geflüstert. Schließlich hatte sie sich seinen Armen entwunden. »Sehe ich dich morgen?«, hatte er ihr zum Abschied zugeraunt, und als sie nickte, ihr einen letzten, leidenschaftlichen Kuss auf die Lippen gedrückt. Dann war er gegangen, zögernd, sich immer wieder umblickend. Was ging in ihm vor, fragte sie sich erneut, und wollte sie ihn wirklich heute sehen, wollte sie, dass alles wieder von vorn begann?

Gern hätte sie mit Illicia darüber gesprochen, doch die schien noch immer zu schlafen. Auch wurde es allmählich Zeit für den geplanten Besuch bei Lachne, so schickte Laelia Flusia hinauf, die Freundin zu wecken. Doch die schwarze Sklavin kam zurück mit der Botschaft, die Herrin Illicia lasse sich entschuldigen, sie sei zu müde.

Nun gut, so ginge sie eben allein. Laelia rief nach Monoculos. Mürrisch erschien der junge Germane, er habe gerade den Sorgen seiner Mitsklavin Ramala gelauscht, erzählte er. Laelia kannte sie, wusste, dass Monoculos die füllige kleine Iberierin umwarb, ein Mädchen mit groben Gesichtszügen und zu großer Nase, doch von durchaus nettem Wesen. Für den fast blinden Monoculos spielte ihr Aussehen keine Rolle, und Ramala war von seiner Aufmerksamkeit völlig überwältigt, schenkte ihr doch sonst niemand Beachtung.

»Nun Monoculos, trägst du dich mit Heiratsplänen?«, neckte ihn Laelia, als sie sich auf den Weg zu Lachnes Haus machten.

Zu ihrer Überraschung errötete der Sklave und senkte den Kopf. »Ja, Herrin«, gestand er leise, »Ramala würde ich gern heiraten. Sie ist herzensgut, ich liebe ihre Stimme, ihren Geruch und ...« Er brach ab.

Laelia betrachtete ihren Sklaven besorgt. Zum ersten Mal fiel ihr auf, dass er jetzt, mit Anfang zwanzig, muskulöser geworden war, das Schlanke, Jungenhafte seiner Gestalt verloren hatte. Auch sein Gesicht war reifer geworden, um den Mund lag ein entschlossener Zug, vielleicht auch ein wenig Verbitterung. Ihr, die sie ihn jeden Tag sah, waren diese Veränderungen nie aufgefallen, genauso wenig wie sie seine zugenähte Augenhöhle als etwas Ungewöhnliches betrachtete – es gehörte zu ihm. Ihm dagegen musste es immer peinigend bewusst sein. Und jetzt trug er sich mit Heiratsplänen. Nicht, dass sie etwas dagegen einzuwenden hätte, im Gegenteil; indes, die Situation war schwierig. Voller Mitgefühl legte sie eine Hand auf seinen Arm. »Monoculos, du weißt, was das bedeutet, nicht wahr? Ich habe im Moment nicht die Mittel, Proka das Mädchen abzukaufen, geschweige denn, sie zu unterhalten. Allerdings gäbe es noch die Alternative, dich an Imbrassos abzutreten, nun, ich glaube, ich würde es tun, wenn du es wirklich wolltest, so schwer es mir fiele.« Fast traten ihr die Tränen in die Augen bei diesem Gedanken.

Monoculos jedoch wehrte empört ab. »Herrin, ich würde dich nie freiwillig verlassen, nicht für alle Frauen dieser Welt, nicht für die größte Liebe.«

Eine Weile gingen sie schweigend nebeneinanderher. Laelia wusste, der Sklave meinte, was er sagte, und im Grunde hatte sie auf diese Reaktion gehofft, ja, sie erwartet. Sie hatte ihn vor Jahren halbtot in Didyma gefunden und gesund gepflegt, er würde sich nie von ihr trennen. Doch konnte sie verlangen, dass er ihretwegen auf sein Glück verzichtete? Ein Gedanke drängte sich ihr auf, ein Hoffnungsschimmer. Wenn Silvanus Lucida verließe und stattdessen mit ihr lebte, sie heiratete, dann hätte sie die Mittel, die Sklavin zu kaufen. Ein schöner Gedanke, einen Augenblick lang träumte sie ihm nach, dann rief sie sich zur Ordnung. Nein, sie wollte nicht wieder enttäuscht, verletzt werden, gar nicht erst damit beginnen, diesen Traum weiterzuverfolgen.

Wenn sie Monoculos freiließe? Dann konnte er selbst entscheiden, wie er sein Leben gestalten wollte. Doch war er dazu überhaupt in der Lage, blind wie er war? Wie sollte er sein Brot verdienen? Er würde weiterhin in ihrem Haushalt leben müssen, als Klient, und sie weiterhin für ihn aufkommen. Nein, es würde nichts ändern. Schon einmal, so fiel ihr ein, hatte sie mit Monoculos über seine Freilassung gesprochen – da hatte er vehement abgelehnt, wohl aus eben diesen Gründen.

Sie waren vor Lachnes Haus angekommen. Der Janitor öffnete die Tür, sofort schlug ihnen Kindergeschrei entgegen, Quietschen, Kreischen und lautstarkes Heulen. Laelia, beim letzten Besuch noch nahezu neidisch auf das Domizil ihrer Schwester, war nun froh, diesen Lärm nicht jeden Tag hören zu müssen, geradezu himmlisch erschien ihr dagegen die Ruhe in Prokas Haus.

Sie wurde in den Innenhof geführt, wo sie Lachne und die Familie vorfand, nur Offilia fehlte. Rubingetorix tollte mit seinen beiden größeren Sprösslingen herum, während Lachne die kleinen, die lauthals brüllten, tröstend im Arm hielt. Doch als sie Laelias ansichtig wurden, stürzten sich alle vier Kinder auf sie. Sie nahm die Jüngste auf den Arm, die liebevoll an ihren Haaren zerrte, drückte einen Kuss auf die Wange des nächsten, worauf der seine honigtriefenden Hände freudig in ihre Tunika senkte; die beiden anderen zerrten an ihr, um ihre neueste Errungenschaft vorzuzeigen, Lachne habe ihnen Nüsse geschenkt, herrlich ließe es sich hier damit spielen. Jene Säule dort hätten sie sich ausgesucht, wer seine Nuss am dichtesten heranwürfe, hätte gewonnen, sie seien schon sehr geschickt darin. Wie zum Beweis bewarfen sie ihren Vater mit den runden Geschossen, der, am Kopf getroffen, theatralisch zu Boden sank und so tat, als leide er starke Schmerzen. Die ganze Bande warf sich auf ihn, kniff den armen Mann, zog und zerrte an ihm.

Das war wirklich nur mit permanentem Alkoholkonsum auszuhalten, dachte Laelia und lehnte dennoch den Wein ab, den Lachne ihr anbot. »Lieber einen Becher Wasser. – Wo ist Offilia?«

»Sie wollte zum Lager, die Gute, um nach eurem Vater zu sehen.«

»Oh, wie nett von ihr«, murmelte Laelia. Genau über dieses Thema hatte sie mit ihrer Schwester sprechen wollen. Bei ihrem letzten Besuch im Lager hatte Bibulus traurig angemerkt, dass er seine ältere Tochter und die Kinder sehr vermisse, seit ihrem Umzug in die Stadt habe er nichts mehr von ihnen gehört. Nur Rubi schaue ab und zu des Abends vorbei, dann saß man gemeinsam am Feuer, trank gewärmten Wein, meist holte sein Schwiegersohn irgendwann die Flöte hervor, um Weisen aus seiner Heimat zu spielen.

So hatte Laelia ihrer Schwester ins Gewissen reden wollen, Bibulus wenigstens ab und zu mit den Kindern einen Besuch abzustatten, es würde den alten Herrn erfreuen. Nun war sie von allein gegangen, ohne ihre Kinder; wirklich nur aus Tochterliebe?

Rubingetorix hatte seinen Nachwuchs mit den Nüssen beschäftigt, gesellte sich zu ihnen und leerte seinen Weinbecher in einem Zug. »Kinder nicht mit«, plauderte er freundlich, als hätte er ihre Gedanken erraten, »zu viel schlechtes Erinnerung an Lager wegen Bruder armes, sagen Offilia. Ich nicht wissen, ob richtig, Kinder sagen, gern hingehen wollen, viel lustig, viel spielen dort. Nun, wir können auch spielen hier.« Liebevoll blickte er auf seine Sprösslinge, die sich derweil stritten, wessen Nuss am nahesten der Säule lag. Dann richtete er seinen nicht mehr ganz klaren Blick auf Laelia. »Sie fragen wollen wegen Erbe von Mutter, du wissen schon.« Kurz wies er mit den Augen auf Lachne, die lächelnd den Kindern beim Spielen zuschaute.

Oh ja, Laelia wusste. Sie hatte es geahnt, Offilia war nicht zu Bibulus gegangen, um dem alten Mann eine Freude zu machen, nein, sie wollte etwas, und zwar den Schmuck ihrer Mutter. Doch jetzt war wirklich nicht der rechte Zeitpunkt, Bibulus um seine Erinnerungsstücke anzugehen, auch wenn sie Lachne damit beschenken wollte, wie Rubis Geste andeutete.

Gerade wollte Laelia ihren Unmut kundtun, als schrilles Schmerzgeheul ertönte. Sofort sprang Rubi auf und lief zum Impluvium. Eines der Kinder hatte im Zorn eine Nuss in das Becken geschleudert, Rubis jüngste Tochter, sein Liebling und ihm mit ihren roten Locken und blauen Augen wie aus dem Gesicht geschnitten, war hinterhergerannt, hatte sich in das Wasser gestürzt und war dabei anscheinend ausgerutscht – sie brüllte wie am Spieß und hielt sich den Kopf. Rubi hob das Kind aus dem Wasser, wiegte es auf den Armen, Lachne eilte hinzu und streichelte den roten Schopf, der an Rubis Brust gedrückt war, so dass Laelia in Ruhe die Verletzung untersuchen konnte. Beruhigend strich sie der Kleinen über den Kopf, die nur noch leise schluchzte, schob die Haare auseinander und betrachtete die darunterliegende Haut – es war nichts zu sehen. Als Laelia ihr sagte, es sei nicht schlimm, vielleicht bekäme sie eine kleine Beule, begann sie von neuem zu weinen, und erst als Laelia sie gebührend bedauerte, ihr einen großen Verband versprach, beruhigte sich das Kind. Lachne orderte saubere Tücher, die Kleine bekam ihre Bandage, und gleich darauf sprang sie wieder zu ihren Geschwistern, um ihren Bruder, der die Nuss geworfen hatte, mit Faustschlägen zu traktieren. Erneut lautes Geschrei.

Seufzend setzte sich Laelia wieder. »Wie hältst du das nur aus?«, fragte sie Lachne.

»Es ist schön, Leben im Hause zu haben.« Lachne blickte sehnsüchtig auf die Kinder. »Ich wünschte, es wären meine ... Auf der anderen Seite, es kann ihnen so viel passieren, ich glaube, ich hätte keine ruhige Minute vor Sorge. Weißt du, Laelia, als Nessos und ich klein waren, spielten wir genauso wild, bis Nessos eines Tages von einem Hund gebissen wurde. Ich war dabei, es war schrecklich, er schrie und blutete, und ich konnte ihm nicht helfen. Mutter machte ihm noch Vorwürfe ... Nein, vielleicht ist es ganz gut, keine Kinder zu haben. – Doch etwas ganz anderes wollte ich dich fragen, Laelia, Nessos erzählte mir von dem toten Mädchen gestern, auf der Heiligen Straße. Ist das nicht furchtbar? Meinst du, Silvanus wird endlich den Mörder fassen? Er sollte es, denn die Menschen werden zunehmend ungeduldiger und ängstlicher, manche sagen gar, viel schlimmer könne es unter den Parthern auch nicht sein.«

Laelia nickte. »Ja, eine gefährliche Situation. Doch ich denke, es wird nicht mehr lange dauern, bis Silvanus den Täter dingfest macht, so viel ich weiß, verfolgt er eine vielversprechende Spur.« Mehr wollte, durfte sie nicht sagen, trotz Lachnes interessierter Nachfrage, und als die Kinder jetzt erneut in Geschrei ausbrachen, hatte sie genug, hinter ihren Schläfen machte sich der Kopfschmerz wieder bemerkbar. So verabschiedete sie sich und nahm mit zwiespältigen Gefühlen Lachnes Einladung zu einem abendlichen Essen an, zu welchem auch Nessos geladen werden sollte. Wollte Lachne sie ebenfalls verkuppeln? Nachdenklich strich sie den Kindern über das Haar, warf Rubi einen herzlichen Abschiedsgruß zu und ging, Monoculos an ihrer Seite.

Zu Hause erwartete sie nur Flusia, Illicia sei von einem Sklaven des Antonius abgeholt worden, berichtete sie, dieser hätte sie noch einmal sehen wollen vor seiner Abreise.

Nun, schön für Illicia. Laelia setzte sich im Innenhof in die Sonne und überlegte, was sie tun sollte. Warum nicht die Ruhe im Hause nutzen und lesen, ein Genuss, der ihr schon lange nicht mehr vergönnt gewesen war. So schickte sie Flusia nach der Schriftrolle mit den parthischen Gedichten. Doch sie konnte sich nicht recht darauf konzentrieren, es waren Liebesgedichte, voller Pathos und Gefühl, ständig musste sie dabei an Silvanus denken. Wenn der wirklich so vor Liebe zu ihr brannte, wie er gestern versichert hatte, warum schickte er dann keine Nachricht, um einen Treffpunkt vorzuschlagen? Immerhin war es schon Nachmittag, und er war es doch gewesen, der sie heute hatte sehen wollen. Nun, bestimmt war er unabkömmlich, musste härter denn je daran arbeiten, den Mörder zu fassen. Sie legte die Schriftrolle beiseite und strich über die schöne Maserung der Tischplatte aus Walnussholz. Von Silvanus ganz abgesehen, sie würden etwas unternehmen müssen, denn hier, in diesem Haus, würden sie sich nie wohl fühlen – dass Illicia mit dieser Situation genauso unglücklich war wie sie selbst, wusste Laelia, sie hatten oft genug darüber gesprochen. Gleichwohl sah es nicht so aus, als könnten sie in naher Zukunft nach Ephesos zurückkehren, so bald würden sich die Parther nicht zurückziehen, wenn sie Antonius' Bericht von seinem Treffen mit Labienus richtig deutete. Also mussten sie sich hier in Pergamon einrichten, etwas finden, um selbst ihren Lebensunterhalt zu bestreiten. Sie könnten der Bibliothek ihre Dienste anbieten, Illicia Transkriptionen anfertigen und sie selbst ausländische Schriften übersetzen, zudem sollte es dort Unterkünfte für das Personal geben. Allerdings bräuchten sie einen Fürsprecher, Antonius wäre sicher bereit dazu, vielleicht sprach Illicia ihn ja darauf an. Und sollte sie es nicht tun, würde sie selbst ihren Stolz überwinden und Silvanus darum bitten. Oder Leander vielleicht … Von neuem entrollte sie die parthischen Verse. Kaum hatte sie jedoch einige Zeilen gelesen, hörte sie die Stimme des Türsklaven, Schritte näherten sich, dann trat Nessos in das Atrium.

»Laelia, wie schön, dich zu sehen, und einmal nicht beim Spinnen. Ist meine Mutter nicht zu Hause?«

Welch treffende Bemerkung, er wusste sehr genau, wie ungern Proka es sah, verbrachten sie ihre Zeit mit Lesen; Nichtstun, wie sie meinte, sei weder einer Griechin noch einer Römerin angemessen. »Nein«, antwortete sie ihm, »Proka besucht eine Verwandte, und Illicia ist, nun, unterwegs. Ich habe die Zeit genutzt, mich einmal wieder den Büchern zu widmen.«

»Was liest du, etwas Medizinisches? Von deinem ägyptischen Lehrmeister vielleicht?« Nessos setzte sich auf den Stuhl neben sie, nahm die Schriftrolle und warf einen Blick darauf, dann reichte er sie ihr zurück. »Ägyptisch ist das nicht.«

»Nein, parthisch, es sind Gedichte.«

Fasziniert sah er sie an, Bewunderung stand in seinen blauen Augen und Zuneigung, wenn nicht mehr. »Ich vergaß, du spricht ja Parthisch. Magst du eines der Gedichte für mich übersetzen?«

Sie mochte nicht. »Vielleicht später. Gibt es etwas Neues über die Tote, die man gestern fand?«, lenkte sie ab.

Er stutzte kurz. »Von meiner Seite nicht, ich habe sie ja gestern eingehend untersucht und Silvanus ausführlich berichtet, mehr kann ich nicht tun. Ich erfuhr jedoch etwas, das ich meinem Vater mitteilen will, ich werde gleich zu ihm in das Prytaneion gehen. Ich kam nur kurz vorbei, um meiner Mutter das Schlafmittel zu bringen, das sie immer benutzt.« Er zog einen kleinen Beutel unter seinem Gürtel hervor. »Ich werde es hier lassen.«

Laelias Neugier war geweckt, gab es neue Hinweise, die eine Lösung der Fälle näher rücken ließen? Welche Erleichterung wäre es für alle, könnte Silvanus endlich verkünden, dass diese allgemeine Bedrohung vorbei sei. »Was hast du erfahren?«

»Ich kann es dir nicht sagen, zuerst muss ich meinen Vater informieren. Wahrscheinlich ist es gar nicht von Belang. Doch wenn du möchtest«, er zögerte, »wenn du möchtest, Laelia, könnten wir uns nachher zu einem Spaziergang treffen. Ich, äh, wollte ohnehin mit dir sprechen.«

Laelias Kehle schnürte sich zusammen. Jetzt war es so weit, Nessos würde ihr einen Antrag machen. Sie hatte den Augenblick gefürchtet, da sie sich dieser Frage stellen, ihm sagen musste, dass sie ihn nicht heiraten würde. Doch auf einem Spaziergang?

Er sprach weiter. »Ich weiß nicht, ob ich dir zu nahe treten werde, Laelia, aber ich habe den Eindruck, du langweilst dich hier. Und da du dich für Medizin interessierst, dachte ich ..., nun, wir bräuchten im Asklepieion dringend Verstärkung. Ich weiß, es ziemt sich nicht unbedingt für eine Frau in deiner Stellung, befreundet mit den höchsten Herren der Stadt, nein, vielmehr des Reiches, doch mir scheint, das Spinnen füllt dich nicht aus. Was sagst du?« Unsicher sah er sie an.

Ihr fiel ein Stein vom Herzen. Er wollte ihr keinen Antrag machen, noch nicht, und sein feines Erspüren ihrer Unzufriedenheit berührte sie tief. »Oh, sehr gern, Nessos. Ich würde viel lernen bei euch, es wäre eine schöne Aufgabe.«

Er lächelte sanft, während er aufstand. »Gut, dann treffen wir uns in einer Stunde am südlichen Stadttor, wenn es dir recht ist. Ich würde dir gern die Bereiche des Asklepieions zeigen, in denen du arbeiten könntest. Und solltest es dir nicht zusagen, steht es dir natürlich frei, deine Meinung zu ändern.«

Sie nickte. Nessos stand einen Moment lang wie unschlüssig da, dann beugte er sich zu ihr nieder, hauchte einen scheuen Kuss auf ihre Wange und eilte davon. »Bis später«, rief er noch, schon an der Tür.

Laelia blickte ihm nach, ihre anfängliche Euphorie mischte sich mit Zweifeln. Wäre es richtig, von diesem ihr offensichtlich sehr gewogenen Mann einen solchen Gefallen anzunehmen, vielleicht gar mit ihm zusammenzuarbeiten? Und was wäre mit Illicia, auch für sie müsste eine passende Aufgabe gefunden werden; allein in diesem Haus zurückzubleiben, ohne andere Beschäftigung als nur zu spinnen, das konnte Laelia ihr nicht zumuten. Nun, Illicia hätte sicherlich eine Chance in der Bibliothek, doch wenn sie es sich recht überlegte, würde auch sie eine Tätigkeit dort vorziehen. Dennoch, sie hatte der Verabredung zugestimmt, sie würde es sich ansehen und sich Bedenkzeit ausbitten. Unwillkürlich legte sie eine Hand auf ihre Wange, fast spürte sie noch seine Lippen darauf.

Als Illicia nach Hause kam, in einer Sänfte, eskortiert von zwei Männern des Antonius, war das Haus noch immer still, Proka noch nicht zurück. Auch von Laelia keine Spur, doch die weilte sicher noch bei Lachne, einer durchaus angenehmen Gesellschafterin, und wahrscheinlich waren die lärmenden Kinder, die sonst an den Nerven zerrten und Besuche auf eine der Höflichkeit angemessene Zeitspanne reduzierten, zum Spielen draußen.

Ihr war es recht, sie wollte allein sein. In ihrem Zimmer warf sie sich auf das Bett und ließ endlich den Tränen freien Lauf. Als Antonius ihr vorhin immer wieder versichert hatte, wie sehr er sie liebte, wie schmerzlich er sie vermissen würde, hatte es ihr bei aller Freude beinahe das Herz zerrissen. Seine Beteuerungen, so sehr sie sie brauchte, wünschte, sie hören wollte, stimmten sie nur noch trauriger. Wie konnte Apollon es zulassen, dass zwei Menschen solch tiefe Gefühle füreinander hegten, und sich doch wieder und wieder trennen mussten. Jetzt machte sich Antonius auf den Weg nach Athen, zu Fulvia, seiner Frau. Wenngleich er beteuert hatte, dass er ihr wegen des Vorgehens gegen Octavius zürnte, konnte sich Illicia doch die Versöhnung der beiden vorstellen. Und schlimmer noch, auf gewisse Weise bewunderte Illicia diese Frau, die es gewagt hatte, die Interessen ihres Mannes nach eigenem Gutdünken zu vertreten. Sah sie die Situation vielleicht klarer als Antonius selbst? Der hatte vorhin noch empört erklärt, Vereinbarungen müssten eingehalten werden, eventuelle Unstimmigkeiten zwischen ihm und Octavius hätten durch Gespräche bereinigt werden können, militärische Intervention sei nun wirklich das allerletzte Mittel. Er, Antonius, habe kurz vor seiner Abreise aus Ägypten Briefe von beiden Seiten erhalten, jeder hätte natürlich versucht, sein Vorgehen zu rechtfertigen, wem er nun mehr Glauben schenken solle, das wisse er noch nicht.

Illicia hatte ihrer Verwunderung Ausdruck verliehen, dass Antonius nicht eher seiner eigenen Familie glaubte als seinem Kollegen im Triumvirat. Und was sei mit den Gräueltaten, die Octavius in Perusia verübt haben sollte? Immerhin hörte man, er habe mehrere hundert Einwohner der Stadt, die Fulvia und seinen Bruder unterstützt hatten, hinrichten lassen, brutal und ohne Gnade.

Nun, hatte Antonius entgegnet, es sei bekannt, dass Octavius gelegentlich zur Brutalität neige, er sei jung und unerfahren, man müsse ihn noch auf die rechte Bahn lenken. Auch seien die Berichte aus Perusia noch nicht bestätigt.

Illicia hatte sich gewundert, wie viel Antonius dem jungen Caesar durchgehen ließ, er sprach gar mit einer gewissen Wärme von dem Jüngling, verteidigte ihn, wo er konnte. Hatte Fulvia die Gefahr erkannt, dass Octavius dies ausnutzen könnte, durchschaute sie den Erben Caesars eher als Antonius selbst? Oder war es Eifersucht – seine Kommentare zu dem Gedicht, das er gestern vorgetragen hatte, waren Illicia wieder eingefallen – wusste Fulvia von einer Beziehung zwischen den beiden, die über das Triumvirat hinausging? Wie dem auch sei, Fulvia war diejenige, die Antonius bald an ihrer Seite hätte, während ihr, Illicia, nur die Erinnerung an ihn blieb. Sie barg ihr Gesicht in den Kissen und schluchzte. Doch die Aufregung der letzten Nacht, des heutigen Tages und auch der mit Antonius genossene Wein forderten bald ihren Tribut, die Augen fielen ihr zu.

Als es an die Tür klopfte und Flusia mit einer Öllampe in der Hand das Zimmer betrat, erwachte sie, draußen war es bereits dunkel. »Die Herrschaften sind unten und lassen fragen, ob ihr am abendlichen Mahl teilnehmen werdet, Herrin.« Die Sklavin leuchtete auf Laelias Bett. »Oh, die Herrin Laelia ist noch nicht zurück, ich dachte, vielleicht hätte ich es nicht bemerkt.« Im schummrigen Licht der Lampe leuchteten nur ihre Augen und die weißen Zähne. »Die Herrschaften nehmen an, ihr seid beide auf eurem Zimmer. Was … ?«

Illicia, deren erster schlaftrunkener Gedanke Antonius gegolten hatte, den sie im Traum mit wehendem purpurrotem Feldherrenmantel hatte davonreiten sehen, standen bei der Erinnerung schon wieder die Tränen in den Augen. Die Worte ihrer Sklavin jedoch ließen sie hellwach werden, das Bild des Antonius verblasste. Laelia noch immer nicht da! Fast harsch unterbrach sie die Nubierin. »Geh nach unten und richte Proka aus, wir würden heute nicht speisen. Mehr sage nicht. Dann komm umgehend wieder herauf, bring mir ein wenig Wein und eine Kleinigkeit zu essen. Ach, bevor du gehst, zünde noch die Öllampen hier an. Beeile dich!«

Flusia tat wie geheißen und huschte aus dem Zimmer. Fröstelnd erhob sich Illicia von ihrer Kline, suchte in der Kleidertruhe nach einem wollenen Umhang. Sollte Laelia noch immer bei Lachne sein? Das war untypisch, die Gesellschaft ihrer Schwester und der Kinder würde Laelia nicht so lange auf sich nehmen. Hatte sie sich mit Silvanus getroffen, waren sich die beiden gestern wieder näher gekommen? Flusia auf jeden Fall schien zu wissen, wo Laelia war, und sich keinerlei Gedanken zu machen. Ja, beruhigte sich Illicia, so wird es sein. Die Unruhe, die sie bei Flusias Worten angesprungen hatte wie ein Panther, war völlig unbegründet; sie hatte so heftig reagiert, weil zu viel passiert war in den letzten Stunden, weil sie sich schlecht fühlte, traurig, deprimiert. Und der Mörder, der so vielen jungen Menschen auf brutale Weise das Leben geraubt hatte, war hoffentlich tot, schließlich sprach einiges dafür, dass es Privernus gewesen war. Vielleicht hatte Silvanus inzwischen schon den Beweis dafür, hatte von den Sklaven des Römers das Nötige erfahren. Kein Grund zur Sorge also.

Dennoch ging sie unruhig im Zimmer auf und ab, trat an das kleine Fenster, sah hinaus, lief zurück zur Tür und lauschte, ob sich Schritte näherten. Sie fror, zog den wollenen Umhang enger um sich. Wo Flusia nur blieb, es konnte doch wirklich nicht so lange dauern, einige Worte auszurichten und ein wenig Wein und Essen zu besorgen. Illicia nahm ihre Wanderung wieder auf, das ungute Gefühl verstärkte sich trotz ihrer Versuche, eine rationale Erklärung für Laelias Ausbleiben zu finden. Was, bei Apollon, trieb Flusia so lange?

Schließlich Schritte, ein kurzes Klopfen, herein trat die schwarze Sklavin mit einem Tablett. »Da bist du ja endlich!«, fuhr Illicia sie an, »zünde das Kohlenbecken an, mir ist kalt, und erzähle, wo Laelia ist.«

Eingeschüchtert stellte die Sklavin das Tablett auf den Tisch und wandte sich zur Tür.

»Wo willst du hin?«

Flusia blieb verschreckt stehen. »Glühende Kohle holen, Herrin, für das Becken.«

»Oh nein, du bleibst hier. Die Kohle bekommst du auch so zum Glühen. Wo also ist Laelia? Mit Silvanus unterwegs?«

»Die Herrin Laelia trifft sich mit Nessos«, erzählte Flusia, während sie gehorsam etwas von der bereitstehenden Kohle in das bronzene Becken legte, Öl aus einer der Lampen darauf goss und es mit einem Holzspan entzündete.

»Mit Nessos?« Illicia konnte es kaum glauben. »Um diese Zeit?«

»Oh ja, Herrin, sie hat sich mit dem jungen Herrn verabredet, ich hörte es.« Und Flusia berichtete, wie sie eines der oberen Zimmer gereinigt und beim Herauskommen vernommen habe, dass Nessos vorschlug, sich am südlichen Stadttor zu treffen und dass Laelia sich kurz vor der verabredeten Zeit mit Monoculos auf den Weg gemacht hatte. »Meinst du, Herrin, Laelia wird Nessos heiraten? Die anderen Sklaven reden von nichts anderem, alle glauben, sie wird ihm nicht widerstehen. Allein die alte Harpia, die Amme von Nessos und Lachne, sagt, Laelia wäre klüger, es nicht zu tun. Warum allerdings, will sie nicht verraten. Ich denke, er ist ein netter Mann, und er sieht so gut aus, mit Verlaub, viel besser als Silvanus, die Herrin Laelia wäre bestimmt glücklich mit ihm. Den Herrschaften habe ich nicht gesagt, dass sie sich mit ihm trifft, vielleicht planen die beiden eine Überraschung. Ach, es wäre doch schön …« Sie schwatzte fröhlich weiter, unterbrach sich nur, um auf die Kohlen zu blasen, die langsam zu glühen begannen.

Illicia hatte sich an den kleinen Tisch gesetzt und einen Becher Wein eingeschenkt. Wenn sich Laelia mit Nessos getroffen hatte, dann sicherlich nur, um seine Hochzeitspläne freundlich, aber bestimmt abzulehnen. Damit wäre ihr Aufenthalt in diesem Hause bald beendet, sie wären hier bestimmt nicht mehr willkommen. Wie gut, dass sie Marcus Antonius gegenüber erwähnt hatte, wie gern sie etwas Sinnvolles täten, in der Bibliothek zu arbeiten zum Beispiel, Laelia und sie hatten es sich oft genug ausgemalt. Kein Problem, hatte Antonius in seiner unnachahmlich charmanten Art geantwortet, er werde umgehend Leander anweisen, alles in die Wege zu leiten, er wisse wohl, dass sie bei Imbrassos und Proka nicht glücklich seien. Sicher sei es auch möglich, sie auf dem Gelände unterzubringen. Dann könnten sie damit beginnen, die ältesten und wertvollsten Werke zu transkribieren, denn er habe große Pläne mit den Büchern von Pergamon. Welche Pläne, hatte er nicht preisgeben wollen, doch allein die Perspektive, in der berühmten Bibliothek von Pergamon zu arbeiten, hatte sie mit freudiger Erregung erfüllt.

So traf es sich eigentlich ganz wunderbar, wenn Laelia heute mit Nessos sprach. Allein, das würde schwerlich so lange dauern, nach Flusias Bericht hatten sich die beiden am frühen Nachmittag getroffen. Irgendetwas stimmte nicht. Oder hatte Laelia Nessos doch akzeptiert? Unmöglich! Eher war es denkbar, dass keiner von beiden es gewagt hatte, das Thema anzusprechen, dass sie über ganz andere Dinge geredet und dabei die Zeit vergessen hatten. Bestimmt würde sich alsbald die Tür öffnen und Laelia hereinkommen.

Doch nichts dergleichen geschah. Stattdessen gab Flusia noch immer fröhlich den Sklavenklatsch weiter, zog den Dreifuß mit den inzwischen rot glühenden Kohlen neben Illicia und fragte, ob sie noch gebraucht werde. Illicia verneinte, befahl aber der Sklavin, in der Nähe zu bleiben, sie werde sicher noch einmal nach ihr rufen.

Nervös rieb sie ihre Hände über dem wärmespendenden Becken, trank einen Schluck Wein, die Speisen rührte sie nicht an. Ihre Unruhe wuchs. Wenn Laelia nun auf dem Weg etwas zugestoßen war? Sollte sie mit Imbrassos sprechen? Der könnte ein paar Männer ausschicken, zu Nessos vielleicht, oder einfach, um sich in der Nähe des südlichen Tores umzusehen. Aber Imbrassos würde sagen, Laelia sei bei seinem Sohn in guten Händen, natürlich werde der sie nach Hause begleiten, und Proka würde sich wahrscheinlich freuen, weil die Hochzeit in ihren Augen in greifbare Nähe rückte. Nein, besser, die beiden wussten erst einmal nichts. Silvanus? Wie würde der reagieren, wenn er hörte, dass Laelia sich des Nachts mit dem gut aussehenden Sohn des Hauses vergnügte, auf welche Art auch immer? Und würde Laelia ihr nicht zu Recht Vorwürfe machen, wenn sie Silvanus einschaltete, obwohl Laelia vielleicht nur irgendwo nett plaudernd mit Nessos einen Becher Wein trank? Erschöpft legte Illicia ihren Kopf in die Hände. Was, in aller Götter Namen, sollte sie tun, konnte sie tun?

Nach einer guten Stunde fasste sie einen Entschluss. Besser, sie machte sich lächerlich, besser, Laelia zürnte, als dass sie sich Vorwürfe machen musste, nicht rechtzeitig reagiert zu haben, sollte ihr wirklich etwas geschehen sein. Noch einmal trat Illicia ans Fenster, die Nacht war dunkel, der abnehmende Mond spendete nur wenig Licht. Von ferne hörte sie das Singen von späten Heimkehrern, doch hier in der Gasse war es ruhig, keine Schritte waren zu hören, keine Fackel leuchtete einem Fußgänger, einer Sänfte. Keine Laelia.

Seufzend setzte sich Illicia an den kleinen Tisch und griff zu der bereitliegenden Wachstafel. Sie überlegte, was sie Silvanus schreiben sollte, dass Laelia verschwunden sei, oder, dass sie von einem Treffen mit Nessos nicht zurückgekehrt war? Sie entschied sich für die zweite Version, Silvanus konnte dann gegebenenfalls sofort Schritte einleiten, bei Nessos nachfragen. Unternahm er nichts, nun, dann wusste er wohl inzwischen, wer der Mörder war, Privernus oder einer der anderen Orgienteilnehmer zum Beispiel, und Laelia verlebte wirklich nur einen netten Abend, vielleicht gar mit Silvanus selbst. Möglicherweise hatte sie ihn nach dem Gespräch mit Nessos getroffen und darüber vergessen, dass niemand wusste, wo sie war. Dieser Punkt jedoch ängstigte Illicia am meisten, Laelia hatte keinem gesagt, was sie vorhatte, keinen Boten geschickt, dass es später würde, und dass Flusia überhaupt von ihren Plänen Kenntnis hatte, war reiner Zufall. Laelia würde wissen, dass sie sich sorgte.

Schnell warf Illicia ein paar Zeilen auf die Wachstafel, öffnete die Tür und sah sich nach Flusia um. Die hatte sich auf einer Decke im Korridor zusammengerollt, jetzt hob sie den Kopf und streckte die ebenmäßigen Glieder. Illicia winkte sie herein.

»Gib dies einem zuverlässigen Sklaven, er soll es zu Silvanus Rhodius bringen, wo immer der ist, er muss ihn finden. Sage ihm, er bekommt eine Drachme dafür, und er soll mit keinem über seinen Auftrag sprechen, am wenigsten mit Imbrassos oder Proka. Er muss eine Antwort mitbringen, sonst gibt es kein Geld. Klar?« Illicia reichte der Nubierin die Wachstafel.

In Flusias schwarzem Gesicht schien Sorge auf. »Ist es wegen Laelia? Meinst du, es ist etwas passiert, Herrin? Aber Nessos ist doch bei ihr.«

»Frag nicht, Flusia, gib die Tafel weiter. Kennst du einen vertrauenswürdigen Sklaven hier im Haus?«

Die Nubierin nickte, die großen Augen angstvoll geweitet.

»Dann lauf, aber sei leise, und bringe mir noch etwas Wein.«

Lautlos huschte die Nubierin davon, verschwand schnell im kargen Licht der Fackeln.

Er hatte es nicht glauben wollen. Laelia, seine Laelia, in den Armen eines anderen Mannes. Wie betäubt saß Silvanus in seinem Triklinium, ließ sich von Larix eine Karaffe Wein bringen – denn natürlich war der ganze Haushalt erwacht, als dieser Sklave an die Tür hämmerte – und stützte die hohe Stirn in die Hände. Wie konnte sie nur?

»Was ist los, Silvanus?«, tönte aus Lucidas Schlafgemach deren schrille Stimme, »ruft man dich wieder mitten in der Nacht zu einem Treffen?«

»Nein, nein, mein Herz, mach dir keine Sorgen«, rief er hinauf, »nur eine schriftliche Anfrage eines besorgten Bürgers. Geht es dir gut, euch, meine ich?«

»Ja, ja«, war alles, was er als Antwort bekam, dann vernahm er, wie die Tür geschlossen wurde. Noch einmal las er Illicias Botschaft, wieder fühlte er sein Blut zu Kopf steigen, er konnte es nicht fassen. Eine Antwort wollte sie, die sollte sie haben. Schnell glättete er die Oberfläche der Wachstafel und kritzelte seine Entgegnung: »Die Dame Laelia kann ihre Nächte verbringen, mit wem es ihr beliebt«, schrieb er. »Meines Erachtens gibt es keinen Hinweis auf eine Gefahr.«

»Gib das dem Sklaven«, befahl er Nasutus, »und geh dann schlafen.«

Er hörte, wie Illicias Bote das Haus verließ, wie Nasutus sich zurückzog, endlich war es wieder still. Wie konnte sie nur? Wie konnte Laelia ihm das antun? Wie lange ging das wohl schon? Und er selbst, Dummkopf, der er war, hatte den Kontakt zwischen ihr und diesem Arzt hergestellt. Das durfte doch alles nicht wahr sein! Er trank seinen Becher in einem Zuge leer.

Und das, nachdem sie sich gestern wieder näher gekommen waren, er wusste, ja wusste, dass sie ihn begehrte. Nun gut, er hatte sie heute nicht, wie versprochen, gesehen, aber eigentlich hatte er es nicht wirklich versprochen, nur in den Raum gestellt. Was konnte er dafür, wenn so viel Arbeit auf ihn einstürzte. Die Unterhaltung mit Velusia, das Gespräch mit Diodoros Pasparos, dem trotzigen Alten, das so wenig erbracht hatte, dann all die Verhöre, die er nach Kallistos' Vorarbeit noch selbst mit den Sklaven des Privernus hatte führen müssen, die Ungeheuerlichkeiten, die dabei über die Orgien ans Licht gekommen waren, all das hatte Zeit und Kraft gekostet. Doch der Lösung seines Falles war er nicht näher gekommen, Angaben zu den Freunden des Privernus konnte oder wollte keiner der Sklaven machen, geschweige denn irgendwelche Namen preisgeben. Nun, er war noch nicht fertig mit ihnen, morgen würde er weiterforschen. Bislang hatte er nur die parthischen Verbindungen des Privernus verifizieren können und dies mit Antonius besprochen, bevor der abgereist war. Antonius jedoch hatte ihm unmissverständlich zu verstehen gegeben, dass die Morde im Moment oberste Priorität hatten. So töricht es sei, aber wütete ein Verbrecher in ihren Reihen, stellten die Bürger Fragen der Sicherheit auf die oberste Stufe, nicht wirtschaftliche Prosperität, nicht Bildung oder Kunst und schon gar nicht politische Verwicklungen. Ob ihre Armen im Dreck hausten oder nur Brotkrumen aßen, interessierte sie nicht, nein, Kriminelle mussten bestraft, Gesetze verschärft werden, forderten die Einwohner. Wäre Privernus oder einer seiner Orgienfreunde der Täter, umso besser, doch dafür hatte Silvanus ja bis jetzt keinerlei Beweise, und geschehe erneut ein Mord, müsse Silvanus sein Amt leider niederlegen, er sei dann nicht mehr haltbar, so Leid dies Antonius tue. Immer häufiger würden römische Bürger angepöbelt, Übergriffe auf Flüchtlinge nähmen zu, das sei ihm, Silvanus, doch auch nicht verborgen geblieben. Antonius würde ihm eine Kohorte seiner Legionäre zur Verfügung stellen, mit diesen Männern müsse er für Ruhe in der Stadt sorgen. »Ich zähle auf dich, Silvanus«, hatte er zum Abschied gesagt, »und ich hoffe, du wirst dein neues Bad bauen können – Geld steht dir dafür zur Verfügung.« Dann war Illicia eingetroffen, und sie hatten sich zurückgezogen.

Und jetzt schickte Illicia ihm, Silvanus, diese Botschaft. Was dachte sich das Mädchen? Missfiel ihr die Verbindung Laelias mit dem Arzt, wollte sie, dass er sich zwischen die beiden stellte? Ach, warum nur musste Laelia ihm dies antun, sein Herz brechen und Illicia ihn mitten in der Nacht – nach einem solch arbeitsreichen Tag – damit konfrontieren. Hatte er nicht schon Sorgen genug? Er griff nach der Karaffe, um sich Wein nachzuschenken, doch sie enthielt nur noch wenige Tropfen. Dann eben nicht, dachte Silvanus, erhob sich mit einem Ächzen und schritt müde die Treppe hinauf in sein Schlafgemach.

Die Dunkelheit umhüllte sie wie eine schützende Decke, und Laelia war dankbar dafür. Er war gegangen, endlich, wenngleich er wiederkommen würde, es dauere nicht lange, hatte er gesagt. Sie lebte, war unversehrt – noch – und sie brauchte nicht mehr diese schrecklichen Dinge zu sehen; eingelegt in irgendeine Flüssigkeit, wahrscheinlich Öl oder Honig, füllten sie eine Nische in der Wand. Mehr zufällig hatte sie sie entdeckt, als er schon einmal kurz diesen düsteren Raum verlassen hatte. Sie war aufgesprungen, um ihr Gefängnis zu erforschen, nach einer Fluchtmöglichkeit zu suchen. Da war noch eine Öllampe vorhanden gewesen, mit der sie in die bronzenen, mit kleinen eingravierten Buchstaben beschrifteten Gefäße geleuchtet hatte, ohne zunächst zu erkennen, was diese Schüsseln enthielten. Fleisch, das war klar, doch erst bei genauerem Hinsehen hatte sie ausmachen können, dass es Körperteile waren, mit Fell und ohne, und nur das männliche Geschlechtsteil hatte sie als solches erkannt. Danach war es nicht mehr nötig gewesen, sich die anderen genauer anzuschauen, sie wusste, was es war. Sie hatte sich umgedreht und gewürgt, doch ohne Erleichterung, sie hatte nichts im Magen, seit dem Stückchen Brot am Morgen nichts mehr gegessen.

Es konnte nicht sein, hatte sie gedacht, sie musste in einem bösen Traum gefangen sein, es war nicht möglich, dass sie, Laelia, dem Mörder in die Falle gegangen war, sie, die noch gestern Abend gemeinsam mit den anderen versucht hatte, ihn zu charakterisieren. Eine anregende Herausforderung war es gewesen, die Gedanken spielen zu lassen, und wie Recht sie mit ihrer Einschätzung gehabt hatten. Sie hätte wissen können, dass er es war, zumindest ahnen können. Doch heute war sie ihm arglos gefolgt – bis er sie niedergeschlagen hatte. Als sie am Eingang zu diesem düsteren Gefängnis erwacht war, hatte er Monoculos eine Schlinge um den Hals gelegt und sie so gezwungen, in den dunklen Schacht hinabzusteigen, sonst, so hatte er gedroht, würde er den Sklaven erdrosseln, ihn an dieser Leine ins Nichts stoßen. Ihr war nichts anderes übrig geblieben als zu tun, was er verlangte.

Aber das war nicht vergleichbar mit dem Grauen, das sie empfunden hatte, als sie seine Trophäen entdeckte. Nach dem Würgen hatte sie begonnen zu kichern, laut, hysterisch. Erschreckt hatte sie die Hände vor den Mund geschlagen, das Geräusch war unerträglich gewesen. Wurde sie verrückt, hatte sie sich gefragt.

Er war zurückgekommen. Sofort hatte er gewusst, was passiert war, hatte seine Fackel in die dafür vorgesehene Halterung an der Wand gesteckt und seine Arme um sie gelegt. Laelia hatte sich nicht gewehrt, sie war erstarrt, vor Abscheu, Ekel, Furcht.

Er hatte ihr nichts getan, nur die Hände gefesselt und das Seil an einem Ring in der Wand festgezurrt. So könne sie seine Kostbarkeiten nicht beschädigen, hatte er gesagt, sich dann ihr gegenüber hingesetzt und sie angeblickt, eine Ewigkeit. Sie hatte wieder zu weinen begonnen, zu flehen, am ganzen Körper zitternd vor Angst und Kälte, er war nur wortlos aufgestanden und hatte einen wollenen Umhang geholt, vom anderen Ende des großen Raumes. Schemenhaft war zu erkennen gewesen, dass dort Kleidungsstücke lagen, ordentlich nebeneinander aufgereiht, genauso ordentlich wie die Körperteile in den Bronzegefäßen. Als er ihr dann den Umhang über die Schultern legte, hatte sie zu schreien begonnen, zu kreischen, bis er ihr ins Gesicht schlug. Sofort war sie verstummt, schrie nicht mehr, weinte nicht mehr, flehte nicht mehr. Sie hatte sich gefühlt, als sei sie innerlich schon tot. Doch weiter war er nicht gegangen. Noch nicht.

Da war er wieder. Die schwere Tür kreischte in den Angeln, helles Fackellicht durchbrach die Dunkelheit. Laelia schloss die Augen und kauerte sich an der Wand zusammen.

»Zieh dich aus«, sagte er.

Jetzt war es so weit. »Nein«, flüsterte sie, »bitte!«

Seine Hand traf sie so hart, dass ihr Kopf gegen die Wand schlug. Wimmernd hielt sie ihre gefesselten Hände empor.

»Ach ja.« Er zog ein Messer aus dem Gürtel und zerschnitt ihre Tunika, packte ihre Handgelenke und zog sie hoch. Nackt stand sie vor ihm, zitternd vor Furcht und Kälte, und starrte auf das Messer.

»Ach ja«, sagte er wieder. Er legte es beiseite, dann sah er sie an. Lange, Stunden schien es ihr zu dauern, dass sie dort so stand, hilflos seinem Blick ausgeliefert, irgendwann gaben ihre Beine nach, sie sank zu Boden, begann erneut zu wimmern.

»Hör auf!« Wieder traf sie ein Schlag, er setzte sie auf, lehnte sie mit dem Rücken gegen die Wand. Langsam begann er, sich zu entkleiden, ordentlich faltete er jedes Stück zusammen. Laelia schloss die Augen.

»Sieh hin«, herrschte er sie an. Sie riss die Augen auf, sah ihn vor sich, ganz nah, seine weißen Schenkel, seine verstümmelten Geschlechtsteile, diese Karikatur eines Penis. Lange sah sie hin, bevor sie den Blick hob.

Silvanus fand keine Ruhe. Zwischen Dahindämmern und unruhigem Wälzen, zwischen Zweifeln und Angst vor der Zukunft schlich sich mehr und mehr die Sorge ein, dass Illicia Recht haben könnte – wenn Laelia nun wirklich etwas passiert, sie dem Mörder in die Hände gefallen war? Die Bilder der jungen Frauen, abgeschlachtet und verstümmelt, drängten sich vor seine Augen, und erneut wurde ihm die Ähnlichkeit der Opfer mit Laelia schmerzlich bewusst, einer der Gründe, warum er sie und Illicia aus dem Lager herausgeholt hatte.

Er schob diese Schreckensvisionen von sich. Nein, sie hatte sich mit Nessos getroffen, und der würde sie auf keinen Fall in diesen Zeiten nachts allein nach Hause gehen lassen – wenn sie denn nach Hause gegangen war.

Die ersten Sonnenstrahlen fielen durch das Fenster. Er stand auf, obwohl er sich wie gerädert fühlte. Auf dem Weg zum Prytaneion würde er bei Imbrassos vorbeischauen, und wäre Laelia noch immer nicht zu Hause, nun, dann lag sie wohl noch in den Armen des Arztes – erneut fühlte er Enttäuschung und Schmerz in sich aufsteigen. Doch träfe er sie wohlbehalten in ihrem Domizil an, würde er sie zur Rede stellen, oh ja.

Er zog sich an, hieß Nasutus, den Wagen anzuspannen, und verließ das Haus.

Schon jetzt herrschte in den Straßen Pergamons reges Treiben, die Hauptstraße wimmelte von Fahrzeugen, Lasttieren und Menschen, die zu den Marktplätzen strömten, zu den Geschäften, zu den Werkstätten. Fluchend lenkte Silvanus seinen Wagen durch das Gedränge, brüllte Passanten an, aus dem Weg zu gehen, nötigte langsame Gefährte, ihn vorbeizulassen. Viel half es nicht, im Gegenteil: Böse Blicke erntete er, offene Schmähungen, manche Kutscher schienen gar absichtlich in die Straßenmitte zu lenken und ihr Zugtier noch langsamer gehen zu lassen. Die kurze Strecke bis zu der Gasse, die von der Hauptstraße zu Imbrassos' Haus führte, hätte er zu Fuß dreimal schneller zurückgelegt. »Impertinentes Pack!«, schimpfte er vor sich hin.

Endlich erreichte er sein Ziel. Es solle sich jemand um Pferd und Wagen kümmern, rief er dem Janitor zu und stürmte in das Haus, missachtete den Hinweis, Imbrassos sei schon zur Arbeit und Proka mit den Sklavinnen zum Markt gegangen, sondern verlangte, Illicia zu sprechen. Eingeschüchtert schickte der Türsklave nach Flusia. Diese geleitete ihn nach oben, schüttelte den Kopf, als Silvanus sie fragte, ob Laelia schon zurück sei, öffnete die Tür und ließ ihn eintreten.

Er bemerkte sofort, dass auch Illicia in dieser Nacht nicht geschlafen hatte, zusammengesunken saß sie am Tisch und blickte ihm mit rot geränderten Augen entgegen. Er setzte sich zu ihr.

»Ach«, begrüßte sie ihn kalt, »möchte der Herr sich erkundigen, ob seine ungetreue Geliebte Laelia eine angenehme Nacht hatte? Es tut mir Leid, Silvanus, ich weiß es nicht. Wie geht es deiner Frau?« Dann senkte sie den Kopf, Tränen rannen über ihre Wangen.

Silvanus legte ihr den Arm um die Schulter. »Es tut mir Leid, Illicia. Erzähle mir, was du weißt.«

Schluchzend berichtete sie von Prokas Plänen, Laelia mit ihrem Sohn zu verehelichen, von Nessos' ungelenken Annäherungsversuchen, von Laelias Entschlossenheit, sich auf keinen Fall mit diesem Mann zu verbinden, von ihrer, Illicias, Vermutung, dass Laelia ihm eben dies gestern mitteilen wollte, und dass sie sich besonders sorge, weil sie keinerlei Nachricht hinterlassen oder geschickt hatte. »Inzwischen weiß ich nicht mehr, was ich denken soll, Silvanus, vielleicht stimmt sogar, was du glaubst, und sie hat wirklich die Nacht mit ihm verbracht. Ich hoffe es, es gibt nichts, was ich mehr hoffe.«

»Hätte ich das alles gewusst …« Silvanus verstummte unter Illicias Blick, der ihn voller Vorwurf, Empörung, Verachtung traf. Ja, sie hatte Recht, er hätte es wissen müssen, er kannte Laelia gut genug. Jetzt galt es, zu handeln, um ihrer beider Befürchtungen zu zerstreuen, um diese kalte Hand, die sich bei Illicias Worten um sein Herz gelegt hatte, zu vertreiben. »Als Erstes werden wir zu Nessos gehen, du weißt, wo er wohnt?«

Illicia nickte.

»Dann mach dich ein wenig frisch, Flusia wird dir helfen.« Er eilte zur Tür und rief die Sklavin. »Hast du schon daran gedacht, dass sie im Lager bei euren Vätern sein könnte? Vielleicht ist jemand krank.«

»Nein.« Illicia schüttelte den Kopf. »Sie hätte Bescheid gesagt.«

»Dennoch, es ist eine Möglichkeit. Wo ist dieser junge Sklave, der mir gestern Nacht deine Nachricht brachte? Er soll sich sofort im Lager erkundigen, ob jemand sie dort gesehen hat, und, sollte das erfolglos sein, zu Lachne gehen, vielleicht weiß sie etwas.

Flusia lief, den Sklaven zu holen, der sich in Erwartung weiterer Drachmen bereitwillig instruieren ließ, half dann ihrer Herrin, die Spuren der Sorge und der durchwachten Nacht zu verbergen.

Als er ihr schließlich auf den Wagen half, sah er mit Sorge, wie blass sie trotz der Schminke war, welch tiefe Ringe ihre Augen umschatteten.

Quälend langsam kamen sie bis zum Stadttor voran, erleichtert stellte Silvanus fest, dass auf der heiligen Straße kaum Verkehr herrschte und er hier das Pferd zum Äußersten antreiben konnte. Kurz vor dem Heiligtum des Asklepius zeigte Illicia auf ein Gebäude zu ihrer Rechten, hier musste Nessos' Wohnung sein. Oft genug habe Proka ihren Unmut geäußert, dass ihr Sohn in einem armseligen Mietshaus lebte, über einem Laden, er, der zu einer der besten Familien der Stadt gehörte.

Das Haus war leicht zu erkennen, armselig allerdings erschien es nicht. Der Eingang des Geschäftes war von zwei Säulen flankiert, der Giebel reich verziert. Eine prächtige Auslage lockte potenzielle Kunden mit Asklepiusstatuetten bester Qualität für die heimische Nische, allen erdenklichen menschlichen Körperteilen aus Ton, Marmor und Bronze und Nachbildungen des Zeusaltars aus schimmerndem Marmor. Eine Treppe führte in das erste Stockwerk, wo sich Nessos' Domizil befinden musste. Während Illicia schon hinaufeilte, bat Silvanus den Ladeninhaber, ein Auge auf Pferd und Wagen zu haben. Der wollte das zwar gern tun, doch falls sie den Arzt suchten, der sei ohnehin nicht da. Er sei wie jeden Morgen zur Arbeit gegangen, nein, eine junge Frau habe das Haus nicht betreten und sei auch nicht herausgekommen, das hätte er bemerkt. Silvanus' Herz sank. Er lief nach oben, wo Illicia an die Tür hämmerte, immer wieder rief: »Laelia, bist du hier«, und am Türriegel rüttelte. Silvanus hielt ihre Hände fest. »Sie ist nicht hier, Illicia.«

»Wo ist sie dann? Sie muss hier sein. Wenn nicht ...« Langsam ließ sie die Arme sinken.

»Wir müssen Nessos finden, er ist im Asklepieion, wenn jemand etwas weiß, dann er. Vielleicht ist Laelia dort, hatte einen Unfall, ist erkrankt.« Es klang nicht überzeugend, Silvanus wusste es selbst. Auch er fühlte, wie Panik von ihm Besitz ergriff, allein, er durfte ihr nicht nachgeben.

In Illicias Augen dagegen stand nackte Angst. »Man hätte uns benachrichtigt, wäre ihr etwas zugestoßen. Monoculos war bei ihr, er hätte Hilfe geholt, uns Bescheid gegeben. Nein, Silvanus.«

Sie hatte Recht, natürlich. Hastig zog er sie die Treppe hinab, schob sie in den Wagen und raste zum Eingang des Heiligtums. Er sprang hinunter, machte sich nicht einmal die Mühe, das Pferd anzubinden und rannte zum Tor, kurz blickte er sich um, Illicia folgte ihm. Der Wächter kannte ihn, sah ihn erstaunt an, als Silvanus ihm zurief: »Wo ist der Arzt Nessos?«

»Du scheinst seine ärztliche Kunst nicht unbedingt zu benötigen, junger Mann.« Missbilligung schwang in des Pförtners Stimme. »Dies ist ein Heiligtum, ich bitte dich, sowohl deine Schritte als auch dein Organ zu mäßigen. Die Menschen hier suchen Heilung auch in der Ruhe, wie du wissen solltest.« Jetzt kam Illicia heran, die Blässe, die tiefen Ringe unter ihren Augen waren nicht zu übersehen. »Ah, ich verstehe, nicht um dich geht es, nun, Nessos versieht heute Morgen den Dienst an der heiligen Quelle, dort werdet ihr ihn finden.«

Silvanus nickte dem Wächter dankend zu, legte den Arm um Illicia und schritt auf das Zentrum des Heilbezirkes, die heilige Quelle, zu. Tatsächlich half dort Nessos gerade einer alten gebrechlichen Frau in das heilende kalte Wasser, gleichzeitig rief er einem hageren Mann zu, seine Zeit in dem Becken sei um, er könne nun herauskommen. Zitternd vor Kälte entstieg der dem Wasser und ließ sich von einem Helfer in wärmende Tücher hüllen. Als Illicia vortrat, straffte er die knochigen Schultern. »Vielleicht sollte ich lieber noch ein wenig verweilen, Nessos.«

»Pass auf, dass wir deine Therapie nicht ganz abbrechen, Theophanes, solche Anspielungen dulden wir hier nicht.« Sichtlich verärgert wandte sich der Arzt Silvanus und Illicia zu. »Verzeiht, aber dieses besondere Wasser bewirkt manchmal Reaktionen, die wir nicht beabsichtigen, besonders wenn der Patient, wie dieser, durch die heilende Kraft des Gottes schon fast gesundet ist. Auch dürfen die Kranken nicht zu lange in dem Becken verweilen, die Wirkung könnte sich umkehren – langfristig. Was kann ich für euch tun?«

»Wir müssen mit dir sprechen, Nessos, es ist wichtig. Lass uns ein paar Schritte beiseite gehen«, drängte Silvanus.

»Es tut mir Leid, mein Freund, doch ich muss hier aufpassen, dass die Kranken ihre vorgeschriebene Zeit im Becken einhalten, damit keiner in dem Wasser Schaden nimmt. In einer Stunde werde ich abgelöst, wäre dir das recht für ein Gespräch?« Und mit einem Blick auf Illicia: »Geht es dir nicht gut? Ein sehr kompetenter Kollege kümmert sich im Moment um die akuten Fälle, dort neben dem Tempel. Macht es dir etwas aus, zuerst zu ihm zu gehen? Ich komme dann später dazu, wenn du möchtest.«

Illicia schüttelte vehement den Kopf. »Nein Nessos, ich bin nicht krank. Es geht nicht um mich, es geht um Laelia. Ist sie hier, bei dir?«

Nun trat der Arzt doch ein paar Schritte zurück, außer Hörweite seiner Patienten und Gehilfen. »Laelia? Nein, wieso?«

Illicia war wiederum den Tränen nahe. »Aber Nessos, du hast dich doch gestern mit ihr getroffen. Wenn sie nicht hier ist, wo ist sie dann?«

»Nessos, sag uns die Wahrheit.« Silvanus atmete tief durch. »Wenn du die Nacht mit ihr verbracht hast, so ist das kein Verbrechen, doch wir machen uns Sorgen. Wenn nicht, wann ist sie gegangen?«

»Aber ich habe sie gar nicht gesehen«, verteidigte sich Nessos, »sie kam nicht zu unserer Verabredung. Ich wunderte mich noch, dass sie ihren Entschluss geändert haben sollte, dachte aber dann, dass ihr vielleicht Bedenken gekommen waren oder meine Mutter früher zurück war und sie nicht gehen ließ. Verstehe ich euch richtig, sie hat das Haus verlassen und ist seither verschwunden? Und da forscht ihr erst jetzt nach? Gute Götter, es geht ein Serienmörder um, und ihr lasst fast einen ganzen Tag verstreichen, bis ihr anfangt, das Mädchen zu suchen? Das hätte ich nicht von dir gedacht, Silvanus, wirklich.« Voller Empörung schnalzte er mit der Zunge.

Silvanus hob zu sprechen an, doch Illicia kam ihm zuvor. »Es ist alles meine Schuld«, schluchzte sie, »ich dachte doch, sie sei mit dir unterwegs, Nessos, Flusia erzählte es mir. So war ich nicht beunruhigt. Erst als es immer später wurde, da …«

»Nein, nein, Illicia, Nessos hat ganz Recht.« Silvanus gab sich keine Mühe, die Bitterkeit in seiner Stimme zu unterdrücken. »Ich hätte früher reagieren müssen. Ich hoffe, es ist noch nicht zu spät.«

»Was gedenkst du jetzt zu tun?«, fragte Nessos kalt.

»Nun, ich werde alles mobilisieren, was Beine hat, Antonius hat mir Legionäre zur Verfügung gestellt. Wir werden jeden Winkel absuchen, jeden Menschen dieser Stadt befragen. Ihr wolltet euch am Südtor treffen, richtig?«

Nessos nickte.

»Gut, dort werden meine Männer anfangen. Wenn du etwas hörst, Nessos, lass es mich umgehend wissen. Es gehen hier ja viele Leute ein und aus.«

»Das werde ich. Und ich bitte dich, mich zu benachrichtigen, wenn du etwas erfahren hast. Ich habe tatsächlich ein persönliches Interesse an dem Mädchen.«

Einen Moment maßen sie sich mit Blicken, dann gab Silvanus nach. »Natürlich. Hoffen wir, dass wir gute Neuigkeiten austauschen werden.«

»Ich hoffe es sehr.« Nessos verabschiedete sich mit einem kurzen Nicken, dann schritt er zurück zu der heiligen Quelle. »Deine Zeit ist um«, rief er einem jungen Mann zu, »komm heraus.«

Silvanus führte Illicia zurück zum Wagen. »Ich bringe dich nach Hause, du musst dich ausruhen. Und vielleicht ist Laelia ja inzwischen zurück.«

Illicia widersprach nicht. Starr stand sie neben Silvanus auf dem Wagen, die Augen auf den Boden geheftet.

Laelia war nicht zurück, stellte er fest, als sie im Hause ankamen. Proka empfing sie mit missbilligend herabgezogenen Mundwinkeln, erkundigte sich, warum man ihr keine Nachricht hinterlasse, wenn man ausgehe, schließlich trage sie die Verantwortung für die Mädchen. Knapp teilte Silvanus ihr mit, was vorgefallen war, entzog sich Prokas ärgerlichem und besorgtem Wortschwall, indem er Illicia auf ihr Zimmer brachte. Flusia empfing sie dort, fragte besorgt, ob sie Laelia gefunden hätten, schluchzte auf, als sie hörte, dass dem nicht so war, und holte dann den jungen Sklaven, den sie in das Lager und zu Lachne gesandt hatten. »Weder die Herren Bibulus und Tollimos noch sonst jemand im Flüchtlingslager haben sie gesehen, und auch Lachne gegenüber sagte sie nichts, das uns weiterhelfen könnte«, berichtete der und hielt die Hand auf. Silvanus legte drei Sesterzen hinein. Er hatte das Gefühl, als drehe sich alles um ihn, gleichzeitig begann sich sein Magen zu heben. Mit großer Anstrengung bezwang er sich, er durfte Illicia nicht merken lassen, dass er die Hoffnung aufgab. »Ich schaue nachher noch einmal vorbei«, versprach er ihr, »jetzt werde ich alles in die Wege leiten, was ich tun kann.«

Er kam zurück, sie hörte den Riegel der Tür. Voller Panik kauerte sich Laelia an die Wand, verbarg ihr Gesicht in den gefesselten Armen. Wie viele Stunden er fort gewesen war, hätte sie nicht zu sagen vermocht, es erschien ihr, als säße sie seit Tagen, ja Wochen in dieser schauerlichen Gruft. Niemand würde sie hier finden, hatte er ihr versichert, niemand wisse um diesen Ort, seit Jahrzehnten sei er vergessen. Sein Refugium sei er, sein Heiligtum, nur mit einem einzigen Menschen habe er vor langer Zeit das Geheimnis geteilt, damals …

Sie glaubte ihm. Sie hatte gesehen, wie abgelegen dieser Ort war, wie versteckt der Eingang, wie lang der Gang, den er sie entlanggezerrt hatte. Nein, nicht einmal Silvanus würde sie hier finden, Silvanus …

Und Monoculos, ihr armer Sklave. Wahrscheinlich war er längst tot, aufgeschlitzt wie die anderen Opfer. Er hatte ihn in eine Grube gestoßen, die Falltür darüber verriegelt, nicht einmal Monoculos' Schreie waren danach zu hören gewesen.

Jetzt kam er zurück und würde auch sie umbringen. Doch vielleicht, wenn sie noch einmal versuchte, ihn zu überzeugen … Sie hatte sich darum bemüht, als er zuletzt hier war, doch er hatte ihr nicht geglaubt. Sie musste mit ihm reden, bevor er wieder das Messer benutzte, es schien ihre einzige Chance.

Sie hörte die Tür in den Angeln knirschen, dann erschien er, eine Fackel in der Hand. Sorgfältig steckte er sie in die Halterung an der

Wand, bevor er zu ihr trat. Laelia wollte sprechen, wollte sagen, was sie sich zurechtgelegt hatte, doch aus ihrer Kehle drang nur ein schwächliches Krächzen.

»Nun, mein Liebling, geht es dir gut?« Er strich ihr über die Wange, stellte sie auf die Beine, dann zog er ein Tuch unter seinem Gürtel hervor, mit dem er sie knebelte, hart, brutal. Ihre Chance war vertan. Sie krächzte erneut, flehte ihn mit den Augen an, doch anstatt ihr den Knebel abzunehmen, band er ihr ein zweites Tuch vor den Mund. »Du weißt, ich mag keine Schmerzensschreie, es soll doch Spaß machen.« Ein irres Lächeln verzerrte sein Gesicht. »Es wird wunderbar sein, von Mal zu Mal wird es berauschender, immer entdecke ich etwas Neues. Am schönsten war es bei dem Mädchen neulich, sie war die Erste, die ich hierher brachte, bei ihr ließ ich mir Zeit – bei dir werde ich mir noch mehr Zeit nehmen.« Mit einer leichten Bewegung streifte er ihr den wollenen Mantel von den Schultern. Nackt stand sie nun vor ihm. Fast zärtlich strich er mit den Fingerspitzen über die Schnitte, die er ihr zugefügt hatte, das letzte Mal, als er hier war. Er hatte ihr gedroht, wenn sie sich wehrte oder schrie, würde das Messer abrutschen, tief eindringen, sie ernsthaft verletzen. Wie gelähmt hatte sie es geschehen lassen.

Jetzt war es wieder in seiner Hand, das Messer. Sacht strich er damit ihre Kehle entlang. »Schön langsam wird es gehen, mein Schatz, ich will es genießen«, flüsterte er, umrundete sie, führte das Messer sacht ihren Nacken entlang. »Es tut gut, sich Zeit lassen zu können, wie bei den Schafen, wie bei dem letzten Mädchen. Ich weiß nicht, warum ich es bei den anderen nicht tat, warum ich sie nicht mit hierher nahm.« Er stand wieder vor ihr, schob das Messer unter ihr Kinn und hob ihren Kopf. »Sieh mich an, wenn ich mit dir rede!«

Plötzlich ließ er von ihr ab, schenkte sich Wein aus einer bereitstehenden Amphore ein und setzte sich auf ein aus Decken bereitetes Lager. »Sie suchen dich. Doch finden werden sie dich erst morgen. Lass mich überlegen, wo werde ich dich hinlegen? Ein schöner Ort muss es sein, ein öffentlicher, vielleicht vor dem Prytaneion? Oh, das ist gut, das ist sehr gut, vielleicht findet dich ja dein Silvanus, ha, dieser Versager.« Er musterte sie, als stelle er sich vor, wie sie dort lag. »Wie leicht es ist, ihnen die Leichen genau vor die Tür zu legen. Sie werden mich nie erwischen, sie sind viel zu dumm dafür. Sie haben ja nicht einmal die beiden ersten Taten als solche erkannt, erst jetzt. – Das eine Mädchen machte mir schöne Augen, dann lachte sie, wie früher die anderen Kinder. Ich merkte, wie gut es tat, ihr Blut zu sehen, zu fühlen, wie es mich erregte, und wie sich dann eine tiefe Zufriedenheit einstellte. So muss das sein, was ihr empfindet.«

Täuschte sich Laelia, oder traten ihm wirklich Tränen in die Augen? Sie stand noch immer da, sah ihn an, wagte nicht, die Augen zu schließen. So ungeheuerlich es war, was er ihr da erzählte, so lange er dort saß und redete, tat er ihr nichts. Sie versuchte, Mitleid in ihren Blick zu legen, war es das, was er brauchte, würde er sie dann verschonen?

Tatsächlich sprach er weiter. »Dennoch machte ich mir hinterher Vorwürfe. Wieder nahm ich Schafe, manchmal roch ich an der Kleidung des ersten Mädchens, wenn mich das Verlangen überkam. Dann traf ich die zweite Frau, ich begehrte sie, doch ich musste ihrem Lachen zuvorkommen. Menschen sind besser als Schafe. Ich begann, mir die Menschen auszusuchen, die Sklavin im Töpferviertel zum Beispiel, sie sah aus wie du, und du erinnerst mich an, nun, jemanden, den ich über alles liebte.« Seine Stimme klang erstickt, er trank einen Schluck Wein, bevor er weitersprach, gefühllos und kalt jetzt. »Ich sprach sie an, ob sie mir helfen könne, und sie folgte mir bereitwillig. Dem Liebespaar folgte ich – ich sah ihnen zu. Es war ganz einfach, ihn in das Gebüsch zu locken, er wollte ihr ja imponieren mit seinem Mut, doch er bebte vor Angst, so sehr, dass er sich nicht einmal wehrte, als ich ihn hatte. Dann schnitt ich seiner Geliebten die Kehle durch.«

Laelia konnte es nicht länger ertragen, sie wollte schreien, sich die Hände vor die Ohren schlagen. Sie zerrte an ihren Fesseln, spürte, wie die Riemen in ihre Handgelenke schnitten.

Er lächelte zufrieden. Jedes Wort schien er auszukosten, als er weitersprach. »Den Sklavenjungen lockte ich mit Geld in das Gymnasium, er verkaufte seine Dienste, er verkaufte etwas, das ich nicht einmal schenken kann. Er erinnerte mich an diejenigen, die mich früher im Gymnasium auslachten, an die Jungen, die ihre Schwänze verglichen und mit deren Größe prahlten. Jetzt habe ich ihn, seinen Schwanz, klein und verschrumpelt, willst du ihn noch einmal sehen?«

Sie schüttelte den Kopf, doch er beachtete es nicht. »Aber von dem Jungen kannst du ja nichts wissen, sie haben es geheim gehalten. Das beste jedoch war das letzte Mädchen; zum ersten Mal habe ich jemanden hierher mitgenommen, habe genau beobachtet, wie das Leben aus ihr wich. Und jetzt bist du dran, mein Täubchen, und du hast selbst Schuld.«

Silvanus stürmte in das Prytaneion, zuerst zu den Amtsräumen des Imbrassos. Dessen Sekretär blickte ihn erstaunt an. »Mein Herr ist nicht hier, wenn du den suchst. Er fuhr zum Hafen Elaia, um sich mit den dortigen Sicherheitskräften zu besprechen. Soll ich ihm etwas ausrichten?«

»Nein.« Silvanus fluchte innerlich. »Wann wird er zurückerwartet? Und sage mir, was er gestern tat, war er den ganzen Nachmittag hier? Wann ging er?«

»Er wird über Nacht bleiben, vor morgen also wirst du ihn nicht treffen können. Den gestrigen Nachmittag verbrachte er hier, arbeitete den Schriftverkehr ab, hatte eine Unterredung mit Belon, dem Finanzverwalter, und ging zur üblichen Zeit. Weshalb fragst du?«

»Das geht dich nichts an. Sobald du ihn siehst, richte ihm aus, dass ich ihn sprechen muss. Umgehend.« Er eilte zu seinen eigenen Räumen. »Wo sind meine Mitarbeiter?«, herrschte er Marsias an, und, bevor dieser antworten konnte, »lass den Kommandanten der Legionäre holen, sofort.«

Marsias legte seine Feder nieder. »Baton fragte vor kurzem nach dir, jetzt sucht er dich in der Stadt; Kallistos wollte sich nur etwas zu essen holen und musste gleich zurück sein.« Er erhob sich. »Ich werde sogleich einen Mann zu dem Kommandanten schicken.«

»Gut.« Silvanus ging in sein Zimmer. Eigentlich müsste er Leander hinzuziehen, doch dem jetzt Rede und Antwort zu stehen könnte er nicht ertragen. Außerdem leitete der gerade die Ratsversammlung, bei der auch er, Silvanus, hätte anwesend sein müssen, Leander hatte ihn gestern Abend noch einmal daran erinnert. Sei's drum, er hatte Wichtigeres zu tun, er musste Laelia finden, es durfte einfach nicht zu spät sein. Ungeduldig schritt er in seinem Zimmer auf und ab.

Endlich trat Kallistos ein. »Herr, wir haben unter Privernus' Leuten Zeugen gefunden, die aussagen, dass er unmöglich der gesuchte Täter sein kann. Für zwei der Tatabende hat er ein Alibi. Zu den Orgienteilnehmern sagt allerdings niemand ein Wort, alle umgeben sich mit einer Mauer des Schweigens. Mir scheint, sie haben Angst; wenn du erlaubst, werde ich ihnen Geld und Schutz anbieten, das dürfte einige anregen, zu reden.«

Silvanus ließ sich in einen der Stühle fallen. Eine Hoffnung schwand, wäre der tote Privernus der Mörder gewesen, hätte Laelias Verschwinden einen anderen, weniger beunruhigenden Hintergrund gehabt. Welchen allerdings, vermochte er sich nicht vorzustellen. Illicia hatte Recht, unter normalen Umständen hätte Laelia eine Nachricht geschickt, wäre zumindest Monoculos wieder erschienen. Also doch ...

Er schreckte hoch, als ein uniformierter Mann hereintrat. »Ah, du musst Afranius sein, das ging schnell, ausgezeichnet. Hör gut zu, auch du, Kallistos. Die junge Laelia Bibula ist verschwunden, ich befürchte, sie ist dem Mörder in die Hände gefallen. Wir müssen alles Menschenmögliche unternehmen, um sie zu finden, anderenfalls wird es mit Sicherheit zu Unruhen in der Stadt und im Lager kommen. Du Afranius, schickst sofort einen deiner Männer nach Elaia, um zu sehen, ob Imbrassos dort ist. Wenn dem so ist, lass ihn fragen, ob er gestern nach der Arbeit sofort nach Hause ging. Wieviele Leute hast du insgesamt zur Verfügung?«

Der Tribun nahm seinen Helm ab und klemmte ihn unter den Arm. »Genau einhundertachtundsechzig, Herr. Davon zwanzig Reiter. Wir harren deiner Befehle.«

Der Mann gefiel Silvanus. Zwar hatte Antonius ihm versichert, dass er ein fähiger Kopf sei, der sicherlich seinen Weg machen würde, doch erst jetzt, da er vor ihm stand, konnte er seinen Wert ermessen. »Achtzig deiner Leute sollen die ganze Stadt nach dem Mädchen absuchen, jeden Stein umdrehen, in jedes Loch, hinter jedes Gebüsch schauen, jeden Menschen befragen, der ihnen über den Weg läuft. Deine Reiter werden dasselbe im gesamten Umkreis tun. Der Rest deiner Leute beginnt damit, die Anlieger rings um das südliche Stadttor zu befragen, nach oben zur Stadt hin und in Richtung Asklepieion. Ich werde dir eine Beschreibung des Mädchens mitgeben. Kallistos, schicke einen Mann zu Illicia und lass sie fragen, was Laelia gestern trug, welche Kleidungsstücke fehlen, das arbeite dann in die Beschreibung ein und lass sie verteilen.«

Kallistos ging zur Tür und gab den Befehl weiter.

»Gut. Afranius, es werden euch weitere Pferde zur Verfügung gestellt, auch darum wird sich Kallistos kümmern. Du kommst nach der Instruktion deiner Männer hierher zurück, um die eingehenden Meldungen zu bewerten und weitere Befehle auszugeben, du wirst die Koordination der Maßnahmen übernehmen, Kallistos wird dich dabei unterstützen. Ich selbst werde Imbrassos' Familie befragen. Sollte ich danach zu einem anderen Ziel aufbrechen, schicke ich einen Boten, so dass ich immer erreichbar bin, sollte es Neuigkeiten geben. Klar?«

»Du meinst, Imbrassos …?« Kallistos zog die Augenbrauen empor.

»Ausschließen kann ich es nicht, ich muss jeder Spur nachgehen. Noch Fragen? Nein? Gut, dann an die Arbeit.«

Afranius schmetterte die Faust auf seinen Brustpanzer und marschierte hinaus. Silvanus gab Kallistos eine genaue Beschreibung Laelias. Der notierte sie sorgfältig, versprach, sie um die getragene Kleidung zu ergänzen und umgehend Afranius und seinen Männern zur Verfügung zu stellen.

Nicht einen Moment länger hielt es Silvanus in seinem Amtszimmer, er eilte hinaus, sprang auf seinen Wagen und preschte zu Imbrassos' Haus, zum dritten Mal an diesem Tag.

Doch auch hier fand er keinen Anhaltspunkt. Imbrassos schien am gestrigen Abend direkt vom Prytaneion nach Hause gegangen zu sein und war dort den ganzen Abend geblieben, das wurde von mehreren Sklaven bestätigt.

Proka reagierte pikiert auf seine Fragen. Wenn sie sich auch selbst große Sorgen um das Mädchen mache, so gehe es doch zu weit, ihren Gatten zu verdächtigen, erwiderte sie und verwies ihn des Hauses mit dem Hinweis, sie werde sich bei Antonius beschweren. Silvanus versicherte, er werde umgehend ihrer Aufforderung nachkommen, jedoch erst, nachdem er nach Illicia gesehen hätte. Böse blickte ihn Proka an, hinderte ihn aber nicht, als er hinaufging.

Illicia saß müde am Tisch, als er hereinkam. »Ich habe nachgesehen, Silvanus, sie muss ihre dunkelgrüne Tunika und den braunen Mantel tragen, ich sagte es schon dem Mann, den du schicktest.« Sie senkte den Kopf, erneut kamen ihr Tränen.

Silvanus berichtete von den Vorkehrungen, die er getroffen hatte, von den Legionären, die Laelia finden würden, wenn sie denn zu finden sei. Mehr wusste er nicht zu sagen.

Schwere Schritte nahten. Ein Klopfen, Flusia öffnete, und Baton trat ein. »Herr, da bist du ja. Überall habe ich dich gesucht. Ich habe etwas herausgefunden.«

Silvanus erhob sich erregt. »Habt ihr Laelia entdeckt?«

»Nein, Herr, ein Bürger meldete sich, der das Messer wiedererkannte.«

»Welches Messer?« Einen Moment lang wusste Silvanus nicht, wovon Baton sprach.

»Nun, das Messer, Herr, das dieser Viehzüchter fand. Vom dem ich eine Zeichnung anfertigen und überall in der Stadt aushängen ließ. Das Messer, Herr.«

»Richtig, so berichte doch, Baton.«

»Ein Bürger kam heute zu mir und erzählte, er habe das Messer als Dankgeschenk dem Asklepius geweiht. Man hatte ihn im Heiligtum von einem Geschwür geheilt, der Arzt Nessos war es, und dem habe er auch das Messer gegeben für den Gott. Er hat es sofort wiedererkannt, er war sich ganz sicher, weil er es sich in Ephesos anfertigen ließ, ein wertvolles Jagdmesser, und man müsse dem Gott doch darbringen, was einem am kostbarsten sei, hat er gesagt.«

»Wann war das?«

»So vor zwei Jahren, meinte er.«

»Du hast Namen und Adresse?«

»Natürlich, Herr. Ich habe ihm das Messer auch gleich vorgelegt, er hat es eindeutig erkannt.«

»Gut gemacht, Baton, ich danke dir. Geh zu Afranius, sage ihm, er soll fünf Männer zum Asklepieion schicken, mit einer Zeichnung des Messers, ich werde sie dort treffen. Dann erwarte weitere Befehle. Du weißt, was vorgefallen ist?«

»Ja, Herr. Es tut mir Leid für das Mädchen, Herr, und ich soll noch von Kallistos ausrichten, dass bis jetzt nichts Neues bekannt ist.« Baton nickte stolz, das Lob hatte ihn sichtlich gefreut. Als er gegangen war, murmelte Illicia: »Nessos. Irgendetwas an ihm kam mir komisch vor heute Morgen. Nur ein Gefühl bis jetzt, das ich auf meinen Zustand geschoben habe, aber wenn ich darüber nachdenke …«

Silvanus schüttelte den Kopf. »Du denkst, es war Nessos? Nein Illicia, das kann ich nicht glauben! Er ist Arzt, er rettet Menschen, mir selber hat er sehr geholfen. Nein, er wird das Messer weitergegeben haben, immerhin war es ein Weihegeschenk, das behält kein Diener des Asklepius. Doch ich muss sofort zu ihm, vielleicht hat er einen Verdacht. Wenigstens haben wir jetzt eine Spur, aber Nessos, nein, das ist abwegig, er hat doch großes Interesse an Laelia, das hat er selbst gesagt.«

»Aber das ist es ja gerade, Silvanus. Jetzt weiß ich, was mich so seltsam berührte bei dem Gespräch. Er erregte sich, er schimpfte, aber er war nicht so beunruhigt, wie es ein Verliebter sein sollte, wenn das Mädchen, dem seine Gefühle gelten, verschwunden ist. Und denke doch einmal nach, alles, was wir bei dem Gastmahl sagten, trifft auf ihn zu. Er weiß mit dem Messer umzugehen, Schnitte zu setzen. Er ist ein ordentlicher Mann. Er ist schüchtern und hatte bestimmt keinen leichten Stand hier im Haus. Ich sage dir, Nessos hat sich gestern sehr wohl mit Laelia getroffen und sie unter einem Vorwand irgendwohin gelockt oder mit Gewalt entführt. Es ist zumindest eine Möglichkeit, schließ sie nicht aus, Silvanus.« Sie hatte sich von ihrem Bett geschwungen und nach ihrem Umhang gegriffen. »Lass uns keine Zeit verlieren.«

Silvanus blickte sie nachdenklich an. Ein seltsames Gefühl ergriff von ihm Besitz, bei allen Göttern, sie mochte Recht haben. Konnte es wirklich sein, dass er die ganze Zeit mit dem Mörder zusammengearbeitet, ihm sein Vertrauen geschenkt hatte, während dieser quasi vor seinen Augen ein Verbrechen nach dem anderen begangen hatte? Und jetzt auch noch an seiner Geliebten? Nein, er mochte es nicht glauben. Ausschließen jedoch durfte er es nicht, darin musste er Illicia zustimmen.

»Du willst mitkommen?«, lenkte er ab.

»Natürlich.« Illicia stand schon an der Tür. »Es geht um meine Freundin, ich kann hier nicht herumsitzen, wenn wir vielleicht eine Spur haben. Das bist du mir schuldig, Silvanus.«

Sie hatte einen wunden Punkt getroffen. Nun gut, sollte sie mitkommen, sie würde sich ohnehin nicht abhalten lassen.

Erneut fuhren sie die Heilige Straße zum Asklepieion hinunter, erneut stürmten sie auf den Pförtner zu. »Wo ist Nessos?«

Nicht wenig pikiert erhob sich der Tempeldiener. »Silvanus Rhodius, zum zweiten Mal an diesem Tag störst du durch dein ungebührliches Auftreten den regulären Ablauf in unserem Heiligtum. Was soll das? Hast du den Arzt vorhin nicht angetroffen?«

Silvanus blickte mit der ganzen Autorität eines römischen Magistraten auf den Mann hinab. »Ich bin in amtlicher Eigenschaft hier. Es kann sein, dass eines der Mitglieder eures ehrwürdigen Heiligtums etwas zur Aufklärung der Morde beitragen kann, also beantworte bitte meine Fragen.«

»Oh.« Der Tempeldiener neigte sein Haupt. »Nun, Nessos ist nicht mehr hier, er ging kurz nach euch.«

»Wohin?«

»Das weiß ich nicht, er gab mir nicht Bescheid. Normalerweise teilen mir die Bediensteten mit, wohin sie gehen und wann sie zurück sein werden, Nessos aber eilte nur an mir vorbei, er schien tief in Gedanken, und ich konnte ihn nicht fragen, da ich gerade einen Patienten aufnahm. Wahrscheinlich wollte er ins Lager, er kümmert sich um die Gesundheit der Flüchtlinge, das ist dir doch bekannt. Der Oberpriester allerdings müsste es wissen, er ist auch der oberste Arzt und teilt die Aufgaben ein. Einen Moment, ich lasse ihn holen.« Er klatschte in die Hände, umgehend erschien ein Sklave, der den Auftrag entgegennahm.

»Wartet doch bitte dort drüben.« Der Tempeldiener wies auf einige Bänke zur Linken. In dem großen säulenumstandenen Innenhof harrten schon einige Hilfesuchende ihrer Zulassung in das Heiligtum. »Es wird nicht lange dauern«, fügte er hinzu.

So nahmen sie Platz, blickten bald auf das Tor zum Heilbezirk, in Erwartung des Oberpriesters, bald in Richtung der Heiligen Straße, ob vielleicht Nessos dort erscheine, oder auch die Soldaten, die Silvanus angefordert hatte. Diese waren in der Tat die Ersten, die ankamen. Hufgetrappel kündigte sie an, dann betraten fünf bewaffnete Männer den Innenhof. Der Pförtner wollte sie aufhalten, doch Silvanus winkte sie zu sich, die hektischen Gesten des Tempeldieners missachtete er. Die Köpfe aller Heilungssuchenden wandten sich den Legionären zu, Erstaunen teilweise, teilweise Ablehnung, ja, Empörung war in ihren Gesichtern zu lesen. Schon hatte der Tempeldiener seinen Raum verlassen, eilte mit wehendem Gewand auf sie zu. »Silvanus Rhodius, das geht nun wirklich zu weit. Militärische Präsenz ist im Asklepieion, selbst hier im Eingangsbereich, strengstens untersagt. Dies ist eine heilige Stätte, hier finden die Menschen neben Heilung auch Asyl, schicke sofort diese Männer weg!«

Silvanus verfluchte innerlich sein Versäumnis, die Männer in ziviler

Kleidung herzubeordern, denn der Pförtner hatte Recht, Legionäre in einem Tempelbezirk waren ein Sakrileg. So ließ er sich von den Soldaten nur die Zeichnung des Messers aushändigen und schickte sie vor das Tor, dort sollten sie warten. Er war auf die Kooperation der Priesterärzte angewiesen, er durfte es sich nicht mit ihnen verderben. Dennoch schüttelte der Tempeldiener empört den Kopf, als er an seinen Platz zurückkehrte.

Endlich sahen sie den Oberpriester nahen, ein hagerer Greis mit spärlichen weißen Haaren, nur langsam vermochte er zu gehen, ein Sklave führte ihn. Silvanus erinnerte sich des Gespräches mit Nessos, als der ihm von dem Gesundheitszustand des Obersten der Ärzte erzählt hatte, herzkrank sei der und die Augen nicht mehr die besten, man rechne mit seinem baldigen Ableben. Jetzt, da der Mann vor ihm stand, wurde deutlich, dass Nessos nicht übertrieben hatte. Das Gesicht des Greises war von der Krankheit gezeichnet, den Mund umschattete ein blassgraues Dreieck, die Augen bläuliche Ringe. Lange würde dieser Arzt nicht mehr seinem Gott dienen können, das sah sogar Silvanus. Doch als er zu sprechen begann, leise und freundlich, tat er dies mit Würde und natürlicher Autorität. »Silvanus Rhodius, so meldete man mir, du wünscht mich zu sprechen? Ich bin Sozomenos, mir obliegt die Leitung dieses Heiligtums.«

Silvanus stellte Illicia vor und erklärte mit vorsichtig gewählten Worten den Sachverhalt, betonte die Dringlichkeit seines Begehrs wegen der verschwundenen jungen Frau, Laelia. Ob Sozomenos wisse, wo Nessos sei, und ob er das abgebildete Messer kenne.

Der alte Arzt warf nicht einmal einen Blick auf die Zeichnung, sondern schickte seinen Sklaven damit zu dem Verwalter der Weihegeschenke. »Ich würde es nicht erkennen, Silvanus Rhodius, meine Augen sind zu schlecht. Kleston wird wissen, ob dieses Messer jemals dem Schatz des Gottes angehörte.« Gütig, nicht einmal aufgebracht ob der schweren Vorwürfe, ruhten seine Augen auf Silvanus. »Du verdächtigst also einen meiner Mitarbeiter des vielfachen Mordes, und Nessos zählt zu deinen Hauptverdächtigen.«

Silvanus hob die Augenbrauen, so hatte er es keineswegs ausgedrückt.

»Ich würde keinem meiner Leute solche Taten zutrauen«, fuhr der Alte fort, »doch wenn wir helfen können, den Täter zu stellen, so wollen wir das gern tun. Nessos ging vorhin, weil er, wie er sagte, unter Kopfschmerzen leide. Diese plagen ihn des Öfteren. Wohin er ging, sagte er nicht, ich nehme an, nach Hause. Er ist ein hochtalentierter Arzt, Silvanus, der beste, den wir haben, und ich trage mich mit dem Gedanken, ihn als meinen Nachfolger vorzuschlagen. Er ist bei Patienten wie Kollegen beliebt, wenn auch still und zurückgezogen, wir wissen wenig von seinem Leben außerhalb der Arbeit. Was mich zögern lässt, den Vorschlag offiziell zu machen, ist die Tatsache, dass er zum Jähzorn neigt; zumeist kann er ihn beherrschen, manchmal jedoch gelingt es ihm nicht, recht unschöne Szenen folgen daraus. Doch Nessos ist jung, und er arbeitet daran, diese schlechte Charaktereigenschaft abzulegen. In letzter Zeit haben seine Ausbrüche, ohnehin nie häufig, so gut wie ganz aufgehört. Ich sprach ihn kürzlich darauf an – er kennt meine Pläne für ihn – und er berichtete, er merke genau, wenn er dem Jähzorn nicht Einhalt gebieten könne, und in diesen Situationen opfere er dem Gott ein Lamm. Asklepius habe ihm jedes Mal geholfen, wieder mit sich ins Reine zu kommen.« Sozomenos lächelte wissend. »Mir ist klar, das wird ihn in deinen Augen nicht unverdächtiger machen, aber ich kann dir sagen, Silvanus, Nessos als Urheber dieser schrecklichen Taten ist für mich unvorstellbar.«

Silvanus überlief es kalt, kurz entschuldigte er sich bei dem Oberpriester und eilte zum Tor. Sofort musste er nachprüfen, ob Nessos wirklich zu Hause war, ihn gegebenenfalls dort festhalten lassen, bis er hier fertig war. Er erteilte zweien seiner Männer entsprechende Befehle, schickte zwei weitere zu Nessos' Eltern und in das Flüchtlingslager und lief dann zurück. Gerade wandte sich Illicia an den alten Mann: »Weißt du, Sozomenos, ob Nessos jemals eine Liebesbeziehung hatte?«

»Oh, welch typisch weibliche Frage.« Der Alte lächelte milde. »Gehört das zu den schweren Anschuldigungen, die ihr gegen ihn erhebt? Doch um deine Neugierde zu befriedigen, will ich dir sagen, nein, hier auf jeden Fall hatte er keine. Viele der Heilungsssuchenden warben um ihn, Männer wie Frauen, er sieht gut aus, ist von anziehender Natur, doch er entzog sich jedweder Annäherung, was ich leider nicht von allen meinen Mitarbeitern sagen kann. Es wird nicht gern gesehen, mit Patienten ein Liebesverhältnis einzugehen. Wir wissen alle, dass die spezielle Situation, in der sich die Heilungssuchenden befinden, dazu beitragen kann, Gefühle ihren Helfern gegenüber zu entwickeln. Dies auszunutzen wäre unredlich. Nessos hat es nie getan. Was er außerhalb seines Dienstes tat, davon weiß ich nichts, wie gesagt, er ist schweigsam, was sein Privatleben angeht.«

Silvanus wischte sich über die Stirn: »Erwähnte er nie einen Menschen, der ihm lieb ist, erzählte er nie etwas davon, was er in seiner Freizeit tat, gemeinsam mit anderen, Freunden, Bekannten?«

»Wenig, Silvanus Rhodius, wenig. Die Einzigen, von denen er je berichtete, war seine Familie, besonders seine Schwester, zu der er ein inniges Verhältnis zu haben scheint. Ehrlich gesagt, mutmaßten wir, er liebe Männer, was einige meiner Ärzte erfreute, doch auch Verhältnisse unter meinem Personal dulde ich nicht. Und Nessos, wie schon erwähnt, ließ niemanden an sich heran. Vielleicht, so nahmen wir an, empfand er es als Makel, und getraute sich nicht, es einzugestehen. Doch wir hinterfragten es nicht weiter, es ist seine Sache. Allerdings, ich gebe es zu, als ich mit ihm über die mögliche Nachfolge in meinem Amt sprach, legte ich ihm ans Herz, dass der oberste Priester und Arzt eines Heiligtums wie dem unsrigen verheiratet sein sollte, allein wegen der Patienten, wir haben viele hochrangige hier aus aller Welt, die auch mit Gattinnen kommen. Er erwiderte, er wolle darüber nachdenken. – Ah, da kommt Kleston.« Er erkannte seinen Hüter der Weihegeschenke am Schritt, wie es schien.

Kleston begrüßte Sozomenos höflich, Silvanus und Illicia ein wenig reserviert und berichtete, das Messer habe er nie gesehen. Es sei weder im Verzeichnis der Weihegeschenke eingetragen noch in der Sammlung enthalten. Nein, auch kein ähnliches.

Sozomenos dankte seinem Untergebenen und schickte ihn wieder an die Arbeit. »Du siehst, dieses Messer war nie hier im Heiligtum«, wandte er sich an Silvanus, »dein Zeuge muss sich geirrt haben. Und dass Nessos es behalten haben könnte, kommt in keinster Weise in Betracht, das wäre Diebstahl an unserem Gott. – Aber auch ich muss mich jetzt wieder meinen Aufgaben widmen, ich denke, alle eure Fragen sind beantwortet. Hoffentlich konnte ich dazu beitragen, diesen schlimmen Verdacht von unserem Heiligtum abzuwenden.«

Sozomenos war erschöpft, Silvanus sah es wohl. Seine Gesichtsfarbe war noch grauer als zuvor, er schien kurzatmig und stützte sich schwer auf seinen Begleiter, als er jetzt langsam davonschritt.

»Er ist es, Silvanus, Nessos ist der Mörder.« Illicia massierte nervös ihre Hände. »Und Laelia ist in seiner Gewalt, wenn sie überhaupt noch lebt. Ich hoffe nur, sein Gefühl für sie war echt, und er hält sie nur gefangen. Oh Silvanus, wir müssen sie finden. Lass uns noch einmal zu seiner Wohnung fahren, vielleicht sind sie doch dort, vielleicht hält er sie zu Hause versteckt.«

Auch in Silvanus wuchs mehr und mehr die Gewissheit, dass Nessos der Gesuchte sei. Was Sozomenos da erzählt hatte, passte erstaunlich gut zu dem Charakterbild des Täters, das sie vor kurzem gemalt hatten, und die Tatsache, dass das Messer nie dem Schatz der Weihegeschenke hinzugefügt worden war, verstärkte den Verdacht beträchtlich. Ja, sie mussten Nessos finden, er würde sie zu Laelia führen, seiner Laelia, ob sie nun tot war oder lebendig. Doch irgendetwas in ihm sagte, dass sie lebte, er fühlte fast, wie sie nach ihm rief, um Rettung flehte. Und die Worte der Wahrsagerin kamen ihm wieder in den Sinn, ungerufen, doch tröstlich, alles werde gut, hatte sie gesagt, wenn auch nicht so, wie er es sich vorstelle. Nun, so hatte er es sich gewiss nicht vorgestellt. Hatte nicht auch ihr Zauber gegen Privernus gewirkt, in ungeahntem und so von ihm nicht beabsichtigtem Ausmaß? Wieder, wie an dem Abend, als er von Privernus' Tod erfuhr, überkam ihn eine Gänsehaut. Er schüttelte sie ab. Er musste jetzt handeln, nicht über die Worte dieser Hexe nachgrübeln.

Vor dem Tor warteten die beiden Legionäre, die er zuvor zu Nessos' Wohnung gesandt hatte, und meldeten, die Wohnung des Arztes sei leer, der wäre nach Angaben des Ladenbesitzers zwar vor einiger Zeit nach Hause gekommen, hätte dann aber, in einen grauen Mantel gehüllt, das Haus wieder verlassen. Wohin der Verdächtige gegangen sei, wisse man nicht. Sie hätten sämtliche Räume des Hauses, auch die zum Laden gehörigen durchsucht, doch von der jungen Frau keine Spur, nichts deutete darauf hin, dass sie jemals dort gewesen sei. Die Kollegen, die er zum Flüchtlingslager beziehungsweise zum Haus von Nessos' Eltern geschickt habe, seien natürlich noch nicht zurück.

Wieder eine Hoffnung weniger.

»Was machen wir jetzt?«, fragte Illicia mit hängendem Kopf. »Sie kann überall sein, Pergamon ist groß, es gibt so viele Verstecke ...«

»Wir können nur warten, Illicia. Die Legionäre suchen die ganze Stadt und die Umgebung ab, ich habe Befehl geben lassen, nun auch nach Nessos zu fahnden. Ich gebe dir Recht, es sieht so aus, als habe er sie entführt. Wenn die Legionäre ihn finden, dann haben wir auch die Chance, Laelia zu finden. Aber viel mehr, als auf die Ergebnisse der Suche zu warten, können wir im Moment nicht tun. Ich werde dich nach Hause bringen und noch einmal Proka fragen, ob sie sich vorstellen kann, wo er ist – obwohl ich mir sicher bin, sie wird nichts sagen –, und dann ins Prytaneion fahren, dort laufen alle Informationen zusammen.«

»Oh nein.« Illicias Stimme wurde schrill. »Zurückbleiben und warten, das kann ich nicht ertragen. Es muss doch etwas geben, woran wir anknüpfen können. – Lachne, Silvanus, lass uns zu Lachne fahren. Ich glaube zwar nicht, dass Nessos dort ist, ebenso wenig wie Laelia, aber vielleicht weiß Lachne, wo wir ihn suchen können. Die beiden stehen sich sehr nahe, Nessos hat oft liebevoll von ihr gesprochen, selbst Sozomenos bestätigte das. Wenn jemand sein mögliches Versteck kennt, dann sie.«

»Du hast Recht, es ist eine Möglichkeit.« Silvanus stieg auf den Wagen und half Illicia hinauf. Den Legionären rief er zu, dass sie zu Lachne führen, und schickte sie zurück zum Prytaneion; gäbe es etwas Neues, solle man ihn sofort verständigen. Dann jagten sie die Heilige Straße hinauf, zurück nach Pergamon.

Lachne empfing sie sofort. »Ist Laelia wieder da?«, fragte sie, während sie ihre Gäste in den Empfangsraum führte, im Innenhof lärmten die Kinder.

»Du weißt, dass sie verschwunden ist?« Illicia griff nach dem Wasser, das eine Sklavin ihr anbot.

»Natürlich. Erst kam der Sklave meiner Mutter, der sich nach Laelia erkundigte, kurz darauf befragten die Legionäre jeden Menschen, durchsuchten jeden Winkel der Stadt. Rubi und Offilia eilten sofort in das Flüchtlingslager zu Bibulus, als sie von Laelias Verschwinden hörten, um ihm Trost zu spenden. – Sie ist also noch nicht wieder da?« Beunruhigt musterte sie ihre Gäste.

»Nein.« Silvanus ergriff das Wort, nachdem er sich mit einem Becher Wein gestärkt hatte. »Lachne, wir müssen dich etwas fragen. Wir vermuten, dass Laelia mit Nessos zusammen ist, er hatte eine Verabredung mit ihr, das ist die letzte Spur, die wir von ihr haben. Nessos sagt, sie sei nie am Treffpunkt erschienen, wir glauben allerdings, sie haben sich sehr wohl getroffen, und dass Nessos sie nun festhält. Wir wissen allerdings nicht, wo. Er wollte sie heiraten, nicht wahr?«

Wie zur Bestätigung seiner Worte stürmte ein Legionär in den Empfangsraum, nickte der Hausherrin kurz zu und wandte sich dann an Silvanus: »Wir haben einen Zeugen gefunden, einen Ladenbesitzer, der die beiden Gesuchten gestern am Nachmittag in der Nähe des Stadttores sah, sie gingen gemeinsam die Straße hinunter. Den Arzt kennt er, weil der manchmal bei ihm einkauft. Mehr allerdings wusste er nicht.«

Silvanus dankte dem Mann und befahl ihm, draußen zu warten. »Du siehst«, setzte er Lachne unter Druck, »das ist die Bestätigung. Laelia ist bei ihm. Weißt du, wo sie sein könnten?«

Lachne war totenbleich geworden. »Ihr denkt, Nessos …? Die Legionäre verbreiten, Laelia sei in die Hände des Mörders gefallen. Ihr verdächtigt doch nicht etwa Nessos?«

Silvanus hatte mit Illicia verabredet, Lachne nichts von ihrem schlimmen Verdacht zu berichten, zu versuchen, Laelias Verschwinden mit Nessos' Liebe in Zusammenhang zu bringen. Doch war das jetzt noch möglich? Silvanus bemühte sich. »Die Legionäre reden zu viel. Kennst du einen Ort, an den Nessos sie gebracht haben könnte? Von Illicia weiß ich, dass Laelia ihn nicht als Ehemann in Betracht zog, vielleicht hofft er in seiner Enttäuschung, dass er sie umstimmen kann.« Er merkte, die Worte waren nicht gut gewählt. Lachnes freundliches Gesicht verzerrte sich schmerzerfüllt. »Indem er sie einsperrt? Oder sie gar vergewaltigt, ist es das, was du meinst? Oh, er kann ärgerlich werden, wenn er nicht bekommt, was er will, aber er kann nicht vergewaltigen. Er kann nicht, Silvanus, es geht nicht, er … Er ist körperlich nicht wie andere Männer.«

Silvanus starrte sie an. »Du meinst, er hat nie körperliche Liebe erfahren?«

»Du sagst es. Er leidet schwer darunter, schon immer, und jetzt verdächtigt ihr ihn auch noch der Vergewaltigung und sogar des Mordes. Als hätte mein armer Bruder nicht schon genug gelitten.«

»Und trotzdem wollte er Laelia heiraten?« Illicia zitterte am ganzen Körper.

»Ja, doch er wollte es ihr sagen, natürlich, das musste er ja. Er wusste, dass ihr ein Verhältnis hattet, Silvanus, er wusste, dass sie sich noch immer nicht frei fühlte, und er wollte ihr anbieten, ihn zu heiraten, mit ihm zu leben – er liebt sie wirklich –, doch ihre körperlichen Bedürfnisse mit dir zu befriedigen.« Ein vorwurfsvoller Blick traf Silvanus.

Er fühlte, wie ihm das Blut in den Kopf stieg. »Und als sie ablehnte, musste er sie ruhig stellen, damit sie sein Geheimnis nicht verrät.«

»Oh nein, so ist er nicht.« Lachnes Gesicht verzerrte sich schmerzvoll. »Wir sprachen darüber, er sagte, selbst sollte sie ihn ablehnen, reiche ihm ihr Versprechen, nichts darüber verlauten zu lassen, er würde ihr vertrauen. Nein, er hat ihr bestimmt nichts getan. Nur sollte sie ihn ausgelacht haben, mag er zornig geworden sein. Früher lachten die anderen Kinder ihn aus, wenn er nackt war; seine Geschlechtsteile, Penis und Hoden, sind verstümmelt, durch einen Hundebiss. Beim Sport, beim Schwimmen, beim Baden, immer verspotteten sie ihn. Bald wussten alle, dass er anders war, tuschelten, wenn sie ihn sahen. Dann wurde er wirklich zornig, aber er hat ihnen nie etwas getan, hat sie nie geschlagen oder Gewalt angewandt.« Lachne blickte abwechselnd von Illicia zu Silvanus, in ihren Augen stand die Hoffnung auf Verständnis, auf Mitleid. Ihre Stimme wurde leiser, als sie fortfuhr: »Er ließ seine Demütigung an anderem aus, meistens an Gegenständen, manchmal an Tieren. Immer kam er anschließend zu mir, verzweifelt, weinend, und ich tröstete ihn, nahm ihn in die Arme. Meine Mutter erwischte uns einmal und verprügelte uns beide. Sie war überaus streng, mit ihm mehr noch als mit mir, sie schrieb ihm alles vor, nichts durfte er allein entscheiden, selbst als er älter wurde. – Oh nein, mein Bruder ist kein Verbrecher, man muss ihn eher bedauern. Er hat Laelia nichts getan.«

»Kennst du einen Ort, wo er sie versteckt haben könnte? Lachne, du musst es uns sagen.« Silvanus legte Gefühl und Verständnis, aber auch Dringlichkeit in seine Stimme, selbst überrascht, dass er in dieser Situation dazu fähig war. »Wir wollen dir gern glauben, dass er nicht in der Lage ist, ihr etwas anzutun, doch wir müssen sie finden. Und je eher wir diesen bösen Verdacht gegen ihn ausräumen können, desto besser.«

Lachne schwieg. Bedrückt sah sie zu Boden, ihre Hände zupften nervös an ihrem Chiton. Dann endlich sah sie auf. »Ja, ich kenne einen Ort. Wir spielten dort oft als Kinder; als wir größer wurden, zogen wir uns dorthin zurück, wenn Nessos Trost brauchte. Es ist einer der Grabhügel, der Tumulus des Prinzen, wie wir ihn nennen.

Silvanus wechselte einen Blick mit Illicia. Er wusste so gut wie sie, welchen Tumulus Lachne meinte, er lag unweit der Straße, die nach Smyrna führte, ein gutes Stück vor den Toren der Stadt. Doch die meisten dieser jahrhundertealten Tumuli waren gut gegen Grabräuber gesichert; den Eingang zu finden, war schwer. Man hatte damals über die Gänge und Kammern Erde aufgeschüttet, inzwischen ragten die Hügel als große grüne Kegel in den Himmel, ohne Tür, ohne Tor, die Ruhe ihrer toten Bewohner schützend und wahrend.

»Kannst du uns zeigen, wie man hineinkommt?«, fragte Illicia leise.

Silvanus runzelte die Stirn, er hätte eine Wegbeschreibung vorgezogen und die Frauen lieber zu Hause gelassen. Doch Illicia würde er nicht davon abhalten können, dabei zu sein, und Lachne war die Einzige, die Nessos zur Besinnung bringen konnte, sofern es noch nicht zu spät war. Also gut. Eilends erhob er sich und drängte zum Aufbruch.

Illicia und Lachne bestiegen den Wagen, während er den Legionär anwies, mit einigen Männern zum Tumulus nachzukommen. Dann sprang er zu den Frauen hinauf, trieb das Pferd an und bahnte sich brüllend einen Weg durch die Menschen. Tatsächlich erreichten sie zügig das Tor, rasten die Straße entlang, bis zu ihrer Linken der Tumulus auftauchte, kurz darauf hieß Lachne ihn anhalten. Das Gelände war zu uneben, zu steinig für den Wagen, den Rest der Strecke mussten sie zu Fuß zurücklegen. Die Gewänder gerafft, liefen sie den Pfad entlang, zerkratzten sich die Beine an Disteln und Gestrüpp, bis sie endlich außer Atem vor dem Grabhügel standen. In der Tat wäre es ohne Lachne schwierig geworden, den Eingang zu finden, denn rings um den Hügel wuchsen Büsche, Bäume, Blumen; Unterholz und Gras bedeckten den Boden. Hilfesuchend blickte Silvanus sie an, die auf eine Gruppe Haselnusssträucher an der Südseite des Tumulus wies. »Dort«, flüsterte sie heiser und schritt zögernd Illicia und Silvanus voraus.

Zwischen den Sträuchern, vor den Blicken Nichtsahnender verborgen, lag ein verfallenes Brunnenhaus. Lachne führte sie an den verwitterten, überwachsenen Rand eines Schachtes und wies hinunter. »Hier ist es. Nessos fand diesen Zugang als Kind, zum Zeitvertreib erkundete er die Gegend, kroch in jedes Loch, das er entdeckte. Er liebte die Einsamkeit und Stille dieses Ortes.« Sie schob einige wild wuchernde Weinranken beiseite; rostige Eisentritte kamen zum Vorschein, die in das Mauerwerk eingelassen waren. »In den Brunnen mündet ein Gang zum Tumulus, der wiederum unterirdisch mit dem Burgberg verbunden ist. Wo dort der Einstieg ist, hat Nessos nie herausgefunden, eine alte Tür, die sich nicht öffnen lässt, versperrt den Weg. Die Könige damals ließen sich wohl einen Fluchtweg bauen, oder mehrere, denn es geht die Sage, dass auch einige der anderen Tumuli durch Gänge mit dem Burgberg verbunden sind. Doch niemand, den wir kennen, hat je einen Zugang gefunden, und Nessos suchte bei den anderen Grabhügeln vergeblich nach ähnlichen Einstiegsmöglichkeiten wie hier. Er …«

»Danke, Lachne, erzähle uns den Rest später. Ich muss Laelia finden.« Silvanus schien es, als redete sie, um nicht der bitteren Wahrheit ins Gesicht sehen zu müssen, der Wahrheit, die auch ihm das Herz zusammenpresste: Laelia in den düsteren Räumen dieses Grabmals, vielleicht schon tot, vielleicht gequält, bestimmt halb wahnsinnig vor Angst. Denn dass sie hier war, dessen war er sich so gut wie sicher. Er zog seine weiße Toga aus und hängte sie als sichtbares Zeichen in die Büsche. »Ihr erwartet hier die Legionäre und zeigt ihnen den Weg nach innen. Wie weit muss ich hinabsteigen, bis der Gang abzweigt, Lachne? Führt er direkt zu Nessos' Versteck, oder gibt es Türen, weitere Tunnel?« Schon trat er an den Brunnenrand und setzte den Fuß vorsichtig auf den ersten glitschigen Tritt, hoffentlich hielt der sein Gewicht. Eigentlich hatte er auf seine Männer warten, gemeinsam mit ihnen in den Grabhügel eindringen wollen, doch so lange konnte er sich nicht gedulden. Laelia war hier, er fühlte es, er musste sofort handeln.

»Oh nein, Silvanus, wir werden nicht hier bleiben, wir kommen mit dir.« Auch Illicia entledigte sich ihres knöchellangen Obergewandes, das sie beim Abstieg hindern würde. »Lass Lachne vorgehen, sie kennt den Weg. Und sollte Nessos sich widersetzen, ist sie die Einzige, auf die er vielleicht hört, nicht wahr, Lachne?«

Die nickte widerstrebend.

»Kommt gar nicht in Frage.« Silvanus hielt im Abstieg inne. »Es ist viel zu gefährlich, ich kann die Verantwortung für euch nicht übernehmen. Außerdem müsst ihr die Männer einweisen.«

Illicia sah ihn ernst an, ihre Stimme wurde leise. »Du wirst uns nicht aufhalten können, Silvanus, zur Not werden wir dir einfach folgen, wie willst du das verhindern? Deine Legionäre werden den Weg schon finden, wenn wir auch den Einstieg markieren. Doch für alle Fälle …« Entschlossen zog sie ihr leuchtend gelbes Tuch aus den Haaren und knüpfte es an eine der Weinranken.

Einen Moment lang maßen sie sich mit Blicken, dann gab Silvanus nach. Ja, sie würden ihm folgen, er kannte Illicia. »Nun gut. Lachne, du gehst voran. Das Tuch wird hoffentlich Wegweiser genug sein, unter diesen Umständen werden wir die Unterstützung dringend brauchen.« Also kletterte Silvanus wieder heraus und ließ Lachne den Vortritt.

»Wir brauchen Licht«, stellte diese leise fest.

Silvanus' Herz sank erneut. Natürlich, warum hatte er nicht daran gedacht? Welch ein Narr er war. In einem Tumulus brauchte man eine Fackel, eine Kerze, eine Öllampe, was auch immer. Sie hatten nichts dabei. Seine Knie wurden weich, kurz schloss er voller Resignation die Augen. Jetzt mussten sie wirklich auf die Legionäre warten, sehen, ob die besser ausgerüstet waren, oder einen von ihnen schicken, Licht zu holen. Oh, die Zeit, die dabei verrann, die kostbare Zeit.

Doch Lachne sprach weiter. »Nessos hat – hatte damals – ein Depot an Fackeln kurz hinter dem Übergang vom Brunnenschacht zum Gang angelegt. Es ist lange her, dass ich hier war, viele Jahre, ich weiß nicht, ob es noch vorhanden ist. Lasst uns nachsehen.« Sie atmete tief durch, dann drehte sie sich um, tastete mit den Füßen nach den Ringen und begann den Abstieg. Silvanus folgte, dann Illicia.

Allzu tief waren sie nicht geklettert, als Lachne innehielt. »Hier ist es«, flüsterte sie und schwang sich in die dunkle Öffnung. »Seid vorsichtig, es ist glitschig.«

Silvanus tat es ihr gleich, reichte Illicia dann eine Hand, um ihr zu helfen. Er hörte Lachne vor sich gehen, tastete sich im immer schwächer werdenden Licht an der feuchten, kalten Wand entlang nach vorn, atmete die schale Luft, nahm den modrigen Geruch wahr, lauschte dem Hall der von der Decke herabfallenden Tropfen, bis er in einer Nische zur Linken Lachnes Schatten gewahrte. »Die Fackeln sind noch da«, sagte sie fast wehmütig, »auch die Feuersteine zum Anzünden und die trockenen Pilze, alles wie früher, ordentlich verpackt in wasserdichte Häute. Nessos hat sich nicht geändert in den Jahren.«

Silvanus übernahm es, mit den Feuersteinen Funken zu schlagen. Die Pilze begannen zu glimmen, als er sanft in die Glut blies, aromatischer Geruch erfüllte die Luft. Lachne entzündete eine Fackel, drückte Illicia eine zweite in die Hand, unangezündet, als Reserve, wie sie sagte. Dann schritt sie vorweg, den Gang entlang, der, aus Ziegelsteinen gemauert und von komfortabler Höhe, sich vor ihnen in der Dunkelheit verlor. Regelmäßig fielen Tropfen herab, kleine Rinnsale flossen über die grünbemoosten Wände, auf dem Boden standen Pfützen. Etwas huschte über seinen Fuß, er zwang sich zur Ruhe und folgte Lachne bis zu einer Tür.

»Hier ist der Eingang zur Grabkammer«, wisperte Lachne. »An sie grenzen noch zwei weitere Räume. Nessos' Refugium war damals der große Raum zur Rechten, ob er es noch ist, weiß ich nicht.«

Einen Moment verharrte er regungslos, bereitete sich vor auf das, was sie hinter dieser Tür erwartete. Dann nahm er Lachne die Fackel aus der Hand und zog sein Kurzschwert. »Bleibt hinter mir. Es wird schon gut gehen, es muss gut gehen.«

Silvanus stürmte hinein, stoppte abrupt. Da stand er, Nessos, Laelia schützend vor sich, den Arm um ihren Hals gelegt, das blutverschmierte Messer an ihrer Kehle – er hatte sie kommen hören, natürlich. »Lass sie los«, presste Silvanus zwischen zusammengebissenen Zähnen hervor. »Lass sie sofort los!«

Doch Nessos drückte sein Messer fester an Laelias Kehle und lachte, lachte ihm ins Gesicht. Hilflos umkrampfte Silvanus die Fackel, mit der anderen Hand umklammerte er das Kurzschwert, bis seine Gelenke schmerzten.

»Du willst mir Befehle geben, Silvanus?«, rief Nessos. »Ich sage dir, du wirst tun, was ich dir befehle. Oder willst du für den Tod deiner Geliebten verantwortlich sein? Als Erstes legst du dein Schwert beiseite, sonst ...« Frische Blutstropfen rannen Laelias Hals hinab. Sie wimmerte, Todesangst in den Augen.

Silvanus fühlte sich wie versteinert. Was, in aller Götter Namen, sollte er tun? Gehorchte er Nessos nicht, würde Laelia sterben, gehorchte er, würde sie wahrscheinlich auch sterben, doch er hatte eine kleine Chance, eine winzige Chance, er gewann Zeit. Noch lebte sie, immerhin, auch wenn sie mehr tot als lebendig schien, nackt, geschunden, blutüberströmt. Sein Schwert fiel klirrend zu Boden. Nessos lachte wieder, doch das Lachen wurde übertönt von einem schrillen Schrei. Illicia, kreidebleich, starrte auf das Blut, das den Fußboden bedeckte, auf ihre Freundin, die halb tot in Nessos' Arm hing. Dessen Lachen erstarb, als hinter Illicia seine Schwester erschien, Freude, Erstaunen, dann Bestürzung spiegelten sich auf seinem Gesicht. »Lachne«, stammelte er, »was machst du hier? Geh wieder, ich bitte dich.« Noch immer presste er das Messer gegen Laelias Kehle, lockerte jedoch seinen Griff und trat aus dem Schutz ihres Körpers heraus.

Ungläubig, voller Abscheu starrte Silvanus auf die Nachbildung eines Penis, der an einem Gürtel befestigt vor Nessos' Körper schaukelte.

Lachne strömten die Tränen über die Wangen. »Du also bist es, Nessos, der all die Menschen auf dem Gewissen hat. Ich wollte es nicht glauben, als sie es mir sagten. Ich dachte, du liebst Laelia, lass wenigstens sie am Leben. – Warum nur, Nessos, warum?«

Die Miene des Arztes verzerrte sich schmerzvoll. »Lachne, Geliebte, verzeih mir, aber ich musste es tun.« Dann verhärtete sich sein Ausdruck. »Du weißt, was du mir damals bedeutetest, bevor du heiraten musstest, erinnere dich, wie ich dich liebte, wie du mich liebtest.« Er bewegte seine Hüfte, gemächlich schwang der falsche Penis hin und her.

»Nessos ...«

»Nein Lachne, du hast gefragt, jetzt sage ich es dir. Du warst es, die mich abhielt, all diese Menschen zu bestrafen, die mich verlachten, die das hatten, was ich nie haben kann. Als du weg warst, hielt mich nichts mehr ab. Und dann traf ich Laelia ... Sie ähnelt dir sehr, findest du nicht? Ich wollte sie heiraten, ich habe sie geliebt, hätte ihr alle Freiheiten gelassen, das weißt du. Doch sie, sie wollte mich nicht, sie lehnte mich ab, stieß mich zurück.« Fester presste er seinen Arm um Laelias Hals, aus ihrem geknebelten Mund drangen erstickte Laute. »Und du, Silvanus«, fuhr er hasserfüllt fort, »der du alles hast, das ein Mann sich wünschen kann, du jammertest mir vor von deinem Leid. Ja, ich muss zugeben, es verlockte, dass Laelia ausgerechnet deine Freundin war, das hat dich getroffen, Silvanus, nicht wahr? Es war mir ein Vergnügen, dich im Asklepieion zu sehen, deine Verzweiflung und Angst zu spüren.«

»Nessos!« Lachnes Stimme klang scharf. Dann wurde sie weich, einfühlsam. »Nessos, ich weiß, was du gelitten hast und leidest, doch das rechtfertigt keinen Mord. Wenn du Laelia loslässt, werde ich den Rest meines Lebens mit dir verbringen, jeden Tag, jede Stunde. Lass sie los, Nessos, lass sie los und wirf das Messer weg. Silvanus wird uns gehen lassen, nicht wahr, Silvanus?«

Es war die einzige Chance, langsam nickte er. »Ja, ich werde euch gehen lassen. Ich werde euch einen Vorsprung geben, aber dann werde ich euch suchen, euch folgen, und sei es bis ans Ende der Welt.«

»Gib uns einen Tag, Silvanus.« Lachne schritt zu Nessos, berührte zärtlich seine Wange. »Einen Tag gegen Laelias Leben.«

Silvanus nickte erneut. »Ich verspreche euch einen Tag.«

Vorsichtig streckte Lachne ihrem Bruder die Hand entgegen. »Gib mir das Messer.«

Nessos schien wie in Trance, rührte sich nicht, ließ es geschehen, dass Lachne ihm das Messer aus der Hand nahm, es wegwarf. Endlich löste er den Griff um Laelias Hals, die wie leblos zu Boden sank.

Lachne zog ihren Bruder an sich, barg ihren Kopf an seiner Schulter, als ein Messer vorbeischwirrte und sich vor ihren Augen in Nessos' Hals bohrte, ein zweites, ein drittes flogen über ihn hinweg. Mit einem erstickten Aufschrei ging er in die Knie, seine Hände umklammerten das Messer, doch die Kraft, es herauszuziehen, fand er nicht mehr.

»Nein!« Voller Entsetzen wandte Lachne sich ab.

Der ganze Raum füllte sich nun mit Männern, die einem stolz grinsenden Legionär in ihrer Mitte auf die Schultern klopften. »Gut gemacht.« – »Prima Wurf, Septimus.« – »Mit dem ist es aus.«

Silvanus stürzte zu Laelia, löste ihre Fesseln, drückte sie an sich, küsste sie mit Tränen in den Augen. Illicia fand einen Mantel auf dem Boden und hüllte ihre Freundin darin ein, dann hob Silvanus sie auf und trug sie zur Tür.

»Silvanus«, flüsterte Laelia, »Monoculos. In einer Kammer unter dem Fußboden.«

»Wir holen ihn heraus, Carissima, hab keine Sorge«, wisperte er in ihr Ohr und wandte sich an die Legionäre. »Seht zu, dass ihr den Jungen findet. Habt ihr den Arzt mitgebracht?«

»Wie du befohlen hast, Herr, er wartet draußen.«

Silvanus warf einen letzten Blick auf Lachne, die ihren sterbenden Bruder in den Armen hielt. »Bringt die Frau nach Hause, sie hat nichts mit der Sache zu tun, sie hat uns geholfen.« Behutsam drückte er Laelia an sich, küsste ihre Wangen, ihre Augen, bevor er sie hinaustrug. »Alles wird gut, Carissima«, flüsterte er in ihr Ohr, »ich verspreche dir, alles wird gut.«

NACHWORT

Wie man bemerkt haben wird, entstammen Protagonisten und Kriminalhandlung dieses Romanes unserer Fantasie, nicht so jedoch die Person des römischen Feldherrn und Politikers Marcus Antonius. Diese faszinierende und oft falsch bewertete Persönlichkeit der Antike lieferte uns den historischen Rahmen.

Tatsächlich verbrachte Antonius den Winter 41/40 v. Chr. in Alexandria, um seinen Feldzug gegen die Parther vorzubereiten, wohl aber auch aus Leidenschaft für Kleopatra. In eben diesen Zeitraum fällt der Konflikt zwischen Antonius' Frau Fulvia und seinem Bruder Lucius auf der einen, und Octavian, dem späteren Augustus, auf der anderen Seite; ein Konflikt, der schließlich mit dem Sieg Octavians und seinen Gräueltaten gegen die Bevölkerung Perusias endete. Relativ zeitgleich fielen die Parther unter der Führung von Pakoros und Labienus in römische Provinzen ein. Warum Antonius auf diese Krisen nicht sofort reagierte, ist noch immer eine Streitfrage unter den Gelehrten. Am wahrscheinlichsten ist die Annahme, dass ihn die Nachrichten zu spät erreichten, da die Schifffahrt im Winter ruhte.

Antonius reiste also im Frühjahr von Alexandria nach Athen und dann weiter nach Rom, ob er allerdings den Weg über die Provinz Asia nahm, ist nicht überliefert. So nahmen wir uns die Freiheit, ihn diesen kurzen Abstecher unternehmen zu lassen.

Über den Parthereinfall selbst gibt es nur spärliche Berichte. Bekannt ist, dass einige Städte Widerstand leisteten, einige sich kampflos ergaben; doch wie die dort ansässigen Menschen mit der Situation umgingen, was sie taten und fühlten, darüber schweigen die Quellen. Die Flüchtlingsproblematik und das Lager sind also frei erfunden, aber nicht unwahrscheinlich.

Auf historischer Quelle indes beruht Octavians Gedicht, das wir Antonius in den Mund legten, Martial überliefert es in seinen Epigrammen (XI, 20). Dass Octavian sich – mit geringem Erfolg – schriftstellerisch versuchte, ist auch aus anderen Quellen zu erfahren, die zudem seine sexuellen Ambitionen schildern – die zwar nicht unüblich, doch das Gegenteil dessen waren, was er später als Augustus vom römischen Volk forderte.

Pergamon, diese in der Antike blühende Stadt ist noch heute eine Reise wert, gleichermaßen das Pergamonmuseum in Berlin, in welchem viele der Kunstwerke eine neue Heimat fanden, wie der einzigartige Zeusaltar und die Athenastatue aus der Bibliothek.

Wer an weiteren Informationen zu historischen Hintergründen, Quellen und Literatur interessiert ist, sei auf unsere Website *www.malachy-hyde.de* verwiesen.

Zum Abschluss bedanken wir uns bei all jenen, die uns in Fach- und Sachfragen hilfreich zur Seite standen, insbesondere bei Ayhan Dogramaci und Ersan Akdemir aus Bergama (Pergamon/Türkei). Beiden verdanken wir viele Anregungen bei der Recherche vor Ort. Auch Adolf Gallwitz gilt unser herzlicher Dank für seine detaillierten Ausführungen zur Psyche eines Serientäters.

Hannover / Köln, im Juli 2003

GLOSSAR

Agora – Meist rechteckiger, von Wandelhallen umgebener öffentlicher Versammlungs- und Marktplatz.

Apollon – Gott der Weissagung, der Heilkunst, des Lichtes, der Wissenschaft und Künste im griechischen und römischen Mythos; Sohn des Zeus und der Leto, Zwillingsbruder der Artemis.

As – Kleinste römische Münze.

Asklepius – Gott der Heilkunst.

Asklepieion – Heiligtum des Asklepius mit Kur- und Heilbetrieb, zumeist in Form von Wasseranwendungen und Schlaftherapien mit Träumen zur Förderung des Heilungsprozesses

Atrium – Mit einer rechteckigen Öffnung im Dach versehener Repräsentations- und Empfangsraum des römischen Hausherrn.

Auspicien – Erkundung des göttlichen Willens, v.a. durch Beobachtung des Vogelflugs.

Caldarium – Warmwasserbad in den Thermen.

Chiton – Hemdartiges, kleinasiatischen Vorbildern nachempfundenes Kleidungsstück im antiken Griechenland in kurzer oder langer Form, wurde gegürtet getragen, ungegürtet nur von Priestern.

Demeter – Griechische Göttin der Fruchtbarkeit und des Wachstums, besonders des Ackerbaus und Getreides.

Denar – Römische Münze, entsprach 4 Sesterzen, 16 As, gleichzusetzen ungefähr mit einer Drachme.

Dionysos – Gott der Vegetation, des Weines, der Ekstase und der Fruchtbarkeit im griechischen Mythos.

Drachme – Griechische Münze, entspricht 6 Obolen, gleichzusetzen mit ungefähr einem Denar.

Equites – Römischer Ritterstand, nach den Senatoren der zweite Stand im Römischen Reich.

Fibel – Gewandnadel, Brosche.

Heroon – Kultstätte für eine bedeutende Persönlichkeit.

Impluvium – Wasserbecken unter der Dachöffnung des Atriums zum Auffangen des Regenwassers.

Ionier – Aus dem Peloponnes und Attika stammende Griechen, die im 11. und 10. Jh. v. Chr. die Kykladen und die Mitte der Westküste Kleinasiens mit den Inseln Samos und Chios besiedelten.

Isis – Ägyptische Göttin der Magie, Herrscherin der Unterwelt und Verkörperung der weiblichen Fruchtbarkeit, deren Einflußgebiet sich im 2. Jh. v. Chr. in das Römische Reich ausbreitete; sie stand an vielen Orten im Mittelpunkt von Mysterienkulten. Mutter des Horus; das häufig dargestellte Motiv der Isis mit dem Horusknaben ist das Vorbild der Darstellung Marias mit dem Kinde.

Jupiter – Der an der Spitze der römischen Götterhierarchie stehende Gott; gleichgesetzt mit dem griechischen Zeus.

Kandelaber – Säulenartiger Ständer für Kerzen, Lampen oder Räucherschalen.

Kapitell – Oberster, plastisch ausladender Teil einer Säule, eines Pfeilers oder Pilasters (Halbpfeilers).

Kithara – Ein der Leier verwandtes Saiteninstrument.

Kline – Liegemöbel, je nach Funktion wurde nach Schlaf-, Ess- und Arbeitsklinen unterschieden.

Legion – Größter Truppenverband des römischen Heeres, bestehend aus 4000 – 6000 Fußsoldaten, 300 Reitern und Tross, mit Adler als Feldzeichen.

Legionär – Römischer Soldat, Mitglied einer Legion.

Mysterien – Kulte, die eine Einweihung erforderten.

Nubier – Äthiopider Volksstamm im früheren Nubien, südlich von Ägypten, heutiger Sudan.

Obole – Kleinste griechische Münze.

Odeion – Griechisches Konzert- und Vortragsgebäude mit theaterförmig angeordneten Sitzreihen, wurde auch für Ratsversammlungen genutzt.

Orchestra – Die zwischen Bühnenhaus und der Zuschauertribüne gelegene Spielfläche im Theater.

Parther – Iranisches Volk, das auf der Höhe seiner Macht das Gebiet vom Euphrat bis zum Indus beherrschte.

Peristyl – Ein mindestens auf drei Seiten von Säulen umgebener Innenhof des griechischen Wohnhauses.

Priapos – Kleinasiatischer Fruchtbarkeitsgott, dessen Symbol der Phallus war.

Prokonsul – Provinzstatthalter nach seinem Amtsjahr als Konsul.

Prytane – Oberster Beamter der Stadt, auf ein Jahr gewählt.

Prytaneion – Amtssitz des Stadtrates, u.a. des Prytanen.

Sesterze – Römische Münze, entsprach vier As.

Thermen – Badeanlagen.

Thyrsosstab – In einem Pinienzapfen auslaufender, mit Efeu und Weinlaub umwundener Stab des Dionysos und seines Gefolges.

Tresviri Capitales – Da es in der römischen Republik keine Polizei als solche gab, waren Tresviri Capitales sowie Ädilen jeweils mit Teilbereichen der öffentlichen Ordnung beauftragt. Belegt sind für die Tresviri Capitales Zuständigkeiten in den Bereichen des nächtlichen Brandschutzes, der Aufsicht über Gefängnisse und Exekutionen sowie der Bestrafung von flüchtigen Sklaven. Weiterreichende Aufgaben können angenommen werden.

Triklinium – Repräsentatives Speisezimmer im römischen Wohnhaus, geöffnet zum Atrium. Ursprünglich standen im Triklinium drei Klinen.

Tunika – Römisches Unter- und Obergewand von Männern und Frauen, im Normalfall gegürtet getragen und bis knapp unter die Knie reichend.

Zeus – Der an der Spitze der griechischen Götterhierarchie stehende Gott; gleichgesetzt mit dem römischen Jupiter.